Para siempre

Judith Gould

Para siempre

Traducción de
Cristina Pagès

CÍRCULO de LECTORES

El último enemigo que se destruirá será la muerte.

Segunda Epístola de Pablo
a los corintios

El ayer es mío, conozco el mañana.

Libro de los Muertos,
hacia 3500 a. C.

PRÓLOGO

Berlín (Alemania Oriental), 1950

El mundo nunca había visto nada igual.

De todas partes de la nación dividida y aún más allá de sus fronteras, las hordas llegaron a la ciudad para rendir un último homenaje a la mujer que habían amado. Acudieron en bicicleta y en tren, en coche y en barco; y unos cuantos privilegiados llegaron en avión al aeropuerto de Tempelhof. Muchos llevaban varios días caminando, con los hijos a cuestas. Jóvenes y viejos, hombres y mujeres, ricos y pobres, sacerdotes y pecadores.

Lili Schneider había muerto. Ya no volvería a cantar.

Se encontraba de cuerpo presente en el castillo de Bellevue, como una reina, encerrada en un ataúd curvilíneo con adornos dorados. La cola que rodeaba el Tiergarten alcanzaba casi tres kilómetros y no se acortó en cuatro días. Era una fila de dolientes desolados en ese desolado año de la posguerra.

Sin embargo, incluso muerta, Lili Schneider llenaba el corazón de color y de alegría. Las emisoras de radio sólo tocaban sus aclamadas grabaciones de Wagner, Smetana, Beethoven y Schubert. Millones de personas sollozaron de pena y millones más lloraron al oír la belleza de esa voz sin igual.

Lili Schneider había sido una hechicera, una inspiradora de sueños, una sirena. Había hechizado a una nación entera y ni siquiera la muerte podía romper el encantamiento.

Lili, la de la cara de ángel. Lili, la de la voz de ruiseñor. Lili, la del cuerpo de prostituta.

Los hombres la habían venerado y las mujeres, adorado. Había dominado los escenarios de los mejores teatros de ópera de Europa... y los dormitorios de los hombres más poderosos de su época.

Pertenecía a Alemania. Y ahora, tras cinco años de ausencia, había regresado. En el interior del ataúd oval sus restos mortales se hallaban patéticamente carbonizados y encogidos. El incendio que había abrasado la casa de Londres la había destruido por completo. Su vida y su belleza habían desaparecido, pero su música seguiría eternamente viva.

Carleton Merlin, joven corresponsal del *Herald Tribune*, consiguió abrirse paso hacia la tumba y en cuanto Louisette Biefeld, la hermana de Lili, más bella todavía, levantó sus velos y se los apartó del rostro, él alzó su pesada cámara. Aguardó mientras uno de los portadores del féretro entregaba a la mujer una pequeña pala de plata; aguardó mientras metía la pala en el montón de tierra que había junto a la tumba. Entonces, en el momento en que arrojaba una simbólica palada al hoyo, pulsó el obturador y captó su alma.

Cuando reveló la película se sintió perplejo, pues Louisette esbozaba una sonrisa tan enigmática como la de la Mona Lisa. Miró fijamente la fotografía y frunció el entrecejo. «¿Por qué? –se preguntó–, ¿por qué sonríe?»

Aunque Carleton no lo sabía todavía, el momento en que pulsó el obturador fue el momento en que su vida empezó de veras.

Y ese preciso momento anunció también el fin de su vida, muchos años más tarde.

Pues el poder de Lili Schneider era tal, que hasta en la muerte llegaría más allá de los años, de los océanos, más allá de las arenas del tiempo mismo.

LIBRO PRIMERO

Muerte

1

Atlantic City - Nueva York, 1993

–Desde el Pharao's Palace, el legendario centro de veraneo y casino, en el mundialmente famoso paseo marítimo de Atlantic City... –resonó la voz empalagosa del locutor profesional– ¡empieza el telemaratón anual de la Beneficencia Permanente para la Infancia, la BPI, en la que participan numerosas estrellas! Y ahora, les presento a los anfitriones de la primera parte del maratón. Demos la bienvenida a las superestrellas del teatro, del cine y de la televisión... aquí con usteeeedes, ¡Shanna Parker y Joe Belmotti!

El público del auditorio Cleopatra aplaudió con entusiasmo; la orquesta tocó las primeras notas de la antigua melodía *On the Boardwalk* y dos focos se encendieron. Con aire desenvuelto y bañada por la luz de uno de éstos, Shanna Parker entró por la izquierda, embutida en un ceñidísimo vestido de lentejuelas plateadas y azules que lanzaba destellos. Joe Belmotti, de etiqueta y tan bronceado como una nuez, entró por la derecha, iluminado por el segundo foco.

–Gracias –ronroneó Shanna en el micrófono de mano.

A continuación, con una brillante sonrisa que revelaba sus dientes de porcelana, ella y Joe Belmotti gritaron al unísono:

–¡Hola, América!

Y abrieron los brazos como para abarcar a todos los presentes.

–¡Hola, Shanna y Joe! –gritó el público y volvió a aplaudir con frenesí.

–Es maravilloso estar aquí, ¿verdad, Joe? –preguntó Shanna excitada–, ¡no me lo habría perdido por nada del mundo! ¡No te imaginas a cuántas personas hemos invitado! Pero, primero, ¿qué te parece si explicas a los espectadores que no estén familiarizados con la BPI lo que lleva a cabo esta maravillosa organización y el bien que hace a diario?

Joe Belmotti tomó inmediatamente la palabra.

–Maravilloso es lo que hace la BPI, Shanna. ¿Sabías que cada día miles de millones de niños en todo el mundo se acuestan con hambre o mueren de enfermedades curables? Por eso la BPI...

–... que significa Beneficencia Permanente para la Infancia –interpuso con presteza Shanna.

–... alimenta y viste a millones de niños y envía a médicos y enfermeras a los países del Tercer Mundo... e incluso a las zonas deprimidas del nuestro.

–Y, puesto que la BPI es una organización sin ánimo de lucro –añadió Shanna–, lo que financia todo esto son los centavos y los dólares que ustedes, los bondadosos patrocinadores, se comprometen a enviar. Sin sus contribuciones, deducibles de los impuestos, esos millones de niños inocentes a los que ayudamos sufrirían. No sólo eso, sino que millones más suplican ayuda en este mismo momento.

–¿Sabes, Shanna? A veces hasta me parece oírlos.

–Y a todos nosotros también si escuchamos con atención. Ahora, ¿por qué no enseñamos a nuestros amigos de todo el país la sala de teléfonos, donde el primer turno de doscientos cincuenta voluntarios... que han donado generosamente su tiempo... se encargan de atender las llamadas a nuestro número gratuito que irá apareciendo en pantalla?

Impulsada por las dos celebridades, la centralita en la sala de teléfonos se encendió como un árbol de Navidad.

–¡Dios, qué voz la de esa mujer! –exclamó extasiado Sammy Kafka mientras los dos hombres salían del Metropolitan Opera House, empujados por la multitud engalanada–. ¡Canta como un ángel! –Se besó sonoramente las puntas de los dedos–. ¡Ay, quién pudiera pasar la vida con ella y tener el privilegio de oírla practicar, sería celestial, mi querido amigo! ¡Absolutamente celestial!

–Creía que no te gustaban las gordas –observó Carleton Merlin con una sonrisa.

–¿Gorda? –Sammy Kafka miró a su amigo con expresión mordaz–. ¿Quién dice que está gorda? ¡Está jamón! –formó un puño con las manos y las agitó fieramente–. ¡Jamón! –repitió con un brillo infantil en los ojos.

Carleton Merlin se rió y le dio una suave palmada en la espalda. Hacía tiempo ya que se había acostumbrado a las debilidades de su más antiguo y mejor amigo. Con sólo oír un perfecto do de pecho, Sammy se quedaba embelesado y se enamoraba inevitable, instantánea y locamente. Nunca fallaba.

–Por allí –apuntó a toda prisa y señaló hacia la derecha.

Carleton, mucho más alto, estiró el cuello. Efectivamente, Sammy no se había equivocado: había un vacío en medio de la multitud.

Sammy se asió prudentemente al brazo de Carleton, para que no los separaran, pues era muy, pero que muy bajo y una multitud podría tragárselo con facilidad. Además, era exquisito... un anciano encantador de salvajes mechones de cabello blanco y siempre atildado... un dandi de poco menos de ochenta años. Carleton nunca le había visto menos que impecablemente arreglado, y, en el caso de Sammy Kafka, la perfección incluía un clavel rojo en la solapa, una pajarita de seda a lunares anudada con arte y zapatos muy brillantes.

Algo en Sammy daba la impresión de juventud perpetua; quizá fuese el modo en que sus ojos de gacela, rodeados de arrugas, sonreían al mundo, maravillados, como si cada día fuese el primero de su vida, o sencillamente su entusiasmo, su paso ágil, o bien la inclinación garbosa y juvenil de su cabeza. Fuese lo que fuese, era tan entrañable que tanto sus amigos como los desconocidos pasaban por alto todas sus excentricidades, actitud que no compartían quienes, por trabajar en el mundo de la música, lo conocían mejor. Entre los compositores, los directores de orquesta, los músicos de fama mundial, y hasta entre los escenógrafos, el encantador hombrecillo provocaba un terror puro y absoluto.

Y es que Sammy Kafka era el crítico de música clásica más eminente del país y, en opinión de algunos, del mundo entero.

Carleton Merlin, más joven que su amigo de setenta y siete años, había cumplido hacía poco los setenta y se mantenía ágil. No obstante, a su manera, era tan diferente del resto de la humanidad como Sammy Kafka.

La gente tendía a olvidar que Carleton Merlin había nacido en Boston, pues era la imagen viva de la aristocracia sureña... un auténtico caballero a la vieja usanza. Sammy era diminuto y él, alto e imponente; parecía que una ráfaga de viento podría llevarse a Sammy, mientras que Carleton lucía su barriga con orgullo. Unida a su barba de chivo y sus cabellos blancos, su tendencia a vestir trajes tropicales blancos, panamás y finas corbatas negras le daba cierto aire de coronel de plantación. Usaba bastón de mango de plata, no por afectación, sino porque un accidente sufrido muchos años antes lo había dejado con una pronunciada cojera.

–Ven, esperemos a que esos ratones escampen –sugirió Carleton.

Y guió a su amigo hacia la fuente que estaba en medio de la plaza, donde se solían sentar a recrearse con la interpretación que acababan de oír, si es que era digna de ello. Esa noche, por suerte, lo era, y ambos se sentían electrizados y arrebatados, demasiado para escabullirse hacia la brillante noche primaveral. Una ópera tan bien escenificada merecía ser saboreada, mientras permanecía adherida a los sentidos como un buen vino que cantara en el paladar.

Permanecieron sentados largo rato junto a los chorros que caían con ímpetu, Sammy con la cabeza ladeada y las manos en el regazo, y Carleton con las nudosas manos de huesos largos apoyadas en el mango de plata de su bastón de ébano.

Un cambio en la brisa los envolvió en un fino velo de fresco rocío.

–Y bien –dijo Sammy–, ¿piensas quedarte mucho tiempo en la ciudad, esta vez?

–Unos días, sí. –Carleton asintió con la cabeza–. Luego tengo que regresar a Londres y de allí iré a Viena.

–Veo que sigues investigando para esa condenada biografía de la Schneider –comentó Sammy con un gruñido malhumorado–. ¡Tú y Lili Schneider! ¿Cuántos años hace que llevas investigando? ¿Dos y medio? ¿Tres?

Carleton lo miró de reojo con una sonrisa divertida.

–Más bien cinco.

–¡Cinco años! –Sammy suspiró y agitó la cabeza con aire sombrío–. A nuestra edad, puede que ése sea el tiempo que nos quede.

Carleton se encogió de hombros.

–Lili se merece una biografía definitiva; hasta ahora todo lo que se ha escrito sobre ella es o totalmente aséptico o totalmente escandaloso.

–Y tú has encontrado algo nuevo, ¿no? Algo que hará temblar al mundo, supongo.

Sammy usó un tono cuidadoso, cínico y vagamente despreocupado, pues sabía demasiado bien que Carleton ocultaba celosamente los datos biográficos que descubría y que hacerle preguntas concretas era el mejor modo de no llegar a nada; con unos cuantos rodeos conseguiría mucho más.

–¡Oh!, supongo que podría decirse que he progresado algo –contestó Carleton con desenfado.

–Eso está bien. –Sammy asintió con la cabeza–. Eso está muy bien.

–Me gusta pensar que sí.

–Y cuando hayas terminado todas tus investigaciones –continuó Sammy con el mismo tono indiferente–, nos enteraremos de que Lili tenía pasión por los chocolates suizos, que no pagaba a tiempo las facturas de su modisto o que usaba su cuerpo a cambio de diamantes, o algo así, ¿no?

–Bueno... algo así, supongo –convino Carleton con solemnidad, como si tales minucias no pesaran mucho en su mente.

–Y, a juzgar por tus biografías anteriores, me imagino que esperarás hasta justo antes de publicarla para convocar una rueda de prensa, en la que anunciarás una información de gran trascendencia que hará que el público se caiga de espaldas.

Ahora que había echado el anzuelo, Sammy lo miró de reojo y aguardó. Pero Carleton no picó e hizo caso omiso de la pulla.

–Una rueda de prensa... –Frunció el ceño con aire pensativo y asintió con la cabeza–. Sí, creo que eso le gustaría a mi editor... un bocado... algo sabroso... algo que estimule el apetito de todos... lo recordaré, pues eso ayuda a vender muchos ejemplares, ¿sabes?

Sammy contuvo un gruñido de indignación. Intentar sonsacarle información sólida era como abrir una almeja soldada.

–Y este bocado que compartirás con tanta fanfarria... supongo que ya sabes lo que es, ¿no?

–Pues sí, he pensado en ello –reconoció Carleton.

–¿Y de veras será conmocionante?

–Eso también.

Carleton consiguió parecer aburrido, como si fuese la menor de sus preocupaciones, indicio seguro, en opinión de Sammy, no sólo de que ocultaba algo, sino de que ese algo era fenomenal. ¿Qué sería?

–¿Una grabación extraviada? –aventuró Sammy con astucia–, ¿una grabación de estudio desconocida hasta ahora?

–Siempre las busco –aceptó Carleton.

«Me estás dando sueño», decían su aire hastiado y sus ojos velados.

–¿Has descubierto un hijo natural? –preguntó Sammy con ganas de zarandearlo y de gritar.

–Por supuesto, no voy a dejar piedra por mover –comentó Carleton, que parecía no haberlo oído.

–Sabes cuánto odio los misterios –se quejó Sammy.

–¡Ah!, pero para éste, amigo mío, habrá valido la pena esperar, ya lo verás.

–Si tú lo dices –le contestó Sammy malhumorado, a sabiendas de que de nada serviría insistir.

«Eso sólo prueba que, sea lo que sea lo que ha encontrado, es algo grande –pensó–. Muy grande. Pero ¿qué será?»

Guardaron silencio un rato más. Ya no quedaban más que unos cuantos amantes de la ópera y la plaza casi vacía había adquirido un aspecto ligeramente peligroso, sombrío.

Finalmente, Sammy suspiró.

–Es hora de irnos –rezongó y se puso en pie–, si no, seremos un blanco perfecto para los rateros. –Miró hacia abajo y ajustó el clavel de su solapa.

Apoyándose en su bastón, Carleton se levantó y los dos amigos se encaminaron hacia la esquina de la avenida Columbus con Broadway, donde se abrazaron y se separaron con la promesa de llamarse pronto por teléfono. Con su habitual agilidad, Sammy se dirigió hacia la parte alta de la ciudad, y Carleton, con su habitual cojera, lenta pero majestuosa, tomó su camino hacia el sureste.

No pudo evitar reírse por lo bajo.

«¡Si Sammy supiera!... –Pero aunque le hubiese explicado a su viejo amigo lo que había descubierto, éste no lo habría creído, nadie lo creería–. Hasta hace poco, yo tampoco lo hubiese creído.»

Era una corta caminata hacia su apartamento en el Osborne, el edificio de lujo, segundo en antigüedad de la ciudad, cuya piedra rojiza, ventanas saledizas simétricamente situadas y estilo de palacete rural del Renacimiento le daban una dignidad que ni siquiera la mugre y las tiendas de la planta baja conseguían rebajar.

El portero de noche lo saludó con una sonrisa.

–¿A la ópera de nuevo? –aventuró al abrir la puerta.

–Usted, amigo mío, debería ser detective.

Carleton se rió, agitó el bastón y se dirigió hacia los ascensores imitando con torpeza a Fred Astaire, el famoso bailarín.

Seguía bailando sin garbo cuando entró en el sustancioso esplendor de su apartamento. Canturreó *Ombra Leggera* y arrojó su panamá hacia el perchero, acertando como de costumbre a alcanzar una percha. Dejó el bastón junto a la puerta y cojeó hacia la cocina, registró la nevera que Pham Van Hau, su mayordomo, solía mantener llena de comida y decidió prepararse un bocadillo de cerdo asado frío, una especialidad de Pham, tan rica en colesterol que habría hecho palidecer a su médico. Cortó una lonja de cinco centímetros y la colocó entre dos rebanadas de pan, no sin antes cubrirla con una buena dosis de *ketchup;* se sirvió una copiosa copa de vino tinto y, satisfecho, comiendo y bebiendo, cojeó hacia la habitación en la que pasaba casi todo el tiempo.

Al igual que numerosas personas que viven solas, encendió automáticamente la televisión, que por casualidad sintonizaba una de las emisoras locales independientes.

–¿... No son fantásticos, Joe? –inquirió efusiva la alegre voz de la presentadora–. ¡Y pensar que no han cantado como trío desde 1968! ¡Esto ha sido realmente histórico! ¿Sabes?, volver a oírlos me ha transportado de nuevo al apogeo de la discográfica Motown.

–A mí también, Shanna. Fueron días fantásticos, ¿a que sí? Bien, pasemos a asuntos más serios. ¿Puedes creer que, según la nota que acaban de entregarme, en las últimas tres horas hemos reunido un total de... veinti... tres... millones... de dólares? Es estupendo, ¿verdad?

–Sí que lo es, Joe, pero como sabe toda persona que haya ido a un supermercado, el dinero no vale lo que antes...

Carleton dejó su bocadillo en la mesilla y echó una mirada airada a la televisión. Se sentía totalmente despierto todavía, demasiado para dormir. Podía trabajar unas horas en la biografía de la Schneider. «Cada hora es preciosa –pensó–, y queda tanto por hacer...»

–Y para que nadie nos malinterprete, Joe, hemos de hacer entender a nuestros espectadores que no deben dejarse engañar por lo que parece mucho dinero, pues no lo es, no para lo que la BPI quiere hacer.

–Es cierto, Shanna. La BPI no sólo oye el llanto de los niños...

–... sino que oye también sus súplicas de ayuda –terminó Shanna por él.

–La BPI necesita ayuda, claro que sí.

Enojado, Carleton gruñó y apagó el aparato.

–¡Malditos hipócritas! –rezongó.

En ese momento oyó el timbre de la puerta. Ceñudo, ladeó la cabeza. Era casi medianoche.

–¿Quién demonios será? –murmuró, antes de ir a averiguarlo arrastrando penosamente la pierna.

2

Nueva York - Prisión de Radford, Starke (Florida)

–La octava enmienda a la Constitución se refiere al derecho a llevar... no, ésa es la segunda. La octava...

Pham Van Hau mantuvo la voz baja al insertar la llave en el último cerrojo y darle la vuelta. En esos momentos, lo más importante en la mente del esbelto refugiado vietnamita de poco más de treinta años era el inminente examen a que se iba a someter para adquirir la nacionalidad estadounidense.

El cilindro del cerrojo hizo clic y, con su habitual paso ligero, Pham abrió la puerta y entró en el recibidor de techo alto. Se encogió cuando lo golpeó el desagradable olor a descomposición; asqueado, arrugó la nariz y agitó una mano de finos dedos frente a la cara. ¿Qué diablos sería ese olor? ¿Carne podrida?

«Quizá se fue de viaje otra vez y olvidó sacar la basura», pensó al cerrar la puerta y echar el cerrojo. Dejó su bolsa de la compra de Balducci, colgó su ligera chaqueta en el perchero y permaneció un momento quieto, ceñudo y con la cara de altos pómulos ladeada.

El apartamento estaba silencioso.

–No hay nadie en casa –murmuró en voz baja.

Siempre lo sabía en cuanto entraba, pues los apartamentos vacíos suelen tener una extraña falta de sonidos, dan una impresión de aire estancado.

Bien, de nada serviría quedarse de brazos cruzados, pero lo primero era lo primero.

A toda prisa abrió la puerta de la sala doble que daba a la esquina de la calle Cincuenta y siete y la Séptima Avenida y desde el umbral miró alrededor. No, allí no había nada. Cruzó la estancia y abrió las tres grandes ventanas saledizas, que dejaron entrar los ruidos del tráfico, aunque no les prestó atención o, en todo caso, los agradeció, pues daban más vida al apartamento... lo hacían parecer menos tenebroso.

Olfateando con recelo se puso a buscar la fuente del olor dulzón y empalagoso. No venía de la cocina, de modo que fue de habitación en habitación, abriendo todas las ventanas para sacar el terrible hedor.

El que había sido el dormitorio de la señorita Stephanie... el olor parecía más penetrante en ese extremo del pasillo. Los oscuros ojos de Pham escrutaron la habitación... no, nada allí tampoco. Entró en el cuarto de baño adjunto.

–No –dijo en voz alta y frunció el ceño.

Con las manos en las estrechas caderas se detuvo frente a la puerta entreabierta del dormitorio principal. Tenía que venir de allí. Su oído captó un apagado zumbido, como de un enjambre de abejas. ¡Abejas! ¿En la casa? ¿En plena ciudad? Con cautela y respirando sólo por la nariz, empujó la puerta.

Frente a sí vio una silla caída, justo encima de la cual colgaban dos pies descalzos y flácidos. No se percató de que el extraño gimoteo que oyó era suyo.

Temblando, obligó a su mirada a subir por las piernas desnudas, el abdomen flácido, las partes pudendas arrugadas y el vello púbico blanco y... ¡ay, santo Buda!, los rasgos abotagados de... ¡del señor Merlin! Un enjambre de moscas, sorprendido por la llegada de Pham, alzó el vuelo y circuló frenéticamente en torno al cadáver como un ciclón.

Pham se quedó de piedra, horrorizado. Su jefe... su ex jefe... se encontraba colgado de la pesada araña holandesa con un cinturón en torno al cuello hinchado y la cara supurante. El ciclón menguó, las moscas aterrizaron descaradamente sobre el cuerpo, oscureciéndolo, y siguieron con el festín interrumpido.

El mayordomo se sobrepuso, retrocedió a trompicones, se tapó la boca con una mano, dio media vuelta y regresó a toda prisa al recibidor. Forcejeó con los cerrojos y abrió bruscamente la puerta del apartamento, sin dejar de gritar todo lo fuerte que se lo permitían los pulmones; sus gritos, como dirían posteriormente los vecinos, eran como para despertar a los muertos.

Sólo que no despertaron al señor Carleton Merlin.

–¿Sabe qué, señora? –Jed Savitt, condenado a muerte por violador y asesino en serie, sostuvo la mirada de Stephanie Merlin con sus ojos grises como guijarros–. Es usted el mejor culito que haya entrado por esa puerta.

–Corten –pidió cansada Stephanie Merlin a su equipo.

Los focos se apagaron de golpe y la cámara de vídeo dejó de filmar.

Stephanie se pasó una mano por el cabello, suspiró y juntó las manos, antes de inclinarse sobre la mesa de metal y sostener la mirada del asesino.

–Señor Savitt –dijo haciendo un esfuerzo por mantener un tono impasible y profesional–, ¿debo recordarle constantemente que estamos filmando este programa para una hora de máxima audiencia?

Los fríos ojos de Savitt la traspasaron y ella tembló involuntariamente. «Son ojos muertos –pensó estremecida–. Gracias a Dios que no estoy sola con él.» La mera idea le ponía la piel de gallina.

Aparte de ella y de Savitt, había seis personas en el pequeño cuarto de la galería de los condenados a muerte: dos guardias de la prisión, el alcaide junto al teléfono por si la ejecución se aplazaba, y el equipo de «Media hora», el programa de entrevistas y noticias de Stephanie, que se emitía una vez por semana en doscientas emisoras de televisión independientes de todo el país. Como de costumbre, había escogido a Rusty Schwartz, su mejor cámara, a Rob Manelli, que hacía magia con los focos, y a Ted Warwick, su productor. Se trataba de un equipo mínimo, pero era el único posible dados el espacio y la situación.

Stephanie clavó la mirada en Savitt e inspiró hondo. Éste, cómodamente apoyado en el respaldo de su silla, se la comía con la mirada. De poco más de treinta años y un metro ochenta y cinco de estatura, Savitt era un hombre guapo, de abundante cabello del color del trigo, fuerte mentón y piel pecosa. Podía haber sido un norteamericano modelo, de no ser por la nariz aplastada y un pequeño defecto mental: tenía debilidad por las chicas jóvenes y los bates de béisbol.

A Stephanie le costaba no disimular su aversión. Se decía que eran gajes del oficio. ¡Menudo oficio!

Stephanie Merlin, de veintiocho años, era guapa, de huesos demasiado grandes para que se la considerara exquisita, y demasiado retadora y autoritaria para que se la considerara hermosa. No obstante, resultaba impresionante y, por alguna razón, la lente de la cámara, hasta la de la videocámara –quizá la lente y la cámara menos amables de todas las fabricadas– tendía a hacer resaltar sus pómulos altos y sus ojos muy separados de color topacio pálido.

Medía un metro setenta y cinco y pesaba cincuenta y siete kilos. Era de piel marfileña, clara y luminosa; el cabello rubio rojizo le llegaba a los hombros y lo llevaba recogido con un gran lazo azul. Unos pendientes de oro en forma de concha de caracol y una sencilla y ancha cadena de oro ponían de relieve su traje azul marino y su blusa de seda blanca.

Jed Savitt se preguntó cómo estaría desnuda con el cabello suelto, empalada por dos bates de béisbol.

–Antes de continuar quisiera que quedaran claras un par de cosas –dijo Stephanie en tono enérgico y serio–. Yo no pedí venir, su abogado nos lo pidió y me ofreció a mí la exclusiva. ¿Ve esa puerta? –La señaló y él asintió con la cabeza–. Si no colabora con nosotros, mi equipo y yo nos iremos y entonces será *ciao, baby. Capisce?* ¿Y bien?

Savitt clavó en ella una larga y penetrante mirada y sonrió; más bien fueron sus labios los que sonrieron, porque sus ojos no cobraron vida.

–¿Sabe? Es usted una dama muy dura –comentó admirado–. ¿Está segura de que no ha sido celadora de prisión?

Stephanie empezó a empujar la silla hacia atrás.

–De acuerdo, de acuerdo. –El asesino en serie más notorio de Norteamérica hizo un gesto hacia Schwartz y Manelli–. Dígales que filmen.

Ellos la miraron en busca de confirmación y Stephanie asintió con la cabeza.

–De acuerdo, chicos, ya lo habéis oído. Sigamos donde nos quedamos.

Los focos se encendieron de nuevo, llenaron el cuarto con una deslumbrante luz blanca y la videocámara volvió a filmar.

Stephanie cruzó las piernas y continuó.

–Bien, Jed –su voz sonaba con el tono profesional adecuado–, falta una hora para su ejecución. Antes de morir, ¿hay algo que quiera decir a las familias de sus víctimas?

Savitt sonrió.

–No son mis víctimas, Stephanie. Como sabes, es cierto que me sentenciaron por los... eh... los crímenes –contestó, tuteándola con la familiaridad que da la televisión–, pero yo sigo afirmando que soy inocente.

–¿Está diciendo que no ha cometido los veintiocho asesinatos?

–Eso es, exactamente, lo que llevo siete años diciendo, pero nadie ha querido hacerme caso.

Sonrió a la cámara, revelando unos dientes muy blancos y uniformes.

–¿Siente hostilidad hacia la sociedad por la condena?

–¿Hostilidad? –El hombre parpadeó rápidamente–. ¿Por qué iba a sentirme hostil?

–Si, como alega, es inocente...

Savitt se encogió de hombros.

–La vida es chunga. Pero, para contestar a tu pregunta: no, no estoy enojado. Te equivocas. No es la sociedad la que quiere electrocutarme, sino el estúpido fiscal y el estúpido juez, eso sin hablar de todos esos parientes mal aconsejados que exigen sangre, la de cualquiera.

–Entonces, ¿no cree haber tenido un juicio justo por parte de un jurado compuesto por sus iguales?

–¿Mis iguales? ¿Quiénes son mis iguales? –se burló el hombre–. ¿Empleados de correos? –preguntó con expresión de asco–. ¿Amas de casa?

Stephanie se daba cuenta de que los focos convertían los ojos glaciales de Savitt en puntos plateados.

–¿Eres mi igual, Stephanie?

«Ahí va de nuevo, tomando el control y haciendo preguntas –pensó la joven–. De acuerdo, tío duro, veamos cómo reaccionas con ésta.»

–Dígame, Jed –dijo manteniendo la voz firme adrede–, ¿tiene miedo a morir?

Él siguió sonriéndole.

–Sería un embustero si dijera que no. Verás, Stephanie, todos tenemos miedo a morir. Enséñame a un hombre o una mujer que no quiera vivir eternamente y te enseñaré a un embustero. –Hizo una pausa–. Tú, ¿no quieres vivir eternamente, Stephanie? –Su voz se había convertido en un susurro apenas audible.

A la joven se le puso de punta el vello de la nuca y sintió un hormigueo en la piel.

El silencio parecía retumbar.

Entonces el teléfono soltó un berrido, como si una bomba explotara, y todos alzaron la cabeza de golpe y lo miraron, todos salvo Stephanie, que mantuvo la vista fija en la de Jed Savitt.

«Cree que es el gobernador, con una suspensión de ejecución», pensó.

El alcaide, un hombre alto y robusto de cabello entrecano, contestó al segundo timbrazo.

–Aquí el alcaide Woods. –Escuchó y espetó–: ¡Maldita sea! ¡Transfiera la llamada a la extensión uno seis! ¡Y no vuelva a bloquear esta línea, por Dios!

Enojado, colgó violentamente.

La mirada de Stephanie no se apartó en ningún momento de la de Savitt y vio apagarse, como una bombilla, la esperanza que se había asomado a sus ojos.

–Esa llamada es para usted, señorita Merlin. –La voz del alcaide interrumpió el duelo–. Si desea contestar, el supletorio se encuentra fuera, en la sala de prensa. –Con la cabeza indicó la puerta de acero remachado.

Stephanie echó una mirada a su productor.

–Ted, ¿podrías ir a ver quién es?

–De acuerdo.

Ted Warwick hizo un irónico saludo marcial. Cuando el guardia abrió la puerta, la joven oyó la algarabía de docenas de voces. La puerta se cerró con un sonido metálico y los envolvió de nuevo en un intenso silencio. Stephanie juntó las manos y suspiró con expresión pensativa,

–Jed, esto es absolutamente extraoficial, ¿de acuerdo?

–Sí, Stephanie, dime. –Jed le prestó toda su atención.

–¿Por qué pidió que yo hiciera la entrevista? Su abogado le dijo a todos que no quería conceder ninguna entrevista.

–Sí, ¿pero acaso alguien le hizo caso? Los viste al venir, Stephanie, y acabas de oírlos. –Con un gesto de la mano, Savitt indicó la puerta que había traspuesto Ted Warwick–. La sala de prensa está llena de animales hambrientos que siguen una pista de sangre. ¿Sabes cuántos reporteros hay allí fuera, Stephanie? Más de ciento cincuenta y todos esperan verme morir. –Soltó una risita seca–. La muerte es, al parecer, la suprema noticia de interés humano.

–Puede ser. Pero no ha contestado a mi pregunta. ¿Por qué yo? Podría haber escogido a cualquiera, del *New York Times,* del programa de televisión «Sesenta minutos» y hasta de «Un caso cualquiera», si es que sus gustos van por ahí.

Savitt se agachó ligeramente, cruzó los brazos sobre la mesa y la miró con su más sincera expresión.

–Llevo muchísimo tiempo queriendo conocerte, Stephanie... podría decirse que has sido mi último deseo, ya sabes, como esos niños con enfermedades terminales a los que conceden un último deseo antes de morir y alguien los lleva a Disneylandia o va a verlos un atleta. –Stephanie asintió con la cabeza–. Pues tú has convertido mi sueño en realidad: tú, Stephanie Merlin, eres mi Disneylandia, mi atleta.

De cerca, sus incisivos parecían salvajemente puntiagudos y afilados; cubrió el micrófono con una mano para que la videocámara no grabara lo que decía.

–¿Qué dirías si te dijera que llevo más de dos años viendo tu programa religiosamente? Y no porque sea bueno, sino porque encajas en mi... ideal femenino.

Stephanie luchó contra el impulso de hacer una mueca.

–Veo que no te he impresionado, pero no creí que lo hiciera.

–Me honra que piense tan bien...

–No, Stephanie. No, no –el preso negó con la cabeza–, no te sientes honrada. ¡Tienes miedo! –La reportera lo miró fijamente. El hombre había dado en el clavo–. ¿Tienes miedo de que te haga daño? ¿Es eso? –No esperaba respuesta–. Obviamente te sentirás tan aliviada como los demás cuando me aten a la Old Sparky y pulsen el interruptor. ¿A que sí? Creerás que habré desaparecido y eso te consolará.

Stephanie se limitó a mirarlo.

–Pero ¿adivinas qué? ¡No me habré ido! Te estaré esperando al otro lado, Stephanie. –Los inexpresivos ojos grises parecieron tocarla–. Sí, crees en la vida después de la muerte, ¿verdad, Stephanie?

El aire entre ellos se cargó y Stephanie habría jurado que se ondulaba y distorsionaba.

En la distancia, la puerta se abrió, como si formara parte de una dimensión lateral, y la multitud de voces volvió a alzarse.

–Steph –Ted Warwick la llamó–. Es Sammy Kafka. Llama desde Nueva York.

¡Sammy! El corazón de Stephanie se detuvo un momento.

–¿Ted? –inquirió con voz débil.

El productor le indicó que saliera.

Jed Savitt la observó mientras empujaba la silla hacia atrás, se levantaba y se dirigía a la puerta.

–No te quedes mucho rato –le gritó–, ¡que se me acaba el tiempo!

Stephanie se alegró cuando la puerta se cerró con un ruido metálico y apagó la risita del hombre. «Lo que faltaba –pensó, y agitó la cabeza como para despejarse–. Un comediante de la galería de los condenados a muerte.»

La espaciosa sala donde se habían reunido los miembros de la prensa era un hormiguero de ruido y actividad y el suelo entero estaba cubierto de gruesos cables eléctricos.

–Ted, por favor, dime, ¿qué ha ocurrido? –preguntó la joven con voz firme.

Él la llevó a un rincón, lejos de los oídos curiosos.

–Es tu abuelo –le dijo con gentileza.

Ella lo cogió de los brazos y examinó su cara con ojos como platos.

–Sammy dijo... –Ted suspiró y deseó encontrar un modo más suave de darle la noticia–, dijo que parece un suicidio.

–Suic...

La palabra la golpeó y la dejó mareada; apoyó la cabeza contra los tabiques de hormigón y cerró los ojos.

En algún lugar a miles de kilómetros de distancia, un altavoz crepitó y una voz distorsionada anunció:

–Damas y caballeros, el Tribunal Supremo de los Estados Unidos acaba de aplazar la ejecución del señor Savitt. El señor Savitt no dará entrevistas y en este momento lo están llevando de vuelta a su celda. Les daremos la información pertinente en poco tiempo. Agradecemos su paciencia.

La voz amplificada no impresionó a Stephanie Merlin, por cuyas mejillas corrían hilillos plateados de lágrimas. Alzó la cabeza lentamente y abrió los ojos. Una fuerza silenciosa brillaba en su rostro.

–Mi abuelo –dijo con tranquila convicción– no se suicidaría nunca. ¡Nunca!

3

En el vuelo a Nueva York

Stephanie miró por el cuadrado de plástico rayado, sin fijarse en las luces que se alejaban a medida que el jet se ladeaba y subía en picado. Tenía el rostro pálido y se abrazaba fuertemente a sí misma. La envolvía el frío y se sentía como un robot. «Pero, si soy un robot, ¿por qué siento tanto dolor?»

Dolor y recuerdos. Con la muerte eran una misma cosa.

La muerte se había llevado a su abuelo, se lo había robado.

Qué irónico que fuese la muerte la que los hubiese acercado tanto al principio...

Cuando sus padres murieron en un accidente fortuito, Stephanie contaba cinco años y se encontraba de visita en casa de su abuelo, viudo desde hacía mucho tiempo. Al parecer, el radar de un avión ligero se había apagado mientras un velo de niebla cubría el Mont Blanc.

El piloto nunca supo que el tranvía que subía por la pendiente se encontraba directamente en su camino. Aun cuando chocó contra el vehículo atestado de gente, seguro que lo último que pensó fue que se había estrellado contra la montaña.

Stephanie se preguntaba a menudo si, en un último segundo de terror a bordo del tranvía, sus padres vieron el aparato dirigirse hacia ellos y si habrían tenido la suerte de morir entre el cielo y la tierra. Así lo esperaba.

–Ambos tenemos que ser valientes –le había dicho su abuelo en el entierro–, sólo quedamos tú y yo.

Nada era demasiado bueno para el único pariente vivo de Carleton Merlin, que mimó descaradamente a su nieta; contrató a un decorador para que convirtiera su dormitorio del apartamento del Osborne en una fantasía rosada digna de una princesa; la colmó de regalos y le compró tanta ropa que no podía ponérsela toda antes de que le quedara pequeña.

Fue él quien insistió en que fuera a Brearley, una de las mejores y más caras escuelas privadas de Manhattan, y fue él quien asistía a todas las reuniones de padres de alumnos, quien la llevaba al zoo, que a ella le encantaba, y a la ópera, donde se dormía.

Cada vez que se publicaba una de sus biografías y recorría el país para ser entrevistado en programas de televisión, la llevaba con él. En su segundo año de secundaria, cuando Stephanie decidió ser periodista, él le allanó el camino y aprovechó sus relaciones para conseguirle un trabajo de verano en el *New York Post*. Gracias a él, pasó el verano de su tercer año en la sala de redacción de la cadena televisiva NBC.

Y la NBC la decidió. Le encantaba la excitación de la sala de redacción; le daba la impresión de formar parte de la historia a medida que se hacía. Por tanto, no sorprendió a nadie cuando solicitó ingresar en la Universidad de Columbia y estudiar técnicas de televisión y periodismo.

–Es un campo duro –le advirtió Carleton.

Pero ella demostró que lo era más, pasó los veranos y las vacaciones entre semestres trabajando en varias redacciones y se graduó *summa cum laude*, haciendo que Carleton se sintiera tan orgulloso como el pavo real del logotipo de la NBC.

–Será otra Barbara Walters –decía Carleton a quien quisiera escucharlo, refiriéndose a una famosa entrevistadora.

Tras un año redactando las noticias en la WOR-TV, la contrataron para la sección metropolitana del programa «En vivo a las cinco». De pronto, pareció que vivía con una libreta en una mano y un micrófono en la otra. Cada día le traía una nueva misión, una nueva tragedia, nuevas víctimas y nuevos héroes. La excitaba más de lo que hubiese podido imaginarse; sin embargo, los escasos dos minutos que asignaban a sus reportajes acabaron por frustrarla, pues deseaba entender a los protagonistas, comprender sus motivaciones y los efectos a largo plazo de sus tragedias y triunfos.

Ella y Ted Warwick, un realizador de «En vivo a las cinco», idearon un programa semanal de entrevistas que se centraría en un único tema cada semana. Lo llamaron «Media hora», prepararon un programa piloto y trataron de vendérselo a varias cadenas, que lo rechazaron.

No obstante, persistieron; dejaron su trabajo, invirtieron en su proyecto y decidieron ofrecer el programa a emisoras independientes. Cuando se les acabó el dinero, el abuelo de Stephanie fue quien inyectó más capital.

–No lo hago por ti –mintió–, lo hago porque creo que es una buena inversión.

Y tuvo razón. Lo vendieron a cientos de emisoras independientes; «Media hora» despegó como un cohete y propulsó a Stephanie a la fama instantánea; de la noche a la mañana se convirtió en una de las mujeres más vistas en televisión, y más rica de lo que habría podido soñar.

Sabía que sin el apoyo de su abuelo no lo habría conseguido. Se lo debía todo.

Se secó las lágrimas.

El avión se aproximaba al aeropuerto de La Guardia y, al bajar al aire más caliente, el fuselaje tembló. Al cabo de unos minutos aterrizarían en la ciudad que nunca duerme, en la ciudad donde Carleton Merlin dormía ahora para siempre.

–Abuelo –Stephanie formó la palabra sin pronunciarla en voz alta y su rostro se distorsionó con la intensidad de su pena. «¿Por qué, Dios, por qué? –se repetía con rabia silenciosa–. ¿Por qué no pudo vivir para siempre?»

Solía ser uno de los primeros pasajeros en desembarcar, pero esa noche fue la última. No tenía prisa, no había un abuelo al que llamar para avisarle de que había regresado, nada la esperaba, salvo la necesidad de enfrentarse a su muerte, y esto, cuanto más pudiese aplazarlo, mejor.

Sammy Kafka la aguardaba al final de la pista. Vestía todo de negro; llevaba corbata negra y un anticuado brazal negro. Por primera vez desde que Stephanie recordaba, no lucía ni el característico clavel en la solapa ni una sonrisa de bienvenida.

En silencio se abrazaron fuertemente. Ahora que su abuelo había muerto, el amigo más antiguo y querido de éste era lo más parecido a una familia que le quedaba a Stephanie. Recordó cómo su abuelo se lo había presentado cuando contaba cinco años: Sammy se había puesto en cuclillas delante de ella y, antes de abrazarla fieramente, le había dicho: «Hola, chiquilla, soy tu tío Sammy».

Desde entonces, ella había sido su chiquilla, y él, su tío.

–Dime que no es más que una pesadilla, tío Sammy –le rogó quedamente.

Se apartó y le apretó los brazos, con una expresión mezcla de dolor, incredulidad, pena y súplica, exactamente la misma que la de la niña que había perdido a sus padres a los cinco años.

–Por favor, dime que despertaré pronto, ¡y que está aquí!

El hombrecillo la miró con los ojos castaños humedecidos por las lágrimas no derramadas.

–¡Ay, chiquilla, cómo desearía poder hacerlo! Daría cualquier cosa por poder hacerlo. –Le dio un pañuelo perfectamente planchado y ella se secó los ojos y la cara–. ¿Tienes equipaje?

Stephanie negó con la cabeza y sorbió las lágrimas.

–Cogí el primer vuelo con asientos disponibles y no tuve tiempo de hacer las maletas. Ted dijo que se encargaría de ello.

–Bien. –Sammy aprobó con un movimiento de cabeza–. Entonces no tenemos que quedarnos por aquí. Larguémonos. Nos espera un coche con chófer.

En el trayecto hacia Manhattan, Stephanie miró el escaso tráfico que venía en dirección opuesta. «Nueva York no será igual sin el abuelo –se dijo–. Es como si ya no tuviera ningún motivo para vivir aquí.»

Pasaban por Flushing Meadows y lo que quedaba de la Exposición Universal de 1964 cuando se volvió hacia Sammy.

–La policía... –empezó a decir y tuvo que tomar aire para continuar–. Dijiste que creen que... se suicidó. ¿Cómo? –Tragó para humedecerse la garganta seca–. ¿Cómo ocurrió?

Sammy la tomó de la fina y joven mano.

–Ya tendrás tiempo suficiente para enterarte de los detalles, chiquilla. Déjalo, de momento.

La voz de Stephanie salió queda pero acerada.

–Tío Sammy, ¡necesito saberlo! Por favor, no trates de ahorrarme dolor, no me ayudaría.

–Si insistes, chiquilla. –Antes de contestar, el hombrecillo tragó con expresión angustiada y suspiró–. Fue en algún momento después de que él y yo fuésemos a ver *Dinorah*, el lunes pasado en el Metropolitan. Ese mismo día Pham se había tomado una semana libre, creo que para prepararse para el examen de ciudadanía, y al regresar hoy, entró y encontró...

–Pero ¿cómo murió?

–Al parecer lleva una semana muerto. –Sammy vaciló–. ¿Estás segura de que quieres oírlo ahora, chiquilla?

–Tío Sammy... –Stephanie puso su tono más obstinado.

–¡De acuerdo, de acuerdo! –Pero Sammy apenas conseguía pronunciar las palabras–. Pham lo encontró colgado de la araña en su dormitorio.

–¡Ay, Dios! –Stephanie cerró los ojos.

Se imaginó la araña holandesa como si la tuviese delante y se le ocurrió que nunca le había gustado, como si la situación hubiese sido distinta con un objeto que le agradara.

–Hay tanto que hacer... tantos arreglos... –dijo en voz baja, buscando algo en lo que ocupar la mente.

Sammy le apretó la mano y le dijo que no tenía por qué preocuparse, que él se encargaría de todo. Ella le devolvió el gesto, agradecida.

Cuando llegaban a Manhattan, Stephanie le dijo que había decidido pasar la noche en el Osborne.

–Pero tengo que ir a mi casa primero.

Su edificio se encontraba en el Village, en una planta empaquetadora de carne reconvertida, al final de Horatio Street, junto al río. Le pidió a Sammy que la esperara en el coche mientras subía.

–Regresaré dentro de unos minutos –le prometió–. Tengo que recoger a *Waldo* y, sí, estaré bien a solas.

–No hay prisa, chiquilla. Tómate tu tiempo.

En su apartamento del sexto piso, Stephanie subió por la estrecha escalera de caracol que iba desde el comedor hasta los dos pisos añadidos en el tejado. Su estudio, lleno de plantas, daba a una terraza con vistas al río Hudson. Por una vez no se detuvo a encender los focos de fuera para inspeccionar su frondoso feudo.

–¡Steph! ¡Steph! –Con su voz estridente, *Waldo* la saludó al verla subir–. ¿Cómo estás? ¿Cómo estás? ¡Te quiero, Steph!

Stephanie no había pensado nunca en tener un loro, pero, cuatro años antes, un conocido lo había dejado en su casa antes de salir de la ciudad y no había regresado a por él. De modo que el gran loro del Amazonas era suyo ahora.

–¡Te quiero, Steph! Hoooooola... hoooooola...

–Si tu Steph no reacciona muy bien hoy –murmuró ésta al acercarse a la jaula de latón colgada junto a una ventana–, es porque se siente muy deprimida. Tendrás que aguantarme, *Waldo*.

De nuevo en la calle, Stephanie entregó la jaula al chófer, quien la depositó con gran cautela en el asiento trasero. Como ocupaba la mitad del asiento, Sammy salió sin que se lo pidieran, se sentó en el asiento del pasajero de delante y giró el cuerpo hacia atrás cuando Stephanie se instaló junto al loro.

–¿Estás segura de que quieres pasar la noche en la parte alta de la ciudad, chiquilla? –le preguntó con aire preocupado–. Estarás sola...

–No estaré sola, tío Sammy. –La joven rasgueó las barras de la jaula con los dedos–. Tendré a *Waldo*.

–¡Un loro! –Sammy Kafka puso los ojos en blanco–. Tendrá la compañía de un loro. ¡Que Dios nos ampare! –Entonces se puso serio de nuevo–. Habrá muchos recuerdos dolorosos.

–Los deseo –contestó ella en voz baja.

«Y los necesito», pensó.

4

Sidón, Líbano

Habían conducido menos de dos kilómetros cuando la situación se convirtió en un infierno; parecía que el cielo se hubiese abierto y el Apocalipsis fuese inminente. Cuarenta cohetes israelíes estallaron, cinco de ellos en un edificio de seis plantas a menos de cien metros del taxi.

–¡Que Alá nos ayude! –chilló el taxista.

Y pisó el freno a fondo y giró bruscamente el volante hacia la izquierda, con lo que el abollado Mercedes blanco se ladeó y patinó.

En el asiento del pasajero, Johnny Stone se agarró al panel con una mano y al tirador de la puerta con la otra, en tanto las gastadas ruedas chirriaban contra el freno y el vehículo se deslizaba de lado, impulsándolo contra la puerta. Al detenerse por fin, bloqueaba ambos carriles.

El edificio que estaba delante de ellos se desintegró como a cámara lenta; la pared frontal salió disparada y el tejado saltó por los aires; un árbol, arrancado del suelo con brusquedad también voló; escombros torturados cayeron a su alrededor milagrosamente sin tocar el coche y una enorme nube de polvo y escombros ocultó la destrucción.

–Unos segundos más –murmuró el taxista árabe– y también nosotros habríamos explotado, pero estamos vivos, *Insalá!*

–*Insalá!* –convino Johnny.

Y cogió automáticamente la Leica que colgaba de su cuello, como una reacción característica del fotógrafo profesional. Tuvo que luchar contra ella y obligarse a soltar la cámara. Había tomado suficientes fotos de escenas como ésta. «¿De qué servirá una más? ¿De qué han servido las otras?»

–Daremos la vuelta –dijo el conductor, a la vez que daba marcha atrás y maniobraba con habilidad–. Conozco otro camino. –Miró a Johnny de reojo–. Si Alá quiere, llegaremos a Damasco a tiempo para su vuelo.

Johnny se volvió en su asiento y con ojos velados miró por la polvorienta ventanilla trasera. A su alrededor ardían feroces incendios. La nube de polvo empezaba a asentarse y allí donde antes había un edificio, ahora vio habitaciones amuebladas, inclinadas hacia un lado, como las de una gigantesca y loca casa de muñecas.

Líbano. Johnny suspiró cansado.

Le había encantado, el enérgico choque entre Oriente y Occidente le había parecido maravilloso.

Frunció el entrecejo y apretó los labios. Ahora lo odiaba.

Pero siempre había regresado a por una foto más, una nueva imagen que documentara la muerte, la destrucción y el sufrimiento. Pues ya no lo haría más. Ahora se largaba, *arrivederci, baby*, y para siempre. Nada lo detendría, absolutamente nada, ni su director en la revista *Life,* ni todas las bombas del Próximo Oriente. En cuanto Johnny Stone decidía algo, nada lo detenía; bailaba al son que él mismo tocaba, al de nadie más.

A sus treinta y siete años, Johnny Stone, mezcla de irlandés y alemán, de cabello negro, ojos verdiazules y boca decididamente cínica, era un fotógrafo muy premiado. Trabajaba por libre e iba a donde hombres inferiores –o más prudentes– se negaban a ir.

No era guapo, pero sí viril; alto, esbelto, de cuerpo duro, las mujeres le encontraban un atractivo devastador. Además, poseía talento, fama, nervios de acero y abundante confianza en sí mismo, características que ahora precisaba desesperadamente.

A ambos lados del taxi, los edificios no eran ya sino ruinas bombardeadas, dedos aserrados de piedra y estuco que se alzaban hacia el cielo. A lo lejos, nubes grises de polvo, como setas, crecían detrás de los tejados antes de que la brisa marina las deshiciera. Las explosiones resonaban todavía, pero se iban distanciando, como truenos alejándose.

Johnny Stone apenas si lo veía. Le preocupaba el mensaje de la agencia de noticias AP, recibido en la sala de prensa hacía menos de una hora. Cada palabra se había grabado en su mente.

«NUEVA YORK, 22 de mayo (AP). Carleton Merlin, autor mundialmente famoso de bestsellers, cuyas obras incluyen las biografías no autorizadas de Frank Sinatra, Elizabeth Taylor, Jacqueline Kennedy Onassis, Stavros Niarchos, Maria Callas, la dinastía Krupp y Pablo Picasso, fue encontrado muerto en su apartamento en esta ciudad, según la policía.

»Al parecer se suicidó.

»Deja a su nieta, Stephanie Merlin, cofundadora y presentadora del programa televisivo "Media hora", difundido a nivel nacional por cadenas de televisión independientes.

»Aún no se han dado las disposiciones para el entierro.»

Johnny conocía a Carleton Merlin; le agradaba pensar que lo conocía bien, y el hombre al que conocía no se habría suicidado nunca, jamás.

Miró a través del parabrisas. Habían dejado la ciudad y las explosiones casi parecían benignos pedos de lobo... o bolas de algodón sucias. No tardarían mucho en llegar a la frontera siria y luego a Damasco. De allí, un salto hasta Ammán con Alia, la línea aérea real jordana, otro salto de Ammán a El Cairo y de El Cairo a Nueva York, en un vuelo sin escalas...

Sonrió con amargura. Si alguien le hubiese dicho ayer que hoy se iría de Sidón por Stephanie Merlin, se habría burlado. Stephanie constituía un capítulo cerrado de su vida y no podrían reanudar la relación donde la habían dejado.

Hay cosas que no están escritas en los astros.

Stephanie. Tendría... ¿cuántos... veintisiete años? No, veintiocho; contaba veintiuno cuando se conocieron y veintitrés cuando sus caminos se separaron.

¿Habría cambiado mucho? Cinco años. Hoy en día podían ocurrir muchas cosas en ese lapso.

Miró los pinos retorcidos y los jardines encerrados que pasaban rápidamente de largo, y volvió a ver a Stephanie; su mente daba vueltas y vueltas y lo llevaba al pasado... tan lejano.

... A cinco años atrás, a ese fatídico viernes del puente del día de Conmemoración de los Caídos. Acababa de regresar de Nicaragua, tras seis miserables semanas de vagar por la húmeda y cálida selva, informando sobre otra guerra, más muertes y destrucción.

La llamó en cuanto llegó.

–Soy yo –dijo desde la alta suite de hotel con vistas al Central Park.

–Hola, yo –contestó Stephanie, y por su tono supo que sonreía, una sonrisa que superaba las siete maravillas del mundo.

–He vuelto –añadió innecesariamente.

–Es obvio. –Stephanie rió.

–¿Me has echado de menos? –Johnny buscaba un cumplido.

–Hum... –respondió ella sin comprometerse.

–Oye, ¿cuándo podemos vernos? Hace más de un mes y medio que no he visto tu glorioso cuerpo. Con un día más de privación es probable que vuelva a la época de los sueños húmedos.

–Tendrá que ser tarde.

–Esperaba que fuera más bien pronto.

–Me gustaría, Johnny –Stephanie suspiró–, pero no puedo, en serio, tengo que sustituir a uno de los presentadores habituales en el informativo de las once. –Su voz se alegró–. ¿Qué te parece si nos encontramos justo después, digamos que a medianoche?

–Bien, ¿dónde prendemos los fuegos artificiales? ¿En tu casa o en la mía?

–Eso depende –murmuró meditabunda la chica–. ¿Dónde estás?

–En Essex House.

–¡Si que te das lujos! –Se distinguía la risa en su voz–. Oye, me gusta la idea de hacerlo en un hotel, me hace sentir fácil y lasciva.

Cuando colgó, Johnny se sentía ridículamente dichoso. Después de seis semanas de celibato, de andar a trompicones por la fétida selva tropical, de luchar contra los mosquitos y la diarrea, de comer ínfimas raciones y de echar la cautela al viento para documentar las vidas de los rebeldes, el solo hecho de oír la voz de Stephanie equivalía a sintonizar con una frecuencia vibrante y sumamente estimulante. Le habían hecho falta seis semanas de separación para darse cuenta de que se encontraba entre los pocos afortunados destinados a hallar el amor de su vida.

Así pues, Johnny Stone, semental, mujeriego y soltero empedernido, salió corriendo y se gastó más de mil doscientos dólares en un anillo de compromiso en Tiffany's. Después, durante el resto de la tarde pidió flores, con las que llenó la habitación, hizo los preparativos para una cena de medianoche con champán y violines, y se fue a Bergdorf's a derrochar en una camisa de seda y un pantalón de algodón, sencillos pero horriblemente caros, y hasta se cortó el cabello.

A las once la vio en la televisión, se la comió con los ojos y se preguntó, lleno de celos irracionales, cuántos hombres entre los televidentes estarían haciendo exactamente lo mismo en ese preciso momento. Luego dejó entrar a los violinistas, bajó la intensidad de la luz, encendió las velas y se aseguró de que el Dom Pérignon fuese de un buen año. La botella estaba helada.

Todo perfecto.

Dieron las once y media, luego la medianoche. Los violinistas aguardaban en silencio. Las doce y media...

A la una, le dijo a los músicos que se fueran. Estaba casi loco de preocupación y llamó al estudio, al apartamento de Stephanie, a casa de su abuelo, y hasta al número de desaparecidos. En vano.

La una y media, las dos...

Las velas se apagaron con un chisporroteo.

Las dos y media. El hielo en la cubitera se había derretido, ya no era más que agua tibia.

Stephanie no se molestó en llamar hasta la tarde del día siguiente.

–Confío en que no me esperaras mucho tiempo, pero había un reportaje jugoso y tuve que seguirle la pista –le comentó sin disculparse.

Johnny le dijo que no importaba, que se había quedado dormido.

Unos días más tarde, cenaron en un pequeño restaurante italiano en Bleecker Street. Johnny no mencionó la cita a la que ella no había acudido, y Stephanie tampoco... se encontraba demasiado sumida en el reportaje en que todavía estaba trabajando.

–Es muy importante para mí, pero todavía no puedo hablar de ello –le dijo; la ambición brillaba en sus ojos–. Con este reportaje me haré famosa, Johnny, espera y verás. ¡Seré famosa!

Fue mientras tomaban café, después de la cena, cuando el joven la sorprendió con el estuche de Tiffany's, se lo entregó con aparente indiferencia, como si se tratara de un prendedor o un dije.

–¿Para mí? ¡Ay, qué dulzura! –Stephanie lo abrió lentamente–. ¡Un diamante!

El anillo de compromiso la dejó tan anonadada que recurrió de inmediato a la ligereza:

–El mejor amigo de una chica, eso es el diamante –dijo en son de guasa.

–Pasaba frente a Tiffany's esta tarde cuando, de repente, se me ocurrió que una piedrecita podría competir con tu reportaje –comentó Johnny, aparentando tranquilidad, pues no quería hacer una montaña del hecho de que llevaba días enteros con la joya en el bolsillo.

–Hum. –Stephanie cogió el anillo y lo examinó–. Es un modo de atraer la atención de una chica, no hay duda.

El corazón de Stephanie latía a toda velocidad; quería abrazarlo y exclamar «sí», pero antes necesitaba oírle decir las dos palabras mágicas.

–Yo diría que es más que algo que atrae la atención –contestó Johnny, envarado e irritado–. Se supone que dice que eres mía.

–¿Tuya? ¿Quieres decir con eso que tienes derechos sobre mí? –Stephanie se puso el anillo, se lo quitó y empezó a ponérselo de nuevo–. ¿Se te ha ocurrido pensar que no soy de nadie?

Pretendía que fuese una pulla juguetona, pero no pudo evitar cierta amargura en el tono. Le dolía su falta total de romanticismo. ¿Dónde estaba el champán? ¿Y los violines?

Por su parte, a Johnny también le dolieron los vanos esfuerzos que había hecho por ser romántico, sólo para que lo dejara esperando. Lo había desilusionado y herido, y ahora sentía la necesidad de herirla también.

–Por si no te habías dado cuenta, te he dado un anillo de compromiso –le dijo con voz helada.

Stephanie se quitó la joya.

–¿Eso es todo? –Lo miró y aguardó.

Él sabía lo que ella deseaba oír, pero algo en la actitud de la joven le impedía decir abiertamente «te quiero». Además, él también esperaba, esperaba que se disculpara por haber roto su cita, y quizás hasta que sumara dos más dos y sacara cuatro, o sea, que se diera cuenta de que, de haberse reunido con él en Essex House, como habían planeado, la habría dejado boquiabierta, encantada, con violines, champán y la perfecta noche de ensueño que había planeado.

–Si dices que no quieres mi anillo de compromiso, de acuerdo –comentó con tono hosco–. Dilo. Créeme, no se trata de andar por ahí rogándole a alguien que lo acepte.

A Stephanie le pareció que acababa de clavarle un cuchillo. Se puso rígida, pero, al igual que él, no era de las que muestran su vulnerabilidad.

Inspiró hondo.

–En ese caso, ¡toma!

Echó bruscamente el anillo sobre la mesa, cogió su bolso, se puso en pie y lo miró desde arriba; cada nervio le temblaba de pura rabia apenas contenida.

–Dáselo a tu horda de admiradoras –susurró con voz ronca.

Y, a toda prisa, antes de que viera sus lágrimas, se mordió los labios pálidos, giró sobre los talones y salió.

Johnny la miró con expresión desolada. ¡Dios Santo! ¿Qué diablos había ocurrido? Terriblemente entristecido, se frotó la cara con las manos. ¿Cómo pudo perder tanto el control de la situación? ¿Acaso estaba loco? No quería herirla, la amaba, ¡maldita sea!

Demasiado tarde.

En cuanto regresó al hotel trató de arreglar las cosas. La llamó para disculparse, pero ella colgó violentamente al oír su voz. Y eso lo puso furioso de nuevo.

«¡Bruja!», pensó. Si era esto lo que quería, perfecto.

Obviamente, algunas cosas no estaban escritas en los astros.

De vuelta al presente, Johnny miró a través del polvoriento parabrisas. Salían de las montañas Al Jabal Ash Sharqi. Abajo, Damasco se extendía en la polvorienta planicie. Había recorrido el primer tramo del viaje de regreso.

¿De regreso a qué? ¡Caramba! Cuando pensaba en ello, en su estupidez, en su orgullo masculino herido, ¡su maldito ego herido! Cedió con demasiada facilidad y devolvió el anillo a Tiffany's a la mañana siguiente.

No volvió a ver a Stephanie y ella nunca volvió a ponerse en contacto con él. Ninguno de los dos parecía darse cuenta de lo que le convenía.

Sin embargo, el abuelo de la joven lo sabía, y durante semanas enteras lo llamó y lo instó a que no cediera. Johnny se imaginó que el bondadoso y astuto anciano habría presionado a Stephanie también.

Pero Carleton Merlin podría haberse ahorrado el esfuerzo. Ni Johnny ni Stephanie estaban dispuestos a dar el primer paso, ¡eran ambos demasiado tozudos, tonta y juvenilmente tozudos!

Entretanto, de algún modo habían pasado cinco años. Cinco años... cinco años que podrían haber sido los mejores de sus vidas.

Y lo peor de todo era que todavía la amaba.

5

Nueva York

¡Cuán interminable se le antojó esa primera noche! Le parecía que la mañana siguiente nunca iba a llegar.

Pese al agotamiento, Stephanie, acosada por el dolor y la sensación de pérdida, no creía poder dormir ni un momento. Dejó a *Waldo* en la sala, cubrió la jaula con una sábana y pasó la noche entera en el dormitorio de su abuelo, aferrada a la impresión de que allí se sentiría más próxima a él.

Pero sin él, el grandioso y deteriorado refinamiento de la estancia de alto techo resultaba diferente... más grande... vacío. Con su muerte, el apartamento había perdido el alma.

Agitada, recorrió la habitación; esa habitación que había sido la preferida de su abuelo; en la que, al envejecer, pasaba casi todo el tiempo, con sus muebles favoritos y sus libros más preciados. Contra la pared, la cama estilo imperial en la que dormía; la antigua máquina de escribir Remington de la que no quiso separarse nunca, la misma que tenía de joven y en la que había escrito las biografías por las que se había hecho tan famoso; dispersas a su alrededor, las cosas propias de un escritor: montones de notas y páginas manuscritas, cuencos con gomas y clips, libros de referencia, cubiletes con lápices, y frasquitos de líquido corrector, así como el gran cenicero de cristal que tan bien recordaba Stephanie y que ahora conservaba los restos muertos de un cigarro puro a medio fumar, uno de sus Monte Casinos. De no ser por el elegante teléfono rojo de múltiples líneas, la cadena musical de tecnología punta, la televisión de treinta y seis pulgadas y el vídeo, podría haber sido el decorado para un caballero del siglo XIX. Pero Carleton Merlin no fue de aquellos a quienes les duele gastar su dinero en el último modelo de los aparatos electrónicos.

–Todo lo que necesito se encuentra en esta habitación –le había dicho a Stephanie, hacía relativamente poco tiempo.

Durante horas, mientras vagaba por la estancia, la joven habló con él, como si estuviese en su asiento favorito, un sillón giratorio junto al escritorio, escuchándola atentamente. Le habló de la prisión de Raiford y de Jed Savitt, el asesino más notorio de Norteamérica; le contó que Sammy Kafka había ido a recibirla al aeropuerto y la había llevado a su apartamento para que recogiera a *Waldo;* y, entre una frase y otra, le repitió que nada la haría creer que se hubiese suicidado.

La noche se alargó.

De cuando en cuando, Stephanie miraba la araña de latón deslustrado, de la que se suponía que su abuelo se había colgado, y trataba de imaginárselo subiendo en una silla, poniéndose un cinturón en torno al cuello y tirando la silla con un puntapié.

Pero negaba con la cabeza. No funcionaba. Por más que intentaba visualizarlo, no funcionaba. No dejaba de pensar: «¿Cómo habría podido hacerlo con la pierna mala? Apenas podía levantarse de las sillas o subir a la acera sin apoyarse en el bastón».

Eso mismo le había comentado al tío Sammy, camino de la ciudad.

–Según la policía, los suicidas dan a menudo muestra de gran determinación –le había contestado Sammy.

Pero no. El veredicto de suicidio no convencía. Sin embargo, ¿cómo probarlo?

Cuando acabó de contarle cosas a su abuelo, se dedicó a rebuscar sobre el escritorio, entre los montones de papeles y notas garabateadas. Una diapositiva le llamó la atención. La cogió y la examinó largo rato a contraluz. Se trataba de una fotografía muy buena de una pintura de un grupo de ancianos que, cansados y encorvados, esperaban turno para entrar en una fuente por un lado, y emerger por el otro jóvenes, erguidos y hermosos. No se trataba de una pintura bonita, pero era potente y extrañamente llamativa; y el tema, inconfundible: era la fuente de la juventud.

Meditabunda, Stephanie la bajó y se fijó en una etiqueta pegada en la parte izquierda inferior del marco de cartón, en la que reconoció la cuidada caligrafía de su abuelo:

Lucas Carancho, el Joven (1472-1553)
Óleo sobre madera
Propiedad del British Museum

La dejó en el escritorio y permitió que su mirada vagara sobre la pila de viejas fotografías en blanco y negro, ya borrosas.

Las cogió y las ojeó una a una. En la primera figuraba una hermosa niña de unos seis años, de pie junto a un perro casi tan grande como ella; la siguiente era de la misma niña, ahora de unos doce años, junto a una chica aún más bella, obviamente su hermana. El parecido resultaba asombroso; ambas, recortadas contra un fondo de prados ondulantes y un chalet con tejado de dos aguas, llevaban trenzas y traje tirolés. Otra fotografía las mostraba en una explanada a ambos lados de... ¿qué?... ¿un enano anciano de piel arrugada? Un amigo íntimo, a juzgar por el modo en que se abrazaban.

Las siguientes fotografías eran aún más antiguas... de color sepia con bordes serrados. ¿Serían los padres de las niñas? Quizá. Luego había más fotos en blanco y negro. Una mujer andando con ambas niñas y el enano; los tres últimos, vestidos con traje de primera comunión, sonreían a la cámara. Otra foto mostraba a la primera niña, ya mayor, cogida del brazo de dos jóvenes... evidentemente admiradores.

De pronto, algo le puso los pelos de punta, pues reconoció a la joven de unos dieciséis años: era Lili Schneider, la hermosa futura diva de ópera mundialmente famosa, cuya voz había emocionado a millones de personas... ¡y en cuya biografía había estado trabajando su abuelo!

Había más fotografías.

Lili, haciendo payasadas con sus compañeros de clase... Lili, junto a un piano, frente al que, con las manos sobre las teclas de marfil, se hallaba sentada una mujer de rostro severo y cabello peinado hacia atrás... una Lili mayor, en el escenario, disfrazada con peluca y traje de época para *Der Rosenkavalier – El caballero de la rosa*, de Richard Strauss–... una Lili sonriente cogida del brazo de un sonriente oficial nazi... un montón de fotos de Lili con nazis...

Y más nazis... muchos más. Espeluznante, ¡demasiado espeluznante!

Stephanie dejó caer las fotos.

La cadena musical le llamó la atención y se aproximó a ella. «¿Qué fue lo último que escuchó el abuelo?», se preguntó. Encendió el aparato y pulsó una tecla del lector de CD; el cajón salió en silencio y el disco despidió un brillo irisado bajo la luz de la lámpara. Lo sacó y miró la etiqueta, aunque ya lo sabía de antemano.

Lili Schneider. Por supuesto, tenía que ser Lili Schneider.

Metió el disco de nuevo en el cajón, pulsó el botón para ponerlo en marcha y lo escuchó. Contenía canciones de varias operetas... de Lehar, Strauss y Sieczynsky. Pero la voz, ¡ah!, era tan etérea, clara y dulce, perfectamente entonada y diferente de las demás... una voz tan mágica que en los brazos, el cuello y las piernas se le volvió a poner la piel de gallina.

«Una voz cautivadora –pensó–, demasiado hermosa y dulce para los nazis... como si la gente mala debiera escuchar música mala.»

¿Estaría escuchándola el abuelo cuando... cuando murió? Pero el aparato no estaba encendido cuando ella entró, ¿o acaso alguien lo había apagado? ¿Pham? ¿La policía? Por supuesto, no tenía importancia. Lo que importaba era que el abuelo estaba muerto, que lo había perdido para siempre.

Por la mente de Stephanie pasó un caleidoscopio de recuerdos y más recuerdos. Se rió de nuevo con los graciosos, sonrió con los buenos, y lloró. Revivió la vida con su abuelo, revivió cada emoción, todas las dichas y las tristezas de una vida condensadas en una noche.

En algún momento antes del amanecer, sentada en la cama, se durmió por fin.

Se despertó sobresaltada; la brillante luz del sol inundaba la ventana. Los sonidos de la ciudad se entrometieron y por un momento se sintió desorientada. Había soñado con el abuelo, sentado en su sillón giratorio, allí mismo, en esa habitación, disfrutando de uno de sus Monte Casinos, con expresión maliciosamente satisfecha, misteriosa, por algo que había descubierto para la biografía de la Schneider.

«¡El puro!» Se incorporó de golpe, despierta del todo.

¡Por supuesto! ¿Por qué no había pensado en eso antes? El puro constituía una clave, ¡era la prueba de que el abuelo no se había suicidado! La policía tendría que hacerle caso, tendría que iniciar una investigación.

Porque el abuelo casi nunca fumaba, sólo disfrutaba de un buen puro en ocasiones muy, pero que muy especiales, cuando algo lo hacía sentirse excepcionalmente bien. Y Pham limpió la casa el día en que el abuelo y Sammy fueron a ver *Dinorah*, ¡la limpió el día mismo en que se sospechaba que su abuelo se había suicidado! Y Pham era sumamente meticuloso. El abuelo debió fumárselo después de que Pham limpiara, ¡en un lapso de doce a veinticuatro horas antes de su muerte!

¡El puro probaba que debió sentirse excepcionalmente bien, y la gente que se siente excepcionalmente bien no suele ponerse un cinturón en torno al cuello y suicidarse!

Decidió hablar con la policía. Fue a su propia habitación rosada, donde guardaba alguna ropa, y se duchó en el cuarto de baño que antaño fuera suyo, con lo que se sintió más alerta y menos entumecida. Del armario sacó una blusa blanca, una larga falda plisada roja, una chaqueta a juego, con pliegues en la espalda, y zapatos negros de medio tacón. Tardó escasos minutos en maquillarse.

Preparó café y, tras beberse todo el contenido de la cafetera, se sintió aún más despejada. Dio de comer a *Waldo,* llenó su cuenco de agua y salió en dirección a la comisaría.

El aire matutino resultaba vigorizante y se notaba la resolución en cada paso que daba. No podía hacer que su abuelo regresara, pero podía asegurarse de una cosa, de eso no cabía duda. «Me aseguraré de que descarten su muerte como suicidio», se dijo.

De pronto se percató de cuán monstruoso era lo que pensaba y se paró en seco.

Si no era suicidio, entonces... Sintió un escalofrío... ¿Sería posible? ¿Lo habrían asesinado a sangre fría?

De la nada, surgió otra idea. El abuelo había fisgado, había investigado los antecedentes de la gente con la tenacidad de un sabueso, había descubierto secretos y sacado a la luz hechos muy bien guardados. Escarbaba, no dejaba de escarbar, y cuando había escarbado implacablemente, lo bastante hondo, se sentaba a escribir esos secretos en sus libros.

Revelar secretos crea enemigos.

Alterada, siguió andando mientras su mente se disparaba en varias direcciones.

Pero ¿quién? ¿Por qué? ¿Para qué? ¿Por la investigación en curso? ¿O por lo que había descubierto para los libros que había escrito antes? Estaba segura de que en uno de ellos hallaría la clave.

Pero ¿en cuál?

Apretó el paso. Tenía la intención de hacer todo lo posible por averiguarlo.

6

Isla de la Borboleta (Brasil) - Nueva York

Por debajo del ecuador, las estaciones se invierten. Cuando arriba es invierno, abajo es verano, aunque en ambos hemisferios los nombres de los meses son los mismos. En portugués, *maio* es mayo, sólo que en Brasil es a finales de otoño.

Y el otoño en Río de Janeiro puede ser decididamente veraniego. Ese día la temperatura alcanzó los veinticuatro grados y, como una marea humana, los adoradores del sol, ligeros de ropa, cayeron sobre las mundialmente famosas playas de Ipanema y Copacabana o sobre las veintiuna menos conocidas, a fin de absorber los rayos del sol y exhibir su joven piel bronceada.

Para los jóvenes sin preocupaciones, la posibilidad de contraer un cáncer de piel está a toda una vida de distancia.

A cien millas marinas al nordeste, la situación era distinta y, si bien la temperatura también alcanzó los veinticuatro grados y medio en la isla privada de la Borboleta, en sus límpidas playas de arena blanca no había adoradores del sol, pues para el hombre que en ella vivía, el cáncer y los efectos de los rayos ultravioleta en la piel constituían graves amenazas para la salud, y tanto él como su hermosa amante evitaban la luz solar como si fuese la peste.

Si existe en verdad algo como una isla de fantasía, la de la Borboleta ciertamente encajaba en la descripción. Podaban cuidadosamente una buena parte de sus ocho kilómetros cuadrados de suaves colinas y afloramientos volcánicos y la hacían menos densa, de modo que la brillante y verde vegetación tropical nunca se pudría y apestaba. El césped, segado en precisas ringleras, parecía una manta de tela suave, sobre la que crecía una gran profusión de especies exóticas de palmas y flores tropicales raras, de todos los tamaños, formas y colores.

Un magnate del caucho del siglo XIX había mandado construir la quinta Santo Anastácio, un palacio cubierto de azulejos portugueses azules y blancos de diseño intrincado, que en el siglo y medio transcurrido habían adquirido una hermosa pátina. Los tejados de terracota habían sido cuidadosamente restaurados.

La isla de la Borboleta era el dominio privado de Ernesto de Veiga, multimillonario recluido, uno de los tres hombres más ricos del mundo, según se decía.

Las medidas de seguridad eran severas, dignas de un hombre de su riqueza e importancia. Dos lanchas motoras equipadas con reflectores, radar y armas muy modernas patrullaban la costa por turnos las veinticuatro horas del día, mientras que brigadas de guardias de seguridad armados, acompañados de perros entrenados para atacar, lo hacían día y noche en tierra.

A la isla sólo se podía llegar por hidroavión, helicóptero y yate, y Ernesto de Veiga poseía varios vehículos de cada tipo.

Se encontraba sentado a la sombra de la galería cubierta de buganvillas. Era un hombre alto de facciones rugosas y edad difícil de calcular, y en ese momento vestía camisa de algodón blanca de manga corta, pantalón oscuro y un pañuelo amarillo atado alrededor del cuello. Su silla, vuelta hacia fuera, le permitía disfrutar de la vista. De vez en cuando miraba por encima de la mesa de mimbre, sobre la que se hallaban su zumo de verduras recién exprimidas y sus útiles de lepidopterólogo; su vista se perdía más allá de las viñas escalonadas, las flores, las frondas puntiagudas de las palmas y el césped tan bien cuidado.

Entre los arbustos se levantaban enormes nubes de mariposas con los colores del arco iris y los insectos zumbaban con indolencia.

Veiga volvió la mirada a la brillante mariposa de color verde esmeralda y negro que sostenía con unas pinzas por el tórax amarillo, que, viva todavía, agitaba las alas en un desesperado intento por escapar.

La levantó.

–¿Sabe qué es esto? –preguntó en su inglés de fuerte acento portugués.

–Claro, *senhor* –contestó el coronel Valerio, jubilado del ejército estadounidense, que estaba de pie a su lado en posición de descanso militar–. Es una mariposa.

Veiga negó con la cabeza y sonrió.

–No, no, no, coronel, ¡no es una mera mariposa! ¡Es una *Ornithoptera priamus*! Se encuentra cerca de las costas de las islas Molucas, de Nueva Guinea y del norte de Australia... y, a partir de ahora, ¡aquí! Es hermosa, ¿verdad? El primer macho de la especie para mi colección. ¿Ve los puntos negros en la parte anterior de las alas... aquí? –Señaló el ala con el índice–. Son muy parecidos a los de la hembra del *Ornithoptera victoriae*. Los colores de las mariposas –añadió– son resultado de su capacidad para convertir sus propios excrementos en pigmento puro. Es fascinante, ¿no?

Una vez explicado esto, Veiga desenroscó la tapa de un frasco en el cual guardaba una esponja bañada en éter, metió la mariposa en él y la mantuvo allí hasta que dejó de agitar las alas; la sacó y enroscó firmemente la tapa. Colocó al inconsciente insecto, con las alas medio cerradas, en un anaquel de madera de quince centímetros con dos listones laterales y una ranura revestida de corcho en la que colocaría el tórax. Luego, cogió un diminuto alfiler y, con un rápido movimiento, lo clavó en la mariposa, pegándola a la ranura. Se inclinó y sopló suavemente sobre el abdomen del animal, cuyas alas, tan parecidas a una joya, se abrieron del todo; colocó verticalmente un trozo de pergamino en cada ala y las sujetó con un par de agujas montadas en minúsculos listoncillos de madera. A continuación, deslizó el anaquel en un recipiente más grande, rectangular, que también contenía éter.

–Ahí está, cariño –susurró–. ¿Lo ves? La muerte puede ser absolutamente indolora y ahora tu belleza proporcionará eterno placer.

Al cabo de un minuto sacó el anaquel del éter. Era cuestión de esperar aproximadamente una semana a que la mariposa se secara, entonces, la sacaría de allí, la metería bajo un cristal y la etiquetaría cuidadosamente.

Con un gesto indicó al coronel Valerio que le acercara una gigantesca jaula envuelta en tela metálica y colocada sobre ruedas. En el interior, miles de mariposas vivas como la que acababa de montar, agitaban las alas y volaban, semejando un caleidoscopio de piedras preciosas.

–¡Ah! –Miró al coronel–. Es un milagro, ¿verdad? –Sus ojos brillaban–. Ayer todas éstas eran meras crisálidas y ahora, ¡obsérvelas!

Durante largo rato fijó una mirada orgullosa en la jaula; a continuación, levantó la puerta, y las liberó. Las mariposas verdes salieron y alzaron el vuelo como una columna de joyas vivas, antes de convertirse en una nube de esmeraldas dispersas.

Cuando se alejaron, Veiga juntó las manos sobre la mesa de mimbre y miró con aire interrogante a su jefe de seguridad.

–Bien. Tengo entendido que tiene buenas noticias para mí, coronel.

–Sí, *senhor*. –El coronel Valerio asintió con la cabeza.

Era un hombre esbelto, bronceado, con arrugas blancas en la piel curtida; vestía camisa color caqui, cinturón de malla, boina negra y pantalón caqui que se abombaba sobre las botas especiales para andar en la selva. Apoyada en la cadera llevaba una pistolera, y, en la cara, gafas de sol de aviador, de esas cuyo cristal es un espejo, y que volvían su rostro inexpresivo. La camisa húmeda se le pegaba al cuerpo, pero si se sentía incómodo no lo demostraba. Había estado en el ejército y había pasado gran parte de su vida en el húmedo trópico; comparada con las selvas de Centroamérica, la isla de la Borboleta era un paraíso. En realidad, lo era comparada con cualquier lugar del mundo.

–¿Han descubierto el cuerpo? –le preguntó quedamente Veiga entre sorbo y sorbo de su zumo de verduras.

–Sí, *senhor*. –La voz del coronel Valerio era cortante–. Acaban de informarme.

–¿Y la causa de la muerte?

–Suicidio: ahorcado.

–Qué pena. –Meditabundo, el multimillonario volvió a acercarse el vaso a los labios–. ¿Qué hay de su material de investigación?

–*Senhor?*

–¿Quiere decir que sigue allí? –La expresión de Veiga no cambió, mas su voz reveló su enorme disgusto.

–No dijo que debía destruirse, *senhor*.

Veiga tomó otro sorbo de zumo.

–Asegúrese de que lo hagan.

El coronel Valerio giró sobre sus talones y, con paso enérgico, recorrió la galería y desapareció a la vuelta de la esquina. Cuando el sonido de sus pasos se apagó, una mujer de edad indefinida y una belleza de las que cortan el aliento salió a la galería. Se movía silenciosamente con sus sandalias doradas, pero, aun cuando no se la veía, la presencia extraordinaria de la amante de Ernesto de Veiga se hacía sentir, y éste la percibió enseguida.

Volvió la cabeza para mirarla. Vestía un mono holgado turquesa de seda y ocultaba el cabello bajo un turbante a juego. Su tez era muy pálida y, al igual que muchas sudamericanas, llevaba los labios pintados de rojo brillante y demasiado maquillaje, pero, a diferencia de ellas, también lucía gafas de sol con montura incrustada de diamantes genuinos; sus cejas, cuidadosamente modeladas, eran del color de la miel.

–¿Qué quería Valerio? –preguntó en portugués al acercarse majestuosamente, envuelta en una nube de aroma de jazmín.

–Me informó del suicidio del escritor norteamericano.

–¿Suicidio?

Se levantó las gafas un momento y lo miró con los más extraordinarios ojos verdes. Ernesto de Veiga se permitió un asomo de sonrisa.

–Parece que el pobre hombre se ahorcó.

–¡Ah! –exclamó la mujer, encantada.

Se bajó las gafas, se colocó detrás de Veiga y le dio un posesivo masaje en los hombros.

–Entonces, ¿sí que está muerto? –insistió.

–Mucho, ¿o debería decir que desgraciadamente, sí?

La voz de la mujer se volvió de pronto amarga.

–¡No irás a decir eso, Ernesto! ¡Ese bobo entrometido! Hace tiempo que Lili Schneider murió y la enterraron. ¿Por qué no la dejó descansar en paz?

–Por desgracia para él, no lo hizo. Pero no te preocupes, mariposita mía, su recuerdo ya está a salvo.

El hombre alzó una mano, le cogió una muñeca y deslizó un anillo con un solitario de treinta quilates en su dedo anular.

–Un regalo para la mariposa más exquisita de todas –comentó, y le besó la mano.

–¡Ay, Ernesto! –Ella levantó la mano, la movió y admiró sus segmentos azules y los destellos de pura luz blanca–. No debiste hacerlo.

–Es perfecto.

–Por supuesto.

La mujer se inclinó y posó la suave mejilla en la de él. Luego, metió la mano en una voluminosa manga del mono y, con una sonrisa, sacó una caja plana de plástico transparente.

–Yo también tengo algo para ti.

Veiga la cogió y la miró a través de la tapa. Era una mariposa de alas de un tono traslúcido de verde, gris perla y salpicadas de manchas violeta pálido. Aplaudió con deleite infantil.

–¡Una *Salamis parhassus*! ¡Mi primera!

–Lo sé. –La mujer sonrió–. Desgraciadamente, no pude adquirir una oruga viva o una crisálida... todavía no.

Veiga abrió la caja con impaciencia. Rozó apenas el borde delicado de un ala y murmuró:

–En la muerte nos da belleza eterna.

–Sí –convino ella quedamente, y continuó acariciándole el hombro–. Así es.

Tras salir de la comisaría, Stephanie vagó por la ciudad sin rumbo fijo, yendo a donde la llevaban los pies. Precisaba tiempo para aclarar sus ideas y dar sentido a todo lo ocurrido. No conseguía deshacerse de la sensación de haber atravesado un espejo, de haberse zambullido en otro mundo más oscuro, un mundo de pesadilla poblado por el sufrimiento y el dolor.

Debía enfrentarse a muchas cosas y la acosaban demasiadas preguntas.

La policía no le había sido de ayuda. Habían insistido en que su abuelo se había suicidado y para probarlo le enseñaron su nota, una nota mecanografiada en la preciada Remington con la que el abuelo había escrito los libros de gran venta.

–¡Ni siquiera está firmada! –había señalado la joven, furiosa–. Y ¿qué clase de frase es ésta? «No soporto *vibir* más tiempo.» Mi abuelo nunca habría escrito mal una palabra como vivir.

–Un hombre desesperado lo haría –le dijeron.

De pronto, Stephanie ya no estaba tan segura. ¿Y si la policía tenía razón y el puro que había fumado fue el último placer que se permitió el abuelo?

«No lo fue. No tengo pruebas, pero lo sé.»

Quizás estuviese enfermo. ¿Y si padecía una dolorosa enfermedad terminal y no se lo había dicho? La sola idea tuvo la fuerza de una explosión en su pecho, y casi se tambaleó por el impacto.

De repente se dio cuenta de dónde estaba; en la esquina de Park Avenue y la calle Sesenta y cinco, ¡frente al edificio en el que tenía su consulta el médico de su abuelo!

«¿Me habrá traído aquí el subconsciente?», se preguntó.

–El doctor la verá enseguida, señorita Merlin –le dijo amablemente la recepcionista.

Stephanie expresó su agradecimiento y, angustiada, entró en el consultorio del médico, pues la idea de que su abuelo le hubiese ocultado una terrible enfermedad le resultaba insoportable. «Siempre lo hemos compartido todo.»

–No hace ni tres semanas que le hice un reconocimiento completo a su abuelo –le informó Lyle Forsyth, el facultativo de Carleton Merlin–. Radiografías, electrocardiograma, análisis de sangre, todo, y su salud era excelente para un hombre de su edad, Stephanie. Por eso no lo entendí cuando me enteré de que... –Se mostraba afable–. ¿Estás aguantando bien? ¿Puedo recetarte algo?

–Gracias, pero no –Stephanie negó con la cabeza.

«Quiero sentir el dolor –pensó–, no quiero que unos productos químicos nublen mi pena.» Se levantó y estrechó la mano del médico:

–Gracias por haberme recibido.

Regresó al Osborne y encontró a Pham haciendo limpieza en la sala, entre arranques de llanto silencioso. En cuanto entró, el joven vietnamita abrió los brazos de par en par.

–¡Ay, señorita Stephanie! –gimió, y la abrazó con fuerza–. ¡Lo siento tanto!

Durante un momento se mantuvieron llorando fuertemente abrazados.

–¡Era un hombre tan bueno! –comentó Pham con voz entrecortada y agitando la cabeza–. Voy a echarlo de menos.

–Lo sé, Pham, lo sé.

Al cabo de un rato, el joven se sorbió las lágrimas y cubrió sus emociones con un manto de dignidad.

–Por cierto, llamaron unos caballeros... los abogados y también el contable. Quieren hablar con usted. –La aspereza de su voz revelaba lo que pensaba del hecho de que los negocios se entrometieran aun antes de que enterrasen a Carleton Merlin.

Stephanie asintió con la cabeza. «Sé de qué quieren hablar, de la muerte y los impuestos, que van siempre juntos», pensó. Suspiró y se dejó caer en un sillón junto a la jaula de *Waldo.*

Pham se acercó silenciosamente, colocó una taza de té caliente y un plato de galletas en la mesita que estaba a su lado y volvió a salir con el mismo sigilo.

Stephanie permaneció sentada, como paralizada.

–¡*Waldo!* –chilló el loro mirando con glotonería las galletas. Ladeó la cabeza–. ¡*Waldo* quiere una galleta! ¡*Waldo!* ¡Te quiero, Steph!

Distraída y pensativa, la joven le dio una galleta tras otra hasta acabarlas. Tenía tantos detalles de los que ocuparse, tantas cosas de las que encargarse: seguros, cuentas bancarias, cajas de seguridad, facturas, posesiones de las que deshacerse.

De pronto se le antojó demasiado.

«Cada cosa a su tiempo –se advirtió a sí misma–. No trates de hacerlo todo a la vez, y no tengas miedo de pedir ayuda, que para eso están los amigos.» Cogió el teléfono y llamó al apartamento de Sammy Kafka.

–Tío Sammy –dijo con voz temblorosa cuando éste contestó–. Dijiste que podía llamarte cuando te necesitara. ¿Podrías venir, por favor?

–Voy para allá, chiquilla –prometió el anciano.

7

Nueva York

A Thomas Andrew Chesterfield III no le gustaba recibir llamadas telefónicas tarde por la noche y menos aún tener que levantarse a horas intempestivas para hacer algo sórdido, pero la verdad era que no le quedaba más remedio.

Colgó con un suspiro y miró a su esposa, Katinka, que se hallaba acostada de lado, con el rostro sin arrugas en perfecto reposo y el cabello negro satinado en abanico sobre la almohada. El teléfono no la había despertado, sólo había rodado sobre sí misma y se había puesto en posición fetal, con las rodillas pegadas al pecho.

La estudió un rato más. Algo en su dulce juventud y belleza etérea hizo que se diera cuenta del propósito de la llamada. «¿Podrías dormir tan plácidamente, cariño, si supieras en qué estoy metido?»

Según las apariencias, Thomas Andrew Chesterfield III era uno de los pocos elegidos de Manhattan: guapo, con poder, dinero y, como broche de oro en una vida perfecta, la hermosa Katinka, su esposa (la tercera), y cuatro hijos ya mayores (dos de cada matrimonio anterior).

Sin embargo, Thomas Andrew Chesterfield tenía también dos problemas acuciantes que se resistían a desaparecer.

El primero era Dennis, el menor de sus dos hijos varones.

El segundo era resultado directo del primero.

Hacía cuatro años, el joven y guapo Dennis, que a la sazón contaba dieciocho años, se relacionaba con un grupo de gente alocada que esnifaba cocaína. Como consecuencia de una sesión de sexo duro, murió una hermosa chica y Dennis huyó, sin saber que uno de sus conocidos había colocado una cámara de vídeo en un armario. Lo que se suponía que sería una película pornográfica, una broma, se había convertido en un *snuff film,* una de esas películas de sexo sádico real, con Dennis como protagonista.

Fue entonces cuando empezó el chantaje.

Y Thomas Andrew Chesterfield III, mundano y astuto abogado, llegó a creerse que podía evitar el escándalo y la ruina social si aceptaba pagar quince mil dólares mensuales a los chantajistas.

El abogado que conocía todos los trucos se encontraba, por una vez, contra las cuerdas, pues si llegaba a revelarse la participación de Dennis en un asesinato sexual, la familia sufriría el rechazo social, y todo porque una sesión de sexo un poco violento había acabado mal.

De pronto, un día, la exigencia de dinero cesó para ser sustituida por una exigencia aún más ominosa: que representara a un cliente misterioso cuya identidad nunca intentaría descubrir.

Una velada, apenas un mes atrás, cuando menos lo esperaba, Chesterfield recibió una llamada.

–Señor Chesterfield –susurró una voz asexuada–, ¿sabe quién soy?

–No... –contestó con voz temblorosa.

Pero sí que lo sabía, por supuesto que lo sabía.

–Creo que sí, señor Chesterfield –prosiguió la voz–. ¿Ha oído hablar de un hombre llamado Carleton Merlin?

–Sí, claro.

–Bien. Pues esto es lo que tiene que hacer. El señor Merlin ha estado metiendo las narices en asuntos que más vale dejar tranquilos.

Las entrañas de Chesterfield se relajaron ligeramente, pues habían entrado en territorio familiar.

–¿Quiere que lo demande?

La persona que susurraba se rió quedamente.

–¡Oh, no, señor Chesterfield! Queremos que lo elimine.

El dolor que le traspasó el abdomen fue como una sacudida.

–Disculpe, no lo entiendo.

–Debe asegurarse de que lo maten...

Chesterfield colgó el teléfono de golpe y se negó a contestar de nuevo, pese a la insistencia de los timbrazos. Finalmente lo desconectó. Con o sin película *snuff*, no tenía intención de involucrarse en un asesinato.

Al día siguiente, un mensajero llevó una copia de la cinta a su casa, otra a su despacho y una tercera a uno de los clubes de los que era miembro. Por suerte, ni su esposa, ni su secretaria, ni nadie en el club las había interceptado. Esa tarde volvieron a llamarle por teléfono.

–¿Ha cambiado de opinión, señor Chesterfield? –susurró la voz asexuada.

–No soy un asesino y no conozco a ningún matón –se lamentó Chesterfield.

–No importa. Hay uno en Nueva York que se especializa en muertes «accidentales». Se le conoce como el Fantasma.

–¿El Fantasma?

–Parece que lo llaman así porque es invisible. Verá, señor Chesterfield, nadie lo ha visto nunca, al menos nadie que esté vivo y pueda hablar de él –añadió la voz.

–¿Cómo me pongo en contacto con él? –inquirió Chesterfield. Le temblaban las manos.

–Según los rumores, es amigo de algunas putas y actrices de películas porno del West Side. Sólo tiene que ir por allí y preguntar.

Así empezaron sus incursiones en los bajos fondos de la ciudad, un descenso a un arroyo poblado de putos y putas, de chulos, de ladrones y timadores. Fue a todos los antros a los que iban los pervertidos endurecidos: *peep shows*, circos porno, bares de *topless*, cines X, salas de masaje y esquinas mal iluminadas, y en todos preguntó lo mismo:

–¿Conoce a un hombre llamado el Fantasma?

Finalmente, al cabo de dos semanas, una puta en la esquina sudoeste de la calle Treinta y ocho y la Novena Avenida, se asomó por la ventanilla abierta de su Jaguar y contestó:

–Sí, creo que he oído hablar del Fantasma. Es malo.

Se llamaba Shanel, era bajita y negra, con oscuros ojos brillantes, pequeños senos duros y nalgas redondas y contoneantes enfundadas en un body con cremalleras en lugares estratégicos, tan ceñido que parecía ir desnuda.

–¿Puede decirme dónde contactar con él?

–Vamos a dar un paseo, usted y yo.

Shanel recorrió la calle con la mirada, abrió la portezuela del pasajero y se metió, caderas primero.

–Pero le va a costar cincuenta pavos. ¿Vale?

La prostituta fue un conducto, y tras un método tortuoso para evitar que se le siguiera la pista, el Fantasma se puso en contacto con Chesterfield.

Y ahora Carleton Merlin formaba parte de la historia. Según los periódicos, se había suicidado.

Chesterfield se sintió más tranquilo. ¡Qué ingenuo! Esperaba que con esto terminaría todo, que le devolverían todas las copias de la cinta y que se olvidarían del pasado.

Había tomado sus deseos por realidad y esa noche había recibido otra llamada.

–Señor Chesterfield, parece que el señor Merlin trabajaba en un libro cuando se... se suicidó, y mis clientes quieren que se destruya todo el material de investigación.

–¡Pero si no conozco a ningún ladrón! –protestó.

–Estoy seguro de que el Fantasma podrá ayudarlo.

Thomas Andrew Chesterfield tuvo que dar un par de vueltas a la manzana antes de ver a Shanel en la esquina, pintándose los labios con la ayuda del espejo lateral de un coche de tres puertas. Aparcó detrás de éste. Bañada por sus faros, Shanel acabó de pintarse con aparente aburrimiento, antes de aproximarse y asomar la cabeza por la ventanilla del pasajero.

–Me pareció que eras tú –comentó.

Chesterfield esbozó una sonrisa desolada sin dejar de mirar por el espejo retrovisor por si aparecía una patrulla.

–Cálmate, no estés tan nervioso –dijo la mujer, y abrió la portezuela, que no tenía el seguro puesto. Entró a toda prisa y la cerró. –Conduce –le ordenó escuetamente.

Chesterfield esperó a que pasara una flotilla de taxis vacíos y se separó de la acera.

–Aparca allí –le dijo Shanel cuando apenas llevaba un minuto conduciendo.

Guardaron silencio un rato; la prostituta rebuscó en su bolso, sacó un cigarrillo y lo encendió con un encendedor desechable. Chesterfield pulsó un botón, las ventanas se abrieron ligeramente y Shanel fijó en él la mirada de sus oscuros y brillantes ojos.

–¿Necesitas ponerte en contacto con el Fantasma otra vez o has cambiado de opinión y quieres una mamadita?

–Tengo que ponerme en contacto con el Fantasma, necesito que...

–¡Oh no! –Shanel lo interrumpió y negó con la cabeza–. Yo sólo soy la intermediaria, no quiero saber nada. –De pronto parecía asustada–. ¡Nada!, ¿me oyes?, ¡nada!

Chesterfield asintió con la cabeza.

–Entonces, dile que... que necesito sus servicios otra vez.

–De acuerdo, pero eso tiene un precio.

Con un suspiro, el abogado sacó la cartera, extrajo un billete de cincuenta sin permitirle ver cuánto dinero llevaba y se lo tendió; pero ella se mantuvo quieta y negó con la cabeza.

–Cien.

–La última vez fueron sólo cincuenta.

–Lo sé. –Las comisuras de los labios de la prostituta se alzaron y formaron una especie de sonrisa insensible–. ¿No te has enterado todavía? ¡La inflación nos ha tocado a todos!

8

Washington

Eran calles duras, hasta para un habitante del gueto negro. Sobre todo para una mujer negra y sola que residiera allí.

Vinette Jones atravesó el complejo de edificios de protección oficial con paso enérgico, como si estuviera impaciente por alejarse, y asía con fuerza el bolso de vinilo marrón consciente de que podían arrancárselo en cualquier momento. Llevaba nueve años allí, nueve años de más, y había averiguado del modo más difícil que todo era posible.

Vinette Jones contaba apenas veintitrés años, pero parecía tener treinta y cinco; su piel era del color del cacao, como lo había sido la de sus antepasados africanos; llevaba el cabello crespo muy corto y andaba con la espalda recta y porte orgulloso. Era alta, casi demacrada y casi guapa, pero no del todo. No obstante, irradiaba una fuerza acerada y una tranquila resolución que parecía decir: «No te metas conmigo».

Caminaba con decisión y la mirada hacia el frente. No necesitaba mirar para ver lo que ocurría alrededor, pues era lo de siempre: venta y compra de *crack*, gente fumándolo, intercambio de objetos robados y manadas de adolescentes vagando con la mirada engañosamente adormilada, pero alerta por si se presentaba una presa fácil.

El horrible complejo de edificios de apartamentos de protección oficial constituía un enorme supermercado.

Los asesinatos al azar se habían convertido en el pan de cada día y las balas perdidas no escaseaban.

Vinette sintió que se le formaba un nudo en el estómago. Ése no era un lugar adecuado para criar a una hija como su Jowanda. La pequeña, hermosa e inocente Jowanda, hija prematura, carne de su carne. Se le nublaron los ojos. Jowanda. Nacida cuando ella misma estaba colocada con esa mierda, cuando vivía con Vernon, el inútil vagabundo que la había enganchado a las drogas, la había dejado embarazada y la había abandonado poco antes de dar a luz.

Jowanda, nacida en el paritorio del hospital de la Beneficencia Permanente para la Infancia –la BPI– para madres solteras, donde, justo antes de dar a luz, recibió la visita de una agradable señora, con aspecto de abuela, que trabajaba en la sucursal de Washington del orfanato de la BPI, y donde, por cincuenta dólares, firmó un documento por el que le entregaba a Jowanda.

–La cuidaremos bien y en cuanto hayas arreglado tu vida y quieras recuperarla, sólo tendrás que venir a buscarla –le dijo la dama con gentileza–. Te la devolveremos cuando quieras.

Por alguna razón, el hecho de haber vendido a su hija fue lo que finalmente tocó una fibra en el fondo de Vinette y así empezó el largo camino de la recuperación, que duró tres interminables años. ¡Cómo sufrió! Primero, la tetania y el indescriptible mono, las clínicas y la terapia constante y las recaídas; luego, encontró a Jesús y venció por fin la dependencia. «A quien supera le daré de comer del árbol de la vida», decía en las Sagradas Escrituras, y era cierto.

Una vez limpia, consiguió un trabajo de verdad, aunque sólo fuese de asistenta en el lavabo de mujeres de un lujoso hotel del centro. ¿Qué importaba? Era un trabajo honrado y con él ganaba un sueldo honrado que le procuró la independencia económica que, a su vez, le dio una sensación de orgullo; pues, habiendo dejado atrás los subsidios de beneficencia, podía andar con la cabeza bien alta.

Su dolor era abrumador. «Jowanda, hijita, ¿dónde estás?»

Porque, después de enderezarse, fue al orfanato de la BPI en Washington, pero Jowanda no estaba, pese a lo que le había prometido la agradable dama con aspecto de abuela. Y, para colmo, se enteró de que ¡ni siquiera la tenían registrada!

Como si su hijita no hubiese existido.

La afable mujer que la había hecho firmar los papeles en el paritorio sí que existía, aunque no se mostró tan amable. Algo duro, como una persiana, veló sus ojos mientras insistía en que nunca había visto a Vinette ni a Jowanda Jones.

Vinette se aferró con mayor fuerza al bolso. No pensaba aceptar las mentiras, ahora que se había limpiado y que había encontrado a Jesús. ¡No, señor! Su hijita estaba en algún lugar, esperando a que la reclamara.

¡Sí!, iba a encontrar a su Jowanda, dondequiera que se hallara, estaba resuelta a recuperarla. Quizás alguien en la sede central de la BPI en Nueva York pudiera ayudarla. Para ello, Vinette Jones había ahorrado hasta el último centavo y todas las propinas, y en este momento se dirigía a la terminal de autocares, con el apoyo de la fuerza del Señor, y su rostro resplandecía de determinación, como acero brillante.

Se tranquilizó, bajó ligeramente la guardia y apretó el paso.

Al cabo de media hora de caminata llegaría a la terminal e iría hacia el norte, a Nueva York.

Al norte, a encontrar a su hijita.

9

Nueva York

Con la llegada de Johnny Stone, Sammy Kafka y Pham Van Hau conspiraron para esfumarse; ambos alegaron repentinamente que tenían cosas que hacer en cuanto se acabó el funeral por Carleton Merlin.

«¡Y un cuerno!», pensó Stephanie. Podían haberse ahorrado la molestia, pues no quería a Johnny Stone ni deseaba hallarse a solas con él. Ni siquiera quiso dejarlo entrar, pero ¿qué podía hacer al oír que venía desde Sidón?

Y allí estaba, cinco años después, vivo y sufriendo los síntomas del cambio horario. Inclinado sobre la jaula de *Waldo*, frotaba la espalda del pájaro y le hacía gorgoritos. Y *Waldo* se dejaba deslumbrar, ¡maldito pajarraco traidor!

Con los ojos entornados, Stephanie observó un rato a su ex amante. Tenía que reconocerlo, Johnny Stone sabía qué botones pulsar.

Al parecer hay cosas que nunca cambian.

Otras, tampoco. Por ejemplo, no estaba nada mal... a cada cual lo suyo, el condenado resultaba bastante atractivo... ¡demasiado!

–Juraría que este pájaro me ha echado de menos –dijo Johnny–. ¿A que sí, *Waldo*, viejo amigo?

Volvió la cara y miró a Stephanie. A juzgar por su mirada penetrante, deseaba que afirmara que ella también lo había echado de menos.

Stephanie, por su parte, anhelaba poder hacerlo desaparecer. Ya le había dado el pésame, ella le había ofrecido una copa, que él aceptó y apuró. ¿Qué razón había para que se quedara?

–Con eso basta para ti, viejo –dijo Johnny a *Waldo*. Se enderezó y se aproximó lentamente a Stephanie, que tenía los brazos cruzados–. ¿Sabes?, pese a lo trágico de las circunstancias, de veras me alegro de verte de nuevo.

Ella no contestó, sino que hizo un escueto gesto de asentimiento.

–Seguro que echas terriblemente de menos a tu abuelo.

–Por favor, Johnny... me gustaría estar sola, ahora.

–No deberías estar sola –observó él, y puso las manos sobre sus hombros–. Sobre todo hoy.

Stephanie agitó la cabeza e intentó empujarlo; sin embargo, como una descarga eléctrica en la piel, su tacto hizo que la sangre le corriera a mayor velocidad. «¡Pero no lo quiero!», exclamó en silencio para sí. Cuando soltó un fuerte suspiro entrecortado y consiguió dar unos tambaleantes pasos hacia atrás, sus ojos parecían estanques ensombrecidos.

–No te alejes –susurró Johnny sin quitar las manos de sus hombros–. Me necesitas, cariño. Por eso he venido.

«¡Cariño!» Esa expresión, olvidada hacía mucho tiempo, atravesó las defensas de la chica y tocó una fibra en lo más recóndito de su ser.

–¡No me llames cariño! –siseó con amargura.

Un repentino sonrojo le subió del cuello a la cara, y muy a su pesar, sintió que sus piernas temblaban. Percibió el doloroso empuje de sus pezones contra el sostén de copa suave bajo el vestido de seda negra y bajó rápidamente los ojos.

–Cariño, no apartes la mirada. –Con gentileza, Johnny le alzó la barbilla con un dedo–. Mírame.

A Stephanie le costaba respirar y le pareció que el aire estaba cargado de electricidad.

–Stephanie... –Las manos de Johnny la sujetaron por los hombros.

–¡No! –susurró la chica y agitó la cabeza–. No está bien...
–Cariño...
Stephanie volvió a agitar la cabeza e intentó apartarse de nuevo, pero él le alzó suavemente la cabeza con una mano; con la otra, acunó la suavidad de su rostro desde los pómulos hasta la mandíbula, y, con una caricia tan ligera como una pluma, le expresó el deseo de consolarla.
La chica echó la cabeza hacia atrás y lo miró. Sus pupilas se dilataron un momento, su expresión se suavizó y se le cortó la respiración al contemplar la fuerza de la serena mirada de sus ojos color turquesa, en cuyas profundidades centelleaban chispas plateadas, hipnóticos destellos de sol en un río de lento discurrir.
Le pareció que el tiempo se condensaba y se detenía.
Cuanto más contemplaba esos luminosos estanques turquesas, tanto más consciente era de que estaba perdida, que de nada serviría luchar, que no tenía sentido seguir oponiéndose a sentimientos largo tiempo reprimidos, que se agitaban alocadamente en su interior. Casi contra su voluntad, cubrió la mano caliente de Johnny con la suya.
Éste le sostuvo la mirada.
–Aunque sólo sea por un ratito –murmuró–, quiero que trates de olvidar tu pérdida.
La chica tragó y asintió con la cabeza, las emociones que experimentaba crecían y estaban a punto de asfixiarla. De pronto, deseó desesperadamente que la abrazara y la besara, que la hiciera sentirse protegida, a salvo y amada, que el refugio de sus brazos reafirmara la realidad de la vida y ahuyentara la sofocante nube de la muerte.
Como si le hubiese leído la mente, Johnny acunó con ambas manos la satinada suavidad de su cara.
–Stephanie. Mi Stephanie...
Una brisa ligera entró por la ventana abierta, movió el vestido de la joven y el lazo de terciopelo negro con que se había atado el cabello en la nuca.

–Stephanie... –repitió el hombre.

–Johnny... –repuso ella con un ronco susurro.

Pero antes de que pudiese decir más, él la hizo callar, se inclinó y la besó. La punta de su lengua le acarició los labios antes de introducirse entre sus dientes y bailar, saltar y sondear.

Stephanie cerró los ojos y se dejó ir; tenía la impresión de que se hundía, de que daba maravillosas volteretas, bajando, bajando hacia honduras insondables.

¡Cuántas sensaciones despertó ese beso! Avivó múltiples sentimientos y los liberó. Era delicioso, ese calor paralizante que se extendió desde su boca y le llenó el cuerpo entero de una dulce y flexible languidez.

La encantaba, lo necesitaba. Lo había echado tanto de menos, que de nada servía ya oponer resistencia. Lo único que podía hacer era apretarse contra él, rodearlo con un brazo, poner la otra mano detrás de su cabeza y acercarla más a la suya.

Aspiró el aroma masculino de su piel... saboreó la dulzura de su aliento.

Los labios de Johnny se apartaron de los suyos y sintió que de repente le faltaba una parte de su ser, algo dulce robado de sus labios. Abrió bruscamente los ojos.

–¡No te detengas! –Se aferró a él con fuerza y lo miró directamente a los ojos–. ¡Por favor, no te detengas!

Por toda respuesta, Johnny agachó aún más la cabeza y con los labios trazó un camino húmedo por su barbilla y su garganta, hasta encontrar el pulso que palpitaba a toda velocidad en su cuello. Lo rodeó con los labios y lo lamió con suavidad.

A Stephanie le dolía todo el cuerpo, el dolor le resultaba casi insoportable, todo en ella lo anhelaba y exigía poseerlo.

Cerró los ojos al sentir que le desabotonaba el vestido desde atrás y jadeó cuando lo deslizó por sus hombros y le desabrochó el sostén. Sintió el frescor de la repentina ráfaga de aire en el pecho desnudo.

Los labios de Johnny no se habían separado de su cuello y Stephanie gimió quedamente cuando las manos masculinas subieron por su columna vertebral y trazaron la curva de sus hombros. Casi no se dio cuenta de que le desataba el lazo negro y que su cabello, liberado de repente, caía en espesas cascadas rubias, le rozaba los hombros y le enmarcaba la cara sonrosada.

Johnny apartó los labios y alzó la cabeza para comérsela con la mirada.

–Stephanie –le susurró con voz ronca al oído–. Hermosa, hermosísima Stephanie.

Le pasó los dedos por el cabello, saboreó su tacto sedoso, lo moldeó, lo acarició y lo mesó, alternativamente.

Ella dejó que su cabeza se moviera en cualquier dirección que dictaran esos dedos, cedió a la pura sensación. La lentitud con que se movían resultaba deliciosa, pero también enloquecedora.

Entonces sintió que las palmas de Johnny bajaban suavemente por su cara, por sus hombros, hasta llegar a los sedosos contornos de sus senos. El joven sostuvo cada uno en una mano, los levantó y con pulgares e índices le acarició los pezones color fresa, excitados y enhiestos.

Sólo después de lo que a ella se le antojó una eternidad, bajó la cabeza y posó solemnemente la boca en un pezón; con la lengua formó ligeras espirales a su alrededor, antes de dar el mismo tratamiento al otro.

Stephanie gimió y tembló violentamente; le costaba soportar los exquisitos estremecimientos de placer; le costaba no gritar y pedirle que la hiciera suya, aquí y ahora, y llenarla hasta hacerla explotar.

Le cogió la cabeza y la estrechó más contra su pecho.

¡Qué lujo, esa pasión! ¿Cómo había podido vivir sin ella tanto tiempo?

Sin advertencia previa, la abrazó y con un movimiento ágil la levantó. Stephanie soltó un gritito de sorpresa y se aferró a su cuello mientras él la llevaba hacia la puerta. Entretanto, *Waldo* los observaba en silencio desde su jaula, con la cabeza ladeada.

De nuevo, el hombre demostró ser casi vidente, pues eligió el territorio neutral de la habitación de los invitados, la única del apartamento completamente carente de fantasmas y recuerdos. Con reverencia, la depositó sobre el fresco cubrecama de encaje color marfil y los antiguos cojines de ganchillo.

Stephanie se tumbó, completamente desnuda, y lo observó mientras se quitaba los zapatos, se bajaba el pantalón por los esbeltos y musculosos muslos y se deshacía de la americana y la camisa. Todas las prendas cayeron silenciosamente al suelo.

Los ojos de Stephanie se regalaron.

Parecía esculpido contra la tenue luz, una escultura claroscura de Praxíteles que hubiese cobrado vida, con el pene congestionado e hinchado, como una brillante espada de carne. Era un perfecto espécimen de virilidad, de pecho ancho y poderoso y brazos musculosos. Absolutamente sublime: un musculoso *yin* para el suave y voluptuoso *yang* de Stephanie.

Se deslizó sobre la cama y se estiró encima de Stephanie, intentando no aplastarla. Su piel tenía la suave textura del satén y su masculinidad se hallaba atrapada entre sus cuerpos, como algo vivo, duro, bregando por liberarse.

Volvió a besarla y con la suavidad de una pluma le acarició la cara, los brazos, los costados, las caderas, los senos y el vientre... suaves, suaves caricias de alas de mariposa.

Estremecida, lo vio bajar poco a poco por su cuerpo, ejecutar en él una sinfonía con labios y manos. Gimió cuando le taladró el ombligo con la lengua; jadeó cuando la cogió de las nalgas y presionó el rostro en el triángulo de suaves rizos rubios entre sus piernas.

El placer absoluto casi la hizo levitar.

¡Ay, el éxtasis de su cálida lengua en el radiante líquido de su femineidad! ¡La tortura de sus labios cuando se cerraron en torno a su más íntimo secreto y lo mordisquearon y chuparon suavemente! ¡Y la sobrecogedora sensación de pérdida cuando se detuvo, de haber sido privada de una sustancia vivificante!

Pero no por mucho tiempo, pues le separó las piernas y la volvió aún más loca al acariciar el interior de sus muslos.

Stephanie jadeó. ¡Sentía llegar el principio del placer orgásmico!

Clavó los codos en el colchón e hizo amago de incorporarse.

–¡Métemelo! –susurró–. ¡No puedo esperar más! ¡Ámame! ¡Por favor, Johnny! ¡Ahora!

–No –susurró él–, todavía no. Túmbate y disfruta, no tienes que hacer nada...

Con ternura metió un dedo en su humedad.

–¡Johnny! –gritó la joven, arqueó la espalda y apoyó la cabeza con fuerza en las almohadas; sus costillas destacaban como un enrejado–. ¡Oh, oh Dios mío! ¡Por favor, Johnny, ya!

Él la miró con ojos que refulgían en la oscuridad; su expresión intensa revelaba una especie de resolución y de poder que salía de su interior.

–Todavía no, cielo –susurró–, todo a su tiempo. –Su mirada parecía adentrarse en los ojos de Stephanie–. Confía en mí, ¿quieres?

Gimiendo, la joven fue presa de espasmos mientras él la seguía acariciando y la llevaba al borde del orgasmo, sólo para parar justo antes de que la marea la envolviera del todo. La impaciencia de Stephanie resultaba casi palpable, pero él siguió provocándola, su lengua continuó encendiendo pequeños fuegos y sus labios, buscando secretos.

La marea volvió a amenazarla.

Él lo percibió y se apartó de nuevo,

De pronto, Stephanie ya no pudo más y, sorprendiéndolo, se echó hacia delante y le cogió la cabeza; cerró del todo las piernas y se frotó obscenamente contra su cara.

Johnny le cogió los tobillos, le abrió las piernas a la fuerza y enterró la cabeza aún más a fondo en su acre dulzura. Pero, de repente, el calor que emanaba la chica lo sobrecogió y, dejándose llevar por el frenesí, apartó bruscamente el rostro de las piernas abiertas de Stephanie y cambió de posición.

Ahora, a horcajadas sobre sus muslos, observó su rostro. Ella también lo miraba con ojos vidriosos en los que vio una mezcla de avidez y triunfo.

–¿Lo quieres? –le preguntó en voz baja.

–¡Cielos, claro que sí! –gimió ella.

En cuanto la cogió de las caderas y las levantó para ir al encuentro de las suyas, el pulso de Stephanie rugió en sus oídos, su sangre fluyó a toda velocidad y se convirtió en un grito cuyo volumen subió sin parar. ¡Ése era el momento!, lo sabía. El miembro de Johnny se encontraba dispuesto, en el aire, justo enfrente de ella.

–¡Johnny!

Él pareció mantenerse suspendido un rato más, como si una fuerza invisible lo sostuviera, pero ella volvió a gritar su nombre y la pujante erección la penetró.

Fue como si la tierra se moviera y el cielo se rasgara. Stephanie rodeó la cintura de Johnny con las piernas, clavó fieramente los dedos en su carne y se unió a él con violencia, como si quisiera tragárselo entero.

Una expresión embelesada, casi beatífica, cruzó su cara cuando él empezó a empujar lentamente. Cerró los ojos y le siguió el ritmo, hacia arriba y hacia abajo, arriba y abajo, coordinando sus movimientos en una danza perfectamente sincronizada.

De momento había olvidado la sombría realidad del día; el funeral y el entierro pertenecían a otro tiempo... otra vida totalmente distinta. Al hacer el amor celebraba la vida, conquistaba la muerte, se reafirmaba, volvía a nacer.

Cuando Johnny se movió más rápido, los gemidos de Stephanie aumentaron.

–¡Más rápido! –le urgió.

Jadeó, gritó y se retorció al invadirla la primera oleada del orgasmo. Giró la cabeza de un lado a otro y clavó tan fieramente las uñas en la espalda de Johnny que éste gritó de dolor.

Ella apenas lo oyó, tan poderoso era el trueno que estallaba en su interior. Continuó moviendo la cabeza de lado a lado, con frenesí; la furia de sus embates aumentó en su intento por mantener el ritmo de los de él.

Johnny, por su parte, no dejó de mirarla. La agitación de su cuerpo alimentó el hambre que sentía y sus gemidos y gruñidos se unieron a los de ella; separó los labios e hizo una mueca. Sintió el corazón como un taladro en el pecho y un torrente empezó a surgir desde el fondo de su ser.

Sus cuerpos se golpeaban entre sí, más y más rápido, voraces, como poseídos. Cada vez con más furor, como si en ello les fuese la vida.

Johnny oprimió los senos de Stephanie con más fuerza, ella gritó y le arañó la espalda, pero él se encontraba demasiado sumido en el calor para gritar, le pellizcó de nuevo los pezones y le provocó inesperadas lágrimas, pese a las cuales, una explosión de espasmos hizo temblar todo el cuerpo de Stephanie.

Sus pupilas se inmovilizaron y con expresión enloquecida miró a los ojos de su compañero, mientras los apocalípticos orgasmos la estremecían y la ahogaban en un torrente de jugos.

Sus gritos y espasmos dispararon la explosión en el cuerpo de Johnny. Éste gritó, soltó tacos, la asió casi con crueldad y se encabritó como un caballo salvaje. Al sentir que él se corría, Stephanie contrajo los músculos cuanto pudo.

Él siguió irguiéndose y gritando mientras su semilla salía disparada. Juntos, cayeron por el borde de la tierra hacia los confines del tiempo y del espacio, más allá aún, hacia la oscuridad y, detrás de ellos, la deslumbrante luz.

Permanecieron abrazados largo rato, unidos todavía, con los cuerpos temblorosos. Por fin regresaron lentamente a la realidad y Stephanie relajó los músculos, rodó sobre sí misma, se separó de él y se quedó boca arriba haciendo esfuerzos para respirar. Cuando sintió que su respiración se normalizaba, volvió la cabeza y lo observó.

–¡No me lo creo! –susurró–. ¡Me siento como si hubiese vuelto a nacer!

Johnny esbozó una amplia sonrisa.

–Si esto es lo que se siente, yo quiero volver a nacer muchas veces.

–¿Sabes? –comentó Stephanie en voz baja–, es cierto lo que dicen, que hacer el amor es una reafirmación de la vida.

Entonces el teléfono en la mesita de noche sonó con estridencia.

–¡Maldición! –Stephanie se apartó.

–Déjalo sonar. –Johnny la sujetó con el brazo y le acarició el cabello–. Si es importante, volverán a llamar.

Pero el anticuado teléfono continuó sonando... dos veces, tres, cuatro, cinco timbrazos. Con un gruñido de frustración, Stephanie se liberó del abrazo y cogió el auricular.

–¡Sí! –espetó en mitad del sexto timbrazo.

–¿Señorita Merlin? –inquirió la voz de un hombre.

–S... sí –contestó con tono de pronto cauteloso.

–Me llamo Rubin, Irv Rubin. Soy amigo de Johnny Stone. Dejó un recado de que había regresado y que podía ponerme en contacto con él ahí.

–¿Quiere...?

–Sí. Sé que éste es un mal momento para usted, señorita Merlin, pero aquí, en la revista *New York*, estamos haciendo un reportaje de portada sobre su abuelo y, naturalmente, nos preguntábamos si usted...

De pronto, más que irritada, Stephanie se sintió absolutamente furiosa.

–¡Tiene toda la razón, es un mal momento! –gritó interrumpiéndolo a media frase–. Por si no lo sabe, acabamos de enterrar a mi abuelo esta tarde. ¡Adiós!

Colgó violentamente y cerró los ojos. Cuando los abrió, en ellos se traslucía algo frío y duro. Johnny la miraba ceñudo.

–¿Qué pasa?

Ella se volvió lentamente hacia él y su furia creció. Por eso había venido, para proporcionar una línea directa a uno de sus amigotes periodistas.

–¡Maldito! –siseó con deje venenoso–. Eres una escoria, un malnacido rastrero, asqueroso y podrido.

–¡Stephanie! ¿Qué ocurre?

Johnny quiso abrazarla, pero antes de que pudiera tocarla, ella se encogió, se alejó y se bajó de la cama de un salto.

–¡Fuera! –le dijo en voz baja.

Johnny se quedó boquiabierto. ¡Actuaba como si él fuese veneno! ¡Después de hacer el amor de modo tan hermoso!

–Stephanie, si he hecho algo, quisiera saber qué es.

Ahora, hasta su voz pareció inducir el cierre de un circuito eléctrico en Stephanie; desilusión, la sensación de haber sido traicionada, violada, de haber sido objeto del oportunismo. La exaltación que había experimentado desapareció y dejó sólo dolor y desencanto; sentía el corazón vacío, hueco, y su cuerpo amenazaba con derrumbarse.

Johnny la miró fijamente.

–¿Te importaría decirme qué he hecho? –preguntó con voz queda.

–¡Averígüelo por sí mismo, señor Casanova! –repuso ella con amargura y mirada fulminante.

–Si es lo que quieres... –contestó él.

Stephanie levantó el mentón de expresión fría. Sin pronunciar palabra, giró sobre los talones y salió de la habitación con la espalda recta y orgullosa.

Johnny se limitó a contemplarla un momento y a preguntarse qué le había ocurrido. Luego, al recordar cuán gélida y tozuda podía ser, salió de la cama y recorrió el dormitorio, recogió su ropa y, bufando de rabia, se vistió.

Ella lo esperaba en el recibidor; vestía una bata y tenía una mano sobre el pomo de la puerta. Sin una palabra, la abrió de par en par.

Sin una palabra, él salió con paso majestuoso.

Sin una palabra, ella cerró suavemente la puerta y echó el cerrojo. Una vez a solas de nuevo, entró en la sala y se dejó caer en una silla.

Cansada, se frotó la cara. «¿Cómo pude ser tan estúpida? –se preguntó–. ¡Volver a nacer! ¡Y un cuerno! ¿A quién quería engañar?»

10

Nueva York - Walnut Creek (California) - Isla de Borboleta (Brasil)

Los visitantes, cuando salían del veloz ascensor, se encontraban en un inmenso espacio sin ventanas de elegante decoración típica de los ejecutivos. A medio camino entre el ascensor y la mesa de recepción, iluminada por focos invisibles, había una enorme y estilizada estatua de mármol de un niño asexuado con las manos alzadas, como si suplicara o se dispusiera a volar.

En la enmoquetada pared del fondo, se veían unas letras multicolores de veinte centímetros de grosor, desniveladas a fin de dar la impresión de ser la caligrafía de un niño:

BENEFICENCIA PERMANENTE PARA LA INFANCIA, INC.
ORGANIZACIÓN SIN ÁNIMO DE LUCRO

En consonancia con la imagen refinada de la BPI, la recepcionista era una joven morena fría y serena, con el cabello recogido hacia atrás y gafas de montura roja. De momento, fruncía el entrecejo, concentrada en sus largas uñas pintadas de rojo.

–Lo siento –dijo cuando Vinette acabó de explicarle lo de Jowanda–, pero ese asunto tiene que tratarlo en la oficina de la BPI de su estado.

–Lo sé, ¡pero no quisieron ayudarme! Por eso he venido, ¿no lo ve, señora? ¡Han perdido a mi hijita!

La recepcionista juntó las manos sobre la mesa y le sonrió con expresión tolerante.

–Déjeme asegurarle, señorita Jones, que la BPI no pierde a los niños. La BPI se dedica a cuidarlos.

–¡Pues han perdido a mi Jowanda! –declaró Vinette–. Si no, ¿por qué no la encuentran?

–Debe de haber una confusión en el ordenador. ¿Por qué no regresa a su oficina de la BPI? Estoy segura de que lo arreglarán.

Pero Vinette no había hecho el largo viaje para nada.

–Quiero ver a alguien aquí –insistió con obstinación.

–Lo siento –contestó con firmeza la recepcionista–, pero para eso necesita cita previa.

A Vinette el corazón se le cayó a los pies.

–Pero ¡ni siquiera sé a quién debería ver! –declaró, desesperada–. ¡Por favor, señora! ¡He venido desde Washington! Seguro que alguien podrá ayudarme...

El teléfono sobre la mesa sonó sin estridencia.

–Disculpe. –La recepcionista cogió el auricular–. Recepción buenas tardes. –Escuchó un rato y cambió de actitud–. ¡Ah, señor Crandall! –exclamó empalagosa–. ¡Claro que sí, señor! Le llamaré en cuanto lleguen.

Colgó y se alisó el cabello. Se la veía extraordinariamente satisfecha.

Vinette aguardó un momento antes de aclararse la garganta.

–Quisiera concertar una entrevista.

–Perfecto. –La recepcionista cogió un bloc–. ¿Con quién?

–Con el señor Crandall. –Vinette sacó el pecho.

La recepcionista se rió y negó con la cabeza.

–El señor Crandall es nuestro director general y sólo se ocupa del aspecto global de la organización.

Por la mente de Vinette pasaron varios pensamientos.

–En ese caso, ¿podría prestarme un papel y un bolígrafo?

La recepcionista volvió a suspirar, pero como no consideró que la solicitud pudiese representar un peligro, sacó papel y un bolígrafo de un cajón y se los dio.

–Gracias –dijo Vinette con educación y se dirigió a una zona de espera.

Se sentó, se inclinó sobre la mesa baja de cristal y escribió a toda prisa cinco palabras con grandes letras. Al acabar, las repasó repetidamente hasta que estuvieron lo suficientemente gruesas y oscuras como para poder leerse desde lejos. Mientras lo hacía, miraba con ansiedad hacia los ascensores.

¡Ping!

Las puertas automáticas se abrieron y de la cabina salió una pareja.

El hombre era de mediana edad y distinguido; la mujer, inmaculada, de cabello plateado perfectamente peinado, vestía ropa cara.

Muy consciente de sus propias prendas baratas y del miserable complejo de edificios de protección oficial del que venía, Vinette observó cómo la pareja se aproximaba a la mesa de recepción y anunciaba su presencia.

–¡Señor y señora Hammacher! –exclamó con excesiva efusión la recepcionista–. ¡Es un placer verles! El señor Crandall los espera y saldrá enseguida para enseñarles todo personalmente. Por favor, siéntense...

Con una sonrisa y un ademán les indicó unos sillones. La pareja se acercó al lugar donde se hallaba sentada Vinette.

El corazón de ésta latía muy deprisa. Con una silenciosa oración esperó a que se aproximaran más y alzó el papel. Las gruesas letras cuidadosamente escritas rezaban: «BPI - ¿DÓNDE ESTÁ MI HIJA?».

La señora Hammacher se puso tensa y apoyó una mano en el brazo de su marido. Éste la cogió del codo y cambió de dirección, apartándose de Vinette. Aun así, echó una mirada preocupada por encima del hombro.

La recepcionista, que de pronto se dio cuenta de lo que pretendía Vinette, le lanzó una mirada fulminante y se apresuró a llamar a los de seguridad. Vinette permaneció sentada, quieta y digna, con la vista fija y el acusador papel alzado.

Al poco rato, salieron dos fornidos hombres de seguridad, seguidos de cerca por un ejecutivo de cabello cano y rostro curtido que emanaba poder y encanto. Su expresión se endureció al mirar alrededor.

–¿Qué diablos ocurre aquí? –preguntó quedamente a la recepcionista.

–¡Lo siento mucho, señor Crandall!, pero esta mujer –señaló a Vinette con un dedo tembloroso– está dando la lata. ¡Se niega a marcharse!

Los hombres de seguridad se dirigieron hacia Vinette.

El ejecutivo de cabello blanco levantó una mano.

–Tranquilos, chicos –les ordenó con voz autoritaria, y se volvió con expresión de disculpa hacia los Hammacher, que se encontraban a un lado–. Lamento esta molestia, no tardaré ni un minuto.

Fue hacia Vinette y la contempló divertido.

–Bien, señora, ha llamado mi atención, no cabe duda. Ahora, dígame, ¿cuál es su problema?

Vinette cerró los ojos e inspiró hondo. Había ensayado su discurso una y otra vez y, efectivamente, se lo contó todo de modo tan conciso y fácil de seguir que se sorprendió a sí misma.

–Le estoy pidiendo ayuda, señor Crandall, no sé adónde más acudir, ni a quién dirigirme.

–Yo diría que ha venido al lugar indicado, ha hecho lo correcto y ha hablado con la persona indicada. –Hugh Crandall sonrió–. Ahora, veamos lo que podemos hacer para encontrar a su hijita, ¿de acuerdo? –La ayudó a ponerse de pie y la llevó hacia la recepcionista. Aún sonreía pero su expresión se había tornado fría y dura–. Que Aaron Kleinfelder se ocupe de la señorita Jones de inmediato y, si no ha solucionado el problema antes de la hora de salir, quiero que la señorita Jones se aloje en un hotel, nosotros pagaremos la habitación. Y espero que se la trate con toda cortesía. –Se volvió de nuevo hacia Vinette con ojos chispeantes–. He de decir algo a su favor, señorita Jones –declaró con tono de admiración–, ciertamente sabe cómo conseguir que se hagan las cosas.

–No, señor Crandall –Vinette negó con la cabeza; algo en ella brillaba como acero pulido–. Es que tengo fe en Jesús. Él es el que hace que todo se haga, ¡alabado sea el Señor!

Aaron Kleinfelder era un hombre con aspecto de querubín y alegres arrugas en torno a los ojos, cabello rizado gris y panza de proporciones imponentes. En cuanto Vinette estuvo sentada, acercó una lata de galletas y le ofreció una.

Ella negó con la cabeza.

–Gracias, pero no –dijo en voz queda, aunque no había comido en todo el día y su estómago gruñía–. No quiero galletas, lo único que quiero es encontrar a mi hijita.

–En ese caso –repuso alegremente el señor Kleinfelder–, tendremos que encontrarla, ¿verdad? –Cogió un puñado de galletas, pero dejó la lata al alcance de Vinette–. Verá, señorita Jones, este bebé –hizo rodar su silla hacia un lado y dio una palmadita a su terminal de ordenador–, nos ayudará a encontrar al suyo.

Indecisa, Vinette sonrió por primera vez ese día.

–¿Puedo? –preguntó, señalando la lata abierta.

–Adelante –la invitó el señor Kleinfelder y empujó la lata hacia ella.

–Gracias.

Vinette cogió una galleta y la mordió con delicadeza.

–Ahora –continuó Aaron Kleinfelder–, ante todo, tengo que acceder al archivo indicado. ¿Sabe usted si pusieron a su hija en un orfanato? ¿O en un programa de acogida de la BPI?

–Un orfanato. Al menos eso es lo que me dijo la dama de Washington.

–Entonces empezaremos por eso.

Giró, encendió la pantalla, y tecleó: CÓDIGO ORF BPI. Como por arte de magia, la pantalla gris explotó literalmente con letras verdes: TECLEE SU NÚMERO PERSONAL.

Así lo hizo, y la pantalla cambió en un abrir y cerrar de ojos:

```
PERSONAS ALOJADAS EN ORFANATOS DE LA BPI
01 ÁFRICA
02 CENTROAMÉRICA
03 NORTEAMÉRICA
04 SUDAMÉRICA
05 ASIA
06 AUSTRALIA
07 EUROPA
SELECCIONE UNO.
```

Aaron Kleinfelder pulsó el 03 y en la pantalla apareció:

```
PERSONAS ALOJADAS EN ORFANATOS DE LA BPI
NORTEAMÉRICA
1.00 CANADÁ
2.00 ESTADOS UNIDOS
SELECCIONE UNO.
```

Tecleó el código de los Estados Unidos y en la pantalla brilló inmediatamente el siguiente mensaje: TECLEE EL NOMBRE DEL ESTADO O TERRITORIO DE LOS ESTADOS UNIDOS.

–Dis... trito... de... Co... lum... bi... a. –Pronunció cada sílaba a medida que las iba escribiendo–. Ya está.

Se apoyó en el respaldo del sillón y, al cabo de cuatro segundos, las letras cambiaron.

```
1.000 PERSONAS CONSIDERADAS PARA LA BPI
1.001 PERSONAS RECHAZADAS POR LA BPI
1.002 PERSONAS ACTUALMENTE EN PROG ORF BPI
```

Tecleó inmediatamente el 1.002 y, tras una pausa, apareció:

01 NÚMERO DE IDENTIFICACIÓN DE LA BPI
02 NÚMERO DE SEGURIDAD SOCIAL
03 NOMBRE DE LA PERSONA

Kleinfelder miró a Vinette.

–No tendrá un número de identificación de la BPI para su hija, ¿verdad? –Ella negó con la cabeza–. Entonces, necesito el nombre completo de la niña. ¿Se apellida Jones?

–Se llama Jowanda Daneece.

La pantalla respondió: REFERIRSE A ARCHIVO ORF BPI TS IO NA CD 748300099440001.

Aaron Kleinfelder accedió al mencionado archivo y, tras una pausa, en pantalla parpadeó el mensaje siguiente: ACCESO DENEGADO. TECLEAR NÚMERO DE OPUS.

En la sala de ordenadores del subterráneo de las instalaciones de investigación y desarrollo de Scientifique Cosmeceuticals, Inc., en Walnut Creek, California, una estridente alarma ensordeció a los presentes.

–¡Código rojo! ¡Código rojo! –gritó uno de la docena de operadores de ordenador sentados en una fila de estaciones de trabajo–. Alguien intenta acceder al archivo Opus.

La jefa del departamento salió de su oficina y se paró detrás del joven negro que había dado la voz de alarma.

–De acuerdo, Bobby –dijo con voz fría–, veamos quién es. –Miró la pantalla del ordenador–. No me sorprendería que fuese alguien de la competencia, pero ¿quién sabe? Hasta podría ser un accidente.

–Lo dudo. –Bobby la miró por encima del hombro–. Pero lo sabremos muy pronto. He activado el trazador automático. –Sonrió–. El otro puede apagar, pero nosotros seguiremos comunicando con él. Qué bien, ¿verdad?

La jefa asintió con la cabeza, sin desviar la mirada del contenido de la pantalla que cambiaba incesantemente.

–Por cierto, ¿qué hay en el archivo Opus que sea tan importante? –preguntó Bobby.

–Ni idea –murmuró ella–, pero sé que este programa tiene más dispositivos de seguridad que el Pentágono.

ACCESO DENEGADO. TECLEE EL NÚMERO DE OPUS.

Con incredulidad, Aaron Kleinfelder miró fijamente las palabras.

–¿Qué diablos...? –murmuró con expresión de disgusto–. Disculpe los tacos –dijo y miró de reojo a Vinette.

Ella sonrió.

–Ya los he oído otras veces.

El hombre asintió con la cabeza. Nunca le habían negado el acceso a los archivos de la BPI y no sabía qué diablos era un número de Opus. Frunció el entrecejo y se rascó la barbilla.

–Esto me parece muy extraño –murmuró para sí mismo–, sumamente extraño. –Se metió otra galleta en la boca y se arremangó las mangas de la camisa–. Ahora voy a ser creativo –volvió a mirar a Vinette–, pero tengo que advertirle que podría tardar mucho.

Vinette lo miró directamente a los ojos.

–Dispongo de mucho tiempo, señor Kleinfelder –aseguró y se puso muy tiesa–. Es decir, si usted también... no quisiera mantenerlo alejado de su familia...

–No –Kleinfelder agitó una mano–. Los chicos han crecido y mi esposa se ha divorciado de mí. Así que, *voilà!*, tengo todo el tiempo del mundo, pero voy a necesitar mucha concentración. No quisiera ofenderla, pero trabajaré mejor a solas.

–Lo entiendo muy bien, señor Kleinfelder –contestó Vinette con un asentimiento de cabeza, a la vez que empujaba su silla hacia atrás.

Alguien llamó a la puerta y la ayudante personal de Aaron asomó la cabeza.

–Son las cinco y media, jefe, ¿puedo irme? ¿O necesita algo más?

Aaron la miró por encima del hombro.

–Sí que necesito algo, Lisa. ¿Podría encontrar una habitación en un hotel cercano para la señorita Jones y asegurarse de que la alojen como invitada de la compañía?

–De acuerdo, jefe. –Lisa sonrió e hizo un saludo al estilo británico, con la palma de la mano hacia fuera.

Aaron soltó una risita pero mostraba una expresión distraída: se encontraba a miles de kilómetros de distancia, centrado ya en bytes, chips y bases de datos.

En su espartano despacho en la isla de la Borboleta, el coronel Valerio escuchó la lejana voz al otro extremo de la línea telefónica y preguntó:

–¿Está seguro de que es la misma mujer que armó el alboroto en la sede de Washington? –Se hallaba sentado en un sillón giratorio tapizado de vinilo gris, con los pies sobre su escritorio de metal gris.

–Absolutamente, señor, pero aquí no hay forma de deshacernos de ella, porque le están haciendo caso. La han alojado en el hotel Grand Hyatt, y, aunque no sabía si esto es importante...

–No lo es, pero hizo bien en llamarme.

Valerio colgó, miró su reloj y marcó el número del exclusivo Union Club en Nueva York.

–Union Club, buenas tardes –contestó una voz–, ¿en qué puedo servirle?

–Quiero hablar con el señor Thomas Andrew Chesterfield. –El encendedor con el que encendió su cigarrillo llameó como una antorcha–. En estos momentos estará tomándose unos combinados.

11

Nueva York

Stephanie daba vueltas a la situación y Lili cantaba. Por una vez hasta *Waldo* guardaba silencio mientras la gloriosa voz de la Schneider desgranaba las notas, trinaba, descendía y se elevaba; algo vivo, liberado por los bafles, flotaba y llenaba la habitación, un impresionante virtuosismo, la esencia misma de la belleza vocal.

Stephanie no sabía lo que la había impulsado a meter ese disco concreto en el lector de CD, pero el *Er weidet seine Herde* del *Mesías* de Händel nunca antes había sonado con tanta claridad, tanta gracia melodiosa... ni tan espiritualmente animosa.

Por desgracia, a ella no la inspiró. Nada podía hacerlo, tras el entierro de su abuelo y después de que, para empeorar las cosas, Johnny Stone se la hubiese camelado. La había montado, literalmente, como si fuera una pelandusca, ¡y sólo para que un periodista de tres al cuarto pudiera entrevistarla!

–¡Maldito hijo de puta!

De pronto, harta de todo, de él, de sí misma, de la muerte y de la vida en general, quitó la música y el silencio resultante se le antojó casi sobrenatural.

Bien. Al menos ahora podría curarse las heridas en silencio. Quizá la calmara un largo baño... Consideró las propiedades curativas de un agradable y caliente baño, acompañado de un buen vaso de algo frío.

El agudo timbrazo del teléfono se entrometió en sus cavilaciones.

–¡Maldita sea!

Echó una mirada enfurecida al ofensivo aparato en el otro extremo de la estancia enmoquetada y suspiró. Iba a cruzarla, cuando el teléfono dejó de sonar y una perfecta imitación de su propia voz dijo:

–¿Hola? Ajá... sí... ajá.

Y pese a lo fúnebre de su estado de ánimo, la joven tuvo que reírse; desanduvo el camino y se dejó caer en el sofá. Casi había caído: *Waldo* imitaba tan perfectamente el pitido de un horno microondas, la estridencia de un teléfono y su propia voz alterada, que le ponía los pelos de punta.

–Maldito pájaro –murmuró la chica con un deje afectuoso.

Waldo subió y bajó por las barras de su jaula con una risa feliz y discordante.

El teléfono volvió a sonar, por encima de los chillidos de *Waldo;* era una llamada de verdad. Stephanie lo miró, vacilante; podría tratarse del canalla de Johnny Stone para disculparse melosamente, como si ella fuera a dejarse engañar de nuevo por sus bobadas.

Contestó al cuarto timbrazo. No era Johnny, sino Ted Warwick, su productor.

–¿Cómo estás? –quiso saber.

–Bien. No te preocupes por mí, Ted, en serio. –La otra línea se encendió. Quizás ahora sí fuera Johnny–. Espera un momento, Ted, por favor. –Pulsó el botón de espera y presionó la horquilla–. ¿Diga?

No era Johnny, sino un desconocido.

–¿Señorita Merlin?

–¿S... sí? –respondió con cierta cautela–. ¿Quién habla?

Lo que menos necesitaba era que la llamaran los periodistas, o algún loco salido de la nada.

–Espero no molestarla, señorita Merlin. No me conoce, pero yo sí que conocía a su abuelo. Me llamo Alan Pepperberg.

Stephanie frunció el entrecejo mientras revisaba a toda prisa sus archivos mentales, pero el nombre no le dijo nada.

–¿Puede esperar un momento, por favor? –dijo–. Estoy hablando por la otra línea. –A continuación, habló con Ted, le dijo que debía dejarlo y volvió a la otra llamada–. Señor Pepperberg, le agradecería que esperara un ratito más.

–De acuerdo.

Stephanie colocó el auricular sobre la mesa, fue rápidamente al estudio de su abuelo, levantó el abultado Rolodex del escritorio, colocado encima de una alta pila de libros de referencia, y hojeó las tarjetas en la sección de la «P». No encontró ningún Pepperberg. Cogió el auricular del supletorio.

–Lo siento, señor Pepperberg, su nombre y número de teléfono no figuran entre las direcciones de mi abuelo.

–No me sorprende. Su camino y el mío acababan de cruzarse, sólo hablamos por teléfono y se suponía que yo me pondría en contacto con él, pero luego leí que había muerto.

Stephanie esperó a que se explicara.

–La razón por la que le llamé en un principio es que tengo una grabación de Lili Schneider –continuó Pepperberg–, y él expresó interés en escucharla.

–Señor Pepperberg –contestó Stephanie fastidiada–, creo que tenía todos los discos de Lili Schneider que existen. ¿Por qué iba a querer escuchar uno que ya tenía?

–Esta grabación no es una copia, señorita Merlin, nunca salió al mercado y no está autorizada.

–Creo que no lo entiendo.

Stephanie descubrió su cara de expresión desconcertada en el espejo que estaba al otro extremo de la estancia.

–Se lo explicaré de buen grado. ¿Podríamos reunirnos para hablar de esto personalmente? ¿Durante una comida, quizá?

–Señor Pepperberg –Stephanie contuvo un suspiro e hizo acopio de paciencia–, la biografía de la Schneider murió con mi abuelo.

–Señorita Merlin, ¿sabía que su abuelo estaba a punto de hacer su mayor descubrimiento?

A Stephanie la cabeza empezó a darle vueltas y volvieron sus recelos acerca de fuentes y sujetos enojados.

–Señorita Merlin, ¿sigue ahí?

–Sí –consiguió responder la joven; aferrada con tanta fuerza al auricular que los nudillos se le habían puesto blancos.

–Hay algo más. –El hombre vaciló.

–¿Qué?

–No me importa lo que hayan dicho los periódicos, pero su abuelo no tenía ninguna razón para suicidarse, señorita Merlin, absolutamente ninguna; no si tiene en cuenta lo que yo tenía para él.

–Si mi abuelo no se suicidó, ¿cómo llamaría a lo que le ocurrió? –preguntó Stephanie casi susurrando.

–Creo que ya conoce la respuesta, señorita Merlin –repuso el hombre en voz baja.

Stephanie respiró hondo. ¿Acaso no le había dicho lo mismo a la policía tres días antes? Sin embargo, oír a un desconocido dar voz a sus propias sospechas fue como si le hurgaran en una herida abierta con un cuchillo.

A la mañana siguiente debía ir a su apartamento en el centro, aunque no fuera más que para ver el correo y llevar a *Waldo* a casa.

–Señor Pepperberg, mañana tengo que ir al Greenwich Village. Allí hay un bar que se llama Corner Bistro, en el triángulo donde se cruzan la Octava Avenida, la calle Cuatro Oeste y Jane Street. ¿Cree que lo podrá encontrar?

Se trataba de una elección instintiva. «Me reuniré con él en terreno neutral –pensó–. En un lugar concurrido. No está de más extremar las precauciones.»

–Corner Bistro –repitió el hombre–. Allí estaré.

–¿Hacia el mediodía?

–Muy bien, a eso del mediodía.

Lentamente, Stephanie puso el auricular en su lugar y permaneció un momento quieta, abrazándose a sí misma. Con el entrecejo fruncido, meditó. ¿De veras sabría Alan Pepperberg algo que ella no supiera?

«Probablemente no sea más que una búsqueda inútil –se advirtió a sí misma–. Más me vale no esperar demasiado. Hasta es posible que no se presente.»

12

Nueva York

Park Avenue –esa avenida excepcionalmente ancha que recuerda un gran bulevar parisino, con su calzada dividida por un impresionante eje verde– atraviesa de norte a sur el este de Manhattan. Flanqueada por algunos de los edificios de apartamentos más grandiosos y caros del mundo, constituye un baluarte de las más antiguas, ricas y poderosas familias neoyorquinas. No es por accidente, pues, que en ella se encuentren también los clubes más antiguos, exclusivos y selectos de la ciudad. El Union Club, fundado hace más de ciento cincuenta años, sumamente formal y conservador y terriblemente esnob, es el más antiguo.

A las seis menos cuarto de esa tarde, Thomas Andrew Chesterfield III se hallaba en la sala sur, en el sótano del club, e intentaba que su invitado, Theodore F. Hallingby, decidiera confiar al bufete de abogados Hathaway, Mooney, Buschbaum, Chesterfield & Gardini, los asuntos de la importante cadena de televisión que presidía. Para acelerar el proceso, había abierto una botella de armañac de cien años sacada de su compartimento privado.

–Hace años que guardo este añejo –comentó sonriente, a la vez que lo servía personalmente en las gigantescas copas, pues no deseaba poner la botella de ochocientos dólares en manos del camarero–. Éste es un momento perfecto para ver cómo ha madurado, ¿no cree?

Hallingby dio vueltas a la copa, olfateó y tomó un sorbo del líquido, siguiendo el consabido ritual; su cara adquirió un tono sonrosado de apreciación. A continuación se arrellanó en el sillón.

–¡Ah! –murmuró aprobador–. Es excelente, excelente.

–Es más viejo que yo –Chesterfield esbozó una sonrisa pícara.

–¿Sabe?, me gusta este club. –Hallingby miró alrededor con expresión anhelante. Su tono pragmático ocultaba su envidia–. ¿Es muy larga la lista de espera para ser socio?

Chesterfield lo miró.

–De hecho, la lista de espera no supone un gran problema, al menos, no lo es con el patrocinio del socio adecuado.

Bien. Ya había echado el anzuelo tentador.

–¿Ah, sí? –Hallingby alzó su copa y examinó el líquido ámbar a contraluz.

–Si le interesa visitarlo, puedo acompañarlo.

–Hum –contestó Hallingby. No deseaba parecer demasiado ansioso; tomó otro sorbo y expulsó lentamente el aliento; el fragante brandy le había proporcionado una sensación de bienestar–. Quizás algún día acepte su oferta... puede que sí.

No hacía falta dar mayores explicaciones, ambos hombres se entendían. Chesterfield apadrinaría a Hallingby y éste pondría en sus manos los asuntos de su cadena de televisión.

Un camarero se aproximó a la mesa y carraspeó discretamente.

–Señor Chesterfield.

Éste alzó la mirada.

–Tiene una llamada, dicen que es urgente.

–Bien –aceptó Chesterfield–, contestaré aquí.

Esperó a que el hombre se marchara antes de pulsar el botón del teléfono.

–Aquí Chesterfield –dijo en tono neutral.

Tras una pausa, oyó esa voz asexuada, ese susurro sibilante que tanto pavor le provocaba.

–Estaba viendo el *snuff film* de su hijo de nuevo, señor Chesterfield –anunció la voz–. He de decir que la calidad del vídeo es estupenda.

Chesterfield se encogió y se quedó petrificado. Por un largo y aterrador momento estuvo casi seguro de que se le había parado el corazón; cuando volvió el acelerado latido, luchó contra el impulso de secarse el sudor de la frente; sólo la visión de Hallingby mirándolo ceñudo detuvo el gesto. Con un ademán, indicó que la llamada no revestía importancia y esbozó una débil sonrisa.

–Señor Chesterfield –siseó la voz–, parece que de nuevo necesitamos los servicios de nuestro amigo, el Fantasma. –Chesterfield sintió que se le contraían los músculos del esfínter y un doloroso retortijón le recorrió las entrañas–. Los necesitamos de inmediato, ¿entiende, señor Chesterfield?

–Sí –susurró éste con voz ronca, paralizado por el miedo, pero consciente de la mirada cada vez más recelosa de Hallingby.

–Entonces le sugiero que no se moleste en acabar su copa. ¡Vaya ahora mismo a ponerse en contacto con el Fantasma! ¡Pero ya!

Chesterfield palideció. Ya casi no se fijaba en el entrecejo fruncido de Hallingby. En su mente sólo giraban fragmentos del maldito vídeo, los veía con terrible claridad. El recuerdo resultaba tan odiosamente real que, sin darse cuenta de ello, cerró los dedos en torno a la copa de brandy con muchísima fuerza. Con un sonoro chasquido el cristal se rompió, volaron los añicos, el armañac saltó y Hallingby se echó hacia atrás para evitar las salpicaduras. Sin embargo, Chesterfield ni siquiera se percató de la sangre que brotaba de su mano.

–¿Quién? –preguntó en tono abatido–. ¿Quién va a ser esta vez?

–Se llama Vinette Jones y se hospeda en el hotel Grand Hyatt –le informó la voz–, una mujer de raza negra. No se preocupe, nadie la echará de menos.

Chesterfield colgó con furia y soltó una carcajada rasposa; todavía no se había visto la mano ensangrentada. Más que respirar, resoplaba, estremecido. El camarero llegó corriendo con una servilleta de lino y una toalla.

–Le traeré una venda enseguida, señor Chesterfield –dijo en tono solícito, pero Chesterfield negó con la cabeza.

–No, no, estaré bien. –Levantó la mano y la miró, perplejo y con expresión soñadora. De pronto, volvió a la realidad–. ¡Dios! –exclamó con repugnancia.

Cogió bruscamente la servilleta de lino que le ofrecía el camarero y se envolvió la mano.

–Más vale que vaya a que me curen esto –añadió, esbozando una sonrisa forzada, y continuó mintiendo sin reparos–: Lo siento muchísimo, amigo. Se me ha presentado un pequeño problema familiar y tengo que irme enseguida. Lamento abandonarlo así...

–Lo llevaré en mi coche –se ofreció Hallingby.

–No, no, quédese, y acabe su copa. Me encuentro bien, de veras, estoy bien.

Y salió a toda prisa. No se sentía bien, claro que no, y lo peor era que sabía que, al ponerse de nuevo en contacto con el Fantasma, lo único que conseguiría sería ganar un poco más de tiempo.

13

Nueva York - Walnut Creek (California) - Sítto da Veiga (Brasil)

Aaron Kleinfelder se sentía en su elemento. A excepción del personal de limpieza, el edificio de oficinas estaba vacío y él podía concentrarse, trabajar sin que lo interrumpieran. Mordisqueó una tostada, pulsó el botón BÚSQUEDA, estudió la pantalla, tecleó el código que deseaba y observó cómo en la pantalla aparecía:

```
1.010 PADRES DE PERSONAS EN ORF DE BPI
001 MADRE
002 PADRE
ELIJA UNO:
```

–Ahí vamos, mamá –dijo Kleinfelder en voz baja y tecleó el 001.

Echó una ojeada a la nueva información que figuraba en la pantalla y decidió usar el número de la Seguridad Social de Vinette. Refiriéndose a la información que la joven le había proporcionado, lo tecleó y observó de nuevo cómo en la pantalla aparecía: REFERIRSE A ARCHIVO ORF BPI TS IO NA CD 748300099440001.

De modo que tecleó: ORF BPI TS IO NA CD 748300099440001.

Y, ¡caramba!, en la pantalla parpadeó de nuevo: ACCESO DENEGADO. TECLEE NÚMERO OPUS.

¡Otra vez! ¡Condenado número Opus!, fuese lo que fuese. Y, ahora, ¿qué?

–¡Vaya! –exclamó Bobby, frente a su ordenador en Walnut Creek, California–. ¡Mira eso! ¡Alguien ha vuelto a hacerlo! Me pregunto si es el mismo tío.

–Lo sabremos enseguida –contestó enérgicamente su jefa.

La pantalla parecía retorcerse con la emisión. De pronto, aunque los demás números y letras seguían cambiando, un número dejó de moverse.

–¡Ajá! –dijo–, nos vamos acercando, lo tendremos dentro de un par de minutos.

No había acabado de hablar cuando un segundo número se unió al otro.

Aaron Kleinfelder se sentía cada vez más perplejo. Puesto que con el número de la Seguridad Social de Vinette no había logrado nada, había tecleado su nombre y, por respuesta consiguió, ¿qué, si no?, REFERIRSE A ARCHIVO BPI TS IO NA CD 748300099440001.

Luego lo intentó con el nombre del padre de Jowanda, Vernon Merrill West, y se habría sorprendido si la respuesta a esa entrada no hubiese sido: REFERIRSE A ARCHIVO BPI TS IO NA CD 748300099440001, y aún más si esa instrucción no le hubiese llevado a: ACCESO DENEGADO. TECLEAR NÚMERO OPUS.

–Definitivamente –murmuró sombríamente–, aquí hay gato encerrado.

El problema era que no sabía qué hacer para encontrar al gato, ni por dónde empezar, al menos sin ese maldito número Opus.

En la sala de ordenadores de Scientifique Cosmeceuticals, Bobby exclamó triunfante:

–¡Ya te tengo! –y susurró–: ¡Vaya, vaya!

–¿Beneficencia Permanente para la Infancia? –leyó su jefa al inclinarse por encima de su hombro, y frunció el entrecejo–. No lo entiendo, ¿no son...?

–El grupo no lucrativo con el programa de adopción provisional –Bobby acabó la frase por ella y asintió con la cabeza. Hizo girar su silla y la miró con expresión perpleja–. Lo que no entiendo es por qué alguien de allí está tratando de acceder a nuestros archivos de aquí.

–No lo sé –contestó su jefa–, pero imprime los datos y llévalos a mi despacho –continuó con rostro inexpresivo–. Entretanto, tengo que preparar un informe.

Regresó a toda prisa a su despacho, cogió el teléfono y pulsó el botón que correspondía a un número en la memoria. Oyó varios clics, una pausa, más clics, que daban la impresión de que la llamada era desviada, y, finalmente, tras otra serie de clics y cortas esperas, oyó unos apagados timbrazos lejanos, tras lo cual una voz masculina contestó con sequedad:

–Seguridad.

–Sí, aquí Sharon Walker en Walnut Creek. Alguien está tratando de acceder por segunda vez a nuestros archivos Opus.

–¿Encontraron la fuente?

–Sí. Está en la terminal uno tres dos en la sede de Nueva York de la Beneficencia Permanente para la Infancia. No tiene sentido, no tienen nada que ver con nosotros.

–Olvídelo –le dijo la voz–. Seguro que fue una metida de pata o un pirata informático. Aparte de usted, ¿quién conoce la aparente intromisión?

–Robert Lubbock.

–Los felicito a los dos y le aseguro que no pasará desapercibida su vigilancia. Para asegurarnos de que figure en su expediente, ¿podría deletrearme ambos nombres?

Sharon Walker así lo hizo.

–Hicieron bien –insistió la voz.

–Sólo hicimos nuestro trabajo –repuso la mujer, tratando de no sonar demasiado satisfecha.

Pero ya nadie la oía, puesto que el hombre que había al otro extremo de la línea había colgado.

En la selva tropical brasileña, en Sítto da Veiga, el coronel Valerio, jubilado del ejército estadounidense, encendió su propio ordenador, en cuya pantalla apareció:

```
TERMINAL BPI, 132
KLEINFELDER, AARON M.
```

A esto seguía toda la información sobre él, personal y profesional: dirección, número de teléfono que no figuraba en el listín, cuentas bancarias... todo.

«Yo soy el hermano mayor –pensó Valerio–, y te estoy observando...»

14

Nueva York

–¿A qué has venido ahora, cielo? –Shanel dio una larga calada a su cigarrillo.

–Necesito contactar con el Fantasma otra vez –dijo en voz baja Thomas Andrew Chesterfield III mirando hacia delante.

Inesperadamente, Shanel soltó una carcajada.

–Hombre –se dio una palmada en un muslo desnudo–, seguro que tienes muchos enemigos... A este paso, el Fantasma va a ser un tío muy rico. –Dio la última calada del cigarrillo, echó la colilla aún encendida por la ventana, se volvió hacia Chesterfield y preguntó–: ¿Quieres decir que lo necesitas enseguida?

–Necesito que haga algo esta misma noche, ¡como muy tarde, mañana por la mañana! –La voz del hombre era casi un susurro.

Shanel buscó otro cigarrillo en su bolso y se lo metió entre los labios; la fugaz llama del encendedor dio un suave brillo a sus rasgos y les añadió un aspecto reminiscente similar a los retratos de Rembrandt.

–Ya sabes cómo funciona. El dinero habla, la mierda anda. –Dio una profunda calada al cigarrillo y expulsó poco a poco el humo por la nariz–. Al contado y por adelantado.

–¡Mi banco no abre hasta las nueve! Para entonces podría ser demasiado tarde.

–Pues eso no es cosa mía, el Fantasma tiene que decidir. ¿Quién sabe? Puede que ni siquiera pueda ponerme en contacto con él esta noche.

–¡Por favor! –Chesterfield la cogió del brazo con fuerza–. ¡Tiene que intentarlo!

–De acuerdo –contestó Shanel en tono apaciguador–, de acuerdo, cálmate. Pero no te prometo nada, que quede claro.

Chesterfield asintió con la cabeza.

–Cuando te vayas, ve al bar de siempre y espera; si consigo ponerme en contacto con él, te llamará, si no... –Shanel se encogió de hombros.

–Lo entiendo. Pero si habla con él, insista en que es imprescindible que el trabajo se haga esta misma noche o, como muy tarde, mañana por la mañana, dígale que tengo suficiente dinero.

Shanel lo miró con expresión enigmática.

–El Fantasma lo sabrá; más te vale no engañarlo, porque, chico, te voy a decir una cosa, ¡ese Fantasma es un tío muy, pero que muy cabrón! Sabe cosas.

–¿Qué quiere decir? –le preguntó Chesterfield, alarmado.

–Sabe cosas como dónde vives, dónde trabajas. –La voz de la mujer se convirtió en un susurro tembloroso–. Verás, el Fantasma es invisible, no lo ves pero está allí, y siempre quiere saber quién lo contrata. Es como, ya sabes... como un seguro de vida.

A Chesterfield se le revolvieron las tripas. El miedo, un miedo puro y paralizador, explotó en su interior y cuando habló lo hizo con voz trémula.

–¿Quiere decir que... que me ha seguido?

–¿Cómo diablos voy a saberlo? –Nerviosa, Shanel dio otra calada al cigarrillo, cuya ceniza brilló con un tono anaranjado, y soltó el humo enseguida–. Pero no me sorprendería. Con el Fantasma nunca se sabe. –Le echó una fugaz mirada de reojo–. Así que ándate con cuidado, ¿vale?

El Ansonia, en Broadway, entre las calles Setenta y tres y Setenta y cuatro, es un voluptuoso edificio de la *belle époque*, semejante a un pastel de bodas. Desde fuera, parece una epidemia de torreones y balcones, de techos con buhardillas y domos bulbosos.

Hacía más de cuarenta años que Sammy Kafka vivía en él y había jurado que no lo dejaría a menos que lo sacaran a rastras.

Apartó la mirada de la puerta ventana y la clavó en Johnny, repantigado en un sofá de un verde deslucido, con la vista clavada en la copa vacía de cristal tallado que sostenía en una mano. El hombrecillo suspiró.

–Quedarte contemplando la copa no te va a llevar a ningún sitio, *bubbele* –comentó con gentileza. Sobresaltado, Johnny alzó la cabeza y miró a Sammy, quien señaló la copa–. ¿Te apetece otra?

–¡Qué diablos, sí!

Johnny suspiró, dio la copa a Sammy y lo miró mientras se dirigía al imponente aparador estilo neoegipcio, cogía una garrafa de Waterford, la destapaba, escanciaba generosamente el líquido, volvía a tapar la garrafa sin un solo tintineo, removía vigorosamente la bebida con una varilla de cóctel de cristal y se la traía, acompañada de una servilleta y un ademán teatral.

–*Voilá!* –exclamó.

–Gracias. –Johnny se lo agradeció con un gesto de la cabeza y de un trago se bebió un tercio del contenido.

Meditabundo, se apoyó en el respaldo del sofá. Empezaba a preguntarse si debía haber venido; se sentía dolido, deprimido y se autocompadecía. Quizás hubiera sido mejor haberse lamido las heridas en privado.

Pero ya era demasiado tarde, estaba allí y ya había desahogado su corazón. En realidad, no había por qué avergonzarse, tenía muy buenos motivos para sentirse herido. ¿Acaso no había viajado unos diez mil kilómetros? ¿Y para qué? ¡Para que a él, el buen samaritano, le dieran una patada en el trasero! Enojado, bebió otro tercio.

–Antes de tomar una decisión apresurada, ¿por qué no esperas a que ambos hayáis tenido tiempo de serenaros? –sugirió Sammy–. Lo está pasando mal –suspiró–, lo sabes.

–Sí. –Johnny soltó una risa desagradable más bien parecida a un ladrido–. Pues déjame decirte que estoy harto de ella, ¡estoy hasta las narices de ella! –añadió, y volvió a repantigarse.

El anciano lo miró largo rato y, reprimiendo otro suspiro, regresó a la ventana, apartó la cortina de encaje y miró hacia la acera de enfrente.

–¡Míralos! –La voz medio enojada, medio anhelante hizo que Johnny levantara la vista–. ¡Corriendo de un lado para otro como si el mundo se estuviese quemando! Nunca se detienen a disfrutar de la vida. Hace cuarenta y dos años, cuando vine a vivir aquí, la gente paseaba, los amantes se sentaban en los bancos del jardín en medio de la avenida, se daban besos furtivos e intercambiaban miradas discretas, como si su amor fuese un secreto. ¿Y ahora? Ahora no hacen más que correr, correr, correr. Nadie se toma el tiempo de quitarse el sombrero para saludar, nadie ofrece el asiento a una dama en el autobús, nadie se comunica. –Sammy dejó caer la cortina y se volvió hacia Johnny–. ¡Nadie escucha!

–Cuéntamelo a mí –comentó sombríamente Johnny–. Yo traté de comunicarme. ¡Diablos, vine desde el jodido Líbano para comunicarme!

–Pero ¿la escuchaste? Quiero decir que si de veras la escuchaste. –Sammy agitó la cabeza dudando–. Me lo pregunto.

–¿Que si escuché? –explotó Johnny–. ¡Maldita sea! ¡Acabo de decirte que ella fue la que no escuchó! ¡Ni siquiera me dejó darle explicaciones, maldita sea!

Miró su copa, asqueado, y la arrojó al otro extremo de la estancia, donde chocó contra la pared, se hizo añicos y los cristales y los cubitos de hielo rebotaron. Sammy ni siquiera pestañeó.

–Fue un condenado error –gritó Johnny furioso, y se puso en pie de un salto–. ¡Dios!, yo no le dije a Irv Rubin que llamara.

Sammy se acercó a él.

–*Bubbele, bubbele* –le dijo en tono tranquilizador y lo empujó con suavidad obligándolo a sentarse de nuevo–, sé que no lo hiciste.

Johnny lo miró. De repente, abrumado por las emociones, se agachó, hundió la cabeza entre los hombros, se la tapó con las manos y la agitó, desesperado. Sammy se sentó a su lado.

–Es posible que pueda ayudarte, si es que no te molesta aceptar un consejo de alguien más viejo y, tal vez, más sensato.

Johnny bajó lentamente las manos.

–Verás, Johnny, eres como yo cuando tenía tu edad –prosiguió Sammy sin andarse con rodeos–. Eres un tonto, como yo, un tonto egoísta y machista... pero supongo que la mayoría de los hombres lo son. –Johnny guardó silencio–. Por lo que me han contado –continuó el anciano–, la última vez que tú y Stephanie reñisteis, renunciaste. Creías que todo había terminado, ¿verdad? –le preguntó con una ceja blanca alzada.

–¡Estaba acabado! –insistió Johnny.

–No, hijo, no lo estaba –Sammy sonrió.

–Pero ella...

–Sí, y tú la escuchaste con el oído, no con el corazón. ¡A eso me refería cuando dije que ya nadie escucha!

–¡No lo entiendo! –Johnny suspiró–. ¿Sabes? –hizo un gesto de frustración–, si alguien te dice que no te quiere y sí te quiere, ¿por qué te dice que no?

–Eso es uno de los numerosos y deliciosos misterios de las mujeres. –El anciano sonrió–. Sé que amas a Stephanie y también sé que Stephanie no ha querido a nadie más que a ti.

–Pues tiene un modo muy extraño de demostrarlo –replicó irritado el joven.

–En realidad, no. ¿Por qué crees que todavía está soltera? No es por falta de pretendientes, créeme. –Dio una afectuosa palmada a la rodilla de Johnny–. ¡Eres un joven idiota! No te habías dado cuenta, ¿verdad?

–¿De qué no me he dado cuenta?

–De que lleva todo este tiempo... esperándote.

Johnny se quedó boquiabierto.

–Yo te aconsejo que vuelvas a tu hotel; quédate allí unos días, ve al teatro, a los museos y a las galerías si quieres, pero dale tiempo a Stephanie para curarse. –Los ojos de Sammy se humedecieron y adquirieron una expresión distante–. Necesita tiempo, Johnny, tiempo para aclararse las ideas.

–¡Yo diría que ya ha tenido mucho tiempo! –exclamó Johnny.

–Jovencito –ahora la voz de Sammy contenía un deje de enfado–, ¿no te das cuenta de que si renuncias ahora, puede que estés perdiendo tu última y única oportunidad de encontrar el amor verdadero y la felicidad?

–¡Amor verdadero! –se burló Johnny–. Eso es para las novelas rosas y las películas sensibleras.

Sammy cogió a Johnny del brazo.

–Eres un buen chico, Johnny Stone –afirmó–, estás chiflado, pero eres un buen chico al fin y al cabo. ¡Madura! –Los ojos del anciano despedían chispas–. ¡No desperdicies tu única oportunidad de ser feliz! ¡Porque lo lamentarás cuando sea demasiado tarde!

15

Nueva York

En la suite del hotel, Vinette Jones puso un punto cuidadosamente en una página de las Revelaciones de san Juan y cerró la Biblia encuadernada en vinilo rojo, su posesión más preciada (después de Jowanda, por supuesto). La dejó, se puso en pie y se dirigió a la ventana. Las cortinas estaban descorridas y, además de la vista espectacular desde el trigésimo tercer piso, vio su propio reflejo en el cristal, como si su imagen se hubiese superpuesto, por arte de magia, a la deslumbrante ciudad.

«Esto es demasiado bueno para alguien como yo –se dijo, pero luego sonrió y una expresión amorosa iluminó su rostro–. Pero no para mi Jowanda, no, Señor, nada es demasiado bueno para mi querida hijita perdida.»

Los ojos se le llenaron de lágrimas al pensar en Jowanda y,

sorbiéndoselas, se alejó de la ventana y se encaminó hacia el sofá, sobre el que había dejado caer su bolso. Lo abrió y buscó un pañuelo de papel con el que secarse los ojos.

Entonces encontró la gruesa tarjeta de visita grabada que le había dado el amable anciano en Washington, al que habían echado del edificio de la BPI. Le había dicho que la ayudaría si lo necesitaba, ¿no?... que lo que estaba investigando posiblemente estuviese relacionado con la desaparición de Jowanda. Sí, eso le había dicho.

Frunció ligeramente el entrecejo. ¿Sería de mala educación llamarlo? Reflexionó un rato y tomó una decisión. No sería de mala educación. Lo llamaría y le diría que agradecía mucho su ofrecimiento de ayudarla, pero que no hacía falta, ¡gracias al Señor!, y le daría la buena noticia de que la BPI de veras buscaba a Jowanda... que sólo era cuestión de tiempo que ella y su hijita pudieran reunirse...

Con paso enérgico se aproximó al teléfono, cogió el auricular y, tras marcar la línea externa, entrecerró los ojos para leer el número en la tarjeta.

El teléfono de la mesita de noche sonó con estridencia y traspasó su sueño. Momentáneamente desorientada, Stephanie parpadeó y, con gesto automático, cogió el auricular.

–Diga –masculló.

–¿Podría hablar con el señor Merlin, por favor? –dijo una voz de mujer.

Irritada, Stephanie inspiró y se preguntó si se trataría de una broma cruel.

–¿Quién habla?

–Me llamo Vinette Jones –contestó la mujer en voz queda–. Estaré en la ciudad uno o dos días. El señor Merlin y yo nos conocimos hace poco en las oficinas de la BPI en Washington.

–¿La qué? –Stephanie frunció el ceño. «¿De qué demonios está hablando?», se preguntó.

–La Beneficencia Permanente para la Infancia...

–Aaaah.

–Pues el señor Merlin estaba haciendo una especie de investigación –le explicó Vinette– y yo estaba tratando de encontrar a mi hijita, a la que la BPI parecía haber perdido. Así nos conocimos. Si fuese tan amable de decírselo, estoy segura de que se acordará de mí.

Stephanie se frotó los ojos y se esforzó por despejarse.

–Señorita Jones –contestó lentamente–, ¿no sabrá qué hacía él en las oficinas de la BPI en Washington?

–No, me temo que no. Cuando se lo pregunté, el señor Merlin me dijo: «Estoy investigando para un proyecto en el que estoy trabajando». Nada más.

–Ya veo. –Stephanie trató de concentrarse–. A ver si la entiendo, señorita Jones –dijo, curiosa–, me ha dicho que usted estaba allí porque habían... perdido... a su hijita, ¿verdad?

–¡Sí, señora! –La voz de Vinette se tornó indignada–. Ni el señor Merlin ni yo pudimos llegar al primer piso, por eso nos pusimos a hablar. El señor Merlin me invitó a un café y dijo algo sobre que su investigación y el que hayan perdido a mi hijita podrían estar relacionados.

–¿Le dijo en qué sentido? –preguntó Stephanie con el pulso acelerado.

–No y a mí no se me ocurrió preguntárselo, porque estaba tan alterada con eso de que habían perdido a mi hijita.

De repente, pese al cansancio, Stephanie despertó del todo. Las antenas de la periodista que llevaba dentro se habían puesto en alerta. No sabía el qué, algo instintivo, un amago de intuición, la hizo pensar que había mucho en esto, muchísimo más de lo que se veía a primera vista, y hacía ya mucho tiempo que había aprendido a confiar en esas sensaciones; casi siempre la habían llevado a descubrir las noticias más importantes de su carrera.

Sin embargo, en esta ocasión, más que la posibilidad de un reportaje, lo que la impulsó tenía que ver con las emociones que la embargaban, con algo mucho más importante, con la necesidad de descubrir lo que le había ocurrido de verdad a su abuelo.

¿A qué se debía que, de todos los lugares posibles, su investigación lo hubiese llevado a la Beneficencia Permanente para la Infancia? No era... no había sido un reportero de investigación. No, su abuelo había sido biógrafo, y estaba investigando la vida de una tal Lili Schneider.

Y eso la llevó a la pregunta clave: ¿qué diablos tendrían en común una soprano muerta hacía tiempo y una organización como la BPI?

En su suite, Vinette retorcía nerviosa el cable del teléfono con el dedo índice.

–La razón por la que llamo –decía–, es que quería darle las gracias al señor Merlin por ofrecerme su ayuda, aunque ya no voy a necesitarla. Lo que están haciendo en la BPI es buscar a Jowanda en el ordenador. ¡Imagíneselo! No habré llamado en un mal momento, ¿verdad? –añadió con humildad.

De repente se interrumpió.

–¿Señorita Jones? –dijo Stephanie.

–Lo siento –Vinette miró por encima del hombro hacia la puerta–, ¿le importa esperar un momento? Creo que alguien llama a la puerta, más vale que vaya a ver quién es, porque podría tratarse de mi hijita.

–Claro, vaya.

Vinette dejó el auricular sobre la mesa, se alisó el vestido y se dirigió deprisa a la puerta. Volvieron a llamar más fuerte.

Se preguntó quién sería. ¿Quizás el señor Kleinfelder? O... «¡Cielos! –Su corazón se aceleró–. ¡Hasta podría ser alguien que me trae a mi querida Jowanda! Mi hijita podría estar al otro lado de la puerta, en brazos de alguien...»

Dio vuelta a los cerrojos y abrió impetuosamente la puerta.

Su expresión radiante se borró al instante. No era el señor Kleinfelder ni alguien acompañado de Jowanda, era un empleado del hotel, uniformado, con un carrito sobre cuya blanca superficie se hallaba un servicio para una persona. El empleado sonrió.

–Servicio de habitaciones, señora.

–Debe de haberse equivocado, yo no pedí...

–Cortesía de la dirección, señora.

–¡Oh! –Nerviosa, Vinette le franqueó el paso–. Lo siento, por favor, entre.

–Gracias, señora –dijo el Fantasma.

16

Nueva York

El Fantasma metió el carrito en la suite y cerró la puerta con llave con tal sigilo que Vinette no se dio cuenta de que se había convertido en prisionera.

–¿Le parece bien que ponga la mesa aquí, junto al sofá, señora?

Asombrada, Vinette se volvió a medias y asintió con la cabeza.

–Perfecto.

El Fantasma levantó las alas abatibles del carrito y vio que Vinette miraba el auricular que estaba sobre la mesita. Obviamente estaba hablando con alguien por teléfono y ese alguien esperaba.

Los testigos oculares eran una cosa, y los evitaba como si fuesen la peste. ¡Ah!, pero compartir el remate con alguien que no estuviese presente, sobre todo alguien que no tenía idea de lo que ocurría, ¡eso le añadía un delicioso picante!

–La dejaré en paz dentro de un momento, señora –comentó sólo para evitar que Vinette cogiera el auricular y hablara con quien fuera que aguardaba–. Espero que le guste la *blanquette de veau*.

–¡Oh!, estoy segura de que sí.

–Por favor, señora, le agradecería que lo mirara y diera su aprobación para que pueda marcharme.

Vinette se acercó a la mesa y, como un rayo, el Fantasma sacó un Magnum del 44 de debajo de una tapa, lo levantó y presionó el cañón del silenciador contra su frente. Vinette soltó un grito de sorpresa, como si hubiese sacado un conejo de un sombrero.

–Tranquila, mamacita, tranquila...

La sorpresa se borró del rostro de la joven, para ser sustituida por el horror, y gimió cuando oyó que el hombre amartillaba el arma.

–Espero que no seas estúpida, mamacita, no quiero tener que apretar el gatillo, te aseguro que dejaría esto perdido. Verás, este bebé hará explotar el motor de un camión, o te hará volar los sesos como si fuesen una sandía.

Su sonrisa se ensanchó y reveló un chicle absolutamente blanco.

Mientras esperaba a que Vinette volviera al teléfono, Stephanie oyó fragmentos de una conversación, pero demasiado lejana y confusa para entender lo que decían. Entonces le pareció oír...

¿Qué? ¿Un grito? ¿Un sollozo?...

–¿Señorita Jones? –No hubo respuesta; se aferró al auricular e insistió en voz más alta–. ¿Señorita Jones? ¿Se encuentra ahí? ¿Va todo bien?

Pero el silencio contestó a sus preguntas.

–¿Qué...?

Por un momento la mente de Vinette se quedó en blanco. La habitación, la ciudad, el universo entero parecieron concentrarse, condensarse en los escasos metros cuadrados ocupados por su cuerpo y el del Fantasma. Lo único que percibía era el aquí y ahora: el arma, el hombre que la atacaba y el frío acero presionado contra su cabeza... y se dio cuenta de la tremenda fragilidad de la vida, de lo fácil que resultaba extinguirla.

Se empapó de sudor frío, olió el hedor de su propio miedo. Sentía cómo se desmoronaba, cómo perdía el control y, más que verlo, sintió que el Fantasma hacía un gesto con la otra mano. Sin mover un solo músculo del cuerpo paralizado, bajó la mirada y siguió la mano. Contempló al Fantasma... y aguardó sin atreverse a respirar mientras él levantaba la otra tapa.

Soltó un chillido.

Sobre el platillo, colocado con precisión digna de un quirófano, se hallaba todo lo necesario para un yonqui. La goma, la cuchara doblada y ennegrecida, la jeringuilla y los fósforos, el diminuto paquete de papel de aluminio.

El miedo le relajó la vejiga, aunque apenas se dio cuenta de la orina que le mojaba las bragas y bajaba por sus muslos. Rezó, en silencio pero con fervor, suplicó a Dios que la librara de ese mal, ¡de todo mal!, aunque su mente no dejó de hacerse la misma pregunta, una y otra vez: «¿Por qué? ¿Por qué, por qué, por qué?».

Stephanie escuchó con atención.

Se le pusieron los pelos de punta, se estremeció y sintió un hormigueo en sus manos, piernas y columna vertebral.

Algo no iba bien. Lo sentía. No había entendido las palabras de Vinette, pero aun a través de la línea telefónica, el peligro levantó su horrible cabeza, pareció que siseaba, gruñía, abría y cerraba las fauces.

–¿Señorita Jones? –insistió–. ¿Señorita Jones? Si me oye, ¡dígame dónde está, por favor! ¡Puedo enviar a alguien que la ayude!

Pero el silencio se mantuvo de forma malévola.

El Fantasma estaba de pie detrás de ella, sin hacer caso de los sonidos que emitía el teléfono.

Rígida, Vinette se hallaba sentada en una silla de respaldo recto. Tenía la manga izquierda remangada y su tembloroso brazo descansaba sobre la mesa, en la clásica posición de un yonqui.

Sollozando y a través del velo de lágrimas, trató de ver lo que hacía; con torpeza asió un extremo de la goma con los dientes y el otro con la mano derecha; lo enrolló en torno a la muñeca izquierda y trató de encontrar una vena en el dorso de su mano, pues las de los brazos habían desaparecido todas, debido a los años de adicción, antes de encontrar a Jesús.

–¿Y bien? –La voz a su espalda era un siseo venenoso–. ¿Estás esperando a que llegue la Navidad? –Vinette sintió cómo el silenciador le golpeaba ligeramente en la nuca–. ¿Prefieres que te vuele la tapa de los sesos? ¿Así quieres que te mate?

Desesperada, Vinette negó con la cabeza y trató de apresurarse; tiró del extremo de la goma con los dientes, apretó el torniquete y se cortó la circulación.

En el dorso de su mano, las venas resaltaron.

El sudor y las lágrimas caían de su cara a su brazo. Nunca había tenido que hacer nada tan difícil.

–¡Ahora coge la jeringuilla!

Vinette se atragantó, alargó la mano como si fuese a tocar una serpiente y con dedos temblorosos agarró la jeringuilla ya preparada; la larga y fina aguja temblaba, captó la luz y centelleó, el émbolo y el tubo de plástico lleno de... más valía no preguntar; de hecho, no quería saberlo.

–Vamos, inyéctatelo.

–¡Por favor! –Vinette se volvió a medias y alzó una mirada suplicante–. ¡No tomo drogas!

El Fantasma esbozó una sonrisa socarrona.

–Eso no es lo que me dicen tus brazos.

–¡Es de hace mucho tiempo! ¡Lo he dejado!

Del auricular del teléfono salían más gritos.

–Hazlo –ordenó el Fantasma con voz queda.

Mirando los ojos implacables del Fantasma, despiadados, faltos de la más mínima compasión, Vinette vaciló, miró nuevamente su propia mano y lenta, muy lentamente, volvió la aguja hacia ella. «Tal vez... tal vez pueda usarla como arma», pensó y miró al Fantasma de reojo.

–¡Ni se te ocurra, mamacita!

En ese momento, Vinette se resignó, cerró los ojos y rezó en silencio. Cuando los abrió, brillaban con una tranquila fuerza.

–Perdóname, Dios mío –dijo con calma agachando la cabeza, e imaginó a su querida y dulce Jowanda, el fruto de su vientre–. Te quiero, Jowanda, cariño –susurró y sintió que su corazón se henchía.

Se irguió y empujó rápidamente el émbolo. El efecto fue instantáneo. Pensó que nunca se había sentido tan bien... suspiró, contenta; de pronto tuvo sueño, demasiado para quitarse la aguja y la dejó clavada. La respiración se le hizo más lenta, se inclinó despacio hacia un lado y cayó al suelo.

Quedó tumbada en la alfombra, con los ojos abiertos, la boca cerrada y los labios azules. La aguja se había partido con la caída y la mitad permanecía todavía hincada en su mano.

–Dulces sueños, mamacita.

El Fantasma se puso en cuclillas y le tomó el pulso en el cuello. Vinette ya estaba muerta, la droga había cumplido su cometido.

Del teléfono que estaba al otro extremo de la habitación todavía llegaban apremiantes sonidos.

El Fantasma se levantó, se dirigió hacia el aparato y cogió el auricular sin hacer ruido; se limitó a escuchar los gritos desesperados de Stephanie. Sonrió y colgó. Sacó el capullo de rosa roja del florero que se encontraba sobre el carrito, lo puso en la mano de Vinette y lo envolvió con los dedos flexibles de la joven.

«Sí, es hora de dejar la habitación», pensó.

En el Osborne, Stephanie se quedó con el teléfono en la mano.

17

Nueva York

Al día siguiente, Stephanie regresó con *Waldo* a su apartamento en Horatio Street.

–¡Aquí estamos, *Waldo*! –anunció–. ¡Hogar dulce hogar!

–*¡Waldo!* –Tras ladear la cabeza y mirarla con un ojo, el ave se puso a recorrer la barra de madera y a chillar, excitado–. *¡Waldo!* ¡*Waldo* quiere una galleta!

–¡Ah!, vuelve el potente y delicado plato de limón auténtico –dijo una voz familiar desde arriba–. ¿Servido, quizá, con una esplendorosa colección de tallos de loto, setas y una salsa de pescado especial?

Stephanie echó la cabeza atrás y miró hacia arriba.

–¡Pham! ¿Qué haces aquí? –le preguntó sorprendida–. ¿No tenías que estar estudiando? Pensaba que tu examen para conseguir la nacionalidad era mañana.

–Hago lo que suelo hacer este día de la semana. –Con agilidad, Pham bajó por la escalera de espiral con aire de haber sido ofendido en su dignidad–. Trato de que tu casa esté habitable y tan limpia que reluzca. ¡Ayyyy, cuánto polvo! –exclamó y pasó el dedo índice por la barandilla y lo observó atentamente.

–Sabes que no tienes por qué hacerlo hoy –comentó Stephanie–. Ve a casa a estudiar.

–Estoy estudiando. –Pham sacó un montón de tarjetas de su bolsillo y se las enseñó–. Estudio mientras limpio.

De pronto, la expresión de Stephanie se volvió preocupada.

–Por cierto, ¿qué hora es? Me desperté muy tarde y tenía tanta prisa por venir que olvidé mi reloj.

–Falta un minuto para el mediodía –anunció Pham al mirar el reloj que llevaba en la cara interior de la muñeca.

–¡Mediodía! –exclamó la joven–. ¡Voy muy retrasada!

Su cita para comer con Alan Pepperberg era, bueno, no

exactamente al mediodía, sino hacia el mediodía. Sin embargo, si no se apresuraba lo haría esperar.

–Tengo que irme, Pham. –Le dio un presuroso beso en la mejilla–. Me voy corriendo. ¡Nos vemos más tarde! ¡Y estudia!

Diez minutos después, Stephanie entró a toda prisa en el Corner Bistro, se detuvo en la puerta y miró alrededor. El barman la vio y le hizo un gesto para que se acercara.

–Alguien te espera atrás, Stephanie –le dijo con voz rasposa–. El último reservado a la izquierda.

–Gracias, Jer. –Stephanie le sonrió.

Encontró a Alan Pepperberg, de espaldas al resto de los comensales, en el reservado de altos respaldos de madera contrachapada pintada de negro cuya vista se limitaba a una ventanilla sucia que daba a Jane Street. Delante de él, sobre la mesa, un vaso a medio beber de un líquido color caramelo.

–¿Señor Pepperberg? –preguntó Stephanie en voz baja al acercarse por detrás.

Sobresaltado, el hombre levantó la mirada, apoyó las manos, en una de las cuales sostenía un cigarrillo, sobre la mesa, se levantó, y se quedó en una incómoda posición, medio de pie medio sentado.

Stephanie lo analizó con una rápida ojeada de periodista experimentada. Mucho más joven de lo que esperaba, contaría poco más de veinte años; esbelto, de ojos azules saltarines y de expresión enérgica y ligeramente maníaca; nuez prominente y cabello oxigenado, blanco como la nieve, cortado al uno; definitivamente urbano. Lucía seis pendientes de oro en las orejas y, en la izquierda, además, una espada de plata de ocho centímetros de largo. Pero su aspecto era limpio, nada descuidado, y obviamente muy diferente de lo que ella se había imaginado. Poseía cierta vena creativa, de eso estaba segura, como lo estaba de que cultivaba cuidadosamente su estilo punk.

–Hola, soy Stephanie Merlin –dijo al tenderle la mano.

–Lo sé. –Pepperberg posó cuidadosamente el cigarrillo en el cenicero rebosante, prueba de que llevaba bastante tiempo esperando. Su apretón resultó sorprendentemente firme–. La conozco de la tele –añadió avergonzado.

–Espero no haberlo hecho esperar demasiado. –La joven le sonrió para que se sintiera a gusto.

–Alan, llámeme Alan.

–Bien, yo soy Stephanie. –Echó su bolso en el asiento que estaba frente a él, se sentó y apoyó los codos sobre la mesa.

En cuanto ella se hubo acomodado, Alan volvió a sentarse, cogió el cigarrillo y le dio una calada nervioso.

–No te molesta, ¿verdad? –preguntó y volvió la cabeza para echar el humo lejos de la mesa.

–No, adelante.

–Me alegro de que aceptaras encontrarte conmigo –dijo Alan con una sonrisa agradecida y mirando su copa–. Sobre todo teniendo en cuenta que llamé como salido de la nada. –Levantó la mirada y esbozó una sonrisa incómoda–. Tenía miedo de que me consideraras un chiflado, pero los fanáticos de la ópera solemos ser raros, o, en todo caso, una raza aparte.

–¿Eres amante de la ópera? ¿Tú? –le preguntó Stephanie con expresión perpleja.

–Más que nada, soy coleccionista –dijo con una sonrisa encantadora–, y lo que colecciono son grabaciones de ópera. –La miró–. Otros coleccionan arte, estatuillas de Hummel o cucharas, ¿no? –Stephanie asintió con la cabeza, alentándolo–. Yo tengo... oh... yo diría que unos quince mil discos antiguos, de cuarenta y cinco, setenta y ocho y treinta y tres revoluciones... unas cuatro mil viejas cintas de bobina y probablemente unas seis mil casetes. Ya he perdido la cuenta de los discos compactos.

–¡Dios mío! ¿Dónde vives? ¿En la Tower Records?

–En un desván, pero empieza a parecer una tienda de discos. En todo caso... el mes pasado –su voz se convirtió en un susurro conspirador–, conseguí hacerme con la cinta original de una grabación de la Callas cantando en México. ¡Imagínatelo! –Sus ojos brillaban como los de un fanático religioso–. La grabación no estaba autorizada, ya sabes, alguien entre el público llevaba una grabadora y un micrófono ocultos. De hecho, la calidad del sonido es bastante mala. –Sonrió–. Pero tenía que conseguirla. ¡Necesitaba tenerla! –Cerró el puño para subrayar su declaración–. Y pagué diez de los grandes.

–¡Diez de los grandes! ¿Diez mil dólares? –le preguntó Stephanie sorprendida.

–No importa. –Alan agitó la mano restándole importancia–. ¡Habría sido una ganga si hubiese pagado diez veces ese precio!

–Una cosa es segura –observó Stephanie en tono guasón–, no eres un artista muerto de hambre.

–N... no. –Parecía algo contrariado–. Verás, mi... mi abuelo... me dejó un pequeño fideicomiso.

De pronto a Stephanie se le encendió la bombilla.

–¡Los Pepperberg del Pepperberg Guaranty Trust! –exclamó–. ¿Eres uno de ellos?

–Culpable –aceptó Alan con una mueca.

¡No era de sorprender que pudiera pagar diez mil dólares por una grabación! Los Pepperberg eran tan ricos como los Rockefeller y los Melon.

–Dime algo, Stephanie. –Alan cambió de tema con brusquedad–. ¿Has oído hablar de Boris Guberoff?

–¡Por supuesto! –La joven rió–. ¿No lo han oído mencionar todos los colegiales?

–¡Era el mejor pianista del mundo entero! –Alan agitó un puño–. ¡El mejor! Antes de padecer artritis, Guberoff los superaba a todos. Se le conocía como el pianista de los pianistas. ¿Entiendes cuán bueno, realmente bueno, fue?

–Alan, por favor, ¿podemos ir al grano? –le pidió Stephanie sin rodeos–. No he venido a jugar al Trivial ni a un concurso.

–Lo sé, pero es que quería afianzar mi credibilidad. Conozco muy bien la música clásica y quiero estar seguro de que tu impresión sobre mí no sea equivocada.

–¿Por qué iba a serlo?

–Porque lo que estoy a punto de decirte suena tan inverosímil que lo más probable es que pienses que me faltan varios tornillos. ¿Puedes escucharme con la mente abierta?

–Está bien. –Algo en la voz del joven impulsó a Stephanie a asentir con la cabeza–. Sea lo que sea lo que me cuentes, te concederé el beneficio de la duda, pero no puedo prometer nada más, ¿de acuerdo?

Eso pareció satisfacerlo.

–De acuerdo. –Apuró lo que quedaba de la copa y se inclinó sobre la mesa–. ¿Qué sabes del proyecto en el que trabajaba tu abuelo? –preguntó casi susurrando.

–Sólo que iba a ser la biografía definitiva de la Schneider. –Stephanie se encogió de hombros y luego frunció el entrecejo–. ¿Por qué?

–Pero ¿conoces la voz de la Schneider? –fue la respuesta de Alan.

–Definitivamente, sí.

–En ese caso –Alan esbozó una sonrisita–, tengo algo para tus oídos. –Cogió un radiocasete portátil y lo colocó sobre la mesa–. Ten –dijo y empujó el aparato hacia ella–, ponte los auriculares.

Ella se los puso mientras él sacaba dos casetes. Después de mirar las etiquetas escritas a mano, eligió una, la metió en el aparato y lo puso en marcha.

Acompañada únicamente al piano, la voz familiar de la soprano llenó los oídos de Stephanie, dulce y delicada, pero a la vez heroica y musculosa, tan hermosa y obsesionante que le puso la piel de gallina. Stephanie estaba tan fascinada que apenas notó la terrible calidad de la grabación, los siseos constantes y las interferencias, o la débil voz de fondo que no dejaba de hablar. De pronto, Alan apagó el casete.

–Stephanie, ¿tienes idea de cuándo se hizo esta grabación?

–No, ¿tendría que saberlo? –Stephanie se encogió de hombros.

–Pues yo tampoco lo sabía. Pero un amigo mío es ingeniero

de sonido en la discográfica Virgin y, como favor especial, jugueteó con la cinta en el equipo profesional del estudio. Ahora, la cinta que voy a meter es la misma que acabas de escuchar... ¡la mismísima!, sólo que el canto ha sido silenciado y se han subido las voces de fondo.

–De acuerdo.

Alan sacó la cinta del radiocasete portátil e introdujo otra.

–Y ahora, escucha atentamente la conversación.

Stephanie se puso los auriculares y esperó a que el joven pulsara el botón.

Al principio sólo oyó chisporroteos y los ruidos típicos de los parásitos y las interferencias estáticas. De pronto, oyó la misma canción y el mismo piano, pero muy bajitos, casi como si vinieran de un lugar muy, pero que muy lejano.

Cuando la oyó, la repentina voz le sonó tan estrepitosa y distorsionada que se sobresaltó; parecía una conversación a gritos con megáfono. Graznidos y más graznidos... una única voz de hombre que hablaba en inglés con acento extranjero, por encima de la música. Parecía la voz de una persona culta, y obviamente rechazaba un consejo, algo que tenía que ver con ¿«una coinversión... abrir una... oficina... establecer... una red»? Pero esa única voz... ¿estaría hablando por teléfono? No se le ocurría más explicación para esa conversación unilateral.

Se esforzó por sacar información de las palabras, las locuciones, las frases distorsionadas... «un acuerdo de principio... reunificación ha abierto nuevos mercados... ¡una frontera capitalista!». Durante un rato, la calidad de la grabación mejoró como por arte de magia. El piano y el canto adquirieron energía y la voz, claridad. «... Traer conocimientos occidentales... capacidad de formación y control de calidad... cien millones... tres, cuatrocientas sucursales... Dresde...»

Entonces, el sonido empeoró de nuevo, hubo más interferencias y las palabras resultaron más difíciles de entender. Pese a la alta tecnología, el canto se oía por encima de la voz que hablaba.

A Stephanie le costó pasar por alto la canción cuando los fragmentos de frases se volvieron nuevamente más comprensibles. «Sacar provecho... negociar... rapidez, velocidad, ¡rapidez!... *Staatsbank*...» Presionó los auriculares con las manos tratando de captarlo todo, resuelta a no perder una sola sílaba. «... elecciones prueban... ¡No necesito que un analista me diga...! ¿me estás escuchando?... Estupidez... ¡estupidez!...» Las órdenes hicieron caso omiso de lo que dijera quien escuchaba. Sí, tenía que ser alguien que hablaba por teléfono. «... Dresde....» La voz del hombre se volvió repentinamente clara, como si... ¡sí!, como si anduviera de un lado a otro mientras hablaba, como si se alejara y acercara al micrófono, como si una alfombra amortiguara sus pasos. «... la sede de todo... no, no, no... Leipzig, no... diles que Dresde o no hay trato...»

Entretanto, el canto al fondo continuaba, acompañado de los acordes del piano, en el último verso del *Leid*. De pronto, subió el volumen de la voz del hombre: «¡*Liebchen*, lo hemos logrado! –El pianista, sorprendido, tocó cuatro notas más antes de detenerse–. Con mil millones de marcos alemanes podremos controlar todas las empresas farmacéuticas de lo que era la RDA. ¡Lo hemos logrado! ¡Lo hemos logrado! Y... –Una pausa–: ... la corporación tendrá su sede en... ¡adivina dónde!». A continuación se oyó la voz de ella, débil pero inconfundible, como entre bambalinas: «¡No tengo la menor idea, Ernesto! –Lili Schneider, que al hablar sonaba igual que la difunta actriz Lili Palmer–. Por favor, Ernesto, *Bitte, meine Schatz!* ¡No me tortures así!». Y él le contestó: «Entonces, tendré que decírtelo, *Liebchen*, sabes que no soporto que te torturen. –Una pausa dramática y–: ¡En Dresde!». Al fondo, unos golpes repentinos, ¿alguien batiendo palmas, encantado? «¡Ernesto! ¿Es posible, Ernesto? Después de tantos años... Dresde, ¡donde hice mis mejores interpretaciones!»

El casete se detuvo con un chasquido. Stephanie clavó la mirada en Alan, que había apagado el aparato, y bajó lentamente las manos con las que había cubierto los auriculares para eludir el ruido del restaurante.

Los engranajes de su mente giraban a toda velocidad. ¿Qué era lo que había oído? A Lili Schneider cantar y a alguien, un hombre llamado Ernesto, hacer un trato que tenía que ver con empresas farmacéuticas en... ¿en Dresde? ¿En Alemania del Este? No, imposible. ¡Imposible! Era imposible hacer tratos con Alemania Oriental cuando Lili Schneider vivía, de eso se habían encargado los rusos. Y, cinco años antes de que la Schneider muriera, antes de los rusos, antes de que Alemania se rindiera ante los aliados, ni siquiera existía la Alemania del Este, sólo había una Alemania, un único Reich ¡y la divisa no era el marco alemán, sino el *reichsmark*!

Stephanie se movió incómoda en el asiento. Sin embargo, era imposible no reconocer el término «reunificación», y lo había oído, seguro. Eso significaba... tenía que significar... que esta grabación se había hecho en... ¡imposible!... ¡En 1990 o 1991 Lili Schneider llevaba décadas muerta y enterrada...!

–¿Alan?... –Le temblaba la voz, sentía náuseas y el restaurante se le antojaba demasiado caluroso, demasiado pequeño, como si la información que la casete había vomitado en sus oídos la hubiese envenenado.

El sentido común le decía que lo olvidara, que no le hiciera caso, que se levantara y se marchara.

Pero el instinto profesional no se guiaba por el sentido común; despertaba, olía la posibilidad de un reportaje aun cuando su sentido común lo rechazaba por considerarlo ficticio, la tomadura de pelo de un engañabobos, de alguien especializado en alta tecnología.

–¿Cuándo? –le preguntó con voz ronca y se dijo: «¿Si es ficción, por qué me cuesta tanto hablar?»–. Alan, la cinta, ¿es... es auténtica? Tienes que decirme...

–Sí, Stephanie, es auténtica.

–Pero... pero... ¡no es posible! ¡La Schneider lleva cuarenta y tres años muerta!

–Entonces, ¿cómo explicas el canto? ¿Cómo?

–Un disco viejo. –Stephanie agitó la cabeza, con contundencia, como si con ello añadiera credibilidad a su declaración–: Tiene que serlo.

–No, Stephanie. Eso no explicaría la conversación, ni que el canto y el piano se interrumpían a medio verso.

–Alguien podría haber... puesto un disco, haberlo grabado en una cinta y haberlo apagado en un momento dado. Y luego, habrían grabado unos cuantos acordes de piano, para luego añadir la conver...

–Estás buscándole tres pies al gato –comentó Alan con gentileza.

–¡Sí, maldita sea, sí! –gruñó la joven–. Se los busco porque tengo que hacerlo, no hay modo en esta tierra...

–Sí que lo hay –la interrumpió Alan–, porque, verás, Stephanie, no se trata de la grabación de un ingeniero de sonido.

–¿Cómo? –La chica le dirigió una mirada retadora–. Entonces, dime por favor, ¿qué es?

–Creo que habías dicho que mantendrías la mente abierta –observó Alan con voz repentinamente glacial.

–¡Y lo he hecho! Pero... ¿que una muerta resucite...? ¡Vamos, Alan! –Stephanie negó con la cabeza.

–¿Y si no ha muerto? –dijo éste en voz baja.

–Por supuesto que ha muerto, ¡por Dios! ¡Su entierro fue un acontecimiento seguido por todo el mundo!

–Muy conveniente, eso de que su cuerpo se quemara y quedara irreconocible, ¿no crees?

–Ahora tú estás buscándole tres pies al gato.

–Quizá, pero ¿cómo explicarías lo del pianista?

–No entiendo.

–Stephanie, cada pianista tiene un estilo propio, tan individual como su firma o sus huellas dactilares.

–¿Y qué? –preguntó con expresión cautelosa.

–¿Y qué? ¿No te has dado cuenta de quién la acompaña?

Ella negó con la cabeza.

–Boris Guberoff.

–Y eso, ¿qué prueba? Todavía está vivo, ¿no? Y lleva tocando... ¿cuánto tiempo? ¿Desde los años treinta? ¿Los cuarenta?

–Stephanie –Alan suspiró–, si de veras conoces bien la música, te darás cuenta de que tocaba esa melodía con demasiada lentitud, con torpeza. ¡Caramba! ¡No alcanzaba ciertas teclas debido a la artritis y tenía que sustituir algunas! ¡Y su artritis no empeoró hasta hace dos años!

La joven aspiró profundamente; estaba mareada, como si hubiese entrado en una película de terror hecha para la televisión.

–Alan –dijo estremecida–, ¿qué tratas de decirme? –Pero en el fondo, ya lo sabía.

–¿No lo ves, Stephanie? –La voz de Alan chispeaba, excitada–. Lo que escuchaste es a la Schneider cantando acompañada al piano por Guberoff. Después de que éste se retirara hace dos años, ¡dos años! ¡Después de que su artritis empeorara tanto que ya ni siquiera podía grabar discos!

Stephanie se estremeció. Deseaba hacer desaparecer a Alan, o al menos encontrar una explicación mucho más razonable.

–¡Stephanie! –Alan se inclinó cuanto pudo sobre la mesa y, con el más ligero de los susurros, continuó–: Después de que me hiciera con esta cinta y me diera cuenta de lo que contenía, ¿qué crees que ocurrió? Pues que leí el artículo de tu abuelo acerca de Lili Schneider en la revista *Opera Now*. –Hizo una pausa–. ¿Lo has leído?

–Conozco la revista. –Stephanie negó con la cabeza–. Pero no es precisamente lo mío.

–En el artículo no decía nada importante, pero daba a entender que lo haría en la biografía que estaba terminando. Así que lo llamé, Stephanie, lo llamé y le hablé de esta cinta. ¿Sabes lo que me dijo? –Nuevamente la joven negó con la cabeza incapaz de hablar–. Dijo, textualmente: «Si esa cinta es auténtica, podría ser la clave que busco». –Alan fijó la mirada en ella–. Naturalmente, una comprobación de lo que ya había descubierto por su cuenta, ¡pero que aún no podía revelar sin pruebas!

–¿Y qué tendría que haber descubierto?
–Lo sabes muy bien... que Lili Schneider está viva y goza de buena salud.
Stephanie se quedó de piedra y lo miró directamente a los ojos.
–Piénsalo, Stephanie –añadió el joven quedamente–, ¿qué mejor motivo para el asesinato que el de los muertos que no desean resucitar?

18

Nueva York

–¿De dónde? ¡Alan, necesito saber de dónde proviene esa grabación! –Stephanie tenía la mirada clavada en los ojos del joven–. Creo que no sólo sabes de dónde proviene, sino también quién la hizo.
Alan expulsó el aliento ruidosamente y palideció, antes de asentir con la cabeza.
–Sí –contestó, prudente y con una expresión cautelosa–. Primero, tendrás que darme tu palabra de honor de que no le contarás a nadie... insisto, a nadie... dónde obtuviste esta información.
–¿No te has enterado? Los periodistas nunca revelan sus fuentes.
–Por tu bien y el mío –continuó Alan con mirada fría–, espero que no lo hagas, sobre todo teniendo en cuenta lo que le ocurrió a tu abuelo.
Fue como un golpe físico. Pese al calor que hacía en el restaurante, Stephanie experimentó un repentino frío glacial, como si algo malévolo se desplazara bajo su piel.
–De acuerdo –aceptó Alan tras encender otro cigarrillo y se pasó una mano nerviosa por el erizado cabello color platino–.

La conseguí el mes pasado, de la misma persona que me vendió la grabación de la Callas de la que te hablé.

–¿La que se grabó ilegalmente en México?

–Sí.

–Necesitaré el nombre de esta persona. –Stephanie sacó un bolígrafo y un bloc de notas de su bolso–. Y cómo ponerme en contacto con él o ella.

–No. –Alan soltó una escueta risa–. De eso nada.

–¿Por qué no? Lo único que quiero es hablar con él.

–Al igual que mucha gente cuyos derechos de autor ha violado.

–Alan, te he dicho que nunca revelo mis fuentes.

–Stephanie –dijo Alan agitando la cabeza–, no lo entiendes. Nadie en el negocio de la piratería de discos desea que le presten atención de ninguna clase. Hasta los traficantes de drogas son menos reservados.

–Entonces, recomiéndame al tuyo, Alan –pidió Stephanie sin vacilar–. Por favor.

–Ni lo sueñes. –Inflexible, Alan negó con la cabeza–. En cuanto se enteren de quién eres, me pondrán en la lista negra de aquí a Macao, ninguno querrá volver a tratar conmigo.

–Entonces dame sólo un nombre –suplicó la chica–, lo único que te pido es que me des una pequeña pista.

–Diablos, Stephanie, aunque pudiera, no sé si el nombre que usa mi contacto es el verdadero. Es muy astuto, muy cauteloso. No se le conoce dirección, ni número de teléfono, ni apartado postal. Nada. –El joven hizo una pausa–. Cuando tiene una grabación que podría interesarme, me llama; ése es el punto de partida y solemos encontrarnos en algún hotel.

–De acuerdo, puesto que éste es un callejón sin salida, enfoquémoslo desde otro punto de vista. ¿Cómo, exactamente, te hiciste con la cinta de la Schneider? Supongo que tu vendedor te llamó, ¿no?

–Bueno, me llamó por lo de la cinta de la Callas. Le dije que diez mil pavos me parecía mucha pasta y él dijo que para cerrar el trato añadiría una grabación reciente de Guberoff.

–¿Quieres decir que tu vendedor no tiene la menor idea de lo que te regaló? –preguntó Stephanie, incrédula.

–Al parecer, no, pero ¿por qué iba a saberlo? Oye, se supone que la Schneider lleva muerta... ¿cuánto tiempo?... ¡más de cuatro décadas! –De pronto frunció el ceño ligeramente y añadió pensativo–: Ahora que lo pienso, recuerdo que mencionó cómo la había conseguido. Al parecer no hacía falta guardar el secreto, porque de lo contrario no habría dicho nada.

Stephanie esperó a que continuara.

–Aunque no me dio un nombre, dijo que era de alguien que iba a bordo del *Chrysalis*, que Boris Guberoff hacía un crucero por la península de Yucatán y que alguien lo grabó a escondidas mientras tocaba el piano.

–¿El *Chrysalis*? –Stephanie rebuscó en su memoria–. ¿Es un nuevo transatlántico?

–Bien podría serlo, de tan grande que es. –Alan rió–. Es un yate, un megayate, o, para ser más precisos, el yate de Veiga. Pero mi vendedor no quiso decirme si fue un huésped o un miembro de la tripulación el que hizo la grabación.

–Veiga... Veiga.... –Stephanie repitió el nombre en voz baja–. ¿Dónde he oído ese nombre?

–Ernesto de Veiga, el multimillonario... multibillonario, diría yo... brasileño, uno de los hombres más ricos, si no el más rico del mundo. Estaño, madera, banca, productos farmacéuticos; en cualquier cosa que se te ocurra, allí tiene la mano metida.

Stephanie asintió y pensó: «¡Entonces debe de ser el hombre llamado Ernesto en la cinta!».

–Ahora, no vayas a decir que no te he dado una pista. –La mirada de Alan se cruzó con la de la chica–. Tienes dos lugares por donde empezar.

–Guberoff y Veiga.

Stephanie lo vio sacar la cinta del radiocasete. Con rostro

inexpresivo, la deslizó sobre la mesa y encima colocó la cinta no manipulada.

–Son copias. Son tuyas, puedes hacer lo que quieras con ellas. Yo tengo los originales.

–¡Gracias! –exclamó la chica, sorprendida–. Te debo una. –Buscó una tarjeta de visita en su bolso y en el dorso escribió el número de teléfono de su apartamento–. Si necesitas ponerte en contacto conmigo, sea cual sea la razón, no dudes en llamarme. Si te contesta mi contestador automático, deja el recado, yo te llamaré.

–Pero, acuérdate –insistió Alan asintiendo con la cabeza– de que nunca has oído hablar de mí. –Apagó el cigarrillo–. Y no te ofendas si te doy un consejo amistoso, ¿de acuerdo?

–De acuerdo.

–Si decides jugar a los detectives, hazlo con mucho cuidado; hazlo en silencio y, sobre todo, no hagas lo que hizo tu abuelo, no anuncies una inminente noticia sensacional que tenga que ver con la Schneider. Es muy posible que el artículo que publicó en *Opera Now* le haya acarreado la muerte.

–Lo recordaré –prometió Stephanie, y sacó la cartera para pagar las copas, pero él se lo impidió con un gesto.

–Yo invito.

Una vez fuera, se separaron.

–Voy a coger un taxi, ¿puedo dejarte en algún sitio? –ofreció la chica.

–No, gracias, me gusta caminar.

Se estrecharon la mano y ella permaneció en la esquina, mirando cómo se alejaba. Vio que un taxi se aproximaba y estuvo a punto de levantar la mano para llamarlo pero cambió de opinión, ella también caminaba. Le harían bien la calidad purificadora del aire fresco y del brillante sol, la actividad tónica de los músculos de las piernas en movimiento. Solía pensar mejor cuando andaba. De paso, se detendría en la primera tienda de productos electrónicos y se compraría un casete portátil.

Así podría escuchar las dos cintas de camino.

19

Nueva York

Johnny Stone rondó la calle impaciente, sin fijarse en el gentío que pasaba de largo rozándolo. Había intentado, sin éxito, borrar a Stephanie de su mente y ahora clavaba una mirada anhelante y melancólica en el Osborne, al otro lado de la calle. Casi había entrado a ver si Stephanie se hallaba en casa, pero el consejo de Sammy lo detuvo.

«Dale tiempo para curarse... para aclararse las ideas.»

Sin embargo, los buenos consejos no habían conseguido mantenerlo del todo alejado ni apartarlo de su vigilia. Ya debía de haber recorrido un centenar de veces la acera frente al majestuoso edificio, sin desviar la vista de las ventanas que estaban en la esquina del cuarto piso. Estaba tan ocupado observándolas que ni siquiera vio a Stephanie subir la Séptima Avenida en medio de un remolino de peatones y cruzar la calle Cincuenta y siete con el gentío, con unos auriculares puestos y sumida en un mundo propio.

Stephanie escuchaba, ensimismada, la cinta de Schneider/Veiga y no se fijó en Johnny, ni siquiera cuando la multitud siempre cambiante creó un vacío y lo dejó bien a la vista.

En el espacioso vestíbulo, Stephanie encontró a Pham, que, tarjetas en mano, pulsaba el botón del ascensor.

–¡Señorita Stephanie! –la saludó, encantado–. Tu apartamento está brillante y pulido, como tú, bien arregladito. Ahora puedes tener visitas.

La puerta del ascensor se abrió con un suspiro; Pham aguardó a que Stephanie lo precediera, entró y pulsó el botón del cuarto piso y el de cerrar la puerta. Al llegar, doblaron a la izquierda y se encontraron inmediatamente frente a la puerta del apartamento.

Stephanie extrajo las llaves de su bolso; miró a Pham con expresión interrogante al meter una llave en el primero de varios cerrojos.

–Te has dejado la piel trabajando, ¡y ahora regresas aquí a seguir dándole! Vamos, Pham, ya no tienes por qué seguir limpiando y ordenando este lugar. –Se le quebró la voz al añadir–: No es como si alguien viviera aquí todavía.

Pham se puso rígido.

–Sólo porque haya muerto el señor Merlin, no es razón para saltarse las normas –declaró.

–Entonces... –Stephanie giró la llave de la última cerradura, abrió la puerta, entró rápidamente y le bloqueó la entrada–, ¿qué te parece si hacemos un trato?

–¿Un trato? –le preguntó Pham, receloso.

–Es muy sencillo. Voy a por mi reloj que está en mi antigua habitación y luego regresaré a casa. –Sonrió con malicia–. Pero sólo si tú das el día por acabado y regresas a la tuya.

–Quizás es mejor que esperes aquí –se ofreció Pham con los ojos entornados–, y yo vaya a por tu reloj. Si no, posiblemente me cierres la puerta en las narices y te quedes aquí haciendo cosas.

–No, no. –Stephanie se mantuvo firme–. Si yo espero aquí, tú podrías dejarme fuera. Puede que yo te lleve la contraria de vez en cuando, Pham, pero tú eres un zorro muy astuto. Así que yo iré a por mi reloj y tú esperarás aquí. Además –añadió con lógica irrefutable–, el reloj es mío.

Pham alzó las manos en señal de rendición, sabía que de nada serviría discutir. Agitó la cabeza y contempló cómo Stephanie se volvía, atravesaba a toda prisa el recibidor de alto techo, doblaba a la izquierda y recorría todo el largo pasillo hacia su antiguo dormitorio, sin percatarse de la rosa roja de tallo largo que estaba en el suelo.

Johnny se detuvo en la esquina de la Cincuenta y siete con la Séptima Avenida. Ya había dejado de fingir que andaba con la multitud y miraba con expresión anhelante las ventanas de la doble sala del apartamento de Merlin.

–¡Stephanie! –susurró en cuanto vio que descorrían una cortina.

El corazón le martilleó en el pecho. En cualquier momento, la chica abriría la ventana y él podría verla. Un grupo de paseantes lo empujó y le hizo dar media vuelta. Se dejó llevar un momento por el impulso, antes de plantarse firmemente, volverse de nuevo hacia el edificio y obligando a la gente a sortearlo.

Vio otra cortina descorrida. Fijó la mirada en la ventana, a la espera de esa preciada visión. Su mente no dejaba de luchar. «¿Debo subir? ¿O debo hacer caso del consejo de Sammy y darle más tiempo?»

Mientras se debatía consigo mismo, un enorme destello iluminó todas las ventanas del apartamento de Merlin.

La explosión que siguió fue como un estampido. Los cristales de todas las ventanas salieron disparados hacia fuera y los peatones chillaron y corrieron a refugiarse. Bolas de fuego anaranjadas surgieron de los huecos de las ventanas y se hincharon hasta convertirse en algo semejante a gigantescos crisantemos.

Incluso desde la otra acera, Johnny sintió la ola de calor. Apenas se dio cuenta de que una astilla de cristal desgarraba la manga de cuero de su zamarra y se le clavaba en el antebrazo.

No vaciló. Sin pensar en su propia seguridad, cruzó a toda prisa la calle Cincuenta y siete abriéndose paso entre los coches, cuyos conductores furiosos tocaban el claxon, y saltando sobre los techos de los que le obstaculizaban el camino.

20

Sítto da Veiga (Brasil) - Nueva York

El Centro de Ingeniería Genética y de Productos Farmacéuticos Veiga se hallaba en plena selva amazónica, y constituía una pequeña ciudad autosuficiente y hasta tenía nombre: Sítto da Veiga. En torno al edificio principal, una pirámide de once plantas recubierta de espejos solares, se agrupaban, como templos menores, varias estructuras geométricas también recubiertas de espejos solares. Era un entramado de construcciones para la investigación, laboratorios de toxicología, espacios para la producción y el almacenamiento de fármacos, apartamentos para los químicos, bioquímicos, patólogos y parasitólogos residentes, una central eléctrica, un hospital, una escuela, un gimnasio y hasta un pequeño centro comercial, todos ellos interconectados por pasillos acristalados que contaban con aire acondicionado. El único camino pavimentado terminaba en una pista privada lo bastante larga y ancha para el aterrizaje de jumbo jets.

Y todo esto estaba rodeado de cientos de kilómetros de selva impenetrable.

Las medidas de seguridad hacían pensar en las de una base militar sumamente secreta. Guardias armados y perros entrenados para atacar patrullaban a todas horas las cuatrocientas hectáreas, rodeadas de vallas metálicas electrificadas, que habían arrebatado a la jungla. Estos guardias y sus perros se alojaban en los edificios más apartados del complejo. Con las manos a la espalda, el coronel Valerio, que presidía una guarnición permanente de cuarenta y ocho empleados de seguridad, miraba por la pared de ventanas hacia la gigantesca pirámide que se alzaba en medio de los edificios más bajos. Detrás de ésta, en la distancia, vio un jet de cuatro motores que aterrizaba en la pista; puesto que sabía que se trataba de uno de los tres vuelos de aprovisionamiento diarios, no le prestó atención.

Tenía cosas más urgentes en las que pensar.

Un tal Aaron Kleinfelder, de la BIP, seguía intentando acceder al archivo Opus.

Se preguntó si debía hablarle de la persistencia de Kleinfelder a Ernesto de Veiga o si podía esperar. Dobló el brazo para mirar su reloj. Tendría que esperar, eran casi las tres y no podía molestar al jefe hasta pasada poco más de media hora, pues sólo una urgencia de proporciones trascendentales podía interrumpir la hora diaria de terapia médica que la doctora Vassiltchikov había prescrito para Ernesto de Veiga y Zarah Böhm. Entretanto, por si acaso, haría que el ordenador de la BPI se averiara. «Eso debería fastidiar al señor Kleinfelder y sus ocupados dedos.» Se dirigió con paso enérgico a su escritorio de metal gris y cogió el teléfono. Era hora de poner al Fantasma otra vez en activo.

En las oficinas de la BPI en Nueva York, Lisa Osborne colgó el teléfono y entró en el despacho de su jefe.

–Jefe, no se lo va a creer.

–¿Creer qué? –Aaron levantó la vista del teclado.

Lisa cerró la puerta.

–La policía acaba de llamar. –Hizo una pausa y le sostuvo la mirada–. Quieren que yo vaya a la comisaría.

–No has hecho nada malo, ¿verdad? –Aaron se enderezó.

–No, pero reservé la habitación para Vinette Jones anoche y la acomodé en ella, ¿se acuerda?

–Ah, sí, la señorita Jones. ¿La has localizado?

–Está muerta, Aaron. –Lisa se encaminó lentamente hacia el escritorio–. ¡Muerta! –repitió con voz ronca.

–¿Qué ocurrió? –Aaron inhaló hondo y exhaló el aire poco a poco.

–Según la poli, una sobredosis –dijo Lisa con un encogimiento de hombros.

–No. –Aaron negó con la cabeza–. No es posible. A mí me pareció una mujer cristiana, muy temerosa de Dios.

–Los policías no piensan lo mismo. El que habló conmigo, me dijo que todas las venas de sus brazos estaban colapsadas de tanto chutarse.

–¿De veras?

–Bueno, más vale que me vaya. Si he de identificar el cadáver prefiero acabar de una vez.

–Tómate la tarde libre.

–Gracias. Bueno, hasta luego.

Lisa echó a andar hacia la puerta. Aaron hizo girar su silla y miró por la ventana.

«¿Significa esto que debo dejar de buscar a la niña? –se preguntó, y negó con la cabeza–. Esto hace que la búsqueda sea más tentadora y, si hace falta, seguiré haciéndolo en mi tiempo libre.» Una vez tomada la decisión, se volvió hacia la pantalla.

–¡Maldita sea! –murmuró.

El sistema informático se había colapsado.

Seguía así a las cuatro de la tarde, de modo que Aaron decidió dar el día por terminado. El camino hacia su casa era largo para ir andando –vivía en la calle Ochenta y uno, esquina con Riverside Drive–, y por eso mismo le apetecía. El tiempo era perfecto y el ejercicio le haría bien.

Al llegar a la esquina de Riverside Drive con la Ochenta y uno, miró a su alrededor complacido y disfrutó de la paz y del silencio. Entonces el semáforo cambió y se dispuso a cruzar.

Se hallaba a mitad de la calzada cuando oyó el rugido de un motor que se ponía en marcha; se detuvo y echó una ojeada a la derecha. Una furgoneta marrón del servicio de mensajería UPS se dirigía hacia él a toda velocidad. Tardó un momento en darse cuenta de la situación, y cuando lo hizo ya era demasiado tarde, pues el parabrisas y la rejilla parecían crecer más y más al acercarse. En el último instante, Aaron levantó un brazo para protegerse la cara. En el momento del impacto, gritó; fue como si un enorme puño de metal se estrellara contra su cuerpo. Luego, afortunadamente, todo se oscureció.

Una rosa roja, arrojada desde la ventanilla de la furgoneta, cayó a su lado.

21

Nueva York - Sítto da Veiga (Brasil)

Sentado en su despacho, Thomas Andrew Chesterfield III colgó el teléfono. La noticia lo había dejado anonadado.

–Ha sido usted de gran ayuda –le dijo. Era lo último que pensaba oír de la voz susurrante que tanto pavor le causaba–. Pero antes de dar nuestra relación por terminada, tenemos que pedirle un último favor. Después de esto, recibirá el original y todas las copias existentes de la película de su hijo. –Chesterfield la escuchó con creciente incredulidad; «estoy soñando», pensó, y la voz prosiguió–: Ahora, señor Chesterfield, voy a darle un número de teléfono. Apréndaselo de memoria y déselo al Fantasma; dígale que un cliente quiere contratar sus servicios en exclusiva y que, a cambio, un millón de dólares será depositado en cualquier cuenta bancaria que desee, en Suiza o en las Caimán y que el cliente le pagará cien mil dólares adicionales por trabajo, al contado. El Fantasma debe tratar directamente con nosotros.

–Intentaré darle su mensaje esta misma noche.

–Bien. ¡Ah, otra cosa, señor Chesterfield! Le aconsejo que olvide el número de teléfono en cuanto se lo haya dado al Fantasma.

–¿Y... eso es todo? –preguntó Chesterfield con voz temblorosa.

–Sí, señor Chesterfield, eso es todo.

«¿Será cierto? –se preguntó–. ¿De veras sólo tendría que cumplir esa última solicitud y estaría libre, para siempre jamás?»

No pudo esperar hasta la noche.

En cuanto oscureció, condujo por última vez por la Novena Avenida.

Sus ojos registraron el grupo de mujeres en la esquina. ¡Allí estaba! Vestía un diminuto sujetador, pantaloncitos muy cortos y zapatos dorados de tacón de aguja. La vio volver la cabeza y reconocer su coche.

Pavoneándose, la mujer se dirigió hacia el vehículo y asomó la cabeza por la ventanilla abierta.

–¿Y bien? ¿Vas a invitarme a entrar?

Chesterfield asintió con la cabeza. Ella se apartó, esperó a que quitara el seguro de la portezuela, la abrió y se sentó.

–¿Cuánto? –preguntó Chesterfield al unirse al tráfico.

–Ciento cincuenta para pasar el mensaje –contestó Shanel.

En cuanto los tuvo, los contó, abrió su bolso y metió los billetes arrugados antes de volver a cerrarlo.

–¿Qué quieres que le diga?

Chesterfield le explicó que alguien quería tratar con el Fantasma sin usarlo a él de intermediario y que tenía un número de teléfono en caso de que le interesara.

–¿Cuánto le van a pagar? –quiso saber la mujer–. No es que me importe.

Él se lo dijo y Shanel se encogió de hombros, pues la respuesta no la sorprendió en absoluto.

–Lo llamaré y se lo diré, pero más vale que me apuntes el teléfono, porque no tengo buena memoria para los números, ¿sabes?

Chesterfield lo anotó, ella cogió el papel y se lo metió en el bolsito dorado.

Chesterfield la dejó en la esquina por última vez.

Sin su atuendo de prostituta, con una discreta blusa de seda a rayas blancas y beige, un pañuelo de Hermés al cuello, chaleco amarillo canario, pantalón de algodón color tabaco, caros zapatos de cordones de tacón bajo y un impermeable abierto de un marrón ligeramente más claro, Shanel tenía un aspecto realmente elegante. Bajo el brazo llevaba un amplio bolso de Vuitton.

Cerró el paraguas y lo sacudió. Entró en el edificio de venta de billetes de avión frente a la estación de ferrocarriles Grand Central y una vez en el primer piso se dirigió a los teléfonos públicos.

Eligió el más alejado porque le daba mayor intimidad. Dejó el bolso en el suelo y rebuscó en su interior. Allí estaba, el número de teléfono que el tío le había dado; siguió rebuscando y sacó la tarjeta Master Card que le había mangado a un odioso cliente.

Levantó el auricular, introdujo una moneda de veinticinco centavos en la ranura, marcó el número y esperó...

Primero oyó una serie de clics y pausas, como si estuviesen desviando la llamada, seguidos de más clics, como si la estuviesen desviando aún más. Finalmente, percibió unos lejanos timbrazos.

–¿Sí? –contestó una voz.

–Tengo que darle un recado del Fantasma.

–La escucho.

–Pues el Fantasma dice que tiene algo que ver con aceptar un trato que le propuso su hombre. Que sí. También dice que en cuanto depositen el dinero en su cuenta, ¿entiende?, que trabajará para usted en exclusiva. –Shanel hizo una pausa y preguntó con tono cauteloso–. ¿Quiere que le dé el número de la cuenta y eso?

–Por favor.

Shanel le dictó la información que tenía apuntada en un papel. La voz que estaba al otro extremo de la línea la repitió.

–Necesitaré un número de teléfono en el cual contactar con el Fantasma en cualquier momento –añadió.

–Es de un servicio de recepción de llamadas –le explicó Shanel al dárselo–. Puede dejar el mensaje. El Fantasma llama cada día. Cuando reciba un recado suyo, le llamará. ¿De acuerdo?

–Sí. Puede informarle de que dentro de una hora habremos ingresado el dinero en su cuenta, junto con el pago para el primer trabajo.

La línea se cortó.

Al día siguiente por la tarde, Andrew Chesterfield III bajó por las escaleras del metro, con paso garboso y silbando.

¡Dios santo, qué bien se sentía! Mejor que en muchos años. Todo había cambiado de pronto; la vida resultaba alegre de nuevo porque hacía menos de una hora un mensajero le había entregado un enorme sobre con el sello PERSONAL.

Según lo prometido, contenía ocho cintas de vídeo.

Con el corazón acelerado, había cerrado la puerta, había corrido a sentarse detrás de su escritorio y había abierto las cintas con unas gruesas tijeras. A continuación, no sólo había sacado las películas, sino que las había cortado en trocitos que no se podrían volver a juntar.

Ahora, finalmente, podía respirar a gusto. Ya no habría chantaje, ya no recibiría llamadas de una voz susurrante a horas intempestivas.

Pasó despreocupadamente por el torniquete, balanceando su portafolios. Una vez abajo, se colocó al borde del atestado andén, se sacó el *Wall Street Journal* doblado de debajo del brazo, lo abrió a medias, y se puso a leerlo.

El tren no tardó en salir rugiendo de la boca del túnel, con el proyector brillando, como el ojo de un cíclope. Chesterfield dobló el periódico, se lo metió de nuevo bajo el brazo y aguardó. Sin que se diera cuenta, alguien deslizó una rosa roja entre sus páginas.

El rugido se convirtió en un trueno al acercarse el tren y, justo cuando se oyó el agudo rechinar de los frenos, alguien que estaba a su espalda lo empujó.

Chesterfield voló agitando los brazos. Quería chillar que no había derecho, pero antes de que pudiera abrir la boca, su cuerpo topó con el tercer raíl. Se revolvió frenéticamente y gritó cuando miles de voltios lo frieron; luego, como si la muerte por electrocución no bastara, el tren lo atropelló y lo mutiló.

En medio del pánico consiguiente, el Fantasma se alejó tranquilamente del andén, sin que nadie lo viera o lo oyera. «A este paso –se dijo–, si siguen dándome estos trabajitos, podré jubilarme en un año.»

Como no había más luz que la que emitían las pantallas, las terminales de ordenador y los listados de fibra óptica, a la doctora Vassiltchikov se la veía de un extraño y vivo tono de verde.

Ante las consolas, delante de ella y en un ángulo, se hallaban sentados sus dos jóvenes asistentes, un hombre y una mujer; ambos lucían el mismo tono verdoso que su diminuta jefa, que andaba de un lado a otro, como un luminoso fantasma verde.

–¿Temperatura corporal del sujeto número uno? –dijo en tono cortante y con fuerte acento europeo oriental.

–36,2 grados centígrados –observó la chica.

–¿Y el sujeto número dos?

–36,3 grados centígrados –informó el chico.

–Bien, bien.

El murmullo de la doctora Vassiltchikov contenía un deje de excitación; desprendía una cálida satisfacción, semejante a la que le habría proporcionado un fragante y embriagador vino; pero no era éste un momento adecuado para la autocongratulación. El que su teoría se hubiese probado, que se viesen recompensados sus esfuerzos por bajar la temperatura corporal, tanto de Ernesto de Veiga como de Zarah Böhm, otra fracción de grado, constituía un premio en sí. Y, lo que era más importante, esas temperaturas más bajas se habían mantenido en niveles exactos y constantes durante varias semanas. ¡Semanas enteras! ¡Y sus dos sujetos nunca habían tenido mejor salud!

De repente por sus labios cruzó un ligero rictus de amargura. ¡Cómo le dolía no poder publicar los resultados! Durante años le había bastado su amor por la ciencia y la investigación, pero ahora...

Ahora que ya tenía más de ochenta años y que se le acababa el tiempo, anhelaba los frutos tangibles que deberían colgar en abundancia del árbol de sus esfuerzos, deseaba el reconocimiento de sus colegas; que la nombraran como candidata al premio Nobel, aunque, por encima de todo, le habría gustado saber que otros científicos utilizarían sus descubrimientos como punto de referencia en su propio trabajo, que perpetuarían lo que ella había empezado, que sus notas a pie de página le asegurarían la inmortalidad.

Pero ¿para qué insistir en lo imposible? Revelar sus descubrimientos estaba fuera de toda posibilidad, por múltiples razones.

Entre ellas, la necesidad de mantener totalmente en secreto la existencia de sus sujetos, sus benefactores, la controvertida metodología empleada, la mezquindad de la mente de la mayoría de la gente y, siempre, su propio pasado...

Y ahora, las paredes en las cuales se apoyaban múltiples aparatos electrónicos de la más moderna tecnología, parecían burlarse de ella, pues, ¿qué importancia tenían sus descubrimientos si nadie se enteraba de ellos?

La ironía de la situación no se le escapaba. Ella, la descubridora de la fuente de la juventud; ella, que hacía retroceder el tiempo para sus benefactores, envejecía, se debilitaría aún más y pronto moriría.

Mientras tanto, Zarah se sentía ingrávida, se imaginaba flotando en la matriz de la que procedía, la matriz a la que cada día, sin falta, regresaba entusiasmada.

Con los ojos cerrados, perfectamente quieta, imaginaba que los diversos monitores y sondas sujetos a su cuerpo desnudo eran los deliciosamente sensuales órganos masculinos de un extraterrestre, delgadísimos tentáculos, que la unían a él.

Resultaba casi obsceno el bienestar que experimentaba, y su estado de ánimo se debía a varios factores:

Los auriculares que le llenaban el oído con las notas de *Dov'è l'Indiana bruna?*, un aria del glorioso *Lakmé* de Delibes cantada por Lili Schneider, técnicamente perfecta y pura ahora, pese a la mala calidad de la grabación original de 1946. ¡Ay cuán pura y perfecta!

El catéter plástico del gota a gota inyectaba en su sangre la habitual solución prolongadora de la juventud, compuesta de hormonas, células, proteínas de ADN que habían sufrido una mutación, y, hoy, la hormona del crecimiento que añadían tres veces por semana.

Pero, por encima de todo, su sensación de bienestar se debía a la seguridad que le proporcionaba saber que estaba tan hermosa, tan joven, tan carente de arrugas, y su cuerpo, tan perfecto, como lo había sido antes, y que continuaría así durante décadas.

En esta sencilla pero opulenta sala, de entorno regulado por ordenador, Zarah se sentía más en paz; aquí, el mundo parecía perfecto en casi todos los aspectos.

Nada le aceleraba el pulso, nada le subía la presión sanguínea. Reducido a este estado de pura dicha mental, su cuerpo parecía haber dejado de existir, al menos de momento, porque se hallaba en su propio capullo, seguro y muy nutritivo.

Con los ojos cerrados, Ernesto sintió que flotaba, que su mente, una entidad separada de su cuerpo, vacía de preocupaciones terrenales, era capaz de volar alto y bajo, de alcanzar las estrellas más lejanas en una milésima de segundo y de vagar indolente, como una mariposa perezosa en un día sin brisa, a escasos centímetros del caparazón del que se había liberado.

Qué ironía que en esta hora diaria, encadenado a un gota a gota, se sintiese más libre que nunca, pues sólo allí, observado por cámaras de vídeo invisibles, donde cables de sondas electrónicas vigilaban cada uno de sus alientos y cada latido de su corazón, sólo allí podía descansar la mente y dejarse llevar por todas sus fantasías.

Algunas de sus mejores ideas se le ocurrían mientras permanecía allí, inmóvil, mientras el gota a gota introducía en su sangre la solución prolongadora de la juventud.

La intensidad de las luces aumentó gradualmente. Ernesto suspiró. Los goteros se habían vaciado, había transcurrido una hora y la realidad empezaba a imponerse de nuevo.

Los cerrojos de acero inoxidable se abrieron con un siseo y la doctora Vassiltchikov entró, sacó con destreza las dos agujas del catéter del dorso de las manos de Zarah y Ernesto, tiró de los tubos y los soltó. Los dos catéteres se elevaron automáticamente, atravesaron el techo y desaparecieron.

–No tardaré en quitarles los monitores y las sondas –comentó mientras trabajaba en ello–. Luego, quiero que hagamos una corta visita guiada, para que vean personalmente los resultados de nuestras últimas investigaciones. ¡Creo que ambos se sentirán entusiasmados por nuestros avances!

22

Sítto da Veiga (Brasil)

–Clonación de genes, sustitución de la hormona del crecimiento y, ahora, regímenes bajos en calorías. –La doctora Vassiltchikov desgranó cada avance tocándose cada vez un dedo–. Piénsenlo, hemos hecho enormes progresos desde los primeros años de la implantación de placenta e inyección de células de oveja. Pero –añadió con una sonrisa–, a ustedes no necesito decirles eso, ¿verdad?

Se detuvieron frente a un par de puertas de acero pulido sin pomos ni cerraduras, en cada una de las cuales habían pegado un gran cartel amarillo con letras negras. El de la izquierda advertía: «Atención. Peligro biológico. Zona restringida al personal autorizado», y el de la derecha: «Peligro. Contaminantes cancerígenos. Sustancias teratógenas e isótopos radiactivos en uso». La doctora sacó su tarjeta de identificación plastificada y la introdujo en una ranura; se encendió una luz verde y las puertas se abrieron.

Cuando el trío pasó, se cerraron de nuevo. Se encontraban en la primera de las tres cámaras de aire separadas, cuya función consistía en proteger totalmente el laboratorio de cualquier posible contaminación. La doctora Vassiltchikov introdujo su tarjeta de identificación en dos ranuras electrónicas más y se adentraron finalmente en el laboratorio bioquímico.

Las luces fluorescentes brillaban y el aire reciclado parecía helado. El equipo científico de la más alta y moderna tecnología no hacía sino agravar el aspecto desagradable de un ambiente frío y estéril.

A lo largo de las paredes habían varios laboratorios, cada uno de los cuales contenía maquinaria equipada con varios botones, complejos tubos de cristal, conectores eléctricos, terminales de ordenador, monitores y campanas de ventilación de acero inoxidable. En cada una, un técnico en bata blanca hacía cosas incomprensibles.

A diferencia de Zarah, a Ernesto todo esto lo fascinaba; nada era demasiado complejo o demasiado desconcertante para él; nada le daba náuseas ni le resultaba repugnante; quería saberlo todo, se esforzaba en mirar por todos los microscopios en uso y pedía explicaciones detalladas. Para él, los cuatro nuevos superordenadores Cray Y-MPE2E que llevaban los asuntos del laboratorio entero eran como el Santo Grial.

Zarah, por su parte, se mostraba inquieta y hacía mohines de impaciencia, mientras la doctora Vassiltchikov saciaba la sed de conocimientos de Ernesto.

Continuaron hasta llegar al fondo de la sala, donde la doctora eligió una puerta en la que el cartel advertía: «Zona secreta. Atención. Zona biológica y radiactiva. Se han de aplicar los más estrictos protocolos radiológicos y genéticos». Antes de abrirla con su tarjeta de identificación, metió la mano en una bandeja de alambre que sobresalía de la pared, sacó y les entregó sendas tarjetas de plástico que medían la radiactividad, se las entregó y los tres se las prendieron del bolsillo superior de la bata.

Ahora se encontraban en un pasadizo acristalado que llevaba al perímetro más alejado de los laboratorios bioquímicos. Franquearon otra puerta de acero... otra... y otra más, puertas de tres cámaras de aire separadas que evitaban que los contaminantes se filtraran hacia fuera.

Finalmente entraron en el primero de un grupo de laboratorios ultrasecretos más pequeños, cada uno de los cuales requería mayor acreditación de seguridad que el anterior.

El primero, bañado por una luz verde, era insoportablemente caliente y húmedo. Sin hacer caso de los visitantes, los técnicos del laboratorio siguieron concentrados en su trabajo: sacaban bandejas con placas de agar-agar de las incubadoras, transferían con pipetas muestras de tejido hacia portaobjetos de microscopios de electrones y se inclinaban sobre sus oculares.

–Esto es una de las cosas que quería enseñarles –comentó la doctora Vassiltchikov con evidente orgullo, y los llevó a una de las zonas–. ¿Me permite? –le preguntó a una mujer cuya bata blanca despedía un brillo verde fluorescente.

–Por supuesto, doctora –contestó la mujer, que se bajó inmediatamente del taburete giratorio y se apartó.

La doctora se puso de puntillas, se inclinó sobre el microscopio y miró por los dos oculares.

–Asombroso –murmuró, y se volvió hacia Zarah y Ernesto–. Cuando miren por este microscopio, lo que verán en el centro mismo es un único, repito único, y diáfano filamento de ADN humano ¡magnificado cien mil veces! Los demás filamentos idénticos que están agrupados a su alrededor son sus clones y se duplican por sí solos. –Con un gesto invitó a Ernesto a mirar, y éste se apresuró a hacerlo–. ¡Hace semanas que esa muestra de tejido debería de haber perdido su capacidad para duplicarse!

–explicó–. Sin embargo, continúa haciéndolo y produce copias idénticas de sí misma. –La mujer llevó aparte a Zarah y a Ernesto para que nadie los oyera–. ¡Estamos a punto de hacer otro importantísimo descubrimiento bioquímico! ¡Pronto ya no precisaremos a nuestros ángeles sacrificados! ¡Podremos producir su medicación aquí mismo, en este laboratorio! ¡Imagínense cuánto más seguro será para todos nosotros! Y, en cuanto perfeccionemos nuestra técnica, piensen en las asombrosas posibilidades: ¡un único filamento del ADN Matusalén nos proporcionará medicamentos para varios siglos mediante meras duplicaciones!

–¡Dios mío! –exclamó Ernesto en voz muy queda–. ¡Verdaderamente ha hecho usted importantes avances! ¿Cuándo cree que habrá perfeccionado esta técnica?

–Por desgracia –la mujer suspiró–, es difícil de predecir. Pero, al menos sabemos una cosa, o sea, que ya no es cuestión de si es posible, sino de cuándo lo será. Ahora, si quieren seguirme, deseo enseñarles más cosas. Estoy segura de que el resultado de nuestro régimen bajo en calorías les parecerá igualmente excitante.

Los guió hacia unas puertas en las que se podía leer: «ESPECÍMENES VIVOS», y sacó su tarjeta electrónica. Se adentraron en otra cámara de aire, a sus espaldas la puerta se cerró automáticamente, se les taparon los oídos con el cambio de presión, y otra puerta se abrió delante de ellos.

Se hallaban en un oscuro túnel curvado, muy semejante a la zona de observación de un acuario o de un terrario para reptiles en un zoo; aunque detrás de la ventana de cristal, en dos zonas separadas por una malla de metal, en lugar de peces o serpientes había una gran variedad de animales, desde los seres unicelulares más sencillos hasta ratas, gatos, perros y monos.

–¿Se acuerdan de nuestra sala Arca? –les preguntó la doctora, y abarcó el túnel con un gesto.

–Sí, se llama así porque contiene dos individuos de cada especie –contestó Ernesto sonriendo.

Zarah no los había seguido, sino que se había quedado cerca de la entrada. Se tapó delicadamente la nariz con un pañuelo. Odiaba los olores mezcla de tufillo de animales, excrementos y orina; odiaba todo lo que se movía, se arrastraba, andaba a cuatro patas, reptaba, nadaba o volaba, a excepción de las mariposas, que le encantaban.

La doctora Vassiltchikov se reunió con Ernesto delante de la primera ventana. Al otro lado del cristal había dos microscopios de doble tubo portaocular, conectados a sendas cámaras de televisión especiales; pulsó un botón fluorescente y al instante aparecieron dos pantallas de vídeo de color y de alta resolución. Cada una mostraba un protozoo magnificado cien mil veces, ambos idénticos en todo menos en un aspecto.

–Como ve –indicó–, el de la derecha no se mueve porque está muerto. Vivió catorce días con una dieta protozoaria normal, uno menos que su máxima de vida. Eso fue hace una semana. Sin embargo, al espécimen saludable de la izquierda le hemos dado una dieta baja en calorías que le ha proporcionado un mínimo de proteínas, pero suficientes vitaminas y minerales para evitar la malnutrición. Lleva veintiún días vivo. Es decir que...

–¡...su tiempo de vida casi se ha duplicado! –exclamó Ernesto.

–Ahora veamos las ratas. La de la derecha ha ingerido una dieta saludable en los últimos treinta meses; verá que su pelo blanco se ha vuelto gris y grasiento. Sabemos que ha sufrido varias dolencias: la destrucción del músculo del corazón, enfermedades del riñón, diabetes, cataratas y un fallo general del sistema inmunológico. Si nada de esto la mata pronto, lo harán los tumores.

–¡Pero ésa está blanca todavía! –comentó Ernesto al ver la rata de la izquierda.

–Sí –respondió la científica con aire satisfecho–. Y saludable. Es asombroso, pero todos los grupos que hemos sometido a pruebas han dado los mismos resultados, o sea, que los que ingerían una dieta baja en calorías casi no sufrían enfermedades del corazón o del riñón y, si bien muchos acaban por padecer cáncer, pueden vivir hasta cincuenta meses, ¡un tercio más de lo normal!, y todo porque hemos restringido sus alimentos.

–Entonces, ¿ya no le quedan dudas de que una dieta baja en calorías conlleva longevidad? –le preguntó Ernesto frotándose la barbilla.

–Ninguna. Pero hemos de tener en cuenta que se trata de especies inferiores, con una media de vida relativamente corta, y es posible que la longevidad la haya impulsado un mecanismo interior que les permite sobrevivir varios años de hambrunas a fin de reproducirse.

–Pero ¿cómo nos beneficiaremos Zarah y yo de estas investigaciones? –quiso saber Ernesto–. ¿Son realmente necesarias? Creía que nuestro estado ahora, y en el futuro, es de detención de la vejez.

–Y lo será, a condición de continuar con su tratamiento diario. –La científica lo miró directamente a los ojos–. No cabe duda de que, sin los beneficios del ADN Matusalén, usted y Zarah tendrían su avanzada edad real y no la actual.

–De eso estoy convencido, y, aunque entiendo los resultados de estos otros tratamientos, se me antojan casi redundantes.

La doctora Vassiltchikov sonrió y lo llevó de vuelta a la entrada, donde los aguardaba Zarah.

–Quizá toda batalla, por pequeña que sea, ayuda a ganar la guerra. Usted y Zarah llevan varios años ya con una dieta restringida y cuento con que la reducción calórica podrá al menos disminuir la posibilidad de que desarrollen tumores y otras formas de cáncer.

–¿Y las hormonas del crecimiento?

–Los ayudan a deshacerse de la grasa del cuerpo y convierten la mitad de esa grasa en una masa magra más saludable. Además, las hormonas del crecimiento estimulan la producción del factor uno de crecimiento, una proteína muy poderosa parecida a la insulina; ayuda a mantener la salud general de los órganos e impulsa el crecimiento de los tejidos. Pruebas concluyentes han demostrado que seis meses de tratamiento con la hormona del crecimiento pueden restar casi dos décadas, ¡dos décadas! de cambios producidos por el envejecimiento de cualquier cuerpo humano. No olvide tampoco que el envejecimiento afecta al corazón, los riñones, el aparato gastrointestinal y hasta los huesos de la columna vertebral. Todos ellos se encogen con los años. Afortunadamente, el factor uno de crecimiento combate este encogimiento. –Entrecerró los ojos con expresión atenta–. Sería irónico, ¿no cree?, que el ADN Matusalén les diera vida eterna, pero que sus órganos vitales y sus huesos se encogieran hasta el máximo, debido a un descuido estúpido.

Se iban acercando a Zarah.

–Veo que está usted en todo –dijo Ernesto, e hizo con la cabeza un gesto de aprobación.

–Me agrada pensar que es así. –La doctora suspiró y con expresión severa pasó la mirada de Ernesto a Zarah y de vuelta a Ernesto–. Por encima de todo, hay algo que no deben olvidar –les advirtió.

–¿Y qué es?

–Que en todo juego hay imprevistos; accidentes, tumores, infecciones. Un trozo que cae inesperadamente de un edificio, un fallo en los frenos de un automóvil...

–*Hör' auf damit!* –siseó Zarah, horrorizada–. *Lass das bleiben* ¡Me está asustando! –Con un sollozo se arrojó a los brazos de Ernesto y escondió el rostro en su pecho, con lo cual su voz sonó apagada–: ¡No me acostumbraré nunca a morir!

–Ssssh... –El hombre la tranquilizó, le acarició el cabello y le besó la coronilla–. No hay por qué tener miedo, no hay razón... sssh. –Se regodeó en el desamparo de la mujer y su dependencia–. Vamos, vamos, nadie va a dejar que te mueras... nadie va a dejar que envejezcas.

–Lo siento –murmuró Zarah al cabo de un rato–. Parece que siempre hay algo que me asusta. A veces, es el miedo a morir y, si no, la perspectiva de vivir eternamente y ver morir a todos cuantos me rodean... ¡Creo que nunca me acostumbraré a eso!

–Zarah, Zarah –la regañó la doctora Vassiltchikov, que la había observado en silencio–. ¿Cuántas veces tengo que decírselo? Claro que se acostumbrará, porque mientras sea *vorsichtig* (cuidadosa), tendrá todo el tiempo del mundo para acostumbrarse. *Endlose Zeit*, Zarah... ¿me oye? Todo el tiempo del mundo.

23

Nueva York

El funeral se celebró en el auditorio del ayuntamiento; la platea estaba atestada y los asientos del entresuelo, casi todos ocupados; ramos de peonías color rosa pálido y ramas de fragante lila en plena floración decoraban artísticamente la escena.

Sobre ésta, Sammy Kafka, empequeñecido por la profusión de flores, miraba el sombrío mar de rostros alzados; su barbilla apenas asomaba por encima del atril de roble pulido. ¿Cómo esperaban que hilando meras frases explicara la luz que la sola presencia de Stephanie había llevado a su vida? ¿O el espíritu luchador, parte integrante de su personalidad, que tanto había admirado? ¿O el amor que habían compartido, tan cálido y seguro que nunca necesitó palabras para expresarse?

Las palabras se le antojaban insuficientes, pero necesitaban pronunciarse y el público esperaba, de modo que se aclaró la garganta y, evocando sus anécdotas preferidas, intentó dar sustancia a su chiquilla. Con los ojos húmedos decía:

–... tenía la vida entera por delante. Dios sabe lo que habría podido lograr, la felicidad que habría podido encontrar. Habría sido una madre maravillosa...

Se le quebró la voz y, hasta pasado un rato, no pudo continuar.

En primera fila, Johnny no aguantó oír más; se levantó con brusquedad y atravesó torpe y ciegamente el pasillo hacia la parte trasera del auditorio; su corazón ardía, sus pulmones exigían aire. Casi dio un alarido de tanta angustia que experimentaba.

Fuera, en la acera, rechinó de dientes con dolorosa frustración y dio pequeñas vueltas sin sentido, causando la impresión de estar en plena juerga etílica, aunque estaba absolutamente sobrio y su embriaguez se debía a una desesperación primitiva.

Porque si hubiese hecho caso de lo que le decía el corazón y no del bienintencionado consejo de Sammy, si hubiese subido a ver a Stephanie en lugar de andar indeciso por la acera de enfrente del edificio, quizás ella no se hubiese hallado en el apartamento en el momento de la explosión, esa terrible explosión que lo destruyó todo, incluyéndola a ella, esa explosión que no dejó restos humanos reconocibles.

En el entresuelo, una de las numerosas caras anónimas aprovechó la oportunidad de salir sin ser vista.

El Fantasma sostenía una rosa roja y la hacía girar. Con satisfacción pensaba: «Puede que la gente crea que es fácil matar y hacerlo perfectamente, pero yo sé que no es cierto. Se necesita un don especial para ser el ángel de la muerte».

LIBRO SEGUNDO

Vida

1

Cerca de West Cornwall (Connecticut) - Nueva York

La lluvia aplastaba las flores silvestres de los prados circundantes. El Lincoln dobló a la izquierda justo antes de West Cornwall, y enfiló una remota carretera secundaria, recorrió despacio tres serpenteantes kilómetros, siguió a paso de tortuga, torció hacia la izquierda y subió por un empinado camino de gravilla. Medio kilómetro más allá, el camino terminaba en una casa que resultaba incongruente en ese paisaje decididamente yanqui: una villa de estilo renacentista.

El coche se paró y el conductor se giró en el asiento.

–Hemos llegado –comentó alegremente.

Salió del auto y luego desplegó un enorme paraguas en forma de hongo y se dirigió con celeridad hacia la portezuela trasera.

Sammy se deslizó por el asiento, salió, sacó del coche su propio paraguas inglés de mango de marfil y lo abrió sin prisas. Mientras el conductor sacaba el equipaje del maletero, observó con nostalgia la casa de campo de Carleton Merlin.

La vista de la villa liberó un torrente de recuerdos y se le hizo un nudo en la garganta. Pese al cuidadoso mantenimiento, la casa, con sus postigos cerrados contra el mundo, poseía ahora el aura melancólica característica de los edificios deshabitados. Dolido, agitó la cabeza, subió los anchos y bajos escalones que llevaban al pórtico cubierto, cerró el paraguas y lo sacudió. Los ojos se le humedecieron cuando empujó la puerta. Desactivó la alarma y entró en el recibidor; mientras aguardaba a que el conductor le trajera las maletas, miró alrededor.

Nada, absolutamente nada, había cambiado desde la muerte de su amigo: el impresionante recibidor estaba exactamente como siempre, un testamento del gusto excepcional de Carleton y su inclinación por el lujo, majestuoso y amueblado con una exuberante mezcla de piezas de diversos estilos: regencia inglesa, imperial ruso, neoclásico y una que otra pieza del segundo imperio. Una tela a rayas azules de Madeleine Castaing cubría las paredes y gracias a los retratos de nobles en marco dorado, colgados los unos encima de los otros, el alto techo parecía alzarse más allá de sus cuatro metros y medio.

–Bueno, eso es todo. –El conductor depositó la última de las cinco maletas marrones de piel de cocodrilo de Sammy, adquiridas en los años veinte–. ¿Quiere que las lleve a una habitación?

–Déjelas ahí, Mendel. Ya me encargaré yo de ellas. Le llamaré cuando necesite que venga a buscarme, probablemente dentro de un par de días.

Sammy esperó a que el coche desapareciera de la vista. Entonces, seguro de encontrarse a solas, cerró la puerta con cerrojo y, a toda prisa, abrió otra puerta y entró en el oscuro salón. Con un ágil movimiento de las muñecas, separó dos pesadas cortinas de brocado azul, descorrió los pestillos superiores e inferiores de la contraventana, la abrió, descorrió el pestillo de los postigos verde oscuro y de un empujón los abrió del todo.

La luz grisácea y los sonidos de la lluvia se filtraron en la estancia. Desplegó su paraguas, lo levantó bien alto, saltó por la ventana y echó a correr mirando hacia su destino. El gran orgullo de Carleton Merlin, la casa de una habitación que hacía las veces de biblioteca y residencia de invitados, una réplica más amplia, pero por lo demás con detalles auténticos, de la cámara del tesoro de los atenienses en Delos, con frontón, columnas dóricas y triglifo.

Sammy siguió andando loma arriba, a través de la alta hierba empapada, y con las frondosas ramas bajas de algunos árboles azotándole el paraguas; subió lentamente los tres escalones, golpeó el suelo con los pies y sacudió vigorosamente el paraguas.

En el momento en que se volvía hacia la puerta, ésta se abrió silenciosamente y un ojo azul cobalto oteó con expresión recelosa por la rendija.

–¿Se ha ido tu chófer? –susurró una voz–. ¿Estás solo?

Sammy asintió con la cabeza. La puerta se cerró, se oyó el tintineo de la cadena de seguridad que alguien descorría y una mujer abrió la puerta de par en par.

Sammy sólo pudo mirarla fijamente.

–¿Qué ocurre? –preguntó la joven de sedoso cabello oscuro, corto y con flequillo–. Es la tercera vez que reaccionas igual al verme. ¡La tercera!

–Eso, chiquilla –contestó con gentileza el anciano–, es porque todavía no me he acostumbrado a esta nueva imagen tuya. Podría haber pasado a tu lado en la calle sin reconocerte.

–¿Y bien? ¿No se trata precisamente de eso? –preguntó Stephanie Merlin, y lo asió del brazo y tiró de él–. ¡Vamos, métete, pronto! –siseó. En ese momento *Waldo* empezó a soltar sus acostumbrados y exigentes chillidos y, de pronto, todo volvió a la normalidad–. Pero primero, más vale que te quites esa ropa mojada, tío Sammy –le dijo con voz ronca, antes de agacharse y darle un sonoro beso en la coronilla–. Si no, podrías pillar un fuerte resfriado.

–Es un dólar con treinta.

La camarera colocó una taza de plástico con café y un donut relleno de mermelada envuelto en papel encerado sobre el mostrador.

–Ten, guárdate el cambio.

El Fantasma puso un par de billetes de dólar, cogió el café, sopló para enfriarlo y se volvió a mirar por la ventana hacia la Octava Avenida. La lluvia caía a raudales desde nubes del color del plomo, repicaba contra el cristal como perdigones y distorsionaba los parpadeantes carteles de neón de la acera opuesta, que anunciaban: BURLESK y GIRLS GIRLS.

El Fantasma desvió la mirada, dejó la taza desechable y abrió el *New York Post*.

Como de costumbre, los titulares de escándalo del periódico no lo desilusionaron: «Rico magnate de Long Island asesinado. Explosión de bomba cerca de la base de la OTAN en Turquía. Estrella de televisión intenta suicidarse. El déficit estatal sigue aumentando. Subida inminente de los impuestos municipales.»

Otro titular de dos columnas, relegado a la página 18, rezaba: «Víctima de accidente identificada. El conductor se dio a la fuga». El Fantasma leyó el artículo rápidamente:

> Ayer la policía hizo pública la identificación de la víctima del accidente de tráfico en que el conductor se dio a la fuga y que tuvo lugar el jueves. La identidad se había ocultado hasta notificar el suceso a los parientes más próximos. Se trata de Aaron Kleinfelder, de cuarenta y nueve años, que residía en Riverside Drive.
>
> Según los testigos presenciales, la víctima, programador informático, cruzaba la calle hacia su edificio de apartamentos situado en Riverside Drive y la calle Ochenta y uno, a las cuatro y media de la tarde, cuando lo arrolló una furgoneta de reparto robada.
>
> La ambulancia llevó a Kleinfelder al hospital San Lucas. Los médicos entrevistados anoche informaron que seguía en estado de coma, pero se negaron a especular sobre la posibilidad de una recuperación completa.

El Fantasma cerró el periódico con mirada ausente. «¡Maldición! ¿Por qué no leí el periódico del viernes o llamé al hospital? Vaya momento para enterarme de que el pájaro está vivo una semana después. ¡Dios! Menuda cagada.»

El Fantasma esperaba una bronca, pero el cliente, lleno de sorpresa, ni se quejó, ni maldijo ni lo amenazó.

–Hizo bien en decírnoslo –se limitó a comentar la voz autoritaria.

–¿Cómo quiere que lo haga? Puedo liquidarlo en el hospital o esperar a ver si muere. Es decisión suya.

–No haga nada todavía –ordenó la voz tras una pausa–, pero vigile su estado. Puede estar fuera de este mundo siete días o siete años, o puede que muera antes de despertar. Si sale del coma, encárguese de él de inmediato. Por otro lado, si no sale del coma, no veo por qué atraer una atención indebida.

–Llamaré al hospital cada día.

–Bien y no se olvide de mantenerme informado.

Con eso el cliente dio la conversación por terminada.

Después de colgar, el Fantasma metió una moneda de veinticinco centavos en la ranura, marcó el número de información, pidió el del hospital San Lucas y llamó a la clínica.

–Quiero saber cómo está un paciente.

2

Cerca de West Cornwall (Connecticut)

Cuando Sammy salió del cuarto de baño, Stephanie le tenía preparada una enorme copa de brandy.

–¡Brandy! –Alargó la erre con deleite–. ¡Un elixir para alimentar a las musas y calentar las arrugas de mi corazón!

–Bien, tenemos que hablar de muchas cosas. ¿Los has traído? –Stephanie le dirigió una mirada interrogante.

–Los tengo aquí, chiquilla. –El anciano se levantó la americana.

–Bien. ¿Qué te parece si nos ponemos cómodos y nos sentamos allí?

Con paso ligero lo guió hacia el espléndido par de sofás llamados *lits à la polonaise*, se dejó caer en uno y le indicó el otro a Sammy.

Las lámparas, sobre una mesita entre los sofás, iluminaban altos montones de papeles, cada uno consistente en cientos de páginas fotocopiadas sujetadas con una goma. Parecía que todas habían sido leídas y organizadas por categorías: manuscritos, transcripciones de entrevistas, copias de artículos, documentos y quién sabía qué más.

–¡Chiquilla! –Sammy se volvió hacia ella asombrado–. ¡No me digas que lo has revisado todo!

La joven asintió con la cabeza y se quitó la peluca negra.

–Lo he revisado, organizado y estudiado... todo.

Echó la peluca a un lado, se soltó el cabello rojizo y con los dedos se lo esponjó. Sammy la vio quitarse primero una lente de contacto azul y luego la otra, meterlas en su estuche, cerrarlo y mirarlo con el topacio habitual de sus ojos.

–Estás mirando a la persona que más sabe de la vida y los tiempos de Lili Schneider –le dijo.

–¿Sabes? –Sammy volvió a contemplar los montones de papeles–, pensar en los años de trabajo que éstos representan y en lo fácil que hubiese sido que se destruyeran...

–Y casi los destruyeron. Gracias a Dios por la fobia casi patológica que tenía el abuelo a perder material de investigación, si no, no habría guardado copias de todo aquí. –Stephanie hizo una pausa–. Bien, ahora, ¿puedo ver los pasaportes?

Sammy sacó un sobre de su americana y se lo dio.

–¿Seguiste mis instrucciones?

–Al pie de la letra. Son todos nombres de niñas que nacieron el mismo año que tú y que murieron una semana o dos después de nacer. Saqué sus nombres de las notas necrológicas de los periódicos de la época y conseguí las copias de su certificado de nacimiento en los registros respectivos. Finalmente, las usé con las fotos que te hicimos para solicitar los pasaportes.

–Bien.

La joven extrajo los pasaportes nuevos y los puso sobre el sofá como si fuesen naipes; seleccionó uno al azar y estudió la foto con detenimiento; ojeó los demás y los examinó con atención. Ella, con cabello castaño oscuro, con cabello rojizo, con cabello negro y con cabello rubio. La pelirroja llevaba gafas de montura de metal, la del cabello negro, gafas de marco oscuro y serio. Asintió satisfecha. Ninguna foto se le parecía en absoluto.

«Más vale que así sea –pensó–, porque Stephanie Merlin está muerta. Y mientras ella siga muerta, yo seguiré viva.»

–¿Puedo preguntarte algo, chiquilla?

–Dispara.

–Pues, me he estado preguntando: «Sammy, ¿para qué necesita tu querida Stephanie cuatro identidades diferentes y no una sola?». He pensado mucho en ello y, ¿adivina a qué conclusión he llegado? –Se inclinó–. A que no necesitas cuatro pasaportes para mantenerte escondida, no. Querías cuatro porque has decidido jugar a los detectives. –Su voz bajó una octava–. Por favor, chiquilla, por mi bien y el tuyo, dime que me equivoco.

Al encoger los hombros, un indolente gesto felino inmensamente contradictorio, la joven no revelaba nada, y, sin embargo, lo confirmaba todo.

Sintiéndose más frágil de lo que se había sentido en muchísimo tiempo, Sammy se puso en pie, se sentó a su lado, le cogió una mano y se la llevó a los labios.

–Por favor, chiquilla, te lo ruego, deja que las autoridades lo investiguen.

–¡Las autoridades! –resopló Stephanie, y apartó su mano de un tirón como si se hubiese quemado–. ¡Por Dios, tío Sammy! ¡Sé realista! Si no hicieron nada antes, ¿por qué iban a hacerlo ahora?

–Bueno... –Sammy enrojeció, la repentina furia de la joven lo había dejado anonadado–. Con el manuscrito de Carleton... y estos... estos apuntes... –tartamudeó–, todas estas pruebas que apoyarán tu hipótesis...

–Vamos, tío Sammy, tú mismo me dijiste que los bomberos atribuyeron la explosión a una fuga de gas, ¿te acuerdas? –La joven soltó una risita amarga–. Sólo que no había fuga de gas; yo lo habría olido y Pham también.

Sammy suspiró de nuevo.

–Esa bomba... y tuvo que ser una bomba... estaba destinada a hacer desaparecer el material y el manuscrito del abuelo o a hacerme desaparecer a mí, aunque lo más probable es que fuese para matar dos pájaros de un tiro, o sea, el trabajo del abuelo y yo. –Sus ojos se humedecieron de repente–. Pero en vez de pillarme a mí –gimió–, ¡pilló a Pham!

–Chiquilla... –Sammy le puso una mano sobre el brazo.

–¡Pham entró por mi culpa! –exclamó Stephanie, que se sentía culpable–, ¡porque yo había olvidado mi reloj! –Las lágrimas se deslizaron por sus mejillas–. ¡Ay, Dios!, ¿por qué era tan testarudo? Yo iba a entrar, pero el cable de mi casete portátil se enganchó al pomo de la puerta y él aprovechó para entrar y me gritó que lo esperara en el vestíbulo.

–¿Cuántas veces tengo que decírtelo, chiquilla? –comentó Sammy con gentileza–. Lo que le ocurrió a Pham no es culpa tuya.

–¡Fue como... como una enorme bola de fuego! –La joven se sorbió las lágrimas y tragó en seco–. ¡Salió hacia mí por el pasillo y si no hubiese corrido al vestíbulo...! –Un grito pugnó por salir de su garganta, pero se le quebró la voz.

–No hace falta que lo revivas, cariño. –Sammy le acarició el cabello, desde la frente hasta la nuca, una y otra vez–. Lo importante es que escapaste.

–¡Pero Pham no! –gritó Stephanie, y se apartó. Sus ojos se convirtieron en espejos redondos–. ¡Quiero pillar a los cabrones que mataron al abuelo y a Pham! –susurró–. ¡Quiero pillar a esos asesinos!

–Querida, queridísima Stephanie. –Afligido, Sammy la miró con la cabeza ladeada–. ¿Por qué insistes en que tuvo que ser una bomba? Bien podría haber sido un accidente. Sí, un accidente...

–Te digo que no lo fue. –La mirada franca de la joven se volvió obstinada.

–Pero ¿por qué estás tan segura?
–¡Porque alguien me dijo por qué habían asesinado al abuelo! –Stephanie inspiró profundamente.
–¿Que qué?
–Me dijo el motivo, porque, verás, tío Sammy, descubrió que Lili Schneider no está muerta.
–No es posible que me estés diciendo que...
–¡Sí, es lo que te estoy diciendo, tío Sammy! –insistió exaltada–. Eso es exactamente lo que te estoy diciendo. ¡Lili Schneider está vivita y coleando!
–Pero... ¡el funeral! ¡El cuerpo! Si Lili no está enterrada en esa cripta, ¿quién lo está?
–Eso –anunció Stephanie con tranquila convicción– es uno más entre los numerosos misterios que pretendo resolver.
–¿Y adónde te llevará tu investigación?
–A donde sea preciso. Empezaré por el principio y avanzaré cronológicamente. –Su voz adquirió un duro tono de resolución–, y más vale que nadie intente detenerme –añadió con la barbilla alzada–, y cuando digo nadie, quiero decir eso, precisamente, ¡nadie!

3

Cerca de West Cornwall (Connecticut)

Seguían en ello mucho después de que oscureciera. Stephanie había añadido aceite de oliva, aros de cebollas rojas, salmón ahumado, crema agria, eneldo fresco y caviar a dos pizzas congeladas, alimentos que Sammy había almacenado, entre otros, en la nevera a principios de semana; además, había encontrado una botella de Belair Lussac de 1982.
–Tío Sammy, ahora sé más acerca de Lili Schneider que de ti.

–En ese caso, ¿por qué no me explicas lo que has aprendido?

–De acuerdo. –Stephanie tomó un sorbo de vino–. Lili Theresa Bielfeld nació el 22 de mayo de 1919, en Neunkirchen, una pequeña ciudad austrohúngara que ahora forma parte de Austria. Era la segunda de tres hermanas. La mayor, Louisette Erzebeth, nació diez meses antes, y la tercera, Liselotte Elisabeth, un año después que Lili. Su padre, Gerhard Franz Bielfeld, era ingeniero del ferrocarril; su madre, Valerie, de apellido de soltera Szoke, nacida en Budapest, era pianista aficionada y ama de casa. –Stephanie hizo una pausa, no sabía si debía continuar.

–Sigue –la alentó Sammy.

–Pues los nacimientos fueron a la vez una tragedia y una bendición; la tragedia, la enfermedad de Liselotte, se manifestó muy pronto.

–¿Qué enfermedad?

–Geromorfismo, una horrible enfermedad que conlleva vejez y senilidad precoces. A los cinco años, la niña ya parecía de mediana edad y a los quince, una anciana hecha una pasa, tanto de mente como de cuerpo. ¿Te imaginas lo que debió ser ver a su hermana menor consumirse y convertirse en una vieja?

–No, no puedo. ¿Y qué hay de la bendición que mencionaste?

–El talento de Lili. Cuando contaba cinco años, su madre hizo que tomara lecciones de canto, lecciones que continuaron dos años, durante los cuales Liselotte visitó a varios especialistas y fue a diversos balnearios, aunque de nada le sirvió. Hoy en día aún no se ha encontrado la cura para el geromorfismo. Luego, cuando las hermanas tenían cinco, seis y siete años, respectivamente, su padre murió a causa de unas complicaciones resultado de una operación de úlcera. Para sobrevivir, tuvieron que vender el piano; Lili tuvo que dejar las lecciones de canto y Liselotte, las visitas a especialistas y las estancias en los balnearios. Finalmente, su madre decidió regresar a Budapest; allí, ella y las niñas compartieron el piso de su hermano y la familia de éste. Fue muy astuto por su parte, pues en Budapest abundaban los médicos y los balnearios, pero más aún porque el propio hermano de la madre fue el que reconoció el excepcional instrumento que era la voz de Lili. De hecho, aceptó un segundo trabajo para proporcionar a la niña la mejor maestra de canto de Budapest, la internacionalmente famosa madame Milena Szekely.

Sammy asintió para alentar a Stephanie.

–Con el paso del tiempo –prosiguió ésta–, Liselotte se hizo más vieja y más arrugada, mientras que Lili y Louisette se convertían en bellezas. En algún momento de 1925, madame Szekely llegó a la conclusión de que su alumna más aventajada estaba hecha para ser una diva de talla mundial y decidió que Lili dedicara su vida a la música. De modo que movió los hilos precisos y nuestra Lili ingresó en la Academia Franz Liszt de Budapest, a la sazón una de las mejores escuelas de música del mundo y la más prestigiosa. En 1927 se presentó a una prueba para el coro de la ópera de Budapest y la aceptaron. Al cabo de un año, aparte de hacer papeles secundarios, se convirtió en la principal suplente de las sopranos residentes. La suya era, definitivamente, una buena estrella.

Stephanie hizo una pausa y frunció el ceño.

–Aquí la situación se vuelve relativamente confusa. He revisado varias veces ambos borradores del manuscrito y todo el material de investigación, pero por más que lo he intentado, aún no he logrado dar con lo que ocurrió exactamente.

–Entonces, dime lo que sí sabes –sugirió Sammy.

–Lo único que sé es que he revisado todo minuciosamente y que no hay nada, absolutamente nada, que dé una pista sobre lo que puede haber ocurrido, pero debió ser algo muy gordo. Si no, ¿por qué iban a echar de repente a una prometedora cantante de la ópera de Budapest y declararla persona non grata?

–¿Eso es lo único que has descubierto? –dijo Sammy en tono neutral.

–Eso es todo. –Stephanie señaló la luz parpadeante de la vela–. ¿Por qué? –le preguntó con la cabeza ladeada–. ¿Sabes tú algo que yo no sepa?

–Después te diré lo que sé, chiquilla. De momento, continúa, vas de maravilla. –El anciano le sonrió–. Lo digo en serio.

–Si tú lo dices. –La joven lo miró de soslayo, rompió un trocito de pasta de la pizza, se lo metió en la boca y lo masticó pensativa–. En todo caso –prosiguió en cuanto lo hubo tragado–, los acontecimientos siguientes tuvieron lugar apenas una semana después: la madre de Lili, Liselotte, su hermana enferma, su tío y toda la familia de éste murieron cuando el tren en que viajaban descarriló y su vagón cayó al Danubio.

–Trágico –convino Sammy con un asentimiento de cabeza.

–Sí. Pero, afortunadamente para ellas, ni Lili ni Louisette se encontraban en el tren. Louisette tenía la gripe y Lili había insistido en quedarse en casa con ella. Por un lado fue una suerte, pero por otro, no. Escaparon de una muerte casi segura, pero su red de seguridad, o sea, el tío, había muerto. De pronto se encontraron solas, sin empleo y sin un pariente vivo ni un amigo.

–Eso sí que debió de ser duro para las dos.

–Cierto. Además, Lili sabía sin duda que tenía pocas posibilidades de que la volvieran a aceptar en la ópera y probablemente por eso ella y Louisette no perdieron el tiempo, hicieron las maletas y dejaron Budapest. Fueron a Viena.

–Donde, por desgracia, la reputación de Lili debió precederla, pues la ópera de Viena estaba muy ligada a la ópera de Budapest –puntualizó Sammy.

–En todo caso –continuó Stephanie–, de allí, las hermanas fueron a Berlín, donde pasaron por una época difícil. Sin padrino y sin referencias, Lili ni siquiera pudo hacer una prueba para la ópera de Berlín, de modo que, hasta que se le presentara una oportunidad y a fin de seguir recibiendo las caras clases de canto que precisaba su voz, las chicas fueron a vivir con una «tía» y a trabajar para ella.

–¿Una tía? ¿No acabas de decirme que no tenían parientes vivos?

–Sí, tío Sammy. Por «tía» léase «madame», o sea, la dueña de un burdel, y por «trabajo», «prostitución».

–¡Prostitución! –exclamó Sammy–. ¿Estás segura?

–Definitivamente. Tengo una fotocopia de una vieja foto de grupo de las chicas del burdel. El original se destruyó en la explosión, pero hasta en la fotocopia es imposible no reconocer a Lili y a Louisette. Bueno, ¿por dónde iba?

–Berlín.

–Exacto, Berlín. Sacrificar sus cuerpos para pagar las lecciones de Lili tuvo su recompensa, pues la nueva maestra de Lili ayudó a que le hicieran una prueba en la ópera de Berlín, que la contrató. A partir de entonces, las cosas cambiaron rápidamente. Transcurrieron muy pocos meses antes de que... ¡bingo!, a Lili se le presentara su gran oportunidad. Corría el año 1932 y la obra era *Der Rosenkavalier.* La noche del estreno, la soprano principal sufrió un accidente de camino al teatro y Lili tuvo que reemplazarla. Dejó boquiabierto al público, que la aplaudió media hora, de pie. Había nacido una estrella. Hollywood no hubiera podido tramarlo mejor.

Sammy abrió la boca para decir algo, cambió de opinión y tomó un sorbo de vino.

Stephanie lo observó detenidamente. El anciano había puesto cara de póquer y, aunque la joven no tenía la menor idea de lo que pasaba por su mente, estaba convencida de que sabía algo que ella debería saber.

–De acuerdo, tío Sammy –le dijo por fin–, suéltalo. Éste no es momento para ocultarme cosas.

–¿Por qué no cogemos nuestras copas y nos sentamos en los sofás? Tardaré un rato, y más vale que nos pongamos cómodos.

–Más vale –convino Stephanie.

–Vuelve a pensar en Budapest –sugirió Sammy.

–¿Budapest? –Stephanie lo miró con expresión vacía–. Budapest... Budapest... ¿qué...? ¡Por supuesto! –Se incorporó–. ¡La razón por la que echaron a Lili de la Ópera!

El anciano rió.

–Como en Berlín, este incidente tuvo lugar la noche del estreno, pero en el escenario. Lo que ocurrió fue que al entrar la soprano principal en escena, se abrió el escotillón del suelo, justo donde la pobre mujer debía colocarse.

–¡Dios mío! –Stephanie clavó la mirada en él–. ¿En serio?

–En serio, chiquilla. De haberse encontrado la dama miope en el lugar que precisaban las instrucciones, se habría herido gravemente y quizás hasta habría muerto.

–Era malvada, nuestra Lili –murmuró Stephanie.

–¡Oh, sí! Definitivamente, no era de las que esperan o dejan las cosas en manos del destino. Pero aprendió una buena lección. Verás, la pillaron con las manos en la masa; fueron tres los testigos que la vieron con la palanca del escotillón en la mano.

–¡Eso es... horrible!

–Pensándolo bien, hay que reconocer que tenía la suerte del diablo. En lugar de echarla, podrían haberla llevado a juicio, y con razón.

–Lo que quiero saber es por qué, sabiendo todo esto, no se lo contaste al abuelo. No hay nada de esto en su manuscrito ni en sus apuntes.

–¿Por qué? –Sammy resopló–. Carleton nunca me lo preguntó. Verás, chiquilla, si no me decía lo que sabía, ¿cómo crees que iba a adivinar lo que no sabía? Seré muchas cosas, pero no un vidente –añadió secamente.

–No, claro que no, y nadie espera que lo seas. Bien... en Berlín... imagino que Lili se hartó de esperar tras las bambalinas, ¿no? Y volvió a usar su truco para incapacitar a la diva.

–Sí, pero en Budapest aprendió su lección. Este accidente tuvo lugar lejos de la ópera y ella contaba con una coartada; se encontraba con el director de escena en el momento del accidente. Lo que hizo fue pedir a unos amigos que lo hicieran en su lugar y se ensuciaran las manos de paso.

–¿Amigos?

–Lili había hecho amistad con unos elementos que consiguieron hacer en Berlín lo que ella no había logrado hacer en Budapest. Se dijo que a la soprano, una austríaca católica, la habían tomado por judía, por error. –Stephanie vio moverse la copa en las manos temblorosas del enfurecido anciano–. ¿Puedes creerlo?, ¿alegar que estaba bien dar una paliza tremenda a una mujer y dejarla medio muerta simplemente porque la habían etiquetado de judía?

Stephanie no pudo sino estremecerse. Resultaba demasiado fácil imaginar la horripilante escena... la pandilla de jóvenes rufianes... una mujer inocente e indefensa, asaltada, golpeada y pateada... un acto que, en esos años, no sólo era tolerado, sino que probablemente lo habían aplaudido.

–Continúa con tu historia, chiquilla –pidió Sammy–. Quizá pueda llenar más huecos.

–En tiempos de Lili –Stephanie prosiguió con un gesto de agradecimiento–, el director de la ópera de Berlín era Detlef von Ohlendorf...

–¡Ese nazi impenitente! –masculló Sammy.

–Todavía vive, ¿verdad?

–¡Oh, sí!, y es sumamente popular –comentó el anciano con deje amargo–. Tendrá más de ochenta años, y sigue tan ocupado que va de una ópera a otra en su jet privado; dirige la Filarmónica de Stuttgart un día y la ópera de Melbourne el siguiente. Es increíble, pero le han perdonado su pasado.

–Según el manuscrito del abuelo, Lili y Von Ohlendorf llegaron a estar completamente compenetrados. –Stephanie levantó una mano con dos dedos cruzados.

–Muy cierto.

–También dice que eran como Fred Astaire y Ginger Rogers, que sus corrientes creativas estaban perfectamente sintonizadas, que todo empezó con su primer Festival de Breganz, cuando dejaron al público boquiabierto con su *Fidelio.* Después de lo cual, su *Così fan tutte* en el Festival de Salzburgo pasó a las páginas de la historia y su *Rienzi* de Wagner fue un éxito clamoroso en Bayreuth.

–Veo que has hecho tus deberes. –Sammy parecía impresionado.

–¡Y espera! Al poco, los invitaron a visitar a Hitler en Berchtesgaden, visita durante la cual el Führer le dijo a Lili que era su mayor admirador. Naturalmente, el ministro de propaganda Goebbels se encontraba a mano y lo anunció a bombo y platillo en periódicos y radio. A partir de entonces, todo lo que Lili hacía se daba por bien hecho. ¡Ah!, una cosa más. A diferencia de lo que se cree, no fue a Goebbels, sino a Von Ohlendorf a quien se le ocurrió lo de las emisiones por radio de Lili las tardes de domingo.

–Emisiones que la convirtieron en la primera soprano del Tercer Reich –murmuró Sammy–, pues tocó una profunda fibra teutónica en los alemanes de la época.

–Sí. De pronto, millones de alemanes y austríacos enfebrecidos se reunían en torno a la radio los domingos por la tarde para oírla cantar. Tío Sammy, ¿sabías que en una sola semana a más de cuatrocientas niñas recién nacidas las llamaron Lili? ¿O que en casi todas las ciudades principales pusieron su nombre a una calle?

–No, pero no me sorprende.

–Y luego, ¿qué ocurrió? Que apenas habían puesto las placas de Bielfeldstrasse, tuvieron que quitarlas y cambiarlas.

–Debido a Friedrich Wilhelm Schneider.

–Exacto. El Gruppenführer de la SA en Berlín y mano derecha de Ernst Röhm, jefe del estado mayor de la SA... una de las ironías del Tercer Reich... era un asesino convicto, conocido como homosexual y amante de la ópera, todo en uno. Tenía el aspecto del ideal ario de Hitler, o sea, rubio, de ojos azules y tez nórdica, además de una cara bastante bonita sobre un cuerpo musculoso. Según el manuscrito del abuelo, era uno de los compañeros de juegos gays preferido de Röhm.

–Eso sí lo había oído –adujo Sammy tranquilamente.

–Y esto nos lleva al siguiente gran acontecimiento en la vida de Lili –continuó Stephanie–. Su boda con el Gruppenführer Schneider en mayo de 1933, ceremonia que tuvo lugar en la Ópera de Berlín y que se emitió por radio en toda Alemania. La Filarmónica de Berlín tocó y el coro de la ópera cantó; había una guardia de honor de la SA y una de las SS. Hitler, Himmler, Goeiing, todos asistieron. Fue una ceremonia civil preparada con toda pompa por Albert Speer y digna de una coronación wagneriana.

–O de un mitin en Nuremberg –dijo Sammy en tono irónico.

–Eso también. Sin embargo, no era precisamente una unión celestial. Aunque el Führer odiaba las tendencias sexuales de su amigo, Friedrich Wilhelm Schneider le caía bien y trató de... cambiarlo... de hacer que siguiera la vía recta, y, puesto que el Gruppenführer era un amante de la ópera, Hitler le puso a Lili de señuelo. Pero el matrimonio no enderezó al homosexual. –De repente el rostro de Stephanie se iluminó y al cabo de un momento añadió–: Fue Hitler el que forzó el matrimonio, y eso explica, por ejemplo, que Lili estuviera pidiendo la anulación cuando, ¿qué ocurrió?...

–¿Junio del treinta y cuatro? –Sugirió Sammy.

–¡Exactamente! Cuando a todos los miembros de la alegre pandilla de Röhm los mataron en Tegernsee, por supuesta «traición»... ¡incluido el Gruppenführer Schneider! –Stephanie agitó la cabeza, perpleja–. Seguro que a Lili le advirtieron de lo que iba a ocurrir. ¡Dios mío! ¿Sabes lo que eso significa? Que probablemente le dijeron... le ordenaron... que se distanciara de su marido... ¡quizá fuese el mismo Führer quien se lo ordenó! –Al cabo de un rato murmuró–: No me sorprende que pasara por encima del hedor como un globo de helio.

–Y de todo ello salió blanca como una paloma –añadió Sammy con una mueca irónica.

–En todo caso, ella y Von Ohlendorf hicieron una gira mundial. Primera etapa, la Ópera de París; segunda, triunfo en Covent Garden; luego, al otro lado del Atlántico, en la Old Metropolitan Opera House de Nueva York, donde tanto a Lili como a Von Ohlendorf les ofrecieron contratos por sumas astronómicas... que, siendo como eran buenos nazis, agradecieron pero rechazaron. De allí fueron a México, Buenos Aires, Montevideo, Río de Janeiro y finalmente cruzaron de nuevo el Atlántico. Allá donde fueran, las entradas se agotaban y sus admiradores los vitoreaban. Lisboa... Madrid... el Teatro Grande de Brescia... la Scala de Milán, Lili los llenaba todos. Por fin llegó el momento cumbre de la gira, cuando, a petición del Papa, cantó en una misa solemne en la basílica de San Pedro en Roma.

–De hecho, chiquilla, lo recuerdo de cuando era joven. No podía uno coger un periódico o una revista sin ver fotos en portada de Lili arrodillada frente a Su Santidad y besándole el anillo.

–¡Vaya broma! –exclamó Stephanie–. Lili era... probablemente sigue siendo, puesto que estoy convencida de que todavía está viva... una zorra consumada, despiadada y sedienta de poder. Todo lo indica. A su regreso en Berlín, ¿qué hizo? Pues consolidó su poder con varias aventuras amorosas con nazis importantes. ¿Y luego, cuando ya no le quedaba nadie por conquistar? Pues se las arregló para que Von Ohlendorf se hiciera con la Ópera de Viena... ¡la Ópera de Viena!... y los dos tuvieron la vida cultural de esa ciudad en sus manos mientras ella se instalaba con el jerarca nazi a cargo de la zona.

–Hay quienes la considerarían la última gran cortesana.

–¡Cortesana! –Stephanie se indignó–. Tío Sammy, las cortesanas no cambian tan a menudo de cama como Lili. Primero, amante de los nazis más poderosos... en plural... de Berlín. Luego, del nazi más poderoso... en singular... de Viena. Después de eso, durante la ocupación de Austria por los aliados, ¿qué hizo? ¿Eh? Sedujo al comandante de las fuerzas de ocupación rusas.

–Sí.

–Pero... ¡sorpresa, sorpresa! –La voz de Stephanie rezumaba sarcasmo–. Frau Schneider se enteró de que debía pagar un precio por haber sido un miembro tan conocido... y oído... del partido nazi. De pronto, su carrera se cortó, porque los aliados no le permitían dar representaciones o grabar discos y ni siquiera permitían que se emitiesen grabaciones suyas por la radio. –La joven se incorporó–. ¿Acaso la detuvo esto? ¡Maldita sea, claro que no! Nuestra Frau Schneider, que se había acostado con todos los hombres poderosos de Berlín a Viena, contrató a una dueña. ¡Por Dios, una dueña!, y anduvo por Londres, como si fuese una indefensa virgen adolescente.

–Sí –convino Sammy con voz queda–, pero has de reconocer que funcionó, chiquilla. Atrapó a sir Kenneth Hughes-Coxe.

–Que... ¡mira qué coincidencia!... era el presidente de Heavenly Records y el productor de discos clásicos más poderoso del mundo. No sólo la convirtió en lady Hughes-Coxe, sino también en súbdita británica, y así la liberó de las restricciones de los aliados y pudo cantar en cualquier lugar del mundo, ¡incluidas Austria y Alemania! –Stephanie se apoyó en la cabecera–. Lo que nos lleva de nuevo al principio... –Su voz se apagó y se quedó pensativa.

–¿Y qué es el principio, cariño? –la aguijoneó suavemente el anciano.

–En ese momento de su vida, Lili lo tenía todo... absolutamente todo... Su pasado quedaba olvidado, poseía riquezas sin par, fama mundial, un poder inmenso y hasta un título nobiliario, ¡por Dios!

–¿Qué estás tratando de decir, chiquilla?

–Pues, me pregunto por qué iba a inventarse una muerte conveniente y desaparecer. Piénsalo, tío Sammy. –La voz de la joven se convirtió en un susurro–. ¿Qué lograba al desaparecer que no le consiguieran ni todo el dinero ni todo el poder del mundo?

4

Autopista Van Wyck

–Lo siento, tío Sammy, pero la respuesta sigue siendo que no.

Él y Stephanie iban sentados en el asiento trasero de la limusina, protegidos de las miradas entrometidas por los cristales oscuros de las ventanillas.

Stephanie, con grandes gafas de montura gruesa, lentillas oscuras y una larga peluca negra y brillante, poseía una elegante distinción urbana. Llevaba falda pantalón amarilla, medias negras y blusa holgada de seda a rayas verticales amarillas y negras, ligero blazer amarillo, también holgado con escudo bordado en el bolsillo, y zapatos de medio tacón a rayas negras y amarillas.

Imposible que pasara desapercibida, y de eso se trataba.

–Es un atuendo que llama demasiado la atención para no ser auténtico –le había explicado a Sammy al ver su sorpresa.

–No hay nada mejor que ocultarse a la vista de todos –había aceptado él.

La joven abrió su bolso y comprobó el contenido para cerciorarse de que lo llevaba todo: el pasaporte adecuado con el visado, el maquillaje, pañuelos desechables, cartera, cheques de viaje.

–Me gustaría que cambiaras de opinión, chiquilla.

–Ya te he dicho que es mucho más seguro hacer esto a solas.

Abrió el estuche de maquillaje y, moviéndolo de un lado a otro, se examinó con ojo crítico en el espejito redondo.

–Pero de veras te vendría bien mi ayuda, lo sabes. –Sammy cruzó las piernas y se rodeó las rodillas con las manos.

–Buen intento, pero no cuela.

Con una mueca malhumorada, el anciano se apoyó en el respaldo, se cruzó de brazos y se metió las manos bajo las axilas.

–Vale, ponte así –comentó la chica con tono desenfadado.

Guardaron silencio un rato y, finalmente, sabiendo que había llegado el momento de aplacarlo, se volvió hacia el hombrecillo, que le daba la espalda y miraba por su ventanilla.

–Tío Sammy –le dijo en voz baja. Él, apretando los labios, le dirigió una mirada ofendida de soslayo–. ¡Oh, vamos, tío Sammy! Por favor, trata de entender que la única razón por la que no quiero que me acompañes es porque eres un crítico de música demasiado famoso para no llamar la atención. ¡Y lo sabes! –Aguardó–. ¿Vamos a despedirnos así?

–¡Casi te pesco esta vez! –exclamó Sammy con una risita maliciosa.

–¡Y cómo! Entonces, ¿no estás resentido?

–¿Cómo iba a estarlo? –Sammy le cogió una mano y entrelazó los dedos con los suyos–. Eres mi chiquilla –añadió con tono solemne.

–Y tú eres mi tío Sammy. –Stephanie esbozó una sonrisa radiante y le dio un sonoro beso en la frente.

–Bien, ahora sólo queda un pequeño asunto.

–Lo sé –contestó la joven intuitivamente. Suspiró y se repantigó en el asiento–. Johnny.

–Sí, Johnny. Todavía está en la ciudad, ¿sabes? No ha pasado un solo día sin que me llamara o me viniera a ver. –El anciano hizo una pausa–. Está deshecho, chiquilla, su mundo entero se ha venido abajo con tu «muerte».

La joven respiró profundamente, expulsó ruidosamente el aire y se volvió hacia Sammy.

–Mi primera prioridad es encontrar a los asesinos del abuelo y de Pham.

–¿Y Johnny? ¿Qué hay de cómo le afecta todo esto? Sufre. No tienes idea de lo que significó para él ser testigo de la explosión, chiquilla; se culpa por tu muerte, ¿sabes? –Stephanie asintió con la cabeza–. No es justo dejar que siga creyendo que estás muerta, no, chiquilla, no es justo en absoluto.

–Lo sé, lo sé –respondió ella, afligida, pero hizo un gesto de negación–. No, tío Sammy, aunque me gustaría que Johnny lo supiera, estaremos más seguros los tres si me cree muerta.

Sammy no insistió. No le soltó la mano y todavía la tenía asida cuando llegaron a la terminal de la Pan American en el aeropuerto Kennedy. El chófer aparcó en una zona prohibida, salió del vehículo, abrió la puerta trasera y sacó el equipaje del maletero.

–Más vale que no entres conmigo –dijo la chica antes de salir del automóvil.

–Lo entiendo, pero te acompañaré en todo momento con el espíritu.

–Lo sé.

Se abrazaron con fuerza.

–¿Cuidarás bien a *Waldo*?

–No te preocupes, chiquilla, no te preocupes. Por mucho que lo odie, cuidaré a ese pájaro.

Stephanie se tocó los labios con los dedos y rozó suavemente los labios del anciano.

–Adiós, tío Sammy –se despidió con voz ronca.

–Adiós, chiquilla. Espero verte pronto.

Stephanie dejó que un mozo cogiera sus tres maletas. Tres taconazos y las puertas automáticas se la tragaron.

5

Cerca de West Cornwall (Connecticut) - Budapest (Hungría)

Andaba furtivamente, con paso seguro, guiado más por el instinto que por la vista, como un cazador o un animal al acecho.

Como la noche que le ofrecía refugio, vestía todo de negro y la bolsa de lona que contenía sus herramientas era negra también. Se movía por el bosque con la furtiva desenvoltura de un fantasma, siendo la noche su incierta aliada, pues sabía que también podría convertirse en su enemigo mortal.

Había dejado el coche a un kilómetro, camuflado tras unas ramas en un camino forestal que nadie usaba y que la vegetación había invadido. Ahora recorría el resto del camino a pie sin hacer ruido, entre el bosque susurrante y la densa maleza, y sorteaba los obstáculos con la facilidad de un vidente. La reserva de fauna y flora acabó de forma tan brusca que antes de darse cuenta había dejado los árboles atrás. Retrocedió hacia su manto protector y, sin prisas, estudió el terreno.

Se encontraba en el lindero de un prado, a quince metros del lado occidental de la casa, detrás de la cual se hallaba un fantasmagórico templo griego, y supuso correctamente que se trataba de la casa de los invitados. Abajo, la oscura carretera comarcal estaba vacía.

La casa principal se hallaba a oscuras y el templo, tranquilo. Nada se movía, excepto los estridentes insectos nocturnos.

Agachado, atravesó el ondulante prado y, una vez en la casa, se pegó a la pared y escuchó atentamente. Nada. Todavía pegado al edificio, lo rodeó por completo, alerta por si percibía algún sonido del interior. No oyó ninguno.

De todos modos, más valía prevenir que lamentar y, en la puerta principal hizo lo lógico, o sea, tocó el timbre varias veces y esperó entre las sombras. Ningún perro ladró, nadie contestó. Tal como pensaba, no había nadie en casa.

Regresó a la parte posterior y eligió una de las contraventanas. En el cristal, una pegatina advertía de la existencia de un sistema de alarma... como si eso pudiese espantarlo.

Abrió su bolsa, sacó una fina linterna e iluminó el marco de la ventana. ¡Ajá! Allí estaba, una cajita cuadrada en el cristal y otra en el marco, una alarma sensible a las vibraciones para protegerse de los vándalos y de los ladrones inexpertos.

Sonrió. «Menudo chollo», pensó.

Trabajó con rapidez y confianza. Sujetó la linterna entre los labios, de la bolsa sacó dos finísimas ganzúas magnetizadas, un pequeño alicate y un alambre con sendas pinzas de conexión en ambos extremos.

Dejó el alicate y el alambre en el escalón superior; colocó una de las ganzúas entre las dos unidades de alarma y usó la otra para forzar la cerradura. Al cabo de escasos minutos las guardas giraron con un clic.

Ahora venía lo más difícil. Con una mano mantuvo la ganzúa magnetizada entre las dos cajitas cuadradas, con la otra cogió el corto alambre, cortó el cable de la alarma y sujetó los extremos cortados con las pinzas de conexión.

Bien. Y ahora, a ver si funcionaba.

Pese a su confianza en sí mismo y a la sencillez del sistema de alarma, se le aceleró el corazón al sacar la ganzúa de la cerradura, preparado para correr hacia la seguridad del bosque si se activaba la aguda alarma, probablemente conectada a la comisaría de policía local.

Pero sólo hubo silencio, un silencio muy dulce, sumamente dulce.

Guardó las herramientas en la bolsa, la cerró, la cogió y empujó la puerta. Tras abrirse paso entre las cortinas de brocado, entró en la sala, cerró la puerta tras de sí y echó el cerrojo.

Paseó la luz de la linterna por la grandiosa estancia de techo alto. Fue de una habitación a otra, sin molestarse en entrar en ellas, pues su instinto le decía que no encontraría nada allí, que nadie había usado la casa en varias semanas, meses quizás, impregnada como estaba de ese sofocante olor a cerrado característico de los lugares que llevan cierto tiempo sin habitar.

Regresó a la sala, salió de nuevo, cerró la ventana, desconectó las pinzas, volvió a activar la alarma y guardó las herramientas en la bolsa. Se puso en pie y paseó la mirada por la loma.

Apenas se vislumbraba el fantasmagórico pórtico con sus columnas, como si fuese algo etéreo, de otro mundo, suspendido en el aire. Con paso ágil pero sin prisas escaló la escarpada cuesta, manteniéndose al abrigo de los árboles. Tampoco allí había señales de vida, pero sabía que eso no probaba nada. Subió los bajos escalones hasta el pórtico, llamó a la puerta, aguardó, llamó otra vez y esperó de nuevo.

Como había pensado, no había nadie.

Encendió la linterna e iluminó la puerta, vio que era gruesa y sólida, de roble resistente y equipada con buenos cerrojos.

«Bueno, hay más de una manera de despellejar a un gato», se dijo y, reprimiendo una sonrisa, fue hacia un lado de la casa y estudió una ventana a la luz de la linterna. Al igual que la casa principal, ésta estaba equipada con alarmas sensibles a las vibraciones... justo lo que había anticipado. Al cabo de tres minutos, abierta la ventana y habiendo entrado, paseó el haz de la linterna por la espaciosa biblioteca-habitación de invitados.

–Vaya, vaya, vaya. ¿Quién lo iba a decir?

No había nadie allí entonces, pero sí que lo había habido recientemente... un ligero olor a comida y a perfume flotaba aún en el ambiente.

En esta ocasión decidió arriesgarse y encender las luces, de modo que, tras asegurarse de que las cortinas estuviesen bien corridas, buscó un interruptor en la pared y lo pulsó.

Dejó la bolsa en el suelo, miró a su alrededor y soltó un silbido impresionado. Todo, desde las dos lujosas camas con dosel hasta el adorno más insignificante, parecía pertenecer a un museo. «Aquí hay una fortuna –pensó–. Es una suerte para el propietario que yo no sea un ladrón y que esté siguiendo la pista de una persona supuestamente muerta...»

Salvo por las colinas verdes y las iglesias con sus domos en forma de cebolla de Europa central, hay algo definitivamente parisino en Budapest. A primeras horas de esa tarde, no había una nube en el cielo pero sí mucha contaminación ambiental, tanta que no se veía el horizonte y una niebla azul grisácea cubría la arquitectura imperial, los grandes monumentos, los bulevares y los puentes verdigrises.

Eran casi las dos de la tarde cuando el taxi dejó a Stephanie frente a la elegante fachada rococó de un edificio de apartamentos de principios de siglo. Hacía tiempo ya que el deterioro había acabado por no dejar más que el triste y mugriento resto del pasado esplendor de lo que en su día fue un edificio selecto al borde del río.

Levantó el brazo e hizo girar el anticuado timbre de latón, que emitió un chirrido más semejante al de una vieja bicicleta que al de una casa. Aguardó. Al otro lado de la puerta oyó pasos lentos y el golpeteo de un bastón, después de lo cual se dio cuenta de que alguien la observaba por la mirilla.

Dio un paso atrás y esbozó una sonrisa tranquilizadora, para demostrar que era inofensiva. A los pocos segundos, oyó cómo giraban unos cerrojos y la puerta de entrepaños se abrió unos quince centímetros.

–*Igen?* –preguntó una anciana, examinando a Stephanie con recelo.

Stephanie inspiró profundamente.

–*Beszél angolul?* –dijo, vacilante.

–*Sajnálom* –contestó la mujer con el ceño fruncido–. *Nem értem* –añadió, e hizo ademán de cerrar la puerta.

–¡Espere, espere! –exclamó Stephanie a toda prisa en inglés y repitió despacio las palabras.

–¡Ah!, *beszél angolul!* –La comprensión iluminó los enormes ojos de la mujer, quien rió y abrió la puerta–. Por supuesto que hablo inglés –dijo con inconfundible orgullo.

Stephanie le tendió la mano y se presentó.

–Soy Amanda Smith y he venido a ver a madame Balász.

–Yo soy madame Balász. –La mujer estrechó la mano tendida, dio un paso hacia dentro y con un gesto le franqueó el paso–. Por aquí, por favor. –Apoyándose en su bastón, la anciana de baja estatura la precedió por el pasillo, majestuoso aunque deteriorado, al final del cual abrió de un empujón una puerta de cristal grabado y se apartó–. Por favor –la invitó al interior de un sombrío salón formal. A primera vista, de no ser porque faltaba la tarta de bodas, la señorita Havisham, la solterona de la novela de Dickens *Grandes ilusiones,* se habría sentido a sus anchas–. Póngase cómoda, regresaré enseguida.

Stephanie miró a su alrededor. Parecía que hacía años que nadie usaba aquella estancia de paredes damasquinas, ya descoloridas, que en tiempos fueron de un azul llamativo y que las filtraciones húmedas habían manchado; encima de la cornisa, las resquebrajaduras daban al techo de yeso recargado el aspecto de un mapa de carreteras; entre docenas de viejas fotografías en marcos esmaltados, dorados y de plata deslustrada sobre un antiguo piano de cola Bösendorfer, una le llamó la atención; la cogió y con la palma de la mano quitó la gruesa capa de polvo del cristal.

La levantó y, a la escasa luz, la examinó atentamente.

Era un descolorido y agrietado retrato de dos mujeres jóvenes vestidas con galas de opereta: vestidos fastuosos con miriñaque, guantes largos, abanicos, toneladas de bisutería y altas pelucas blancas de las que brotaban plumas de avestruz.

Una era una mujer a la que nunca había visto y la otra, una hermosísima y jovencísima Lili Schneider.

–¡Ejem! –En la puerta alguien carraspeó sonoramente.

Sobresaltada y con un sentimiento de culpa, Stephanie devolvió la fotografía a su lugar y se dio la vuelta; apoyada sobre su bastón, la anciana la contemplaba.

–Bien –dijo ésta–. ¿Para qué deseaba verme?

6

Budapest (Hungría)

Madame Balász era la mujer más extraña que Stephanie había visto en su vida. Baja de estatura, delgada y excéntrica, estaba resuelta a compensar sus ochenta y tres años proyectando una fuerza imperiosa y un formidable, casi agresivo sentido de la distinción.

De lejos y a la tenue luz se le podían haber echado apenas cuarenta años. Llevaba una elegante túnica roja de tipo militar, con galones, botones y grandes charreteras doradas, pantalón negro ceñido, zapatos rojos y, en las envejecidas manos, unos guantes de un rojo vivo; su grueso y juvenil cabello castaño oscuro lucía flequillo y sus enormes ojos parecían estrellas. Esto era el resultado de las pestañas postizas, semejantes a patas de araña recubiertas con una gruesa capa de rímel negro. Y el cabello juvenil no era sino una peluca, descaradamente sujeta con una ancha goma negra que le estiraba la piel desde el cuello hasta arriba, que dejaba su rostro milagrosamente libre de arrugas y, por tanto, hacía también las veces de *lifting* sin cirugía.

Se sentaron fuera, en el balcón desde el que se veía el Danubio, y bebieron vino Aszu. Un gato persa negro y gordo ronroneaba contento, con los ojos adormilados entrecerrados, en el regazo de madame Balász, quien lo acariciaba con la mano enguantada; acurrucado a sus pies, otro persa negro se lamía delicadamente las partes pudendas.

–Los gatos –comentó la dama– ¡son animales maravillosos! Gráciles y afectuosos y, a la vez, distantes e independientes. Mire a *Aída* –contempló el gato que estaba en su regazo con especial afecto–, parece una princesa, ¿verdad? Y *Otelo* –con un gesto de la cabeza indicó el felino que estaba a sus pies–. Es fácil entender por qué los adoraban los egipcios. –Detrás de sus largas pestañas, sus ojos observaban atentamente a Stephanie–. Se dice que tienen siete vidas y que la curiosidad los mata. Pero la curiosidad puede matar a cualquiera de nosotros, ¿no cree?

Stephanie se preguntó si debía tomar la aseveración como una amenaza. No había modo de saberlo, aunque probablemente aquello no fuese sino parte integrante del repertorio de la mujer, nada más que un bocado arrojado mientras iba de un tema a otro, cosa que llevaba tres horas haciendo, llenándole el oído de toda índole de fascinantes anécdotas; la última de las cuales se refería a la ocasión en que cenaba a solas en un restaurante y un desconocido, sentado a la mesa de al lado, le había mordido el cuello.

–Era bajo y feo, con ojos de gusano. ¡Imagíneselo! Imagine que una horripilante criatura semejante a Peter Lorre, el actor de películas de terror, se levanta de un salto, la muerde en el cuello y huye corriendo.

–Quizá se creía vampiro –sugirió la joven.

–Tal vez tenga razón –aceptó la dama tras digerir el comentario en silencio y asentir con la cabeza–. Transilvania no está muy lejos, ¿sabe?

Stephanie no sabía qué pensar, de modo que, prudente, guardó silencio y tomó un sorbo de vino.

–Bien –dijo la anciana, y siguió acariciando a la ronroneante bola negra de su regazo–, volvamos al tema que más le interesa: Lili.

–No me diga que era una vampiresa –Stephanie sonrió.

–Ha de saber que a Lili le fascinaban los relatos de vampiros. –Madame Balász no correspondió a la sonrisa.

–¿En serio? ¿Por qué?

–Lili odiaba la idea de la vejez y de la muerte. –La anciana suspiró–. Verá, señorita Smith, soñaba con vivir eternamente.

–¿De veras? –preguntó la joven con voz queda–. ¿Buscaba la fuente de la juventud?

Envuelta en su túnica, la elegante anciana se apoyó sobre el respaldo, sonrió, ladeó la cabeza y contempló a Stephanie.

–¿No la buscamos todos?

Stephanie negó con la cabeza.

–*Igen*. Y Lili tenía más motivos que nadie para querer encontrar el secreto de la eterna juventud. Piense un momento en lo trágico de su infancia, rodeada de la muerte y el envejecimiento.

–Lo sé. –La joven asintió con la cabeza–. Primero su padre, cuando ella era tan joven... y su hermana, Liselotte, una geromorf...

–¡Una tragedia! ¡Escalofriante! *Igen!* Yo conocí a Liselotte, pobrecita. Resultaba imposible creer que fuese hermana de Lili y Louisette... parecía su abuela. ¡Imagíneselo! ¡Y tan joven! –Madame Balász se estremeció ante el recuerdo y se recogió aún más la túnica en el cuello, como si de repente sintiera frío. El gato de su regazo abrió los ojos y soltó un maullido lastimero–. Ya, ya, dulzura –lo tranquilizó la dama.

–Ver a su hermana envejecer tan pronto debió de afectar mucho a Lili –comentó Stephanie con tono pensativo.

–*Igen, igen*, así es. –La mujer asintió con la cabeza, compasiva–. ¡Y pensar que a esa tragedia se juntó otra!

–¿Se refiere al desastre del ferrocarril?

–Ocurrió al norte de aquí, en una curva del Danubio. –Madame Balász chascó la lengua–. Eso prueba que no debemos subestimar las maldiciones gitanas.

–¿Por qué? –Stephanie clavó en ella una mirada intensa–. ¿Maldijeron a la familia Bielfeld?

–*Nem tudom.* ¿Quién sabe? Pero, poco antes de la muerte de Liselotte, Lili la llevó con una gitana conocida porque curaba con las manos; debe entender que esto fue después de que todos los médicos y especialistas hubiesen dado el caso por perdido. Me pidieron que fuera con ellas, y las acompañé. Louisette se quedó en casa, siempre fue un poco supersticiosa y tenía miedo de los gitanos, además, era una de esas personas que no quieren saber lo que les depara el futuro. Bien, hablemos de la gitana con poderes curativos; era rumana, como lo son los mejores gitanos. Una mujer encantadora de rasgos hermosos. De inmediato me di cuenta de que veía el futuro. «Estarás sola con otra que no está aquí», le dijo a Lili, ésas fueron sus palabras exactas: «Estarás sola con otra... y, en cuanto a ti –le dijo a Liselotte–, no puedo curarte, ni yo ni nadie puede hacerlo. Pero anímate, niña, pronto dejarás de sufrir. Irás al otro lado, donde todo y todos somos hermosos». –Los ojos de madame Balász brillaron con expresión sombría–. Y tuvo razón, ¿verdad?

Stephanie parpadeó.

–¡El accidente del tren! –siseó la anciana–. ¿No lo ve? ¡Ocurrió a la semana siguiente!

–¡Oh!, sí, lo entiendo.

Stephanie sentía un extraño desasosiego. De pronto, la conversación acerca de vampiros, geromorfismo, curanderas y maldiciones dejó de fascinarla. La vista engañosamente serena del Danubio, las sombras de la tarde que se alargaban, y el hecho mismo de encontrarse en Europa del Este, tierra de extraños mitos y leyendas aún más raras... era como si se encontrase atrapada en un sueño del que no podía despertar, un sueño que había tomado un cauce que no le agradaba.

–Ahora viene lo más sorprendente. ¿Sabe quién atrajo realmente a la gitana? ¡A mí me dejó pasmada!

–¿Quién? –preguntó la chica, que se sintió obligada a preguntarlo.

–No la pobre Liselotte, por la que habíamos ido, *nem*, ¡fue Lili la que la cautivó! Recuerdo que le dijo: «Sé que deseas vivir eternamente». ¡Imagíneselo!, ni siquiera la conocía. Fue espantoso. Yo quería huir, pero muy a mi pesar, me sentía fascinada, y luego la oí decir: «El secreto que buscas existe y, si alguien ha de encontrarlo, serás tú. Y entonces, durante años podrás florecer con la belleza de la juventud eterna. Pero ¡cuidado, niña, cuidado! Al final, todas las cosas deben descansar en paz». ¡Palabras crípticas! Durante muchísimo tiempo no entendí lo que le había dicho, pero, años más tarde, lo que vi me lo aclaró. Verá, mis propios ojos no podían engañarme.

–Discúlpeme –la interrumpió Stephanie con cortesía–, estoy algo confusa.

–Se lo explicaré. –Madame Balász suspiró–. Después de que Lili se fuera de Budapest pasaron varios años antes de que volviéramos a vernos. La última vez que nos encontramos fue en un viaje que hice a Londres, poco antes de su muerte, creo que fue en 1949. Era lady Hughes-Coxe y entonces dio una cena privada en mi honor. Su marido se encontraba allí, y también fue Maria Callas con su marido, el pequeño médico italiano.

–Meneghini...

–*Igen*, el doctor Meneghini. Entre ahí. Sobre el piano hay un pequeño marco de Fabergé, no puede dejar de verlo, es de esmalte color frambuesa. Tráigamelo.

Stephanie encontró el exquisito marco, volvió a salir y se lo dio.

–*Nem*, lo conozco bien. Adelante. Mírelo, ¡mírelo usted!

Algo en su tono hizo que la chica vacilara y se le puso el vello de punta en los brazos y la nuca.

–¿Y bien? –exigió impaciente la dama–. ¿A qué espera? Mírelo. ¡Mírelo!

Stephanie alzó la foto contra la luz. Era en blanco y negro, deslucida y agrietada, fácil de datar dada la moda de anchas hombreras de la época. Allí, a la izquierda, se veía a madame Balász con unos cuarenta años de edad, y, a su lado –una expresión de incredulidad cruzó el rostro de la joven–, una hermosa y joven Lili Schneider, que parecía contar veintinueve o treinta años, como mucho.

–¿Y bien? –exigió saber la anciana con un susurro sibilante–. ¿Lo ve?

–Sí, pero algunas personas envejecen de modo distinto.

–Ahora ha cerrado la mente. –Decepcionada, madame Balász suspiró–. Nacimos el mismo año, Lili y yo. Ella era Géminis y yo soy Capricornio. Sí, señorita Smith. –La anciana se incorporó bruscamente y se inclinó, con los ojos saltones como el abdomen hinchado de las arañas llamadas viuda negra–. ¡Las dos teníamos la misma edad cuando tomaron esta foto! ¡Las dos teníamos treinta y nueve años!

–Pero... ¿y el maquillaje... el cuidado de la piel... el modo distinto de envejecer de cada uno?

–Está buscando excusas y no veo por qué. Dígame, señorita Smith, ¿acaso no parece que tengo treinta y nueve años en la foto?

–Sí –reconoció la chica.

–¿Y Lili? ¿Qué edad parece tener?

–Veintinueve... no más de treinta.

–¡Exactamente! –Las largas pestañas, enmarcando los ojos abiertos de par en par, permanecieron quietas–. Verá, señorita Smith, la hermosa gitana tenía razón, ¿o no? Lili había encontrado la fuente de la juventud. Si no, ¿cómo explicarlo? ¿Por qué, si no, me iba a rogar, antes de que llegaran los invitados, que no dijera a nadie que teníamos la misma edad? ¿Eh? Claro que sabe por qué. ¡Porque tenía miedo de que la gente descubriera su secreto y exigiera compartirlo!

Stephanie fijó la mirada en el perezoso río sobre el que navegaba silenciosamente un largo y blanco barco de vapor turístico. Cerró los ojos un momento. Tenía que haber una explicación sencilla, inocente y lógica. Sí, cirugía estética... inyecciones experimentales de células de oveja... algo así. Sí.

Porque creer que Lili Schneider se encontraba viva, bien conservada quizá, pero definitivamente vieja, podía explicarse lógica y fácilmente; alguien más podría haber muerto en el incendio de su casa, y quizás esa persona estuviese enterrada en su tumba. Pero que a sus ochenta y tres años, Lili se encontrara todavía viva, todavía hermosa y joven... No. La lógica, el sentido común, y hasta la ciencia rechazaban la idea. No existía la fuente de la juventud, era un cuento de hadas, una leyenda, un castillo en el aire.

«Pero ¿y si existe?» La pregunta persistió en su mente.

Stephanie se enderezó y se volvió hacia la anciana.

–Madame Balász –susurró–, después de su viaje a Inglaterra, ¿volvió a ver a Lili?

La anciana negó con la cabeza.

–*Nem*, el año siguiente fue el del terrible incendio. Una horrible tragedia.

–¿Está segura de que Lili murió en él?

–Tuvo que ser así. Es cierto que estaba quemada hasta el punto de quedar irreconocible, pero murió, y el análisis de su dentadura lo probó. Además, el entierro fue un acontecimiento mundial.

–Me pregunto... –murmuró Stephanie, casi hablando consigo misma.

–Pero ¿qué dice? –La voz de la anciana tembló–. ¿Que Lili no murió carbonizada?

–En realidad, no lo sé –contestó la joven despacio–. Alguien murió, eso es seguro. Pero si Lili tenía miedo de que su secreto... si es que existía...

–¡Existía! –insistió madame Balász–, ¡yo vi los resultados con mis propios ojos!

–Entonces sin duda sabía que, puesto que no envejecía al mismo ritmo que sus coetáneos, pronto se hablaría de su perpetua juventud. Piénselo, si de veras quería guardar el secreto, ¿no habría tenido que desaparecer y esconderse?

Madame Balász palideció.

–¡Deténgase! –ordenó con voz aguda–. ¡Me está espantando! Lili está muerta y enterrada, ¿me oye? Muerta... y... enterrada.

–¿Lo está? –susurró Stephanie.

–¿Por qué no puede dejarla descansar en paz? ¿Acaso no fue su vida lo bastante trágica sin que trate de resucitar su fantasma? Ahora, por favor, ya no es usted bien venida. Váyase, señorita Smith, y no vuelva. ¡Deje a Lili en paz! ¡Déjeme a mí en paz! Váyase. ¡Váyase!

–Si es que murió –insistió Stephanie, que no se había movido–, ¿qué ocurrió con su secreto?

–¡Se lo llevó a la tumba, la zorra! –La fachada educada de madame Balász cayó de repente, la rabia reprimida que sentía contra Lili estalló y la saliva le salió en un escupitajo–. ¿Qué cree que ocurrió con él?

–¿Está... segura? –La violencia de la reacción de la mujer había dejado estupefacta a la joven.

–¡Claro que estoy segura! –Los ojos como estrellas de gruesas pestañas se entrecerraron–. ¡Oh, cómo le rogué que compartiera el secreto conmigo, por los viejos tiempos! Le ofrecí dinero, le ofrecí lo que quisiera, ¡lo que fuera! Pero ¿quiso compartirlo? ¡No! ¡Se negó! ¡Se negó! Tenía que guardárselo para sí, esa tacaña nazi desgraciada. ¡Y míreme ahora! ¡Vieja! ¡Decrépita!

Sollozando abiertamente, la mujer se arrancó los guantes y los arrojó a un lado. Las lágrimas corrían por sus mejillas cuando se quitó la goma de debajo de la barbilla y la peluca de la cabeza. Sus rasgos estirados se aflojaron de pronto y su piel se convirtió en colgajos; en su cráneo sólo quedaban escasos mechones de cabello blanco.

Alzó las manos de vieja.

–¡Míreme! –gimió–. ¡Estoy horrible! ¡Vieja! ¡Con un pie en la tumba! Y pensar que podría estar en la flor de la juventud, sólo con que Lili hubiese compartido su secreto conmigo.

Paralizada, Stephanie no podía sino contemplarla horrorizada. La transformación de la mujer daba miedo, pero también resultaba fascinante. Sin los accesorios, el estilo agresivo y la notable elegancia desaparecían, dejando en su lugar el frágil cascarón de una anciana cualquiera, cuyas pestañas postizas le daban un aire incongruente, de payaso.

Al cabo de un rato, madame Balász se percató de la mirada fija de Stephanie. Alzó la cabeza y tensó el cuerpo, como una víbora a punto de atacar.

–¡Fuera! –El repentino y penetrante chillido de hada maligna hizo que *Aída* saltara de su regazo y entrara huyendo en la casa con *Otelo*.

La joven se puso en pie y permaneció quieta; tensó la mandíbula a punto de decir algo, pero cambió de opinión, giró sobre los talones y entró a toda prisa. Iba a dejar la fotografía sobre el piano, pero, siguiendo un impulso, se la metió en el bolso. «No la estoy robando –se dijo–. La estoy tomando prestada. ¿Quién sabe? Puede que me sea útil.» Entonces, miró hacia atrás.

En el balcón, madame Balász cantaba *El ruiseñor* de Delibes, pero ahora su voz resultaba extrañamente triste, dolorosamente fúnebre, el canto se elevaba como un lamento; mientras cantaba, la anciana sollozaba con las manos sobre el regazo y doblando el torso de un lado a otro.

Antes de salir silenciosamente, Stephanie volvió a mirar por encima del hombro. Lo que vio fue un encogido y arrugado ruiseñor, que tardaba en morir y ensayaba su canto de despedida.

Madame Balász no sabía nada, de eso no cabía duda.

–Primera base –susurró Stephanie.

7

Salzburgo (Austria) - Budapest (Hungría)

Cuando Holly Fischer aterrizó en el aeropuerto de Salzburgo, ya la esperaban un largo Mercedes azul y el chófer del hotel, un joven rubio llamado Rolf, que metió el equipaje en el maletero antes de emprender el camino.

Con voz semejante a la de Schwarzenegger, Rolf le explicó por qué no podía dejarla en la entrada del hotel.

–El hotel Goldener Hirsch se encuentra en el casco antiguo, una sección exclusivamente peatonal. Tendremos que ir a uno de los aparcamientos de la sala de conciertos del festival y seguir a pie.

–Está bien –contestó Holly Fischer.

Y se dedicó a admirar la vista por la ventanilla teñida; montañas purpúreas, la ciudad recogida al pie del monte en la cima del cual reinaba la enorme antigua fortaleza, el poco profundo río Salzach atravesado por puentes, los domos y las agujas de las iglesias barrocas. Salzburgo, la ciudad natal de Mozart, sede del mundialmente famoso carillón Glokenspiel y del aún más renombrado festival de música.

Holly Fischer llevaba el cabello rubio severamente recogido hacia atrás, un vestido de lana color teja con cinturón, un sombrero a juego –ambos de Christian Lacroix– y escarpines de Ferragno también color teja, pero con tonos más rojizos.

Tras aparcar, Rolf sacó las tres maletas y la guió hacia el hotel. El Goldener Hirsch es conocido desde hace ochocientos años. Ocupa una situación ideal entre la Getreidegasse, la calle donde nació Mozart, y la sala donde se celebran los mundialmente célebres conciertos del Festival de Salzburgo: es encantador, elegante y pintoresco.

–Si necesita coche con chófer durante su estancia, estoy a su servicio –comentó Rolf al ceder el equipaje al botones–. Sólo pregunte por Rolf.

–Gracias, lo recordaré. –Con eso y una sonrisa, Holly dio por terminada la conversación y entró en el hotel.

Tuvo la impresión de haberse metido por error en el escenario de una opereta, lo único que faltaba era el canto, pues no sólo el vestíbulo parecía un escenario, sino que los empleados, como si se encontraran en uno, lucían trajes locales. No obstante, el ambiente general era encantador y lujoso, sin ser empalagoso o irremediablemente provinciano.

A los pocos minutos se hallaba cómodamente instalada en la intimidad de su suite.

Lo primero que hizo fue pedir una llamada local, y a continuación habló con recepción.

–Soy la señorita Fischer, en la suite...

–*Ja, gnädiges Fräulein?* –preguntó amablemente el portero.

–Necesito que un coche con chófer me lleve a San Wolfgang mañana. –Hizo una pausa y añadió–: He venido a ver a Herr Detlef von Ohlendorf.

Al resoplido de asombro y al silencio momentáneo siguió un espontáneo entusiasmo.

–¡Por supuesto, *gnädiges Fräulein*! ¡Nos sentimos honrados de servir a quien visite a nuestro estimado maestro!

–Lo siento, señor –observó en tono despectivo el asistente del gerente del hotel Gellert en Budapest–, nos está terminantemente prohibido dar la información que solicita, nos lo exigen nuestros huéspedes.

–En ese caso, quisiera hablar con el gerente, por favor –pidió el joven.

El asistente del gerente suspiró y cerró el registro.

–Como guste –contestó desdeñoso, y se alejó como si se deslizara sobre el suelo.

El recién llegado aguardó; sólo el tic en un párpado traicionaba su impaciencia. Al cabo de unos minutos, el asistente del gerente regresó con un hombre mayor.

–Soy el director –explicó este último con tono servicial, que no servil–. ¿En qué puedo ayudarle?

–Se suponía que iba a encontrarme aquí con una amiga, pero me dicen que ha pagado su cuenta y se ha marchado.

–¡Ah! –El gerente se frotó las manos–. ¿Y de quién se trata, señor? –preguntó con cara de circunstancia.

–De la señorita Smith, la señorita Amanda Smith.

–¡Hermosa joven!

–Entonces, ¿la recuerda?

El director se ofendió.

–Siempre recordamos con afecto a una huésped tan hermosa y educada como la señorita Smith –declaró lealmente–. Sería una cliente habitual muy preciada.

–Bien. Supongo, pues, que puede ayudarme.

–Me imagino que se trata de un asunto de vida o muerte. –El director esbozó una sonrisita.

–De hecho, sí. Su padre está muy enfermo y no quise enviarle un telegrama o decírselo por teléfono.

–Ya veo. –La sonrisa del gerente desapareció–. En ese caso, señor –añadió con tono grave–, creo que puedo hacer una excepción. Pero no estoy seguro de que le sirva de algo. Dijo que iba a hospedarse en casa de unos amigos en Budapest.

–¿Amigos? ¿Aquí? ¿Dijo quiénes eran?

–Por desgracia, no. –Triste sacudida de la cabeza calva–. Pero nos pidió que hiciéramos una reserva de avión para otra persona, otra amistad.

–¿Oh? –«Amanda Smith parece tener un sinfín de amigos», pensó el joven–. No recordará su nombre, ¿verdad? Quizá pueda alcanzarlo...

–No es un hombre, señor, es una mujer. Es posible que la conozca... Creo que se llamaba Holly Fischer.

–Holly... Holly... ¡ah, ya sé! Ella y Amanda fueron juntas a la escuela. ¿Y adónde quería ir la señorita... Holly?

–A Salzburgo, señor. Espero que esta información le sea de utilidad.

–Sin duda lo es. Se lo agradezco muchísimo.

Dos horas y media más tarde, un jet Malem llevaba al joven a Viena, donde tomaría un vuelo a Salzburgo.

No era de sorprender que estuviese de tan buen humor. «¿Y por qué no? –se preguntó, pagado de sí mismo–. Pese a todos sus esfuerzos, está dejando un rastro que hasta un ciego podría seguir.» Y así, con facilidad, era exactamente como le gustaba seguir los rastros.

8

Austria: Salzburgo - San Wolfgang, el Salzkammergut

Por la mañana, se despertó sobresaltada cuando el despertador y el teléfono sonaron simultáneamente. Apagó el despertador y cogió con torpeza el teléfono.

–¿Diga? –murmuró adormilada.

–Venga, chiquilla. –Era Sammy Kafka–. Apenas puedo recordar todos tus alias...

–¡Tío Sammy! ¿Sabes qué hora es?

–Las nueve en Europa central, las tres de la mañana aquí. –Sammy soltó una risita–. Hora de levantarse, Fräulein Fischer.

–La Fräulein ya está despierta. –Stephanie se incorporó, aún medio dormida.

–Bien, dime, chiquilla, ¿cómo te fueron las cosas en el frente del Este?

La joven evocó a madame Balász, los gatos y la extraña conversación sostenida en el balcón con vistas al Danubio.

–¿Creerías que todo es muy raro?

–Hum. Sí, de hecho, sí.

–Pero esto es lo que lo remata, tío Sammy. Si damos por sentado que Lili Schneider está viva, según madame Balász, *La Loca de Budapest,* es posible... e insisto en lo de posible... que no busquemos a una anciana, porque, según ella, Lili encontró la fuente de la juventud en los años cuarenta. –Silencio al otro extremo de la línea–. Además, madame Balász la odia a muerte por no haber compartido la fórmula con ella. –Hizo una pausa–. ¿Sabes?, casi me hizo creer que existe.

–Deja que las cosas se coloquen en su lugar –sugirió Sammy–, mantén la mente abierta.

–Créeme que lo intento.

–Por cierto, sabes que nunca acabo de leer el periódico y que, cuando por fin lo hago, lo que leo son las noticias de la semana anterior o las de antes, ¿verdad?

–Sí.

–¿Te acuerdas de la mujer de la que me hablaste, una tal Vinette Jones? ¿La que te llamó?

–¿Qué le pasa?

–Si es la misma Vinette Jones, murió la misma noche que te llamó.

–¿Qué? –Stephanie se incorporó del todo–. ¿Qué ocurrió?

–Una sobredosis.

–¡Ay, Dios mío! A mí me pareció franca y limpia. –Unas oleadas de temor le recorrieron la espina dorsal como una brisa helada–. Tío Sammy, ¿crees que alguien pudo haberla drogado adrede? ¿Para asesinarla? –Sammy Kafka guardó silencio–. Porque me acuerdo de que, mientras esperaba en el teléfono, me acuerdo de que... ¡gritó! Y luego, antes de que colgaran, juraría que había otra persona en la línea. ¡La respiración no me pareció la misma!

–Quién sabe, chiquilla, quién sabe. –Sammy suspiró–. Lo único que puedo decirte es que te andes con cuidado, ¡con mucho cuidado!

–¿Sabes, tío Sammy?, Vinette Jones me dijo que conoció al abuelo en las oficinas de Washington de la BPI, la Beneficencia Permanente para la Infancia, la que tiene esos programas de apadrinamiento.

–¿Sí?

–Pues la señorita Jones me dijo que sus investigaciones lo habían llevado allí, como a ella la llevó la búsqueda de su niña perdida. Sin embargo, no hay nada en el manuscrito del abuelo acerca de la BPI... ni siquiera la menciona en sus apuntes.

–Puede que su visita no tuviese nada que ver con la biografía de la Schneider.

–Seguro que tenía que ver con eso. Sabes cómo se obsesionaba. –Stephanie hizo una pausa–. La señorita Jones mencionó a alguien que trabaja en la sede de la BPI en Nueva York. ¿Cómo se llamaba? Algo como el título de esa nueva ópera.

–¿Klinghoffer?

–No, Kleinfelder. ¿Puedes llamarle y averiguar lo que sabe?

–Con mucho gusto, chiquilla. Aquí, tu Sherlock, lo hará enseguida –prometió el anciano.

–Bien. Más vale que me levante y me prepare. Al mediodía tengo una entrevista con el Führer musical del Tercer Reich.

Desde la cima de una loma, el chalé de tres plantas y de tejado de dos aguas dominaba el pintoresco pueblo de San Wolfgang y el Wolfgang See, un plácido y profundo lago azul alpino. Aparte de su envidiable situación, parecía que se alzaba por encima de todo para ostentar su superioridad.

Al salir del coche alquilado, Stephanie no pudo ocultar su sorpresa, pues si bien la casa era grande, resultaba sorprendentemente modesta para un hombre cuyas grabaciones se habían vendido por millones, un hombre que, gracias a las ventas de sus discos y a los honorarios como director de orquesta, percibía de seis a siete millones de dólares anuales, ingresos dignos de un jugador de fútbol. La joven esperaba algo más grandioso que el chalé de Ohlendorf, que, con las jardineras de sus ventanas repletas de geranios y los dos pisos de balcones de madera calada, resultaba sin embargo hermoso y pintoresco.

En voz baja Stephanie fingió cantar a la tirolesa mientras recorría con buen paso el camino enlosado flanqueado de geranios.

Todo en ella daba la impresión de energía y eficiencia, la de una periodista elegante, que gozaba de éxito; vestía un traje de *tweed* y blusa de seda; llevaba gafas de lectura en la punta de la nariz, el cabello recogido en un moño bávaro –un guiño al gusto local–, un portafolios de piel marrón y una libreta en las manos, y, detrás de la oreja derecha, una estilográfica de oro.

Una mujer de cara larga y duros ojos azules le abrió sin sonreír y sin pestañear. Una masa de rizos rubios retorcidos le envolvía la cabeza, como gruesas salchichas o serpientes bien alimentadas. Más que mirar a Stephanie, pareció cachearla, y ésta le devolvió la mirada sin amilanarse.

–Soy Holly Fischer –dijo en inglés–, tengo una entrevista con Herr Von Ohlendorf.

–¡Ah! Fräulein Fischer. Hablamos por teléfono. Soy Frau Ludwig. –Hablaba inglés con soltura pero con fuerte acento y la fugaz sonrisa que esbozó no era de bienvenida. Abrió más la puerta y le indicó que entrara–. Como le dije por teléfono, el maestro es un hombre muy ocupado, y la entrevista deberá ser corta; sólo dispone de media hora. *Ja?*

Frau Ludwig abrió otra puerta y salieron a una enorme terraza. A Stephanie le cortó el aliento la vista del diminuto pueblo, del azul zafiro del lago y del verde de los frondosos pinos de las montañas que se alzaban alrededor.

–¡Allí está el maestro! –observó Frau Ludwig innecesariamente.

En las viejas fotografías, Detlef von Ohlendorf era invariablemente un hombre flaco, alto y severo, de pómulos fuertes, cabello claro y aire autoritario. Ahora, frente a la persona de carne y hueso, Stephanie se asombró, pues, al igual que muchas leyendas vivas, era mucho más bajo de lo que le habían hecho creer las fotos y su reputación. No obstante, gracias a la electrizante energía que desprendía, combinada con su bien conservada apostura, parecía mucho más joven que el hombre de ochenta y tres años que ella esperaba.

–¡Ah! –exclamó el maestro al ir a su encuentro–, usted debe ser Fräulein Fischer. –Levantó la mano de la joven y, galante, se llevó las puntas de sus dedos a los labios, mientras sus penetrantes ojos azul pálido la evaluaban abiertamente.

–Es muy amable, al recibirme, maestro –murmuró Stephanie.

–¡Pero si el gusto es mío! ¡No todos los días conozco a una joven tan bella!

El obvio coqueteo del hombre, que aún le sostenía la mano, hizo reír a la chica, quien sentía cómo la desnudaba descaradamente con la mirada. Al cabo de un incómodo momento, Stephanie carraspeó y dio un paso hacia atrás.

–Por favor –dijo Von Ohlendorf soltándole la mano–, sentémonos.

Demasiado tarde, la joven se dio cuenta de que la había manipulado astutamente y la había dejado en grave desventaja, pues la había sentado de cara al sol, con lo que no vería los matices en sus expresiones. Se recordó que debía andarse con cuidado.

–¿Puedo ofrecerle café? –preguntó afablemente el director de orquesta en su papel de anfitrión encantador.

–Sí, gracias. –Stephanie se esforzaba por no entrecerrar los ojos para protegerse del brillo del sol.

–Dos cafés, Frau Ludwig.

–Sí, maestro, enseguida. –La mujer se dio la vuelta y entró con paso enérgico en la casa.

Con deliberada y desenfadada lentitud, Detlef von Ohlendorf cruzó las piernas.

–Bien, Fräulein, ¿empezamos? –sugirió con tono aterciopelado, el terciopelo de unos guantes que ocultan puños de hierro.

El café era espeso, fuerte, hecho con granos recién molidos. Ni Von Ohlendorf ni Stephanie tocaron las pastas que Frau Ludwig había colocado en un plato sobre la mesa; una resuelta mosca se mostró golosa, atraída por el pegajoso glaseado de los diminutos *zwetschkenflecken* y el dulce relleno de las rebanadas de *mohnstrudel*.

–La última vez que vi a Lili –comentó éste–, fue en 1949.

Su taza tintineó contra el plato.

–¿Está seguro?

–Por supuesto que estoy seguro. En ese entonces, Lili era lady Hughes-Coxe y su marido era muy poderoso. Verá, Fräulein Fischer, después de la guerra, los aliados me prohibieron dirigir durante un tiempo indefinido y fue sir Kenneth quien arregló la situación con ellos y me dio mi primer trabajo. Eso fue en 1947. –El anciano hizo una pausa–. Les debo todo lo que poseo ahora, el poder, el prestigio, la riqueza... –Con un gesto abarcó la casa y la propiedad–. Todo. Les debo absolutamente todo.

–¿Lo suficiente como para ayudar a Lili a desaparecer?

–¿Qué ha dicho? Me temo que no la entiendo, Fräulein.

–Entonces, ¿no cree que esté viva ni que su muerte fuera una farsa?

La taza y el platito tintinearon sonoramente cuando Von Ohlendorf los dejó sobre la mesa y se inclinó sobre ella.

–¿Está diciendo que...? No, no es posible. Lili está muerta y enterrada. Yo asistí al entierro. ¿Por qué me da a entender que sigue viva?

–Porque he encontrado indicios...

–¡Indicios! –la interrumpió con un resoplido burlón y levantó las manos–. ¡Dios mío! ¿No se da cuenta de que yo sería el primero en saberlo si estuviese viva? ¿No entiende que Lili y yo éramos, muy buenos amigos? ¿Que por nuestro modo de trabajar juntos éramos más íntimos que los amantes?

Stephanie no contestó, sino que cogió el portafolios, se lo puso sobre el regazo, lo abrió y extrajo una grabadora.

–Por favor, Fräulein. –Von Ohlendorf le indicó que la guardara–. Creo que ha quedado claro que no debía grabar la entrevista.

–Y yo respeto su solicitud, maestro –se apresuró a asegurar la joven–. Sólo quisiera que escuchara mis pruebas.

–Muy bien.

Stephanie puso en marcha el casete.

Primero, silencio, seguido de débiles siseos y ruidos que dieron paso a voces indefinibles en el trasfondo, y luego, las primeras y suaves notas del piano. Al cabo de seis segundos, Stephanie detuvo el aparato y preguntó con suavidad:

–¿Y bien, maestro? ¿Reconoce al pianista?

–Sí, sí –contestó irritado–. Guberoff. Tiene que ser él, es su estilo. Si conoce usted su estilo, se dará cuenta de que la artritis le está causando problemas.

–¡Bravo, maestro! –susurró la joven.

–Fräulein, ¿qué sentido tiene esto? –preguntó, molesto.

–Lo sabrá dentro de un momento, se lo prometo.

Las alegres notas del piano se reanudaron y, de pronto, esa cristalina y obsesionante voz se alzó con toda su potencia, pura como la nieve recién caída:

Was ist Silvia, saget an
Dass sie die weite Flur preist?

–¿Lili? –susurró con voz ronca Von Ohlendorf–. ¿Será posible?

Stephanie observó atentamente al director de orquesta, que se había puesto rígido. Se imaginó cómo el color desaparecía de su rostro, casi percibió la conmoción que lo azotó como un golpe físico. Pero no estaba preparada para lo que ocurrió a continuación.

El anciano tendió la mano tan repentina y bruscamente que Stephanie apenas la vio antes de que el aparato saliera volando. Trató de atraparlo, pero no reaccionó a tiempo y el casete cayó ruidosamente sobre las baldosas pero sin apagarse.

Dass ihr alles untertan,
Ist sie schön und gut dazu?
Reiz labt wie milde Kindheit...

–¡Párelo! –El anciano se puso de pie con tal violencia que su silla cayó hacia atrás–. ¡Por Dios, apáguelo! ¡Párelo, párelo, párelo! –Se tapó las orejas con las manos a fin de dejar de oír la voz celestial.

Stephanie lo miró boquiabierta.

–¿Es ella? –preguntó–. ¿Es Lili?

–¡Apague... el... *verdamtes... zeug*! –chilló.

Stephanie se encogió en su silla. Ahora que Von Ohlendorf se había alejado del sol veía bien su cara deformada y roja de furia, una visión espantosa.

–¡Está loca! –gritó el hombre.

Algo en él cedió y, en un arranque de rabia, echó la pierna de atrás para delante y dio un puntapié al aparato, que rodó como un balón de rugby. Sin embargo, el casete seguía tocando como para provocarlo aún más.

–¡Está muerta! –Los nervios de su cuello resaltaban como cables tensos–. *Warum haben Sie...* ¿por qué me ha traído esta cinta falsa? ¡Le exijo que me lo diga! –bramó como un maníaco–. ¿Tiene que despertar también a los muertos? Forma parte de... de...

De pronto sus ojos se hicieron más saltones y soltó un grito ahogado. Como una marioneta cuyos hilos se han aflojado, dio un paso tambaleante hacia atrás, otro y luego otro; se cogió el cuello con las elegantes manos pálidas y con los índices y los pulgares trató desesperadamente de aflojarse la corbata.

–*Heiss!* –susurró, horrorizado–. *Mir... ist... es... so... heiss!*

–¡Maestro! –Stephanie se levantó de un brinco.

Mientras tanto, el casete seguía emitiendo la increíblemente dulce melodía con el acompañamiento del piano, hermosamente burlona y serena, como si no ocurriese nada extraño.

Von Ohlendorf se echó hacia delante, Stephanie lo cogió y lo tumbó con suavidad en las frescas losas. Un esfuerzo insoportable desfiguraba la cara del hombre.

«¡Dios mío! Se está muriendo... se está muriendo.»

–Frau Ludwig –gritó la joven.

–¡Maestro! –Una puerta se abrió de golpe, unos zapatos taconearon y la mujer llegó corriendo–. *Ach Du lieber Gott!* –gritó Frau Ludwig. Se dejó caer de rodillas al otro lado del hombre tumbado y miró a Stephanie–. ¡Debe ser su angina de pecho! ¡La medicina! ¡Está en uno de sus bolsillos!

Buscaron en su ropa hasta que Stephanie encontró el frasquito de nitroglicerina en un bolsillo interior de la chaqueta.

–¿Es esto?

Frau Ludwig se lo arrancó de las manos, lo abrió con dedos temblorosos, extrajo una diminuta pastilla y la colocó bajo la lengua del anciano.

–*Es ist schon gut*, maestro –murmuró al hombre jadeante y le acunó la cabeza con las manos, como si se tratase de un niño necesitado de consuelo.

«¡Dios mío, no puede morirse! –pensó Stephanie–. Nunca me lo perdonaría a mí misma.»

–Mire, ya se está calmando. –Frau Ludwig soltó un largo suspiro de alivio y con el pulgar y el índice formó la señal de la cruz–. *Gott sei Dank!* –exclamó con fervor. Luego, protegiendo la cabeza del anciano con el brazo, se volvió hacia Stephanie–. ¿Qué le ha dicho que lo ha alterado tanto?

–Yo... nosotros... –Stephanie sintió el hormigueo del sonrojo en la cara–. Sólo hablamos –dijo, no muy convencida.

–*Er hat ein schwaches Herz...* el corazón débil.

–No... no lo sabía.

–¿Que no lo sabía? –Ahora que parecía que Von Ohlendorf se recuperaría, la angustia de Frau Ludwig se convirtió en rabia–. ¡Casi lo mata! –la acusó con expresión dura en los ojos vidriosos–. Es usted una provocadora –siseó–. ¡Lo supe en cuanto la vi! –declaró, triunfante–. Pues ahora que ya ha causado problemas, puede sentirse satisfecha e irse a casa. –Su rostro rojo brillaba–. ¡Deje al pobre maestro en paz! ¡Váyase! *Verschwinden Sie!*

Dicho esto, dejó de prestar atención a Stephanie y, meciendo suavemente la cabeza del anciano, se permitió darle el beneficio de todo su amor no correspondido.

–*Ist schon gut,* maestro –lo arrulló, canturreando como lo haría con un niño pequeño–. *Sie geht schon weg.* Ya se va.

Stephanie cogió su portafolios, su libreta y el casete roto, lo apagó y rodeó la casa hasta el aparcamiento. Pero antes de llegar, se detuvo debajo del balcón de madera calada lleno de flores y volvió la cabeza para echar una última mirada.

Frau Ludwig y su maestro se encontraban todavía en la pose de *La Pietà,* imagen viva del sufrimiento y la adoración.

Stephanie agitó la cabeza. De él ya no sabría nada más.

–Segunda base –se dijo, y desapareció a la vuelta de la esquina.

9

Salzburgo (Austria)

El servicio de habitaciones le trajo una cafetera llena de café humeante, dos cruasanes, mantequilla, mermelada y, lo mejor, el periódico *International Herald Tribune.* Stephanie descorrió las cortinas. El sol matutino derramó su pálida luz sobre la alfombra y despejó la melancolía de la noche anterior.

La joven se sentó para ponerse al día con las noticias, sopló sobre el café caliente que se había servido y lo bebió a pequeños sorbos.

Le resultaba imposible concentrarse en la lectura, pues la conversación del día anterior con Sammy seguía intrigándola.

No tenía sentido. Según el tío Sammy, Vinette Jones había muerto de sobredosis. «Sin embargo, la mujer con la que hablé no me pareció una yonqui», pensó.

Impaciente y preocupada, se puso en pie y dio unas vueltas por la habitación. Vinette Jones buscaba a su hija, una niña que el orfanato de la BPI en Washington parecía haber «perdido».

Vinette Jones buscaba a su hija.

A Vinette Jones la habían asesinado. No sólo eso, sino que ¡la habían callado!

–¡Dios mío! –exclamó y se quedó paralizada.

Se presionó las sienes con el índice y el pulgar, como si con eso pudiese pensar mejor.

Pero ¿por qué habían silenciado a Vinette Jones? ¿Por la niña perdida? ¿O porque la mujer había metido demasiado la nariz?

Continuó recorriendo la habitación. Su instinto de periodista le decía que al menos en lo referente a la muerte de Vinette había dado en el clavo. Por muchas explicaciones que buscara, nada más encajaba, sólo su versión.

Ahora lo único que necesitaba era una prueba irrefutable, ¡como si fuese tan fácil! Eso, sin contar los dos quebraderos de cabeza que aún le quedaban por resolver.

Primero: ¿qué diablos había llevado a su abuelo a la BPI?

No había dejado de dar vueltas al enigma desde que Vinette la llamó y no había encontrado una respuesta satisfactoria, pues en los apuntes de su abuelo no había nada al respecto, nada. Se preguntó si, al igual que a Vinette, a él también lo habían silenciado. De ser así, ¿por qué? ¿Por descubrir que Lili Schneider seguía viva? ¿O por investigar las actividades de la BPI?

Y eso la llevaba al segundo quebradero de cabeza: ¿qué relación existía entre Lili Schneider y la BPI?

Porque, en opinión de Stephanie, tenía que existir. Ella, mejor que nadie, conocía los hábitos de trabajo de su abuelo, que se centraba en un único proyecto a la vez y se dedicaba enteramente a él.

De alguna manera, la diva y la organización estaban relacionadas. ¡Tenían que estarlo! Pero ¿cómo? Cómo y por qué.

Sonó el teléfono y la sobresaltó. Era Sammy.

–¿Cómo está mi chiquilla?

–A decir verdad, completamente despierta. He estado pensando.

–¿Acerca de Vinette Jones?

–Sí. No sé por qué, pero no me pareció la clase de persona que se droga.

–Eso mismo pensé yo, chiquilla.

–Yo lo veo así: seguro que la asesinaron..., o la silenciaron, si prefieres... por haber demostrado demasiado interés por su hijita «perdida».

–Es posible –aceptó con cautela el anciano.

–Y a mí me da que, en lugar de balas, el arma en el caso de Vinette fue la droga. No sólo para matarla, sino también para despistar a la policía, para que no investigaran su muerte y llegaran a la conclusión de que se trataba de asesinato. –Stephanie se interrumpió–. ¿Qué tal voy?

–Odio decirlo, chiquilla, pero creo que tienes razón.

–Sí –la joven suspiró–, el problema es que no me explico qué tienen en común Lili Schneider, el abuelo, la BPI, Vinette y una niña perdida. Pero estoy segura de que lo tienen. –Su tono bajó un octavo–. He estado pensando, tío Sammy...

–¿Sí, cariño?

–Quizá no sea mala idea que hables con el señor Kleinfelder, el que me mencionó la señorita Jones, el que trabaja en la BPI.

–¡Vamos, chiquilla, no me tomes por tonto!

–Entonces, ¿ya has ido a verlo?

–No, pero lo llamé al trabajo ayer. Me dijeron que no se encontraba en la oficina y que no lo esperaban en un futuro próximo.

–¡Oh, no! –Stephanie inspiró profundamente–. ¡Dios mío, no! ¿No estará...?

–No, chiquilla –contestó con gentileza–, no está muerto. Sin embargo, su estado es crítico; el pobre hombre se encuentra en el hospital San Lucas, en estado de coma, y es posible que no se recupere. Al parecer, fue víctima de un horrible accidente de tráfico en el que el conductor se dio a la fuga.

La noticia golpeó a la joven en las entrañas.

–¡Mierda! –exclamó sombría–. De acuerdo –añadió en tono cansado–, más vale que me lo cuentes todo.

–No va a gustarte.

–¡No me digas!

–De acuerdo –dijo Sammy tomando aire–, pero no es agradable. Los testigos presenciales están de acuerdo no sólo en que el conductor de la furgoneta iba a por él, sino en que probablemente pisó el acelerador a fondo; el golpe lo arrojó a unos seis metros, luego la furgoneta dobló la esquina y se largó.

–¿Atraparon al conductor? –preguntó la joven, aunque en el fondo conocía la respuesta.

–No, pero encontraron la furgoneta enseguida. Existía un parte de que la habían robado. En mi opinión, fue un trabajo profesional bien hecho.

Las entrañas de Stephanie le ardían como si tuviera una indigestión. «Otra víctima inocente silenciada –pensó con un escalofrío–. Y de nuevo tiene algo que ver con la BPI.» Kleinfelder trabajaba allí, pero ¿qué habría hallado que requiriera su muerte?

–Supongo –murmuró amargada–, que no tenemos ninguna pista, a menos que el señor Kleinfelder salga del coma, ¿verdad?

–Me temo que no, cariño. –Sammy lanzó un suspiro de aceptación silenciosa, hizo una pausa y añadió–: ¡Oh, antes de que se me olvide!, hay algo más. Lo vi en el periódico, en la columna de Liz o de Suzy, no estoy seguro, pero... ¿te acuerdas del yate de Veiga, el *Chrysalis,* en el que se supone que se hizo la grabación pirata?

–Sí. ¿Qué le pasa?

–Ha llegado a Marbella con el inaccesible Ernesto de Veiga y su amante igualmente inaccesible, y se espera que su hijo, Eduardo, se reúna con ellos hoy o mañana.

–Hum, me pregunto si será muy difícil colarse.

–¡Chiquilla, no te atreverías!

–Me conoces, tío Sammy, ¡claro que me atrevería!

10

Roma (Italia) - Salzburgo (Austria) - Milán (Italia)

En Roma, en cuanto el jet se paró del todo, Stephanie se levantó del estratégico asiento de primera fila. Con el pasaporte de Holly Fischer llegó a la ventanilla de inmigración más cercana y sonrió. El inspector cogió el pasaporte, lo revisó con cara inexpresiva, lo puso en el mostrador y la dejó pasar.

Seguida de un mozo, la joven se dirigió a las casillas de la consigna, le dio una propina al joven, metió las monedas indicadas en la ranura y dos maletas en la casilla. La cerró y guardó la llave.

Levantó la más ligera de las tres maletas y siguió las indicaciones hacia el lavabo. De camino, se detuvo y examinó las pantallas con los datos de salidas de los aviones. El siguiente vuelo a Milán sería a poco menos de una hora. Si se apresuraba, y tenía la suerte de conseguir asiento, lo pillaría.

Apretó el paso, entró en el servicio y se encerró en un cubículo en el que permaneció veinte minutos, aunque, para alguien que la siguiera, parecería haber desaparecido.

Porque la Stephanie Merlin que entró en el lavabo era una rubia despampanante de ojos azules, labios color de rosa y andar impertinente, perfectamente maquillada.

Pero la que salió era una mujer de negocios razonablemente atractiva y exasperada, de rizos rojizos y ojos verdes –gracias a lentes de contacto de color y una peluca–, con un mínimo de maquillaje y un aire de enérgica y autoritaria eficiencia.

Había adoptado la identidad de Virginia Wesson; había cambiado el vestido color teja por un severo traje sastre de seda gris y había completado el disfraz con gafas de montura redonda de metal dorado y labios pintados de rojo oscuro.

Recogió las dos maletas de la consigna, se encaminó con paso enérgico a la ventanilla de venta de billetes más cercana, compró un billete de ida y vuelta, facturó las tres maletas y se apresuró hacia la salida, donde los pasajeros ya estaban embarcando.

Quince minutos después el Airbus 320 alzó el vuelo casi verticalmente y la llevó hacia el norte.

A Milán.

Se llamaba Manfred Löbl. Era un hombre impresionante, distinguido y cortés, de elegante traje, cabello plateado... y tan pulido que casi brillaba, las cuidadas manos apoyadas sobre el mostrador. Agitando la cabeza con aire pesaroso, hablaba con un hombre.

–Es una solicitud de lo más extraordinaria –decía–. Por favor, entienda que la discreción es nuestro lema. Como director del Goldener Hirsch tengo el deber de seguir la tradición de conservar nuestras rígidas normas. –Tras una pausa continuó–: Ha dicho que es el abogado de Fräulein Fischer, ¿verdad?

–No, un ayudante de su abogado. –El hombre jugueteó con su corbata a rayas rojas y miró la punta de seda con expresión taciturna–. Es que no sé qué hacer. –Alzó la mirada y sostuvo la de Herr Löbl–. Como le he explicado, es muy urgente que la señorita Fischer firme estos documentos, el plazo se acaba mañana por la noche. Si no están firmados a tiempo, no sólo me culparán a mí, sino que la señorita Fischer podría perder millones. ¡Millones! –repitió acongojado.

Herr Löbl entrelazó los dedos pensativo.

–Hum. No somos personas poco razonables y, en este caso especial, podríamos ser un poco flexibles, ¿eh?

–Le agradecería todo lo que pudiera hacer, Herr Löbl, cualquier cosa. Quizá salve mi puesto, y a nuestra cliente más importante podría ahorrarle una fortuna.

–Siempre intentamos ayudar –comentó el director en tono tranquilizador–. Siéntese, por favor, veré lo que puedo hacer.

El hombre se sentó y, mientras aguardaba, examinó las idas y venidas de los pudientes turistas y hombres de negocios. Al cabo de un rato vio acercarse a Herr Löbl y se levantó de un salto para ir a su encuentro.

–¿Ha averiguado algo? –le preguntó con ansia.

–Sólo que Fräulein Fischer iba a volar a Roma esta mañana –contestó tranquilamente el director–. El portero le reservó vuelo y le consiguió transporte hasta el aeropuerto.

–¡Mierda! –susurró el hombre–. Discúlpeme, ¡pero sé que me van a echar! –añadió con tristeza.

–Puede que no todo esté perdido. Pedí a la telefonista la cuenta telefónica de Fräulein Fischer y tengo aquí el registro de sus llamadas. Como ve, llamó una vez a Nueva York. El número figura al lado de la hora, la duración y el costo de la llamada. Abajo verá que hizo otra llamada, más corta, a Milán, Italia. También figura el número de teléfono.

–No sé cómo darle las gracias. –El hombre miró a su alrededor–. ¿Puede decirme dónde están los teléfonos públicos?

–Por aquí, por favor. –Herr Löbl lo acompañó–. ¿Puedo ayudarlo en algo más?

–No. De veras le agradezco su ayuda, sé que ha hecho más de lo que le exigía su cargo.

A continuación el hombre marcó el número de Milán. Tras unos suaves y distantes timbrazos, una mujer contestó atropelladamente:

–*Grand Hotel et de Milan. Buon giorno.*

«¡Ah!, conque llamó a un hotel... para reservar habitación, por supuesto.»

–La habitación de la señorita Fischer, por favor.

–Un momento, *per favore*. –Al poco, la mujer volvió a hablar–: Lo siento, signore, he consultado con recepción y no tenemos ningún huésped con ese nombre.

«Entonces, ¡ha vuelto a cambiar de identidad!» Daba igual. Sabía dónde se hospedaba y con eso bastaba.

De modo que colgó y sonrió satisfecho.

El Grand Hotel et de Milan, en la via Manzoni, posee un agradable aunque deteriorado encanto. Stephanie lo había escogido porque, si bien había visitado varias veces Milán, nunca se había hospedado en él y no corría el peligro de que el personal la reconociera.

Después de refrescarse, se puso un traje chaqueta de pantalón de seda beige, gafas con lentes de sol grises y se fue de compras.

Al salir del hotel, cruzó la calle y dobló a la izquierda, se detuvo un momento frente a la Scala, el teatro de la ópera más famoso del mundo, y disfrutó del incomparable festín para los ojos que era el Duomo, la gran catedral parecida a un enorme pastel de bodas, con su bosque de ciento treinta y cinco agujas. Luego siguió su camino, pasó de largo la Galleria de tejado de cristal, posiblemente el centro comercial más hermoso, y anduvo por las serpenteantes calles y callejuelas que componen el centro histórico de la ciudad. No tardó en encontrar lo que buscaba.

En Villa Madonnina adquirió un costoso fular de seda en el que brillaban los exquisitos colores de Bizancio, y en el cercano Centro Botánico en la via dell'Orso, en una fragante boutique de artículos de tocador, compró un frasco de perfume de lavanda natural.

Después de regresar al hotel cortó la etiqueta del fular con unas tijeras, lo roció con unas gotas de lavanda y lo empleó para envolver cuidadosamente la fotografía enmarcada de Lili Schneider y madame Balász que había «tomado prestada» en Budapest.

Una vez hecho esto, dejó el paquete sobre una mesita junto a la puerta. «Hecho –se dijo–, la trampa ya tiene señuelo... un señuelo muy dulce...»

11

Milán (Italia)

A la mañana siguiente, Stephanie examinó el edificio desde la acera de enfrente.

De casi un siglo de antigüedad, con su fachada de ladrillos rojos bañada de sol, sus cuatro plantas, sus estrechas ventanas de doble arco gótico, semejaba un imponente palacio italiano, majestuoso y bien conservado. Era un altar, un testamento del más famoso, talentoso y amado hijo de Milán, el compositor Giuseppe Verdi.

Delante, en una isla de césped verde, una estatua en bronce de Verdi se erguía sobre un pedestal. Dentro, en el espacioso, oscuro y fresco vestíbulo, otro bronce del compositor, esta vez sentado, le dio la bienvenida cuando dejó atrás la puerta acristalada.

Su fantasma parecía impregnar el lugar, no sólo en espíritu, sino también en cuerpo. Estaba enterrado en una hermosa cripta bajo un techo abovedado, un cielo azul con estrellas de oro y la compañía de frescos de figuras neoclásicas.

Una empleada de rostro entrañablemente feo y una especie de velo de monja recortado la interceptó.

–He venido a ver al signore Guberoff –le explicó Stephanie en inglés.

–¿Quiere seguirme, por favor?

La llevó a una estancia con aspecto de club privado, de paredes recubiertas de madera oscura, puertas y ventanas de cristal esmerilado y grabado, sillones de cuero rojo y parquet pulido.

–Tome asiento. Informaré al *dottore* Feltrinelli que desea ver al signore. El *dottore* –subrayó con queda gravedad– es nuestro estimado director.

–*Grazie*. –Stephanie esbozó una sonrisa de cortesía.

La mujer salió a toda prisa dejando la puerta entreabierta. Stephanie dejó el bolso en un sillón, se sentó en otro, cruzó las piernas y aguardó.

A los pocos minutos entró un hombre y la contempló con interés. Bastante bajo, al parecer más bien mayor, de cabello plateado y nariz prominente, llevaba gafas de montura negra que despedían destellos de luz, traje azul marino a finísimas rayas blancas, de solapa cruzada y muy buen corte, corbata de seda amarilla y un pañuelo a juego en el bolsillo.

–Usted debe de ser la dama inglesa que ha venido a ver al signore Guberoff.

–Norteamericana –lo corrigió Stephanie al ponerse en pie, y le tendió la mano–. Virginia Wesson –se presentó con la mejor de sus sonrisas.

–Soy el doctor Feltrinelli, director de la Casa di Riposo. –Le estrechó la mano y sonrió alegremente–. ¿Es usted amiga del signore? –le preguntó con cortesía.

–No, me temo que no. Soy amiga de una amiga suya, y he venido a saludarle de su parte y entregarle un obsequio.

–Entiendo. –Él ladeó la cabeza plateada–. ¡Me alegro de que haya venido! El signore Guberoff no recibe muchas visitas, ¿sabe? ¡Yo mismo la llevaré a su habitación! ¿Sabía que los habitantes de esta ciudad querían tanto a Verdi que, cuando se estaba muriendo en su habitación en la via Manzini, cubrieron la calle de paja bajo su ventana para que los carruajes no lo molestaran?

–¡Qué bonito!

Apenas había pronunciado las palabras cuando el doctor Feltrinelli se detuvo.

–Ésta es la habitación del signore –explicó y llamó a la puerta.

–Meneghini me dejó ese sillón –comentó Boris Guberoff, con evidente orgullo y afecto, refiriéndose a Maria Callas, pero usando su apellido de casada–. Estaba en su apartamento de París y yo solía admirarlo. «¡Entonces te lo legaré!», me dijo en una ocasión, y lo hizo. –El anciano frunció el ceño–. Creo que Onassis me lo dio.

Una capa de polvo restaba brillo al cristal de los carteles de concierto enmarcados que, a su vez, cubrían cada centímetro de las paredes y volvía mate el barniz negro del piano de cola y los tesoros que sobre él competían por el espacio: galardones, obsequios grabados, fotografías en marcos: Guberoff con la hija de Scriabin, con la sobrina nieta de Chaikovsky, con más presidentes, primeros ministros, reyes y reinas de los que podía reconocer.

–¿Está seguro de que no le importa que me siente en él? –le preguntó Stephanie, preocupada porque estaba sentada en el borde del preciado sillón sin atreverse a apoyar todo el peso en él, pues cada crujido de la antigua madera le daba miedo–. No quisiera dañarlo.

Guberoff, hundido en el andrajoso tapizado victoriano de lo que ella imaginó debía ser su sillón habitual, se limitó a encogerse de hombros; lo único que veía era el paquete envuelto en el perfumado fular sobre su regazo, lo tenía fascinado. Con la punta de un dedo trazó amorosamente el elaborado dibujo de la seda, una imitación de un tapiz de Aubusson.

Stephanie contuvo la respiración y se recostó lenta y cautelosamente. Sin apoyarlas del todo, colocó las manos en los brazos tallados y distribuyó mejor su peso.

Mientras el anciano pasaba la mano por la seda, la joven lo estudió abiertamente. Vestía un traje gris pasado de moda, de anchas solapas, chaleco azul y pajarita grande roja y verde, un pañuelo de seda lila salía de su bolsillo como los pétalos de una flor exótica; en la solapa izquierda lucía varias medallas diminutas y en la camisa, gemelos de oro en forma de minúsculos pianos de cola.

–¿Qué habrá envuelto en el hermoso fular de Lili? –murmuró el pianista casi para sí–. ¿Qué me habrá enviado?

Puede que Boris Guberoff, nacido en Kíev en 1904, hubiese salido de la madre Rusia en 1926, pero no había perdido su acento ruso, su inglés estaba cargado de fuertes erres guturales y duras consonantes, y se le notaban cada uno de sus ochenta y nueve años.

Era un hombre delgado; su perfil, el de un halcón demacrado; su mandíbula, casi simiesca, sus oscuros ojos acuosos, velados por pesados párpados, y llevaba el ralo cabello blanco peinado hacia atrás sobre la calva. Una enorme mancha de vejez le cubría la parte derecha de la frente y otras más pequeñas le salpicaban la cara y las manos, como el colorido de un huevo de pájaro.

–Dígame –preguntó, con la mirada aún puesta en el paquete de seda que sus manos se negaban a dejar de acariciar–. ¿Cómo está Lili? ¿Se encuentra bien?

Stephanie creía que estaba preparada para la pregunta, pero le horrorizó darse cuenta de que, si bien pudo pronunciarlas, las palabras ensayadas empezaron por salir sofocadas, como si tuviese la boca llena de jarabe empalagoso.

–Está... más joven que nunca –consiguió decir carraspeando.

–Lili... ¿joven? –Guberoff frunció el ceño con la mirada fija en el regazo y, al cabo de un momento, rió con suavidad–. ¡Ah, quiere decir que parece joven! –Suspiró y su voz se tensó–. Sí, Lili ha encontrado el árbol prohibido del saber y ha probado su fruta, ¡pero es un conocimiento peligroso! Se lo advertí, ¿sabe?

El corazón de Stephanie dio un brinco, y varios escalofríos le recorrieron la espina dorsal y le erizaron los suaves y finos vellos de los brazos y la nuca.

«¡Así que Lili está viva! –pensó exaltada–. ¡Viva y joven!»

Permaneció quieta, con las manos sobre el regazo y la mente dando saltos cuánticos. ¡Era el descubrimiento del milenio! El mejor reportaje que ella o cualquier otra persona hubiese investigado en toda su vida.

–¿S... se lo advirtió? –lo apremió, aunque apenas osaba hablar. Su voz temblaba de excitación contenida y trató en vano de ocultarla–. ¿S... sobre qué la advirtió? Según usted, ¿qué debía temer?

Sin embargo, el pianista guardó silencio, embelesado como estaba abriendo el cuadrado de seda. Entonces contuvo la respiración, la reacción esperada por la joven... y más. El «obsequio» que le había llevado, la fotografía de Lili Schneider con madame Balász, brilló en su lecho de seda como una inapreciable joya de la corona.

Extasiado, batió palmas y contempló la fotografía fascinado. Pasado un rato, sus ojos se humedecieron y un sollozo, como una burbuja subiendo a toda prisa, surgió de su pecho.

–¡Para mí! –susurró como torturado, y se sorbió las lágrimas–. Para mí...

Con el fin de recuperar la comunicación, Stephanie se inclinó hacia él y le dijo:

–Un pequeño recuerdo.

Aún no había acabado de pronunciar las palabras cuando los dedos de Guberoff cogieron el fular. Se lo llevó a la cara, presionó la nariz en los suaves pliegues y aspiró el ligerísimo aroma del perfume.

–¡Lili! –susurró el anciano con voz entrecortada–. Lili...

Stephanie tuvo que obligarse a no apartar la mirada porque el mal de amor de Guberoff la hizo sentirse culpable. Era un truco mezquino y sórdido... pero le era imprescindible jugar con sus emociones, no tenía elección, pues era el único método seguro que había hallado para atravesar sus defensas.

Y las había atravesado. Lo único que necesitó fue un fular y unas gotas de perfume de lavanda; en el manuscrito de su abuelo se había enterado de que era el que Lili prefería.

Le gustara o no, continuaría empleando cualquier medio necesario para conseguir la información que precisaba... tenía que hacerlo. Tres personas ya habían perdido la vida y no podía preocuparse por herir a un anciano. No, si lo hería, lo lamentaría, porque no era su intención, pero, en este caso, el fin justificaba de sobra los medios.

–¡Lavanda! –El fular que todavía tenía apretado contra el rostro apagaba la voz del pianista–. ¡De veras puedo olerla!

Una súbita subida de adrenalina estimuló a la joven.

Sabía que ése era el momento para empujar la puerta que había entreabierto en la mente del hombre; ésa era la oportunidad perfecta para hacerle confiar más de lo que quería.

–Lili dijo... –empezó en voz baja–, dijo que le gustaría volver a verlo muy pronto. Por supuesto, mencionó que no ve a ninguno de sus amigos tan a menudo como quisiera...

–¿Y bien? –le preguntó irritado–. No es que pueda hacerlo, ¿verdad? Desde el principio le advertí que el secreto de la vida eterna era uno que tendría que guardar a toda costa... ¡que acabaría por sacrificarlo todo! ¿Y sabe lo que hizo? –Le tembló la voz–. ¡Se rió en mi cara! Dijo que no le importaba lo que costase, carrera, amigos, fama, su propia identidad, nada le importaba, a condición de vivir para siempre.

–De todos modos, usted sabe que es una de las únicas personas del mundo en quien Lili confía. –La asombró la facilidad con que le salía la mentira.

–Lili y yo... lo nuestro viene de lejos –contestó el pianista con sencillez, y del fondo de su garganta surgió otro sollozo quebrado–. De muy lejos.

–¡Pero si está enamorado de ella! –exclamó Stephanie con gentileza.

–¡No! –gritó Guberoff y cerró los ojos, como para protegerse de un dolor insoportable–. ¡Sí, que Dios me ampare! –refunfuñó y retorció el fular angustiado–. Pero ¿cómo amarnos como hombre y mujer? ¡Ella... eternamente joven y yo... envejeciendo en este viejo envoltorio encogido y arrugado!

–Lili me contó cuánto significaba para ella oírlo tocar el piano –comentó Stephanie, pasado un momento–. Especialmente cuanto cantaba con usted. *Was ist Silvia*, ¡eso la emocionaba!

El rostro del hombre se volvió bruscamente hacia ella y los recuerdos cruzaron su rostro.

–Sí, pero ¿le importa eso a él? ¡No, claro que no! ¡Negocios, negocios, negocios! Sólo piensa en eso, ¡en los negocios y el dinero! –Las palabras se deslizaron por su lengua con desagrado–. ¡Habló durante todo nuestro concierto improvisado! ¡Ni siquiera nos escuchó! –Las palabras eran acusadoras y mordaces, y su expresión, la de un niño malhumorado.

La mente de Stephanie voló. ¿Quién era ese «él»? ¿La voz de fondo en la cinta? ¿Ernesto de Veiga? ¡Seguro! Pero ¿de qué había hablado? ¿Qué...? Y de pronto lo recordó.

–Pero los mercados del Este acababan de abrirse –observó–, tenía que aprovecharse...

¡Qué mirada la que le dirigió Guberoff! La joven vio cómo se tensaban los restos flácidos de sus músculos faciales. ¡Y sus ojos! Parecían haberse nublado... su mirada se tornó de repente pavorosamente distante. Se inclinó hacia ella.

–¿Cómo sabía de qué hablaba? –susurró–. ¡Ni siquiera estaba allí!

–¿En el crucero a bordo del *Chrysalis*? Claro que no. –Stephanie se obligó a reír.

–Entonces... ¿cómo? ¿Cómo... lo... sabe?

–¡Vaya! Estoy segura de que Lili me lo contó. Sí. Si no, ¿cómo iba a saberlo?

–¡Pero Lili no habla! –Una expresión astuta cruzó la cara del pianista–. ¡Lili... nunca habla!

Enmudecida, aturdida por la rapidez con que las tornas se habían vuelto, Stephanie no pudo más que mirarlo paralizada.

–¡Usted no es amiga de Lili! –susurró Guberoff pasmado–. ¡Lili no la envió! ¡Estos regalos no son suyos!

La joven se encogió cuando, de súbito, el anciano arrojó la foto y el fular al suelo.

–¿Quién es usted? –preguntó con voz aguda, casi gritando.

–Se lo he dicho, soy una amiga de...

–¡No lo es! –El pianista se echó de lado como un animal agonizante–. ¡Me ha engañado! –gimió–. ¡Me ha engañado para averiguarlo todo sobre ella!

Las lágrimas corrían por sus mejillas.

Stephanie permaneció sentada, en silencio con un sentimiento de desdicha. Lo observó llorar, recuperar la compostura, secarse los ojos con las palmas descarnadas de la mano, extraer el pañuelo de seda del bolsillo y sonarse sonoramente. Levantó la cabeza con una dignidad que casi provocaba dolor.

–¿Cómo puede quedarse ahí, sentada? –susurró con mirada acusadora–. ¿No tiene vergüenza? Váyase. ¡Váyase!

Nunca en toda su vida se había sentido tan culpable y tan mezquina. Y, sin embargo, permaneció sentada, como si estuviese pegada al frágil sillón que antaño perteneció a Maria Callas.

–¡Por el amor de Dios! ¿Por qué no se va? –gritó el anciano, pálido y sudoroso, y se secó el labio superior con la mano temblorosa–. ¡Olvídese de las divagaciones de un viejo loco y váyase!

Stephanie se puso en pie con precaución. Los crujidos del preciado sillón reflejaban su desdicha. Recogió el fular y la fotografía de madame Balász y examinó fugazmente el marco de Fabergé. De milagro no se había dañado; lo enviaría a Budapest por correo. Lo envolvió en el fular y se lo metió en el bolso, cuya correa se colgó del hombro. Vaciló. Guberoff volvió el rostro y se negó a encontrar su mirada.

Con todos los músculos de la cara tensos, la joven se encaminó hacia la puerta.

–¡Zorra! –le oyó exclamar en voz baja, y la palabra se le clavó como la hoja de un cuchillo y le causó un penetrante dolor. Entonces, huyó a toda prisa. Cerró la puerta tras de sí y se apoyó pesadamente en una columna del pasillo.

Estremecida de vergüenza e indignación, cerró los ojos un momento. Se merecía su desdén, lo que había hecho era despreciable, imperdonable...

¡No!, era perdonable, se dijo con fiereza. Era el único modo y había tenido éxito... ¿no?

–*Home run* –susurró.

No obstante, no se sentía triunfante. La victoria no había sido dulce y le quedaba un regusto amargo en la boca.

12

Milán (Italia) - Barcelona (España)

Estaba esperándola.

Fuera, en la isla cubierta de césped en medio de la calle. Apoyado con aire desenfadado en el pedestal de la estatua de Verdi, al parecer sumido en la lectura del periódico. Podría haber sido un hombre de negocios a la hora de la comida o un hombre esperando a su amante.

Stephanie no lo vio al salir de la Casa di Riposo, aunque tampoco se había fijado en él cuando la siguió desde el hotel.

Pero él sí se fijó en ella y aguardó pacientemente a que lo adelantara unos veinticinco metros; dobló el periódico, se lo metió bajo el brazo, y la siguió sin prisas hasta el hotel.

Desde un sillón en el vestíbulo la observó mientras pagaba la cuenta en recepción. La esperaba en un coche alquilado cuando salió, seguida de un botones que llevaba sus tres maletas. Y la vio subir a un taxi.

Siguió al taxi hasta el aeropuerto y abandonó el coche frente a la terminal, en una zona donde se prohibía aparcar. Y la siguió, invisible como un fantasma, a la ventanilla de Iberia, donde compró un billete y facturó el equipaje.

Por suerte no había nadie haciendo cola y, en cuanto se alejó, él se acercó al mostrador.

–Disculpe –le dijo a la joven del mostrador–, necesito su ayuda.

Antes que empleada de la aerolínea, Francesca Maggi era una italiana romántica; por eso se le derritió el corazón al escuchar al hombre preguntar acerca de la pasajera a la que acababa de atender.

–No puedo venderle un billete a Marbella por la simple razón de que no hay aeropuerto en Marbella.

–Pero me ha dicho que ella quiere ir allí.

–Es allí donde quiere ir –convino la chica con una sonrisa–, pero no es allí donde va a aterrizar. –Echó una ojeada alrededor y bajó la voz–. ¡Va a volar a Málaga! Es el aeropuerto más cercano a Marbella.

–Ya veo. –El hombre frunció el ceño–. ¿Es un vuelo sin escalas?

–El avión hace escala en Barcelona. Insistió en contar con seis horas en Barcelona entre un vuelo y otro.

«¡Va a cambiar de identidad otra vez!», se dijo el hombre.

–Si lo desea –la chica del mostrador estaba dispuesta a ayudarlo–, puedo ponerlo en el vuelo que llega a Málaga antes que el de ella, así –esbozó una sonrisa de complicidad– puede estar esperándola cuando llegue. ¿No sería romántico?

–No sé cómo darle las gracias.

Una vez en Barcelona, Stephanie llevó a cabo su ya familiar rutina: metió dos maletas en una taquilla de la consigna y cambió de imagen en el lavabo. Desaparecieron la peluca pelirroja y las gafas y reapareció su propio cabello rubio rojizo. Rompió en pedacitos los pasaportes de sus tres últimas identidades, los echó en el retrete y tiró de la cadena. A continuación metió la maleta grande en otra taquilla y, libre de equipaje, cogió un taxi.

Una hora más tarde, se encontraba sentada en la silla de un exclusivo estilista pasando estoicamente por alto sus súplicas.

–¡Pero si tiene un cabello maravilloso! –protestó el estilista–. ¡Sería un crimen dejárselo corto!

–Estoy aburrida –contestó implacable–. Córtemelo como... –Se giró en el asiento, revisó las fotografías enmarcadas que había en la pared y señaló una cabeza de cabello corto y flequillo–. Como ésa.

–Si está segura... –aceptó el hombre a regañadientes.

–Lo estoy... y otra cosa...

–¿Sí?

–Tíñamelo de castaño, castaño oscuro –le pidió Stephanie con voz cansada.

13

Marbella (España)

De lejos podía confundirse con una deslumbrante isla blanca y, de más cerca, con una aerodinámica nave intergaláctica de proa afilada que, por razones misteriosas, había amerizado.

Quizá con la intención de vaciar el planeta de agua.

Era el megayate *M. Y. Chrysalis,* anclado a media milla de la costa, majestuoso e inalterable, como si poco le importaran las revoltosas olas blancas y desafiara al mar a que produjera algo digno de su atención. A bordo, una tripulación elegantemente uniformada de cincuenta miembros se desvivía por el propietario y sus invitados.

El yate de Veiga medía casi cien metros de eslora. Sus cinco cubiertas interiores y exteriores constaban de casi cinco mil setecientos metros cuadrados y daba cabida con facilidad a otros elementos auxiliares: un helicóptero Bell Jet Ranger, dos lanchas rápidas Riva, un Admiral, un Boston Whaler y, en un compartimento que contenía agua, la *Larva,* una poderosísima lancha Magnum Marine de dieciocho metros de eslora.

Como correspondía a la mininave de uno de los hombres más ricos del mundo, el interior del *Chrysalis* era de una estupenda opulencia. Tenía un atrio circular de tres pisos con columnas de cristal con dibujos dorados; un salón principal, del ancho de la embarcación, o sea, trece metros y medio, por veinticinco de largo; un ascensor, un garaje y una discoteca equipada con todo, cabina para el pinchadiscos y pista de baile de cristal; contaba también con un salón giratorio, un gimnasio, una clínica, un quirófano y, puesto que no habían escatimado en gastos y habían tenido en cuenta todas las posibilidades, un depósito de cadáveres.

Además, ya que ningún auténtico megayate debería carecer de una, en la cubierta superior había una pequeña piscina de agua dulce en forma de mariposa con azulejos de lapislázuli, alimentada por dos anchas cascadas de agua que brotaba de dos altos embudos que le proporcionaban intimidad.

En esa tarde de junio azotada por el viento, se encontraban todos arriba, en la quinta planta, en el solárium de la cubierta superior, en torno a la piscina lapislázuli protegida de las cálidas ráfagas por pantallas de plexiglás electrónicamente controladas.

A babor, sentado a un escritorio bajo una tienda de seda blanca cuyos paneles estaban abiertos y atados por gruesas cuerdas de seda, Ernesto de Veiga trabajaba con el ordenador portátil que lo comunicaba con todas las capitales financieras del mundo.

También en la tienda, sentada en una tumbona con cojines de seda y envuelta en un voluminoso caftán de hilos plateados y dorados, con el cabello totalmente oculto por una ceñida gorra de plumas níveas, Zarah Böhm apoyaba la cabeza sobre una rodilla y se pintaba las uñas de los pies con esmalte plateado.

En la piscina, su elegante hijo Eduardo, un Adonis, nadaba contra la corriente artificial de nueve kilómetros por hora.

A estribor, en una tienda de seda idéntica, una anciana enferma en silla de ruedas daba la espalda a los demás y miraba hacia el mar. Acababa de cumplir ochenta y cuatro años y, en la flor de la vida, debía de haber sido una belleza. Seguía siéndolo en muchos aspectos, pese a la suave piel arrugada, los ojos acuosos y el cabello teñido de un rojo llamativo. Llevaba un vestido de seda lila, sombrero de ala ancha y zapatillas a juego y, colgando del cuello, dos sartas de perlas y unos binoculares Zeiss Ikon.

Como un altar dedicado a la alimentación, en la mesa a la que ninguno prestaba atención, montones de cubitos centelleantes con una mariposa congelada en su interior mantenían fría la comida. En unas cubiteras junto a la piscina y en ambas tiendas, aguardaban sendas botellas de champán.

Pero sólo la anciana bebía; bebía y miraba por los binoculares la cabaña de tejado de paja de la piscina, las torres blancas, las paredes de estuco y las sombrillas color de rosa del Club Marbella. Tenía la sensación de poder alargar el brazo y tocarlo todo: las púrpuras montañas de la costa, las playas con sus palmeras, los chalés y los edificios de apartamentos de paredes encaladas y cubiertas de buganvillas.

Un sorbo, una oteada. Un sorbo, una oteada. La anciana estaba sumida en una agradable y borrosa neblina.

¡Ah, la pura extravagancia, la dulce languidez!

Una vez pintadas las uñas, Zarah Böhm se dedicó a aplicarse una ligera capa de maquillaje en la cara; echó una mirada a la anciana y vio que se había inclinado y enfocaba de nuevo los binoculares hacia la costa.

–¿Qué ves, *Mutti*? –gritó en alemán.

La anciana no se molestó en volverse.

–¿Qué crees que veo? –le respondió en el mismo idioma–. La costa.

–Madre, puede llegar a ser sumamente pesada –murmuró Zarah.

Sin inmutarse, cogió un espejo de mango de oro y se examinó con ojo crítico.

En la piscina, su hijo se zambulló y pulsó un botón para detener la corriente artificial; de unas cuantas brazadas cruzó la piscina y salió de golpe, produciendo un fuerte ruido de agua revuelta.

Orgullosa, Zarah lo vio ponerse de pie y observó cómo el agua se le escurría por el bronceado cuerpo.

–¡Ah! –exclamó el joven en portugués–. ¡Qué refrescante! –Con ambas manos se echó hacia atrás el lustroso cabello, negro como el azabache.

–Eduardo –dijo Zarah en tono casi de reproche, y le tendió una fina mano, con la palma hacia arriba y los dedos doblados, como en gesto de súplica–. Ven a dar un beso a tu madre, cariño.

Dejando un rastro de agua en la cubierta de teca, el alto y ágil rompecorazones de veinticuatro años se dirigió hacia ella, se agachó, se metió en la tienda, bajó la cabeza, alzó los bien cuidados dedos de su madre y se los besó con fingida solemnidad.

Zarah le sonrió y le acarició tiernamente la cara con la punta de los dedos. ¡Era un joven realmente hermoso!, pensó con admiración. No era de sorprender que por doquier lo persiguieran las mujeres, dispuestas a hacer lo que él quisiera. Tan esbelto y bronceado, con esos ojos sombreados por espesas pestañas, esos pómulos angulosos y esa boca hambrienta, tan extraordinariamente saludable, sin un gramo de grasa. Con cada movimiento se le veían moverse, tensarse y ondularse los músculos bajo la piel.

Una sombra oscureció momentáneamente la tienda y ambos se volvieron a medias.

Era el coronel Valerio, el espejo de sus gafas reflejaba dos cegadoras coronas de sol; vestía su ligero y almidonado uniforme caqui de verano: camisa de manga corta, pantalón con la raya perfectamente planchada y zapatos color arena.

Zarah arqueó las cejas en señal de interrogación.

–La doctora Vassiltchikov ha llamado para decir que el helicóptero acaba de salir del aeropuerto de Málaga –dijo Valerio, en posición de descanso militar–. Aterrizará dentro de unos catorce minutos.

–Gracias, coronel,

Zarah se tumbó y suspiró. Apenas le quedaban catorce minutos para descansar y luego, una hora de tratamiento. Permanecer joven requería mucho esfuerzo, aunque tampoco demasiado...

En tierra firme, en el Club Marbella, era la hora del almuerzo.

Como atraídos por un imán, todos se habían congregado en torno a la piscina para alimentarse, chapotear y tostarse al sol. Para ser un grupo de personas que vestían bañador y bikini, hombres y mujeres lucían una cantidad desmesurada de joyas: los varones, cadenas de oro y enormes relojes Rolex, y las mujeres, diamantes en el cuello, las muñecas y las orejas.

Estos pájaros tan corrientes hacían lo posible por emular a una especie exótica que se había extinguido a mediados de los años setenta, sin que ellos se dieran cuenta. Qué más daba, ellos fingían alegremente encontrarse en la Marbella de la *jet set* de hacía tantos años.

En la playa, bajo el ardiente sol, alejada de los demás, una joven de cabello castaño, corto y con flequillo, levantaba una pierna bien torneada para aplicarse protector solar en la pantorrilla cuando oyó una voz masculina a sus espaldas.

–Marrakech.

Con la pierna aún en el aire, Stephanie se volvió a medias y se bajó las gafas de sol para mirarlo.

El hombre se dejó observar pavoneándose. A primera vista parecía un bronceado semidiós en bañador, de oscuro pelo rizado y cuerpo de estatua griega. Sin embargo, un examen más minucioso mostraba un hombre apuesto que intentaba desesperadamente conservar la juventud... y perdía la batalla.

De su pecho velludo brotaban espirales grises y las coronas de los dientes, ¿o sería una dentadura postiza?, eran demasiado blancas y brillantes.

«Los gigolós no mueren –pensó la chica–. Envejecen y vienen a Marbella a abalanzarse sobre las mujeres jóvenes.»

–Marrakech –repitió el hombre con su sonrisa de dientes esmaltados en fábrica–. En el palacio de la duquesa de Fornacetti en Marrakech.

–¡Vamos! –gruñó Stephanie–. No me tome por tonta, ¡seguro que es la táctica más vieja del mundo!

–¿Es inglesa?

Ella bajó la cabeza y lo miró por encima de las gafas.

–¿Qué le parece norteamericana?

–Por supuesto. –Otra sonrisa–. Eso explicaría su brusquedad. Los ingleses son mucho más... ¿cómo lo diría?... educados.

–O eso o poseen una paciencia incurable. A diferencia de mí. –Se le endureció la voz–. Lárguese, gigoló.

Le dio la espalda y se tumbó boca abajo.

El hombre se rió inesperadamente.

–Conque eso es lo que cree que soy. ¿Un chulo? –Como Stephanie no contestaba, añadió–: Y usted, ¿qué es? ¿Una cazafortunas en busca de marido?

La cabeza de la joven se volvió bruscamente hacia él.

–¿Por qué lo dice?

–Porque lleva usted tres días aquí, y en estos tres días ha tenido los ojos puestos en una sola cosa.

–¿Oh? ¿Y qué es esa cosa?

–El yate. –El hombre lo señaló con el mentón–. El *Chrysalis*.

–¿Y qué?

–Acepte un consejo bienintencionado, señorita Williams...

–¿Cómo es que sabe mi nombre? –Stephanie se quitó las gafas y entrecerró los ojos con expresión peligrosa.

–Tengo amigos en el club. –El hombre se encogió de hombros–. Han visto su pasaporte.

–Entonces, le sugiero que acepte mi bienintencionado consejo, señor comosellame: métase en sus propios asuntos.

Iba a darle la espalda de nuevo, pero él la hizo girar violentamente y le habló con voz baja y amenazadora.

–Escúcheme, señorita Williams, si es usted una cazafortunas y tiene las miras puestas en ese yate, olvídelo. Nosotros, los veteranos, llevamos suficiente tiempo aquí como para saber que más vale no jugar con fuego y nos gusta advertir a otros de los peligros.

–¿Qué peligros?

–Aquí en Marbella, y en toda esta costa, no hablamos de ello, fingimos no ver...

–¿Qué es lo que fingen no ver?

Un velo pareció cubrir los ojos del hombre, que le soltó el brazo y se encaminó tranquilamente hacia la caseta de techo de paja de la piscina.

Stephanie se volvió lentamente hacia la dirección opuesta y clavó la mirada en el enorme y elegante yate blanco anclado a cierta distancia.

14

Marbella (España)

Por la mañana. En la terraza del club. La noche había sido fresca, pero el día ya amenazaba con ser abrasador.

Lo primero que hizo Stephanie fue mirar al mar. Sintió alivio, pues aún se encontraba allí, majestuoso, aerodinámico, de un blanco deslumbrante. Entró a toda prisa y fue directamente hacia la mesa del portero.

–Buenos días, señorita Williams –la saludó el español.

–Quisiera alquilar un barco.

–Claro que sí, señorita Williams. ¿Puedo sugerirle un velero?

–No, no me gusta navegar en vela. Prefiero una lancha rápida y la quiero para todo el día.

Aguardó hasta el mediodía, a que el sol estuviera en lo más alto del cielo y empezaran a reducirse los viajes diarios de aprovisionamiento de tierra firme al yate. Al final del malecón de madera la esperaba el Riva rojo de cinco metros de eslora... y también el gigoló ya maduro, quien lucía un microscópico bañador, cuatro cadenas de oro colgando del cuello y un medallón de oro en el torso aún musculoso.

–¡Ah! –dijo con un tono que resultaba medio burlón–, la hermosa y valiente norteamericana, la señorita Monica Williams.

Sin hacerle caso, la joven echó su bolso de paja a la lancha, se agachó y empezó a desatar el cabo de la cornamusa, grueso, rígido y pesado.

Se rompió una uña con las duras fibras.

–¡Maldición! –murmuró en voz baja, y apartó la mano.

Él se agachó, la sustituyó en la tarea y desató el cabo con dedos expertos.

–Quizá sea una señal de que el cordero no ha de ir al matadero.

–¿Por qué no me deja en paz? –le espetó Stephanie, irritada.

–Simplemente intento ser amistoso –contestó, tensando el cabo con las manos.

–Entonces, está perdiendo el tiempo. –La chica se metió en la lancha de un salto y alzó la vista hacia él–. No tengo amigos, señor sin nombre.

–Razón de más para hacerme caso, señorita Williams. Los ricos son distintos. Y los muy, muy ricos... –miró más allá de la joven, hacia el yate– son una especie aparte... se rigen por sus propias leyes.

–¡Écheme el cabo y cierre el pico!

–Muy bien. –El hombre hizo lo que le pedía y se levantó–. Pero le aconsejo que se ande con mucho cuidado, señorita Williams, mucho, muchísimo cuidado.

En ese momento, en la distancia, se oyó el zumbido de un helicóptero y ambos se volvieron hacia el yate. Como un gigantesco mosquito de metal, el Bell Jet Ranger despegó de la pista, planeó un momento por encima del yate y giró antes de dirigirse costa abajo; el zumbido de su motor y el ruido de sus hélices se apagaron lentamente.

Stephanie miró su reloj. Eran las doce en punto. En ese barco eran de una puntualidad germana.

–Señorita Williams...

Stephanie tiró del cable del encendido. El rugido de los dos poderosos motores y el agua que azotaba la popa del barco ahogaron las palabras del hombre.

–¡Adiós, amigo! –gritó por encima del hombro.

Los motores rugieron, la lancha arrancó y el sombrero de paja de Stephanie salió volando por la fuerza del viento. La joven dibujó un amplio arco con la lancha y miró hacia atrás. De pie en el malecón, el gigoló había recogido el sombrero y lo agitaba. La proa del barco se alzó y, sonriente, Stephanie la mantuvo a un ángulo de sesenta grados. Había llegado el momento de ponerse manos a la obra.

–¡Imbécil! –siseó el hombre y tiró del español hacia la selva cultivada de plantas carnosas y miraguanos–. ¿Por qué la dejaste ir?

–¡Eh! –El gigoló jadeó y arañó el brazo que le apretaba el cuello–. ¡Me está ahogando!

El hombre lo soltó de golpe y lo empujó. Jadeante, el español trastabilló sobre un cactus de hojas afiladas. Sus ojos echaban chispas de rabia. Pero al otro no pareció importarle; en un arranque de furia impotente rechinó de dientes y apretó los puños, para luego inhalar hondo varias veces y calmarse.

–¡Tenías instrucciones concretas, maldita sea! –le dijo al español.

–No quiso hacerme caso. La mujer es testaruda. Hermosa y testaruda.

–¡Mierda!

–Ahora que ya no me necesita... –dijo el español mientras se enderezaba con toda la dignidad de que pudo hacer acopio–, me voy.

–¡No tan rápido! ¡Espera!

–Entonces, ¿todavía me necesita?

Los ojos del gigoló se iluminaron.

–Así es, amigo. –Con gesto de compañerismo, el hombre le puso un brazo sobre los hombros–. Todavía nos queda trabajo por hacer. Entretanto, ¿qué te parece si te ocupas de tu cáncer de piel? Yo necesito tiempo para pensar.

Allí estaba, justo enfrente. El yate crecía cada vez más y ocupaba todo su campo visual, lo dominaba todo, mayestático; parecía que desafiaba todas las leyes de la gravedad y la flotación.

Al acercarse a toda velocidad, Stephanie lo miraba, cada vez más incrédula, sin hacer caso de la picazón del agua salada en los ojos. Se sentía empequeñecida, insignificante, y se obligó a continuar respirando, a aferrarse al poco valor que le quedaba y que iba perdiendo rápidamente y, sin saber cómo, conservó su determinación y mantuvo la velocidad del Riva.

Las palabras del extraño se repetían una y otra vez en su mente. «Los ricos son distintos, señorita Williams, y los muy, muy ricos... son una especie aparte... se rigen por sus propias leyes.»

De pronto, la oscuridad: el sol se tapó y las frías sombras envolvieron su pequeña lancha. ¿Se estaría imaginando el frío? ¿O es que el yate de veras poseía un aura siniestra que hacía surgir miedos mefíticos?

Miró un instante hacia arriba, hacia las escarpadas cubiertas. Su acercamiento había provocado un frenesí de actividad. La tripulación gesticulaba desenfrenada, mientras ella pasaba a pocos metros de la oscura caverna que alojaba el enorme Magnum. Justo encima del agua, en letras doradas, figuraba el nombre de la embarcación: *Chrysalis,* y justo debajo de éste, su puerto de amarre, Río de Janeiro.

La cubierta bajo el tensado toldo de lona azul.

Como un auténtico gimnasio al aire libre, estaba equipado con unidades de pesas, bancos inclinados, jacuzzi para cuatro personas y saunas.

Con la piel brillante, Zarah y Ernesto se encontraban desnudos, boca abajo sobre mesas de masaje juntas y con el trasero tapado por aterciopeladas toallas azules del tamaño de una sábana. Una robusta sueca de manos crueles amasaba, friccionaba, golpeaba y aporreaba el cuerpo de Zarah, y un negro, ex mister universo, de bíceps de cincuenta centímetros, hacía lo mismo con Ernesto.

Cerca de ellos, Eduardo levantaba gigantescas pesas de cromo y soltaba el aire como si fuese un fuelle.

De pronto estalló el infierno. Oyeron el rugido de una lancha que se aproximaba, los gritos de la tripulación y el coronel Valerio pasó corriendo y gritando:

–¡Que nadie se acerque a la borda! ¡Una embarcación desconocida se acerca!

Zarah resopló y se arrodilló de golpe.

–¡Ay, Dios mío! –susurró, y se abrazó a una toalla azul–. ¡Ernesto! –Lo miró con los ojos abiertos de par en par, implorante.

–Quienquiera que sea, no subirá a bordo –le aseguró él con una sonrisa de tranquila seguridad.

Despidió a los masajistas con un gesto de la mano, se sentó, se ató una toalla en torno a la cintura y bajó de la mesa. Echó una ojeada a su hijo Eduardo. Éste soltó las pesas ruidosamente, cruzó la cubierta corriendo, se aferró a la barandilla y se inclinó para ver qué ocurría.

Una voz neutra habló en inglés por la potente megafonía del yate.

–¡Atención, embarcación no identificada! –Las palabras, amplificadas hasta casi distorsionarse, eran lo bastante altas como para oírse por encima del rugido de cualquier motor y a varios kilómetros a la redonda–. Soy el capitán Falção del yate

Chrysalis. Por favor, aléjese al menos cien metros de esta embarcación. Si permanece donde está, su presencia se considerará piratería y le acarreará graves consecuencias. Repito: ésta es una advertencia, para su propia seguridad, aléjese de inmediato un mínimo de cien metros.

El mensaje se repitió en castellano. Después se repetiría en francés, alemán, italiano y portugués.

Habiendo llegado a la altura de la popa del *Chrysalis*, Stephanie dejó las sombras y entró en la brillante luz del sol. La megafonía retumbaba, pero ella hizo caso omiso y, a velocidad aterradora, la Riva dobló a la izquierda y siguió paralela al lado soleado del yate.

Un borrón de oscuros ojos de buey pasó volando. El brillante yate blanco se estiraba ante ella, al parecer sin fin. El enorme saliente blanco del casco se alzaba como un acantilado futurista.

¡Eso era realmente excitante! ¡Nunca antes se había sentido tan mágicamente juvenil, tan absolutamente atolondrada! De pronto, echó la cabeza hacia atrás y se echó a reír al viento. Ahora que se encontraba de nuevo bajo la luz del sol, sus tontos temores se habían desvanecido. Aceleró aún más, la proa de la lancha se levantó más y más, hasta describir un ángulo de setenta grados por encima del agua; la mantuvo así y siguió brincando encima de su propia estela que semejaba un hervidero.

Dos pisos por encima de la Riva, con la cara pálida de furia, el coronel Valerio corría por la cubierta principal del *Chrysalis* vociferando un sinfín de órdenes. Para cuando ella cruzara la popa, él estaría esperándola.

Mientras corría abrió su pistolera y sacó su arma, una pistola ametralladora MAC-10, negra y bien aceitada. Sabía que si las advertencias de la megafonía no la asustaban, eso lo haría.

De reojo, Stephanie se fijó en que se acercaba a la proa del *Chrysalis*. Casi había llegado el momento de dar otra vuelta.

Redujo la velocidad, apenas lo suficiente para que la proa bajara un poco. Delante, vislumbró una enorme hendidura en el casco del yate ¡de la cual caía una maciza cadena tensada!

Su corazón martilleó. ¡La cadena del ancla! Estaba justo delante de ella, y la lancha se dirigía directamente hacia allí. ¡Rápido! ¡A la derecha! ¡A la derecha!

Frenética, hizo girar el volante tanto como pudo y rezó para poder evitar estrellarse contra esa cadena. Mientras miraba, la distancia entre la lancha y la cadena se redujo y los enormes y pesados eslabones crecieron ante sus horrorizados ojos... cuatro metros, tres y medio, tres, dos... la lancha se dirigía directamente hacia la cadena y ésta se cernía sobre ella. Demasiado tarde. Iba a estrellarse.

Un metro y medio... ciento veinticinco centímetros... noventa centímetros... En su mente el mundo se redujo a un único eslabón de treinta centímetros. Levantó los brazos para protegerse cuando la lancha, que apenas empezaba a girar, chocó contra la cadena; el impacto destrozó el casco y la lanzó por la borda como una muñeca de trapo.

Pero Dios era misericordioso y el mundo se oscureció antes de que cayera al agua.

–¡Eduardo! –chilló Zarah–, ¿qué crees que estás haciendo?

El joven, que se mantenía en equilibrio precario con los dedos de los pies aferrados al barrote del medio de la barandilla, se volvió hacia ella.

–Tengo que ayudarla, madre, voy a tirarme.

–¡No! –gritó Zarah–. ¡No, por amor de Dios, te lo prohíbo!

–Tengo que hacerlo, madre. ¡Podría ahogarse!

–¡Que se ahogue!

Zarah lo asió de los muslos y él trató de liberarse, pero ella siguió aferrada.

–¡Madre! –le rogó con tono brusco–, ¡suéltame!

–¡No! –La mujer soltó un agudo siseo–. No puedes rescatarla. Te lo prohíbo, Eduardo. Me da igual que se muera. Nadie, pero nadie, sube a este yate. ¿Me oyes? –Lo zarandeó–. ¡Nadie!

15

En el mar

La oscuridad se convirtió en neblina gris, y ésta, en un blanco manto brumoso. Luego también se desvaneció la bruma y lo primero que Stephanie observó al abrir los ojos fue el joven más guapo que había visto en su vida. La miraba y le sonreía con gentileza.

–Te besé –le dijo el joven en voz baja–, como en los cuentos de hadas, y despertaste.

–¿Eres un ángel? –susurró la chica.

–No, me temo que no –contestó Eduardo entre risas en un inglés perfecto con un acento apenas perceptible.

–Entonces, ¿no estoy muerta?

–¡Oh, no, claro que no! –El joven sonrió de nuevo–. Salté al mar y te salvé heroicamente, así que, si lo que buscas es el cielo, tendrás que esforzarte más la próxima vez.

Con precaución, Stephanie movió la cabeza sobre la almohada y, con la excusa de echar una ojeada alrededor, rompió el contacto visual. Sobresaltada, se dio cuenta de que nunca antes había estado en esa habitación. Ciertamente no era la de un hospital, pues resultaba demasiado lujosa y ultramoderna, con sus paredes lacadas en azul plateado, el techo de piel blanca enguatada y la moqueta negra y blanca sin costuras que cubría todo el suelo. Volvió lentamente la cabeza y lo miró.

–¿Dónde... dónde estoy? –susurró con voz ronca.

–En buenas manos –contestó él tranquilizador, y le arregló con gentileza el flequillo–. No tienes nada de qué preocuparte, todo va bien ahora. Estarás bien.

En ese momento, de golpe, Stephanie lo recordó todo. El *Chrysalis,* la Riva, el accidente.

¡Dios! ¿Cómo pudo ser tan estúpida? ¿Cómo pudo ocurrírsele algo así? Podría haberse matado... de hecho, casi lo había hecho. No era de sorprender que le doliese todo el cuerpo, que se sintiera como si le hubieran dado una paliza casi mortal.

–¿Llevo mucho tiempo aquí? –preguntó con voz temblorosa.

–Sólo dos días –respondió Eduardo, restando importancia al hecho con un gesto de la mano.

–¿Qué? –Stephanie intentó incorporarse y lo lamentó al sentir que se le clavaban miles de aristas de dolor en todo el cuerpo.

–¿Qué son dos días cuando tienes la vida? Según la doctora Vassiltchikov, es un milagro que estés viva, pero lo que es un verdadero milagro es que en las radiografías no se te ve un solo hueso roto, ¡ni uno! –Le sostuvo la mirada–. Yo diría que naciste bajo una estrella muy, pero que muy buena.

–Tienes razón. Soy una desagradecida. Te debo la vida.

–Olvídalo. –Eduardo le cogió una mano y se la estrechó–. Da gracias a Dios de estar entera, que es más de lo que se puede decir de la Riva.

–¡La Riva! ¡Mierda! –Stephanie cerró los ojos un momento–. Van a adorarme en el club –añadió con una mueca.

–No te preocupes, ya lo he arreglado. Se mostraron muy comprensivos y me pidieron que te deseara lo mejor. Además, me dejaron recoger tus cosas. Tienes la ropa en el armario, los artículos de tocador en el baño, y tu pasaporte en la mesita de noche.

La joven abrió los ojos de par en par.

–Pero... en ese caso... ¿dónde estoy?

–Yo diría que a unas sesenta millas de la bahía de Nápoles.

–Pero... pero ¡si estaba en España! –balbuceó la chica.

–¡Caray! Creo que olvidé mencionártelo.

–¡Menudo olvido! –le dijo en tono cáustico.

Sus ojos se animaron y echaron chispas de enfado.

–Ni nos hemos presentado –continuó Eduardo tranquilo–, lo que me da una ventaja. Por tu pasaporte sé que eres la señorita Monica Williams, de los Estados Unidos. –Se llevó la mano de la chica a los labios–. Para remediarlo –sus labios apenas se posaron sobre los dedos de la joven–, deja que me presente. Soy Eduardo Aloísio Collor de Veiga.

–¡De Veiga! Entonces, estoy..

–Sí. Eres una huésped de honor del yate *Chrysalis*. –Retiró la mano y subió delicadamente la sábana hasta el cuello de la joven–. Ahora, trata de descansar. Si necesitas algo, sólo tienes que pulsar el botón adecuado en las mesitas de noche. Todos llevan etiqueta, ¿ves? –Se lo enseñó–. Camarero, criada, médico, cocinero... puedes llamar a cualquiera de ellos con la punta de los dedos... estos otros botones manejan las cortinas, las luces, el cerrojo de la puerta y el agua de la bañera.

–Como magia. –Una ligerísima sonrisa apareció en los labios de Stephanie–. Quizá sí que me he ido al cielo.

–En todo caso, espero que te parezca eso. –Eduardo también sonrió. El significado de sus palabras y de su mirada resultaban inconfundibles–. Y ahora te dejaré descansar.

La chica lo vio dirigirse a la puerta y abrirla. Cada uno de sus movimientos le hizo pensar en un esbelto felino. Sospechó que tanta gentileza le acarrearía muchos problemas.

«Y si no tengo cuidado, también puede acarreármelos a mí.»

Cuando él se marchó, Stephanie permaneció tumbada con la vista fija en el techo cubierto de cuero color crema. Aunque lo que vio no era la piel enguatada, ni las molduras de metal dorado de la misma forma redonda que la cama, sino a él, a Eduardo. Vio su camisa blanca que, abierta hasta la cintura, revelaba un musculoso pecho moreno sin vello. Vio su expresión oblicua y su mirada luminosa, penetrante, que removía algo poderoso en ella. Vio su modo ágil y apenas contenido de moverse, como un animal, un depredador siempre al acecho.

«¡Basta! –se dijo–. Me estoy dejando llevar por la fantasía.»

La sobresaltó una inesperada llamada a la puerta, y se regocijó. «¡Ha vuelto! –pensó dichosa, y se olvidó del dolor de su cuerpo–. ¡No puede mantenerse alejado!»

–¿Sí?

La puerta se abrió.

–Eduardo me ha dicho que se ha despertado –anunció la mujer bajita con aspecto de pájaro que llevaba un estetoscopio, parecido a un enorme fórceps, en torno al cuello–. Soy la doctora Vassiltchikov.

La doctora Vassiltchikov era delgada, de huesos finos y cabello entrecano juvenilmente corto y con flequillo; llevaba gafas de lectura, como las de Benjamin Franklin, el estadista e inventor norteamericano del siglo XVIII, y parecía igualmente vieja.

La pequeña doctora le sonrió.

–Más vale que veamos si no sufre una conmoción, *ja*?

Stephanie suspiró, pero asintió con la cabeza.

–¿Madre?

Al oír su voz, Zarah esbozó una brillante sonrisa y cerró el *Vogue* en francés. Descansaba en la cubierta tapada de popa, cuyo suelo formaba el techo saliente de la zona donde se guardaba la Magnum.

A pesar de que era de mañana, Zarah estaba excesivamente arreglada: maquillaje aplicado con mano experta, pantalón de seda color aguamarina y blusa de seda rosa, ambos holgados y elegantes; el cabello envuelto en un turbante de seda aguamarina, un metro del cual colgaba de lado; sandalias de tacón alto del mismo color, como también los cristales de sus grandes gafas de sol con montura en forma de mariposa salpicada de diamantes.

–No te hemos visto en toda la mañana, Eduardo –le reprochó en portugués. Y, al leer la expresión en el rostro de su hijo, añadió–: ¡Ah! Estabas con ella. –Suspiró–. ¡Te atrae tanto como una llama a una mariposa nocturna!

–Ha despertado, madre –exclamó el joven excitado entre risas, con una expresión de alegría que Zarah nunca antes había visto en sus ojos–. ¡He hablado con ella!

–Bien. –Zarah arqueó las cejas–. Cuanto antes se cure, antes podrá irse, y hasta puede que deje el barco en Nápoles. –Ante su expresión repentinamente agitada, se quitó las gafas–. Lo sé, tu bella durmiente te tiene fascinado y no te culpo. –Eduardo guardó silencio–. Cariño –Zarah volvió a ponerse las gafas–, sabes que tu padre y yo somos unos verdaderos reclusos.

–¿Cómo no voy a saberlo? –contestó Eduardo, amargado–. ¡Lo único que no entiendo es de quién o de qué huís!

–¿Del mundo quizá? –sugirió con voz queda su madre.

–¿Por qué te preocupa tanto, madre? Quiero decir que ni siquiera tienes que verla, la mantendré alejada de vosotros, si eso quieres.

–Mantenerla alejada de nosotros no hará sino despertar su interés –afirmó Zarah terminantemente–, sobre todo si es una periodista o una *paparazza*, o algo peor. Hasta podría ser una espía de la competencia.

–¡Una espía! –Eduardo la miró, boquiabierto.

–Una espía industrial. Es posible que se haya filtrado información acerca de los descubrimientos de la doctora Vassiltchikov.

–¡Tú y la doctora Vassiltchikov! –exclamó el hijo disgustado–. Es lo único que os importa, ¿verdad?

–Tal vez sólo busque dinero. –Los músculos faciales de Zarah se tensaron y su voz rezumó frío desdén. Tras una interminable pausa durante la cual cambió de posición con movimientos fluidos y felinos, añadió suavemente–: Pero también es posible que ande detrás de ti.

–¿De mí? ¿Cómo es posible, madre? ¡Nunca me había visto!

–Seguro que sabe quién eres. –Zarah se encogió de hombros con delicadeza–. Apuesto a que sabía exactamente quién eres antes de organizar ese... ese accidente tan conveniente.

–¿Crees que es lo bastante estúpida como para arriesgar la vida para llegar hasta nosotros?

–¿Teniendo en cuenta el premio? Sí. –Zarah hizo una pausa–. Pero no me cabe duda de que no es estúpida, Eduardo, ¡oh, no!, es muy astuta, sumamente astuta. –Le cogió una mano y le apretó los dedos–. ¡Trata de ser sensato! De veras no tienes por qué estar tan malhumorado. Después de todo, ella no es tan especial. ¡Vamos, si puedes escoger cualquier mujer del mundo, lo sabes!

–Sí –contestó el joven con frialdad–, lo sé. –Se quedó quieto y apartó la mano–. Pero es a ella a quien quiero –dijo en voz muy baja, con la mirada perdida más allá del horizonte.

–¡Pero, cariño, ni siquiera la conoces!

–Mi corazón la conoce.

–¿Amor a primera vista? –Zarah batió palmas y soltó una risita musical.

Los interrumpió el apagado ping que indicaba que se abrían las puertas de cristal automáticas del salón.

Todavía se miraban airadamente cuando el coronel Valerio se cuadró, con las manos a la espalda y la vista fija en el horizonte, a la espera de que le prestaran atención. Finalmente, Zarah rompió el contacto visual con su hijo y miró al coronel.

–¿Qué hay de nuevo, coronel? –le preguntó con tono acerbo.

–Se trata del pasaporte que envié a Washington por fax, señora.

–¿Y bien?

–Acabo de recibir información del Departamento de Estado. El pasaporte es auténtico y está en regla.

–¿Estáis hablando del pasaporte de Monica Williams? –les preguntó Eduardo, que acababa de darse cuenta de ello y cerraba con fuerza los puños a los lados.

–Sí, señor. –El coronel Valerio continuó con la mirada perdida.

–¡Dios santo! –Eduardo entrecerró los ojos–. ¡Debí saberlo! Henos aquí, madre, hablando de la posibilidad de que Monica nos espíe y ¿qué hacéis vosotros? ¡Buscáis sus trapos sucios! –Asqueado y furioso alzó las manos y se marchó.

Zarah permaneció sentada pensativa.

–Siga buscando, coronel –le ordenó con suavidad–. Investigue a fondo y sin llamar la atención. Todo el mundo deja rastro, usted lo sabe mejor que yo. Si no descubre nada acerca de nuestra huésped no invitada, será todavía más sospechosa.

–Considérelo hecho –prometió el coronel Valerio–. ¡Señora! –Dio media vuelta y se fue con paso militar.

Zarah cogió el *Vogue* y siguió hojeándolo y mojándose el índice con la lengua de vez en cuando para pasar las páginas. Pero, ya que nada en la revista le llamaba la atención, la dejó a un lado.

Se estiró, lánguida como un gato. «Eduardo es verdaderamente ingenuo –pensó–. Puede que haya ganado la batalla, pero no ha ganado la guerra, ni mucho menos.»

Después de todo, era todavía muy joven e inmaduro; ella, en cambio... poseía la experiencia de toda una vida.

–Su corazón, su pulso y su presión son normales –dijo la doctora Vassiltchikov–, y, por muy asombroso que parezca, no tiene señales de contusión.

–¿Significa eso que estoy completamente sana? –Stephanie sonrió.

–No le pasa nada que el descanso y una aspirina no puedan curar. Yo diría que es usted una joven con muchísima suerte.

–Es usted la segunda persona que me lo dice. Acabaré por creérmelo.

–Créalo –le sugirió la doctora tras una larga y atenta mirada.

El capitán Falção entró en su camarote que estaba cerca de la cámara del timón y cerró la puerta. Cogió el teléfono interno del yate y marcó el número del despacho de Ernesto.

–*Sim?* –la voz cortante del magnate sonaba hueca desde el altavoz de su teléfono en popa.

–Espero no molestar, señor, pero se trata de la embarcación que captamos en la pantalla del radar y que nos siguió desde Marbella.

–*Que há de novo?* –preguntó Ernesto después de una pausa.

–Nada, señor, sólo que todavía está detrás de nosotros, a unos dieciocho kilómetros.

–Entiendo. Manténgame informado y dígame si cambia de curso o se acerca.

En su despacho, Ernesto se levantó y se encaminó hacia las puertas de cristal correderas con vistas a la popa. Permaneció quieto, con la vista clavada en la estela burbujeante y el borroso horizonte.

«Interesante –pensó. Más allá de ese horizonte azul, otro barco seguía al *Chrysalis,* aunque manteniendo cierta distancia–. ¿Por qué? –se preguntó–. ¿Quién será?» ¿*Paparazzi* siempre al acecho de los ricos y sus juguetes millonarios? No. Los *paparazzi* se mantendrían lo bastante cerca para enfocarlo con el teleobjetivo. ¿Curiosos? Quizás. O...

¿O tendría algo que ver con su misteriosa pasajera?

16

En el mar

En el cuarto de baño contiguo a su camarote, Stephanie se inclinó sobre el lavabo de malaquita y se observó; el reflejo múltiple de su imagen resultaba sorprendentemente agradable.

Sí, pensó, tanto Eduardo como la doctora Vassiltchikov acertaban, tenía mucho que agradecer.

De pronto se sintió muchísimo mejor y decidió que era hora de presentarse en cubierta. Encontró unas gafas de sol, se las puso y se dispuso a salir.

Sin embargo, primero se recordó que no estaba de vacaciones, que trabajaba clandestinamente y que necesitaría... su cámara.

Frunció el ceño, puso los brazos en jarras y con expresión perpleja contempló el lujosísimo camarote. «Qué extraño que no la haya visto –se dijo–. Sé que la tenía en mi habitación en Marbella y Eduardo ha dicho que habían recogido todo mi equipaje y lo habían traído a bordo.»

Se quitó las gafas y durante diez minutos registró cada rincón del camarote. Fue un ejercicio inútil, su cámara no se encontraba allí, ni tampoco los diez rollos de película.

Reflexionó. Se le ocurrieron tres posibilidades y las tres se le antojaron verosímiles.

Primero, que le habían robado la cámara de la habitación del hotel antes de que hicieran sus maletas y las trajeran.

Segundo, que la persona que enviaron a buscar su equipaje se la había apropiado.

Tercero, que alguien a bordo del yate había decidido que estaría mejor sin ella.

Ante la idea de que hubiesen examinado tan a fondo sus pertenencias se alegró de haber enviado a Sammy la cinta de Lili y Guberoff, tanto si los responsables de la desaparición de la cámara eran ladrones como si eran fuerzas más siniestras.

Volvió a ponerse las gafas, cruzó el camarote, abrió la puerta de tablillas lacadas y salió. Se encontró en un ancho pasillo de paredes lacadas de rojo y mullida alfombra blanca con dibujos de remolinos.

Se detuvo un momento y se preguntó por dónde ir. Miró por encima del hombro y hacia delante; ambos extremos parecían idénticos. Obviamente, tendría que seguir su instinto, acabaría por toparse con una escalera o una puerta y, a partir de allí, sólo tendría que subir a una, a dos o a tres cubiertas.

Resuelta, echó a andar más rápido. Sin mirar a la izquierda o a la derecha, pasó de largo otro pasillo perpendicular a éste y casi chocó con una mujer increíblemente hermosa que lucía un elegante pantalón de seda color aguamarina, seguida de cerca por un hombre de cabello cortado al uno que llevaba gafas de sol de aviador.

–¡Ay, lo siento! –se oyó decir, y estaba a punto de seguir su camino cuando las palabras de la mujer la detuvieron.

–¡Señorita Williams! –La suya era una voz culta, de acento extranjero y musical.

¡Esa voz! Se quedó flotando en el aire como una exquisita nota musical. Y le puso de punta los pelos de la nuca; algo le recorrió la espina dorsal, los brazos y las piernas, algo como un gusano de múltiples patas. Reconocería esa voz donde fuera.

El tiempo hizo lo imposible, se estiró durante lo que pareció una eternidad y luego se detuvo del todo. Stephanie sintió que perdía el control de la realidad, su corazón palpitó violentamente con el ritmo amplificado de un contrabajo, y habría jurado que oía su propia sangre correr con desenfreno por sus venas y arterias. Se esforzó en mantener quietas las temblorosas piernas que sentía como de goma y se volvió poco a poco.

–¿S... sí?

Los labios de Zarah Böhm sonrieron, pero sus ojos permanecieron fríos.

–¡Qué feliz casualidad! Todavía no nos conocemos. Soy la madre de Eduardo. Venga. –Le tendió una mano; la seda de sus mangas susurró y sus pulseras de aguamarina y coral rosa tintinearon–. Yo misma la llevaré a la cubierta superior.

Sonrió de nuevo, puso la mano sobre el brazo de Stephanie y, suave pero con firmeza, la obligó a cambiar de dirección. En un acto reflejo, la chica se encogió y su cuerpo se estremeció involuntariamente. ¡Era tan fría esa mano! Tan helada, casi reptil, esa piel, casi como si estuviese... no exactamente muerta... pero tampoco del todo viva.

Y el tiempo seguía paralizado, por la sencilla razón de que se había detenido o al menos de que el paso de los años había aminorado su marcha.

Stephanie experimentó el mareo típico del vértigo y su boca produjo más saliva de la que su garganta podía tragar. ¡Imposible! Seguro que esa mujer era una copia extrañamente parecida y mucho más joven...

«¿Por qué no crees en lo que ven tus ojos? ¡Observa los delicados huesos faciales! Son inequívocamente los de Lili. Y su estatura. ¡Dios mío, es exactamente la de Lili!» ¡Se hubiese dicho que no contaba con más de diez años de los que tenía en la fotografía de madame Balász!

–¡Monica!

El repentino grito desde el otro extremo del pasillo rompió el encantamiento, y ambas mujeres se volvieron en esa dirección.

Era Eduardo, quien vestía sólo bañador y corría descalzo hacia ellas.

–¡Rápido! –siseó Zarah y clavó los dedos en el brazo de Stephanie haciéndole daño–. ¡Por aquí! –Tiró de ella hacia el otro pasillo.

Ping. Stephanie se volvió automáticamente hacia el sonido, más una nota musical que una intrusión. Por muy extraño que pareciera, a la chica no se le antojó nada raro que dos paneles en la pared se separaran y revelaran un ascensor oculto. En el interior de éste se hallaba una anciana sentada en una silla de ruedas motorizada, vestida de amarillo, con sombrero, parasol cerrado y sandalias a juego; sólo los potentes binoculares que colgaban de su cuello eran negros. La anciana puso en marcha la silla de ruedas y se acercó a ellas, completando así el cuadro surrealista.

Y entonces, con la piel brillante de sudor, sin aliento y con el musculoso pecho subiendo y bajando por el esfuerzo, Eduardo las alcanzó. Con su llegada todo volvió a la nítida realidad. El joven la miró fijamente y le cogió la mano libre.

Su tacto fue como una corriente eléctrica. Stephanie percibía su delgadez, el húmedo calor de la palma de su mano, el rápido latir de su pulso, la desenvoltura lobuna de su sonrisa, el aroma masculino que emanaba de su cuerpo casi desnudo y de proporciones perfectas.

La mirada de los brillantes ojos color de ónix la penetró; la penetró, la marcó y la exploró.

Nunca antes había sentido una mirada tan poderosa e hipnótica, tan hambrienta; sin embargo, no era una mirada de mera depredación sexual, era mucho más calculadora; parecía... sí... parecía tasarla. Otra sensación física la sorprendió, la sensación de que Eduardo ahondaba en sus anhelos físicos y en su intelecto, casi como si viera sus más íntimos y ocultos secretos y los evaluara.

–Quédate... –logró decir Eduardo entre largas inspiraciones–, a bordo... el resto... del viaje.

Hizo caso omiso de su madre cuya cabeza se volvió bruscamente hacia él, de la expresión ceñuda y desaprobadora del coronel Valerio y del grito de deleite de la anciana. Era como si ellos dos fueran las únicas personas de carne y hueso en ese pasillo, y los demás se hubieran convertido en meros fantasmas.

–Por favor... te estoy... invitando... formalmente. –El espacio entre las inspiraciones empezaba a alargarse y, aunque todavía la tenía cogida de la mano, su mirada era tan íntima que igual podría haber estado sosteniéndole la cara y besándola–. Sólo di que sí... ¡por favor, di que sí!

–Bueno... –empezó a contestar Stephanie con voz temblorosa, y casi gritó cuando las uñas de Zarah se clavaron brutalmente en su brazo.

La alteraba la evidente antipatía de Zarah y odiaba esas afiladas garras que le apretaban el brazo. No obstante, no le quedaba más remedio, pues ésta era su gran oportunidad, eso, sin contar con una ventaja adicional: Eduardo.

–Esto es tan repentino –prosiguió con lo que esperaba fuera un tono vacilante–, ¡pero me encantaría aceptar! –añadió antes de percatarse del posible impacto de sus palabras.

Zarah contuvo un gruñido y la soltó. En el rostro de Eduardo se dibujó una enorme sonrisa.

–¡Estupendo! –exclamó.

Durante lo que pareció un momento interminable, y antes de dirigir la vista hacia Stephanie, Zarah miró con frialdad a su hijo.

–Bienvenida a bordo, señorita Williams –dijo con los dientes apretados, giró sobre sus talones, y se alejó furiosa, entre los brillos aguamarina y rosa de su vestimenta. Como si obedeciera una orden telepática, el coronel Valerio dio media vuelta y la siguió.

–¡Bien por los dos! –susurró la anciana con los ojos acuosos chispeantes, y mostró su aprobación con un aplauso de sus frágiles manos manchadas, una de las cuales tendió a la joven–. Soy la abuela de Eduardo, pero todos me llaman Zaza y usted debe hacerlo también. Estoy segura de que tienen cosas mejores que hacer que atender a una anciana. ¡Váyanse ya! –Zaza los despidió con un gesto de la mano–. Anda, Eduardo, enséñale el yate –ordenó; y luego, cuando los jóvenes se alejaban, agitó el parasol y gritó–: ¡Pero no te atrevas a romperle el corazón! ¿Me oyes?

17

En el mar

Stephanie se encontraba en el yate privado más lujoso del mundo. Nunca antes había visto tan asombrosa profusión, tan descarado hedonismo y dudaba de que jamás volviese a ver algo igual. Resultaba sumamente desconcertante que tanto lujo se prodigara en una gigantesca máquina, cuya única razón de existir consistía en transportar a unos poquísimos elegidos con lo que era sin duda la más elevada relación de consumo de combustible por pasajero a este lado del cabo Cañaveral.

Seguro que el común de las gentes no podía ni imaginársela, esta gigantesca embarcación del tamaño de un hotel, con las obras de arte dignas de un museo enmarcadas y encerradas herméticamente en cajas de cristal; la sala de máquinas de tres plantas, que de tan pulcra y limpia semejaba una enorme cocina de restaurante y en la que, en lugar de hombres manchados de grasa, unos empleados con uniforme blanco almidonado daban mantenimiento a los cuatro brillantes motores MTY de 7.340 caballos de potencia y del tamaño de un remolque.

¿Cómo asimilar el atrio circular rodeado de columnas de cristal de ocho metros y medio de altura, con techo de plexiglás que podía abrirse pulsando un botón; el sistema de televisión de circuito cerrado con sesenta y seis monitores, y las alfombras que cubrían todo el suelo? ¿Y qué decir de la pequeña sala de cine de pantalla ancha y sillones tapizados en piel color turquesa perlado... y de la filmoteca que contenía más de cinco mil títulos? ¿O del pasamanos de la escalera, chapado en oro de dieciocho quilates, o del gran salón cuyo techo era un mosaico de mármol y espejos? ¿Y hasta de las dos fuentes y la vista al mar por tres costados?

Stephanie se sentía abrumada. Y absolutamente fascinada.

Pasaron horas explorando y Stephanie deseaba que esa mañana mágica no acabara nunca. Eduardo la llevó de una cubierta a otra. Se aseguró de que viera las saunas que se mantenían como un horno las veinticuatro horas del día, le señaló los inestimables paneles estilo art déco del comedor y le aseguró que procedían del trasatlántico *Normandie*. Le habló del formidable sistema de seguridad electrónico que incluía un sonar submarino como protección contra posibles piratas, buceadores y saboteadores.

Pero lo que más agradó al joven fue verla comunicarse con la tripulación, cuya simpatía se granjeó con su natural entusiasmo y desenfado, tanto que en un dos por tres los tuvo rendidos a sus pies. Su chispeante curiosidad, su camaradería y su sonrisa radiante y fácil eran regalos inesperados, y Eduardo se dio cuenta de que, aunque no era tan regia como su madre ni inspiraba temor como su padre, se ganaba un saludable respeto con su alegría e inteligencia.

En la cubierta en la que se hallaba la suite de la chica le mostró las otras suites de invitados; le explicó que todas llevaban nombre de mariposa y le enseñó los ejemplares de las correspondientes especies montadas en cristal y engastadas en las puertas, así como la discreta placa de oro con sus nombres grabados, el científico y el común. Cada camarote estaba decorado con los colores de su mariposa; así, los de la suite *Brintesia* eran el negro, el blanco y el gris; el de la *Callophrys,* verde; los de la *Deilephila,* rosa y verde oliva, y los de la *Libythea,* gris azulado y naranja.

–Tú –anunció– estás en la suite *Lysandra.*

–Azul plateado, negro y blanco –murmuró Stephanie.

–Exacto.

–¿Y la tuya? ¿Qué nombre de mariposa lleva?

–La mía no tiene nombre, ¡gracias a Dios! –Eduardo se rió–. No hay nada en ella que se refiera a las mariposas y es que son la pasión de mi padre, no la mía –comentó con una sonrisa de disculpa.

–¿Por eso este yate se llama *Chrysalis,* por el interés de tu padre en las mariposas? –La joven lo miró de reojo.

–Me temo que sí –contestó el chico con una sonrisa avergonzada–. Y la Magnum...

–¿La gigantesca lancha?

–Sí. Se llama *Larva.*

–¡*Larva!* –exclamó Stephanie con una mueca.

–Sí, y es porque cuando la botan parece que el *Chrysalis* está pariendo.

–Esto parece terriblemente obsceno –observó Stephanie entre risas.

–¡Oh, sí! –aseguró Eduardo alegremente.

Fueron a toda prisa a la biblioteca, donde vagaron entre las estanterías de caoba empotradas, en las que unas barras horizontales evitaban que los libros se cayeran aun en la peor de las tormentas; le indicó cómo estaban organizadas las distintas materias, los clásicos encuadernados en piel, las últimas novelas de gran público y cientos de volúmenes dedicados exclusivamente al estudio de los lepidópteros.

–¿Sabías que, cuando aún son crisálidas, las mariposas pueden elegir en qué momento iniciarán su corta vida?

–No. ¡Resulta realmente fascinante!

–Por supuesto, no pueden prolongar todos sus ciclos indefinidamente, la madre naturaleza ha impuesto ciertos límites.

–¿Y éstos? –inquirió Stephanie, a la vez que pasaba un dedo por el lomo de unos libros médicos de un grosor intimidante–. ¿Qué son?

–¡Oh, ésos! –respondió Eduardo sin darles mayor importancia–, todos tienen que ver con la gerontología, la especialidad de la doctora Vassiltchikov.

–Gerontología... –La joven frunció el entrecejo y le echó una mirada–, ¿no es el estudio del envejecimiento?

–Sí.

El corazón de la chica se aceleró y sintió un hormigueo en la espina dorsal. «¡Oh, sí! –pensó–. Ciertamente he venido al lugar adecuado.»

Apenas se dio cuenta de que la llevaba al hospital del yate, compacto pero tan bien dotado que podía ser la envidia de otras clínicas; casi no vio los imponentes equipos, la máquina de rayos X con su protección de plomo, el electrocardiógrafo, el escáner y la farmacia. Sin embargo, el banco de sangre la devolvió a la realidad con un sobresalto, al ver que el congelador que Eduardo abría contenía bolsas de sangre congelada de Eduardo, de su padre y de su madre.

Se volvió de golpe y sintió que se le subía la bilis. Las macabras posibilidades previstas le provocaron náuseas y le recordaron su propia mortalidad y lo finito de sus expectativas de vida. Eduardo se fijó en su palidez.

–¿Estás bien?

–S... sí. –Stephanie se abrazó a sí misma y asintió con la cabeza sin volverse–. Es sólo que... –Y para cambiar de tema señaló la curvada puerta que había frente a ella, pegada a la cual un cartel con letras rojas rezaba: «PROHIBIDO EL PASO» en cinco idiomas–. ¿Qué hay allí? ¿El Santo Grial?

–No. –Eduardo se detuvo a su lado–. Son los dominios de la doctora Vassiltchikov.

–¿Puedo verlo? –preguntó, mirándolo de soslayo.

–Lo siento, nadie puede entrar sin el permiso de la doctora y eso nos incluye a mis padres y a mí.

–¿Y allí? –Stephanie señaló otra puerta futurista en la que también rezaba «PROHIBIDO EL PASO», junto a la cual se hallaban una consola de ordenador y tres filas de pantallas de vídeo empotradas, todas ellas apagadas–. ¿Qué hay allí?

–Salas de tratamientos especiales.

Anhelante, Stephanie contempló la puerta. ¡Qué no hubiese dado para poder fisgonear más allá de esas puertas!

–Supongo que también necesitamos el permiso de la doctora para entrar allí –murmuró.

–¿Cómo lo has adivinado? –Eduardo se rió, la cogió del brazo y la hizo volver con gentileza hacia la puerta por la que habían entrado–. Creo que ya basta de hospitales. Además, creo que es hora de que veas mi territorio.

La chica lo observó. ¿Se lo estaría imaginando? ¿No estaría evitando más preguntas al sacarla de allí y presentarle otras distracciones menos arriesgadas?

–¡Hemos llegado! –exclamó el joven tras haber subido un piso y haber pasado frente a varias puertas.

Stephanie miró alrededor. Se encontraban en una antesala cilíndrica de acero inoxidable; en una puerta semejante a una escotilla se leía: «Absolutamente prohibido fumar», también en cinco idiomas; tanto el techo como el suelo eran de un enrejado compuesto de una aleación de metal y plástico.

–Aquí dentro –Eduardo dio una palmadita a la escotilla– están mi orgullo y mi pasión. –Con un gesto abarcó las paredes de acero inoxidable–. Esta cámara es una esclusa de aire y evita que el corrosivo aire salitroso dañe mi colección.

Stephanie lo vio pulsar los botones de una cerradura de combinación; al cabo de una corta espera, la puerta que había detrás de ellos se cerró automáticamente y la joven oyó un ruido metálico seguido de un sonido sibilante; a continuación percibió el aire frío empujado hacia abajo desde los respiraderos y sintió cómo el vacío debajo del suelo aspiraba el aire viejo.

Pasados unos sesenta segundos, el aire frío dejó de soplar y el sistema de vacío se apagó. El silencio repentino le puso piel de gallina. Después oyó otro siseo apagado y la escotilla que había delante de ellos se deslizó silenciosamente hacia un lado.

–Ahora podemos entrar.

Eduardo la guió hacia el espacio oscuro como boca de lobo, y Stephanie olió a gasolina, grasa, goma, barniz, cera... Eduardo pulsó un interruptor y las luces fluorescentes se encendieron.

La joven se quedó sin aliento al ver lo que tenía delante. Aparcados en la cubierta de goma negra moldeada se hallaban los coches más brillantes que jamás había visto.

¡Pero qué coches! ¡Se quedaría corta si los llamara antiguos o exóticos! Formaban una colección de los mejores y más raros vehículos de cuatro ruedas que se habían fabricado, cada uno una orquídea única.

Eduardo la envolvió con los brazos y, antes de que ella se diera cuenta de lo que ocurría, la había apretado contra su pecho; con la cabeza echada hacia atrás, lo vio bajar la cabeza y, de pronto, le cubrió la boca con la suya.

Fue como una descarga eléctrica, sintió el calor de sus muslos presionados contra ella, sintió su dureza y su propio calor la envolvió, la mareó. Abrió los ojos de par en par y se aferró a sus brazos. «¡Pero si casi no lo conozco!»

Y, sin embargo, no importaba; su cuerpo entero deseaba ceder, quería... necesitaba... sus besos en los labios, la nuca, el cuello, los senos.

Con un esfuerzo casi sobrehumano, lo empujó y dio un tambaleante paso atrás. Le costaba respirar y tenía el rostro encendido. En su interior, todo latía con desenfreno.

Se apartó; se sentía traicionada por su reacción física, por el torrente de pasión que el contacto de Eduardo había liberado en ella.

¡Lo deseaba muchísimo! Pero no podía permitírselo, sucumbir estaría mal. Hiciera lo que hiciera, no debía darle esperanzas. Ella era un fraude, Monica Williams no existía y si dejaba que la sedujera tarde o temprano ambos acabarían heridos por la inestable fachada de mentiras que había construido.

–¿Por qué te has apartado, Monica? –le preguntó él en voz baja–. ¿No te ha gustado? ¿O me tienes miedo? ¿Quizás hay alguien más?

La había hecho girar de modo que estuviese de cara a él y ella suspiró cuando le cogió una mano y le besó la punta de los dedos.

–¡No lo hagas! –susurró Stephanie.

–Monica.

–Eduardo, ¡por favor! –Temblando, la joven lo miró con expresión suplicante.

–¿Por qué no? –Su mirada sostuvo la de ella y la penetró profundamente, muy hondo, hasta ese lugar secreto al que había llegado antes, en el pasillo–. No soy ingenuo –continuó en voz baja–, sé que una joven especial como tú ha de tener ya una relación con un hombre de mucha suerte, pero lo respeto, Monica, de veras.

Stephanie inspiró hondo. «¡Ay, Dios! –pensó, angustiada–, ¿por qué no se detiene sencillamente?»

–Sé que acabamos de conocernos... pero, lo notas, ¿no? Lo único que te pido es que nos des una oportunidad –insistió el chico. Las rodillas de Stephanie casi no podían sostenerla y de pronto el aire se le antojó sofocante–. ¿Es pedir demasiado?

–N... no. Es sólo que...

La chica frunció el entrecejo mientras buscaba una excusa adecuada, pero el ruido de un motor que se ponía en marcha los distrajo y la salvó de tener que responder. Echó una ojeada a la puerta futurista, a las consolas de ordenador y a las pantallas de vídeo, como si de allí procediera el fragor.

–Es sólo el helicóptero.

–Las doce en punto –murmuró Stephanie.

–¡Pues sí! –exclamó Eduardo, muy sorprendido–. ¿Cómo lo sabes?

–Por mi estómago –se apresuró a mentir la chica–. Suele empezar a gruñir a las doce en punto; con él podrías poner un reloj en hora.

«¡Maldición! –se dijo–. ¿Por qué seré tan estúpida? Si no me ando con cuidado sabrá que he estado observando el yate y que estoy familiarizada con los vuelos diarios del helicóptero.»

–Si tu estómago dice que es la hora de comer, ¿quiénes somos nosotros para privarlo del almuerzo? –Eduardo se rió.

–Perfecto. ¡Estoy muerta de hambre!

–Pero antes... –El joven la sorprendió al abrazarla y besarla de nuevo.

Al principio ella intentó empujarlo, pero él estrechó el abrazo y la decisión de Stephanie se debilitó. La recorrió otra descarga eléctrica cuando la lengua de Eduardo invadió su boca y la exploró, y su renuencia dio paso a una respuesta entusiasta. Contuvo un grito cuando él se apartó con gentileza y la alejó un poco. Tenía los ojos luminosos abiertos de par en par.

–Más vale que vayamos a comer –susurró–, antes de que hagamos algo que ni tú ni yo lamentaremos.

–Sí –susurró ella con voz temblorosa–. Más vale que vayamos a comer.

18

En el mar

El almuerzo se sirvió en una mesa redonda con mantel de seda, en el interior de una de las tiendas de seda, sobre platos en forma de mariposa. Se sentaron en antiguas sillas venecianas de madera tallada.

Zarah vestía de color plata: jersey holgado muy escotado, botines de tacón de aguja, turbante con una pluma al frente, estilo años veinte, y mallas que daban a sus piernas el aspecto de mercurio líquido. Se había limitado a mordisquear unas cuantas verduras crudas y servirse una cucharadita de caviar, y habiendo sacado una rosa del florero, la sostenía por el largo tallo sin espinas y se acariciaba lánguidamente la mejilla, el pecho, la nariz y la boca con el capullo.

Con la cabeza ladeada y cómodamente instalada en su silla de ruedas, Zaza se había dormido mientras comía, y ahora roncaba ligeramente.

Eduardo devoraba una langosta rellena y con un pie acariciaba subrepticiamente las piernas de Stephanie, que estaba sentada frente a él.

Ella, por su parte, se esforzaba en permanecer seria y fingía escuchar con interés a Ernesto de Veiga, que no dejaba de hablar mientras, con una cucharilla, comía delicadamente caviar.

–Ya no recibimos muchos invitados –le decía con una encantadora sonrisa sin hacer caso de la penetrante y airada mirada de Zarah–, y menos jóvenes tan hermosas como usted. Nos hemos vuelto bastante solitarios, demasiado centrados en nuestros propios intereses. Por supuesto, vamos ocasionalmente a la ópera o a la filarmónica. Mañana, por ejemplo, iremos a Milán en avión. Mirella Freni cantará *Madame Butterfly* en la Scala, donde tenemos un palco. ¿Le gustaría acompañarnos?

–¿Milán...? –Stephanie sintió que se le aceleraba el pulso y que se sonrojaba al recordar su visita demasiado reciente a Boris Guberoff.

–Un palco familiar en la Scala constituye el principal símbolo de importancia social en Milán –le explicó Eduardo–, sobre todo si está en el primer piso.

–¿En serio?

–A madre le encanta la Scala, quizá porque tiene un viejo amigo en Milán y siempre asisten juntos a las representaciones.

–¿Ah, sí? –fue lo único que pudo decir Stephanie.

–Sí. Era pianista.

El corazón de Stephanie se detuvo de golpe, como una bomba que deja de hacer tictac, y cuando volvió a latir lo hizo de modo arrítmico y acelerado.

–¿Quién es? –se obligó a preguntar, aunque en el fondo lo sabía.

–Es bastante conocido –contestó Ernesto sonriente–. Se llama Boris Guberoff. Seguro que lo conoce.

–He oído hablar de él.

Stephanie se apresuró a esconder su agitación bebiendo un poco de vino. Ya era demasiado tarde para desear haber esperado antes de ir a ver a Boris Guberoff; su visita le había causado un trauma demasiado fuerte para que la olvidara y tal vez su vista fuese lo bastante aguda para relacionar a Monica Williams con Virginia Wesson. Un nuevo peinado y un cambio de nombre podían no bastar como disfraz. Su intuición le decía positivamente que el anciano no tendría reparos en revelar que era un fraude.

–Claro que, si Monica lo prefiere, ella y yo podemos explorar Capri juntos, mientras tú y madre estáis en Milán –le dijo Eduardo a su padre, y se volvió con expresión inquisitiva hacia la joven, que se sintió mareada por el alivio.

–Nunca he estado en Capri –contestó a toda prisa con los ojos brillantes–. ¿Crees que me gustará?

–A todo el mundo le gusta –comentó Ernesto.

–Hum. –Stephanie intentó no parecer demasiado entusiasta–. La verdad es que la idea me atrae.

–¡Iremos en el Magnum! –exclamó Eduardo, encantado–. ¡Bien! ¡Todo arreglado!

De lejos llegó el sonido del helicóptero que se acercaba; al oírlo, Ernesto empujó su silla para atrás, se levantó y le tendió la mano a Zarah.

–Sí, sí, lo oigo. –Zarah contempló a su hijo–. ¿Os veremos a la hora de la cena?

–Sí.

–Bien. –Zarah se volvió hacia Stephanie, inclinó ligeramente la cabeza y, con voz inexpresiva dijo–: Señorita Williams.

–Adiós –contestó ésta, cortés–. Y muchas gracias por la comida, fue deliciosa.

Zarah asintió con la cabeza y Stephanie los observó mientras se iban, cogidos de la mano, hacia la pista del helicóptero. Al llegar, el coronel Valerio se unió a ellos.

«¿Qué esperan? –se preguntó la joven al ver que el coronel Valerio señalaba algo–. ¿A quién traerá el helicóptero... o qué?» A su izquierda, Zaza despertó con un sobresalto, soltó un gritito y parpadeó.

–¡Oh! –Desconcertada, miró alrededor–. Vaya, seguro que estaba soñando...

Pero no pudieron oír más, pues el helicóptero descendió como un halcón y aterrizó con maestría. En cuanto las ruedas del aparato tocaron el centro de la enorme H en la cubierta, disminuyó el silbido de las hélices y el zumbido del motor se fue apagando, hasta convertirse en un ligero gemido.

El coronel Valerio corrió a abrir la puerta del pasajero. Desde el interior alguien le entregó un recipiente parecido a un gigantesco termo con asa, de plástico rojo y blanco. Lo sostuvo con una mano y, con la otra, ayudó a salir a una mujer bajita vestida con bata de laboratorio; luego, mientras el piloto apagaba el motor, los cuatro –Zarah, Ernesto, Valerio y la mujer bajita– se agacharon para evitar el remolino de las hélices, se dirigieron hacia la escalera más cercana y desaparecieron de la vista.

–Era la doctora Vassiltchikov –dijo Stephanie, pensativa.

–Sí.

–Lleva algo como un termo. ¿Qué contiene?

–Una medicina. Hace mucho tiempo, en un viaje por el Amazonas, mis padres contrajeron una infección muy rara, incurable.

–¡Incurable!

–Incurable y mortal. Por suerte, la doctora Vassiltchikov se encontraba con ellos y preparó su medicina. Por desgracia, sin su dosis diaria, podrían morir. Ahora sabes por qué tenemos hospital y salas de tratamiento.

–¿Y tienen que traer la medicina?

–Cada día. Debe ser fresca, recién fabricada, y ha de administrarse en un plazo máximo de doce horas; si no, pierde su efecto.

«¿Medicina? ¿O el elixir de la eterna juventud? Me pregunto...» En lugar de hacerle más preguntas a Eduardo, Stephanie se limitó a exclamar:

–¡Oh, oh!

–¿Qué ocurre?

–Tengo que ir al lavabo. –La joven empujó la silla para atrás con expresión avergonzada–. No tienes por qué levantarte.

Sin embargo, Eduardo, caballeroso, se puso en pie y no se sentó hasta que ella desapareció en popa. Por su parte, una vez segura de que ya no la veía, Stephanie apretó el paso. Dentro se cogió del pasamanos de oro y bajó por la escalera que Zarah, Ernesto, el coronel Valerio y la doctora Vassiltchikov acababan de usar. Desde la cubierta de abajo le llegaban retazos de su conversación.

Agradeciendo la mullida alfombra que amortiguaba sus pasos, los siguió a toda prisa. Al llegar a la cubierta de abajo, los vio andar por el pasillo, hacia una brillante luz blanca refractada y penetrada por varios arco iris, luz que, estaba segura de ello, debía venir del atrio que había en medio del yate, pues el efecto de los rayos en las altas columnas de cristal y el techo transparentes resultaban inconfundibles.

Sin hacer ruido, corrió escalera abajo. Más que regias, las sólidas y acanaladas columnas de cristal se le antojaron intimidantes. Al llegar a la cubierta de abajo, su mirada se posó aquí y allí, examinó el pasillo, las puertas y las esquinas redondeadas; sintió alivio al ver que no había nadie a la vista y que se encontraba en territorio familiar, pues sabía exactamente dónde se hallaba, por haber estado allí con Eduardo.

El pasillo era corto y en el extremo había una puerta de doble batiente con paneles de cristal: la entrada del hospital.

Vaciló, todos sus sentidos alerta. Si la memoria no le fallaba, el hospital contaba sólo con esa puerta doble; no recordaba haber visto otra entrada o salida; ésa era, al menos, su impresión. Aunque quizá la hubiera, ¿tal vez a través del laboratorio prohibido de la doctora Vassiltchikov?

El corazón de Stephanie pegó un brinco y la tensión le agarrotó los brazos. Clavó la vista en la puerta. ¿Se atrevería a entrar y espiarlos? Y si descubrían que vigilaba a sus anfitriones, ¿qué pasaría?

Se dijo que más valía no contestar a algunas preguntas; salió de detrás de una columna y se dirigió de puntillas hacia el hospital. Al lado de la puerta, se detuvo y se pegó a la pared; luego, con cautela, echó una ojeada por un panel de cristal.

No había moros en la costa. ¿Sería posible? Pues lo era, al menos hasta donde alcanzaba a ver.

Inspiró hondo, empujó un batiente despacio, se asomó y miró en todas las direcciones.

¡Increíble! De veras no había moros en la costa.

Entró sin hacer ruido, como un ratón, y dejó que la puerta se cerrara sin producir siquiera un susurro. A través de otra puerta entreabierta oyó una conversación en voz baja y con un ojo miró por las rendijas que había entre los goznes. Vio a Zarah y a Ernesto esperando junto a la escotilla que llevaba a la sala de tratamiento y a la doctora Vassiltchikov inclinada sobre la consola del ordenador, pulsando teclas. Había dejado el termo rojo y blanco a su lado sobre la mesa. Mientras los dedos de punta escarlata de la pequeña doctora saltaban sobre el teclado, las pantallas empotradas se encendían, una tras otra, como si pertenecieran a un emporio electrónico o a la sala de control de misiones de la NASA.

Stephanie contuvo el aliento, fascinada. Cada pantalla –tres filas, a seis por fila, o sea, dieciocho– mostraba un ángulo distinto de la misma... ¿De la misma sala de tratamientos?

Stephanie las escudriñó, primero la fila de arriba, de izquierda a derecha; luego, la del centro, de derecha a izquierda y, finalmente, la de abajo, de izquierda a derecha, y vio dieciocho ángulos del mismo capullo monocromático de líneas aerodinámicas; zonas bañadas por una luz suave, moqueta beige sin costuras con relieves geométricos, dos tumbonas de piel gris, la una junto a la otra, pero distintas, pues su contorno se acoplaba a una forma humana concreta.

Por extraño que pareciese, no era el trío de personas lo que tenía a Stephanie cautivada, sino las imágenes del circuito cerrado en las pantallas; quizá, se dijo, porque su subconsciente aprovechaba la familiaridad de la televisión para calmar la agitación y el miedo a que la descubrieran.

De repente, una voz llamó su atención y su mirada se apartó de los monitores para fijarse en la doctora Vassiltchikov, que decía algo. Vio a Ernesto volverse y contestar con un murmullo y luego oyó la suave y musical risa de Zarah en *glissando*.

Con el gesto teatral característico de un pianista al tocar la última nota, la doctora Vassiltchikov pulsó una última tecla y cogió el asa del termo de plástico. Dejando encendidos los monitores, se reunió con Zarah y Ernesto frente a la escotilla; del bolsillo de su bata de laboratorio sacó una tarjeta de plástico y la introdujo en una ranura junto a la puerta. Tras una corta espera, se oyó una melodía de bips electrónicos, una luz amarilla se encendió, seguida de una verde, y –¡milagro!– la puerta se deslizó hacia un lado.

La doctora Vassiltchikov aguardó a que la tarjeta saliera de la ranura, se la metió de nuevo en el bolsillo y entró, seguida de los otros dos. Stephanie echó una ojeada a las pantallas. Obviamente, la escotilla no llevaba directamente a la sala que en ellas figuraba, de modo que volvió a mirar la escotilla. Se sorprendió al ver que, en lugar de cerrarse automáticamente, permanecía abierta.

Se relajó un poco, se apartó de la puerta entreabierta y asomó la cabeza y oteó el techo y las paredes, por si había cámaras de seguridad. Al no ver ninguna, inspiró hondo y entró.

Un repentino movimiento en los monitores le llamó la atención: el trío entraba en la sala. Desde distintos ángulos y alturas se transmitían dieciocho imágenes de ellos y, dada la falta de sonido, la chica tuvo la impresión de estar viendo una película muda filmada con dieciocho cámaras.

La doctora Vassiltchikov dejó el termo en una mesa de acero, y Zarah y Ernesto se desvistieron tranquilamente sin interrumpir una conversación que Stephanie no oía. Luego, Zarah cogió unos auriculares, presionó uno de ellos contra una oreja y frunció el ceño hasta estar satisfecha con lo que oía. Se notaba que habían efectuado cada gesto cientos, posiblemente miles de veces; que todo era rutinario, hasta el modo en que la doctora Vassiltchikov manipulaba el termo, como una sacerdotisa que celebra un ritual a menudo repetido.

De pronto, una de las pantallas parpadeó y la imagen osciló. Stephanie se esforzó en hacer caso omiso de la intermitencia de la imagen y mantener la vista fija en un primer plano del termo. Aunque ahora se daba cuenta de que no era precisamente un termo, de que la forma era distinta, más gruesa, sobre todo en el centro, y que en medio de la tapa había una cerradura de combinación. No obstante, parecía casi ridículamente corriente e insignificante, lo que no impedía que la doctora Vassiltchikov lo manipulara con tanta reverencia como si contuviera las reliquias de un santo. Dio vueltas a los números de la cerradura, a la izquierda, a la derecha y de nuevo a la izquierda y, con un experto movimiento de la muñeca, desenroscó la tapa y la levantó... Del interior se escaparon remolinos de vapor... frío... helado.

Stephanie estaba como hechizada. ¡Ojalá la imagen de arriba dejara de oscilar! La estaba volviendo loca, le impedía concentrarse, ¡y justo cuando la doctora Vassiltchikov extraía algo! Se acercó instintivamente al monitor y centró la atención en lo que sacaba, una cesta redonda de tela metálica, antes suspendida en el interior del recipiente. En cuanto la doctora la tuvo fuera, Stephanie vio dos ampollas de cristal selladas anidadas en el alambre plastificado. La doctora levantó la cesta y examinó los dos frasquitos a la luz, asintió con la cabeza y volvió a dejarla en la mesa. Abrió un cajón equipado con un panel de control, pulsó uno de una fila de botones y miró al techo.

Casi al instante descendieron los dos brazos idénticos de un robot de brillante acero, cables tensados y ruedas dentadas pulidas. Se detuvieron y sus mordazas semejantes a llaves inglesas quedaron a treinta centímetros de la mesa.

Stephanie observó cómo, con sumo cuidado, la doctora Vassiltchikov sacaba un frasco de cristal de su nido y lo colocaba, con el extremo más delgado hacia arriba, en una garra del robot finamente calibrada, que se cerró y sostuvo el frágil contenedor sin aplastarlo.

La mirada de la joven se dirigió hacia otro monitor, cuya perspectiva le proporcionaba un mejor ángulo de visión, permitiéndole ver de perfil a la doctora Vassiltchikov. En ese momento, ésta levantaba cuidadosamente la segunda ampolla, la separaba de la cesta y la colocaba en la mordaza del otro brazo. Maravillada por la delicadeza con que la garra de acero se cerraba en torno al cristal, vio que la doctora Vassiltchikov pulsaba otro botón.

Aparecieron dos delgados tubos de plástico.

Stephanie asintió con la cabeza y se dijo que lo entendía, que se utilizarían para introducir algo por vía intravenosa. Y tenía razón, pues la científica abrió otro cajón, sacó un paquetito y rasgó su envoltura estéril. Con una jeringuilla perforó el extremo más estrecho de cada ampolla, antes de abrir la envoltura estéril de los tubos de plástico y sujetar el extremo de cada boquilla de ampolleta.

Pulsó más botones. Los brazos metálicos se levantaron y se retrajeron llevándose los tubos, aunque no desaparecieron de la vista. Centró su atención en dos pequeñas palancas y las movió simultáneamente, como si manejara un cochecito de juguete con un mando a distancia.

Los brazos obedecieron y se deslizaron hacia el otro extremo de la sala. De un solo gesto, la doctora paró uno sobre cada tumbona.

Stephanie cambió de monitor y tuvo la impresión de que el cuerpo desnudo de Zarah que allí aparecía, delgado y huesudo –más bien flaco, a no ser por los pechos altos y firmes, tan macilento que parecía distorsionado, anguloso, irreal–, no era sino un reflejo en la cámara de los espejos. El silencio parecía exagerar hasta el más mínimo movimiento y se veía cómo se tensaban y relajaban las costillas y el vientre plano de la mujer.

«¿Qué le pasa? –se preguntó–. ¿Tendrá cáncer? ¿Anorexia? ¿Será la vanidad? Quizá sea una de esas víctimas de la moda que se matan de hambre para ser perchas perfectas.»

A menos que su falta total de masa corporal fuese provocada por una enfermedad, fármacos o... ¡La inmortalidad!

Pasó la vista rápidamente de un monitor a otro a fin de estudiar a Ernesto desde varios ángulos, de frente, de espaldas, de lado. Él también se encontraba desnudo y resultaba escandalosamente escuálido, nada apetecible. Sin embargo, lo más asombroso era que no había nada sexual en la desnudez de la pareja, que más bien parecía curiosamente asexuada, extrañamente andrógina.

Stephanie vio cómo Zarah cogía la mano de Ernesto y juntos sorteaban las estrechas tumbonas; sus labios se movían, decían algo...

Pero ¿qué? ¿Palabras de amor, de aliento, de intriga?

La joven se sentía como una mirona, incapaz de apartar la vista. Ernesto ayudó a su mujer a acostarse boca arriba en la tumbona más pequeña; Zarah cogió los auriculares, sonrió cuando él le dijo algo y le tocó el brazo afectuosamente. Entonces Ernesto se acostó en la otra tumbona y se movió de arriba abajo para acomodarse.

En la mente de Stephanie se formó la imagen de sacrificios humanos en altares paganos.

De pronto, la doctora Vassiltchikov pasó a primer plano, con lo que Stephanie se sobresaltó y revisó los demás monitores, evitando el que no funcionaba. Tras echar una ojeada a todos, se concentró en uno de la fila superior, el segundo desde la derecha: Zarah, tumbada con los auriculares puestos, los ojos cerrados y expresión de paz, dirigía con un dedo una rapsodia que sólo ella oía.

La mirada de Stephanie se volvió hacia la pantalla siguiente: Ernesto jugueteaba con los controles electrónicos que había en el costado de su tumbona, con lo que las tres secciones de ésta se movieron como si fuera una cama de hospital.

En un monitor diagonalmente opuesto a éste, la doctora Vassiltchikov parecía dirigir los brazos del robot que descendían poco a poco y se detenían a sesenta centímetros por encima de las tumbonas, donde las mordazas giraron automáticamente hasta poner los recipientes de cristal boca abajo. Stephanie vio a la doctora bajar el tubo de plástico del gota a gota de Zarah, abrir el envoltorio de otro paquete esterilizado, sacar de éste una larga aguja hipodérmica e introducirla en el extremo del tubo. Inició el flujo del gota a gota, para vaciarlo de aire y levantó con suavidad el brazo de Zarah.

La curiosidad, la fascinación morbosa y, ahora, la repugnancia, mantenían a Stephanie pegada al monitor, como alguien que ve una película de terror a desgana, horrorizada pero incapaz de apartar la mirada.

En otra pantalla, la pequeña doctora repetía el ritual con Ernesto. El líquido del gota a gota fluía poco a poco... la doctora iba de una tumbona a otra, ajustaba el flujo... La iluminación se volvió más tenue... y los pacientes permanecieron tumbados, rodeados de lujo incluso cuando se sometían a tratamiento, cuando los tubos les suministraban... ¿qué?

No era el momento de reflexionar al respecto, pues Stephanie vio que la doctora Vassiltchikov se dirigía a la puerta. Salió, tan silenciosamente como había entrado, y sólo se permitió correr al llegar a la escalera con las columnas de cristal. No sabía cuánto tiempo había transcurrido desde que había dejado a Eduardo esperando.

La llamada llegó al hospital del yate cuando la doctora Vassiltchikov salía.

–Aquí Vassiltchikov –contestó en el teléfono inalámbrico y escuchó un momento–. Un momento, capitán. –Pulsó el botón de espera–. Es para usted –le dijo a Ernesto, y le dio el auricular.

–Gracias, doctora. –El hombre lo cogió.

La científica asintió enérgicamente con la cabeza, salió de la sala de tratamientos y fue a vigilar los monitores.

–Sim, capitão? –respondió Ernesto tras soltar el botón de espera.

–Tiene que ver con el barco que nos sigue –le informó el capitán Falção–. Según nuestro radar, todavía está a dieciocho kilómetros. ¿Desea que haga algo?

–Un momento, *capitão*. –Ernesto se volvió y contempló a Zarah, que se hallaba boca arriba, en un mundo aparte, con los ojos cerrados, escuchando su música preferida, una copia digital de una grabación de 1949 de *Der Freischütz*–. *Não, capitão* –añadió en voz baja–, no creo que haga falta hacer nada todavía, pero que esto quede entre nosotros, ¿de acuerdo? No hay por qué alarmar a nadie.

Cuando Stephanie regresó a la cubierta, Zaza y su silla de ruedas habían desaparecido, al igual que los platos sucios y los alimentos. Habían quitado todo indicio de la comida.

En la tienda, Eduardo se levantó al verla llegar y sonrió.

–Estaba a punto de enviar un equipo de búsqueda.

«Según la ley de Merlin, si uno ha de mentir, más vale que el embuste sirva de algo», pensó Stephanie.

–Fui a mi camarote a por mi cámara, pero no la encontré por más que la busqué. Parece que se ha perdido. –Se sentó–. ¿Crees que se la habrán dejado en Marbella?

–Creo que se me olvidó decírtelo. –Eduardo carraspeó–. Mis padres desconfían casi patológicamente de las cámaras. El coronel Valerio recoge siempre las de nuestros huéspedes. –Se encogió de hombros y esbozó una sonrisa de impotencia.

–Entiendo.

El joven le cogió las manos y la miró, preocupado. La brisa levantó el cabello de la joven, dando a su flequillo el aspecto de unas alas de cuervo.

–Espero que no te moleste.

–No. Ahora que me lo has explicado, ¿cómo podría molestarme?

–Bien, me alegro de que regresaras a tiempo.

–¿Para qué? –Stephanie ladeó la cabeza–. ¿Iba a perderme algo?

Eduardo la llevó a babor; pulsó un botón y las pantallas de plexiglás se deslizaron silenciosamente sobre sus raíles motorizados. Se inclinó sobre la barandilla.

–Eso. –Se volvió hacia ella, con el cabello despeinado por la brisa–. Casi te perdiste eso.

Stephanie lo imitó y allí, cerca del horizonte, algo borroso y azulado surgió del mar. Eduardo dio un paso atrás, le rodeó la cintura con un brazo y la estrechó contra su costado.

–¡Capri! –exclamó–. ¡Piensa en ello, es toda nuestra, para que la descubramos juntos!

19

Capri

Fue la isla de Augusto y de Tiberio, esta gema de corte irregular y escarpados acantilados de olivos, encinas, altos pinos, amapolas silvestres y hierbas fragantes como salvia y retama. Este edén rodeado de un mar azul eléctrico resulta tan mágico ahora como hace veinte siglos cuando fue el terreno de juegos de los emperadores romanos. Si existiera un paraíso romántico para los enamorados, sería Capri.

«¿Es la isla lo que me tiene hechizada? –se preguntó Stephanie–, ¿o es Eduardo?»

Habían salido al amanecer, los dos solos. Ahora, al mediodía, con el sol en su cenit, se hallaban anclados cerca de las puntiagudas rocas del Faraglioni. El mar reflejaba los rayos del sol como si fuese papel de aluminio.

Después del descomunal *Chrysalis,* la elegante lancha rápida de diecinueve metros y medio de eslora, con su casco bajo de diseño aerodinámico, el parabrisas que lo rodeaba y el enorme solárium provisto de numerosos cojines, parecía maravillosamente íntima; era su propia isla, a un tiro de piedra de los acantilados paleolíticos.

Con un suspiro de satisfacción y una sonrisa complacida, Stephanie se bajó los finísimos tirantes del bikini y se puso boca abajo para tomar el sol.

Eduardo se hallaba tumbado a su lado, saboreando champán Dom Pérignon helado, caviar de beluga y la visión de la joven.

–¿Más champán? –le preguntó.

Stephanie cogió su copa y se la tendió; una vez llena, se la acercó a la nariz y disfrutó de la sensación que le producían las burbujas. Se estiró voluptuosamente. «Nosotros dos solos», se dijo; y mientras bebía el líquido a pequeños sorbos, pensó, soñadora, en las últimas seis horas.

La magia había empezado temprano.

–Exploraremos lo que podamos antes de que lleguen los turistas –había sugerido Eduardo–. Luego encontraremos un lugar desierto y anclaremos, nadaremos y comeremos. Podremos seguir explorando la isla cuando la muchedumbre se haya ido... y tal vez cenemos tarde en Al Grottino.

–Parece estupendo.

Y lo fue. La joven nunca había estado en un lugar tan hermoso y encantador.

–Se siente una como en el Jardín del Edén –comentó.

Anduvieron casi una hora hasta la Villa Jovis, cuya vista espectacular compensó ampliamente la escalada.

–Esto fue el palacio de Tiberio –le explicó Eduardo mientras paseaban por los caminos, las terrazas, los jardines y las escaleras de la villa–. Como todos los lugares hermosos de Capri, sólo se puede alcanzar andando.

Dondequiera que mirara, las flores cubrían las paredes y las piedras como una lava floral. Era realmente un jardín exuberante, repleto de geranios, azucenas, buganvillas, madreselvas y rosas, y de árboles como el codeso, pinos enanos y aromáticos limeros. En el camino de regreso a la ciudad, en la via Camarelle, Eduardo le enseñó la cartuja enmarcada por flores.

Y ahora, anclados bajo el ardiente sol del mediodía, ocultos por el Faraglioni, se contentaban con dejar que el tiempo transcurriera y la realidad los pasara perezosamente de largo.

–¿Qué te parece si nadamos? –le sugirió Eduardo al cabo de un rato, y se levantó.

–Hum –contestó Stephanie, todavía tumbada, boca abajo sobre los cojines–. Ve tú. –Bostezó y se removió–. Tengo que ponerme la parte superior del bikini.

–Deja que te ayude.

El joven se arrodilló a su lado y la ayudó a ponérselo. Stephanie gimió quedamente cuando con el contacto la recorrieron descargas eléctricas. Al ver cómo los delicados músculos se movían y tensaban bajo su suave piel y alentado por su reacción, Eduardo siguió su columna vertebral con la yema de un dedo, muy lenta y ligeramente.

Stephanie arqueó la espalda e inspiró hondo.

Al oírla, el joven le dio la vuelta y, cubriendo los hambrientos labios con los suyos, capturó su boca.

La ardiente pasión de Eduardo envió meteoritos de fuego hacia el centro mismo de la joven y le tensó cada nervio. Sintió que el barco giraba, que el mar golpeaba los peñascos con un rugido.

–Amor mío –murmuró el joven–. Amor mío.

Fuese por lo que fuese, Stephanie se derritió y ansiosa, le rodeó el cuello con los delgados brazos y le respondió con igual deseo.

Se consumían mutuamente, dos caníbales hambrientos probando salvajemente la dulzura de su piel.

Él rodó y, tirando de ella, se puso boca arriba.

Stephanie jadeó cuando sintió que le desataba la parte superior del bikini. Parecía que su simple tacto la excitaba, la embriagaba de deseo y hacía que su piel se electrizara y despidiera chispas.

Entonces le quitó la tela que la constreñía y liberó sus senos, llenos y fuertes, cuyos pezones hinchados se alzaban en medio de las oscuras areolas.

Por un momento no pudo sino contemplarlos y acariciar con la mirada las perfectas y elegantes curvas del cuerpo de Stephanie, pero pronto la exploró con las manos. Le acunó los senos, le acarició el torso en el que se marcaban las costillas y le recorrió el firme y plano vientre que subía y bajaba con cada aliento.

Ella gritó cuando le bajó la parte inferior del bikini por la curva de sus caderas y la dejó desnuda. Su pubis recién teñido, en forma de punta de flecha, suave y oscuro, resultaba tentador y misterioso; sus muslos brillaban por la humedad.

Ahora le tocaba a ella desvestirlo. Como una suplicante, se arrodilló delante de él y le bajó el bañador. Cinco centímetros de tela brillaron en sus manos y el pene del joven se liberó de un brinco. Largo, duro, grueso y atrevido, limpio su olor y viril. Agachó la cabeza y lo tocó con los labios; él le asió la barbilla y le alzó la cara con la punta de un dedo.

Lo miró a los ojos con expresión solemne y le besó el falo. El glande rojo palpitó y se movió, como con vida propia, y Stephanie lo apretó suavemente con la mano, sin apartar la mirada de los ojos del joven y lo lamió, vacilante.

Le sorprendió lo repentino del movimiento de Eduardo, que la asió con las manos, la empujó con gentileza hacia los cojines y se acostó sobre ella, carne contra carne, vida contra vida.

A la chica la recorrió un delicioso estremecimiento, de tan perfecto que era el momento, de tanto que la emocionaba sentir esa desnudez contra la suya, bajo el hermoso domo del ancho cielo azul. Deseaba ofrecerle su cuerpo y su alma.

–Te amo –susurró él, separando apenas la boca de la suya.

Ella no contestó, aunque lo miró con abandono.

Su abrazo se volvió fiero; sus cuerpos, como luchadores, se batieron en duelo, rodaron una y otra vez, alimentando su mutua pasión.

Stephanie se regodeó en la fuerza de Eduardo. ¡Era tan poderoso! Contenía la potente fuerza del musculoso cuerpo y de la hinchada masculinidad, apenas refrenaba su urgencia y su potencia.

Entonces, él le cogió las manos y la obligó a tumbarse, ella forcejeó frenéticamente para liberarse, pero la ternura de sus besos la sosegó y se entregó.

Su boca le exploraba los senos, su lengua dibujaba pequeños remolinos alrededor de los pezones, yendo del uno al otro.

Se deleitó con la sensación de estar acostada, con la cabeza hacia el sol como una víctima a punto de ser sacrificada en un altar pagano, mientras los labios de Eduardo la adoraban de un modo increíble. El sol la deslumbraba, el turbulento mar era su cama, y las puntiagudas espirales de las rocas, sus silenciosos testigos; la tierra, el viento y el agua la bendecían, y Eduardo era todo fuego.

Al cabo de un rato, se imaginó que flotaba, se elevaba, delirante, cada vez más alto. Ahora el joven le mordisqueaba un pezón, lo movía suavemente entre los dientes y le soltó la mano derecha para poder acariciarle el otro pezón con la suya.

Lo pellizcó, ella se movió. La envolvieron oleadas de placer y de dolor, y un grito sordo escapó de sus labios.

Con el pezón aún en la boca, Eduardo alzó la cabeza y la miró a la cara; tenía una expresión embelesada y la vista clavada en el cielo. Volvió a pellizcarlo y ella volvió a gritar, aunque cerró los ojos y abrió la boca, jadeando, como si sacara placer del aire mismo.

Eduardo siguió bajando poco a poco, a su ombligo... lo besó y lo lamió, lo chupó. Unos fuertes estremecimientos semejantes a un orgasmo sacudieron todo el cuerpo de la chica y la hicieron gritar aún más fuerte.

Entonces, el joven se deslizó más abajo, la cogió de las nalgas y hundió la cabeza en su regazo. El cuerpo de Stephanie se arqueó, sus nalgas se separaron de los cojines; presionó las ingles contra su cara y capturó su cabeza con las manos.

–¡No aguanto más! –gritó–. ¡Oh, Eduardo, no aguanto más! ¡No puedo, no puedo! –Y su cuerpo se contrajo y se le cortó el aliento, antes de llegar al orgasmo y soltar un explosivo jadeo.

Eduardo, que sentía que su propio torrente se elevaba, se echó sobre ella; estaba húmeda y lista; cuando la penetró con la ayuda de la mano, ella gritó, delirante, y entonces sus cuerpos se entrelazaron en ese abrazo inmortal del que surge toda vida.

Empezó a empujar despacio, para luego incrementar el ritmo. Debajo de él, la chica gemía y se retorcía; sus labios hambrientos se alzaron para encontrarse con los de él.

¡Más y más hondo! La sangre rugía en los oídos de Eduardo y lo ensordecía, el martilleo de sus latidos aumentó, y todo se redujo a las sensaciones de su sexo. Echó la cabeza hacia atrás, apretó los dientes, y sintió cómo los firmes músculos de los muslos de la chica se cerraban en torno a su cintura y lo estrechaban con fuerza.

¡Más y más rápido! Entre las piernas, donde se movía como un animal preso, donde los unía el cordón umbilical del sexo y no había nada en este mundo que los separara.

Entonces Stephanie arqueó el cuerpo y se contrajo de nuevo mientras la invadía el segundo orgasmo.

–¡Eduardo! ¡Oh, Eduardo! ¡Me muero! ¡Me muero!

Con crueldad, él la asaltó y la cabalgó como nunca nadie lo había hecho. La cogió por las nalgas, le alzó las caderas, se hundió en ella, salió, y volvió a penetrarla, una y otra vez. Los temblorosos gritos de la chica se elevaron hacia el cielo, hicieron eco en las rocas y llegaron mar adentro.

Finalmente, el joven ya no aguantó más, su propio grito se unió a los de ella y arrojó los jugos de la vida justo cuando una nueva oleada de convulsiones sacudía el cuerpo de Stephanie.

Las caderas de Eduardo se movieron por última vez y se dejó caer sobre ella. Jadeante, la soltó y los dos se acostaron sobre los cojines, unidos aún. Stephanie se aferró a él y siguió clavándole los dedos en los brazos.

–Te amo, Eduardo. Te amo –le dijo entre sollozos.

20

Capri

El restaurante Al Grottino –situado en la via Longano, uno de los *viuzzi* semejantes a un túnel que se hacen pasar por calles– estaba lleno.

Dejó la copa sobre la mesa y sonrió a Eduardo, que estaba sentado frente a ella. Todo en Stephanie resplandecía: su rostro sonrojado, sus ojos de expresión radiante y alborozada.

–Este lugar es maravilloso –dijo, y cogió una finísima tira de calabacín frito, mordió la mitad, la masticó lentamente y la saboreó.

Siguiendo un impulso, se inclinó y le dio la otra mitad a Eduardo; éste, además de tragar la verdura, le chupó los dedos.

–¡Eduardo! –La joven rió y fingió sentirse avergonzada–. ¿Qué va a pensar la gente?

–¿Qué somos amantes? –dijo él, con una sonrisa de chulo.

Sonriente, Stephanie descansó la barbilla en la palma de la mano. ¡Qué extraño! Tenía la sensación de que ellos dos eran las únicas personas en el restaurante... en la tierra entera.

–¿En qué piensas?

–¿Te creerías que en lo feliz que soy? –susurró ella con los ojos abiertos de par en par–. ¿En lo mágico que ha sido este día?

–Eso es exactamente lo que estaba pensando yo.

–¿Por qué será que deseo que el día no se acabe nunca? –suspiró melancólicamente la joven.

–No tiene por qué terminar.

–No... no entiendo. –Stephanie frunció el entrecejo.

–Cuando se acabe el crucero, ven a Brasil con nosotros. –A la joven la oscura mirada de Eduardo se le antojó una chispa que se extendía y la alcanzaba–. Así podremos estar juntos.

–¡Eduardo! –Tras mirarlo fijamente un rato, ella negó con la cabeza–. Ambos sabemos que eso es imposible.

–¿Por qué no habrían de hacerse realidad nuestros sueños?

–¡Pero si acabamos de conocernos! ¡No sabes nada de mí!

–Al contrario –respondió el joven con aire solemne–, sé todo lo que me importa de ti.

–No, Eduardo, no lo sabes –susurró Stephanie con voz tensa y la vista clavada en el mantel.

–Pero ¿por qué te ha de importar eso si a mí no me importa?

–Porque... –Ella inspiró hondo y se ruborizó–. ¡Porque lo que no sabes ahora podría muy bien herirte en el futuro! –dejó escapar.

–¡Ay, Monica! –Eduardo soltó una risita indulgente–. No seas tan melodramática. ¡Dios mío! Sé que te saqué del mar como a una sirena, pero oyéndote hablar uno diría que ocultas un pasado de lo más sórdido. –Stephanie guardó silencio–. Entonces, si te niegas a ir a Brasil conmigo, quiero saber la razón.

–Eduardo, ¡todo esto es muy repentino! Quiero decir... ¿de qué viviría? Me niego a que me mantengas y no habrá un trabajo esperándome...

–Todo eso se puede arreglar en un abrir y cerrar de ojos –comentó el joven con un gesto desenfadado–. Puedes escoger el trabajo que quieras. –Su sonrisa contenía tanta ironía como humor–. Has de saber que el Grupo da Veiga S.A. es el más importante de Brasil... de hecho, es Brasil.

–Pero... ¡si ni siquiera sabes cuál es mi especialidad!

–Estoy seguro de que podemos encontrar un puesto para ti. Barcos, aserraderos, minería, bienes raíces, genética, software, petróleo, ropa, productos farmacéuticos, una línea aérea... cualquier cosa que se te ocurra es nuestra. *Voilà!* –Con una uña dio un golpecito al borde de su copa, que tintineó en clave de sol–. ¡Podrás elegir la carrera que desees en la empresa que quieras!

–Como por arte de magia –murmuró irónicamente Stephanie.

–¡Como por arte de magia! –convino él, y sonrió con malicia–. Ahora, dime –se tocó los labios sonrientes con la yema del índice–: ¿tienes otro pretexto para no ir a Brasil?

–Con tiempo, seguro que encontraré otro. –Stephanie tomó un rápido sorbo de vino–. Pero de momento, n...

Se interrumpió a media palabra y derramó su vino en el mantel cuando un agudo chillido alarmó a toda la sala. Volvió bruscamente la cabeza hacia la entrada y vio de dónde venía el alboroto. Un camarero había cogido a un golfillo por el cuello de la camisa y lo había levantado de modo que sus pies colgaban en el aire.

–*Aiuto!* –El chiquillo aulló cual un animal herido–. *Aiuto! Aiuto!*

Era un golfillo flaco, de cabello rizado, y Stephanie supuso que no tendría más de siete u ocho años; llevaba pantalones cortos, zapatillas deportivas sucias dos tallas demasiado grandes y una desteñida camiseta de Bon Jovi.

–¡Qué cruel! –exclamó la chica, compasiva–. ¿Qué se cree el camarero? ¡Le hace daño!

Pero antes de que Eduardo pudiese responder, el camarero soltó un gruñido y sus ojos saltaron cómicamente. Se dobló, dolorido, y soltó al niño, que le había dado un rodillazo en la ingle.

El chiquillo no vaciló y, ahora que estaba libre, corrió entre las mesas, se retorció, gritó algo en italiano atropellado y señaló directamente al otro extremo del comedor... a Eduardo.

Stephanie frunció el entrecejo.

–*Aspettare!* –gritó Eduardo, e indicó al camarero que trajera al niño.

En cuanto éste se paró junto a su mesa, le habló en un italiano fluido y el niño le contestó con una andanada de palabras.

–*Che? Quando?* –le preguntó Eduardo.

El chico contestó y Eduardo se volvió hacia Stephanie.

–¿Me disculpas un momento? –le pidió en voz queda, y empujó su silla hacia atrás.

–¿Qué ha ocurrido? –le preguntó ella con un repentino mal presentimiento.

–Parece que un barco se ha estrellado contra la Magnum. Voy a comprobar los daños.

–Voy contigo. –La chica soltó el brazo que le había cogido e hizo ademán de levantarse.

–No. Iré solo y regresaré en funicular. No tardaré.

Stephanie lo aceptó y lo vio sacar su cartera, contar unos billetes y dárselos al chiquillo, quien los cogió con la misma destreza que un corredor de apuestas de Las Vegas. Eduardo la miró y vaciló.

–¿Me esperarás?

–Sabes que sí –contestó con voz ronca.

Él se inclinó y le besó la mejilla. Luego siguió al golfillo entre las mesas.

Mientras aguardaba, Stephanie bebió su vino a pequeños sorbos.

–¿Signorina? –La voz suave del camarero contenía un deje de disculpa.

–¿S... sí? –Stephanie alzó los ojos sobresaltada.

–El *monèllo* –el camarero señaló la entrada–, el niño, ha regresado.

–¿Dijo lo que quería? –La joven miró al camarero con expresión interrogante.

–Sí. Dice que el signore la necesita, que es urgente.

Mil posibilidades horribles cruzaron por la mente de la chica. Eduardo había quedado mutilado en un accidente del funicular. El propietario del barco que había chocado con la Magnum tenía mal genio y llevaba pistola. Una pandilla de delincuentes armados con cuchillos había asaltado y apuñalado a Eduardo en el muelle y éste se estaba desangrando.

–Gracias, signore –dijo Stephanie, tras sobreponerse–. *Grazie*.

Con cuidado arrastró la silla hacia atrás y se puso en pie. Hacía horas que el día se había oscurecido y, después del cálido resplandor del restaurante, el callejón se le antojó frío, tenebroso, misterioso y amenazador, más una cueva claustrofóbica que una pintoresca callejuela.

–¿Signorina?

Bajó los ojos y vio al golfillo, cuya pálida cara brillaba a la tenue luz de una farola. Entonces sintió que la cogía de la mano y tiraba de ella, apremiante.

Se dejó llevar; lo siguió trastabillando y tropezando con los adoquines desiguales. El túnel se tragaba el eco apagado de sus pasos y de todas partes surgían sombras oscuras e intimidantes; en la negrura de estos laberínticos y malsanos callejones no tardó en perder el norte; oía gotear agua; olía, asqueada, los penetrantes olores de excrementos de gatos, y gritó de sorpresa cuando su pie se metió en un charco.

Y el niño siguió andando, andando y andando.

–*Sostare!* –El chiquillo se paró tan de repente que casi chocó con él.

Stephanie miró a su alrededor sin pronunciar una palabra y resopló cuando una puerta se abrió lentamente, con un chirrido y como por voluntad propia, hasta golpear la antigua y gastada pared de piedra. El rectángulo de luz eléctrica que cayó sobre el estrecho pórtico no revelaba ninguna forma humana. En algún lugar, dos gatos maullaron. El chiquillo le soltó la mano.

–*Salire!* –le indicó para que subiera por la estrecha escalera.

Stephanie vaciló. Todo en ella se había congelado. «Así que Eduardo ni siquiera ha llegado a la Marina Grande –pensó, con el corazón en un puño–. Seguro que se ha caído, o lo han asaltado, o ha tenido un accidente.»

–*Qui!* –El niño volvió a señalar los escalones–. *Qui!*

Con el corazón acelerado, la chica subió a toda prisa y traspuso precipitadamente la puerta.

–¡Eduardo! ¡Edua...! –gritó.

La habitación quedó a oscuras.

–¿E... duar... do? –susurró titubeante, y miró alrededor, aunque nada podía ver.

Entonces, una mano le tapó la boca y contuvo su grito antes de que pudiese llegarle a la garganta.

21

Nueva York - Capri

En el Ansonia, el teléfono estalló en agudos timbrazos.

–Diga...

–Chartrice Franklin, del hospital San Lucas. No quería despertarlo, pero me acordé de que pidió que se le notificara en cuanto el paciente saliera del coma.

–¿Ya ha salido? –susurró con voz ronca; el auricular temblaba en sus manos.

–¡No hace ni un cuarto de hora! –le dijo Chartrice, feliz–. Yo estaba atendiendo a un paciente y de pronto Betty, la otra enfermera de día, empieza a gritar, así que dejo lo que estoy haciendo y voy corriendo para ver qué ocurre. –Hizo una pausa–. ¡El señor Kleinfelder estaba en coma y, al minuto siguiente, se había incorporado y le estaba pellizcando el trasero!

Sammy Kafka sintió ganas de dar una voltereta.

–¿Puedo hacerle una pregunta, señora Franklin?

–Por supuesto, señor Kafka.

–Si le doy un beso, ¿se casará conmigo?

–¡Ay, señor! –se mofó la enfermera con fingida exasperación–. ¡Debí imaginármelo! –añadió y, risueña, colgó.

Sammy hizo lo mismo y se levantó de un brinco. Fue una de las escasas ocasiones de su vida en que al atildado dandi no le preocupó su aspecto. Se puso a toda prisa un pantalón y lo que tenía más a mano, y salió pitando del apartamento.

¡Una encerrona!

Desesperada, Stephanie arañó la mano que le cubría la boca; no podía respirar y los únicos sonidos que conseguía emitir eran apagados gemidos de terror. Demasiado tarde se percató de su temeridad.

Sus dedos tiraban furiosamente de la enorme y fuerte mano, pero ésta era demasiado poderosa e inflexible y se negaba a aflojarse. Mientras forcejeaba, la joven sintió que la arrastraban hacia atrás, hacia una oscuridad más profunda. Tenía la mandíbula entumecida de tanto intentar gritar y los ojos abiertos de par en par; la conmoción producida por el miedo era la peor que había experimentado en toda su vida. Se le heló la sangre al recordar la explosión que había matado a Pham en el Osborne. «¡Así que tenía razón! –pensó, frenética–. ¡Esa explosión era para mí!»

Su instinto la impulsaba a liberarse y huir.

Pero ¿cómo? ¿Cómo?...

«¡Lucha! ¡Lucha con uñas y dientes!»

Sin embargo, la arrastraron a otra habitación, la puerta se cerró de golpe y le produjo una sensación de irrevocabilidad. Inesperadamente, se encendió una bombilla en el techo y tuvo que entrecerrar los ojos para protegerlos de la repentina iluminación. Tres deslumbrantes paredes simplemente encaladas aparecieron ante su mirada recelosa. Se trataba de una estancia escasamente amueblada.

De pronto, la mano se apartó de su boca y la empujaron bruscamente hacia delante, no tanto para que perdiera el equilibrio y se cayera, como para que no pudiese arañar y dar patadas.

Los latidos del corazón de Stephanie se aceleraron aún más. «¡Ésta es mi oportunidad para escapar!»

Giró rápidamente hacia la puerta... y encontró el camino bloqueado.

–Olvídalo –le aconsejó el hombre que estaba frente a ella–, no vas a ir a ninguna parte.

–Un bolígrafo –pidió Aaron.

Lo rasposo de su voz se debía a la falta de uso de las cuerdas vocales, a la deshidratación y a la debilidad física. Le habían alzado ligeramente la cabecera de la cama aunque seguía conectado al gota a gota y a los monitores y de su nariz salía un tubo de respiración.

–Tenga –le dijo Sammy Kafka con gentileza. Dejó una libreta en su regazo, destapó un rotulador, lo puso en su mano temblorosa y le cerró los dedos en torno al instrumento–. Y no se preocupe por la claridad, ya lo descifraré después. ¿De acuerdo?

Aaron hizo un ligero gesto de asentimiento y empezó a garabatear, poco a poco y con dificultad.

–¡Cabrón... malnacido! –Stephanie recorría la estancia de un extremo al otro hecha una furia–. Eres un malnacido... traicionero y rastrero. ¡Nos has seguido por Capri toda la mañana! –lo acusó, y se volvió hacia él.

–Culpable –contestó Johnny Stone; apoyado contra la puerta, cruzado de brazos, cara inexpresiva, ojos entrecerrados y pose indolente.

–¡Y ahora me has puesto una trampa para que viniera aquí! –La rabia no la dejaba respirar. De pronto entendía muchas cosas–. ¡No ha habido un accidente en la Marina Grande! ¡Fue un truco para sacar a Eduardo del camino!

–Y atraerte a ti aquí. Culpable de nuevo.

–¡Y tuviste la cara dura de seguir al yate desde Marbella!

–No es el más agradable de los viajes a bordo de un pequeño yate de recreo, créeme –aceptó Johnny. Su voz rezumaba ironía, pero su rostro se mantuvo inexpresivo.

Las fosas nasales de Stephanie se ensancharon mientras inspiraba hondo. Luego, cruzó los brazos, descansando los codos sobre las manos, y apartó la mirada.

–¿Qué pasa? –la provocó, socarrón, el fotógrafo–. ¿Te ha comido la lengua el gato?

–¡Y un cuerno! –protestó la joven, ardiendo de rabia–. ¡Vaya cara dura la tuya!...

–No, Stephanie –la corrigió Johnny–, no soy yo el sinvergüenza. Te sugiero que me escuches y que me escuches atentamente, porque la cara dura la tienes tú.

–¿Yo? –gritó ella, tan indignada que el cuerpo entero le temblaba–. ¿Cómo te atreves?

–Te diré cómo me atrevo. –El joven se apoyaba todavía contra la puerta, con aire engañosamente relajado, pero su voz era fría al responder–. Me atrevo porque no fingí mi propia muerte, no dejé que mis amigos y conocidos me lloraran y me enterraran. Me atrevo porque no me escondí en Connecticut mientras alguien que me quería mucho lloraba y se emborrachaba hasta caer.

Las mejillas de Stephanie ardieron y en su frente una vena pulsó incontrolada.

–¿Crees que tenía elección? –le preguntó con voz temblorosa–. ¿Crees que lo hice para divertirme? ¿Por la emoción que podría proporcionarme?

–A decir verdad, ya no sé qué pensar.

–¡Entonces, cree lo que quieras! –le espetó, furiosa–. ¡Puedes llegar a cualquier conclusión precipitada que quieras! A fin de cuentas, ya lo has hecho, ¿no?

–La verdad es que no. Pero una cosa sí que sé, Stephanie, y es que tienes muchas cosas por explicar.

–¡Y un cuerno! No te debo nada. Además –añadió, echando la cabeza hacia atrás–, ya estoy harta. Apártate.

Como no se movía, hizo amago de empujarlo, pero él la asió del brazo y tiró de ella.

–No tan rápido –dijo quedamente, con la vista fija en su cara sorprendida–. Como decía, me debes muchas explicaciones.

–Y como decía yo –le espetó ella, echando chispas por los ojos–, ¡a ti no tengo por qué explicarte nada! ¡No eres mi guardián!

–Puede que no –reconoció Johnny, sin dejar de mirarla–, pero fui tu amante.

–¡Al menos has acertado en algo! ¡Lo fuiste, en el pasado!

El joven la abrazó un rato más, la soltó y se apartó.

–¡Muy bien! –exclamó, disgustado–, haz lo que tú quieras. Vete.

–Vaya, muchas gracias por su amabilidad, caballero –rezongó la chica, sarcástica, antes de abrir la puerta.

–Un consejo, antes de que te vayas. –La voz de Johnny la siguió a la otra habitación–. Si no has regresado a los Estados Unidos dentro de unos días, te sugiero que pidas a un amigo que grabe en vídeo los programas rivales.

Stephanie se detuvo de golpe; aún le daba la espalda y, cuando habló, lo hizo en voz muy baja.

–Y eso, ¿por qué?

–Porque –improvisó Johnny, dirigiéndose a su espalda inmóvil– no creo que quieras perderte el reportaje más escandaloso del año. –Stephanie se puso aún más rígida, si bien no se volvió–. «Hard Copy» –el joven empezó a enumerar algunos programas–, «Current Affairs» y hasta «Entertainment Tonight». Ninguno podrá resistir la tentación de explotar el asunto de un Lázaro moderno, ¿verdad?

La chica no respondió, aunque su torso saltaba dolorosamente con cada programa mencionado, como si el solo nombre fuese una flecha cuyo único propósito consistiese en herirla de muerte.

–¡Ah! ¿Olvidé la prensa escrita? Veamos, podríamos empezar con el siempre seguro *Enquirer* y luego, por supuesto, el *Star,* el *Globe*... y no podemos omitir el *Examiner* –continuó el fotógrafo implacablemente, refiriéndose a varios rotativos de escándalo–. Después de todo, un reportaje de esta magnitud...

Los pechos de Stephanie subían y bajaban peligrosamente y soltó un resoplido de incredulidad.

–¡Que Dios te ampare, Johnny Stone! ¡Si filtras lo más mínimo de esto... voy... voy... –La furia la hacía tartamudear tanto que tuvo que dejar de hablar y concentrarse en respirar.

–¿Qué harás? –preguntó Johnny, con mirada divertida y una ceja arqueada.

–¡Te estrangularé con mis propias manos!

–Con una sola llamada a un director de diario –dijo el joven, que se limitó a agitar la mano, restando importancia a la declaración–, junto con una o dos fotos que, por cierto, he tomado esta mañana con teleobjetivo y *presto!* –chasqueó los dedos–. ¡Tu resurrección será una noticia mundial!

A Stephanie se le cortó el aliento; sus ojos de mirada calculadora se oscurecieron y se abrieron de par en par, para después entrecerrarse.

–¡No lo harías!

–Pero es un riesgo que no puedes correr, ¿verdad? –Los dientes blancos de Johnny brillaron–. Por supuesto, si no me crees, adelante, desafíame.

–De todos los... –empezó a decir la joven, furiosa, con el rostro enrojecido y los puños temblando; pero se contuvo y recuperó la compostura gracias a varias profundas inspiraciones. Cuando habló de nuevo, lo hizo con voz baja y temblorosa, pero en tono comedido–. De toda la gente, Johnny, nunca, nunca hubiese creído que tú te rebajarías a algo tan... tan mezquino, rastrero y malvado como el chantaje. ¡Nunca lo habría pensado de ti!

–Vamos, Stephanie, chantaje es una palabra demasiado dura, ¿no te parece? ¿Por qué no te lo tomas como una forma de persuasión preventiva?

La joven clavó la mirada en él. Su sonrisa deslumbraba, pero no vio misericordia en sus duros e implacables ojos, y sabía que no podía esperarla.

–De acuerdo, Johnny –aceptó–, puede que sea buena idea que hablemos.

–Adelante. Soy todo oídos.

22

Milán (Italia)

El Teatro alla Scala, la catedral de la ópera italiana, es algo excepcional. La Scala, como se le llama afectuosamente, no es sólo la institución más sagrada y duradera de Milán, sino que es para la ópera lo que Dom Pérignon es para el champán o el monte Everest para las montañas.

En esta fragante velada veraniega, el telón bajó tras el primer acto de *Madame Butterfly*, acompañado por un sonoro aplauso. Las luces se encendieron gradualmente y los aplausos cesaron. Se oyó un cuchicheo generalizado, como en un avispero muy atareado, y el público se levantó de los asientos de terciopelo rojo para estirar las piernas durante el entreacto.

En el primer piso, entre dos sólidas columnas corintias con adornos dorados, Zarah se hallaba sentada atrás, casi oculta en su palco privado con cortinas de damasquino rojo, a la derecha del escenario. En cuanto las luces se encendieron volvió a ponerse las enormes gafas de sol. Delante de ella, a su izquierda, Ernesto; a su derecha, Boris Guberoff; detrás de ella, con las manos a la espalda, el coronel Valerio montaba guardia. Su atuendo civil en poco cambiaba su porte castrense.

Ernesto dejó de aplaudir y se inclinó hacia un lado para decir algo a la oreja de Guberoff, pero el anciano pianista, que no se esperaba la voz, se sobresaltó, espantado.

Zarah, siempre atenta al comportamiento de la gente, frunció el entrecejo y lo miró con aire pensativo.

«Pasa algo –pensó–. Ha actuado de modo extraño toda la tarde.» Durante la cena, la conversación del anciano se le había antojado forzada, y había comido de manera furtiva, casi como si tuviera algo que ocultar; su risa le había sonado falsa y artificiosa. Pero lo más preocupante era que durante todo el primer acto había tamborileado con los dedos, ¡como un escolar aburrido e inquieto!, en la barandilla del palco.

¿O acaso existía una buena razón para su agitación? «Pero ¿cuál será esa razón? ¿Tendrá algo que ver conmigo?»

De repente, el palco le pareció sofocante; sentía la amenazadora presencia de algo maligno y desconocido entre las sombras, algo que alcanzaba hasta el techo. Con dedos temblorosos se quitó las gafas y las sostuvo en la mano.

–¡Boris!

Al oír su nombre, Guberoff se volvió a medias y deslizó la vista en su dirección.

–¡Boris, tienes que decirnos lo que te ocurre!

El anciano pianista artrítico respiró hondo, se sacó el pañuelo del bolsillo y se secó la frente brillante de sudor.

–¡Boris!

El susurro de Zarah resultó apremiante, lleno de pánico.

Guberoff sollozó y, para bochorno de la mujer, se desmoronó.

–¡Fue por la lavanda! –gimió el hombre, y le tembló la papada–. ¡De otro modo no me habría dejado engañar!

¿Lavanda... engañar? Durante un largo y horrible momento, el edificio de la ópera pareció ladearse y estar a punto de desplomarse.

–Boris, ¿de qué hablas?

–¡La mujer! –dejó escapar Guberoff; de sus oscuros ojos de párpados caídos brotaban lágrimas–. La que vino a verme.

–¿Qué mujer?

–La norteamericana que me trajo tu foto –susurró, desolado, no sin antes sorberse las lágrimas, secarse los ojos e intentar recuperar la compostura–. Estaba en un marco de Fabergé, ¡y me dijo que me la enviabas tú, que era un regalo tuyo! ¡Envuelto en un fular con perfume de lavanda! ¿No lo entiendes?

–Pero... ¡si no te envié nada! –Las gafas se le cayeron de los dedos y aterrizaron silenciosamente en la moqueta a sus pies. ¿Una mujer norteamericana? ¿Monica Williams, quizá?–. ¡Boris! –Con un gruñido le agarró el brazo–. *Per amor di Dio!* –Lo zarandeó–. ¿Qué le dijiste?

–No... no lo recuerdo. –El hombre sollozaba con un rictus de dolor y autocompasión.

–Boris, ¡debes...!

–¡Te llamó Lili! –Las palabras brotaron como el pus de un furúnculo–. Lo sabía todo de ti...

–¿Qué? –Horrorizada, Zarah le soltó el brazo como si se hubiese quemado.

–Hasta sabía lo de aquella vez que estuve en el yate –gimió el pianista–, cuando toqué *Was ist Silvia* y tú cantaste. –Su voz había adquirido un deje acusador, como si con ello pudiese transferir la culpa.

–Pero ¿cómo pudo saberlo? –Zarah se tocó la garganta; los diamantes centelleaban en sus dedos–. Boris, ¿quién se lo dijo? ¿Tú?...

–No, te juro que no fui yo. ¡No sé cómo se enteró!

La mujer le echó una mirada asqueada al anciano. «¿Qué te hizo creer que era un verdadero amigo?», se preguntó. Y ahora había hablado o al menos había confirmado las sospechas de alguien. ¿Pero quién? ¿Monica Williams?

–Boris, creo que deberías explicármelo todo desde el principio. –Le pidió, con las manos sobre el regazo–. ¡Debes contármelo todo!

–Sí, sí,

Guberoff se aferró a la ligera esperanza de que una confesión pudiese volver a anudar el cordón umbilical de su amistad. Con una voz que puso a prueba la paciencia de la mujer, le habló de la visita que había recibido, de la mujer que se hacía llamar Virginia Wesson.

Zarah lo escuchó en silencio. Cómo lo despreciaba por su comportamiento servil, por su repentino deseo de reparar la ofensa, por la mirada que suplicaba absolución, como si ella fuese su confesora. ¡Oh, sí!, resultaba fácil despreciarlo, despreciarlo todo en él. ¿Cómo pudo aguantar su amistad tanto tiempo? Era patético, ¡absolutamente patético! Apartó la vista con repugnancia; ya no soportaba verlo.

–... cogió la foto y el fular y se fue... –Ahora que había acabado, Guberoff guardó silencio.

Y Zarah lo bombardeó con preguntas.

¿De qué color era el cabello de Virginia Wesson? ¿Y sus ojos? ¿Cuánto medía?

Él contestó a todas y exclamó:

–¡Debes creerme, Zarah! ¡Ya lo sabía todo! No le dije nada que no...

–Sí, pero confirmaste mi existencia, Boris. –Su susurro pareció mucho más dramático dada la cercanía del escenario–. ¿Cómo pudiste, Boris, cómo pudiste?

–¡Zarah! –El hombre sollozó, tendió una mano suplicante y le tocó la manga como si de la túnica de una santa se tratase.

En un acto reflejo, ella gruñó, se apartó y arrancó el tul de sus dedos desesperados. A continuación, con su habitual porte regio, se volvió hacia Ernesto.

–Si esta Virginia Wesson y Monica Williams son la misma persona...

–Pero lo has oído –murmuró su marido, tranquilizador–, ni su cabello ni sus ojos encajan.

–Son fáciles de cambiar, Ernesto. Nadie lo sabe mejor que nosotros. –El resto lo comunicó con los ojos y una sonrisa amarga–. Debemos regresar de inmediato al yate. Sí, hemos de averiguar si la señorita Williams y la señorita Wesson son la misma persona.

Buscó su polvera enjoyada con forma de mariposa y se puso en pie. Ernesto la cogió de la muñeca y la obligó a sentarse de nuevo.

–Espera a que acabe el intermedio, así no tendremos que abrirnos paso entre la multitud–. Se volvió en el asiento y habló en inglés–: Coronel.

–¡Señor! –El coronel Valerio dio un paso adelante.

–Llame al chófer por el teléfono móvil. Quiero que nos espere fuera. Y llame al piloto, dígale que se prepare para despegar de inmediato.

–¿Adónde vais? –gimoteó Guberoff.

–Vamos –le ladró Zarah–. Nos vamos, y tú vienes con nosotros. Hay una mujer a bordo del yate, una norteamericana. Necesitamos saber si es la Virginia Wesson que te visitó. –La mueca de desprecio había vuelto a su rostro–. Espero que te resulte inconveniente.

23

Capri

Johnny Stone era un maldito malnacido y resultaba hasta amable describirlo así, concluyó Stephanie, no por primera vez. De modo que, dadas las circunstancias, se vengó del único modo posible: se mostró fría, distante, altiva y de un evasivo exasperante.

–¡Sacarte algo a ti es como sacar muelas! –exclamó el joven en un momento dado.

–Lo único que quiero saber –le dijo Stephanie cuando él le hubo sonsacado un poco de información– es cómo te enteraste de que yo estaba viva.

–Sammy te delató –contestó él con una sonrisa sardónica.

–¿Sammy? ¿Mi tío Sammy? –Casi saltaron chispas bajo los pies de la chica cuando se volvió bruscamente hacia él.

–No lo hizo adrede –reconoció Johnny–. Su interpretación fue buena, pero no lo vi tan desconsolado como para convencerme de tu... «fallecimiento».

Con tanta flecha verbal, fue un milagro que consiguieran ponerse mutuamente al día de lo que habían estado haciendo.

De mala gana, Stephanie le habló de Vinette Jones y de la niñita que, según ella, el orfanato de la BPI había perdido, de la subsiguiente muerte por sobredosis de Vinette y del «accidente» de Aaron Kleinfelder. Le resumió sus visitas a madame Balász, a Detlef von Ohlendorf y a Boris Guberoff.

Por su parte, Johnny le explicó cómo la había seguido, primero a Budapest y luego a Salzburgo, Milán y Marbella.

–Pero lo que no entiendo –continuó en tono meditabundo–, es la relación de los Veiga con todo esto. ¿Qué tienen que ver con la situación? ¿Y qué fue lo que te llevó al *Chrysalis*?

–¿Me creerías si te dijera que fue un sueño?

–Dime la verdad. ¡Suéltalo! –El joven la agarró del brazo y la zarandeó.

–No sé por qué no me crees –se quejó Stephanie.

Suspiró hondo, se soltó bruscamente y, malhumorada, le relató lo de Alan Pepperberg y la grabación de Schneider-Guberoff. Finalmente se lo contó casi todo; sólo se guardó para sí un único detalle, un detalle muy mundano, se dijo... un pequeño dato que no tenía por qué saber: la búsqueda de Lili de la fuente de la juventud y la posibilidad de que ésta existiera.

–¿Así que crees que Lili Schneider está viva?

–¿Tú no? –contestó con otra pregunta, más resuelta que nunca a ocultar y proteger sus preciados indicios.

–Pero ¿crees que el que esté viva constituye motivo suficiente para mandar matar a gente? –le preguntó Johnny con el ceño fruncido.

–¿Puedes pensar en un motivo mejor?

–¿Siempre contestas a las preguntas con preguntas?

–Ahora, si no hay nada más...

–Sí, hay una cosa más –la interrumpió el joven–. ¿No crees que sería inteligente, ya que actúas clandestinamente, contar con un refuerzo? Necesitas... necesitas ayuda.

–Y supongo que te refieres a la tuya.

–Sí.

–No, Johnny. Ni la necesito, ni la quiero. Y es mi última palabra.

–Quizá no quieras un contacto en el que confiar, pero sí que lo necesitas. Piénsalo, Stephanie. ¿Y si precisas algún material o que alguien investigue por ti? No podrás hacerlo sola, al menos no en presencia de los Veiga. Puede que sean ricos y reclusos, pero no son estúpidos.

–Si requiero ayuda, llamaré al tío Sammy.

–¡Sammy! –exclamó el fotógrafo con expresión de incredulidad–. ¿Cuentas con la ayuda de alguien que está a miles de kilómetros de distancia?

–De acuerdo, Johnny –aceptó Stephanie, renuente–. Te prometo que pensaré en lo que me has dicho.

–Me alegro. –El joven esbozó una sonrisa irónica–. Pese a lo que sientes por mí, yo todavía te tengo mucho cariño. Lo sabes, Stephanie, ¿verdad? –Ella asintió con la cabeza–. Entonces, quizá también entiendas que si algo te ocurriera y fuese algo que yo hubiese podido evitar, no podría perdonármelo nunca.

–Ya te lo he dicho, Johnny –le dijo la joven, tras un corto silencio y una profunda inhalación–. Me lo pensaré. –El tono acerado de su voz resultaba inconfundible–. Pero no te lo tomes como un sí, porque no lo es. ¿Y si no acepto tu ayuda?, entonces, ¿qué, Johnny? –le preguntó en voz baja–. ¿Vas a delatarme y contar a todo el mundo que estoy viva?

–No –contestó Johnny, después de contemplarla largo rato–. Sabes que nunca haría nada que te pusiera en peligro.

Stephanie sintió que desaparecía parte de su tensión, y Johnny respiró hondo.

–No nos lo pongas tan difícil –le pidió Stephanie con voz ronca, y, siguiendo un impulso, se puso de puntillas y le dio un ligero beso en la mejilla–. Adiós, Johnny, me marcho.

El fotógrafo oyó cómo los pasos de la joven se alejaban y la puerta principal se abría con un chirrido.

Stephanie se había ido.

La joven anduvo a toda prisa por las oscuras callejuelas, pensando en los pros y los contras de aliarse con Johnny. «Es hábil, encuentra soluciones rápidas y nunca aburre. Se ha entrenado en las Fuerzas Especiales. No se asusta con facilidad y no teme usar los puños; es la clase de persona que quisiera que me acompañara en un safari o en un barrio violento de la ciudad. Es tan bueno con una pistola como con una cámara y, sin embargo, con americana y corbata, resulta más que presentable. Y es un amante increíble.»

Ésos eran los puntos a su favor.

Suspiró.

Ahora los puntos en contra.

«Probablemente no haya un hombre más egoísta, machista y engreído en el mundo. Quizá sea un resabio de sus días en las Fuerzas Especiales, pero se considera un dirigente nato. Sea cual sea la situación, acaba inevitablemente por intentar tomar el control, sin preocuparse por los pies que pisa en el proceso. Esa actitud suya de querer tomar el mando enfurece y humilla. Como si fuese más capaz que otros hombres y ¡muy superior a todas las mujeres! –Furiosa, Stephanie apretó los dientes–. ¡No soporto estar con él! ¿Quién se cree que es, Rambo? Ésta es mi guerra, mi investigación... son mías. Tiene que haber un modo de quitármelo de encima. Un modo de desaparecer sin dejar rastro...»

Al llegar al restaurante, había encontrado ese modo.

24

Nueva York

Sammy se inclinó, totalmente concentrado en los garabatos de Aaron Kleinfelder. El siseo del respirador, los pitidos del monitor, el olor a medicinas, el suave crujido de los zapatos de suela de goma de las enfermeras, todo ello desapareció de su mundo mientras la información de Aaron aparecía en la libreta:

¿Dónde están los niños? ¿Cómo puede haber niños desaparecidos?

«Así es, amigo –le dijo Sammy en silencio–. Sigue... aguanta hasta que termines.»

Lo que más lo sorprendió fue que no le costaba descifrar los garabatos de Aaron:

¿Por qué hubo un fallo en los ordenadores de la BPI? Demasiada casualidad. Todo iba bien el día anterior. Y, de pronto, al día siguiente, ¡puf!, nada.

–A ver si lo entiendo. –Sammy frunció el ceño–. ¿Qué quiere decir con «el día siguiente»?

¡El día de mi «accidente»!

–¿Por qué ha puesto accidente entre comillas?

No fue un accidente.

–¿Quiere decir que alguien trató de matarlo? –le preguntó Sammy tras inspirar hondo.

Sin vacilar, Aaron escribió:

Sí. La camioneta iba a por mí.

–Pero ¿quién querría matarlo? ¿Sabe quién puede ser?

No, pero es extraño que ocurriera después de que yo traté de acceder a un archivo secreto que no debería existir.

Sammy se levantó a medias, cambió la página y volvió a sentarse en el borde de la silla.

–Entonces, ¿cree que el motivo del intento de asesinato fue que descubrió la existencia del archivo?

¡Tuvo que serlo! El programa debe de tener un sistema integrado para rastrear los accesos. Si no, ¿cómo iban a saber que era yo el que lo intentaba?

–Sí, pero no veo cómo una máquina puede decírselo a alguien.

La experiencia de Sammy con los ordenadores era prácticamente nula y, si de él dependiera, así sería hasta el fin de su vida.

Utilicé mi número de acceso personal y mi contraseña para acceder al programa. Como el número secreto de las tarjetas de crédito, todas las contraseñas son distintas.

–Eso lo entiendo.

Con un sistema automático para seguir las pistas, sería sumamente fácil averiguar cuál era mi número de acceso y mi contraseña, o, como mínimo, qué terminal utilizaba. ¿Entiende?

–Ahora que me lo ha explicado –dijo Sammy mientras pasaba la página–, sí, creo que sí.

Tuvo que esperar a que Aaron siguiera escribiendo.

De veras necesito su ayuda. ¡Los niños la necesitan!

–Pero, si no sé nada de ordenadores –protestó Sammy.

¿Y qué? Yo lo ayudaré. Pero, hasta que me den de alta, necesito que alguien sea mis ojos, mis manos y mis oídos. Quisiera que fuera usted.

–Bien, a condición de que entienda que no tengo aptitudes técnicas –aceptó Sammy con un suspiro.

Entendido. Lo hará bien.

–Si usted lo dice –contestó el anciano con tono dubitativo, y se inclinó y cambió a otra página en blanco.

Tendrá que hallar la manera de acceder al archivo del ordenador de la BPI, el archivo al que yo no pude acceder. Cada vez que tecleaba el nombre Jowanda Daneece Jones, el ordenador me pedía el número de Opus. Nunca había oído hablar de eso.

–¿Opus? –Parecía que Sammy examinaba mentalmente la palabra–. Eso se refiere a una composición musical.

O a un libro.

–Esto también –convino Sammy, malhumorado.

Creo que contiene información acerca de niños desaparecidos.

–¿Y de qué nos sirve –protestó en tono resignado– si no podemos acceder al archivo?

¡Conseguiremos acceder! Sólo que todavía no sé cómo. Si mi número de acceso y mi contraseña aún sirven, podemos empezar con ellos. El número es 099/3cd y la contraseña es Cookie.

–Imagino que eligió Cookie –galleta– porque es goloso, ¿no?

Culpable.

–En ese caso, cuando venga mañana –le prometió Sammy–, le traeré unas cuantas. ¿Tiene alguna preferencia?

Las que tienen trocitos de chocolate y nuez, pero las rellenas también me gustan. Quizá, cuando regrese, habré encontrado el modo de acceder al archivo Opus.

–Descanse –le aconsejó Sammy–. No nos sirve de nada si está enfermo o muerto.

Usted tampoco. Ándese con sumo cuidado, ¿de acuerdo?

Sammy sintió un escalofrío. Clavó la mirada en Aaron y de pronto volvió a fijarse en el pitido de los monitores y el siseo del oxígeno.

Aaron se había recostado, se notaba que estaba agotado, y sus dedos habían soltado el rotulador. Volvió la cabeza hacia Sammy y con los ojos le dio a entender cuán serio era su mensaje.

–*Oy vey!* ¡Ay, Dios! –Sammy arrancó las páginas garabateadas de la libreta de Aaron, las dobló meticulosamente y las guardó en el bolsillo–. *Oy vey.*

–¡Y que lo diga! –comentó Aaron con voz rasposa.

25

En el mar - Capri

En su interior rugían y se desataban tempestades incontrolables, la azotaban y se convertían en feroces tifones. Alimentaban su odio. Alimentaban sus miedos.

¡Dónde diablos estaba Monica Williams! Eran más de las once de la noche. «¿Dónde la habrá llevado Eduardo? ¿Cuánto más tengo que esperar hasta saber, hasta que pueda deshacerme de este patético viejo, este saco de huesos quebradizos?»

Eduardo iba y venía delante de Al Grottino. Ya había llamado cuatro veces al yate, pero Monica Williams tampoco había aparecido allí, y lo que al principio fue frustración e irritación se estaba volviendo rápidamente en alarma.

Al oír el eco de unos pasos, se volvió y la vio.

–¡Monica! –gritó, y corrió hacia ella.

Stephanie agitó una mano y sus largas piernas la acercaron a él a toda prisa.

–¡Gracias a Dios! –exclamó, sin aliento, al abrazarla–. Me tenías muy preocupado. El camarero me dijo que te habías ido con ese chiquillo...

–Estoy bien –le aseguró la joven con voz queda, abrazándolo a su vez–. ¿Qué ocurrió en el puerto deportivo?

–¡Nada! ¿Puedes creértelo? El barco está bien. ¡No fue más que una broma!

Le cogió la cara entre las manos y la besó profundamente.

Sus labios provocaron estremecimientos de placer en Stephanie, cuya lengua jugueteó con la suya.

–¿Dónde te llevó ese delincuente? –De mala gana Eduardo se separó un poco de la chica.

–No... no lo sé –consiguió murmurar ésta, y sus ojos brillaron cuando él le mordisqueó el labio superior.

–¿Has comprobado que no falte nada en tu bolso?

–Hum. Sí –mintió y se sintió vibrar con delicia, ahora que le rozaba el labio inferior con la lengua–. No me ha robado nada.

–Bien, hay que cuidarse de estos golfillos. –La boca de Eduardo se apartó de la suya y dejó un húmedo camino de su barbilla a su garganta, donde le besó el pulso alocado–. Estuviste fuera tantísimo tiempo... –añadió, y le exploró el hueco entre el cuello y la clavícula–, que estaba seguro de que algo te había ocurrido.

El calor de su aliento hizo que los senos de la joven hormiguearan, le puso la piel de gallina y le provocó un estremecimiento involuntario.

–Me perdí. Sabes que es muy fácil confundirse en estos *viuzzi*.

–Estaba tan preocupado...

–Al menos me dio la oportunidad de... de pensar. –Un cálido cosquilleo recorría el vientre de la chica, sus piernas temblaban y sintió que se le humedecía la cara interior de los muslos–.

Han pasado tantas cosas y tan deprisa... que necesitaba un poco de tiempo a solas para... ordenar mis pensamientos.

–¿Y lo has hecho? –Eduardo inclinó la cabeza sobre sus pechos.

–¡He tomado una decisión!

–¿Acerca de qué? –La lengua del joven siguió lamiéndola y el cuerpo de Stephanie se contrajo y se arqueó.

–De ti –contestó con voz temblorosa–. De mí. ¡De Brasil!

–¿Y qué has decidido? –Eduardo dejó de dibujar pequeños círculos concéntricos con la lengua y la miró atentamente.

–Si todavía sigue en pie tu ofrecimiento –dijo Stephanie tomando aliento–, me encantaría acompañarte –declaró con voz ronca, mirándolo fijamente a los ojos.

Desde donde se hallaba en la popa del yate, a Zarah le pareció que podía detectar el pulso de los potentes motores de la Magnum a través del agua. Escuchó atentamente y se le aceleró la respiración. Sí, ¡era la Magnum! ¡Su sonido resultaba inconfundible!

A la expectativa cruzó la cubierta a babor, desde donde vio acercarse los faros del barco.

–Pronto –se dijo en voz baja–, pronto veremos si se pueden matar dos pájaros de un solo tiro. –Y giró sobre los talones.

El traje que había llevado para ir a la ópera, un fantasioso tutú *après ballet* salido de la imaginación de Christian Lacroix, crujió malévolamente.

Cuando se disponía a entrar, el coronel Valerio traspuso las puertas correderas de cristal.

–Venía a decirle que la Magnum viene de camino, señora.

–Lo sé, coronel, he oído sus motores. En cuanto llegue, envíeme a la señorita Williams. ¡Ah!, y asegúrese de que venga sola, ¡sin mi hijo!

Eduardo apagó los motores, dejó el barco en las capaces manos de la tripulación y asió la mano de Stephanie. Juntos salieron al yate nodriza, y cogidos de la cintura subieron a la siguiente cubierta por una ancha escalera de toldilla.

–Ha sido realmente agradable –comentó Stephanie.

Apoyó la cabeza en el hombro del joven y aspiró su olor a mar salado.

–¿Qué ha sido agradable? ¿Mi forma de atracar?

–Bobo –le dio un ligero codazo en las costillas–. Todo. La mañana... el día... la velada.

–¿Señorita Williams? –La voz lenta y cansina salió de entre las sombras.

–¿Sí? –Stephanie y Eduardo se pararon.

El coronel Valerio dejó atrás las sombras del casco del barco salvavidas en el que se hallaba apoyado.

–La señora Böhm solicita el placer de su compañía.

–¿Han regresado de la Scala? ¿Tan pronto? –preguntó Eduardo, sorprendido.

–Supongo que decidieron irse temprano –contestó el coronel con voz neutra.

Stephanie fue presa del pánico. «¡Han regresado pronto! De Milán... ¡donde han visto a Guberoff!»

–¿Podría verla en otro momento? Estoy bastante cansada...

–No creo que la reunión sea larga. –El coronel Valerio sonrió y enseñó los dientes.

–Sea lo que sea que quiera mi madre –sugirió Eduardo–, ¿no valdría la pena acabar de una vez? Además, debería ir a desearle las buenas noches.

–Su madre ha pedido ver a la señorita Williams a solas, señor. –Valerio carraspeó.

–¿En serio? –Eduardo frunció el ceño–. ¿Ha dicho lo que quería?

–No, señor.

Eduardo miró a Stephanie, hizo una mueca y se encogió de hombros en señal de resignada sensatez.

–Te esperaré aquí.

–Eso me... me gustaría –dijo Stephanie en voz baja, y siguió al coronel.

Fuera del salón principal, éste se puso delante de la cámara que controlaba las puertas correderas; cuando se abrieron, se apartó y le indicó que entrara.

–Señorita.

Stephanie entró, sorprendida de que no la siguiera, y las puertas se cerraron sin hacer ruido.

Con mirada culpable y la cabeza ligeramente inclinada hacia delante, examinó la amplia estancia de veintiséis por catorce metros. Sabía que su pose y su lentitud debían de parecer tan furtivas como se sentía.

–¡Ah!, señorita Williams. –La voz tintineante se interpuso en sus pensamientos y la devolvió a la realidad con un sobresalto–. Qué amable ha sido en venir.

Entonces, Zarah –Lili– flotó alrededor de la joven, toda ella encaje y tul. «¡La bailarina del infierno!», se dijo Stephanie sin una pizca de caridad.

–Espero que no la moleste –mintió Zarah.

–Claro que no –contestó la joven con igual falta de sinceridad.

–Bien, porque tengo una pequeña sorpresa para usted.

La mujer rió alegremente, cogió a Stephanie del brazo y, como si fuesen viejas amigas, la acercó demasiado a su cuerpo, a la vez que la guiaba hacia el fondo del salón.

La mirada cautelosa y alerta de Stephanie saltaba de un objeto a otro, sin saber lo que buscaba hasta que, de repente, vio la espalda de un anciano de cabello cano.

«¡Santo Dios! No es posible. ¡No habrán traído al viejo ruso aquí sólo para un careo!»

Stephanie aminoró el paso y oyó, sin prestarle atención, el alegre y necio monólogo de Zarah... Lili... que seguía parloteando al rodear la mesa del sofá. Y allí se encontraba Boris Guberoff.

«¡Que no se me note la sorpresa!», se ordenó, aunque sabía que el susto y la conmoción debían reflejarse en su perpleja expresión de absoluta estupidez y en su ceño fruncido, que no podía sino traicionarla.

Como un viejo sabueso que olfatea, el anciano levantó la cabeza despacio y movió la nariz, hasta mirarla directamente a los ojos.

Y, con voz tan triunfante, dramática y malvada que resultaba artificial, Zarah anunció:

–He aquí la pequeña sorpresa que le tenía guardada... un viejo amigo suyo, creo, señorita Williams... ¿señorita Williams? –Zarah le soltó el brazo y levantó las cejas, perpleja ante el vacío de la mirada de la joven.

Stephanie percibió la fuerza de los ojos acuosos del anciano. ¿Sería reconocimiento lo que centelleaba en ellos? Ya se imaginaba lo que diría: «El color del cabello y el peinado son diferentes, por supuesto; el color de los ojos, también, pero es ella, ¡oh, sí!, ella es la que me engañó».

–¿Sí? –dijo Zarah, con voz impaciente y cortante.

El anciano abrió la boca y volvió a cerrarla; sus mejillas y su mandíbula se movieron, como dando un masaje a su dentadura postiza.

–¿Y bien? –insistió la mujer.

Guberoff soltó un profundo suspiro, negó con la cabeza y miró a Zarah con expresión impotente.

–Nunca he visto a esta mujer, lo siento, Lili... –empezó a decir, pero se sonrojó al darse cuenta de su descuido.

–*Imbecille!* –siseó Zarah en italiano; sus ojos atraparon la luz de la lámpara y despidieron dagas malévolas.

A Stephanie le costaba creer lo que había oído. ¡Lili! ¡Había llamado Lili a Zarah!

Ésta se volvió hacia ella, apenas capaz de mostrarse cortés.

–Lo siento, señorita Williams, no sé por qué, pero creí que era usted amiga suya... sin duda es un error típico de los viejos...

Y, para sorpresa de Stephanie, Zarah... ¡Lili!... la sacó a toda prisa, la apartó de la presencia del anciano antes de que...

¡Sí! ¡Antes de que siguiera metiendo la pata!

Stephanie se reunió con Eduardo en cubierta.

–Ha sido rápido. ¿Qué quería mi madre?

–Sólo me preguntó si conocía a un amigo suyo –respondió la chica en tono aparentemente aburrido.

–¿Y lo conocías, a este amigo?

Ella negó con la cabeza y se metió las manos en los bolsillos. Pasearon por la cubierta.

–¿Quién era?

–No me lo dijo –respondió con la verdad, pero sabía que era otra mentira, aunque no fuese más que por omisión.

–¡Ese idiota! ¡Ese maldito idiota!

Con cada uno de sus febriles movimientos las capas del vestido de Zarah crujían, enfurecidas.

«¡No bastaba con que lo trajera a bordo, no! ¡Además, el viejo tonto tuvo que llamarme por mi verdadero nombre! ¿Por qué?»

A un lado, el coronel Valerio aguardó a que su rabia se apaciguara.

Ella giró sobre los talones, con las manos alzadas como zarpas. Resultaba magnífica en su furia, ¡Medea gloriosamente resucitada!

–¡Saque inmediatamente a ese pretexto de hombre de este yate! ¿Me oye? ¡De inmediato!

–¡Sí, señora! ¿Quiere que se haga algo concreto con él?

–Sí. ¡Mátelo! ¡Mutílelo! ¡Hágalo pedazos! –chilló, pero luego recuperó un poco la compostura–. No. –Suspiró tan hondo que todo su cuerpo tembló–. Puede que la tal Virginia Wesson intente ponerse en contacto con él de nuevo. Que sus hombres italianos lo vigilen las veinticuatro horas del día. Uno o dos podrían conseguir empleo en ese... ese infierno geriátrico donde espero que muera pronto.

Cuando se encontró a solas en su suite, y oyó que el helicóptero se iba y el rugido de sus motores se alejó, la acumulación de miedo, tensión y, finalmente, alivio, hizo temblar a Stephanie sin control. Tardó al menos cinco minutos en recuperarse y sólo entonces se percató de la ironía de la situación.

¡Qué absurdo tan delicioso, tan gracioso! «Zarah trajo a Guberoff de Milán para que me identificara como Virginia Wesson –pensó, divertida–. Y, en lugar de eso, él confirmó mis sospechas de que Zarah es Lili. Eso es justicia poética, no cabe duda.» Se recreó con el perverso placer de alguien que ha evitado un destino funesto por los pelos.

26

Nueva York

–Hospital San Lucas. Información sobre pacientes –contestó la operadora de la centralita con voz cantarina. Después de una pausa–: El paciente ha mejorado y su condición es estable.

–¿Está segura? –dijo una voz tras una profunda inspiración.

En la cabina telefónica del Market Diner, el Fantasma colgó. «Es hora de ponerse manos a la obra –pensó–. Hora de decir: Vaya con Dios, hijo de puta.»

Sammy se levantó muy temprano, impaciente por ir al San Lucas a ver a Aaron Kleinfelder.

«¡Vaya sorpresa la que tendrá Stephanie cuando llame!», se dijo con una sonrisa complacida.

Esperó hasta las ocho para llamar al hospital.

–Lo siento –le dijo una enfermera–, ya no está en la UCI, lo han llevado a la habitación cuatrocientos treinta y dos.

Sammy la convenció para que transfiriera la llamada al puesto de las enfermeras de la cuarta planta.

–¿Cómo es que le han pasado a esta extensión? –exigió saber una enfermera–. Las horas de visita son de cuatro a seis, ¡sin excepción!

Con un suspiro el anciano miró el auricular, colgó y luego miró su reloj.

Faltaban ocho largas horas...

Eran exactamente las cuatro de la tarde cuando el médico, con el estetoscopio colgando del bolsillo de su bata blanca, se unió a la multitud de visitantes arremolinada en el vestíbulo. Todos se acercaron precipitadamente al primer ascensor disponible.

–Usted primero –le dijo un hombre, apartándose con cortesía.

–Gracias –contestó, y al llegar a la cuarta planta se disculpó y salió.

Como el primer ascensor se encontraba demasiado lleno, Sammy tuvo que esperar hasta que llegara el siguiente.

Iba muy elegante. En una mano llevaba un gran ramo de claveles y, en la otra, una bolsa de galletas con trocitos de chocolate y nueces.

El médico caminaba con decisión, como alguien que tiene un destino oficial en mente.

En la televisión de la habitación 432, una voz alegre preguntaba:

–¿Alguna vez ha deseado dar amor? Buenos días, soy Shanna Parker...

El Fantasma se detuvo y echó una ojeada de unos breves segundos a ambos lados del pasillo, antes de entrar por la puerta abierta y entrecerrarla para ocultar lo que estaba a punto de ocurrir.

–Como madrina de la BPI –decía Shanna Parker–, recibo informes periódicos, fotografías y cartas que me ponen al día...

El Fantasma, por su parte, se alegró al ver que se trataba de una habitación semiprivada y que, de las dos camas, sólo una estaba ocupada por un paciente que parecía un gordo y fofo querubín de cabello gris y rizado. Pese a la televisión, dormía profundamente.

Como no quería cargarse al paciente equivocado, se acercó al pie de la cama y revisó el historial. «Kleinfelder, Aaron.»

–Reza tus oraciones, hijo de puta –susurró al volver a colgar el historial en su lugar–. Estás a punto de dejar este mundo.

De la cama vacía cogió una almohada, corrió silenciosamente la cortina, cubrió la cara de Aaron con la almohada y la sostuvo allí con ambas manos.

Aaron Kleinfelder despertó, asfixiándose y aterrorizado. Trató de gritar, pero la almohada apagaba todos los sonidos. Se agitó; sus movimientos se volvieron más y más débiles a medida que perdía la vida, hasta que, pasados unos minutos, se retorció por última vez y quedó inmóvil.

El Fantasma apartó la almohada y comprobó el pulso en la garganta de Aaron. Se quedó de pie, respiró hondo, soltó el aliento despacio y miró al muerto con la expresión que suele tenerse ante un trabajo bien hecho.

–¡Es maravilloso ver cómo el hambre se convierte en nutrición; la desesperanza, en esperanza, y la enfermedad, en salud! –afirmaba Shanna Parker en la televisión–. Se asombrarán ante los múltiples cambios. ¡Imagínenlo! Por tan poco dinero... por unos centavos diarios...

Sin apartar la vista de Aaron Kleinfelder, el Fantasma mulló la almohada, la dejó en la otra cama, sacó una rosa roja del bolsillo de la bata blanca y la dejó en la almohada de Aaron. Una vez colocada su tarjeta de visita, salió tranquilamente con una profesional sonrisa de satisfacción.

Sammy sacó un clavel del ramo.

–Éste es para usted –dijo, galante, y se lo dio a una enfermera junto a la cual pasaba–, y uno para usted. –Sacó otra flor y se la dio a una anciana que caminaba con bastón.

Siguió su camino con paso garboso, mirando los números de las habitaciones. Al ver al médico, sacó otro clavel y se lo dio.

–Que tenga un buen día.

El médico lo cogió y asintió con la cabeza sin detenerse.

Así fue cómo, sin saberlo, Sammy le dio una flor al Fantasma.

27

En el mar - Cannes - Niza

El resto del crucero fue como la cuenta atrás del despegue hacia Brasil. Córcega, Elba, Livorno, Portofino, San Remo y Mónaco desfilaron como un borrón. Stephanie no lograba deshacerse de la extraña sensación de que en cualquier momento despertaría y se encontraría en su propia cama en Nueva York, que se vería inmersa de nuevo en la realidad, y que Eduardo y Brasil desaparecerían en la neblina de todos los sueños olvidados.

–¡Me cuesta creer que estoy haciendo esto! –le comentó a Eduardo una y mil veces.

–Te encantará Brasil –le prometió él, sonriente–. Hay muchísimas cosas que estoy impaciente por enseñarte.

–¡Quiero verlo todo!

–Todo –murmuró él, y la besó largamente–. Todo y más.

«Debería de sentirme triunfante», pensó la joven.

Pero en la oscuridad de esa noche plagada de estrellas, a solas en la cubierta, la abrumaban un sentimiento de culpabilidad y miedos poderosos.

«No soy yo la que está acompañando a Eduardo a Brasil, sino Monica Williams.»

Mientras el viento le apartaba el cabello del rostro, se dijo que su misión sería mucho más sencilla si no se sintiera tan atraída por Eduardo.

«Eduardo, cariño, lo que menos me imaginaba es que nos enamoraríamos; pero, puesto que lo hemos hecho, me resulta aún más importante llegar al fondo de este misterio, no podemos tener suspicacias pendiendo sobre nuestras vidas como espadas colgando de hilos frágiles. ¿Lo entiendes, mi amor? La verdad es la única garantía que tenemos de una dicha duradera. ¿Lo entiendes, cariño mío?»

Un zumbido apagado interrumpió sus cavilaciones y se volvió. A la luz de los faroles de la cubierta vio a Zaza acercarse en su silla de ruedas motorizada; la observó maniobrar con destreza, aparcar y poner el freno.

–Espero que no te moleste –dijo la anciana, mirándola a la cara.

–No, claro que no. –Stephanie negó con la cabeza y se apartó un mechón de cabello del rostro.

–Eres una joven muy agradable y estoy muy contenta de que hayas decidido venir a Brasil con nosotros. Yo tenía razón, ¿sabes?, desde un principio tuve la impresión de que serías la persona idónea para Eduardo.

–Me gustaría estar tan segura –manifestó la joven con una sonrisa triste.

–¡Pues yo sí que lo estoy! –Zaza le cogió una mano–, no tienes por qué estar preocupada por Eduardo o por Brasil; ya quieres al hombre y estoy convencida de que querrás también al país.

–¡Hace que todo suene muy sencillo! –Esta vez la sonrisa de Stephanie resultó melancólica.

–¡Y lo es! –opinó Zaza ligeramente exasperada–. ¡Vosotros, los jóvenes! Siempre lo complicáis todo, siempre hacéis que las cosas parezcan más insuperables de lo que son. Bueno, he de irme. Que pases una buena noche, *liebchen.* –Se despidió con la mano y se alejó con tal velocidad que el zumbido de su silla no tardó en desvanecerse.

Otra vez a solas, Stephanie oteó el mar. «Quizá Zaza tenga razón –pensó, pues sabía que en ese momento, más allá del oscuro horizonte, Johnny seguía esa enorme y sorprendente embarcación futurista–. Me sigue a mí. –Se agarró a la barandilla. «Pero no por mucho tiempo, Johnny, chico, no por mucho tiempo. Mañana saldremos hacia Brasil y me perderás la pista; entonces tendré una cosa menos de la que preocuparme.»

De todos modos, eso le dejaba un buen montón de asuntos por resolver.

Al día siguiente, Stephanie presenció la facilidad silenciosa, casi misteriosa con que viajaban los Veiga, como si todo lo hiciera funcionar una máquina invisible.

Al regresar a su suite después de desayunar, se encontró con que ya habían hecho sus maletas, como por arte de magia. Con todo arreglado por criados invisibles, se sintió extrañamente distante, confusa y desconcertada, y en su mente se formó una imagen perturbadora, la de una hoja de otoño, delicada y frágil, a merced del viento.

Y cuando, media hora más tarde, el coronel Valerio fue a buscar su pasaporte, sintió que perdía aún más el control de su vida.

–Suelo hacer los trámites de inmigración y aduanas mucho antes de que embarquemos en el jet –le explicó–, así, apenas subidos al avión podemos despegar.

Puesto que el pasaporte representaba su último vínculo con la libertad, no le apetecía entregárselo, aunque no le quedaba más remedio.

–Gracias, señora –dijo el coronel, y se lo guardó en un bolsillo–. Despegaremos a las tres de la tarde en punto.

La joven subió a cubierta. El *Chrysalis* estaba anclado a una milla de la costa. El sol deslumbraba en un cielo despejado, y una neblina purpúrea difuminaba los Alpes.

–¡Ah, allí estás! –oyó gritar a Eduardo–. Te he buscado por todas partes –exclamó, y le dio un sonoro beso en los labios.

–¿Ah, sí? –Esta declaración pareció complacer a Stephanie que correspondió al beso y le sonrió.

–Claro que sí. –El joven se quitó del hombro la bolsa de lona que cargaba y la alzó para enseñársela–. ¿Por qué, si no, iba a tomar los vestidores de la piscina por asalto? ¿Crees que estarán bien bañadores color turquesa para los dos?

–¿Para qué? ¿Acaso vamos a nadar?

–Entre otras cosas. –Le rozó la nariz con la suya.

–¿Oh? ¿Qué otras cosas? –Los ojos de la joven chispeaban y sus dientes centelleaban, cual perlas.

–Pues, es que estamos muy cerca de Cannes.

El joven se pegó a ella, sus labios volvieron a juntarse y la conversación cesó.

Eduardo hizo que la lancha los dejara en Le Suquet, el encantador y antiguo puerto de pescadores con sus pequeñas y pintorescas calles y su bullicioso mercado. Tomaron café en el muelle y pasearon por La Croisette, el famoso paseo marítimo de Cannes con sus playas de arena morena, majestuosas palmeras y hoteles con aspecto de haber sido construidos con azúcar.

Como siempre, Eduardo fue el guía perfecto. Parecía saberlo todo y se esforzó en señalarle todos los puntos interesantes. La llevó a la rue Macé y a la rue des Serbes, donde echaron un vistazo a las tiendas de antigüedades; luego, en el Alaska de la rue des États-Unis, disfrutaron del helado más sabroso que la joven había probado en toda su vida, un helado de pistacho, cacahuete y castaña confitada. Y, puesto que no se ha visto nada en Cannes sin ir allí, fueron al malecón del Carlton, pagaron cien francos cada uno por una tumbona y una sombrilla, se pusieron los bañadores color turquesa, chapotearon en el mar y jugaron a la pelota con dos encantadores niños australianos.

Al contemplar a Eduardo, a Stephanie la maravilló de nuevo su capacidad de adaptación, pues parecía que se sentía tan a gusto allí con los chiquillos como hablando con los pescadores del viejo puerto o comiendo en el esplendor formal de un restaurante de cuatro tenedores.

«Cada minuto que pasamos juntos es especial –pensó–. Quisiera que esta mañana fuese eterna. –Tuvo que sonreír para sí misma, ya que eso pensaba cada vez que se encontraban juntos–. Me pregunto si siente lo mismo.»

Lo deseaba de todo corazón.

Después de una hora en la playa, se cambiaron y fueron a La Palme d'Or, el restaurante del hotel Martinez-Concorde, decorado al estilo art déco y cuyas paredes estaban cubiertas de viejas fotos de cine. Comieron suculentas costillas de cordero, dulces tartas de cebolla aderezada con tomillo y frambuesas del Col de Bleine. Fue una de las comidas más deliciosas que Stephanie había saboreado y, aun así, casi ni prestó atención a los alimentos, pues sus pensamientos se centraban exclusivamente en Eduardo y a su lado hasta pan y agua habrían sido estupendos.

«Me pregunto cómo sería toda una vida con él.»

A las dos, el jefe de camareros se acercó a la mesa.

–Señor, su coche ha llegado.

–Gracias. –Eduardo pasó discretamente un billete de cien dólares de su palma a la del hombre–. Por favor, dígale al chófer que espere.

–Con mucho gusto, señor.

El jefe de camareros hizo una reverencia y cruzó la sala, como si anduviera sobre un cojín de aire. Eduardo sonrió irónicamente a Stephanie, que entendió el significado de la sonrisa.

Casi había llegado la hora de volar hacia lo desconocido.

–¿Me disculpas un minuto, Eduardo? –La joven empujó su silla hacia atrás–. He de ir al lavabo.

Cogió su bolso y se puso en pie. Como sabía que la observaba, atravesó la sala con paso sosegado y grácil, pero una vez fuera del restaurante, en el vestíbulo del hotel, donde ya no la vería, apretó el paso y se dirigió directamente hacia la cabina telefónica más próxima.

Cogió el auricular con ambas manos e, impaciente, golpeó repetidas veces el suelo con la punta de los pies. Se volvió a medias y ojeó el amplio vestíbulo mientras esperaba que la operadora de la centralita la conectara.

Había la actividad habitual: llegadas, salidas, botones bregando con equipaje, un joven con un cartel, y un hombre sentado en un sillón, con las piernas cruzadas y un periódico en el regazo, mirándola directamente... sí, ¡a ella!

Stephanie se sobresaltó, casi soltó el auricular y lo atrapó con manos torpes. ¡Lo conocía! ¡Jesús, sí que lo conocía! Era el viejo gigoló de Marbella. Pero ¿qué hacía allí? ¿La estaría siguiendo? Y, de ser así, ¿para quién? ¿Y por qué?

De pronto oyó una voz graznar algo en su oído. Se volvió de nuevo y apretó el auricular contra la oreja, a la vez que miraba por encima del hombro hacia... una silla vacía, salvo por el periódico doblado. ¡Imposible!

«¿Adónde ha ido?»

–Está llamando –le comunicó la telefonista de la centralita.

–Gracias.

Stephanie echó una última ojeada por el vestíbulo, pero no encontró al hombre. Sin embargo, sabía que no se lo había imaginado.

Un clic interrumpió los distantes timbrazos y la voz familiar de Sammy contestó.

–Diga.

–¿Tío Sammy? ¡Ay, tío Sammy, gracias a Dios que estás en casa!

–¿Chiquilla? ¡Dios mío! Ha ocurrido algo. ¿Te acuerdas de lo que te dije de Aaron Kleinfelder, el hombre que estaba en coma?

–¡Tío Sammy! –La joven casi gritó de frustración–. ¡Sólo tengo un minuto! Te he llamado para...

–¡Chiquilla, escúchame! –Nunca antes le había hablado de modo tan cortante.

–¡Tío Sammy, no tengo tiempo de hablar! Sólo quería decirte que estamos a punto de ir a Brasil en avión...

–Chiquilla, ¿tienes idea de cuál es la situación en la que te has metido? Aaron Kleinfelder ha muerto porque descubrió un...

–¿Está muerto? –Stephanie parpadeó–. Pero si acabas de decirme que estaba en co...

–Lo estaba. –Sammy le explicó que Aaron Kleinfelder había despertado del coma, pero que había muerto poco después de ser trasladado de la UCI–. Alguien lo asfixió, chiquilla, lo asesinaron.

–¡Lo asesinaron! –Las manos de la chica se aferraron al auricular–. Tío Sammy, ¿estás seguro?

–Sí –contestó el anciano en tono cansado–. Lo asesinaron y el asesino dejó su tarjeta de visita en su almohada, una rosa roja recién cortada. ¿Puedes creerlo?

–¡Ay, Dios! –Stephanie respiró hondo, apoyó una mano en la pared de la cabina y descansó la cabeza en ella–. Tío Sammy –suspiró–, de veras tengo que irme. Trataré de llamarte en cuanto llegue a Brasil...

–¡Por Dios, chiquilla! ¿Quieres escucharme? No debes ir a ninguna parte con los Veiga, insisto, a ninguna parte, y menos a Brasil. Sé que suena melodramático, pero Aaron Kleinfelder, Vinette Jones y tu abuelo fueron asesinados por lo que habían descubierto. ¿Crees que dudarán en matarte también a ti?

Stephanie suspiró y se estremeció. «¿Matarme? ¡Dios Santo!»

–Chiquilla, quiero que regreses a Nueva York. Enseguida. En el próximo vuelo.

Pero la joven ya no lo escuchaba. Algo más le había llamado la atención, una luz brilló en la puerta de cristal del restaurante que se abría y cerraba.

¡Eduardo! La buscaba, por supuesto.

Stephanie vaciló una fracción de segundo, colgó rápidamente, respiró hondo y volvió a mirar por encima del hombro.

¡La suerte estaba de su parte! Dándole la espalda, Eduardo dobló el brazo y miró su reloj...

La chica aprovechó la oportunidad, cogió su bolso, salió impetuosamente de la cabina, le dio una palmadita en la espalda y carraspeó.

–¿Se queda aquí parado como un maniquí o se mueve y habla?

–¿De dónde vienes? –Eduardo se volvió, sorprendido–. Te he buscado por todas partes.

–¿No te lo dije? –Stephanie esbozó una sonrisa de autocomplacencia–. Por mis venas corre sangre de Houdini, por parte materna. –Soltó una risilla queda y pasó un brazo por el suyo.

–Me temo que hemos de irnos –le dijo el joven sonriente.

La guió con destreza a la salida y la ayudó a acomodarse en el asiento trasero del Rolls Royce que los aguardaba.

Sin que lo supieran, fueron acompañados hasta el aeropuerto...

Por un Ford Escort blanco que, a tres coches de distancia, siguió al Rolls Royce desde el momento en que se alejó del hotel, cuando se unió al tráfico de La Croisette rumbo al sur, y cuando tomó el desvío hacia el aeropuerto de la cercana Niza.

Sin embargo, el Rolls Royce no se dirigió hacia la terminal de pasajeros, sino que enfiló un camino de servicio que llevaba directamente a los hangares y a los talleres de mantenimiento. Allí se detuvo delante de un portón de malla metálica.

Quince metros más atrás, el Ford Escort aminoró la velocidad y aparcó en el arcén. Sus ocupantes observaron a un guardia armado acercarse al Rolls y, tras una breve conversación, abrir el portón e indicarle que pasara, con un gesto servil.

El Rolls fue hacia la pista de despegue, donde, antes de desaparecer detrás de un hangar, lo empequeñecieron las altísimas alas de los jets.

El portón se cerró de nuevo.

El Escort fue hacia el portón y se detuvo. El guardia se acercó, pero en esta ocasión hizo un gesto de inconfundible autoridad.

–Non, non. Cette entrée est strictement interdite aux personnes non-autorisées. Faites demi-tour tout de suite!

28

Niza - En vuelo a Brasil

El Rolls Royce se detuvo frente a una anticuada escalera de embarque.

–Esperaba un jet privado –dijo Stephanie, estupefacta, cuando el chófer la ayudó a salir.

–Lo es –contestó Eduardo.

–¡Es un condenado siete cuarenta y siete, Eduardo! –La chica soltó una risa queda.

–Puede que sea un poco más grande que la mayoría de jets de empresa –el joven se encogió de hombros–, pero es privado, te lo aseguro. Vamos. –La asió del codo y la llevó a la escalera.

Las sorpresas no hacían más que empezar.

–Senhor Veiga –saludó con calurosa voz de fumador la azafata que los esperaba arriba–, ¡me alegro de verlo! Y usted debe de ser la señorita Williams.

–Sí.

–Bienvenida a bordo. Soy Camilla y estoy a sus órdenes.

Stephanie la siguió sin dejar de mirar alrededor, asombrada; el interior del avión no se parecía a nada que hubiese visto antes. El estribor, por el que se dirigían hacia atrás, era un largo y estrecho pasillo como los de los trenes. Unas puertas correderas se abrían a unas espaciosas estancias que daban a babor.

Camilla los llevó a una fantástica sala decorada en varios tonos de blanco, muebles de piel blanca y cromo, cojines de seda blanca y pinturas impresionistas colgadas de las mamparas blancas, entre las cuales Stephanie reconoció un Monet, un Pissarro y dos Vuillard, y, encima de un aparador empotrado, una bailarina en bronce de casi un metro de altura, obra de Degas. «Cualquier museo del mundo daría lo que fuera por cualquiera de estos tesoros», pensó.

–Todos han embarcado ya. Por favor, abróchense el cinturón –pidió Camilla–. Hemos recibido autorización de la torre de control para despegar de inmediato.

Mientras se acomodaban en un sofá de piel blanca, Stephanie tuvo la sensación de haber dejado atrás la realidad.

Johnny Stone vio cómo el jet de Veiga despegaba, subía casi verticalmente y desaparecía de la vista.

–¡Mierda! –exclamó en voz muy baja, dio un puntapié a una rueda delantera del Ford Escort blanco, con torpeza se subió al asiento del pasajero y se dio un golpe en las rodillas con el tablero–. ¡Mierda! –repitió, y cerró de un portazo.

El gigoló que había contratado en Marbella, tanto por su destartalado yate de recreo como por sus conocimientos de esta parte del mundo, se encontraba en el asiento del conductor.

–¿Qué quiere hacer ahora? –preguntó.

–¿Ahora? –Johnny formó pistolas con ambas manos y señaló el aeropuerto–. Quiero que me dejes en la terminal de pasajeros.

Durante el vuelo, Ernesto atendió su extenso imperio desde el centro de mando computadorizado.

En los vuelos largos, Zarah prefería recluirse. Su camarote era digno de una reina y estaba decorado con un mobiliario en varios tonos melocotón: alfombra con relieves en forma de mariposas; cama extra grande, su cabecera enguatada y con dibujos de alas de mariposa; sofá ultramoderno y dos sillones giratorios tapizados en piel color melocotón nacarado; tocador empotrado con espejo redondo enmarcado por dos colmillos de elefante; y en las mamparas, una colección de voluptuosos desnudos de Boucher iluminados por focos invisibles.

El cuarto de baño incluía un jacuzzi. El ropero contenía un vestuario completo de modelos exclusivos que Zarah guardaba siempre a bordo.

Zarah estaba en la cama cuando el aparato alcanzó su altitud de crucero de ocho mil quinientos metros. Lucía pendientes con enormes diamantes amarillos, turbante de lamé dorado y pantalón y blusa amarillos estilo harén, con bordados de hilo de oro. Fruncía los labios pintados de color coral y sus ojos centelleaban, detrás de sus pestañas pintadas con máscara color ónice. A su alrededor, esparcida sobre la cama, como un juguete, tenía su amplia colección de broches en forma de mariposa adornados con piedras preciosas.

Le encantaba jugar con ellos, le encantaba conocer todos los detalles de su historia, le encantaba acariciar con los dedos su artesanía perfecta. Más que nada, le encantaba tener que escoger el que se pondría: la mariposa de perfil con alas de diamantes y rubíes y cuerpo de perlas en forma de lágrima –que antaño perteneció a la reina de Rumanía–; la mariposa boca arriba con las patas separadas, incrustada de diamantes amarillos y marrones –de la depuesta emperatriz de Irán–; la mariposa de noche con alas de lapislázuli y tórax de oro –según la leyenda, perteneció a Cleopatra–; el medallón de malaquita y jade, en forma de mariposa de una sola ala, que al abrirse se convertía en mariposa de dos alas, en la izquierda de las cuales había una diminuta fotografía de Alejandra Fedorovna, y en la derecha, una del zar Nicolás II –de la última zarina de Rusia–; la mariposa nocturna cuyas alas eran de idénticas conchas de nácar pintadas con damas y caballeros de la corte francesa en miniatura –de la pobre María Antonieta.

Y muchos, muchísimos más, docenas y docenas... de valor incalculable.

El coronel Valerio, al que había mandado llamar justo después de despegar, aguardaba junto a la puerta en posición de descanso.

–Me temo que nuestra señorita Williams se está convirtiendo en un gran estorbo, coronel. –Zarah frunció el entrecejo–. Traté de advertirle que no viniera, pero, por desgracia, no me hizo caso.

Con una mano movió los insectos alados sobre la colcha y el ruido que produjo se asemejó al que haría una plaga de escarabajos vivos. Se arrodilló, cogió un montón de joyas, las alzó como una sacerdotisa haciendo una ofrenda a los dioses y cerró sus hermosos ojos.

–En el peor de los casos, hay que deshacerse de ella –añadió.

Dicho esto, echó la cabeza completamente hacia atrás, abrió los dedos y dejó caer las mariposas. Llovieron sobre sus hombros y sus pechos; era como si rubíes, diamantes, zafiros y esmeraldas hubiesen cobrado vida y volasen sobre ella. Zarah gimió y los broches dieron un último tumbo sobre la cama, rodaron y se quedaron quietos.

–Llamaré al Fantasma, que está en Nueva York. Así no tendremos que involucrarnos –declaró el coronel Valerio.

–Dígale que no se apresure demasiado. –Zarah cogió una mariposa al azar y la examinó con aire pensativo–. Creo que nuestra señorita Williams no durará el tiempo suficiente para requerir tales medidas. Quiero que el Fantasma esté listo por si acaso... como precaución. ¿Entendido? –Sonrió, cogió otra mariposa, y otra y luego otra, hasta que en sus manos relució una exótica colonia que parecía dispuesta a alzar el vuelo.

LIBRO TERCERO

Eternidad

1

Río de Janeiro (Brasil)

–Río aparecerá por allí.

Eduardo dio un golpecito en la ventanilla con un dedo.

Stephanie se inclinó hacia el plexiglás. Allí, justo debajo de ellos, Río se extendía con todo su esplendor.

–¡Es bellísima! –exclamó sin aliento.

–Es una de las ciudades más hermosas del mundo –convino Eduardo con un asentimiento de cabeza y una sonrisa–. En mi opinión, la más hermosa.

A continuación le indicó los lugares mundialmente conocidos: Ipanema, el lago Rodrigo de Freigas, el Corcovado con el gigantesco Cristo en su cumbre, y, a la derecha, Copacabana, el Pan de Azúcar y brillantes barcos de recreo flotando en la bahía de Guanabara.

–¿Ves el hipódromo que está justo debajo de nosotros? Es el Club Jocquie y ahora verás el Jardín Botánico.

Stephanie distinguió a gentes tomando el sol alrededor de piscinas en las azoteas de los rascacielos y embotellamientos de coches en las calles que había en torno a las playas de arena. Luego vio el otro Río, el de las *favelas* apiñadas en las laderas escarpadas y las montañas, alrededor de la ciudad. La profusión de barrios pobres escandalizó a la chica e hizo que la ciudad perdiera de pronto parte de su resplandor.

–He leído y he visto películas acerca de estas *favelas,* pero, ¡por Dios!, no sabía que hubiera tantas.

–No existen soluciones fáciles. Entiéndelo, Monica, Río es

gigantesco, la habitan diez millones de personas, muchísimas de las cuales son sumamente pobres, paupérrimas. Aquí, más que un enorme problema, la pobreza es una enfermedad.

Al poco rato rodaban por la pista de aterrizaje hacia una apartada zona que había delante de los hangares, donde los esperaban una limusina y un Jeep, un funcionario de inmigración y uno de aduanas, ambos uniformados.

–Aquí bajamos –anunció Eduardo al desabrocharse el cinturón; se puso en pie, asió a Stephanie de la mano y la levantó–. Bienvenida a Río –le dijo con voz ronca, y la abrazó, mirándola a los ojos–. Espero que te guste tanto como a mí.

–Estoy segura de que así será.

La joven le sostuvo la mirada.

Durante el vuelo, Eduardo le había contado sus planes.

–La sede central del Grupo da Veiga se encuentra en São Paulo. Mi padre está al mando de todas las operaciones allí, pero también necesitamos una sucursal para todas las empresas que tenemos en Río, y yo la dirijo. Allí trabajarás tú; estoy seguro de que te resultará muy emocionante.

«¡Ojalá pudiese estar tan segura!», pensó Stephanie, teniendo en cuenta que sabía algo que él ignoraba, o sea, que era un fraude que había irrumpido en su vida con segundas intenciones.

–Más vale que nos pongamos en marcha. Mis padres y Zaza vuelan a São Paulo y, cuanto antes nos despidamos de ellos, antes podrán marchar.

Se habían despedido en escasos minutos, el equipaje se había llevado del avión al coche, los trámites de inmigración y aduanas –mera formalidad en el caso de los Veiga– se habían cumplido, e iban rumbo a la ciudad en una limusina con chófer. A Stephanie el trayecto le resultó inolvidable.

Supuso que se debía tanto a las espectaculares vistas urbanas como a las maravillas que, según Eduardo, encontraría en ésta, su ciudad natal. Naturalmente, le era de suma importancia despertar su interés. «¡Está tan deseoso de que sea dichosa aquí!»

I

Iban por la muy transitada avenida Infante Dom Henrique, paralela a la ancha extensión de arena de la playa Flamengo. Stephanie vio mujeres bronceadas, tomando el sol con minúsculos bikinis, y grupos de hombres de complexión atlética, con diminutos bañadores, jugando al fútbol y al voleibol.

–Por lo que veo, tendré que comprarme un bañador. ¡No sabía que estuviesen de moda los bikinis tan minúsculos!

Eduardo rió.

–Por eso los llaman *fio dental,* hilo dental.

Y entonces le habló del Amazonas, el río y la selva más grandes del mundo, de impresionante belleza e incontables peligros. Pintó un retrato de una tierra fuera del tiempo... el río Negro, uno de los numerosos afluentes del Amazonas, donde no hay mosquitos y el agua está negra por la vegetación podrida que mata las larvas de los mosquitos... le habló de los caimanes... de los gimnotos y de las pirañas... y del capibara, el mayor roedor del mundo, que aguanta hasta ocho minutos sin respirar bajo el agua.

–¡Eduardo! –protestó Stephanie–. ¿Cómo encontraremos tiempo para ir a todos esos lugares? Tenía entendido que trabajaría...

–Y trabajarás –la tranquilizó–, trabajarás. Verás, Monica, el Grupo da Veiga posee un enorme complejo de pruebas y manufactura farmacéuticas en el corazón del Amazonas; se llama Sítto da Veiga y de vez en cuando tendremos que ir allí por cuestión de negocios. –Iban por la avenida das Nações Unidas, que atraviesa la montaña por medio de dos largos túneles rectos–. ¡Ah! –añadió el joven cuando el coche entraba en el segundo de éstos–, casi hemos llegado. –Y, en el momento en que salían a la cegadora luz, anunció–: Henos aquí, en la Zona Sul, la zona del sur. ¡Mira, Monica! Estamos en el Río de los carteles turísticos.

Stephanie agachaba la cabeza y estiraba el cuello por turnos. En esta parte de la ciudad, próspera, elegante y moderna, había tiendas por doquier, cafés al aire libre y cariocas escasamente vestidos.

–¿Y bien? ¿Qué te parece?

–¡No tenía idea de que Copacabana fuese tan grande! ¡La playa es interminable!

–Y pegada a ella está Ipanema, también enorme. Confío en que pronto la conocerás. Ahora, ¿quieres que hagamos un poco más de turismo o prefieres ir directamente a tu apartamento?

–¿Mi apartamento? –La chica se volvió hacia él–. No... no entiendo.

–De hecho, se encuentra en uno de los numerosos edificios propiedad del Grupo da Veiga, donde reservamos varios apartamentos amueblados para los personajes importantes que nos visitan. El tuyo está vacío. Quiero decirte también que puedes quedarte allí todo el tiempo que quieras... permanentemente, si quieres.

¡Permanentemente! Stephanie se quedó boquiabierta.

–Me gustaría verlo.

Pulsando un botón, Eduardo bajó el cristal que los separaba del asiento delantero y dio instrucciones al chófer.

Stephanie se recostó con la vista fija en la más famosa playa del mundo. De nuevo se sentía extrañamente impotente, como si hubiesen decidido todo por ella. Los acontecimientos se sucedían deprisa y no sabía si agradecerlo o irritarse. ¿Sería Eduardo extraordinariamente atento o tendría segundas intenciones? Apartó la idea de la mente. «No debo ser desagradecida aunque tenga segundas intenciones, porque yo también las tengo.»

Se trataba de un ático, un dúplex más o menos en el centro de Copacabana, con dos terrazas que daban al océano. El primer piso estaba compuesto de vestíbulo, sala sumamente espaciosa de paredes de cristal, comedor separado, amplia cocina al estilo europeo, cuarto de aseo y habitación para el personal de servicio. Desde un extremo de la sala se subía por una ancha escalera de caracol de madera de teca a tres lujosos dormitorios con sus respectivos cuartos de baño, mobiliario atractivo y caro, complementado por hermosas litografías enmarcadas.

Una mujer de mediana edad, cuyo cabello cano lucía una apretada permanente, los recibió en la puerta.

–Ésta es Astrid, el ama de llaves. Te ayudará a instalarte.

–¿Cómo está, señorita Williams? –Astrid hablaba un buen inglés, pero con fuerte acento.

–Bien, gracias. –Stephanie le estrechó amistosamente la mano. «Eduardo no me ha hablado de ella», pensó, y se preguntó qué otras sorpresas la esperaban.

Un portero del edificio acudió con el equipaje de Stephanie y Astrid lo envió arriba, antes de volverse de nuevo hacia la chica.

–Si desea, le enseñaré el apartamento.

–¡Me encantaría! –Stephanie miró a Eduardo de reojo–. No te importa, ¿verdad?

–Claro que no. –Sonrió ante su excitada curiosidad apenas contenida–. Me prepararé una copa y te esperaré en la terraza.

Cuando acabaron de examinar el apartamento, la chica dio las gracias a Astrid y alabó sus dotes de ama de llaves. Bajó a la terraza inferior y se acercó a Eduardo sigilosamente por la espalda.

–No sé qué decir, de veras.

–¿Por qué ibas a decir algo? –El joven se volvió y se apoyó, relajado, en la barandilla.

–¿Que por qué? –Stephanie señaló las puertas de la terraza–. Porque este lugar es tan grande y lujoso. Pero no voy a necesitar un ama de llaves a tiempo completo...

–Sí que la necesitarás. –Eduardo esbozó una sonrisa pícara–. Por tu posición en el Grupo da Veiga tendrás que dar algunas fiestas y cenas de negocios y Astrid es una experta planeando cócteles y cenas formales. Con el tiempo creo que te resultará indispensable. –Arqueó una oscura ceja, divertido–. Debes aprender a confiar en mí, Monica.

–Confío en ti... pero... ¡este lugar! –Alzó las manos en señal de impotencia y las dejó caer–. Seguro que es escandalosamente caro.

–Si hace que te sientas mejor, lo deduciremos de tu sueldo.

–Sí, pero ¿puedo permitírmelo? –Se sonrojó y desvió la mirada; después, respiró hondo, levantó la cabeza y le miró a los ojos–. No quiero ser mercenaria, Eduardo, pero ni siquiera sé cuánto ganaré ni cuál será mi puesto. De hecho, ¡no sé nada!

–Recuerdo que me dijiste que habías producido anuncios para televisión.

–Sí.

«¡Ay, Dios! –pensó Stephanie–. Ahí vamos de nuevo. ¿Hasta dónde va a llegar esta maraña de mentiras?»

–El Grupo da Veiga consiste en varias industrias separadas. A diferencia de la mayoría de nuestros competidores, no damos contratos a agencias publicitarias; contamos con un departamento que produce todos los anuncios para la prensa escrita y la televisión. Allí es donde trabajarás. ¿Te parece bien un sueldo anual de ciento cincuenta mil dólares americanos?

–¿Y qué tengo que hacer para ganármelos? –preguntó la chica con los ojos como platos.

–Serás la vicepresidenta a cargo de la publicidad en televisión. –Una sonrisa maliciosa empezó a formarse en sus labios–. Pero no se te exigirá que hagas el amor conmigo si no lo deseas.

–¿Y si lo deseo? –Stephanie le sostuvo la mirada con un brillo en los ojos.

–Lo vería como un beneficio suplementario para los dos. –La sonrisa de Eduardo se ensanchó.

Ella sintió surgir en su interior una fuerte corriente de calor y en su mente apareció la imagen del musculoso cuerpo desnudo de Eduardo, embistiéndola. Con voz temblorosa intentó encauzar la conversación de nuevo hacia los negocios.

–¿Cómo sabes que merezco ciento cincuenta mil al año?

–Creo firmemente en la teoría de que uno nada o se ahoga. El talento tiene la costumbre de subir a la superficie.

–¿Y si me ahogo?

–En ese caso –sin apartar su mirada de la de ella, Eduardo dejó su copa en la barandilla y la abrazó–, tendremos que encontrarte otro puesto.

2

Río de Janeiro (Brasil)

Las oficinas del Grupo da Veiga estaban en una mansión rosa y blanca en pleno centro de la ciudad. Al entrar en el edificio, Stephanie tuvo la impresión de haberse adentrado en otro mundo. El palaciego vestíbulo contenía piezas de arte de valor incalculable y mobiliario digno de un museo. En el centro, una bella recepcionista estaba sentada ante un brillante escritorio de madera de tulipero, que estaba vacío salvo por un teléfono multilíneas.

En cuanto Stephanie se presentó, la recepcionista sonrió.

–Es un placer conocerla, señorita Williams. El senhor Veiga la espera. –Le indicó un grupo de sillones antiguos–. ¿Quiere sentarse, por favor?

Stephanie tomó asiento en uno de los sillones tapizados. Al cabo de unos minutos, vio a Eduardo bajar por la escalera curva, se puso en pie y fue a su encuentro. «Parece distinto... me pregunto por qué.»

Entonces se dio cuenta de la razón: era la primera vez que lo veía vestido de hombre de negocios y la ropa ciertamente reforzaba su ya potente aura de poder; parecía que todo en su atuendo había sido diseñado para un propósito concreto, el de transmitir confianza, autoridad y poder en estado puro.

–Monica. –El joven le cogió las manos y las sostuvo más tiempo del necesario; luego, con una encantadora sonrisa, las soltó y dio una palmada–. ¿Estás lista para la gran visita guiada?

Astrid había esperado a que Stephanie se fuera a trabajar para hacer la llamada.

–La señorita Williams se acostó temprano y se durmió enseguida. Ni recibió ni hizo llamadas telefónicas; se levantó a las seis, fue a correr por la playa, se duchó y desayunó café, zumo de piña y yogur antes de irse a trabajar.

–Vuelva a informarme mañana –dijo el coronel Valerio.

La línea se cortó y Astrid miró el auricular. «Y buenos días a usted también», pensó.

La visita duró casi hora y media. La primera parada fue en la división metalúrgica, seguida por la química y la de ingeniería.

Y así siguieron, de división en división. En la sección de *florestais*, Stephanie se enteró de cuáles eran los productos relacionados con la madera, la pulpa y el papel; en el departamento de *minerais*, había muestras expuestas en vidrieras de los minerales y las piedras preciosas y semipreciosas que extraía la empresa.

Pero lo que realmente la fascinó fue la división de genética al ver las muestras de frutas, verduras, legumbres y flores manipuladas por medio de la ingeniería genética.

–Eduardo, ¿quién está a cargo del programa de genética?

–La doctora Vassiltchikov.

«Eso me temía –pensó la joven–. Que Dios nos ampare.»

–Basta ya. Como habrás notado, he dejado tu departamento para el final.

La sección de publicidad se hallaba en el primer piso. Cuando Eduardo le franqueó el paso, todos los miembros del departamento se reunieron en el despacho más cercano a la entrada para conocerla, y Eduardo hizo las presentaciones.

–Éste es Rubens Montenegro... –dijo, refiriéndose a un esteta alto de mediana edad, cuidada barba gris y actitud profesional–. El senhor Montenegro es responsable de todo el departamento y despacharás con él directamente... Karolyn Gatto... –Señaló a una mujer seria que vestía blusa de cuello alto y traje gris, sin joyas–. La senhora Gatto se encarga, como tú, de la publicidad, pero en la prensa escrita; trabajaréis juntas en casi todas las campañas... Lia Cardoso, tu ayudante personal... –Era una joven con aspecto de duendecillo descarado y alegre, de grandes ojos azules, cabello castaño y sonrisa espontánea–. La senhorita Cardoso habla muy bien el inglés y es una intérprete excelente... Amadeu Ricúpero... Aloísio Fortes... Mauricio Carneiro...

Stephanie estrechó la mano de cada uno.

–Tengo varias reuniones –le dijo Eduardo mirando su reloj–. La senhorita Cardoso te llevará a tu despacho y el senhor Montenegro te hablará de tu trabajo. –Y se marchó.

–Parece un tanto confundida –comentó Lia entre risas–. Yo también lo estaría, después de conocer a tanta gente a la vez. Le enseñaré su despacho.

Se trataba de una espaciosa estancia con mobiliario italiano y grandes pantallas de televisión conectadas a reproductores de vídeo. En el techo, un gran ventilador creaba suaves corrientes de aire, y la vista desde las ventanas era espléndida.

–Ése, junto a las ventanas, es su escritorio, y la mesa de dibujo y el ordenador son suyos también. Mi escritorio está cerca de la puerta. Espero que no le moleste tener que compartir el despacho conmigo, pero, hasta que construyan una nueva ala, me temo que estaremos bastante apiñados –manifestó Lia.

–Creo que nos las arreglaremos –aseguró Stephanie.

Fue a su escritorio. «Hasta ahora, todo bien.» Gracias a la visita guiada de Eduardo, tenía una visión general de cómo funcionaba la sucursal de Río; contaba con escritorio propio en un espacioso despacho y ayudante personal bilingüe. Ahora, lo único que necesito es averiguar en qué consiste mi trabajo.»

Ese primer día pasó volando. Tuvo que revisar facturas de cadenas de televisión, ver nuevos vídeos y criticarlos, comer con un productor y aprobar proyectos de anuncios que se estaban preparando. Agradecía los conocimientos y el buen humor de Lia.

–Sinceramente, no sé lo que haría sin ti –le dijo.

–¡Oh, te las apañarías! –contestó ésta tuteándola, y se rió–. Mira cómo cortaste veinte segundos de ese anuncio de vídeo sin que perdiera el impacto. Ya le has ahorrado un millón de dólares a la empresa y apenas es tu primer día. ¡Creo que eres lo que necesitan para tu cargo!

«No, Lia, soy un fraude que se ha acostado con el jefe.»

Quince minutos antes de la hora de salida, Lia filtró lo que debía ser la quincuagésima llamada telefónica del día.

–Monica, es para ti.

–Aquí Monica Williams.

–¿Cómo le van las cosas, señorita Williams? –preguntó Eduardo.

–Muy bien. –El corazón le dio un brinco al oír su voz–. Si es que un buen día puede ser uno en el que no ha habido desastres importantes –añadió riendo.

–¡Entonces, yo diría que has tenido un día espléndido! –El joven rió también–. ¿Y bien? ¿Cenamos, como habíamos quedado? ¿O estás demasiado cansada?

–Para serte sincera, estoy sufriendo los efectos del *jet lag*, pero me encantaría cenar.

–¡Bien! Iré a tu apartamento a las siete.

Stephanie colgó tarareando.

Lia esperó a que Stephanie se marchara, abrió un cajón del escritorio, quitó el doble fondo y rebobinó la microcasete de la grabadora activada por la voz, que estaba enchufada a la línea telefónica de Stephanie. Tras escuchar todas las conversaciones, cogió su propio teléfono y marcó varios dígitos que se había aprendido de memoria.

El coronel Valerio contestó.

–Soy Lia Cardoso –anunció la chica y resumió el primer día de trabajo de Stephanie. Para acabar, añadió–: El senhor Veiga invitó a la señorita Williams a cenar. La recogerá en su apartamento a las siete. No dijo adónde irían.

–Muy bien. Mantenga los ojos y los oídos abiertos. Espero un informe cada día.

Después de colgar, Lia rebobinó la cinta, volvió a colocar el doble fondo en el cajón y se fue a casa, con la seguridad de que, gracias a sus ingresos extra, era la ayudante personal mejor pagada de Río.

Stephanie llevaba un vestido mini a rayas horizontales de lentejuelas rosa y melocotón, medias oscuras transparentes y zapatos de tacón alto que se ataban en el tobillo. No lucía ninguna joya y, con su oscuro y serio flequillo y un maquillaje luminoso, Eduardo no recordaba haber visto nunca a una mujer tan atractiva.

A juzgar por todos los cuellos que se estiraban, el resto de los comensales tampoco lo recordaba y no porque en el restaurante Petronius de Ipanema no estuviesen acostumbrados a las mujeres hermosas, a la ropa y las joyas costosas, sino porque la misma sencillez y el porte elegante de la joven la hacían resaltar.

El jefe de camareros los condujo con orgullo a la mejor mesa que había junto a la pared de cristal que daba a la playa, y un camarero les llevó una botella de Dom Pérignon, con los cumplidos de la casa.

–¡Estoy impresionada! –susurró Stephanie–. Seguro que eres un tipo muy importante para que se desvivan así por ti.

–¿Yo? –Eduardo negó con la cabeza–. Vengo muy a menudo y nunca me han tratado así. No soy yo el que causa sensación, Monica, sino tú.

–¡Sabía que este vestido era demasiado escotado! –exclamó, y rió, dichosa.

Pidieron y comieron como autómatas, pues sólo tenían hambre uno del otro.

El preocupado personal decidió que su falta de apetito se debía al amor.

Eduardo pagó y añadió una generosa propina. Fuera, el cielo era de terciopelo negro, el viento soplaba con fuerza, y las estrellas del sur ofrecían todo un espectáculo.

–Sólo para ti –murmuró con voz ronca el joven.

–¡Para nosotros! –lo corrigió la chica; sus ojos oscurecidos brillaban–. ¿Queda lejos tu apartamento?

–A ocho manzanas en esa dirección. –Eduardo señaló playa abajo con el mentón–. Podemos ir andando.

Atravesaron la avenida Viera Souto corriendo, como los dos enamorados que eran. Una vez en el otro lado, Stephanie se quitó los zapatos y las medias; él se remangó el pantalón, y, zapatos en mano y cogidos de la cintura, cruzaron la arena hasta las olas.

El aire salado resultaba embriagador; el agua, fría y refrescante. Salvo por unas cuantas parejas, tenían la playa para ellos solos. A su izquierda, los rascacielos refulgían como joyas, y, frente a ellos, los focos bañaban de luz el Pan de Azúcar.

–¡Es mágico! –susurró la joven, y se apretó contra él.

Surgió una ola más grande, les golpeó las pantorrillas y formó perezosos remolinos fosforescentes. Eduardo se volvió hacia ella.

–Monica.

Suspendidos en el tiempo y en el espacio, apenas abrazados, sus labios se rozaron, se besaron ligeramente, se mordisquearon y se saborearon. Al cabo de un rato, Stephanie se apartó.

–Hum –murmuró.

Entrelazando los dedos en los suyos, descansó la cabeza en su hombro y siguieron andando por la playa.

No hablaron hasta llegar al apartamento, un ático dúplex en forma de ele, en el edificio más alto; gracias a unas paredes de cristal y a un techo voladizo cubierto de plantas, todo parecía suspendido encima de una gran piscina: el Atlántico hacía las veces de jardín delantero.

–¿Una copa?

Stephanie negó con la cabeza, le rodeó el cuello con los brazos y le bajó la cabeza. Durante un rato fueron sus labios los que hablaron y luego sus manos se unieron a la conversación.

Despacio, muy despacio, Eduardo bajó la cremallera del vestido y dio un paso atrás. La prenda cayó como una cáscara brillante, y los senos de Stephanie se liberaron, henchidos, fuertes y orgullosos; sus pezones se endurecieron de pronto, enhiestos, al aire fresco.

–¡Eduardo! –susurró con aliento entrecortado.

Sentía las piernas temblorosas y la pegajosa humedad de su entrepierna. Entonces, incapaz de contenerse, atacó la camisa del joven, tiró frenéticamente de los botones y le arañó el pecho. De repente, las fuertes manos de éste la detuvieron.

–¡No vayas tan rápido! –susurró con los ojos bien abiertos–. No hay prisa...

Lo miró como hipnotizada. Con una sonrisa comprensiva y con extrema delicadeza, Eduardo dibujó con los dedos la curva de sus pómulos y de su fuerte barbilla. Entonces, ahuecó las manos, tomó su cara entre ellas y le acarició las encendidas mejillas con los pulgares.

–E... duar... do...

–Calla.

Los pulgares de Eduardo seguían rozándole las mejillas, le acariciaron las comisuras de los labios. De modo casi casto, le besó la frente, la punta de la nariz y los párpados.

Los pechos de Stephanie subían y bajaban por el esfuerzo que le causaba respirar. ¡La estaba volviendo loca! Completamente loca. ¿Por qué no seguía?...

Los dedos del joven se enredaron en su cabello bruscamente y tiraron de su cabeza hacia atrás. Ella separó los labios y su grito se convirtió en sollozo cuando él le cubrió la boca con la suya.

¡Cuán salvaje, el hambre de los dos! Todo vestigio de contención desaparecido, él le metió la mano entre las piernas y ella arqueó el cuerpo, le quitó la camisa y presionó fuertemente las caderas contra las suyas.

Stephanie sentía el bulto del pene del joven, ya duro, pugnar por liberarse de los pantalones.

A los pocos segundos, también estuvo desnudo. Su miembro se alzó contra su vientre y sus testículos colgaron como deliciosas frutas maduras; una única vena se dibujaba a lo largo del glande.

Por un momento permanecieron inmóviles, respirando trabajosamente y examinándose como combatientes sexuales, y entonces, despacio, ella se acostó en la ancha otomana y abrió las piernas, invitándolo con los ojos chispeantes, expectantes.

Con insoportable lentitud, él se puso a horcajadas sobre ella; su pecho osciló sobre el de ella, la cogió de las caderas, bajó el cuerpo y la penetró.

El repentino dolor punzante hizo gritar a Stephanie, pero luego una extraña expresión maravillada apareció en sus ojos.

–¡Sí! –susurró–. Eduardo... ¡Sí! ¡Sí!

Empezó con calma, entró y salió a medias, poco a poco, entró de nuevo y volvió a salir a medias, penetrando el sedoso y suave secreto de su femineidad; la sintió tensar los músculos cuando se introdujo más hondo, sintió elevarse su temperatura interna.

Giró en su interior, subió y bajó, volvió a girar y, finalmente, cuando ya no aguantaba más, arremetió con primitivo ardor.

Los susurros de la chica se convirtieron en gemidos, y éstos en gritos cuando él aceleró el ritmo de los embates. Frenética, sacudió la cabeza de lado a lado y cerró las piernas con fuerza en torno a sus nalgas; retorciéndose y levantándose fue al encuentro de cada embestida; estrechó su abrazo y le bajó la cabeza hacia los pechos.

–¡Ámame! –le susurró al oído, mientras él se los mordisqueaba, se los chupaba y ella seguía arqueándose, deseosa de encontrarse con él, de que la atravesara con su arma.

Eduardo aceleró el ritmo y la fuerza de sus embestidas.

Los movimientos de Stephanie se volvieron más frenéticos y resueltos. Se había convertido en un lecho de brasas, un volcán que hizo erupción y lanzó su lava ardiente.

Entonces, las explosiones que la habían sacudido surgieron también en Eduardo, en un torrente, y su propia potencia, caliente y espesa, brotó y se unió al flujo de la joven.

–¡Monica! –gritó, torció el gesto y se aferró a ella como si en ello le fuese la vida.

Se dejaron caer, estrechamente abrazados, con los ojos vidriosos y la respiración entrecortada. Paulatinamente, la tormenta amainó, retrocediendo como una inundación. Permanecieron acostados, en silencio, y su respiración volvió a su ritmo normal.

Pasado un rato, Stephanie levantó la cabeza y lo miró.

–¡Vaya!

Todavía lo sentía en su interior, caliente aún, duro.

–Esto –murmuró Eduardo– estuvo bien como aperitivo...

–Coronel, soy Astrid Bezerra –dijo la mujer al día siguiente por la mañana.

–Sí, señorita Bezerra, ¿tiene algo que decirme?

–La señorita Williams acaba de irse a trabajar. Anoche regresó a las seis y cuarto, se duchó, se cambió y fue a cenar con el senhor Veiga a las siete. No regresó hasta casi las dos. No recibió ni hizo llamadas telefónicas.

–Ya veo.

–Adiós –empezó a decir el ama de llaves, pero él ya había colgado.

3

Río de Janeiro – Isla de la Borboleta (Brasil)

Para Stephanie, trabajar en el Grupo da Veiga no se parecía a nada de lo que había experimentado antes. Cada día le traía nuevos desafíos; debía idear campañas de publicidad y películas de relaciones públicas para cada división de la empresa, producir treinta y dos spots, contratar a personas para determinados proyectos, familiarizarse con los productos y tomar un sinfín de rápidas decisiones.

Cada día agradecía más sus dos regalos del cielo: Lia en el trabajo y Astrid en casa; no sabía cómo se las habría arreglado sin ellas.

El chófer de Stephanie hablaba por teléfono.

–¿Coronel Valerio? Soy Felipe Piva.

–¿Sí, senhor Piva?

–Cada lunes, miércoles y viernes, después del trabajo, llevo a la señorita Williams a la escuela de idiomas en la calle Jose Inhares. Regresa a casa en taxi.

–Sí, senhor Piva.

–Gracias, senhor.

«Mi red se estrecha, señorita Williams.»

Stephanie llamaba a Sammy al menos una vez por semana. Para mayor seguridad, lo hacía desde la Telerj, la oficina de la compañía telefónica, donde podía hacer llamadas internacionales a través de la operadora a cualquier hora del día.

Como ese día, las primeras palabras de Sammy eran invariablemente:

–¿Va todo bien ahí, chiquilla?

–Todo va bien, tío Sammy –le aseguró–. De hecho, no podría ir mejor.

–Bien, bien. –El anciano hizo una pausa y suspiró intencionadamente–. Pero te echo de menos, chiquilla. ¿Tienes idea de cuánto tiempo estarás ahí?

–No, depende de cuándo el departamento de seguridad me autorice a visitar las diversas instalaciones. De momento, todo indica que estaré aquí bastante tiempo.

–Eso me recuerda que, antes de morir, Aaron Kleinfelder me dio su código personal y su contraseña secreta en la BPI. Puede que aún no los hayan borrado de los ordenadores.

–Espera –a Stephanie la recorrió un estremecimiento de excitación–, tengo que sacar mi agenda del bolso... de acuerdo, dispara.

–Su número de identificación era: cero, nueve, nueve, guión, tres, cd; repito: cero, nueve, nueve, guión, tres, cd en minúsculas. Su contraseña era «COOKIE». ¿Lo tienes?

Stephanie se lo repitió.

–Sólo acuérdate de que te dije que te anduvieras con cuidado –le advirtió.

–Oye, necesito que me hagas un favor...

–Lo que quieras, cariño, ¡lo que quieras!

–¿Podrías llamar a la compañía aérea y hacer que me envíen a *Waldo*?

–¡Enseguida! –Sammy sonaba absolutamente delirante de alegría–. Pero no soy yo el que te hará un favor con eso, chiquilla. ¡Tú eres la que me hace a mí el mayor favor del mundo!

A la segunda semana, Stephanie ya se había acomodado en su nueva vida, gracias a la llegada chillona de *Waldo,* cuya presencia hacía de su apartamento un hogar.

Como es comprensible, Astrid no se sentía tan entusiasta.

–¡Un loro! –exclamó, cuando Stephanie entró cargada con la enorme jaula–. Traer un loro a Brasil es como...

–Llevar carbón a Newcastle –terminó por ella la joven, refiriéndose a la ciudad hullera de Inglaterra–. Lo sé –añadió sonriente.

–¡*Wal-do! ¡Wal-do!* –Excitado, el loro subía por los barrotes de su jaula–. ¡*Waldo* quiere una galleta! ¡Je-je-je-je!

–Ya te daré tu galleta –le prometió Stephanie para calmarlo y le acarició el pico–. Ahora, cierra el pico.

–¡Steph! ¡Steph, te quiero, Steph!

La joven se encogió. «Lo que me faltaba, que un pájaro me delate. ¿Por qué no habré pensado en eso?»

–¿Qué dice? –preguntó, Astrid con curiosidad.

–¡Oh!... Dice: «Steph». Supongo que su amo anterior se llamaría Stefan o Stephanie.

Una vez salvado ese escollo, decidió que, para celebrar la llegada de *Waldo,* invitaría a Eduardo a cenar. Le dio la noche libre a Astrid, cocinó, redujo la iluminación de las luces y abrió una botella de Dom Pérignon.

–Por nosotros dos –brindó.

–Yo diría que ahora somos tres. –Eduardo ya había metido un dedo entre los barrotes y sin la menor muestra de temor le daba a *Waldo* un canapé tras otro.

A Stephanie le costaba creer lo que veía: el ave no sólo se estaba comportando bien, sino que parecía haber aceptado a Eduardo sin vacilaciones y no trató de picarlo ni una sola vez. «¿Acaso no cesarán los milagros?»

–¿Y eso es todo, señorita Bezerra? –preguntó el coronel.

–Bueno, coronel, hay algo que me parece un tanto extraño... tiene que ver con ese infernal loro que la señorita Williams mandó traer. Me parece muy raro que, cada vez que la ve, trate de llamar su atención con una sola palabra, «Steph».

–¿Y la señorita Williams responde?

–*Sim.*

–¿Le preguntó usted lo que quería decir?

–Sí. Su explicación fue que debió ser el nombre de su amo anterior.

–Dígame, señorita Bezerra, el pájaro, ¿trata de llamar su atención... o la de otra persona... con esa misma palabra?

–Nunca.

–Hum. Eso es muy interesante.

«Su primer error, señorita Williams.»

–Stefan –dijo el coronel Valerio en voz baja.

Se encontraba solo en la galería de tiro. El arco de su Pearson contaba con polea ajustable y cinco flechas de carbón y fibra de vidrio, moldeadas bajo compresión, con punta de acero de casi tres centímetros de diámetro. Deslizó una en el arco, estiró el brazo y tiró del cable hacia atrás; por la mira de treinta milímetros vio el punto rojo centrado en el blanco, al que había grapado la fotografía de Stephanie, y soltó el disparador.

Casi al instante, a una velocidad de vértigo, la flecha atravesó la foto. ¡Había dado en el blanco!

Sacó otra flecha, la insertó, movió la mira un poco hacia la derecha y colocó el punto rojo electrónico en el segundo blanco.

–Stephanie –dijo, y lanzó la flecha.

¡Y de nuevo acertó!

–Steffie... Stephan... Stefanie...

En rápida sucesión, las cinco flechas dieron en el blanco, justo entre los ojos.

«Cazar a los humanos resulta realmente gratificante. Los prefiero a los animales.»

–Adiós, señorita Williams.

Al final de la tercera semana, Stephanie se había familiarizado no sólo con la geografía de Río, sino también con todos los viejos anuncios del Grupo da Veiga, y había ideado nuevas campañas para cada división. Pero, lo más importante era que había seguido una estrategia concreta para que le proporcionaran acceso a todas las instalaciones de la compañía.

Había llegado el momento de seguir investigando.

«Presentaré mis ideas en la próxima reunión», decidió.

Lili cantaba. En la Quinta de Anastácio, el palacio azul y blanco de la isla de la Borboleta. En la majestuosa sala de Hércules, con sus azulejos azules y blancos estilo rococó, la voz que desafiaba las descripciones se alzó más allá de la gigantesca araña de cristal de roca, y el alto techo de paneles de madera octogonales con espléndidas pinturas la absorbió.

Un bel dì Vedremo, de *Madame Butterfly;* Come Scoglio, de Così fan tutti, *Où va la jeune Indoue?*, de Lakmé, y arias de *La Wally* de Catalin, *La Vestale* de Sontini y *Medea* de Cherubini.

Zarah escuchaba atentamente la grabación de su voz de otra vida, de otro tiempo. Descansaba sobre un triclinio de respaldo redondeado del siglo XVIII, que por su posición formaba triángulo con un rincón, y estaba absorta por su propia voz gloriosa. Daba vueltas por el tallo a una fragante azucena roja, a la que habían arrancado el pistilo, y ocasionalmente acercaba los cerosos pétalos a su nariz.

Ernesto estaba sentado detrás de un enorme escritorio enmarcado en oro; frente a él, en el terrario cubierto por una tela metálica e iluminado por una lámpara de bronce y pantalla de seda verde, una multitud de mariposas amarillas estaba saliendo de su capullo y no tardó en alzar el vuelo. Ernesto se sentía fascinado.

En las sombras, detrás del triclinio, el coronel Valerio aguardaba para informar a Zarah. Al cabo de unos minutos, ésta cogió el mando a distancia y quitó la música.

El repentino silencio casi ponía los pelos de punta.

–¿Coronel? –La mujer lo miró–. ¿Qué noticias tiene?

–En las últimas semanas –contestó él con voz inexpresiva–,

la señorita Williams ha ido cada día a las oficinas de Río. Parece que cae bien a la gente y hace su trabajo bastante bien. A juzgar por sus apuntes y sus conversaciones, ha ideado una campaña publicitaria nueva.

–¿Ah, sí? ¿Y qué hay de las veladas y las noches?

–Ha pasado los últimos tres fines de semana en el apartamento de su hijo. –Esto no pareció sorprenderla, lo había anticipado. El coronel miró hacia Ernesto y bajó la voz–. El Fantasma ha llegado, señora, y espera instrucciones. ¿Desea que neutralicemos ya a la señorita Williams?

Zarah se dio unos golpecitos en la boca con los pétalos de la flor y negó con la cabeza.

–Creo que es un poco pronto. –Sus brillantes ojos cambiaron de color, y señaló al otro extremo de la habitación, hacia la tormenta amarilla en el terrario–. Tráigame una de esas mariposas –añadió con el tono imperioso que usa una jefa con su sirviente.

El coronel Valerio cruzó la estancia alfombrada, se agachó para hablar con Ernesto y regresó con un espécimen, cogido con delicadeza por un ala; la otra se agitaba desesperadamente en un esfuerzo vano por liberarse.

Zarah soltó la azucena y levantó una fina y grácil mano; con la punta de los dedos pellizcó las agitadas alas, alzó la mariposa y la examinó minuciosamente.

–Supongamos que es la señorita Williams –dijo con una mirada significativa.

–Sí, señora –respondió Valerio con una ligera inclinación de cabeza.

–Como la señorita Williams, es hermosa –añadió Zarah.

Una extraña sonrisa de satisfacción cruzó sus labios y, con lenta deliberación, le arrancó un ala al insecto, la alzó muy alto y la dejó caer como si fuese el insignificante pétalo de una flor. Luego, con la mariposa cogida por el tórax, le arrancó la otra ala e hizo lo mismo con ella.

El silencio en la habitación pareció hacerse más intenso.

Hizo una pausa dramática y arrojó a los pies del coronel el diminuto cuerpo del insecto, ya sin alas, que se agitaba espasmódicamente; el hombre lo observó ceñudo.

–¡Píselo!

El coronel Valerio la miró; en los ojos de Zarah había algo brillante y maligno y, cuando él levantó la bota, ella alzó una mano.

–Des... pa... cio, coronel. Des... pa... cio... para que sienta la agonía...

Contuvo el aliento mientras la bota del coronel Valerio bajó poco a poco sobre la mariposa; el saber que gozaba de fuerza y poder superiores le calentó la sangre.

«¡Ya verá la señorita Williams lo que es bueno –pensó–. ¡Oh, sí! Jugaré con ella como si fuese tan insignificante como un mero insecto.» Levantó lentamente la cabeza.

–¿Nos entendemos, coronel?

La melancolía del expatriado no la embargaba a menudo, pero cuando lo hacía la sacaba de quicio. No tenía con quién hablar y Eduardo se encontraba en Buenos Aires en viaje de negocios.

Sólo una cosa podía hacer. Ir a la Telerj.

Cogió el abrigo y fue en busca de Astrid.

–Hace muy buen tiempo –le dijo–, creo que iré a pasear.

–Por supuesto, señorita Williams.

Desde una puerta que había en la acera de enfrente, Astrid vio a Stephanie entrar en la Telerj y sonrió. «Por eso la señorita Williams nunca usa el teléfono –pensó satisfecha consigo misma–. ¡A pasear! –Hizo una mueca de triunfante desprecio y paró un taxi para llegar a casa con tiempo de sobra–. Sí, algo muy extraño está ocurriendo.»

Sentía impaciencia por llamar al coronel Valerio. Sabía que lo había desobedecido al seguir a la señorita Williams, pero se alegraba de haber tomado la iniciativa. «¡Y el coronel Valerio estará tan contento como yo! Quién sabe, puede que me dé una gratificación como premio», se dijo.

Cuando, a la mañana siguiente, Astrid habló con el coronel Valerio, su reacción la dejó estupefacta.

–Señora Bezerra –le dijo con tono helado–, estamos trabajando en equipo, y yo soy el que dirige el equipo, yo soy el que da las instrucciones. Le prohibí seguir a la señorita Williams, por el simple motivo de que podría descubrirla.

Pese a que se encontraban a cien millas marinas de distancia, la mujer sintió que se sonrojaba.

–Pe... pero –tartamudeó–, creí que...

–¡No se le paga por pensar! –le espetó el coronel–. ¡O cumple mis órdenes o se busca trabajo en otro sitio! ¿Ha quedado claro?

–Muy claro –susurró, asombrada. Al colgar, temblaba–. ¡Bastardo!

Apenas colgó, el coronel Valerio marcó el número de un capitán de la policía en Río.

–Amigo, hace tiempo que no le he dado trabajo adicional.

–Me vendría muy bien, dada la inflación.

Al colgar, el coronel experimentó una cálida sensación de satisfacción. La próxima vez que la señorita Williams fuera a la Telerj, él se enteraría del número de teléfono al que había llamado.

«Señorita Williams, ¡ay, señorita Williams!, ha cometido su segundo gran error.»

Se sentía tan complacido que cogió un montón de fotos, su ballesta Pearson y se fue al campo de tiro.

Las flechas volaron hacia su blanco. ¡Fuap! ¡Fuap! ¡Fuap! Una tras otra, destrozaron las fotografías de Stephanie.

Stephanie y Eduardo acababan de llegar a la oficina de ella tras una reunión matinal del personal. Sentada ante su escritorio, Lia cogía el teléfono y contestaba alegremente:

–Publicidade, Cardoso. Boa tarde!

Mientras escuchaba, la sonrisa de sus labios y la alegría de su voz desaparecieron, para ser sustituidas por un estridente tono preocupado.

–Sim?... Qué!

–¿Qué ocurre? –preguntó Stephanie.

Lia se había quedado sin habla un momento.

–Era la policía –consiguió articular por fin–. Astrid Bezerra ha sufrido un accidente.

–¿Han dicho... han dicho si fue muy grave? –preguntó Stephanie, aturdida.

–Sólo han dicho que la ambulancia la ha llevado al hospital.

–¡Dios mío! –Stephanie respiró hondo y levantó los hombros sin darse cuenta–. Más vale que vaya a ver qué le pasa. Anula mis citas, ¿quieres?

–Iré contigo. –Eduardo la cogió del brazo y la sacó al pasillo–. Verás que puedo serte muy útil con los trámites burocráticos.

Lia observó cómo Stephanie y Eduardo se marchaban, se levantó, rodeó su escritorio y cerró la puerta. Cogió el teléfono y pulsó los números a toda prisa.

–Soy Lia Cardoso de las oficinas de Río, coronel.

–Sí, senhorita Cardoso, ¿qué puedo hacer por usted?

–Esta mañana el departamento de seguridad ha dado una autorización de nivel dos a la señorita Williams –informó, y percibió la trabajosa respiración del hombre.

–Me alegro de que me haya hecho saber la noticia, senhorita.

«Me da miedo –pensó Lia, no por primera vez–. No confío en él.»

«Se está acercando. No puedo dejar que se acerque mucho más.»Lili sabía que pronto tendría que dar la orden y aun así, el Fantasma necesitaría tiempo para prepararse.

¡La muerte! Qué irónico, se dijo, que la muerte, la gran igualadora, el destino al que se negaba a sucumbir, fuese algo que tanto la entusiasmara... ¡cuando le llegaba a las otras personas!

¡Ah, sí! La muerte de la señorita Williams solucionaría muchísimos problemas. Eduardo pasaba demasiado tiempo con ella y no le sobraba ni un minuto para su propia pobre madre.

Una sonrisa cruzó los bellos rasgos de Lili. «Pero eso cambiará; pronto lo tendré todo para mí, *mein schöner Mann, minho homen lindo,* y de paso me habré deshecho de esa entrometida de Monica Williams. Entonces, las cosas volverán a la normalidad.»

Pero, primero, un detalle menor, la guinda para el pastel. Ordenaría que la señorita Williams se enterase de qué era lo que la había golpeado, ¡sí, señor! Debía sufrir una tortura absolutamente exquisita.

La anciana se sentía nerviosa. Como un fantasma agitado recorría la quinta en su silla de ruedas motorizada, atravesando silenciosamente pasillos y espaciosas habitaciones bien ventiladas.

«Sé lo que se traen entre manos Lili y el coronel. Ni siquiera Ernesto sabe de la misa la mitad. ¿Por qué tuve que enterarme yo? ¡No quiero saber estas cosas! ¡No quiero ser parte silenciosa de sus actividades criminales! Y, sin embargo, no me atrevo a descubrirlos. Haga lo que haga, siempre me estrellaré.»

Cuando las paredes de la quinta se le antojaron demasiado semejantes a las de una prisión, Zaza salió a las calzadas que entrecruzaban la isla. En vano.

«La isla entera es una gran prisión. ¡Ay, cómo odio este lugar!»

4

Río de Janeiro (Brasil)

La doctora entró vestida todavía con su ensangrentada bata verde de quirófano.

–¿Senhor Veiga?

–*Sim*. –Eduardo se puso en pie.

–*O meu nome é* doctora Amado.

Le estrechó la mano con energía.

–*Fala inglês, doutora?*

–Hice mi internado en Miami –replicó ella en un inglés perfecto casi sin acento.

–Ésta es la señorita Williams. Se lo he preguntado porque ella no habla portugués. Es la patrona de la senhora Bezerra.

–¿Cómo se encuentra Astrid? –preguntó con inquietud Stephanie, buscando alguna señal en la expresión de la doctora.

–Lo siento, señorita Williams, hicimos todo cuanto pudimos, pero era demasiado tarde. La senhora Bezerra falleció sin recuperar el conocimiento.

Eduardo rodeó los hombros de Stephanie con un brazo, pero ella se encogió y se dejó caer en una silla, decaída y con la boca abierta, como una marioneta con los hilos cortados.

–¿Qué clase de accidente fue?

–¿Accidente? –La ira en la voz de la doctora resultaba inconfundible, aunque hablara bajo–. ¿Qué accidente? La senhora Bezerra recibió numerosas puñaladas. La asaltaron.

¡Puñaladas! Stephanie se aferró a la mano de Eduardo como si fuese una cuerda de salvamento.

–Pero ¿por qué iban a querer herirla?

–¿Por qué? Existen muchos motivos, pero ninguna excusa; más razones que estrellas en el cielo.

–¿Sufrió? –preguntó Stephanie tras respirar hondo.

–No –mintió la doctora Amado al ver la señal en los ojos de Eduardo–. Gracias a Dios, su muerte fue rápida.

Stephanie, desolada, asintió con la cabeza, se la veía pequeña y frágil.

–Mandaré que se ocupen de todo –dijo Eduardo–. Nuestro departamento de personal encontrará a los parientes cercanos, si existen.

–Eso sería de mucha ayuda –comentó la doctora; se inclinó por encima de la mesa y añadió–: ¿Señorita Williams?

–¿Sí? –La voz de Stephanie sonaba agotada.

–Sé que esto es difícil para usted, pero quizá la consuele un poco saber que la senhora no murió sola. –Stephanie la miró con expresión interrogante–. Hubo un buen samaritano. Una transeúnte que la ambulancia trajo con ella, una norteamericana que trató de ayudar, a la que están tratando en este momento de las puñaladas que sufrió al luchar contra el asaltante.

–Quisiera agradecérselo. –Stephanie miró a Eduardo–. Es lo menos que podemos hacer.

–Lo mínimo –convino el joven, y dirigió la vista hacia la doctora.

–Claro. –La doctora Amado se permitió una ligera sonrisa–. Es una mujer muy valiente. Los llevaré con ella. –Los guió hacia una habitación tres puertas más abajo. Los tres entraron y ella les indicó que aguardaran junto a la puerta–. ¿Cómo se siente? –la oyeron preguntar.

–Para serle franca, me siento como una almohadilla para alfileres –contestó una voz amable–. Dígame, doctora, ¿voy a acabar como Frankenstein? Lo pregunto por el modo en que su colega me está cosiendo.

–No creo que tenga de qué preocuparse. El doctor Pinto es un excelente cirujano. –La doctora esperó un momento antes de preguntar–: ¿Está de humor para recibir visitas?

–¡La policía otra vez, no! –exclamó la herida con un gruñido–. ¿Cuántas veces tengo que hablar con ellos? ¡Ya les he dicho todo lo que vi!

–No son policías, sino amigos de la mujer a la que usted trató de salvar. –Abrió la cortina que proporcionaba intimidad–. La señorita Williams y el senhor Veiga.

Cuando la doctora se apartó, Stephanie vio por primera vez a la heroína. Ciertamente, no parecía la clase de persona que podía defenderse, y mucho menos cometer actos heroicos; una mujer de raza negra, esbelta y ágil, de poco más de veinte años, con estilo propio y piel color caoba claro; el cabello negro parecía brotar, como plumas, de una cinta de seda bordada. Sentada en la mesa de reconocimiento, llevaba una holgada túnica gris de tela arrugada, con pliegues, estilo Fortuny.

–¡Hola! –Stephanie dio unos pasos adelante y la saludó alegremente–. Tengo entendido que se ha portado como una heroína.

–¡Eh, habla inglés, y como una auténtica americana! –El rostro de la mujer se iluminó.

–Porque lo soy.

–¡Guay del Paraguay! Es agradable conocer a una compatriota. –Le tendió la mano derecha–. Soy Barbaralynn Harris, pero mis amigos me llaman Barbie, como la muñeca. –Su risa rica y contagiosa le salía burbujeante del fondo de la garganta–. Me imagino que sólo me falta encontrar un semental llamado Ken para que todo vaya sobre ruedas.

A Stephanie le gustó de inmediato; había algo genuino y sólido en ella.

–Eduardo y yo hemos venido porque queríamos darle las gracias por lo que hizo.

–¿Eran parientes usted y la señora asaltada?

–Trabajaba para nosotros. Era muy buena persona.

–Lamento no haber sido de más ayuda.

Los labios de Barbie temblaron, los ojos se le llenaron de lágrimas y volvió la cara para que no la vieran.

–Oye, interviniste y trataste de hacer algo, y eso es más de lo que habría hecho la mayoría. –Stephanie decidió tutearla–. A juzgar por lo que nos ha dicho la doctora Amado, fuiste muy valiente.

–Los dejaré para que sigan charlando –intervino la doctora–. Si me necesitan, estaré en mi despacho.

–Supongo que has venido a Río de vacaciones –comentó Stephanie en cuanto la doctora se hubo marchado.

–En realidad, estoy orientándome, para ver si me gustaría vivir aquí.

–¿Crees que te gustará?

–Es demasiado pronto para saberlo. Lo que ocurre es que formaba parte de un espectáculo en un club nocturno de un transatlántico; atracamos en Río, bajé a tierra y... y fue como una revelación. –Los ojos de Barbie brillaban con ferviente intensidad–. ¡Vi tantos negros aquí! ¡Y tanta mezcla de razas! Después de los prejuicios que hay en los Estados Unidos me dije que quizás aquí encajaría mejor, de modo que el barco se fue sin mí... ¡y heme aquí!

–¿Has encontrado trabajo?

–Hice una prueba para el espectáculo de las mulatas en el Oba-Oba y en Plataforma One, pero aquí hay bailarinas y coristas a porrillo. De todos modos, conseguí una cita para hacer una prueba en el Scala-Río, el club más grande de la ciudad.

–¿Qué tal te fue?

–No me fue, porque no llegué –contestó Barbie con expresión sombría–. Iba hacia allá cuando oí los gritos de tu amiga y...

Stephanie observó cómo el doctor Pinto ataba la última costura con mano experta.

–Para bailar –dijo pensativa–, necesitas tanto los brazos como las piernas.

–Y también lucirlos. Lo sé, créeme, lo sé. Pero la doctora ha dicho que me curaré pronto. Tendré que hacer equilibrios para vivir unas semanas más, hacer lo posible para no engordar, pero estaré bien. Para entonces, tendré que encontrar un empleo rápidamente, porque con la inflación que hay aquí, los precios parecen duplicarse de la noche a la mañana.

–Pero, sin ingresos, ¿podrás aguantar tanto tiempo?

–¡Me las apañaré! –El tono de Barbie adquirió un extraño orgullo y su fiera dignidad tocó una fibra en Stephanie, que se volvió hacia Eduardo.

–¿Podemos hablar un momento? –En el pasillo, la joven cerró la puerta de la habitación–. Eduardo, ¡tenemos que ayudarla! –exclamó sin preámbulos–. Si no hubiese intentado salvar a Astrid podría haber conseguido el empleo; en todo caso, podría bailar hoy. Y ahora pasarán semanas antes de que pueda hacerlo. Has visto ese horrible corte en su brazo.

–Sí, pero no aceptará caridad, se nota que es demasiado orgullosa para eso.

–No. Se me ha ocurrido que de momento puede ser mi ama de llaves en lugar de Astrid, hasta que encuentre empleo bailando.

–Pero... si ni siquiera habla portugués –objetó Eduardo.

–¿Y qué? Lo hará bien.

–Pero encargarse de la compra, del teléfono y de la electricidad, de los proveedores, del servicio a tiempo parcial, de las fiestas de última hora...

–... le servirá para cuando esté viviendo por su cuenta.

–Te importa mucho esto, ¿verdad? –El joven la contempló con curiosidad. Ella asintió con la cabeza–. Pues tal vez no nos perjudique contratarla provisio...

–No lo lamentarás –prometió la chica con voz ronca después de rodearle el cuello con los brazos.

–En ese caso, podrás pagarme con el placer de tu compañía este fin de semana –manifestó Eduardo, sonriente.

–¡Pero si disfrutas de ese placer todos los fines de semana! ¿Qué hace que éste sea tan especial?

–Porque será diferente. Después de lo que le ha ocurrido a Astrid, creo que a ambos nos iría bien salir de la ciudad. Iremos a la isla de la Borboleta.

5

Río de Janeiro (Brasil)

Stephanie y Barbie hicieron buenas migas; el hecho de que hablasen el mismo idioma tuvo no poco que ver con ello, pero mucho más tuvo que ver el que fuesen extranjeras, y para colmo mujeres.

Antes de irse del hospital ya parloteaban como cotorras. Eduardo regresó a la oficina en taxi y dejó la limusina con chófer a disposición de Stephanie para que acompañara a Barbie a Santa Teresa, al hotelucho donde se hospedaba.

Stephanie no recordaba cuándo se había divertido tanto y tan inocentemente. Entró corriendo con su nueva amiga y la ayudó a hacer las maletas y bajarlas, ambas riendo, atrapadas en la sensación de aventura que experimentaban.

Cuando el coche se detuvo frente al edificio donde vivía Stephanie, Barbie miró el lujoso rascacielos, boquiabierta.

–¡Guay! ¡Y en plena playa de Copacabana!

–No te dejes impresionar demasiado –le advirtió Stephanie–. El apartamento va con el puesto de trabajo.

–¡No me extraña que te encante estar aquí con una casa como ésta! Yo tampoco querría regresar a los Estados Unidos.

Con los ojos velados, Stephanie clavó la vista en el océano y se preguntó qué diría si le contara cuánto echaba de menos su país.

–¡Llego tarde! ¡Llego tarde! –exclamó Stephanie al día siguiente en el despacho.

Lucía vestido y chaqueta blancos de Chanel con ribetes negros, medias blancas con grandes lunares negros y zapatos de charol blanco y negro con hebillas doradas que imitaban monedas. En una solapa brillaba un broche en forma de aldaba y en las orejas, pendientes a juego.

–¡Por primera vez! –comentó Lia entre risas–. Cálmate, tienes la agenda libre hasta esta tarde.

–Entonces, ¿por qué estoy corriendo? –Stephanie dejó caer su portafolios y soltó una carcajada.

–Dímelo tú. Hasta tenemos tiempo para tomar tranquilamente el café.

Stephanie recogió el portafolios y se dirigió a su escritorio. Detrás de ella, Lia cogió la bandeja de plata que ya había preparado y se la llevó. Las dos habían convertido en ritual la costumbre de llegar a tiempo para disfrutar de una taza de café recién preparado mientras revisaban el programa del día. Lia sirvió el líquido en sendas tazas de porcelana.

–¿Has visto lo que ha llegado? –preguntó, mirándola de reojo, antes de dejar la cafetera, coger una taza, entregársela y captar su mirada.

Justo en medio de la carpeta del escritorio se encontraba lo que a primera vista parecía una tarjeta de crédito plateada, hasta que se la examinaba más de cerca.

El corazón de Stephanie dio un salto. Era la tarjeta de autorización de seguridad, semejante a la que había visto a la doctora Vassiltchikov usar para abrir la puerta del laboratorio en el *Chrysalis*.

–No puedo usarla para ir de compras, ¿verdad? –comentó con tono desenfadado, tomó un sorbo de café y soltó la tarjeta.

–No, me temo que no. Pero con esta tarjeta de acceso de seguridad puedes hacer todo lo demás. Cuídala como cuidarías tu cartera. Créeme, la pérdida o el robo de una de estas tarjetas causa un sinfín de problemas por todos los cambios de programación informática que requiere.

Stephanie dejó el café, volvió a coger la tarjeta, la guardó en su cartera, y metió ésta en su bolso.

–¡Hecho! –Sonrió y dio unas palmaditas al bolso.

–En serio, Monica. Esa tarjeta es el más importante de todos tus documentos en el Grupo da Veiga, con ella puedes acceder a todos los sitios, menos a los que requieren una de nivel uno.

–Entendido. ¿Quién tiene las de nivel uno, por cierto?

–Los dos señores Veiga, el coronel Valerio y unas cinco personas más.

–Tú, ¿qué tienes?

–¡Oh!, un nivel tres. ¡Ah!, lleva la tuya contigo en todo momento. Si la olvidas en casa y tienes que ir a una de las instalaciones, no harán ninguna excepción; si no la tienes, no entras, sin más.

–Ya veo. Tienes razón, debo cuidarla como a mi vida.

–De eso se trata. –Lia cambió de tema y sirvió una segunda taza para las dos–. Ahora, háblame de tu nueva ama de llaves.

–¿Qué hay que contar? –Stephanie se encogió de hombros–. Es provisional y tendré que ver si funciona.

–Si no funciona, dímelo. El Grupo da Veiga tiene varios apartamentos en diferentes partes de la ciudad para los dignatarios que vienen de visita; aunque están vacíos la mitad del tiempo, cuentan con todo el personal necesario y estoy segura de que puedo conseguirte el ama de llaves de uno de ellos si la necesitas.

–Lo tendré en cuenta. Gracias, Lia.

El teléfono sonó y Lia contestó.

–Es para ti.

–Diga –dijo Stephanie tras pulsar un botón y coger el auricular.

–Soy yo –respondió Eduardo.

Stephanie echó una mirada a Lia, que exageraba en su intento de hacer ver que estaba demasiado ocupada para escuchar. Bajó la voz y trató de sonar enérgica y práctica.

–Dígame, senhor Veiga.

–La razón por la que he llamado –Eduardo se rió por lo bajo y carraspeó–, es que tengo el informe en que detallas las visitas que propones hacer a varias plantas e instalaciones.

–¿Sí? –La chica guardó silencio un momento–. ¿Hay algún problema?

–Que yo sepa, no. Sólo que me preguntaba por qué querías

centrarte primero en la de genética y en la de caridad y fundaciones.

No podía decir que «porque la de genética es el lugar lógico en el que buscar la clave de la eterna juventud, y la de caridad y fundaciones picó mi curiosidad debido a su relación con la BPI». Se alegró de haber pensado bien en un motivo antes de empezar a redactar el informe.

–Es el lugar lógico por el que empezar. Verás, la genética no sólo es interesante por ser una tecnología del futuro, sino que a la larga promete dar los beneficios más importantes para toda la humanidad. Creo que podemos cosechar muchísimas ventajas del futuro si le sacamos partido en el presente. –Hizo una pausa–. ¿Crees que existe mejor modo de probar que «Estamos construyendo un mañana mejor»? –Esperó, pero él guardó silencio–. Lo mismo ocurre con la de caridad y fundaciones. Más que ninguna otra, esa división dará lustre a toda la familia de empresas; dará a las sociedades, que de momento se perciben como codiciosas, un aura de altruismo.

–Hum. Familia de empresas... me gusta eso.

«¡Gracias, Jesús!», fue el pensamiento reverente de Stephanie.

–¿Y deseas empezar tus visitas el lunes?

–Es hora de que comience. –Su voz adquirió un deje preocupado–. ¿Resulta inconveniente?

–¡Oh, no! Tendrás que ir a Sítto da Veiga, por supuesto, y quedarte allí unos días.

–Espero que me baste con cinco días.

–Bien. Ahora que ya hemos tratado las cuestiones de negocios, tratemos otras más excitantes. Tengo entendido que todo está preparado para nuestro viaje de fin de semana, mañana, ¿no? ¿O lo has olvidado?

–¿Olvidarlo? ¿Cómo iba a olvidarlo? Tengo muchísimas ganas de ir.

La llamada llegó esa noche, mientras Barbie ayudaba a Stephanie a hacer las maletas para el fin de semana.

–Yo contestaré. –Stephanie esperaba que fuese Eduardo y cogió el supletorio del dormitorio–. ¿Diga? –Lo único que oyó fue unos ruidos. Frunció el ceño y miró a Barbie, que la esperaba con una blusa a medio doblar en la mano–. ¿Diga? ¿Diga?

–Muere –siseó una voz asexuada–. ¡Muérete, muérete, muérete!

Y la línea se cortó.

6

Isla de la Borboleta (Brasil)

Liso y rapaz como un tiburón, el plateado helicóptero ejecutivo volaba, seguido de su sombra, apenas por encima de los montecillos verdes que constituían las islas costeras.

El interior del aparato estaba insonorizado; decorado todo en piel marrón, suave como la de un guante, acabados de madera con nudos simétricos, moqueta de lana hecha a medida y sillones giratorios de ejecutivo tapizados en cuero. Aparte de los dos pilotos y una azafata, el aparato iba equipado con siete teléfonos móviles y tres máquinas de fax.

–No me lo digas –había bromeado Stephanie cuando subían a bordo–. ¿Es éste el único modo de volar?

–Es el único modo de volar allá. La isla no tiene pista de aterrizaje y el océano suele estar demasiado picado para los aviones anfibios.

Ahora, a novecientos metros de altitud, se aproximaban por la punta oriental.

–Ya estamos encima. –Eduardo la señaló por la ventana.

Stephanie acercó la cabeza y se asomó. Desde esa altitud se

adivinaba bien la forma de la isla, que de veras se parecía a la mariposa por la que había recibido el nombre. Una inspección más atenta revelaba el verdor de la jungla, los acantilados volcánicos y la arena blanca como el azúcar de las playas que la rodeaban. En uno de los dos puertos naturales vio la familiar estructura del *Chrysalis* surcando las olas.

Entonces el helicóptero empezó a bajar, y Stephanie tuvo la impresión de que la paradisíaca isla subía a su encuentro. Al principio, le pareció deshabitada, pero de pronto, en un claro, rodeada de césped inmaculado, apareció la quinta de dos plantas, con sus losas azules y blancas, sus arcos moriscos, sus porches con columnas y sus tejados de terracota desgastada por el tiempo. Delante, un estanque verde del que surgía un templo con cúpula; detrás, el rectángulo de una piscina aguamarina y mobiliario de jardín disperso.

–¡Dios mío! –exclamó la chica en voz baja cuando el helicóptero casi rozó las copas de los árboles, antes de dar la vuelta y volver atrás–. ¡Es un paraíso!

–O tan parecido al paraíso como puede hacerlo el hombre.

Un momento después, el aparato aterrizó en el césped, con la misma suavidad que una pluma en una almohada. El zumbido de los motores se fue apagando y las hélices giraron a menor velocidad. La azafata abrió con presteza la puerta y desplegó los escalones.

En cuanto bajaron, Stephanie vio dos carritos de golf que se dirigían hacia ellos.

–Déjame adivinar. Se trata del transporte terrestre, ¿verdad?

–Así es –convino Eduardo, y se rió.

–Prefiero que caminemos. –La chica le cogió del brazo–. Necesito recuperar el equilibrio.

Cruzaron el césped suave y elástico. La fragancia de las flores impregnaba el aire: buganvillas y jazmines, pasionarias e hibiscos, un edén de rosas y aves del paraíso que se alzaban majestuosas entre enormes hojas dentadas, de guaporús amarillos y frondosos helechos. Pero debajo de los aromas florales subyacía el débil pero inconfundible olor del trópico, el de la sempiterna descomposición y del reciclaje de la vida, de lo viejo convirtiéndose constantemente en abono para lo nuevo.

Mientras rodeaban la piedra de albardilla del estanque, Stephanie paseó la vista alrededor. Vislumbró a un guardia con un rifle al hombro y en la mano la correa de un pastor alemán. Al pasar debajo de una palmera vio que había una cámara de vídeo en el tronco, a nueve metros de altura. «Puede que sea el edén –pensó–, pero es un edén carente de intimidad. El Hermano Mayor controla todos los movimientos.»

Se acercaron a la parte frontal de la casa de estilo mediterráneo, construida con ladrillos, madera y estuco, y cuya fachada cubierta de enredaderas había adquirido un hermoso tono amarillo apagado que encajaba perfectamente con el revestimiento de antiguas losas azules y blancas de la planta baja. La mitad de los postigos blancos se hallaban cerrados y daban a la casa un aire aletargado, engañosamente soñoliento. La circundaban palmeras agitadas por la fragante brisa.

Subieron unos gastados escalones de piedra flanqueados por leones de mármol y en cuanto pisaron la terraza, una nube de mariposas azul zafiro acudió revoloteando, los envolvió unos segundos y se marchó como había llegado. Stephanie giró sobre los talones para verlas desaparecer y se tocó la cara.

–Hasta sentí cómo me hacían cosquillas en la piel –susurró con un deje de sorpresa.

–*Morpho peleides* –murmuró Eduardo, en un acto reflejo–. Es el nombre de esa especie. Mi padre las ha introducido en la isla.

La cogió del codo y la guió por los escalones hacia la fresca sombra de los arcos de la galería, donde a cada lado de la puerta abierta los aguardaban una mujer y el coronel Valerio, éste en posición de firmes y con rostro inexpresivo.

–Señor, señorita –dijo.

Pero la mujer sonrió con evidente placer y tocó con gentileza la mejilla de Eduardo.

–¡Senhor! –susurró.

Debía de tener casi sesenta años y era de complexión fuerte y grandes pechos.

–Ésta es Joana –explicó el joven–. Se ha encargado de la quinta desde que tengo memoria. Joana, quiero presentarte a la señorita Monica Williams.

–¿Cómo está? –Stephanie dio un paso adelante.

La mujer le sonrió y se dirigió a Eduardo en inglés con fuerte acento.

–Sus padres y la doctora se encuentran todavía a bordo del *Chrysalis;* permanecerán allí una hora más. –Se volvió hacia Stephanie–. Y la señora Böhm me pidió que le hiciera llegar sus disculpas por no darle la bienvenida en persona; está haciendo la siesta arriba y quiere que se reúna con ella en la sala de Hércules a las cuatro para el té.

–Parece que le caes simpática a Zaza –comentó Eduardo y con los ojos añadió: «y a mí también», cosa que hizo resplandecer a la joven.

–En esta casa –explicó Joana–, la tradición es servir la cena a las diez. Si tiene apetito entretanto, sólo tiene que llamar a un criado. El desayuno suele servirse a las ocho y el almuerzo, al mediodía. –Hizo una pausa y sonrió–. ¿Puedo acompañarla a su habitación? Estoy segura de que querrá refrescarse.

–¿Nos veremos más tarde? –le preguntó Stephanie a Eduardo sonriendo.

–En la piscina dentro de media hora –le prometió.

Stephanie siguió a Joana hacia un amplio vestíbulo central y subieron por una magnífica escalera curva. En el *piano nobile,* el primer piso aún más grandioso, recorrieron una galería flanqueada de ventanas por un lado, y puertas de dintel de piedra por el otro.

Pero lo que más alteró a la joven fue que a cada seis metros unas cámaras de vídeo giraban despacio de izquierda a derecha, con ojo de cíclope siempre vigilante, controlando cada movimiento y sin duda filmándolo.

Joana se detuvo ante una puerta alta y se apartó.

–Ésta es su habitación. Le subirán su equipaje. –Y, con una sonrisa amistosa, la dejó.

Stephanie permaneció quieta un momento, entró y cerró la puerta. Paseó por el dormitorio de grandes proporciones que recordaba el de una casa solariega. La sólida cama de cuatro postes de madera tallada, con cortinas de seda amarilla, resultaba imponente.

Abrió una puerta y descubrió un lujoso cuarto de baño antiguo. La cerró, cruzó la habitación y salió por otra puerta; se encontró en el segundo nivel de una ancha galería que se encontraba en la fachada de la casa. Allí el sol no deslumbraba tanto, filtrado por enredaderas que, a lo largo de las décadas, habían trepado por las columnas, las barandillas y los aleros.

Al oír voces suaves en su dormitorio, volvió a entrar. Un sirviente le había subido las dos maletas y una doncella las estaba deshaciendo. Tras charlar un poco con ellos, fue a refrescarse en el cuarto de baño.

Diez minutos después, se encontraba fuera, en bikini, con los ojos cerrados, descansando adormilada en una tumbona junto a la piscina.

No sabía cuánto tiempo llevaba allí cuando unas gotas de agua fría le causaron una helada conmoción. Soltó un chillido y se puso de pie de un brinco. Eduardo estaba agarrado al borde de la piscina con una sonrisa pícara.

–¡Eso ha sido ruin!

–Puedo ser más ruin todavía. –El joven se estiró y la cogió del tobillo derecho, sin dejar de sonreír.

–¡Eduardo! –gritó la chica–. ¡No! ¡No lo hagas! El agua está demasiado fría...

Entonces él tiró de su pierna y ella hizo una pirueta en el aire y cayó de plancha en el agua. Cuando salió a la superficie, riendo y gritando, cruzó varias veces el ancho de la piscina con brazadas largas y rápidas, para evitarlo.

–¿Estás dispuesto a rendirte? –gritó sin aliento.

–¡Nunca!

Eduardo volvió a zambullirse y al salir a la superficie, demasiado lejos, ella soltó una carcajada y él volvió a sumergirse como un delfín.

De pronto, Stephanie dejó de nadar y miró alrededor. Eduardo había desaparecido. ¿Dónde estaba? Giró sobre sí misma para ver si había salido de la piscina. Entonces, lo sintió deslizarse entre sus piernas y salir de golpe desde debajo de ella, sonriendo como el gato que ha atrapado un canario.

–Hagámoslo aquí –sugirió, y la estrechó entre los brazos.

–¡Olvídalo! Me he fijado que por aquí hasta los árboles tienen ojos.

Stephanie agitó la cabeza, cambió de posición y flotó serenamente boca arriba.

Eduardo se mantuvo a flote a su lado, incapaz de apartar la vista de sus senos, que se tensaban contra la ceñida tela amarilla de la parte superior del bikini.

–Conozco rincones en donde los ojos de los árboles están ciegos.

–¿Oh? –Stephanie se dejó llevar por la languidez–. ¿Y dónde?

–¿Dónde crees? ¡En las cabañas!

–¿Estás seguro? –preguntó Stephanie, abriendo los ojos y mirándolo.

Al ver su sonrisa maliciosa, la chica se acercó al borde de la piscina de una poderosa brazada y salió.

–¿Y bien? –El agua le resbalaba por el cuerpo–. ¿Qué hacemos nadando alrededor de la piscina?

«¿Habrá algo en este mundo que haga vibrar tanto como el sexo por la tarde?», se preguntaba, feliz, al entrar en la sala de Hércules. Tarareando, la recorrió, admirando esto y examinando lo otro. Como en el resto de la casa, el mobiliario, de buen gusto, consistía en una mezcla de lo palaciego y lo colonial, de grandiosidad europea con esnobismo y relajada comodidad tropical. «Igual que Eduardo, que encarna al caballero más patricio y al plebeyo más terrenal», pensó sonriente.

Al oír el familiar zumbido apagado, se volvió. Zaza, tan regia como siempre, trasponía la puerta en su silla de ruedas motorizada; lucía un vestido color lavanda, un collar de cinco vueltas de perlas de dieciséis milímetros y pendientes de perlas en forma de lágrima. Se detuvo y extendió los brazos, con lo que envolvió a Stephanie en una invisible nube de anticuados polvos de talco y agua de colonia de aroma dulce.

–Monica.

–Zaza. –Stephanie se agachó y la abrazó afectuosamente.

La anciana la alejó un poco y alzó la cabeza.

–He de confesar que ansiaba verte en este lugar tan aburrido.

Stephanie se rió.

–¡Oh!, estoy segura de que te las arreglabas muy bien sin mí. Recuerdo que en el yate siempre pasabas silenciosamente en tu silla, siempre vigilabas. –Una ligera arruga apareció en su entrecejo–. ¡Eso es! Ahora sé por qué te veo tan distinta: no llevas los binoculares.

–Me cansé de ellos, *Liebling.* –Zaza agitó una mano–. Además, decidí que ya no los necesito. Verás, por ser tan vieja, la gente empieza a descuidarse con sus secretos; como creen que estoy senil, medio ciega o que no presto atención, bajan la guardia. –Sonrió–. Pero ya basta. Venga, acerquémonos a la luz para que pueda verte bien. –Stephanie la siguió hasta una puerta, donde Zaza aparcó de cara a la estancia y la contempló–. ¡Ah, sí, tan hermosa como siempre! ¡Ay! –añadió con expresión nostálgica–, qué no daría por volver a ser joven, por tener el futuro ante mí. La verdad es que envejecer es una auténtica desgracia. –De pronto bajó la voz–, pero hay cosas peores –agitó la cabeza y suspiró–, mucho peores.

–¿Ah, sí? ¿Como qué?

–¡Pues no envejecer, por supuesto! –Zaza abrió más los ojos–. Detener el tiempo, hacer que se inmovilice. ¿Qué podría ser peor?

7

Isla de la Borboleta (Brasil)

Stephanie seguía intentando digerir el comentario de Zaza cuando Joana entró con una bandeja sobre la que se hallaba un antiguo servicio de té de plata.

–¡Aquí está! ¿Desea que les sirva?

Disgustada, Zaza agitó una mano.

–Somos muy capaces de hacerlo nosotras, gracias –dijo en tono enérgico. Joana esbozó una afable sonrisa y se fue–. ¿Lo ves? –Zaza clavó la vista en los ojos de Stephanie–. ¿Qué te dije? No sé por qué la gente cree que estar atada a una silla de ruedas la vuelve a una del todo inútil. –Puso en marcha su silla y se dirigió a la mesita–. Siéntate allí, en esa silla –ordenó–. Venga, sirve.

Conversaron de temas intrascendentes mientras tomaban el té y, al cabo de un rato, Zaza dijo:

–Esto está demasiado silencioso; ¿por qué no ponemos un poco de música? La cadena está allí, en esa estantería.

Stephanie cruzó la habitación hacia las estanterías repletas de discos. No obstante, Stephanie cogió los que estaban al lado del aparato, les echó un vistazo a toda prisa y se sintió repentina y momentáneamente conmocionada. *Schneider à Paris...*, *Schneider Recital I...*, *Lili Schneider'Airs d'Opéra Romantiques...*, siguió pasándolos, más rápido, como impulsada por la rabia... *Schneider Opernanien...*, *Lili Schneider Singt Leider Aus Operetten....*

–¿Zaza? No sé qué poner. ¿Qué te apetece escuchar?

–Cualquier cosa, *Liebling*, no importa.

Stephanie formó un abanico con los discos.

–Pito, pito, colorito –dijo, y puso el cuarto, *Opernanien.*

Al cabo de un momento, sonaron los acordes del piano y luego esa voz, esa voz sin igual, esa voz celestial que sólo podía pertenecer a una persona.

–¡No! –gritó Zaza–. ¡No, no, no, no! ¡Apaga eso enseguida! ¡Por Dios, pon otra cosa!

–¿Qué quieres que ponga? –preguntó Stephanie, sobresaltada. Sacó el disco y miró a la anciana.

–¿Qué te parece Brahms? Me encanta Brahms.

Stephanie puso los ojos en blanco.

–Un Brahms enseguida –contestó en lo que esperaba fuese un tono alegre.

Se agachó, revisó los discos compactos, organizados por orden alfabético. «Qué bien», pensó.

–¡Zaza, aquí hay como mínimo unos cincuenta discos de Brahms!

–Ven aquí, *Liebchen.* –Zaza le tendió una mano.

Stephanie se acercó a ella.

–¿Sí?

Zaza le cogió la suave mano sin arrugas entre sus dedos secos y deformados y la acercó a sí.

–Ahora escúchame bien, *Liebling* –le susurró, y tensó los dedos–, ¡escúchame muy bien! –Su rostro sufrió una repentina transformación; de sus ojos desapareció la acuosa dulzura y en ellos centelleó una expresión mezcla de triunfo, apremio y una extraña y fiera excitación. Sus dedos le asieron la mano con mayor fuerza–. No te asustes –añadió al ver el temor en los ojos de la joven–, nunca trataría de herirte. ¡Nunca!

–¡No, claro que no! –la voz de la joven sonó artificial aun a sus propios oídos y su sonrisa resultó vacilante.

–Lo único que pido es que me escuches. –Como una maestra que trata de hacer entender algo, Zaza continuó hablando con lentitud–. La obra que prefiero de Brahms es el *Opus sesenta* en do menor, el tercer cuarteto. –Sus ojos despedían heladas llamas azules y sus dedos la apretaron todavía más. Stephanie trató de no gritar de dolor–. ¿Crees que podrás recordarlo?

La chica observó los ojos de la anciana.

–El *Opus sesenta* en do menor, tercer cuarteto –repitió con voz temblorosa.

–Bien. –Zaza asintió con la cabeza–. Ahora, prométeme que nunca lo olvidarás. –Su mirada estudió la de la joven–. ¡Prométemelo! –siseó.

Stephanie deseaba soltar su mano y huir, pero sin saber por qué, no se sentía capaz de moverse. Fuera, una nube cruzó frente al sol y la iluminación de la sala se volvió de pronto tenue; unas horrorosas sombras ahondaron las mejillas de Zaza hasta que su rostro pareció una calavera.

–¡Repítelo!

–*Opus sesenta* en do menor, tercer cuarteto –dijo Stephanie con voz temblorosa–. Pero ¿por qué es tan importante?

–¿Quién ha dicho que sea importante? –le preguntó Zaza con rostro inexpresivo, soltándole la mano–. Venga, ponlo. –La joven fue hacia la estantería, pero la voz de la anciana la detuvo–. ¡Monica! Olvídate de Brahms –añadió con voz cansada–. Pon a Vivaldi, *Las cuatro estaciones.*

«¡Dios mío! –pensó Stephanie–. ¿Estará drogada? –No obstante, encontró el disco y lo puso. Cuando se volvió, Zarah y Ernesto entraban en la estancia. Y entonces se dio cuenta de que tenía sentido el cambio de Brahms a Vivaldi–. Seguro que los vio venir pasillo abajo. Por alguna razón, no quiere que se den cuenta de lo que me ha dicho.»

–Hola, madre. –Zarah flotó hacia Zaza, se inclinó y le dio un ligerísimo beso en la frente–. No te importa que os acompañemos, ¿verdad?

La anciana no pareció en absoluto complacida.

–En ese caso –contestó malhumorada–, más vale que pidas que traigan otra bandeja.

Cuando Stephanie se aproximó, Zarah se acurrucaba en el sofá como un gato.

–¡Ay, cariño!, *Las cuatro estaciones* se han convertido en un auténtico tópico, ¿no cree, señorita Williams? –comentó con un suspiro.

Y durante la siguiente hora la conversación resultó estirada y formal.

También fue estirada y formal durante la cena. La doctora Vassiltchikov se unió a ellos y a las diez se sentaron a la mesa con mantel de encaje.

Ernesto presidió desde un extremo y Zarah, desde el otro. Stephanie y Eduardo se sentaron el uno al lado del otro, ella frente a Zaza y él frente a la doctora.

Apenas se hubieron sentado, un joven criado fue colocando las servilletas en el regazo de todos.

Primero sirvieron huevos de codorniz en gelatina con caviar de beluga.

–Eduardo me dice que trabaja usted muy bien en la oficina, señorita Williams –observó Ernesto, haciendo caso omiso de su entremés y bebiendo agua mineral–. Esta mañana me habló de la campaña publicitaria que propone. He de confesar que sus ideas me parecen fascinantes; no sabía que tenía tanto talento.

Stephanie buscó la burla en sus ojos, pero no la encontró.

–Me temo que no es tanto cuestión de talento –contestó, y comió una cucharada de caviar–, como de ser capaz de... identificar lo que no funciona en los anuncios existentes.

–Yo diría que eso, en sí, requiere cierto talento.

–¡Cambiemos de tema! Éste es sumamente soso –interrumpió Zarah, irritada. Todos la miraron–. Hablar de negocios durante la cena me parece terriblemente aburrido.

–Entonces, ya no te aburriremos, querida –respondió Ernesto, obediente–. Tus deseos son órdenes –añadió, galante–. No hablaremos más de negocios en esta mesa –decretó.

El siguiente plato consistió en sopa de zanahorias con cilantro.

Ernesto preguntó a Stephanie si le agradaba Río y reconoció que a él le cansaba el aspecto turístico de la ciudad, si bien la prefería a São Paulo en cuanto a lo cultural.

–Debido a la ópera, el ballet y los museos tenemos un apartamento en Río, aunque son raras las ocasiones en que lo usamos ahora.

–Río se me antoja bastante agradable. Tiene tanta energía y vitalidad que me hace pensar en Nueva York.

Los criados retiraron los platos de sopa vacíos y trajeron el plato fuerte: *tournedo* con *foie gras* de pato a la *périgourdine*, tortitas de patatas individuales y alcachofas en salsa de oporto.

Acababan de empezar a comer cuando un rayo azul iluminó las oscuras ventanas. Zarah dejó caer su tenedor con estrépito.

–¿Qué fue eso?

Como respuesta, el fragor de unos truenos cercanos invadió la estancia. Una fuerte ráfaga de viento entró por las ventanas abiertas, apagó las velas, agitó las cortinas como si fuesen velas de barco y envió pesadas y ruidosas gotas de lluvia hacia el interior. Los criados encendieron los candelabros eléctricos y fueron de ventana en ventana, cerrándolas.

–¡Ernesto! –susurró Zarah con la mirada baja y la voz llena de terror.

–No es más que una lluvia tropical –la calmó él con una sonrisa–. Si no, nos lo habrían advertido. Vamos, come. –Hizo un gesto con su cuchillo y su tenedor–. Esta carne está deli...

Otro rayo iluminó las ventanas y otro trueno aterrador pareció sacudir la casa hasta los cimientos. Zarah dejó su cuchillo.

–No tengo hambre –anunció, echó su silla hacia atrás, se puso en pie y esperó con los ojos como platos–. ¡Ernesto! –exclamó horrorizada–. ¿Y si la tormenta dura hasta mañana y el helicóptero no puede...? –Se interrumpió y lo miró.

–Seguro que se acaba esta noche. –Sin inmutarse, Ernesto cortó otro trozo de carne–, o mañana por la mañana, a más tardar.

Sin embargo, no convenció a Zarah, que se volvió tan bruscamente que su silla cayó, y salió corriendo del comedor. El más joven de los dos criados recogió la silla, la colocó en su lugar y retiró sus platos.

La doctora Vassiltchikov también empujó su silla hacia atrás, dejó caer la servilleta en el plato, se levantó y miró a Ernesto.

–Llamaré a Sítto da Veiga para que nos envíen fotos de satélite por fax. –Eran las primeras palabras que pronunciaba en toda la velada y, dicho esto, salió a toda prisa.

Ernesto salió inmediatamente después.

–Le pido disculpas –le dijo a Stephanie de camino hacia la puerta.

Stephanie permaneció quieta, jugueteando con la comida. Sabía que el pánico que la tormenta producía en Zarah y la preocupación de la doctora Vassiltchikov por las fotos del tiempo sólo podían significar una cosa, que temían que la medicación se retrasara. «Me pregunto qué ocurriría en ese caso.»

–Más vale que me vaya y os deje solos. Buenas noches, hijos míos –dijo Zaza.

Alzó la mejilla para que se la besaran, puso la silla en marcha atrás, la hizo girar y salió con su habitual dignidad.

–Debes perdonar a mis padres –se disculpó Eduardo–, esto ocurre en muy contadas ocasiones.

–¿Qué debo perdonar? Es su casa. De todos modos, no tenía mucho apetito.

–Ni yo. –Eduardo la miró con expresión muy extraña–. ¿Te importa salir con este tiempo?

–¿Adónde vamos?

–A un lugar muy especial, realmente especial –respondió con una sonrisa enigmática.

8

Isla de la Borboleta (Brasil)

Había algo misterioso, tan hermoso que resultaba atemorizante, casi sobrenatural, en encontrarse fuera en plena tormenta. A Stephanie le daba la impresión de que los dioses libraban una batalla. En este caos primitivo, con el viento chillando y la lluvia azotando sus pesados impermeables de goma, le pareció oportuno que Eduardo la alejara de la zona bien cuidada de la isla y la llevara por un camino lodoso flanqueado de vegetación que serpenteaba entre frondosos matorrales.

El sendero era amenazador, de densa y monstruosa vegetación que hacía pensar en las pinturas de Rousseau. Las linternas que llevaban traspasaban la oscuridad con su haz de luz cónico, pero parecían totalmente inadecuadas; le jugaban trucos crueles a la imaginación, convertían lo normal en monstruoso, de modo que los troncos podridos se transformaban en horrendos seres, las ramas sin hojas se convertían en gigantescas arañas y las gruesas enredaderas se volvían serpientes venenosas.

Eduardo se detuvo y fijó el haz de la linterna sobre una piedra pintarrajeada medio oculta por el frondoso sendero.

–De niño, marqué el camino –gritó para que lo oyera por encima del tamborileo de la lluvia y los incesantes truenos.

–¿No dispararemos alguna alarma?

–En esa zona, no. Es demasiado selvática; los animalillos las dispararían constantemente, al igual que las ramas al caer.

Continuaron andando, mientras los rayos iluminaban las nubes que se desplazaban a toda velocidad y parecían rozar la bóveda verde por encima de sus cabezas. Ésa era realmente una noche para el *Götterdämmerung*, el crepúsculo de los dioses, pensó Stephanie.

Y no tardó en descubrir que tenían el escenario perfecto a su disposición.

La primera indicación de lo insólito fueron las ruinas de un muro de piedra, que se alzaba inesperadamente en esa selva asfixiado por el follaje; iluminadas primero por el haz de la linterna de Stephanie y luego por los relámpagos, hicieron gritar a la chica.

Pues desde el centro del muro surgía un rostro, un grotesco rostro tridimensional... ¡un rostro vivo que se movía y que babeaba por las comisuras de la boca contorsionada!

–No es más que una escultura –le gritó Eduardo–, una fuente.

«Sólo una fuente», se dijo Stephanie, temblando.

De pronto, a lo largo de unos cincuenta metros, unos altísimos muros de rocas encerraron el sendero; Eduardo se detuvo a medio camino y pasó el haz de la linterna primero por un muro y luego por el otro, con la cabeza echada hacia atrás para mirar hacia arriba.

Stephanie lo imitó.

Y lo vio.

Algo mucho más horripilante, más poderoso, más inspirador de pesadilla que la fuente. Más que el purgatorio, los dos muros de piedra retrataban el mismísimo infierno. Como almas atormentadas, una multitud de cabezas de piedra hacían horribles muecas y gritaban en una silenciosa agonía tridimensional. Sus expresiones, tan espantosas, semejaban las de verdaderos seres humanos petrificados; parecía apropiado que el agua de lluvia cayera, como lágrimas, por esos rostros.

–Sé que no es bonito –gritó Eduardo, que se había acercado a ella–, pero es dramático. A este lugar lo llamo «los muros de los suspiros». ¿Qué te parece?

–¡Son... son terroríficos! –Stephanie bajó su linterna.

Continuaron andando hasta que, como si cumpliera una orden, un relámpago cruzó el cielo en zigzag. Allí estaba, frente a ellos, otra locura: las ruinas, concebidas de modo artificial, de un muro de piedra construido directamente a través del sendero y traspasado por un arco gótico central.

Siguiendo a Eduardo, Stephanie pasó bajo el arco hacia una especie de patio amurallado por tres costados. El cuarto era una empinada y frondosa loma, que estaba justo delante de sus ojos, y allí, una pequeña puerta reforzada con hierro y cubierta de enredaderas semejaba una boca, encima de la cual dos ventanas góticas muy separadas parecían ojos negros vigilantes.

–¿Adónde lleva esto? ¿A una cueva? –preguntó Stephanie.

–En realidad, no.

El joven le dio su linterna y, mientras ella sostenía la luz con ambas manos, él se dedicó a atacar las tenaces enredaderas afianzadas en la puerta, que, una vez sueltas, ondearon como enormes algas marinas. Eduardo asió el gran picaporte de hierro y, luchando contra el viento, tiró de él y abrió.

–¡Entra!

Stephanie se adentró lentamente, pasando con cautela el haz de las linternas alrededor. Se encontraba en un bajo y estrecho túnel subterráneo que descendía suavemente hacia el interior de la loma. El suelo de piedras mojadas estaba resbaladizo, como lo estaban las paredes; el techo, de tablas y vigas de madera, se parecía al de un pozo de extracción de una mina.

Eduardo entró y golpeó el suelo con los pies. A sus espaldas, el viento cerró la puerta de golpe, con tal fuerza que de entre las tablas del techo cayeron escombros. Eduardo recuperó su linterna.

–No te preocupes, la estructura es sólida.

Stephanie vio un grueso cable eléctrico y, a intervalos en la pared, grandes bombillas anticuadas detrás de rejillas oxidadas. También distinguió un interruptor.

–¡Mira! –Alargó el brazo para pulsarlo–. ¡Podemos encender la luz! –añadió.

–¡No! –bramó Eduardo, y saltó sobre ella con tal ímpetu que ambos se estrellaron contra la pared. La linterna cayó de la mano de la chica, golpeó el suelo con un ruido sordo y rodó formando un arco. El joven suspiró aliviado–. Debí advertírtelo, pero lo olvidé. –La ayudó a recuperar el equilibrio, recogió la linterna y se la devolvió. Entonces pasó el haz de la suya por el cable eléctrico–. No toques ningún interruptor, enchufe o cable –le pidió–. No han cortado la electricidad y es muy peligroso. –Miró a su alrededor, vislumbró un palo detrás de una piedra suelta y lo cogió–. Observa –dijo, y lo arrojó sobre el cable.

En cuanto hizo contacto, una chisporroteante luz azul bailoteó a lo largo del cable.

–¡Ay, Señor! –exclamó Stephanie–. Aquí puede ocurrir un accidente en cualquier momento. ¿Por qué no lo han arreglado?

–Primero, porque ya nadie viene aquí, salvo yo; los demás parecen haberlo olvidado.

Siguieron bajando a lo largo del túnel. Doblaron una esquina y allí, ante sus ojos, se presentó lo último que esperaba ver.

–¡Una gruta!

Stephanie lo empujó y entró en la amplia cámara de techo alto. Soltó una exclamación de deleite en cuanto se esparció el suave rocío de una fuente, activada cuando pisó una losa de mármol. Con la linterna hacia el frente, giró repetidamente sobre sí misma.

–¡Eduardo! ¡Debe de haber cien fuentes!

–Ciento setenta y cinco para ser exactos. –El joven sonrió–. Las conté cuando tenía ocho años.

Sumida en un extraño y reverente silencio, la chica rodeó despacio la fuente central cuyas docenas de chorros de agua caían en arco hacia dentro. El haz de su linterna iluminó los confines de cuatro nichos y el alto domo, revelando uno tras otro los detalles deslumbrantes de la gruta.

Era una increíble, inimaginable fantasía de moluscos. Pedazos de cristal y mosaicos de raras, hermosas conchas, cubrían cada centímetro de las paredes; bustos cubiertos de conchas, pilares incrustados de conchas, figuras hechas de conchas: fantásticos loros, rostros humanos, que recordaban las famosas cabezas de Archimbaldo hechas de frutas y verduras, adornaban cada centímetro de pared. En el interior de cada hueco, jugueteaban bestias marinas con pechos hechos de crustáceos, orejas, de caracoles de mar y barbas, de vieiras.

–¡Ay, Eduardo, es celestial! ¡Absolutamente celestial! –La joven bajó la linterna y lo miró boquiabierta–. ¡No sabía que existía un lugar como éste!

–De hecho, es una réplica de una gruta que hizo construir la mujer del margrave Bayreuth.

–¿Y esas espeluznantes locuras frente a las que pasamos? ¿Esa fuente... ese muro con los horribles rostros?

–También réplicas de Bayreuth.

Fuera, cayó un rayo. La gruta se iluminó unos segundos de un azul palpitante y Stephanie se dio cuenta de que el centro del domo estaba abierto. Siguió explorando, estudiando los detalles en uno de los profundos nichos.

–Cuidado –le advirtió Eduardo preocupado.

Ella miró a su lado: el cable eléctrico se encontraba apenas a quince centímetros de su codo y su estado la horrorizó; allí estaba peor que en el túnel. Se volvió y frunció el ceño.

–Si los cables están en tan mal estado, ¿cómo es que funcionan las bombas de las fuentes?

–Muy sencillo, están construidas justo encima de un pozo artesiano y no precisan electricidad.

–Hum... muy astuto.

–Deberíamos regresar –comentó Eduardo sonriente–. Si quieres podemos volver mañana.

–Me gustaría. –De pronto la joven bostezó–. Ahora que lo has mencionado, creo que empiezo a apagarme. –Le dio un beso ligero en los labios–. Y, después de ver este lugar celestial, no se me ocurre nada mejor que dormir. Sé que tendré los sueños más dulces de mi vida.

Pero no fue así. La tormenta siguió azotando toda la noche y Stephanie dio vueltas en la cama y tuvo una pesadilla tras otra.

–¡Te esperaré en el otro lado, Stephanie! –le decía el rostro de piedra contorsionado de Jed Savitt, el asesino en serie.

–Si Lili hubiese compartido su secreto conmigo, ¡todavía me quedaría toda una vida por delante! –gemía el rostro de piedra de madame Balász.

–El disco que prefiero de Brahms es el *Opus sesenta* en do menor, tercer cuarteto. ¡Te he pillado! –chillaba la cara de piedra de Zaza.

Y la cara de Eduardo esculpida en piedra la desafiaba.

–¡Toca los cables! ¡Toca los cables! ¡Toca los cab...!

¡Bang! El estrépito traspasó su sueño y la despertó con un sobresalto. Abrió los ojos de golpe, gritó y se incorporó.

¡Bang! El ruido, tan fuerte como un disparo de pistola, venía del otro lado de su puerta. Por un momento se le detuvo el corazón y se quedó petrificada. Volvió a oírlo y lo reconoció. Se regañó con una suave risa de desaprobación. «No es más que un postigo que el viento ha sacado del gozne.»

Sin molestarse en encender la lámpara, se levantó y se dirigió a la puerta; a tientas buscó el postigo y lo sujetó a la pared. Entonces cerró la puerta, regresó corriendo a la cama y se metió debajo de las mantas calientes.

Como creía ser la única despierta, Zaza la sobresaltó al llamar suavemente a su puerta.

–¿Te he despertado? –preguntó en voz muy baja.

–No podía dormir.

Zaza entró en la habitación en su silla de ruedas.

–Yo tampoco.

–¿Puedo ofrecerle algo? –le dijo Stephanie.

Zaza negó con la cabeza. Algo en el rictus sombrío de su cara perturbó a la chica. Finalmente, Zaza respiró hondo.

–Lo que estoy a punto de contarte no es sólo por tu propio bien, sino por el de todos nosotros.

–¡Una advertencia en medio de una noche de tormenta! –intentó bromear Stephanie–. ¡Eso suena muy siniestro!

–Puede que suene bastante melodramático –concedió la anciana mirándola fijamente a la cara–, pero no es cosa de risa. –Volvió a agitar la cabeza y suspiró–. He venido porque es mi deber traer noticias que no son bienvenidas.

–Supongo que ha venido a decirme que me marche.

–Eres una jovencita muy lista y astuta. Sólo espero que seas igualmente prudente.

–Creo que debe al menos decirme por qué. Quizá si supiera exactamente qué he hecho... o visto... estaría más dispuesta a escuchar sus consejos.

–¿Por qué has de ser tan obstinada? –siseó Zaza–. ¿No te das cuenta cuando algo te conviene?

–Pero ¿cómo voy a saberlo?

El rostro de Zaza palideció y sus labios se estrecharon, formando una dura línea.

–Buenas noches, señorita Williams, y adiós. Me temo que no tenemos nada más que decirnos.

«Lo que faltaba –pensó Stephanie al acostarse y apagar la luz–. Otro misterio.»

Cuando finalmente se durmió, no tenía más soluciones que antes, y su sueño, entrecortado, estuvo poblado de más pesadillas y fantasmagóricas caras de piedra.

Cuando iba a desayunar, decidió hablar en privado con Zaza y preguntarle abiertamente a qué se debía su visita de medianoche. Mas la anciana no se presentó, ni para el desayuno ni para el almuerzo y, por la tarde, cuando el helicóptero vino a por ellos, Zaza todavía no había hecho acto de presencia.

9

Río de Janeiro - Isla de la Borboleta (Brasil)

–Te echaré de menos. –En la acera, Eduardo le dio un beso mientras el chófer abría el maletero–. Espero que tu vuelo a Sítto da Veiga sea bueno.

La besó de nuevo en la boca, entró en el Mercedes, cerró la portezuela y se despidió con la mano.

Cuando Stephanie llegó a su piso, Barbie abrió la puerta del apartamento y la abrazó como si fuese una amiga a la que no había visto en mucho tiempo.

–¡Chica! –exclamó–, ¡qué maravilla verte! Me estaba volviendo loca sin tener a nadie con quien hablar inglés.

–Vamos, vamos, más vale que *Waldo* no te oiga –contestó Stephanie entre risas.

Como si lo hubiesen ensayado, desde la terraza se oyó el graznido del loro.

–¡Steph! ¡Steph! ¡Te quiero, Steph! –Brincaba, excitado, en su jaula y al verla se colgó boca abajo–. ¡Te quiero, Steph! –chilló–. ¡Hola! ¡Hola! ¡*Waldo* quiere una galleta! ¡Je-je-je-je!

Stephanie le hizo los gorgoritos que al pájaro le encantaba oír y le acarició la cabeza con la punta del dedo índice, con lo que se tranquilizó, entrecerró los ojos y erizó las plumas del pecho, el equivalente en los loros al ronroneo de los gatos.

–¡Ah, por cierto! –comentó Barbie–, Lia Cardoso llamó ayer para decirme lo que necesitarías para tu viaje al Amazonas. Ya he hecho una maleta con todo lo que sugirió y la dejé abierta por si querías añadir algo.

–Gracias. –Stephanie se maravilló por el hecho de que Barbie fuese tan eficiente como Astrid.

Barbie tenía una última pregunta.

–¿Vas a salir a cenar o quieres comer aquí?

–Aquí –respondió Stephanie sin vacilar–. Quiero acostarme temprano.

–¿Qué tal te suena pollo al vodka y puré de patatas? Digamos dentro de una hora y media, ¿de acuerdo?

«¿Pollo al vodka?»

–Suena estupendo.

«Al menos me da tiempo para ir a la Telerj a llamar al tío Sammy.»

Tras dar el número de teléfono de Sammy a la mujer, ésta le dijo que fuera a la cabina número siete, donde cogió el auricular y aguardó.

–¿Diga?

–¿Tío Sammy?

–¡Chiquilla! –exclamó el anciano, deleitado–. ¿Te das cuenta del tiempo que ha pasado desde que me llamaste la última vez?

Stephanie rió y le relató con detalle lo ocurrido durante el fin de semana.

Él lo digirió en silencio.

–No me gusta. Esa dama tan dulce, ¿por qué iba a advertirte de que te fueras? Según me habías dicho, se había encariñado contigo.

–Sí, y quizá por eso mismo decidió advertirme, por mi propio bien.

–Es posible. Pero de todos modos no me gusta, cariño mío. Yo creo que deberías hacer tu equipaje y largarte.

–Adiós, tío Sammy, te llamaré la semana que viene –dijo la chica al cabo de una corta conversación.

El hombre que la había seguido a la Telerj llevaba un traje de lino beige y crema de Armani, camisa de lino marrón claro y corbata de seda azul, al menos dos mil dólares en ropa, eso, sin mencionar el gran Rolex de oro en la muñeca.

Tenía el aura de un hombre al que sólo un tonto se atrevería a irritar.

Mientras Stephanie hablaba, la esperó en el interior, haciendo ver que leía el *Jornal do Brasil*, pero en cuanto ella salió, echó el periódico a un lado y se dirigió hacia la telefonista que había marcado el número.

–Policía. –Abrió una cartera de piel para enseñarle su insignia–. Inspector Da Silva.

Si la mujer se preguntó cómo un funcionario podía permitirse ropa tan cara, no lo demostró. La policía brasileña tenía fama de dejarse untar la mano.

–¿A quién ha llamado la mujer que acaba de salir de la cabina número siete?

La telefonista consultó su registro y le dictó el número, que él apuntó con estilográfica de oro en una libreta de piel de avestruz.

–Necesito un teléfono –dijo–, por cuestiones oficiales.

–Tendrá que darme el número al que desea llamar.

Así lo hizo. Era una conferencia interurbana, pero dentro del estado de Río de Janeiro.

–Gracias, inspector.

El coronel Valerio, con la vista clavada en una fotografía en blanco y negro del rostro de Monica Williams, colgó y sonrió. «La Telerj, su tercer y último error, señorita Williams.»

Chascó los dedos y el técnico de turno se puso en posición de firmes.

–¡Señor! –ladró.

El coronel Valerio le echó la foto.

–Mete esta cara en el ordenador y cámbiale el color del cabello y el peinado. Quiero ver todas las combinaciones posibles.

–¡Sí, señor! –El técnico se apresuró a salir.

El coronel cogió la libreta sobre la que había apuntado el número de teléfono al que había llamado Monica Williams. «Nueva York. ¡Qué casualidad! Uno de mis mejores ex agentes acaba de abrir una agencia de detectives allí.»

Veinte minutos después se comunicó con él.

–Oye, amigo, voy a enviarte un montón de fotos generadas por ordenador de una mujer con varios disfraces. Se hace llamar Monica Williams, pero creo que es un alias. Ha estado llamando a un número de Manhattan... ¿tienes papel y bolígrafo a mano?

Stephanie entraba cuando el teléfono sonó.

–Yo contesto, Barbie –gritó–. ¿Diga? –dijo casi sin aliento.

El silencio zumbó.

–¿Diga? –repitió y sintió las primeras manifestaciones de miedo–. ¿Diga?

–¡Muérete! –siseó una voz de repente.

–¿Quién habla? –susurró la chica.

–¡Muérete! –siseó de nuevo la voz–. ¡Muérete, muérete, muérete!

Stephanie colgó de golpe y se echó para atrás; le temblaban las manos y el corazón le martilleaba.

«Quizá tenía razón el tío Sammy», pensó.

10

Río de Janeiro - Sítto da Veiga (Brasil) - Nueva York

Stephanie se dijo que el Challenger 601-3A no susurraba, pero tampoco resultaba estridente.

Una atractiva azafata la aguardaba en lo alto de la escalerilla.

–*Bom dia*, señorita Williams –la saludó, y se apartó–. Bienvenida a bordo. Me llamo Gilda. ¿Por qué no se sienta delante, donde oirá menos los motores? Despegaremos en cuanto lleguen las ambulancias.

–¡Ambulancias!

–¿No lo sabía? Éste es un vuelo de hada madrina. –Al ver la perplejidad de Stephanie, la azafata añadió–: Este avión forma parte del programa de hadas madrinas. Cuando sabemos que vamos a volar por cierta ruta y disponemos de asientos, llamamos a un número y les damos nuestro plan de vuelo y ellos miran en su ordenador a ver si hay un niño con problemas médicos al que hay que llevar a un hospital. Si lo hay, llevamos al niño y a sus cuidadores gratis.

–¡Eso es maravilloso!

–Sí. –Gilda sonrió–. Nos sentimos muy orgullosos de formar parte del programa.

–Entonces, eso quiere decir que hay un hospital en Sítto da Veiga, ¿no?

–Y muy bueno, por lo que me dicen.

–No sabrá quién inició el programa de hadas madrinas, ¿verdad?

–Lo administra la BPI, ya sabe, la Beneficencia Permanente para la Infancia. –La azafata miró por la ventana y vio que llegaban tres ambulancias–. Allí están.

Stephanie las observó. De la primera ambulancia salió una mujer que llevaba en brazos a una hermosa niña de unos tres años aferrada a una muñeca; de la segunda, salió una pareja joven con un niño un poco mayor sobre una camilla, sujeto a un gota a gota; y de la tercera, una enfermera uniformada, con una incubadora portátil en la que había un recién nacido terriblemente demacrado.

Al cabo de muy poco, el jet despegó y subió hacia las nubes como un pájaro plateado con una misión. Stephanie no pudo evitar sentirse extrañamente inquieta, como si algo no marchara bien del todo, y entonces supo a qué se debía la sensación.

Normalmente, la presencia de niños suponía risas, gritos, juegos y llantos; sin embargo, estos chiquillos se encontraban anormalmente abatidos, silenciosos.

Cuando se apagó la señal de abrochar los cinturones, fue atrás a visitarlos. El niño estaba tumbado, tan débil que apenas podía mirarla; el bebé, obviamente prematuro, parecía realmente pequeño, pero la niñita con la muñeca le sonrió valerosamente.

–*Lourdes està doente* –declaró–. *Está de cabeça quebrada.*

–¿Qué dice? –le preguntó Stephanie a Gilda.

–Rosa dice que su muñeca, Lourdes, está enferma, que tiene la cabeza rota. Verá, Rosa necesita una operación en el cerebro y... –Gilda apartó la mirada.

–¡Ay, pobrecita!

Con la interpretación de Gilda, Stephanie habló con los adultos que acompañaban a los niños e hizo preguntas sobre cada uno. Lo que oyó bastaría para arrancar lágrimas a una piedra.

–Los médicos le dan tres meses de vida... –Se refería al recién nacido–. Ésta es nuestra última esperanza, ya que todos dan su caso por perdido... es un milagro que viviera tantos días, ahora lo que necesitamos es otro milagro.

Stephanie los escuchó con el corazón en un puño.

Gilda le sonrió.

–Por favor, abróchese el cinturón, señorita Williams. Estamos a punto de aterrizar.

Stephanie entrecerró los ojos y miró por la ventana. Seiscientos metros más abajo se hallaba lo que parecía una gigantesca pirámide que reflejaba la luz y surgía de la jungla esmeralda. Como radios que salieran de un eje central, seis pasillos acristalados unían a la pirámide otros tantos edificios de formas geométricas: uno cuadrado, uno trapezoide, uno rectangular, uno cónico, uno cilíndrico y uno esférico, todos cubiertos por las mismas placas de energía solar.

El avión se estremeció cuando el tren de aterrizaje bajó; el suelo salió a su encuentro y, unos momentos más tarde, el piloto aterrizaba suavemente. En cuanto el jet dejó de rodar, un autobús se detuvo a su lado y un túnel en forma de acordeón conectó ambos medios de transporte.

Fuera, los treinta y nueve grados de la selva sofocante resultaban abrasadores y la humedad alcanzaba el ochenta y cinco por ciento, pero gracias al túnel Stephanie pasó del aire acondicionado del avión al aire acondicionado del autobús sin tener que respirar el fétido aire selvático.

Un hombre la esperaba en el autobús.

–¿Señorita Williams? Bienvenida a Sítto da Veiga. Soy el doctor Luz Medrado, director de estas instalaciones.

–Doctor Medrado. –Stephanie le estrechó la mano.

Contaría poco menos de cuarenta años, supuso la chica; delgado, de tez cetrina, era todo piernas y brazos. Vestía ropa verde, de la que usan los cirujanos en el quirófano, y sandalias de plástico blanco.

–Disculpe nuestro modo de vestir, pero el entorno sellado de tecnología punta lo exige. Siéntese, por favor.

A través del techo abovedado, Stephanie observó el complejo al que se acercaban.

–Este lugar es impresionante... y enorme –comentó.

–Fue una empresa ambiciosa y costó casi tres mil millones de dólares. Como sin duda se habrá dado cuenta, la pirámide central constituye el centro nervioso del complejo.

Sintieron una sacudida cuando el autobús se detuvo y el túnel en forma de acordeón se desplegó y conectó el vehículo con la entrada del complejo.

–Hemos llegado. –El doctor Medrado se levantó–. El personal se encargará de su equipaje, que tendrá que pasar por un proceso de descontaminación, al igual que usted y yo. –El túnel llevaba a un fresco atrio cónico de tres pisos–. Ésta es nuestra sala de llegadas y salidas –le explicó el médico con un gesto que lo abarcaba todo–, y es el único edificio del complejo donde no se requiere la descontaminación.

La llevó a una puerta delante de la cual una joven, también en bata verde, se hallaba sentada detrás de una losa de mármol.

–*Boã tarde* –los saludó.

Respondieron al saludo, pasaron de largo y se detuvieron ante una puerta de acero pulido; el doctor Medrado metió una tarjeta en una ranura que había junto a la puerta corredera y ésta se abrió silenciosamente. La traspusieron y se cerró con un siseo.

–Es hermética –le informó el doctor.

–¿Y qué hay del aire que respiramos? –quiso saber Stephanie.

–Se filtra repetidamente y se recicla. Si sale de esta esclusa tienen que descontaminarla para que pueda volver a entrar.

Pasó la tarjeta de plástico por otra ranura y otra puerta se abrió y se cerró a sus espaldas. Ahora se encontraban en un cuarto completamente cubierto de baldosas y azulejos, en el cual los esperaba otra mujer con bata verde.

–La dejo con Margarida, que la llevará allí. –El doctor Medrado señaló una puerta en la que había un cartel con una silueta femenina–. Yo entraré en ésta. –Y señaló otra, idéntica, con una silueta masculina.

–Por favor, venga –le dijo Margarida, y le sostuvo la puerta abierta–. Por favor, quítese la ropa, ponga su bolso, toda su ropa, sus joyas y accesorios aquí. –Le indicó una canasta de malla metálica–. Todos serán desinfectados según las normas.

Stephanie se desnudó y aguardó.

Margarida cogió la canasta y la empujó por una apertura, abrió una puerta de cristal y con un gesto indicó a Stephanie que la siguiera.

Se trataba de un pequeño cubículo cuadrado de cristal resistente al calor.

–Éste es el baño de vapor, luego hay el baño de pies y la ducha, y tres duchas más. Todo se programa automáticamente. Se quedará en cada uno hasta que se acabe el tratamiento y se abra la puerta del siguiente. No beba el agua.

Era la clase de día que podía hacer que un investigador privado quisiera arrojar la toalla. Durante el desayuno, la hija quinceañera de Miles Riley le anunció que necesitaba un aborto; cuando Miles llegó a su despacho, su secretaria le dijo que le habían devuelto el cheque de su sueldo por falta de fondos, y que si no podía cobrarlo a la mañana siguiente cuando abrieran los bancos, dejaría el empleo.

Miles escuchó los mensajes telefónicos y se encerró en su despacho para hacer una llamada.

–Soy Riley –anunció cuando una mujer contestó.

–Tengo lo que quieres –susurró la mujer.

–Me reuniré contigo en el vestíbulo de tu edificio dentro de veinte minutos.

–No, no puedo escaparme. Además, puede que alguien nos vea. ¿Conoces O'Neal's Balloon en la Sesenta y seis con Broadway?

–Sí.

–Nos vemos allí, a las cinco y media. ¿De acuerdo?

–Sí.

–¿Tienes el dinero?

–Sí –repitió sin inflexión, y colgó.

11

Sítto da Veiga (Brasil) - Nueva York - Isla de la Borboleta - Río de Janeiro (Brasil)

El doctor Medrado enseñó a Stephanie las instalaciones con el mismo trato que daba a las personalidades importantes. Empezaron en la pirámide central de diez pisos, donde le mostró el departamento de administración, un minicentro comercial, el hotel de treinta habitaciones, la biblioteca (también con microfilms), los restaurantes, la videoteca, la sucursal de un banco, el bar en el que había un espectáculo cada noche y la sala de cine con doscientos asientos.

La siguiente parada fue en el edificio rectangular, cuyos cuatro pisos subterráneos albergaban el hospital.

–Tenemos la más alta proporción de médicos per cápita del mundo y el equipo más moderno. No hemos escatimado en gastos.

Los seis pisos por encima de la superficie comprendían una escuela, un gimnasio y cien apartamentos, además de salas de recreo y salas de fiestas, una guardería, una lavandería y tintorería y un solárium herméticamente cerrado en el que había jacuzzi y piscina.

A continuación fueron al cilindro de siete pisos y Stephanie se quedó boquiabierta al ver el interior: un bosque de tubos verticales de los que brotaban plantas. Se trataba de un enorme y frondoso invernadero vertical.

–Son todas verduras y todas crecen sin un gramo de tierra. –Orgulloso, el doctor Medrado apartó unas hojas para enseñárselo–. Lo que está viendo es la huerta del futuro. Sólo tres personas trabajan aquí, y se dedican principalmente a cosechar, el resto lo hacemos por ordenador y con robots.

–¡Una huerta electrónica! –dijo Stephanie anonadada.

–Contamos con varios dispositivos de seguridad, pero el más importante es nuestro sistema de alarma interno: en las paredes de los laboratorios y de todas las zonas de alta seguridad hay focos electrónicos que emiten haces de luz normalmente invisibles para el ojo humano. En cuanto alguien rompe un haz con un pie o un brazo, la alarma se dispara. Si sale a pasear de noche y se topa con guardias con gafas rojas, no se espante, son guardias de seguridad que para hacer bien su trabajo han de sortear la red de haces sin disparar las alarmas.

Habían llegado a la estructura trapezoidal y la conversación se desvió de la seguridad hacia los productos farmacéuticos. No obstante, cuando estaban a punto de acabar la visita, Stephanie vio algo que la sorprendió... un contenedor lleno de gafas con cristales rojos. ¿Infrarrojos? Echó una rápida mirada alrededor para asegurarse de que nadie la observaba, alargó la mano derecha, la metió en el contenedor, cogió unas gafas y se las guardó en el bolsillo.

–¿Adónde vamos ahora? –preguntó.

–Al cubo, si es que le interesa ver el laboratorio donde nos dedicamos a la ingeniería genética. ¿O se está cansando?

–Para ser sincera, empiezo a ver borroso. Que sea nuestra última parada –decidió la chica.

Llegaron al final del túnel de cristal, a otras puertas de acero pulido. Stephanie estudió los carteles de advertencia: «ATENCIÓN. Peligro biológico. Zona restringida. Sólo se permite personal autorizado». «PELIGRO. Contaminantes cancerígenos. Sustancias teratógenas en uso.»

El director de la instalación sacó su tarjeta de plástico, pero la chica lo detuvo.

–Espere –dijo, y abrió su bolso–. Veamos si la mía funciona, así averiguaremos si tendrán que acompañarme a todas partes.

–Por supuesto. –El doctor le indicó la ranura–. Adelante.

La joven metió su tarjeta y se alegró cuando una luz amarilla parpadeó y las puertas correderas se abrieron.

–¡Parece que funciona!

–Aquí llevamos a cabo nuestras investigaciones más importantes, las de ADN y de empalme de genes.

Stephanie miró alrededor y frunció el entrecejo. El instinto le decía que había algo siniestro en ese laboratorio. Se hallaban en el fondo de la estancia cuando se fijó en sus seis puertas y la que más le intrigó fue la de la izquierda: «ZONA DE ALTO SECRETO. CUIDADO. ZONA BIOLÓGICA Y RADIACTIVA. Se observarán las más estrictas normas radiológicas y genéticas».

–¿Qué hay allí?

–Es nuestro laboratorio más secreto.

–Entonces, ¿no podré abrirlo con mi tarjeta? –El pulso de Stephanie se aceleró.

–Me temo que no. Ni siquiera la mía lo abre.

Stephanie sintió que algo le retorcía las entrañas. «Algo me dice que tengo que entrar ahí. ¿Dónde está Eduardo cuando lo necesito?», pensó.

Miles Riley entró tranquilamente en O'Neal's Balloon, echó una ojeada alrededor e hizo una mueca. Los parroquianos, jóvenes vestidos para alcanzar el éxito, lo deprimían, le hacían sentir como un pringado, le hacían sentir que le pesaba cada uno de sus cuarenta y ocho años, le recordaban que en la jungla urbana acechaban los más feroces de los animales, los solteros y las solteras.

Nancy Fleming estaba sentada a una mesita en el fondo, en un lugar tranquilo. Al verlo, alzó una mano y movió los largos dedos sin dejar de beber su combinado con la pajita.

Miles cogió una silla y se dejó caer en ella. Cuando un camarero se presentó, pidió una cerveza y, señalando la copa de Nancy, levantó un dedo. Antes de hablar, aguardaron a que les trajera las bebidas. Miles apuró una cuarta parte de la suya de un largo trago, dejó el vaso sobre la mesa y se limpió la espuma del labio superior con la lengua.

–¿Y bien?

–Tengo lo que querías. –Nancy se inclinó sobre la mesa–. El nombre, la dirección, el listado de conferencias internacionales, todo.

Miles sacó varios billetes de su cartera y contó tres de veinte dólares, uno de diez y otro de cinco. Nancy hizo ademán de cogerlos.

–No. –Miles los apartó, justo más allá de su alcance–. El listado, por favor.

–¡Ay, Dios! –La mujer cogió su bolso, extrajo una hoja de papel y lo arrojó sobre la mesa–. ¡Toma!

El hombre lo asió, lo desdobló, pasó por alto todo salvo las llamadas telefónicas y les echó un vistazo, todo ello lentamente.

23	MAY	11:49	D	BUDAPEST	HU	36	1	852200
25	MAY	3:02	E	SALZBURGO	AU	43	662	848511
27	MAY	14:16	D	MILÁN	IT	39	2	801231

–¿Y bien? –exigió Nancy–, es lo que pediste, ¿no?

–Sí. –Miles arrojó el dinero a su lado de la mesa, dobló el listado y se lo metió en el bolsillo de pecho–. Tengo que irme. –Acabó su cerveza y empujó su silla hacia atrás.

–Ya veremos si vuelvo a ayudarte –comentó Nancy, ofendida y con mirada airada.

–Claro que lo harás –contestó él con una sonrisa astuta–. Con tus gustos y lo que ganas en la telefónica, necesitas poner tus sucias manitas en todo el dinero extra posible. Hasta la próxima, reina.

Lili flotaba en una colchoneta blanca en medio de la piscina color aguamarina, toda ella vestida de blanco.

–El hombre al que ha estado llamando la señorita Williams se llama Samuel I. Kafka –le informó el coronel Valerio desde el borde de la piscina.

–Kafka... –Lili miró despreocupadamente el cielo–. Kafka... el nombre me suena. ¿Debería saber quién es?

–No estoy seguro, señora; mi contacto está investigando.

–Avíseme cuando sepa más.

–Mi contacto me ha enviado por fax copias de las conferencias internacionales hechas por el señor Kafka en el último par de meses.

–¿Ah, sí? Muy emprendedor por su parte, coronel. ¿Y adónde llamó nuestro señor Kafka?

–Entre otros lugares, a Budapest.

–¡Budapest! –Lili casi se arrancó las enormes gafas de sol y lo miró fijamente–. ¿Está seguro?

–Sí, señora.

Lili, que se había quedado de piedra, soltó un largo y tembloroso suspiro.

–¿A quién llamó allí? –preguntó con voz muy suave.

–Al hotel Gellert. Ninguna telefonista recuerda haber enviado la llamada a una habitación y, además, Monica Williams no estuvo registrada allí.

–Entonces, quizá no fue a ella a quien llamó, podría haber llamado a otra persona que se alojaba allí.

–Es posible, pero no lo creo.

–No, yo tampoco, coronel. –Lili volvió a ponerse las gafas de sol.

«Me pregunto si Judit Balász sigue viva –pensó. No es que le importara, pues debía ser una anciana decrépita–. Nadie con un dedo de frente haría caso a sus divagaciones y, además, cree que morí en ese incendio en Londres...»

–¿Adónde más llamó el señor Kafka?

–A Salzburgo.

–¡Basta! –Lili permaneció inmóvil. «Hace más de cuatro décadas que no he tenido contacto con Detlef von Ohlendorf –se dijo–. Él también me cree muerta, así que no pudo haberle dicho nada.»

Sin embargo, la arritmia de su corazón revelaba sus dudas, le decía que, por mucho que intentara convencerse, tenía muchos motivos para espantarse.

–¿Está bien, señora?

La mujer no respondió. Sentía una enorme presión en los pulmones.

–¿Y a quién llamó el señor Kafka en Salzburgo?

–De nuevo es el número de un hotel, en este caso, el Goldener Hirsch.

–No me lo diga, en la centralita no recuerdan haber recibido su llamada y nadie ha oído hablar de Monica Williams.

–Así es, señora. No estuvo registrada allí. –El coronel hizo una pausa y añadió, mordaz–: Al menos no bajo ese nombre.

–¿Coronel?...

–¿Señora?

–¿Llamó a otro lugar el señor Kafka? –preguntó Lili con voz cansada.

–Sí, señora. A Milán.

Aunque lo había anticipado, el nombre la sacudió como un golpe abrumador. «Unos enemigos invisibles me están cercando, poco a poco pero sin parar», pensó. Sin embargo, quedaba una pregunta por contestar: ¿estarían trabajando Samuel Kafka y Monica Williams por cuenta propia o formaban parte de una conspiración más amplia? Se obligó a aparentar calma.

–Eso es todo, coronel –lo despachó–. Deseo estar a solas, ahora.

–Sí, señora. –El coronel giró sobre sus talones y se alejó.

«El Fantasma está en su lugar; para activarlo sólo tengo que darle la orden.»

De pronto, tuvo miedo. «Espero que no sea demasiado tarde. La señorita Williams tiene que ser eliminada, y pronto.»

Remando con las manos, se dirigió al borde de la piscina y cogió un teléfono móvil. Levantó la antena y pulsó una secuencia de números.

–¿Coronel?

–¿Señora? –contestó el hombre tras un silencio, seguido de unos ruidos; su voz semejaba un graznido.

Lili respiró hondo.

–Active al Fantasma. Quiero que elimine a Monica Williams. ¡Ya!

12

Sítto da Veiga (Brasil)

Después de llevar a Stephanie a la cúpula geodésica, el doctor Medrado la dejó en su habitación del cuarto piso, donde la esperaba el equipaje descontaminado.

Era una habitación reducida pero bien organizada que le hizo pensar en un amplio camarote de primera clase de un transatlántico. Una cubitera contenía una botella de Dom Pérignon helado. Leyó la tarjeta adjunta: «Quisiera estar aquí, con amor, E.». Sonrió conmovida por la solicitud de Eduardo. «Yo también quisiera que estuvieses aquí», pensó.

Extrajo del bolsillo las gafas infrarrojas que había sacado de la sección de seguridad, se preguntó dónde esconderlas y decidió hacerlo en el fondo del cajón de la mesita de noche. Lo abrió, halló un listín telefónico y un mapa de Sítto da Veiga al completo, que dejó fuera para estudiarlo más tarde.

El teléfono sonó y contestó al primer timbrazo.

–¿Te ha gustado Disneyworld? –preguntó una voz familiar.

–¡Eduardo! –Se le iluminaron los ojos.

Pese a las distracciones, se dio cuenta de que lo echaba muchísimo de menos y que habría deseado que él fuese quien le enseñara el complejo.

–¿Sabes?, acabas de irte y ya te echo de menos.

–¡Yo también te echo de menos, maldita sea! –Stephanie se rió, feliz–. Ya he empezado a contar los días hasta mi regreso.

–Creo que no será necesario. Estoy haciendo cambios en mi plan de trabajo para ver si puedo encajar una rápida visita, pero tardaré uno o dos días en llegar –le advirtió.

–No me importa. –La voz de la chica adquirió una extraña intensidad–. Además, la espera hará el encuentro mucho más dulce... para ambos.

Una llamada a la puerta rompió el encanto.

–Eduardo, creo que hay alguien en la puerta. Más vale que vaya a ver quién es. ¿Quieres esperar o tienes prisa?

–De hecho, ya voy retrasado para una reunión. Te llamaré esta noche, ¿de acuerdo?

–Me gustaría.

Stephanie colgó y, junto a la puerta, preguntó:

–¿Quién es?

–Tengo una entrega para Stephanie Merlin.

Soltó el pomo, dio un brinco atrás y se tapó la boca para contener un grito. «Pero si no le he dado mi nombre verdadero a nadie –se dijo temblando–. He cubierto mis pasos...»

Una andanada de golpes más insistentes sacudió la puerta.

–Lo siento... se ha equivocado de habitación.

–Deja de jugar y abre esta maldita puerta.

El pomo se agitó, y Stephanie, petrificada por la indecisión, dio una orden silenciosa:

–¡Váyase! ¡Déjeme en paz!

Entonces, resuelta de pronto, dio unos pasos hacia delante, se secó las manos en la blusa verde y respiró hondo. Antes de poder cambiar de opinión, quitó el cerrojo y abrió la puerta bruscamente.

–¡Tú!

Él empujó la puerta, entró rozando a la chica y cerró rápidamente a sus espaldas.

–¿Sorprendida de verme? –preguntó con una sonrisa tan insolente y un guiño tan provocadoramente impertinente que ella sintió ganas de propinarle una bofetada.

Sin embargo, la conmoción la había inmovilizado.

–¡Caray! ¡Creí que te iba a sorprender! ¡Y mira por dónde, me esperabas!

El hombre sacó la botella de champán de la cubitera.

Una indignación asfixiante sustituyó a la parálisis de Stephanie. Furiosa, lo siguió, lo cogió del brazo y lo hizo girar.

–¿Qué diablos estás haciendo aquí?

–¿Sabes que me has hecho la misma pregunta que te iba a hacer yo? –Con la uña del pulgar Johnny Stone estaba quitando el papel metálico que cubría el corcho de la botella.

13

Sítto da Veiga (Brasil) - Nueva York

–Sería una pena dejar que un buen champán se echara a perder –comentó Johnny arrastrando las palabras.

Stephanie no había tocado la copa que le había servido. «Prefiero morir de sed», pensó.

–¡Ah! –ronroneó el fotógrafo, repantigándose y poniendo los pies sobre la mesa–, esto es vida: vino de primera, tres comidas y un colchón... y una auténtica amazona de propina.

–Johnny, si no te largas en este mismo instante, no tendré más remedio que llamar a los de seguridad.

–Adelante. –Johnny señaló el teléfono con un gesto despreocupado–. El número es nueve, nueve, nueve, uno, uno, uno. Supongo que la legión extranjera personal del coronel Klink no tardará más de... ¿qué?... unos tres minutos en acudir –añadió, refiriéndose a un coronel nazi caricaturizado de una serie televisiva.

Con los brazos cruzados, Stephanie mantuvo un silencio helado.

–¿Y bien? –preguntó por fin.

–Llama a la Gestapo si es preciso –contestó él con placidez–, nadie te lo impide. –Levantó un pie, lo cruzó sobre la otra pierna y se recostó aún más–. Si estás vacilando porque crees que descubriré tu identidad, señorita... eres la señorita Williams ahora, ¿no?, te aseguro que no se me ocurriría hacer algo así. –Le guiñó un ojo y le sonrió con expresión taimada.

–¿Qué quieres de mí, Johnny? –le preguntó Stephanie, cansada.

–Dime lo que has averiguado y te diré lo que yo he averiguado.

–¡Lo que tú has averiguado! –soltó una risilla socarrona–, ¡no me hagas reír!

–Hagámoslo a tu manera, pues. –Johnny suspiró–. Pero luego no me vengas con «¿por qué no me lo dijiste?».

–Por si no te habías dado cuenta, Johnny, tengo trabajo que hacer.

–Aunque no lo creas, yo también, y sería una pena perder un empleo después de apenas un mes de trabajo.

–¿Un mes? –susurró Stephanie, boquiabierta, tan atónita e incrédula que se le cortó el aliento–. ¿Llevas un mes entero aquí?

–Día más, día menos, sí –aseguró el joven, sereno.

La chica le dedicó una mirada malhumorada. ¡Qué suerte la suya, que la superara el tipo más pesado, más insoportable y más presumido de todos!

–Supongo que esto significa que conoces bien el lugar.

–Cada rincón accesible. –Johnny esbozó una perezosa sonrisa–. Eso, sin contar algunos bastante inaccesibles.

Sin darse cuenta de lo que hacía, Stephanie se inclinó, cogió su copa y apuró el contenido de un trago.

–¿Cómo sé que no es una simple fanfarronada? –preguntó, y volvió a apoyarse en el respaldo–. Puede que no hayas averiguado nada que me sirva.

–Supongo que no necesitas mi ayuda. Quizá deba irme, tienes razón.

–No dije eso –se apresuró a responder–. Puesto que eres un experto en lo concerniente a este lugar, ¿por qué no me dices lo que está ocurriendo aquí?

–¿Aparte de producir tomates de la mejor calidad y unos cuantos productos farmacéuticos?

–¿Quieres decir que hay más? Acaban de guiarme por todo el complejo y es todo lo que me han enseñado.

–Y, reconócelo, lo que te han mostrado es muy impresionante. –El joven hizo una pausa–. Pero si quieres sentirte verdaderamente impresionada, deberías ver sus ratones; ahí es donde la cosa se pone de lo más interesante.

–¿Sus ratones?

–Y sus pececillos y sus ratas.

–No vi nada de eso –manifestó la chica, ceñuda–. Ahora que lo pienso, no vi ningún animal.

–No me sorprende. No hablan para nada de sus experimentos con animales.

–Pero ¿cómo es que tú estás al tanto? No me digas que llegaste aquí como si nada y conseguiste un empleo así como así.

–Eso es, básicamente, lo que hice. Te asombraría ver cuántos empleados van y vienen; excepto los de investigación científica, muchos puestos están vacantes, porque al cabo de poco tiempo en este lugar la mayoría de la gente padece una claustrofobia insoportable.

–No me sorprende. –Stephanie echó la cabeza hacia atrás y frunció el ceño–. ¿Qué puesto conseguiste?

–Doy de comer a los animales y les limpio la jaula. Oficialmente, soy ayudante de zoología.

–¿Zoólogo? ¿Tú? ¿Cómo diablos conseguiste hacerte pasar por zoólogo? Seguro que comprobaron tus referencias.

–Uno de mis compañeros de fraternidad de la universidad es zoólogo en Maine; me debía un favor de peso desde hace mucho tiempo y acaba de devolvérmelo: de momento, soy él.

–Para que sepa cómo llamarte, ¿cómo se llama... cómo te llamas?

–Charles Conover. Y ten en cuenta que Charles Conover tiene acceso a los laboratorios de alto secreto, acceso limitado puesto que siempre me acompañan el coronel Klink, la doctora Mengele o mi superior inmediato, el doctor Shirkant Jhanwar, jefe de zoología.

–¿La doctora Mengele?

–Ya sabes, la enanita.

–¡Ah!, te refieres a la doctora Vassiltchikov –Stephanie soltó una risilla.

–Cuyo acento, ¿te has fijado? –Johnny le dirigió una mirada significativa–, no es ni ruso ni polaco, como haría pensar su apellido, sino del más puro alemán.

–Hum. –Stephanie no estaba segura de si debía agradecer la información o irritarse porque él la hubiese descubierto antes que ella–. ¿Era nazi?

–No lo dudo –aseguró el joven con una sonrisa irónica.

–Los animales –preguntó la chica pensativa– no estarán en el edificio en forma de cubo, ¿verdad?

–En ese mismo. Justo detrás de esos letreros de advertencia falsos.

–¡Falsos! ¿Me estás diciendo que no hay peligros biológicos y radiactivos detrás de esas puertas?

–Biológicos, sí. Pero ¿radiactivos? No. No es más que una táctica para espantar a la gente; esos letreros mantienen a los curiosos alejados mejor que cincuenta guardias armados con perros babeantes.

–Me lo imagino. –Stephanie mantuvo un silencio pensativo–. Supongo que también has descubierto en qué zonas concretas llevan a cabo sus experimentos con animales, ¿no?

–Así es.

–¡Johnny! De veras eres un príncipe. ¡Dímelo! ¡Suéltalo! –Excitada, Stephanie se incorporó. Quizá no tuviera que meterse en el laboratorio, después de todo.

–No... –Johnny hizo un gesto vehemente con la cabeza y agitó un dedo–. Íbamos a compartir la información, ¿te acuerdas? Ahora te toca a ti contarme lo que has averiguado; después de eso, continuaré donde lo dejé.

Al oír el timbre, Eva Schenkein supuso que sería el agradable anciano que vivía al fondo del pasillo –¿cómo se llamaba?–, al que le gustaba preguntarle si necesitaba algo.

No recordaba su nombre, por más que lo intentaba, pero en esa primera fase del síndrome de Alzheimer rara vez se acordaba del suyo propio.

El timbre volvió a sonar y su gato ya estaba a la puerta, maullando. Eva se dirigió hacia allí poco a poco, arrastrando los pies, bregó con los cerrojos y, finalmente, consiguió abrir.

–¿Sí? –preguntó al desconocido de alta estatura.

–Buenas tardes, señora –dijo éste, cortés y respirando por la boca–. Me llamo Miles Riley. ¿Podría dedicarme un poco de tiempo?

–Por supuesto.

Miles sacó de un sobre el montón de fotos que el coronel Valerio le había enviado por fax.

–Me preguntaba si podía identificar a esta mujer –dijo, y le enseñó la primera.

–Sí, Suki fue una de las principales estrellas de Florenz –contestó Eva tras observar con ojos entrecerrados la foto de Stephanie con largo cabello oscuro y rizado–. Claro que no nació con ese nombre, era su nombre de artista; en realidad se llamaba Beulah Stites, así que Florenz hizo que se lo cambiara.

–¿Está segura? –Miles Riley se estremeció, exaltado.

–Claro que estoy segura. –Eva se rió–. ¡Fuimos amigas en los años treinta!

La excitación de Miles desapareció tan rápido como había llegado. «¡Está chiflada!»

–¿Y a ésta? –preguntó, para asegurarse–, ¿la conoce? –Le enseñó otra foto de Stephanie, esta vez con cabello corto y rubio.

–Claro que sí. Es Nina Asch. Fue muy famosa en los años cuarenta. Vi todas sus películas –añadió Eva, y movió la cabeza con gesto enfático.

–Muchas gracias, señora, me ha sido de gran ayuda –mintió Miles y guardó el montón de fotos.

«¡Dios mío! –se dijo, puso los ojos en blanco y se dirigió directamente hacia el ascensor–. ¡Menuda pérdida de tiempo!»

14

Sítto da Veiga (Brasil) - Nueva York

Había transcurrido una hora y reflexionaban en silencio, un silencio que Johnny rompió primero.

–¡Dios mío! –exclamó casi en un susurro, y agitó la cabeza como para despejarse–. Da miedo.

–Sí –convino Stephanie.

–¿Sabes algo? –Johnny estaba inclinado con los antebrazos en los muslos y los dedos alrededor de su copa–. Si no hubiese visto esos animales con mis propios ojos, diría que has perdido la chaveta. –Alzó los ojos y la miró.

–Créeme, preferiría que así fuera. –Stephanie sonrió con evidente ironía.

–Sí, yo también. –Johnny clavó la vista sombría en su copa.

–Tienes que creerme, Johnny, Lili Schneider está viva, joven, y se hace llamar Zarah Böhm. –La expresión de la chica resultaba ácida, acusadora, condenatoria. Hizo una pausa y añadió con amargura–: Puede que no cuente con pruebas concretas, pero en el fondo sé que por eso asesinaron al abuelo; él lo averiguó de algún modo y lo silenciaron. –Casi esperaba que Johnny la contradijera, pero éste se limitó a asentir con la cabeza.

–Tiene sentido. Ha habido asesinatos por mucho menos. Pero ¡la inmortalidad! –Respiró hondo y soltó el aliento despacio–. ¡Maldita sea, Stephanie! ¡Es una suposición difícil de tragar!

–Trágatela, Johnny. ¿No acabas de hablarme de las etiquetas metálicas fechadas en las orejas de las ratas? No me digas que vas a cambiar de opinión de repente y vas a ponerte a racionalizar y a creer que se equivocaron de fecha o que es un error o que forma parte de un enorme fraude.

Johnny levantó su copa y tomó un trago largo.

–¿Qué me dices del caballero?

–El caballero tiene nombre, se llama Eduardo.

–¿Forma parte de todo esto?

–¡No! –dijo la chica. Se inclinó y dejó la copa sobre la mesa, con un sonoro golpe–. ¡No puedo creer que forme parte de esto! –Suspiró y se dejó caer contra el respaldo–. Al menos espero que no –añadió con voz débil–. En este momento, ya no estoy segura de nada.

–Bueno, aparte de eso, me imagino que la pregunta que queda por contestar es: ¿cuál es la fórmula secreta? ¿La genética? ¿Alguna rara planta tropical con propiedades asombrosas? ¿Un pozo mítico del que surge la fuente de la longevidad?

–Te he dicho que cada día traen la medicación en algo parecido a un termo rojo. Y viene envuelto en lo que creo que es nitrógeno líquido.

–Exacto. Y yo te he dicho que uno de esos contenedores sale del hospital a la misma hora cada día, sin falta.

–Johnny... –Stephanie lo miró con expresión extraña–, ¿tengo razón al suponer que el hospital no está precisamente lleno?

–Efectivamente, casi no lo usan, salvo para los niños a los que traen en avión,

–¡Los vuelos de hada madrina!

–Sí, y llegan cada día, como los vuelos comerciales. –La miró fijamente e hizo una mueca cuando se le ocurrió algo terrible–. ¡Mierda! –exclamó desolado–, dime que no es cierto, Stephanie.

La misma indignación que revolvía las entrañas de Johnny revolvía las de Stephanie.

–Johnny –empezó a decir con voz quebrada, carraspeó, tosió y formó un puño con la mano–, por lo general, ¿a cuántos niños traen cada día?

–Al menos uno, pero normalmente dos o tres.

–¿Y cuántos salen de aquí vivos? –Stephanie soltó un hondo suspiro.

–Por lo que he visto, su tasa de mortalidad es de... ¡Oh, no! –Johnny se frotó el rostro–. ¡Mierda, no...!

–¿Johnny? –Stephanie sintió un ramalazo de miedo debajo del corazón y se obligó a parecer sosegada y controlada.

–Uno por día –explicó Johnny con un suspiro ronco.

Se miraron.

–Me temo que hemos encontrado el ingrediente mágico de la fuente de la juventud –declaró Stephanie, sombría–. Sólo que no es una fuente, ni deriva de una rara planta exótica.

–Eso al menos explica por qué hay un lugar lleno de pequeños ataúdes.

–¿Qué? –Stephanie se incorporó de golpe.

–Junto al depósito de cadáveres del hospital hay una amplia zona que parece el almacén de un enterrador. Cuando lo vi por primera vez, me pareció extraño que todos los ataúdes fuesen para niños, que entre ellos no hubiese uno solo para adultos.

–¿Sabes, Johnny? Puede que no erraras tanto el tiro al apodar a la enanita doctora «Mengele». –Johnny cerró los ojos–. Lo que creo es que echó la ética por la borda e hizo un salto cuántico más allá de la inyección de células de oveja y de la implantación de placenta.

–Sí. –Furioso, Johnny soltó una risa desagradable–. Yo diría que es un enorme salto de las células de oveja a los bebés humanos. ¿Dónde se entrenó? ¿En Auschwitz?

Stephanie sintió que se le contraían las entrañas. «¿Cómo pude ser tan estúpida? –se preguntó rabiosa–. ¡Dios mío, todo me parece tan obvio de pronto. ¿Por qué he tardado tanto en verlo?» Retrospectivamente, muchas cosas adquirían una claridad espeluznante.

«Por ejemplo, la razón por la que los Veiga financian tan generosamente a la BPI. Claro que lo hacen, ¿dónde, si no, van a encontrar un suministro inacabable de niños que nadie quiere, que nadie echa de menos?»

Por su mente pasó la imagen de los niños en el avión y de sus ojos que tanto dolor expresaban. «Y pensar que todos vienen con tanta esperanza a este lugar que es, para ellos, el último recurso. ¡Qué crueldad hacerles albergar esperanzas y llevarlos directamente a la muerte!»

¿Quién habría creído que el secreto de la longevidad fuese tan sencillo? Que lo único que se precisaba era un suministro inagotable de células frescas, o enzimas, u órganos vivos de niños, quizás una combinación de los tres, y Ernesto y Zarah sólo tenían que tumbarse y disfrutar sus inyecciones diarias.

Stephanie cogió su bolso y sacó su libreta de direcciones.

–Tendré que hacerme con un ordenador –dijo.

«Tengo que ver si el código de Aaron Kleinfelder todavía da acceso a los archivos de la BPI», pensó. Luego, para no olvidarla, extrajo su tarjeta de plástico y guardó ambas en el bolsillo del pantalón. Hecho esto, se puso en pie, temblorosa, y se dirigió hacia la puerta.

–¿Adónde vas? –La voz de Johnny la detuvo.

–¿Adónde crees? Al hospital, por supuesto. ¿Y bien? ¿A qué esperas? ¡Vámonos! Dios mediante, llegaremos a tiempo para evitar que sacrifiquen a otro niño –dijo con voz ronca.

Miles Riley iba por su tercer Manhattan y su mirada se desviaba constantemente hacia la gran pantalla parpadeante de la televisión, encima de la barra, hacia el informativo de las cinco de la tarde, en el que una joven morena hablaba frente a un micrófono.

–Jed Savitt, condenado por haber cometido asesinatos en serie, será ejecutado en la silla eléctrica esta noche a la una y cinco de la mañana, hora del este de los Estados Unidos. Hace cierto tiempo, la corte suprema aplazó su ejecución en el último momento. Hoy, el gobernador de Florida, Matthew Perrault, ha denegado una solicitud de clemencia y, a menos que la corte suprema vuelva a aplazar la ejecución de esta noche, la vida de Savitt, de treinta y cinco años, acabará aquí, en la silla apodada Old Sparky.

»En mayo, en vísperas de la última fecha programada para la ejecución del señor Savitt, la difunta Stephanie Merlin, que fue presentadora del programa "Media Hora", consiguió una entrevista en exclusiva con el asesino convicto, una parte de la cual presentamos a continuación...

En la pantalla apareció una conocida rubia rojiza de ojos color topacio, muy separados.

–Ahora bien, Jed –decía–, falta una hora para su ejecución...

Pero Miles Riley ya no escuchaba. Olvidó su copa y abrió el sobre, del que extrajo bruscamente el montón de fotografías generadas por ordenador. Con un ojo puesto en la televisión, las miró hasta llegar a la que tenía un peinado semejante al de la mujer de la pantalla.

No esperó a llegar a casa. Utilizó su tarjeta telefónica y marcó un número internacional desde el primer teléfono que encontró.

–Seguridad, aquí Valerio.

–¿Coronel? –Riley respiró hondo–. He identificado a la mujer. Es una reportera de televisión supuestamente muerta, sólo que parece que está vivita y coleando. Se llama Merlin, Stephanie Merlin.

15

Isla de la Borboleta (Brasil)

Después de hablar con Miles Riley, el coronel Valerio no perdió tiempo. «Es demasiado tarde para el Fantasma –decidió–. Además, esto me gusta mucho más. Si alguien merece detener a Stephanie Merlin, alias Monica Williams, soy yo. Yo conseguí que mataran a Carleton Merlin y que pareciera un suicidio.»

Depender del Fantasma había sido un error, ahora lo veía. La explosión que había hecho volar el apartamento de Merlin no había hecho desaparecer a su nieta.

En el fondo, el coronel era un cazador y un acechador, le encantaba medirse contra una presa, le encantaba seguir rastros y perseguir, pero lo que más le excitaba era matar; ya fuese su presa un venado, un elefante o un hombre, el momento de dar muerte le proporcionaba la mayor de las satisfacciones.

De modo que dio el primer paso y llamó a Ernesto a la quinta.

–Señor, acabo de enterarme de que un grupo de terroristas planea asaltar esta isla –le dijo, aprovechándose de lo que sabía era el mayor temor del multimillonario–. Quieren secuestrarlo y retenerlo como rehén.

–¡Santo Dios! ¿Está seguro?

–Sí, señor. Recomiendo que usted, la doctora Vassiltchikov, la señora Böhm y su madre abandonen la isla. Haré que los recojan en la casa para que los lleven al *Chrysalis*. Asegúrese de que salga también al servicio.

–Entiendo. Gracias, coronel.

–No se preocupe, señor, estará camino de São Paulo mucho antes de que se inicien los fuegos artificiales. Llamaré al yate y le diré al capitán que se prepare para levar anclas.

Desde la popa del *Chrysalis*, Ernesto y Lili vieron cómo su isla paradisíaca desaparecía en el horizonte.

–Me parece imposible que no estemos a salvo allí –comentó Lili antes de entrar en su camarote–. La isla de la Borboleta ha sido siempre nuestro refugio.

Ernesto le apretó la mano en un gesto tranquilizador.

–Y lo será de nuevo, no te preocupes. Puede que se trate de una falsa alarma, pero el coronel Valerio tuvo razón al evacuarnos, porque sería estúpido arriesgarnos.

Ahora que tanto el yate como el servicio se habían ido de la casa, el coronel Valerio dio el segundo paso. Ordenó a todo su personal de seguridad que dejara sus puestos, encerrara los perros y formara frente al complejo de seguridad. Una vez hecho esto, inspeccionó sus tropas.

–Caballeros, vamos a llevar a cabo una prueba de evacuación. En una hora irán al continente en helicóptero y se quedarán allí hasta recibir nuevas órdenes.

Cuarenta y cinco minutos después, seis helicópteros volaron sobre el mar, rumbo a la isla. En cuanto aterrizaron, el coronel supervisó el abordaje de sus hombres en cinco aparatos.

Guardó el sexto para sí mismo.

La flota de cinco alzó el vuelo con dirección al continente y no tardó en desaparecer de la vista. Sólo entonces ordenó Valerio a su piloto que despegara.

–¿Adónde vamos, señor?

–Al aeropuerto en Vitória, allí me espera un jet.

En un minuto dejaron atrás la isla esmeralda en forma de mariposa. El coronel giró en su asiento y la contempló.

La Borboleta se había convertido en una isla desierta, una isla fantasma de la que todos los humanos habían sido desterrados. Hasta los perros estaban encerrados en las perreras. Sólo el calcidoscopio de nubes de mariposas estaba libre.

El coronel agitó la cabeza. Sería un estupendo coto de caza y dentro de unas horas contendría a su presa preferida.

16

Sítto da Veiga (Brasil) - En vuelo

Stephanie iba delante. Al llegar al edificio rectangular se acordó de que el hospital ocupaba los cuatro pisos del sótano. Era presa de una intensa preocupación. ¿Qué ocurriría si a ella y a Johnny los detenían al bajar al hospital? ¿O si un guardia de seguridad exigía saber qué hacían? El corazón le martilleaba, y tenía las entrañas hechas nudos, nudos sumamente dolorosos.

–Si la memoria no me falla, los ascensores están allí –le explicó a Johnny y los señaló con el mentón.

–Conozco un camino mejor.

Johnny miró alrededor con aire despreocupado, para asegurarse de que no hubiese guardias uniformados, y llevó a Stephanie al fondo del vestíbulo, donde se hallaba la escalera contra incendios.

Stephanie frunció el ceño; la confundían los letreros en varios idiomas, incluyendo el inglés, pegados a la puerta: «SALIDA DE INCENDIOS. LA ALARMA SE DISPARARÁ SI SE ABRE».

–No te preocupes –le aseguró el joven–. Algunos miembros del personal médico la usan cuando no quieren esperar a que lleguen los ascensores. Han engañado a las alarmas. –Volvió a mirar alrededor–. Además, las escaleras se usan menos que los ascensores.

–Espero que sepas lo que haces –murmuró Stephanie.

Fue la primera en entrar y vio que el pestillo estaba pegado con cinta aislante. «Por eso no se dispara la alarma.» Johnny la siguió y cerró a toda prisa.

Stephanie echó una ojeada alrededor. Se encontraban en un hueco de escalera de ladrillos de hormigón gris y unos escalones de metal negro subían y bajaban desde el descansillo. Con la rápida y silenciosa agilidad de un gato callejero, Johnny empezó a descender hablando en voz baja, para que no se le oyera.

–Pediatría se encuentra en el cuarto piso del subterráneo, junto con el quirófano, la sala postoperatoria, la de cuidados intensivos, los laboratorios neuroquirúrgicos y los departamentos de neurorradiología, cardiología, patología, además del almacén de ataúdes y, ¿puedes creerlo?, el depósito de cadáveres.

Stephanie descendió por el último tramo de la escalera y pasó delante de Johnny. Cada paso le suponía un enorme esfuerzo. Se detuvo en el cuarto piso y miró la puerta de metal. «Hemos llegado –pensó–. Sólo Dios sabe lo que encontraremos.»

Rezando una oración silenciosa, levantó los hombros y asió el pomo. Johnny iba pisándole los talones y su aliento en la nuca le puso los pelos de punta. Con cuidado, en silencio y muy lentamente, abrió la puerta.

–No hay moros en la costa –dijo, sintiendo un enorme alivio.

–Bien, adelante.

–Puesto que pareces conocer el camino, ve tú delante –sugirió la chica al abrir la puerta del todo.

–¿Adónde quieres ir primero?

–A pediatría –contestó sin vacilar.

El helicóptero aterrizó suavemente junto al Learjet que esperaba. El coronel Valerio se apeó de un salto, se agachó, corrió hacia el jet y subió a éste rápidamente.

–¿Ha presentado el plan de vuelo para ir a Sítto da Veiga? –le preguntó al piloto.

–Sí, coronel, tenemos permiso para despegar de inmediato.

La escalera de abordaje se dobló y la puerta se cerró; el coronel aún no había acabado de abrocharse el cinturón cuando el avión empezó a rodar por la pista de despegue.

El rostro del coronel resultaba inexpresivo, si bien su estado de ánimo rayaba en la euforia; él mismo no habría podido planear mejor la situación. «Stephanie Merlin se encuentra exactamente donde la quiero. Atrapada en Sítto da Veiga, el único lugar del mundo del cual es imposible escapar. Pronto será mía y entonces la traeré de vuelta a la isla, a mi coto de caza privado, donde será mi presa. –Esbozó una especie de sonrisa, más bien una mueca–. Y entonces... ¿qué es lo que los emperadores romanos solían decir? ¡Ah, ya! Que empiecen los juegos.»

17

São Paulo (Brasil) - En vuelo - Sítto da Veiga

Cuando Eduardo regresó al despacho que tenía en el ático, Mírtia, su secretaria, alzó la mirada.

–El senhor Camacho llegó hace diez minutos, con sus dos abogados. Esperan en la oficina interior.

–Otra cosa, Mírtia –añadió Eduardo, al detenerse rumbo al despacho–. Llame a Sítto da Veiga. Quiero hablar con la señorita Monica Williams.

–Enseguida.

–En cuanto conteste, llámeme. Aparte de eso, no quiero que me molesten.

–Sí, señor.

Menos de media hora más tarde, el señor Machado y sus abogados se fueron y Eduardo pulsó el botón del intercomunicador.

–Mírtia, ¿ha intentado comunicarme con la señorita Williams?

–Sí, señor –contestó la voz incorpórea de su secretaria–. No está en sus habitaciones y nadie sabe dónde se encuentra.

–De acuerdo, siga intentándolo.

El jet voló a toda velocidad por encima de las nubes. Valerio había corrido las cortinas, pues prefería sentarse en la oscuridad, porque sin distracciones visuales podía centrar mejor su atención en Stephanie Merlin. No necesitaba consultar el reloj para saber que le quedaba una hora de vuelo.

El dolor de espalda le resultaba casi insoportable.

En algunos aspectos era como cualquier hospital. Lo que sí parecía distinto era la falta de gente. La sala de espera se hallaba vacía, así como la zona de las enfermeras; no había recepcionista... ¿Y dónde estaban los médicos? ¿Y los pacientes?

Resultaba espeluznante, este silencio, abrumador y horripilante, como si el mundo hubiese hecho una pausa de repente. Stephanie siguió de cerca a Johnny.

A ambos lados del pasillo, que se le antojó interminable, había numerosas puertas grises; los letreros de algunas la habrían tranquilizado en circunstancias normales, pero en este caso parecían realzar el aspecto surrealista. «ANGIOGRAFÍA», en tres idiomas. «NEURORRADIOLOGÍA», también en tres idiomas, al igual que «PATOLOGÍA».

Aún no habían visto un alma.

–¿Y el personal de este lugar? –quiso saber Stephanie–. ¿Son fantasmas?

Johnny no contestó.

Dieron la vuelta a una esquina y anduvieron por otro reluciente pasillo. Aunque no lo admitiría por nada del mundo, Stephanie se alegraba de tener a Johnny por guía.

–¿Qué ha sido eso? –Giró bruscamente la cabeza y miró fijamente al joven.

Fuese lo que fuese, él también lo había oído; se detuvo y ladeó la cabeza para escuchar.

Más adelante, lo oyeron de nuevo; parecía que alguien sufría mucho.

Johnny apretó el paso, rumbo al sonido, y Stephanie se esforzó por mantener su ritmo. De vez en cuando, justo cuando creían haberlo imaginado, oían el grito.

Doblaron una esquina y vieron el cartel, en portugués, francés e inglés: «PEDIATRÍA».

–Creo que viene de allí –declaró Johnny.

Sin pensar ya en el peligro, empujó la puerta con la palma de la mano y entró.

–Damas primero.

Stephanie vaciló una fracción de segundo, su mirada se topó con la de Johnny y pasó frente a él, éste la siguió.

La chica echó un vistazo alrededor y vio que se trataba de una reducida sala de espera, con sillas de plástico contra la pared, en una de las cuales se encontraba sentada una mujer con aspecto agotado que se tapaba la boca con una mano, como para contener los sollozos. La reconoció: era la mujer que acompañaba a Rosa, la niña valiente con la muñeca llamada *Lourdes*.

Entonces se dio cuenta de que la mujer tenía la vista fija. «Nos mira a nosotros... no, es como si mirara a través de nosotros...» Stephanie miró a Johnny.

–Esta mujer necesita compañía. Quédate con ella mientras yo investigo estas salas.

Primero fue hasta la puerta abierta y vio una amplia cuna vacía con las mantas en desorden y, encima de éstas, la muñeca *Lourdes*.

Después se dirigió hacia las puertas cerradas. Llamó quedamente a la primera y, al no recibir respuesta, la abrió y asomó la cabeza. La luz estaba apagada, pero se dio cuenta de que la sala se encontraba vacía, que no se había usado.

Cerró la puerta, llamó a la siguiente y oyó a un hombre decir:

–A pessõa à porta serà o médico. Sim?

Se sorprendió cuando se abrió.

La voz pertenecía a otra persona del avión, al hombre que acompañaba, con su esposa, al niño al que habían llevado en camilla, sujeto al gota a gota.

Estiró el cuello para ver por encima de su hombro y captó la mirada de la preocupada esposa, que estaba sentada en una silla junto a la cama de su hijo de cuatro años.

–Desculpe-me –dijo Stephanie en el poco portugués que recordaba, sintiéndose culpable y esperando que esas palabras fuesen las correctas.

El hombre asintió con la cabeza y cerró la puerta.

A continuación, llamó a la puerta que había al otro lado del pasillo.

–Sim? –gritó una mujer.

Stephanie entreabrió. Se trataba de la enfermera uniformada del avión; habían transferido al recién nacido prematuro a su cargo de la incubadora provisional a una normal.

–Desculpe-me –volvió a murmurar, salió rápido y cerró.

Cuando regresó, Johnny la miró con las cejas arqueadas en señal de interrogación.

–Hemos encontrado a los niños –le explicó, y, tras una pausa, añadió–: al menos reconozco a dos de tres. –Miró a la sollozante mujer y fue a ponerse en cuclillas frente a ella–. Senhora –dijo con voz baja y le cogió las manos–. ¡Senhora!

La mujer se sorbió las lágrimas, liberó una mano y se secó los ojos.

–Fala inglés?

La mujer negó con la cabeza.

–Eu não falo portugués –manifestó Stephanie con un suspiro, pero de pronto se le ocurrió que, si uno no habla portugués, el español puede resultar útil, y se volvió hacia Johnny–. No hablarás español, ¿verdad?

–Sí, un poco.

–Adelante, pregúntale dónde está su hija.

–¿Dónde está la pequeña?

La mujer frunció el ceño y Johnny lo repitió despacio.

–¡Ah! *Tem havido discussões em tôrno a uma nova operação.*

Johnny también frunció el ceño.

–La chica está en el quirófano.

–Johnny... –A Stephanie le costaba hablar y sentía náuseas–. Tenemos que entrar en el quirófano, ¡ahora mismo, antes de que sea demasiado tarde!

Y antes de que él pudiese contestar ya se había ido.

A las seis, Eduardo pulsó el botón del intercomunicador y pidió a Mírtia que entrara en su despacho. La puerta se abrió silenciosamente y la chica se detuvo en el umbral.

–¿Senhor?

–¿Ha seguido intentando comunicarme con la señorita Williams?

–Sí, señor, y le he dejado numerosos mensajes.

–Ya veo.

–¿Puedo hacer algo más? –preguntó todavía desde la puerta.

–Sí, llame al garaje y diga al chófer que tenga mi coche listo enfrente, luego llame al piloto y dígale que tenga el avión preparado para despegar. Regreso a Río.

–Enseguida.

Diez minutos después, Eduardo se dirigía hacia el aeropuerto. Llamó a Stephanie por el teléfono móvil, pero nadie contestaba en su habitación. Una hora más tarde, rumbo a Río en el avión de la empresa, lo intentó dos veces más, pero en vano.

«Seguro que tiene mil cosas que hacer –se dijo, pero eso no lo tranquilizó y empezó a preocuparse–. Le he dejado mensajes toda la tarde para que me llame; ya debería haber encontrado un momento para hacerlo, ¿no?»

A Stephanie le costaba mantener el paso de Johnny, que corría literalmente pasillo abajo, en el fondo del cual Stephanie divisó el letrero en una puerta de doble batiente, letrero que la atraía y le causaba repulsión a la vez.

Operating Rooms
Sala de Operações
Salles d'opération

Iba tan deprisa que las puertas a ambos lados parecían meros borrones. Cuando estaban a medio camino del quirófano...

¡Bom!

Delante de ellos, a la izquierda, una puerta de doble batiente se abrió de golpe.

Stephanie se quedó petrificada. Johnny la asió del brazo izquierdo y tiró de ella hacia el hueco de la puerta más cercana. En cuanto estuvo seguro de que se había aplastado contra ella, se asomó con cautela, lo suficiente para ver lo que ocurriría.

Tres puertas más abajo, unas voces rudas maldecían y reían; alguien sacaba una camilla de acero inoxidable de una sala. Otro portazo; la puerta había vuelto a abrirse. Un tipo fornido ayudó a su compañero a recoger el extremo de algo obviamente pesado y juntos lo echaron sobre la camilla.

Se trataba de un pequeño ataúd blanco.

Stephanie se había inclinado para observar y a la vista del ataúd se tensó con un escalofrío; supo, sin lugar a dudas, para quién era.

Pasillo abajo, los hombres silbaban al empujar la camilla; se oyó el golpe de otra puerta, cuando la metieron en el quirófano.

El pasillo volvió a sumirse en el silencio. Stephanie se apartó de la puerta y se volvió hacia Johnny. «Por Dios, tenemos que llegar a tiempo», rezó.

El Learjet empezaba a descender y el coronel Valerio descorrió la cortina. Fuera, la noche había caído con esa abrupta y absoluta negrura típica del trópico. Con la vista estudió la oscuridad que había delante del avión; demasiado pronto todavía; sin embargo, no tardaría en ver las luces difuminadas de Sítto da Veiga.

Dentro de media hora habría llegado.

Ahora fue Stephanie la que se adelantó. Se adentró en el quirófano, saltó a un lado y se agachó a fin de no quedar recortada contra la luz del pasillo a sus espaldas.

Con todos los sentidos alerta, miró a su alrededor. Había dos puertas en cada una de las tres paredes y las ventanillas de las seis se hallaban a oscuras... a excepción de una; le pareció que oía un murmullo de voces detrás de ésta.

Se puso en pie y le abrió la puerta a Johnny.

–Esto parece la zona de recepción de los quirófanos.

–Tiene sentido. –Johnny también miró alrededor.

Sin hacer ruido, Stephanie se dirigió hacia la puerta de la sala de la cual salía la luz. Se pegó a la pared, respiró hondo, presa no tanto de una sensación de peligro, como del recuerdo de la larga cadena de acontecimientos que la había traído desde miles de kilómetros de distancia a ese preciso lugar, aquí y ahora.

Poco a poco, muy lentamente, acercó la cara a la ventanilla de vidrio reforzado y observó el interior.

Era indudablemente un quirófano. Bajo el duro brillo de las luces, un cirujano, con la bata, la gorra, los guantes y la mascarilla típicas, se inclinaba sobre la mesa de operaciones, ayudado por una única enfermera.

La mirada de Stephanie descansó involuntariamente en la paciente. Le sorprendió que no la cubriera nada; desde el cuello hasta las ingles, pasando por el esternón, la recorría una profunda incisión.

La joven se mareó y tuvo que reprimir el deseo de vomitar. «¡Ay, Dios!», pensó. La grasa de la cara interior de la piel, que estaba sujeta hacia los lados, estaba amarillenta y la herida misma parecía estar cubierta por una membrana casi lechosa, semejante al celofán. Habían cortado una parte y lo que se veía daba la impresión de una pintura abstracta en diferentes tonos de púrpura, rojo, rosa, plata y azul.

Stephanie sudó frío y apartó la vista. «Voy a vomitar», pensó, con una oleada de mareo asfixiante.

Se alegró de que Johnny estuviera a su lado.

–Me parece bastante normal –susurró éste a su oído.

–No estoy tan segura...

Entonces oyó al cirujano pedir una jeringa en inglés. La enfermera se la puso en la palma de la mano y él la alzó para examinarla a la luz.

Stephanie jadeó. Estaba vacía y parecía increíblemente grande. «¿Qué están haciendo? ¿Sacándole sangre?»

–Ahora viene lo difícil –comentó el cirujano.

–No te preocupes –respondió la enfermera, y le echó una ojeada de soslayo por encima de la mascarilla–. De todos modos tenemos dos más, por si acaso.

–Sí, pero no es bueno para nuestra imagen que necesitemos más de uno por día –declaró el cirujano entre risas.

A Stephanie le costaba creer lo que oía. «Esto no puede estar ocurriendo –se dijo, y cogió instintivamente la mano de Johnny–. ¡Están locos! ¡Locos de atar!»

Se encogió como si ella misma hubiese experimentado el dolor cuando la jeringa penetró el abdomen abierto de la niña. El cirujano abrió un clip y lo tiró en una bandeja.

La jeringa empezó a llenarse casi enseguida de un pálido líquido turbio.

–¡Perfecto cada vez! –exclamó la enfermera, admirada–. No sé cómo lo haces.

–Ya sabes lo que se dice de la práctica. –El cirujano se rió mientras la jeringa continuaba llenándose–. ¿No te dije que sería una donante estupenda? Apuesto a que los otros dos no tienen la mitad de enzimas. Bien.

Sacó la jeringa y, casi simultáneamente, los pitidos del electrocardiograma se convirtieron en un largo sonido monótono y las picudas líneas verdes, en una línea plana horizontal.

Stephanie suponía que el cirujano y la enfermera se pondrían de inmediato en acción, pero en lugar de esto, la enfermera se volvió, despreocupada, y apagó el monitor del electrocardiograma.

–No aguanto ese condenado ruido.

El tiempo se contrajo en este interminable y terrorífico momento; la mirada de Stephanie saltó hacia Johnny, en busca de respuestas, pero él no pudo sino sostenérsela, con expresión impotente.

–Frascos –pidió el cirujano.

La enfermera cogió un contenedor de acero inoxidable que contenía dos frascos.

Y Stephanie recordó dónde había visto frascos idénticos. «Ese día, en el *Chrysalis,* cuando seguí a Lili, Ernesto y la doctora Vassiltchikov al hospital del yate, donde la doctora les puso los gota a gota.»

Con cuidado, el cirujano introdujo exactamente cien centímetros cúbicos de líquido en cada frasco. Stephanie se fijó que el color de la niña ya se había vuelto azul grisáceo. «La vida se convierte muy pronto en muerte», pensó.

–Procaína.

La enfermera puso una ampolla y una jeringuilla en su mano y él extrajo exactamente ochenta centímetros cúbicos e introdujo cuarenta en cada frasco.

–Magnesio.

Repitieron el procedimiento.

–Ahora el cigoto mutado y habremos acabado.

La enfermera le entregó una minúscula botellita y con un gotero él añadió una gota a cada frasco. La enfermera los selló.

–¿Sabes? No dejo de preguntarme para qué sirve esta mierda –afirmó mientras trabajaba–. No tiene sentido, es rarísimo.

–Puede que sí. –El cirujano se encogió de hombros–. Lo único que sé es que el que nos retirasen el permiso de practicar fue lo mejor que pudo habernos ocurrido. ¿Quién más nos pagaría cinco mil dólares diarios por veinte minutos de trabajo sin hacer preguntas? Sin que tengamos que preocuparnos por un seguro contra las demandas. ¡Además, todo aquí es gratis! Anda, esteriliza rápido esos frascos y guárdalos en el contenedor de transporte, para que podamos irnos. Entretanto yo la coseré.

–¿No has olvidado algo?

–¿Qué?

–¡Dios mío! –siseó la mujer y puso los ojos en blanco–. ¿No lo recuerdas? Se supone que le íbamos a operar el cerebro.

–¡Ah, sí! –el cirujano rió–. De acuerdo, dame la maquinilla de afeitado. Sólo tengo que afeitarle la coronilla, hacerle un agujero en el cráneo y serrarle una parte. Tardaré como mucho dos minutos.

La enfermera llevó los frascos a una mesa de acero apoyada en la pared del fondo, sobre la cual había varios aparatos, entre ellos un esterilizador.

Fue entonces cuando Stephanie lo vio, allí, junto al esterilizador, ¡el ya familiar contenedor rojo parecido a un termo!

Las palabras de Eduardo irrumpieron en su mente como una descarga eléctrica: «En un viaje al Amazonas, mi madre y mi padre contrajeron una infección muy rara, incurable...».

Aun antes de que el cirujano empezara a perforar, Stephanie se alejó de la puerta tambaleándose; con un sollozo convulsivo cruzó a trompicones la sala de suelo blanco y salió bruscamente al pasillo, tratando de llenarse los pulmones de aire. Se apoyó en la pared de losas frescas y se abrazó a sí misma, meciéndose.

Pero el peso opresivo y demoniaco de los horrores que acababa de presenciar seguía atormentándola. «¡No traté de detenerlo!»

Unos pasos precipitados la alcanzaron.

–¿Stephanie? ¡Steph! –exclamó Johnny.

Al oír su voz familiar las arcadas menguaron; alzó la cabeza y lo miró.

–Oye –el joven la abrazó–, todo está bien...

–¡No, no lo está! –medio susurró la chica, consciente de que estaba histérica, asfixiada por un sentimiento de impotencia y culpabilidad y una creciente furia.

¡Esos vuelos de hada madrina! ¡Vaya obscenidad! Las lágrimas le manchaban las mejillas y sentía que se le formaban más y le ponían la vista borrosa. Allí no salvaban vidas, no, ¡las quitaban! Y si ella lo sabía, Eduardo también lo sabía... no podía ignorarlo, ¿verdad?

¡Una enfermedad rara e incurable!

Las palabras se alojaron en su mente como una horrible pústula. ¡Con cuánto desenfado las había pronunciado! «¡Mi amante! –escupió mentalmente, asqueada, odiándose a sí misma–. ¿Cómo pude dejar que me tocara?»

Un nuevo arranque de dolorosos sollozos le quemó el rostro. Deseaba gritar, gritar sin cesar, no dejar de gritar.

Cada día asesinaban... ¡sólo para mantenerse jóvenes! ¡Eso era lo que hacía la doctora Vassiltchikov, un condenado mejunje que, mediante las enzimas de jóvenes donantes, retrasaba el envejecimiento!

–¡Eh, Steph! –Johnny le secó las lágrimas con un pulgar–. Está bien, le pondremos remedio...

¿Cómo podía ponérsele remedio a eso?

De pronto la autocompasión y la histeria se convirtieron en rabia fría y calculadora. Destruiría, aniquilaría, haría que los muros de Sítto da Veiga se derrumbaran, como los de Jericó.

Con la misma helada claridad con que había tomado la decisión, supo que contaba con los medios para lograrlo, los tenía, ambos, en el bolsillo.

Los sacó despacio.

Su tarjeta de plástico y su libreta de direcciones. «Mis espadas vengadoras.»

Se secó las lágrimas con las palmas de las manos y miró a Johnny con el rostro tan brillante como una afilada hoja de acero pulido.

–Tú sabes cómo moverte por aquí –dijo en tono tan inexpresivo, tan carente de emoción, tan seguro, que el joven sintió que hasta los huesos se le congelaban–. Necesito un ordenador, uno que esté conectado al ordenador central... tiene que estar en un lugar donde nadie me moleste, donde nadie mire por encima de mi hombro y me haga preguntas.

El corazón de Johnny se llenó de alivio. «¡Ésta es mi Steph! –pensó–. Conozco esa mirada. Está recuperando su espíritu combativo.»

–¿Y bien? –exigió la chica en tono glacial.

Johnny frunció el ceño un momento, chascó los dedos y esbozó una pícara sonrisa.

–¡Conozco el lugar perfecto!

–Entonces, vamos, ¡ya mismo, por Dios! ¡Llévame ahora mismo!

A un kilómetro de distancia, el Learjet salió de la oscuridad y aterrizó en la pista iluminada como un ave de rapiña.

El coronel Valerio había llegado.

18

Sítto da Veiga (Brasil)

–¿De quién es este despacho? ¿De Dios? –preguntó Stephanie, asombrada.

Estaban solos en el despacho más elevado de todo el complejo; la punta de la pirámide se alzaba aún más alta muy por encima de ellos.

El enorme espacio cavernoso se hallaba vacío, a excepción de dos muebles, un gigantesco escritorio de madera de tulipero con bordes dorados que hubiese encajado mejor en Versalles y el sillón que había detrás de éste, un enorme trono ejecutivo de cuero azul.

–¿Tú qué crees? –preguntó, irónico, el fotógrafo.

–De Eduardo –contestó ella con un suspiro.

–Tendrás que reconocer que por lo menos es apropiado, ¿no?

Stephanie soltó una risotada amarga. «¡Lo es! –se dijo con un ramalazo de rabia indignada–. ¿Qué mejor lugar para empezar a desmantelar este obsceno imperio que el despacho de Eduardo? Se merece tanto como sus padres lo que va a ocurrirle.»

–Deja de culparte –le pidió Johnny–. No habríamos podido hacer nada. ¡Oh, sí!, de haber llegado un poco antes, quizás hubiésemos salvado esa vida, de momento, al menos. Pero ¿y los asesinatos diarios? –Negó con la cabeza–. Sólo habríamos conseguido cavar nuestras propias tumbas.

Tenía razón, Stephanie lo sabía, pero no le suponía un gran consuelo.

Habían llegado al escritorio. Stephanie se quedó quieta mirándolo fijamente. Estaba vacío, salvo por un cristal gris opaco que cubría toda la superficie en ligero declive y cuyo grosor variaba de trece a setenta y cinco milímetros. Encima no había ni lápiz, ni lámpara, ni teclado ni pantalla de ordenador.

–¡Maldita sea, Johnny, te dije que necesitaba un ordenador! –exclamó Stephanie al volverse bruscamente hacia el joven.

–Tranquila... Todo el mundo en Sítto da Veiga conoce el ordenador del caballero... siempre anda presumiendo. Observa. –Echó el sillón hacia atrás, se sentó y pasó la mano por el cristal–. Está aquí dentro –murmuró.

Algo brilló en el interior del cristal y casi de inmediato unas luces de colores se extendieron desde el centro, formando un entramado de finas líneas, hacia el norte, el sur, el este y el oeste.

¡Y allí estaba!

Stephanie soltó un grito de asombro. Fuera lo que fuera lo que habían tocado los dedos de Johnny, lo había activado. ¡Increíble! El cristal entero constituía un enorme ordenador, con pantalla a color, teclado... todo.

El joven empujó el sillón hacia atrás, se levantó y le indicó que se sentara.

–Todo tuyo.

Stephanie contempló largo rato la asombrosa visión, hasta que dejó de parecer una intimidadora novedad de un parque de atracciones y adquirió el aspecto de una herramienta útil. Examinando la centelleante superficie intentó imaginar cómo funcionaba. Salvo por el hecho de que era electrónico y que sus teclas figuraban sólo en imágenes brillantes de varios colores, parecía bastante normal, excepto por las dos filas superiores de teclas de función.

De momento, todo iba bien, pero ¿por dónde empezar?

Vacilante, pulsó una tecla de la fila de arriba que rezaba: «ACTIVAR». La información multicolor de la pantalla se borró de pronto.

En un abrir y cerrar de ojos, en la parte superior de la pantalla aparecieron grandes letras verdes: *«Oi! Alô!»*.

–¡Dios, no! ¡Lo que faltaba! ¡Un ordenador que habla portugués!

–Hum. –Johnny se inclinó por encima de su hombro–. Quizá deberías contestarle en inglés.

–No pierdo nada con intentarlo. –Stephanie suspiró.

Sin estar muy segura de cómo tocar ese juguete futurista, usó el índice para buscar las teclas y, golpeando ligeramente con la punta de los dedos el lugar donde refulgían, formó la palabra *«HELLO»*. En otro abrir y cerrar de ojos, la palabra desapareció y una respuesta explotó literalmente en verde catódico:

```
¿ES EL INGLÉS EL IDIOMA QUE HA ESCOGIDO?
01 SÍ
02 NO
03 OTRO
SELECCIONE UNO.
```

La chica buscó en el teclado, pulsó el 01 y la pantalla cambió a: HOLA. NOS COMUNICAREMOS EN INGLÉS.

–¿Puedes creértelo? –Stephanie se volvió hacia Johnny–. Es absolutamente increíble.

Entonces apareció: PULSE SU NÚMERO DE ACCESO PERSONAL.

Stephanie hojeó su libreta de direcciones hasta encontrar la información que el tío Sammy le había dado. Allí estaba, el código de acceso personal de Aaron Kleinfelder. «Si es que todavía está vigente.»

Pulsó 099/3cd.

Se apoyó en el respaldo y murmuró:

–Vamos, vamos...

Entonces la pantalla le pidió su contraseña y ella escribió «COOKIE», y casi al instante la pantalla le pidió: SELECCIONE EL MENÚ DESEADO O REFIÉRASE AL MENÚ.

Stephanie examinó las teclas.

–Seguro que hay un modo de pasar por encima de todo este juego previo –gruñó. Estaba a punto de pulsar el botón del menú cuando se le ocurrió algo y deletreó a toda prisa BENEFICENCIA PERMANENTE PARA LA INFANCIA–. Ahora veremos.

De pronto, la pantalla centelleó como por efecto de una explosión de luciérnagas verdes, con no menos de veinticuatro categorías relacionadas con la BPI.

–Estupendo –dijo Johnny.

Stephanie permaneció quieta un rato, meditando, preguntándose por dónde empezar.

–Echemos un vistazo al consejo de directores, ¿de acuerdo?

Tecleó el 01. El número apareció en pantalla y se borró, tras lo cual apareció una lista de nombres.

–¡Vaya! –exclamó Johnny con voz baja, y silbó–. ¡Puro peso pesado!

–¿Y te has fijado en que Ernesto está oportunamente escondido en medio de todos esos nombres? Apuesto a que podría ser el presidente, pero que suele rechazar el cargo para mantener el perfil bajo. Esto podría durar horas, tenemos que acabar con toda esta mierda, disculpa la palabrota.

–¿Y cómo lo hacemos?

–Sencillo, Aaron Kleinfelder buscaba a una niña que supuestamente desapareció en un orfanato. Es probable –añadió con aire sombrío– que la trajesen aquí en uno de esos condenados vuelos de hada madrina. En todo caso, volvamos al menú.

–Estupendo. –Johnny se apoyó sobre su hombro–. Estamos donde empezamos.

–No del todo. Intentaré con los orfanatos de la BPI.

Stephanie escudriñó la lista y tecleó el 12. Después de teclear varios números más, por fin se centró en el de Washington y clavó una mirada pensativa en la pantalla.

–¿No te parece raro que el Grupo da Veiga esté conectado directamente a la terminal de la BPI? –preguntó Johnny.

–No me sorprendería que Ernesto y la doctora Vassiltchikov fuesen los creadores de la BPI.

–¿A fin de proveerse de un número inagotable de víctimas?

–Exactamente.

–Pero uno diario durante... ¿cuándo dijiste que lo fundaron?

–En 1954.

–Eso hace... ¿qué...? Eso hace... –El joven frunció el entrecejo mientras lo calculaba mentalmente.

–Más de catorce mil seiscientas muertes –terminó por él Stephanie.

–¡Dios mío!

–Estoy de acuerdo.

La chica siguió mirando la pantalla con aire preocupado.

–¿Cuál es el problema?

–No recuerdo el nombre de la hija de Vinette Jones.

–Entonces inténtalo con «padres de personas de ORF BPI».

–Parece que tendré que hacerlo.

Tecleó 1.010 y, finalmente, tras más manipulaciones tecleó el nombre de Vinette, excitada.

Por respuesta parpadeante obtuvo: REFERIRSE A ARCHIVO ORF BPI TS 10 NA CD 749300099440001. Stephanie lo tecleó lentamente y, después de una pausa, apareció: ACCESO DENEGADO. TECLEAR NÚMERO DE OPUS.

La llegada del coronel Valerio hizo que su personal se pusiera en acción de inmediato. Al pasar frente a un escritorio ordenó:

–Llame a la habitación de la señorita Monica Williams, pero no se identifique. Si contesta, discúlpese, dígale que se ha equivocado de número y cuelgue.

–¡Sí, señor! –El guardia cogió el teléfono enseguida.

–Quiero que todo Sítto da Veiga esté en alerta general y silenciosa –ordenó frente a otro escritorio–. Nadie tiene permiso para salir del complejo. Nadie.

–¡Señor, sí, señor!

El coronel se dirigió directamente al mapa de fibra óptica de la pared, un mapa de Sítto da Veiga, y estudió el plano del complejo entero.

–¿Coronel? –dijo el guardia que estaba al teléfono–, lo he dejado sonar ocho veces y no contestan.

–Pida a su ordenador el número del código de la llave de seguridad de la señorita Williams –ordenó con voz tranquila.

–Sí, señor. –Y el hombre se dedicó a teclear.

El coronel volvió a centrar la atención en el mapa de fibra óptica. Pirámide, rectángulo, cuadrado, esfera. ¿En cuál estaría? «Sé que estás aquí, en algún lugar, señorita Williams. No puedes huir de mi red electrónica.»

–Coronel, he pedido su número de tarjeta.

Valerio se felicitó por su previsión. Sin que nadie lo supiera, salvo algunos miembros principales de su equipo de seguridad, cada tarjeta de plástico, incluyendo las de Ernesto, Eduardo, la doctora Vassiltchikov y Zarah, contenía un microchip transmisor en la banda magnética.

–Pulse la función de búsqueda visual y active su transmisor.

–Sí, señor.

El hombre pulsó unas teclas y casi al momento un punto verde brilló en el epicentro mismo de la pirámide.

El coronel experimentó la tensión y la excitación que produce una inminente victoria.

–Céntrese en la pirámide y déme una imagen tridimensional.

Más botones pulsados. Parecía que el zoom de una cámara se activaba conjuntamente con una grúa; con increíble velocidad y elegancia, el plano del complejo se inclinó cuarenta y cinco grados. Los edificios adquirieron delicadas formas tridimensionales verdes y todo lo que rodeaba la pirámide desapareció, dejando sólo un plano detallado de ésta de los pisos individuales y los ascensores.

Allí estaba, en el despacho de Eduardo de Veiga.

Únicamente quedaba por saber si se encontraba sola.

–Active de inmediato los transmisores de todo el personal –ordenó.

En la pirámide, casi vacía, se encendieron luces rojas, indicando la presencia del personal de limpieza y de las personas que trabajaban hasta tarde y, en el último piso, junto al punto verde, uno rojo.

–¡Ah, eso es muy interesante! –El coronel sonrió y se volvió–. Alguien está con ella.

–¿Número de Opus? ¿Qué diablos es un número de Opus?

–Es algún tipo de código. –Stephanie respiró hondo.

–Sí.

–Y creo que alguien me ha dicho cuál es. –Stephanie cerró los ojos y pensó en el fin de semana en la isla de la Borboleta.

¿Sería posible que fuese apenas el último fin de semana? A ella se le antojaba que había transcurrido mucho tiempo, que formaba parte de otro mes, otro año, otra vida...

El coronel Valerio se mostraba sorprendentemente calmado. En la sala de seguridad, una docena de hombres del departamento de seguridad esperaban órdenes. El coronel se volvió finalmente hacia ellos.

–Usted, usted, usted, usted, usted y usted. –Los seis hombres que había señalado dieron un paso al frente y se pusieron en posición de firmes–. Vayan al piso que está debajo del ático de la pirámide y aseguren la zona inmediata y sellen todas las salidas. Si hay miembros del personal de limpieza, sáquenlos de la zona sin llamar la atención.

–Sí, señor –gritaron al unísono.

–Bien. Cuando se lo ordene, y no antes, suban por la escalera y deténgalos. Vayan armados, pero no disparen. –El coronel eligió a un joven alto, de rostro cruzado por cicatrices–. Usted, Queiroz.

Al hombre se le hinchó el pecho de orgullo mientras daba un paso hacia delante.

–Señor.

–Estará al mando. Adelante, marchando.

El coronel Valerio permaneció inmóvil, observando cómo salían con paso marcial. «La red se estrecha –pensó satisfecho–. Ahora viene lo duro, aguardar para ver cuánto han averiguado la señorita Merlin y su compañero.»

–Los anuncios tienen razón –comentó Stephanie con un suspiro de frustración–, es terrible desperdiciar una mente. ¡Ay!, ¿por qué no habré prestado más atención, maldita sea? ¡La anciana casi me lo deletreó! –Desesperada, miró a Johnny–. Dale un impulso a mi memoria, corazón, por favor, por favor, dale un impulso. Háblame de música, Johnny –rogó–. Habla conmigo de lo que todo el mundo debe saber de la música clásica.

–¡Mierda, Steph! ¡Sabes que mi educación musical se detuvo con Derek y los Dominoes!

–¡Piensa en Brahms!

–De acuerdo, Brahms. Un tipo alto, barbudo.

–Eso es. Ahora, si enumeras lo que compuso, quizás algo me suene.

–Pues... déjame pensar. Un montón de sinfonías melancólicas y algo llamado *Schicksalslied*, la canción del destino. Pero mi preferido es...

–Repite eso –susurró Stephanie.

–Dije que mi preferido es...

Y en cuanto lo dijo, algo se removió en lo más recóndito de la mente de Stephanie.

Los dedos deformes de Zaza aferrados a la mano suave de Stephanie.

La anciana tiraba de ella, la acercaba a sí, tanto que Stephanie sentía su aliento en la mejilla. Casi oía su voz, hablando muy despacio, como una maestra que hace lo posible para que el alumno entienda algo. Recordó que los dedos deformes la asían con tanta fuerza que casi gritó de dolor. «La obra de Brahms que prefiero es el *Opus sesenta* en do menor, tercer cuarteto.»

Sobresaltada, Stephanie se enderezó.

–Es el *Opus sesenta* en do menor, tercer cuarteto –repitió, por si lo olvidaba–. ¡Eso es, Johnny! ¡Eso es! Ahora, veamos qué dice el ordenador.

Y, con un grito de alegría, hizo rodar el sillón hasta el borde mismo del escritorio y dejó que sus dedos teclearan.

19

Sítto da Veiga (Brasil)

El coronel Valerio, repantigado en su sillón giratorio, tenía la vista clavada en el monitor vacío de su ordenador portátil.

Era de tamaño normal y por eso mismo le convenía; no parecía tener apenas capacidad más que para la más sencilla de las cartas, y en ello residía la ventaja, pues nadie se fijaba en él, todos lo descartaban por considerarlo un equipo desfasado.

Cuando el coronel explicó sus necesidades al joven genio de la informática, quedó agradablemente sorprendido.

–Lo que me está pidiendo son dos cosas. Primero, un virus integrado que elimine el programa si una de las tres o cuatro personas clave no lo usan a diario... así en diez horas... ¡Tachán!... cada *byte* de información desaparecerá.

–¿Quiere decir que será irrecuperable?

–Mejor que eso, porque para que algo sea irrecuperable tiene que haber existido, y en cuanto este virus surta efecto, no habrá prueba alguna de que hubo algo allí.

El coronel sonrió.

–¿Y me garantiza que, si el programa desaparece, nadie podrá resucitarlo?

–¡Diablos, coronel, ni siquiera yo podría hacerlo! Y puedo hacer casi cualquier cosa con estas máquinas, ¿sabe?

–Aceptaré su palabra.

–Ahora, en cuanto a lo otro que me ha pedido. Es lo que llamamos una «ventana» o *trapdoor*. Es un comando que le deja acceder a cualquier programa pasando por alto los sistemas de seguridad. ¿Me sigue?

–¿Podré ver en mi pantalla lo que otra persona hace en la suya?

–¡Hombre, está usted hablando con un experto! Claro que puede hacerlo, lo diseñamos para eso. Es sencillo. Lo único que necesita es su propio código secreto, y si añadimos la *trapdoor* podrá ir y venir cuándo y cómo quiera.

De modo que el coronel Valerio se inclinó y encendió su ordenador e introdujo el código de comando de la *trapdoor* que él mismo había escogido, «Ojo de Águila Uno». ¡Qué pertinente!

Usó los dedos para buscar y pulsar: BUSCAR DAT. LIMIT -EXEC UNO.

EXEC UNO era el ordenador número uno en la pirámide. Aguardó y cuando la pantalla volvió a parpadear... ¡bingo!, conectó con la terminal inmensamente superior que manejaba Stephanie en el despacho de Eduardo. Vio exactamente lo que ella veía en su pantalla, el mensaje: ACCESO DENEGADO. TECLEE NÚMERO DE OPUS.

Se apoyó en el respaldo y observó. Pronto sabría lo que se proponía.

Stephanie estaba tranquila, controlada; adquiría más confianza por minutos, no se sentía en absoluto nerviosa y su respiración era sosegada.

«Gracias a una información adquirida especialmente», pensó, y bendijo a Zaza.

–¿Quieres un número de Opus? –murmuró–, pues a ver cómo te sienta éste, chico. –Introdujo el número 60.

Tras una pausa, el ordenador contestó: TECLEE NÚMERO DE CLAVE, y Stephanie tecleó do menor.

Otra pausa corta y: TECLEAR NÚMERO DE CUARTETO.

–Tres –le recordó Johnny–, el cuarteto es el cero tres.

La respuesta fue inmediata: NÚMERO DE OPUS CONFIRMADO. PROCEDA.

–¡Que me aspen! –exclamó, Johnny encantado–. ¡Lo has hecho! ¡Increíble!

–Es demasiado pronto para cantar victoria –advirtió Stephanie.

–No, mi chica sabe lo que hace.

–En ese caso, tu chica está comprometida. Allá vamos.

Lentamente, pronunciando las sílabas en voz alta, tecleó: JONES, VINETTE.

Una larga pausa y entonces: BUSCANDO PARAMS ARCHIVO ÁNGELES.

–Eso... –La joven señaló la palabra ángeles con dedo tembloroso y habló con voz ronca y entrecortada; tenía la sensación de que estaba a punto de asfixiarse–. ¿Cómo... cómo se atreven? ¡Dios, cuánta arrogancia! ¡Vaya blasfemia! ¿Sabes?, si hubiese adivinado lo que iba a encontrar... –añadió, lo miró con los ojos abiertos como platos y llenos de confusión, y se encogió ligeramente de hombros–, no estoy segura de que hubiese insistido en continuar.

–¡Y un cuerno! –Johnny movió la cabeza con vehemencia–. Te conozco. Lo habrías hecho con mayor obstinación y rabia.

–Me conoces muy bien, Johnny. –Una sonrisilla agotada se abrió paso en el rostro de la joven–. ¿Crees que por eso estamos siempre peleándonos como perro y gato? ¿Porque nos conocemos tan bien? –Inclinó la cabeza y miró hacia abajo–. No sé por qué, pero a veces la gente a la que más queremos es a la que más herimos.

–¡Oye!, ¿es éste tu modo de decirme que me quieres? –preguntó Johnny, esperanzado.

–¡Ay, Johnny! –Intentó empujarlo.

Pero la hizo sonreír de nuevo; ella formó un beso con los labios y el mundo mejoró de pronto para Johnny.

Tardaron un momento en darse cuenta de que en la pantalla figuraba:

```
PERSONAS DIFUNTAS ORF BPI.
```

Stephanie apartó la mano de la de Johnny y pidió más información al ordenador.

Casi de inmediato un luminoso borrón de letras verdes subió por la pantalla a una velocidad increíble. Cuando se detuvo, tres cuartas partes de las «jotas» habían desaparecido:

PERSONAS DE ORF BPI POR ORDEN ALFABÉTICO
DEL APELLIDO DE PADRES

PADRES	HIJO	FECHA DECESO	CAUSA
JONES, Dennis & Marla	Alvin	09/01/54	H3
JONES, Denyce	Raymond	13/05/70	R1
JONES, Vinette	Jowanda	23/08/90	A0
JONES, Wilma	Ida	03/10/70	B3
JONG, Lee	Helen	14/03/68	S1

Johnny se inclinó sobre el escritorio y pasó el dedo por la columna de CAUSA.

–¿Qué diablos significan estos códigos?

–¿Por qué no se lo preguntamos al ordenador? –sugirió Stephanie e introdujo la pregunta correspondiente.

La pantalla se reordenó:

ABREVIATURAS DE CAUSAS DE MUERTE
A0 REACCIÓN ALÉRGICA
A1 ANEURISMA
B1 INFECCIÓN BACTERIANA
B2 COÁGULO SANGUÍNEO
(CONT)

–Hum –comentó Stephanie pensativa–. La causa oficial de la muerte de Jowanda es la A0, una reacción alérgica. Ahora, ¿qué te parece si echamos un vistazo a la lista cronológica de muertes de personas de ORF BPI? ¿Por ejemplo, más o menos en la época en que Jowanda murió?

Pulsó el botón de CLEAR y luego, varios comandos.

Finalmente, otra explosión de letras borrosas que acabaron por detenerse.

PERSONAS ORF BPI MUERTAS ARCH CRONOLÓGICAMENTE
POR FECHA DE DEFUNCIÓN

FECHA DEFUNCIÓN	PERSONA ORF BPI	EDAD	CAUSA
20/08/90	Balas, Michaela	2,4	D2
21/08/90	Koen, Nelly	1,8	D2
22/08/90	Ponomareva, Faina	3,1	L1
23/08/90	Jones, Jowanda	07	A0
24/08/90	Rica, Ulrike	09	D2
(CONT)			

–¿Ves lo que yo veo? –preguntó Johnny al revisar la columna de las fechas.

–Sería difícil no verlo. Uno por día. Pero hay algo más. Esos nombres... los niños son de todas partes del mundo.

–Sí, y yo diría que ésa es una de las ventajas. Corrígeme si me equivoco, corazón, pero la BPI ¿no patrocina aldeas, no tiene orfanatos o clínicas en sesenta o setenta países?

–En todas partes, desde Angola hasta Zimbabwe, sí.

–¿No lo ves? Si no mueren demasiados niños de un mismo lugar en un período dado, ¿quién va a recelar?

–Si queremos que esta operación termine del todo –la joven frunció el entrecejo–, vamos a necesitar pruebas fehacientes. ¿Johnny?...

–¿Qué?

–No veo impresora. ¿Crees que el ordenador es lo bastante avanzado como para decirnos cómo conseguir un listado?

–¿Por qué no se lo preguntas?

Stephanie colocó las manos encima del teclado y tecleó: ¿CÓMO CONSIGO LISTADO DE NUESTRAS TRANSACCIONES?

Un parpadeo, el vacío, y la respuesta, lenta, como si hubiese resultado laborioso hallarla:

¡BUEN INTENTO, PERO NO LO CONSEGUIRÁ, SEÑORITA MERLIN! USTED Y SU AMIGO ESTÁN COMPLETA-

MENTE RODEADOS. NO TIENEN ESCAPATORIA. LE SUGIERO QUE NO INTENTE NINGÚN TRUCO NI HAGA MOVIMIENTOS REPENTINOS.

Stephanie sintió que se le erizaba el vello de la nuca. Se volvió despacio y miró hacia la derecha, hacia lo alto de las escaleras curvas.

Se le cortó el aliento. Seis guardias, cada uno con un arma automática, les apuntaban, a ella y a Johnny.

20

Río de Janeiro - Sítto da Veiga - Isla de la Borboleta (Brasil)

Esa noche, cuando Eduardo llegó de São Paulo, lo primero que hizo fue llamar de nuevo a Sítto da Veiga. El número de Monica sonó y sonó y, finalmente, le pidió a la operadora que averiguara si había un fallo en la línea. No lo había.

Después de colgar, se aflojó la corbata, se sirvió una generosa copa de coñac Napoleón y salió al solárium junto a la piscina.

Apuró el coñac, entró y se sirvió otra copa. «Está inmersa en el trabajo –razonó, y regresó afuera–. O está descubriendo las maravillas de esa Disneylandia tecnológica. ¿De qué me preocupo? Si hay alguien que puede cuidar de sí misma, es Monica. Llamaré a primera hora de la mañana –decidió–. Si todavía no consigo hablar con ella, iré a hacerle una visita sorpresa.»

Habiéndolo decidido, se acostó tranquilo al saber que nada malo podía ocurrirle a su chica.

Antes de que salieran de Sítto da Veiga, el coronel envió a un hombre al alojamiento de Stephanie y de Johnny a recoger ropa de viaje adecuada. Diez minutos más tarde, con las manos esposadas a la espalda, Stephanie Merlin y Johnny Stone iban camino de la pista del aeropuerto.

Cinco pasajeros embarcaron en el Learjet para el viaje de vuelta a Vitória: Stephanie y Johnny, el coronel Valerio y dos de sus hombres.

Acomodaron a Stephanie y a Johnny en asientos separados; aunque no les permitían hablar, a Stephanie le costó mantenerse callada.

–¡Eduardo le hará pagar por esto! –le espetó, y dirigió al coronel una mirada asesina.

–Yo no estaría tan seguro –contestó el coronel con una sonrisa serena.

Dos horas después, cuando el jet aterrizó en Vitória, los cinco bajaron del avión y subieron a bordo de un helicóptero que los aguardaba y que aterrizó en el helipuerto iluminado del complejo de seguridad de la isla de la Borboleta, en el punto más alejado de la quinta.

Stephanie, Johnny y el coronel Valerio fueron los únicos que se apearon. Los dos guardias permanecieron a bordo y, obedeciendo una señal del coronel, el helicóptero alzó el vuelo, fugazmente recortado contra la luna menguante, y desapareció en la oscuridad de la noche.

–Exijo llamar a Eduardo –dijo Stephanie, obstinada.

–Entonces, más vale que grites a pleno pulmón –le aconsejó con aire sombrío el coronel–. Esta isla ha sido evacuada y todas las líneas de comunicación, cortadas. Estamos solos, los tres.

Antes de que Stephanie pudiera expresar su incredulidad, el coronel los asió de un brazo y los obligó a encaminarse hacia el edificio de seguridad tenuemente iluminado.

–Voy a poneros en celdas separadas esta noche. Yo, en vuestro lugar, trataría de dormir bien, porque mañana vais a necesitar todas vuestras fuerzas.

Empujó a Johnny y a Stephanie y los hizo bajar por una oscura y estrecha escalera de hormigón hasta la primera celda. Abrió las esposas de Johnny, lo empujó hacia dentro y cerró la puerta de golpe.

Johnny saltó hacia la puerta en un último esfuerzo; demasiado tarde: el pestillo había hecho clic. Con un grito de rabia intentó alcanzar a su capturador a través de los barrotes, pero éste se encontraba fuera de su alcance y, pasando por alto los gritos de Johnny, empujó a Stephanie por un estrecho y húmedo pasillo del sótano hacia el otro extremo del edificio.

Cuando le abrió las esposas, ella lo sorprendió al decir:

–No tiene por qué empujarme, ¿sabe? –Y entró en la celda con la dignidad de una reina.

La puerta se cerró a sus espaldas.

–No dejes que las serpientes y las arañas te muerdan –se burló el hombre, y fue entonces cuando Stephanie vio la locura arder en sus ojos.

«¿Por qué no la habré visto antes? –se preguntó–. ¿Por qué no la habrá visto nadie?»

Y se dio cuenta de la razón. Nunca lo había visto sin sus gafas de aviador de cristal de espejo.

El coronel Valerio se sentía bien, embriagado por la idea de lo que sería el día siguiente, para el que se preparó durante horas engrasando, limpiando y poniendo a punto su equipo de caza.

Comprobó la tensión del cable de conexión y ajustó la rueda de lanzamiento de su ballesta Pearse Spoiler Cam. Atornilló la mira Cobra VA-250 y la superdirección ArrowMAX y añadió varios aditamentos modernos más.

Escogió quince flechas, cinco de grafito, cada una dos veces y media más rígida que las de aluminio y casi dos veces más fuerte y mortal; cinco de grafito moldeado por compresión, y cinco ligeras, de un laminado de grafito y fibra de vidrio.

Escogió diferentes puntas para las flechas y las atornilló:

cinco anchas y cónicas, con forma de bala, cuyas afiladas hojas de diez centímetros se abrían al impactar; cinco, anchas también, de forma octogonal, de dos centímetros y medio; y cinco más de punta de cincel, resistentes, de las que se usan para matar alces.

Finalmente, llenó de flechas su aljaba Hoyt que ató a la ballesta y puso las demás en una aljaba especial para la cadera que él mismo había diseñado.

Después afiló su cuchillo de caza, escogió sus botas de caza más cómodas y comprobó los clavos que podía añadirles, así como el cinturón de escalar militar: con ellos podía subir a cualquier árbol con seguridad.

De su armario sacó el uniforme de camuflaje de triángulos desiguales grises y negros que contrastaban mucho entre sí y que lo harían casi invisible en el entorno selvático. También preparó guantes de tiro y protecciones para los brazos.

Finalmente, en una mochila metió un par adicional de calcetines, carne seca, chocolatinas, repelente de insectos, grasa de camuflaje y una caja de cerillas en un estuche resistente al agua. Por fin, aunque no por eso menos importante, llenó su cantimplora, por costumbre le añadió pastillas potabilizadoras y con eso acabó. Estaba preparado.

Su equipo estaba en orden y su instinto de cazador, liberado.

Se desnudó, se duchó y se acostó temprano. Sin embargo, se encontraba demasiado tenso para dormir; la excitación por la caza del día siguiente le electrificaba la sangre, las sienes le latían por la anticipación y su pene estaba hinchado.

El olor de sus presas le impregnaba el olfato.

«Están aquí, aquí mismo, encerradas abajo, ella y ese novio suyo. Él es un premio realmente inesperado. Ahora mi coto de caza contará con dos especímenes humanos en lugar de uno.»

Soltaría primero a la mujer y la acecharía. Resultaba más divertido seguir la pista de la hembra de la especie... aun cuando tendía a ser más fácil de atrapar. Pero, cuando de machos se trataba... ¡ah, ese sí que era un deporte!

Un mano a mano... hombre contra hombre.

Con sólo pensarlo se corrió. Gritó al sentir surgir el torrente y su semilla salió a borbotones.

Permaneció quieto en su litera, agotado, con la respiración trabajosa, y luego se tumbó de lado y se durmió.

21

Río de Janeiro (Brasil) - En el mar - Isla de la Borboleta - Sítto da Veiga (Brasil)

En cuanto Eduardo despertó a la mañana siguiente, lo primero que hizo fue llamar otra vez a Sítto da Veiga, pero de nuevo el teléfono de Monica sonó y sonó. Finalmente, le dejó otro mensaje a la telefonista de la centralita. A continuación llamó a su piloto para que tuviera un jet preparado para despegar y a su chófer para que trajera su coche. De pronto tuvo la premonición de que algo iba muy mal.

En el aeropuerto, el jet recorrió la pista y alzó el vuelo hasta el cielo cubierto de nubes, rumbo al nordeste, a Sítto da Veiga.

El *Chrysalis* se encontraba cerca de la costa, pero no lo bastante para ser visto. Lili y Ernesto se sentían a salvo mientras se mantuvieran en movimiento, aunque se tomaban muy en serio las amenazas de un posible acto de terrorismo.

Zaza se burlaba de estas precauciones. «Si alguien de veras quisiera asaltarnos, lo haría», opinaba, pero se guardó sabiamente para sí este punto de vista pesimista. No hacía falta asustar a Zarah... Lili... más de lo que ya lo estaba. Además, Zaza no podía perder el tiempo preocupándose por terroristas, pues estaba demasiado ocupada organizando una comida.

Esa mañana hizo que su camarero preferido llevara personalmente invitaciones a las suites de Lili, Ernesto y la doctora Vassiltchikov. En la solapa de cada grueso sobre color crema prendió un capullo de rosa.

Debajo de su nombre grabado en la parte superior de las gruesas tarjetas, con su anticuada aunque todavía elegante caligrafía, escribió:

ZAZA BÖHM
solicita el placer de su presencia
para un anuncio especial, una sorpresa,
en el almuerzo, al mediodía
en el *Cabinet de la Méridienne.*
Se ruega vestir ropa formal

Ernesto rasgó el sobre y ojeó la invitación.

«¿Ropa formal para el almuerzo? ¿Quién ha oído hablar de ropa formal al mediodía?»

Lili abrió el sobre con su abrecartas de mango de malaquita que antaño perteneció a la última zarina de todas las Rusias. Leyó la tarjeta y una ligera arruga cruzó su frente mientras se preguntaba qué ponerse.

«¡Qué amabilidad la de Zaza! –pensó–. ¿Y qué será lo que nos quiere anunciar?»

Pasaba poco de las nueve de la mañana cuando el coronel Valerio llevó el desayuno a la celda de Johnny.

En cuanto éste lo oyó venir, se abalanzó sobre los barrotes y los sacudió con todas sus fuerzas.

–¡Oye, hijo de puta! –gruñó–, no tienes derecho a mantenernos encerrados. ¡Sácanos de aquí, ahora mismo!

El coronel deslizó la bandeja debajo de la reja.

–Más te vale comer, chico, vas a necesitar toda tu energía.

–¡Que te jodan! –gritó Johnny.

Dio un puntapié a la bandeja, y los huevos revueltos, los cereales, el pan, la leche y el café se desparramaron por la celda.

–Vas a desear haberlo comido –predijo calmosamente el coronel.

Al oír pasos, Stephanie se levantó del catre de metal y corrió hacia los barrotes de su celda. Su corazón dio un vuelco y miró hacia fuera, esperanzada. ¡Quizá fuese Eduardo, que venía a rescatarlos, a ella y a Johnny! Pero ese mismo corazón se le cayó al suelo cuando vio que era el coronel Valerio con el desayuno.

–Buenos días, señorita Merlin. Espero que te haya gustado mi hospitalidad.

–¿Cómo no iba a gustarme? –contestó socarrona.

–Me alegro de haber podido satisfacerte. Supongo que las chinches y las arañas no te habrán molestado mucho.

–¡Molestarme! –La joven le dirigió una mirada helada–. Me encantan los animales de compañía.

«Puede que acecharla sea un desafío mayor de lo que pensé. Ciertamente, tiene más carácter del que le suponía.»

«¿Debo comer? –se preguntó Stephanie, y recordó el dicho según el cual nada parece tan malo cuando se tiene algo en el estómago, por lo que se agachó y cogió la bandeja, pero la soltó de pronto y apartó las manos–. ¿Y si la comida contiene una droga?»

Pero se obligó a levantar la bandeja y llevarla al catre. «Tienes que comer», se dijo.

Cogió el pan y lo mordisqueó. Sentía la garganta seca. «No se atreverá a drogarme, no es más que un tipo enfermo que quiere asustarme. No se le ocurriría ponerme una mano encima. Eduardo no lo permitiría.»

Y entonces, una idea la dejó petrificada. «¿Y si Eduardo no sabe lo que ocurre? ¿Cómo podrá ayudarnos?»

En el *Cabinet de la Méridienne*, Zaza dirigía todos los preparativos desde su silla de ruedas. El *Cabinet de la Méridienne*, que, con el dormitorio adjunto, formaba parte de su suite de dos habitaciones, era la antítesis de todo lo que representaba el *Chrysalis*, pues estaba decorada al estilo del siglo XVIII.

Condujo la silla de ruedas hacia la mesa y la repasó cuidadosamente con la vista. El mantel de damasquino de Porthault había sido perfectamente planchado y las servilletas, también de damasquino, dobladas en forma de mitra de obispo. Cuatro candelabros de oro con velas de cera de abeja a la espera de ser encendidas rodeaban el amplio cuenco de plata lleno de azucenas rojas. Los pesados cubiertos barrocos, cada uno de los cuales, perfectamente equilibrados, se había hecho de un solo bloque de plata, estaban inmaculados, y los platos de su precioso servicio de Sévres, decorados a mano...

–¿Está todo arreglado a su gusto, senhora? –preguntó, solícito, uno de los jóvenes camareros–. He puesto la música que pidió en el lector de discos compactos; lo pondré en marcha en cuanto estén a punto de llegar.

Zaza asintió con la cabeza y se acercó al trinchero dorado de cubierta de mármol; allí, en dos cuencos de ágata sobre soporte de oro, había más azucenas rojas con manchas rosadas... azucenas rojas, las flores favoritas de Lili...

Y, bajo un domo de cristal, el postre. La comida en sí consistiría en un menú bajo en calorías que Lili y Ernesto preferían, pero para una celebración debía haber algo dulce, y Zaza había pedido al *chef* que preparara una tarta, pequeña pero sumamente rica en calorías, y ella misma había preparado el glaseado de mazapán.

La tarta tenía un aspecto fantástico. Satisfecha, Zaza asintió con la cabeza. ¡Todo perfecto!

–¡Senhor Veiga! ¿A qué debemos...?

–Doctor Medrado, tengo prisa y estoy de mal humor, así

que olvidémonos de las formalidades, ¿de acuerdo? Busco a la señorita Williams.

–Hace cinco minutos me han dicho que ella y un hombre se fueron con el coronel ayer por la tarde. El coronel los llevaba esposados.

–¡Esposados!

–Sí, senhor. Al parecer, la señorita Monica Williams no es quien dice ser.

–Ya veo. ¿Quién autorizó al coronel Valerio a detener a la señorita Williams?

–Pero, si al coronel se le ha dado autoridad ilimitada...

–¡Los límites de la cual ha traspasado! Le sugiero que averigüe adónde la ha llevado.

–Sí, senhor.

–Podría empezar por revisar el plan de vuelo.

Stephanie oyó los pasos y el tintineo de llaves. Se enderezó y, con renovada esperanza, bajó del catre de un brinco y corrió hacia la reja.

Y dio un paso atrás, tambaleante, jadeante.

–Te dije que volvería. –La voz era la del coronel Valerio.

Pero ¿qué llevaba puesto? ¿Y por qué tenía la cara manchada?

Retrocedió por instinto cuando él abrió la reja. Se había puesto el uniforme de camuflaje gris y negro, y su rostro constituía una máscara distorsionada por la grasa de camuflaje. En vez de las gafas de aviador, llevaba unas verdes, bajo las cuales un pómulo sobresalía, como un brillante verdugón, y el otro desaparecía, formando un hueco negro, lo cual restaba a su cara todo viso humano.

Sobre un hombro, una ballesta futurista que no se asemejaba a ninguna que Stephanie hubiese visto.

La reja se abrió de golpe, y el estrépito la hizo encogerse y apretarse contra la pared.

–¿Va a... cazar? –preguntó con un ronco susurro al verlo acercarse.

–Sí. –De dos zancadas llegó junto a ella, la cogió del brazo y la arrastró fuera de la celda–. Es un gran día para cazar.

–Pero... no sabía que había animales en la isla de la Borboleta. Creía que sólo había mariposas.

El coronel se detuvo, se volvió hacia ella y esbozó una sonrisa maligna.

Y Stephanie adivinó: «Yo soy la presa».

22

Isla de la Borboleta (Brasil)

A Stephanie le costaba mantener el paso del coronel. Le dolía el brazo derecho, allí donde le tenía clavados los dedos; sus pies tropezaban con los escalones de la escalera, y su codo izquierdo se golpeaba y se raspaba contra la áspera pared de hormigón.

Salieron por la parte de atrás del edificio de seguridad. A la chica se le cortó el aliento. Bajo el nublado cielo matutino, una nube de miles de mariposas azules, negros y blancos revoloteaba a su alrededor.

–¡*Lysandras!* –exclamó en un susurro, al recordar su suite en el *Chrysalis.*

«¿Será un presagio?» Cuando las *Lysandras* se alejaban, vio, en la distancia, un caleidoscopio de otras clases de mariposas.

Miró en torno con cautela; vio las instalaciones militares de carreras de obstáculos y el campo de tiro. El codo que se había raspado con la pared le dolía. Echó una ojeada de soslayo al coronel, que se había quitado la ballesta del hombro y la observaba, o eso le pareció, pues con las gafas costaba saberlo con seguridad.

–Primero tienes que conocer las reglas. Quizá tengas la impresión de que ésta es una isla de fantasía, pero créeme, no lo es. Éste es mi coto de caza privado.

«Esto no puede estar ocurriendo –pensó Stephanie–. ¡Santo Dios, por favor, deja que me despierte!»

–Las reglas –ladró el coronel, emocionado con su propio monólogo– son tan sencillas que hasta un idiota las entendería.

La chica se encogió y contuvo el impulso de limpiarse con el dorso de la mano la saliva que el hombre salpicaba en su rostro.

La nariz del coronel tocaba la suya; en los espejos de sus gafas Stephanie se veía doblemente, con los ojos abiertos de par en par.

–Cuando yo lo ordene, irás corriendo al fondo del campo de tiro y allí te detendrás.

«¡Dios mío, cree que esto es una especie de escuela militar en medio de una jungla. ¡Está loco de atar!»

Por la cara pintada de gris y negro chorreaba sudor, con lo que la grasa de camuflaje brillaba.

–Y la razón por la cual vas a pararte es para que te haga una demostración, para que no te hagas falsas ilusiones. Si observas atentamente, verás que no estamos solos. ¿Te has fijado? ¿Sí? ¿TE HAS FIJADO?

Mareada, Stephanie se obligó a mirar hacia el fondo del campo de tiro. Veía el blanco borroso, casi consiguió enfocarlo y volvió a verlo borroso, pero, luego... luego lo distinguió. ¡Santo Dios, Señor!

Sintió que se le helaba el corazón.

¡Johnny!...

Contuvo un sollozo. «¿Por qué está allí? ¿Por qué no se mueve? –De pronto, el miedo la embargó y amenazó con consumirla; se estremeció violentamente–. Ay, Johnny... Dios mío, Johnny...»

–Irás corriendo hasta allá y te detendrás a su lado. Esperarás a que haya lanzado una flecha, sólo una. Esto es para demostrarte la potencia de mi ballesta. Entonces te daré media hora de ventaja, no más. Media hora –gritó el coronel. A continuación, en voz baja, pronunciando perfectamente cada palabra, añadió–: Después de esa media hora, voy a ir a por ti. ¿Queda claro? Ahora, muévete, ¡corre!

Pero Stephanie estaba paralizada; su corazón latía salvajemente. Sabía que debía moverse, obligar a sus piernas a llevarla hacia el fondo del campo de tiro.

El coronel escogió una flecha y comenzó a colocarla en el arco.

«¡Johnny!», pensó de repente la chica.

–¡No! –gritó.

Sus piernas se movieron y echó a correr más rápido de lo que había corrido jamás, corría hacia Johnny, ¡Johnny, que no se quedaría ahí parado como si nada! El monstruo debió haberlo atado. ¡Y ella tenía que desatarlo!

–¡Ay, Johnny! –gritó con voz ronca–. ¡Ay, Johnny!

Éste se encontraba atado a un palo; una cuerda de nailon lo sujetaba por los brazos, el pecho, el vientre, las piernas y los tobillos.

–¡Te voy a desatar! –exclamó Stephanie, resollando y tirando furiosamente de la cuerda.

Miró por encima del hombro y vio al coronel Valerio a lo lejos, de perfil, apuntando...

–Johnny, Johnny...

–Sssh –le dijo él, y le sonrió.

–¡Estas malditas cuerdas no se sueltan!... Los nudos...

–¡Stephanie!

Su aspereza la detuvo y lo miró a los ojos.

–Sólo quiero decirte...

Entonces llegó, de la nada. Más que verla, la sintió. Silenciosa como el viento, la flecha pasó a su lado y se clavó en el hombro de Johnny. El impacto lo sacudió; el joven gritó y dejó ir la cabeza hacia delante.

La delgada flecha temblaba en el aire y la punta ancha y afilada se había enterrado profundamente en su hombro derecho.

–¡Johnny! –chilló Stephanie.

Él levantó la cabeza.

–Sólo quiero decirte que te amo –susurró.

Stephanie permaneció quieta, indecisa; no quería dejarlo.

–Corre –le susurró él con voz más débil–. Por mí, Steph, por nosotros... corre...

Ella le rozó el rostro con la punta de los dedos.

–Yo también te amo, Johnny –sollozó.

–¡Corre! –insistió el fotógrafo.

Ella le besó en la frente y salió disparada.

23

En el mar - Isla de la Borboleta - Río de Janeiro - Sítto da Veiga (Brasil)

En su despacho a bordo del *Chrysalis,* Ernesto empezó el día de trabajo introduciendo su código personal en el ordenador. Primero pidió las cifras de extracción de Veiga Metálicos del día anterior. Luego examinó los precios al cierre de los futuros de varios metales. Nada mal, no, nada mal.

No obstante, pese a la previsión económica positiva, esperó un rato antes de pedir las tasas de cambio. Quería saber lo que ocurría en la Borboleta y si los terroristas habían intentado quebrantar las defensas de la isla. Era muy posible que no fuese más que un rumor. Marcó el número del coronel Valerio en la isla, pero éste no contestó. Luego marcó el número del departamento de seguridad y finalmente, el de la quinta. No contestaban en ningún sitio. «Quizás el coronel Valerio y sus hombres estén luchando contra los terroristas en este preciso momento.» La idea lo hizo estremecerse y se sumió nuevamente en el mundo más seguro de las altas finanzas internacionales.

Sin que él lo supiera, el mero hecho de haber introducido su código personal en el ordenador había retrasado el ataque del virus del sistema veinticuatro horas más, el virus que él ni siquiera sabía que existía.

Lili entró en el enorme vestidor, de temperatura controlada, adjunto a su suite, un supermercado de quince metros de largo en el que se encontraban modelos de la mejor alta costura. Allí, en varios soportes controlados electrónicamente, como los de las tintorerías, colgaban cientos, quizá miles de trajes hechos a mano que nunca se había puesto, todos cuidadosamente organizados por categorías y, dentro de éstas, por colores.

Los talleres de los modistos más importantes del mundo contaban con maniquíes, réplicas del cuerpo de Lili, y órdenes de diseñar dos modelitos de treinta y cinco o setenta y cinco mil dólares cada semana, y de hacérselos llegar por mensajero aéreo.

Activó el dispositivo electrónico y lo detuvo en la sección de trajes de noche. Había cientos de vestidos impúdicos, cada uno más ostentoso que el anterior. ¿Cuál se pondría? ¿De qué modisto? Saint Laurent... Féraud... Kimijirna... Valentino...

Ahí estaba el que buscaba, el vestido de noche corto sin tirantes, de Vera Wang, una fantasía en brocado plateado y dorado con sobrefalda princesa larga y abierta; diamantes y miles de diminutas perlas adornaban tanto el corpiño como el borde de la falda corta y de la sobrefalda. Si a esto añadía medias en tono metálico, zapatos de tacón alto de seda dorada con volantes y presillas, el cabello peinado hacia atrás en un moño y pendientes de diamante en forma de mariposa, parecería que iba a posar para Skrebneski, el famoso fotógrafo. Milagrosamente, ahora que podía alimentar su vanidad, se olvidó del todo de la amenaza terrorista.

En la Borboleta, aún atado al palo, con la cabeza gacha, la barbilla apoyada en el pecho, el rostro ceniciento por el choque y la camiseta manchada de sangre de la herida en el hombro, Johnny no se movía. La flecha de grafito marrón, con pluma de dirección color naranja aún sobresalía, pero ya no vibraba.

Con gran esfuerzo abrió los ojos y volvió a cerrarlos. El impacto de la punta había dejado su cuerpo agotado y el dolor resultaba insoportable.

Intentó levantar la cabeza para ver si el coronel estaba todavía en el otro extremo del campo de tiro, pero todo le daba vueltas. Tenía la impresión de que su cuerpo ardía.

«¡Corre, Steph! Eres lo bastante lista para detenerlo.»

En su dormitorio adjunto al *Cabinet de la Méridienne,* Zaza condujo su silla de ruedas hacia el espejo de cuerpo entero, se examinó e hizo un gesto de satisfacción. El traje gris que finalmente había decidido ponerse, los zapatos a juego y la blusa de seda blanca, eran de buen gusto, adecuados para la ocasión, como lo era el hecho de que no llevaba más joyas que su fino reloj de oro.

Alzó la muñeca y lo miró. «Todavía me quedan dos horas de espera», pensó.

En Río de Janeiro, el Fantasma había decidido su *modus operandi*, tan sencillo que hasta resultaba ingenioso y ni siquiera requeriría un arma. Sólo quedaba aguardar a que la señorita Monica Williams regresara de su viaje.

La recibiría una hermosa rosa roja.

Rojo, el color de la sangre.

En su laboratorio, a bordo del *Chrysalis,* la doctora Vassiltchikov se hallaba frente a su ordenador, conectado por satélite a uno de los superordenadores CRAY en Sítto da Veiga. En ese momento analizaba una sola proteína de una molécula de ADN, una secuencia numérica que abarcaba la pantalla entera.

Tenía que haber un modo de clonarla, o, mejor aún, de producirla artificialmente. El problema residía en que la molécula estaba compuesta de tres mil millones de esas bases de datos y para estudiar el filamento en su totalidad, aunque fuese periféricamente, se precisaba toda una vida, aun con la ayuda de superordenadores. No dejaba de maravillarla el que ese infinitésimo filamento fuese tan enorme. Tan diminuto y, sin embargo, constituía la clave misma de la vida.

«Ojalá me hubiese sometido a los tratamientos... todavía me quedaría una vida por delante para continuar con mis investigaciones», se dijo. Pero era demasiado tarde para empezar ahora, pues podría detener el envejecimiento, pero no lograría hacer que el tiempo diera marcha atrás.

«No soportaría ser eternamente vieja. Preferiría morir.»

En Sítto da Veiga, Eduardo escuchaba a Luiz Medrado, que le decía que el piloto del coronel Valerio había presentado un plan de vuelo a Vitória. Entonces supo que el coronel había llevado a sus prisioneros a la isla de la Borboleta.

Llamó al complejo de seguridad de la isla, pero la llamada no entró.

–Lo siento, senhor, tenemos problemas con la línea –le explicó la telefonista.

Luego, llamó al número privado del coronel y la respuesta fue la misma.

Finalmente, cuando se dio cuenta de que el teléfono de la quinta también se hallaba averiado, llamó al *Chrysalis* y habló con su padre.

–¿Se encuentra a bordo el coronel Valerio? –preguntó sin preámbulo.

–No, él y sus hombres se quedaron en la isla cuando la evacuamos.

–¡Habéis sido evacuados! ¿Por qué diablos?

Su padre se lo explicó.

–El coronel asegura la defensa de la isla –acabó.

–Entiendo –contestó Eduardo con sequedad, y en realidad, lo entendía.

«¿Terroristas? ¿Y el coronel Valerio tiene tiempo de ir a Sítto da Veiga y volver? –Tenía que reconocer la astucia del ex agente de la CIA–. Es una buena manera de hacer que se evacue la isla.»

–Espero que no estés pensando en ir allí –dijo Ernesto–. Sea lo que sea lo que esté ocurriendo ahora en la isla, podría ser peligroso.

«Más peligroso de lo que crees.»

Quince minutos más tarde, reanudaba el vuelo en su avión.

Esperaba llegar a tiempo.

24

Isla de la Borboleta (Brasil) - En vuelo

Atrapada en la jungla de sus pesadillas, en un paisaje carnívoro, Stephanie pronto se dio cuenta de que no podía seguir andando a ciegas entre esa densa vegetación; que no sobreviviría si seguía molestando a una nube tras otra de mariposas que, al alzar el vuelo, revelaban su posición. Además, si continuaba como hasta ahora, se perdería –de hecho, ya se había perdido– y podría correr en círculos y ser, por tanto, un blanco fácil para el coronel Valerio.

Sintió que la furia la quemaba. «Si quiere matarme, tendrá que esforzarse, el hijo de puta.»

Aminoró el paso que el miedo apresuraba y se obligó a detenerse. Necesitaba descansar, tomarse un momento para pensar, trazar un plan.

Su primera prioridad consistía en llegar al otro lado de la isla; al menos allí se hallaría en territorio familiar.

¿Y qué haría, una vez allí? ¿Dónde se escondería?

«¡Claro! ¿Por qué no pensé en ello enseguida?» Existía un lugar donde conocía el terreno, un lugar con el que el coronel quizá no estuviese familiarizado, un lugar donde no había cámaras de vídeo ni alarmas.

Recordó que Eduardo le había dicho que «nadie más que yo viene ya por aquí. Parece que los otros lo han olvidado...».

Sí, pero ¿lo habría olvidado el coronel Valerio?

Valerio, por su parte, se encontraba en su elemento.

Se sentía orgulloso de pertenecer a una elite asesina. Era algo que llevaba uno en la sangre, algo que para él era un don.

Permaneció sentado en el suelo, a la sombra, apoyado en el edificio de seguridad, le estaba dando a la mujer la media hora de ventaja que le había prometido.

Soltó una risilla. ¡Diablos, con el modo en que se internó en la jungla se veían los árboles moverse a un kilómetro! Dejaría un rastro que hasta un ciego podría seguir.

Echó una ojeada al fondo del campo de tiro y observó a su amiguito. ¡Menudo bobo!

Qué pena que hubiese tenido que herirlo; sin embargo, la herida no era mortal, al menos no si la curaba a tiempo. «Todavía tendré oportunidad de cazarlo, eso seguro.» Pero, qué inspiración la suya, usarlo como objeto de demostración; había hecho que la zorra ésa entrara en razón, que huyera.

Miró la esfera de cristal antirreflejante de su reloj. Llegaba el momento de moverse.

Stephanie había conseguido contener el pánico, calmarse lo suficiente para pensar con claridad, con una actitud positiva, creativa, y ahora sabía lo que debía hacer.

«Imítalo, mézclate con el entorno, como él, haz como el camaleón, desaparece ante la vista.»

Tiró salvajemente del elástico del cuello de su jersey oscuro. «¡Ojalá tuviese una navaja», pensó, anhelante. Volvió a tirar del cuello y, triunfante, lo rasgó y se lo arrancó, para luego ponérselo alrededor de la cabeza, como banda para retener el cabello.

Se agachó, metió los dedos en la rica, oscura y húmeda tierra, cogió un puñado y escupió encima. Necesitaba lodo, lodo mojado y pegajoso.

«Cambia tus colores y tus manchas. Haz como el camaleón y desaparece ante la vista.»

Se untó una buena cantidad de lodo en la cara, el cuello y la nuca. Cogió otro puñado de tierra, escupió encima y la untó en sus zapatillas deportivas blancas. «Estará buscando una piel pálida –se recordó–. Asegúrate de que no se vea una sola parte rosada.»

Entonces, se levantó y miró alrededor. Enseguida encontró lo que buscaba y se abrió paso entre la densa vegetación hacia el matorral de largas hojas dentadas y cerosas. Con cuidado, separó las ramas externas, escogió y arrancó algunas hojas internas, donde no se notaría lo que había hecho.

Se metió unas en la banda de la cabeza, otras en el cuello rasgado del jersey y otras en la cinturilla. Bien. Ahora se mezclaría mejor con el entorno.

«Que busque a una mujer presa del pánico, una mujer que huye. No seré yo.»

De pronto, se quedó helada.

Una nube silenciosa de mariposas sobresaltadas la rodeó, la envolvió y desapareció.

Supo lo que las había hecho huir.

Valerio venía a por ella.

A casi ocho mil metros por encima del Amazonas, el copiloto se dirigió hacia el fondo del avión y se detuvo frente a Eduardo.

–Me temo que tengo malas noticias para usted, senhor.

–¿Qué ocurre?

–El viento nos viene de frente y cambiará nuestro tiempo estimado de llegada.

–¿Cuánto nos va a retrasar? –preguntó Eduardo con un suspiro.

–Al menos media hora, senhor.

–¡Maldición! –Eduardo cerró los ojos.

«Monica, Monica, voy para allá», pensó.

Stephanie creía haberlo perdido, por lo menos de momento.

Sólo oía el susurro de las hojas, un animal deslizarse en la maleza, su propia respiración tensa y sus propios pasos. Trató de calcular cuánto tiempo llevaba andando, pero no lo consiguió. Sólo sabía que parecían horas.

De pronto, se acabaron los árboles y la vegetación, tan abruptamente que casi pisó el bien cuidado césped. Se detuvo por los pelos, separó las ramas y echó un vistazo.

Allí estaba, al otro lado del plácido estanque verde y el templo con cúpula. La quinta, con sus arcos y sus porches, sus azulejos azules y blancos y su tejado anaranjado.

–¡Eh, Merlin!

Todo en ella se paralizó. ¡Hijo de puta! ¡La había esperado aquí!, pensando que la atraerían la engañosa seguridad y la familiaridad de la quinta. Mientras daba unos pasos tambaleantes hacia atrás, lo vio, de cuclillas frente a un arbusto, cerca del estanque; casi parecía formar parte de sus ramas, con la ballesta alzada y una flecha preparada...

«Y yo en su punto de mira. ¡Mierda!»

Saltó hacia la izquierda justo en el momento en que Valerio lanzaba la flecha, y se le cortó el aliento al tocar el suelo y rodar. Había oído el silbido y había sentido cómo la flecha pasaba casi rozándole la cara, antes de clavarse ruidosamente en un árbol, con lo que trozos de corteza y astillas salieron disparados en todas direcciones.

«¡Dios mío! –exclamó para sí con la vista fija en la flecha. Al volverse hacia el coronel y verlo colocar tranquilamente otra flecha en el arco, vislumbró la piedra pintada de blanco–. ¡La piedra! –pensó, jubilosa–. Una de las piedras que muestran el camino hacia la gruta.»

Rodó varias veces a toda prisa, desapareció de la vista del coronel y se mezcló nuevamente con la vegetación de la jungla, para seguir las piedras que, creía, formaban parte de su territorio privado.

25

En el mar

Zaza estaba radiante, con uno de esos raros y especiales estados de ánimo en que disfrutaba su papel de anfitriona, parlanchina, encantadora, divertida, hospitalaria, llena de alegría de vivir. Disfrutaba alargando el misterio, sin dar una sola pista en cuanto a su anuncio sorpresa. Entretanto, el enigma añadía picante, fascinación y un sentido de anticipación a la comida. Lili y Ernesto se regodeaban en las atenciones efervescentes de la anciana, mientras dos apuestos camareros servían diminutas porciones de pulpo asado a la parrilla, espárragos blancos belgas y espinacas con pasas y piñones.

Las magníficas interpretaciones de Lili Schneider de obras poco conocidas de Mozart redondeaban la perfección de ese retrato viviente: *Vorrei Spiegarvi*, *Oh, Dio!*, *Exsultate, Jubilate*, *L'Amerò Saró Constante*... Zaza esperó a que retiraran los platos de la comida, pusieran los del postre y sirvieran la tarta.

–Para mí, no –dijo Lili automáticamente.

–Tampoco para mí –añadió Ernesto.

–*Lieblings!* –exclamó Zaza–, insisto. Sólo un poquito, ¡para celebrar! Yo misma di instrucciones al chef y le puse el glaseado personalmente.

–¡No será *Mandeltorte*! –exclamó Lili.

–¡Sí! –Los ojos de la anciana adquirieron una expresión teñida de ternura ante un recuerdo lejano y sostuvieron la mirada de Lili–. Tu preferida, como la que preparaba hace tanto tiempo.

–¿Y cómo rechazarla? –Lili rió, encantada, y agitó la cabeza, nostálgica–. ¡Pero, Zaza, no nos has dicho qué es lo que celebramos!

Zaza despidió a los camareros.

–Ha llegado el momento de que lo haga.

–¡Sí! –Lili se inclinó, ansiosa, con los ojos chispeantes de anticipación–. ¡Cuéntanos!

–¡Ah!, pero primero, dame esa vela, Ernesto.

La anciana señaló el candelabro más cercano a él.

Éste sacó la vela encendida del candelabro dorado y se lo dio. A continuación, ella encendió la única vela que había en la tarta y le devolvió la otra a Ernesto, quien volvió a meterla en el candelabro y se inclinó, expectante. Todas las miradas se centraron en Zaza.

El momento se alargó, la expectación aumentó. De los bafles surgía la perfecta voz de Lili en un expresivo *andante,* coloreando el silencio con vívidos tonos.

–¡Vamos, dejad esa expresión tan confusa! Hoy es mi cumpleaños –comentó finalmente Zaza–. Bien, ya lo sabéis. Y no me miréis como si me hubiese vuelto loca –añadió enérgicamente al ver la extraña expresión de Lili–. No me refiero al día en que nací, ¡sino a hoy, el día en que vuelvo a nacer!

Tres pares de ojos la observaban atentamente.

–Vamos, *Lieblings*. –La diversión iluminó el rostro de Zaza–. ¿No lo entendéis... ninguno de vosotros? Veo que tendré que explicarlo. –Sonrió–. *Lieblings*, he decidido unirme a vosotros. ¿Lo entendéis ahora?

–¡No me lo creo! –exclamó Lili–. ¡Siempre pensé que estabas tan...!

–Por favor. –La anciana levantó una mano para interrumpirla–. Nunca he estado tan cerca de dejar este mundo como ahora y eso me ha ayudado a ver las cosas de otro modo.

–¡Entonces de veras lo has decidido! –Lili aplaudió, excitada, y los ojos se le llenaron de lágrimas–. ¡Hablas en serio, de veras vas a formar parte de nuestro programa de longevidad!

–Sí. Esto es, si todavía me aceptáis, claro.

–¿Que si te aceptamos? –Lili derramó lágrimas de pura dicha–. ¡No sabes cuán feliz me has hecho! *Du hast keine Ahnung!*

Los ojos entrecerrados de la doctora Vassiltchikov formaban una estrecha línea, y, cuando habló, lo hizo con cierta dureza.

–Por supuesto sabes que no podemos hacer que el tiempo dé marcha atrás.

–¡Claro que lo sé! –contestó Zaza, irritada–. ¡No espero tener diecinueve años y salir de esta silla de ruedas y empezar a bailar!

–Y tendrás que cambiar de costumbres –continuó en tono severo la doctora–. Eso significa nada de bebidas alcohólicas, un régimen reducido en calorías... –Señaló la tarta, ceñuda.

–Éste es mi último pastel, de modo que más vale que lo saboree. Ahora, voy a formular mi deseo. –Permaneció completamente quieta, con los ojos cerrados y una sonrisa serena; luego pestañeó, abrió los ojos, se inclinó y sopló sobre la vela, apagándola–. Ahora que sabéis lo que celebramos, debéis uniros a mí y comer un bocadito de mi *Mandeltorte.*

Cogió la paleta de plata, cortó cuatro minúsculos trozos y esperó a que Lili, Ernesto y la doctora Vassiltchikov le pasaran sus platos. Lili no dejaba de mirarla con los ojos anegados en lágrimas.

–Soy tan dichosa –repetía una y otra vez–, ¡tan dichosa!

–Yo también, *Liebling*, yo también. Ahora, veamos si mi *Mandeltorte* es tan buena como debería ser, ¿de acuerdo?

–Hace años que no como pastel –susurró Lili y se secó los ojos con una punta de su servilleta.

–El año próximo lo celebraré con una vela en una diminuta ensalada –comentó Zaza–. Si es que se me permite al menos eso. –Echó una divertida mirada de soslayo a la doctora Vassiltchikov–. ¡Ahora, comed! *Schmeck es! Wir müssen es kosten!* –Cortó un pequeñísimo bocado de tarta, lo clavó con los largos y finos dientes del tenedor y lo alzó en son de brindis–. Por la eternidad –propuso.

–¡Por la eternidad! –dijeron al unísono los otros y se metieron el pastel en la boca.

–*Sehr gut.* –La doctora Vassiltchikov asintió con la cabeza, aprobadora.

–*Prima!* –dijo Lili y puso los ojos en blanco–. Celestial. –Cogió otro trocito y lo masticó despacio, saboreando su dulzura. Con su tenedor señaló el plato de Zaza–. ¡No has probado el tuyo todavía! –la reprendió.

De repente, la doctora Vassiltchikov se enderezó.

–*Aber Der Nachgeschmack!* –refunfuñó–. ¡Qué mal regusto! –El tenedor se le deslizó por los dedos y cayó ruidosamente sobre su plato–. ¡Mi garganta! –susurró, horrorizada–. ¡Me arde y se me está cerrando!

Trató de empujarse hacia atrás para ponerse en pie, pero no le quedaba fuerza ni en los brazos ni en la espalda. Debilitada, se derrumbó en su silla. El sudor perlaba su frente.

En ese momento todos se percataron de la realidad.

Con un grito estrangulado, Lili soltó su tenedor y apartó su plato de un manotazo, con lo que cayó con estruendo sobre el suelo de parquet.

–*Die Mandeln!* –susurró, horrorizada–. *Oh, Du Lieber Gott!* ¡Las almendras! –Su voz se alzó trémula–. Las almendras –chilló–, ¡las almendras amargas!

–¡Cianuro! –dijo la doctora con voz rasposa y una mueca–.

¡Nos ha envenenado! –Fue presa de un espasmo y se convulsionó en su asiento–. Y... se lo di... hace años... como os lo di... a todos vosotros... por si...

Su cara arrugada se volvió azul, se cayó de lado, tumbando su silla, y aterrizó en el suelo con un golpe sordo. Su cuerpo se convulsionó, se retorció y se inmovilizó.

–¡Zaza! –susurró Lili con voz ronca.

De pronto, Ernesto se echó a reír.

Lili volvió bruscamente la cabeza hacia él.

–¿Qué es... lo que te... hace... tanta... gracia? –Le costaba hablar, el ardor en su garganta le resultaba insoportable.

–Nos estamos muriendo –resopló Ernesto, intentando aspirar oxígeno mientras se reía–. ¿No lo entiendes? Las únicas personas... que han... probado... la fuente de la eterna... juventud... y... ¡nos estamos muriendo!

Su risa se convirtió en tos y tendió una mano para tocar a Lili, pero todo se volvió borroso y se oscureció. Se dejó ir hacia delante y su cabeza golpeó la mesa. Los platos saltaron, las copas cayeron, las velas chisporrotearon y se apagaron, dejando sólo negras volutas de humo con olor a cera.

–*Warum*? –gimoteó Lili, tratando de respirar. Con una mano se rodeaba el cuello y con la mirada buscó los ojos de Zaza–. *Warum*? ¡Por Dios!, ¿por qué?

El rostro de Zaza expresaba tierno amor y tristeza infinita. La última hora la había dejado agotada, vacía... terriblemente cansada.

–Por los niños –explicó quedamente–. Por los miles que habéis sacrificado en el pasado y por miles que habríais sacrificado en el futuro.

–¡Yo... sólo... quería... vivir... eternamente!

Lili apenas podía ver a través de la neblina que la envolvía y que acabó por espesarse del todo.

Zaza se cubrió la cara con las manos. Al fondo se oía una voz de timbre tan puro, tan radiante, tan plateada, que no era de sorprender que todos los ángeles del cielo lloraran.

Sólo cuando el disco acabó se dio cuenta de que no eran los ángeles los que lloraban, sino ella.

26

Isla de la Borboleta (Brasil) - En vuelo

Stephanie corrió entre las gigantescas hojas, las tupidas ramas y las asfixiantes enredaderas como un elefante en estampida. Ya no podía darse el lujo de intentar desaparecer en la jungla, no podía prescindir de la rapidez, tenía que llegar a la gruta.

Corrió a la mayor velocidad posible; resollaba, el aliento le raspaba la garganta, el pecho le ardía por el esfuerzo; como centraba la mirada en las piedras pintadas, no vio las retorcidas raíces hasta que fue demasiado tarde... y... «¡Por Dios, no!»... salió disparada.

El aterrizaje de bruces le sacó el aire de los pulmones. Ahora que había dejado de correr, sintió frío a causa del sudor.

Eso que oía, ¿qué era? Volvió bruscamente la cabeza, temerosa, miró por encima del hombro hacia el camino por el que había venido; hizo lo posible por escuchar, pero lo único que oía era el martilleo de su corazón.

–¡Vamos, Steph! ¡Mueve el culo! –se apremió a sí misma tras ponerse en pie con dificultad.

No lo veía ni lo oía, pero el instinto, fruto del deseo de supervivencia, le dijo que estaba allí.

La gruta constituía su única esperanza.

El coronel Valerio parecía líquido que se desplazara sin problemas sobre un silencioso cojín de aire, como si un recorte de la jungla misma, apenas visible, se moviera, cambiara constantemente de forma, fuera del alcance de la vista un momento y, apenas vislumbrado, desapareciera.

Las ramas rotas y las hojas desgarradas le indicaban el camino. De pronto, se detuvo, miró hacia abajo y con la punta de una bota golpeó ligeramente una piedra pintada de blanco casi oculta. Anduvo un par de metros y se paró de nuevo. Otra piedra. ¡Diablos, se lo estaba poniendo sumamente fácil! Ni siquiera se molestaba en apartarse del camino marcado.

Sí, pero ¿adónde llevaba ese camino? Esa zona de la isla, a la que habían dejado crecer a su aire, no la conocía; puesto que no formaba parte del perímetro patrullado y se hallaba lo bastante lejos de la quinta y de las playas como para no extremar la seguridad, nunca la había explorado, y ahora deseaba haberlo hecho.

Siguió adelante, pero aminoró el paso instintivamente y procedió con mayor precaución. «Un poco de cautela no está de más», se dijo.

Aunque a la larga no importaba, pues para él Stephanie ya era cosa del pasado.

El Sabreliner bajó del sombrío mar de nubes que cubría el cielo encima de Vitória. Eduardo abrió la puerta aun antes de que el jet se detuviera del todo, saltó hacia abajo y corrió hacia el helicóptero, que despegó y se elevó en cuanto él hubo subido.

«Treinta minutos –pensó–. Sólo necesito treinta minutos...»

De pronto un relámpago iluminó las nubes cargadas de agua y empezó a llover antes de que el consiguiente trueno tuviera tiempo de retumbar. El piloto se volvió hacia Eduardo.

–El tiempo no parece muy bueno –gritó por encima del rugido de las hélices.

–Usted siga volando –contestó Eduardo con voz sombría.

El aguacero empezó justo cuando Stephanie enfilaba la parte más serpenteante del sendero y ya estaba empapada cuando llegó a la mitad del camino y vio, a la derecha, el primer hito horripilante: el muro de piedra en ruinas con el gigantesco rostro babeante. Su horrorosa arrogancia le hizo pensar en su perseguidor. «Si el coronel fuese una estatua, sería así.»

Continuó corriendo, con la mano extendida para apartar las ramas. De repente, el follaje se acabó. Delante de ella se hallaba el trecho más peligroso de todos, el sendero recto entre los dos altísimos peñascos, «los muros de los suspiros», como los llamaba Eduardo.

«Sólo cuarenta y cinco metros –se dijo–. Sólo cuarenta y cinco metros.»

El miedo la impulsó a moverse.

Apretando los puños, echó a correr levantando las rodillas, como si estuviese participando en una carrera. Con la cabeza en alto y la mirada hacia delante, pasó por alto los rostros de petrificado tormento. Sus piernas funcionaban como pistones, su pecho subía y bajaba como un fuelle. Los cuarenta y cinco metros se redujeron a veinticinco, luego a quince, a diez, a cinco...

Una piedra se movió bajo su talón derecho, el tobillo se le torció y la joven cayó.

Permaneció inmóvil un momento, resollando, con los codos y las rodillas raspados, las manos cortadas y ensangrentadas. El tobillo torcido enviaba mensajes de dolor insoportable.

Trató de arrodillarse y soltó un alarido. ¡Dios, cómo le dolía el tobillo! Buscó alrededor y a poco menos de un metro descubrió un palo macizo. Lo cogió para usarlo como muleta para ponerse en pie y se tambaleó. Recuperó el equilibrio y miró por encima del hombro.

Un grito pugnó por salir de su garganta, si bien no pasó de sus cuerdas vocales. Apenas distinguía la silueta de un hombre que la lluvia volvía borrosa, pero allí se encontraba, de pie en la entrada de ambos peñascos.

–¡Noooo! –el grito surgió de sus entrañas e impulsó su cuerpo sin que ella le diera la orden consciente de hacerlo.

Con el palo por sostén, avanzó cojeando a toda prisa. El tobillo torcido le producía punzadas como cuchilladas en la pierna; aunque casi se alegraba de sentir el dolor, pues probaba que estaba viva.

Cinco metros, cuatro, tres, dos, uno... ¡y la seguridad! Volvió a adentrarse en la jungla, fuera de la vista del coronel.

Por su parte, Valerio andaba lentamente, con la cabeza echada hacia atrás, mirando asombrado una cara de piedra tras otra.

«¡Dios! –pensó–. ¿Qué es este condenado lugar?»

De hecho, estaba tan distraído y fascinado por tanta fealdad que al principio no vio a Stephanie. Y cuando por fin la divisó, ella se adentraba cojeando en la selva y era demasiado tarde para apuntarle. La cojera no le pasó desapercibida.

«Así que está herida –sonrió socarrón y satisfecho–. Se lo tiene bien merecido, la zorra.»

Entonces se detuvo con los brazos en jarras. Algo no encajaba. Le iba pisando los talones y no tardaría en atraparla. En circunstancias normales, eso habría despertado su instinto de cazador y, sin embargo, se sentía extrañamente receloso. De repente se dio cuenta de por qué.

«Me está llevando a alguna parte. ¿Por qué, si no, dejaría un rastro tan evidente?»

El coronel Valerio se hartó. Había habido momentos en que hasta había admirado el espíritu de Stephanie Merlin. Pero ya no.

De modo que ya no hizo caso de las caras de piedra; dejó los peñascos atrás y se adentró en la tupida selva verde. No pensaba dejar que una mujer jugara con él. «¡Mierda, claro que no! Ya va siendo hora de que le enseñe quién manda aquí.»

Antes de lo que esperaba, Stephanie se topó con el siguiente capricho, el muro de piedra con el arco gótico.

«¡Por fin! –se dijo, tremendamente aliviada–. Ya casi he llegado.» Se acordó de que al otro lado del arco se encontraba un amplio patio y un portón en plena loma.

Al saberse tan cerca, apretó el paso. Le faltaba poco para llegar a su refugio.

Y entonces se preguntó qué haría una vez allí.

27

Isla de la Borboleta (Brasil)

En el helicóptero zarandeado por el viento, Eduardo, sentado en el borde de su asiento, limpió el cristal empañado con una manga y miró a través del arco de momento despejado por el limpiaparabrisas.

¡Allí! ¡A treinta metros debajo de ellos, la isla de la Borboleta!

–Manténgase en esta altitud y vaya al otro extremo de la isla –le gritó al piloto, y señaló hacia el sudoeste–. Ya le diré dónde aterrizar.

–Espero que sepa lo que hace –comentó el piloto mirándolo de reojo.

Stephanie asió la gran manilla oxidada y tiró de ella. Al principio los goznes oxidados se resistieron, aunque el pesado portón acabó por abrirse con un chirrido. Lo sostuvo con la mano izquierda y, apoyándose en el bastón improvisado, se impulsó hacia dentro. El viento cerró el portón de golpe a sus espaldas.

La oscuridad era intensa, más negra que cualquier noche. Tendría que avanzar a tientas y debería mantenerse alejada de los cables del tendido eléctrico.

¡Bang!

Fuera, algo golpeó el portón con una fuerza tan explosiva que la joven oyó la madera crujir y temblar bajo el impacto; una fuerza tan mortífera que traspasó la puerta; las astillas salieron volando y la golpearon. En torno a la punta de la flecha, finos haces de luz del día penetraron la oscuridad.

«¡Mierda! ¡Me está pisando los talones!»

Antes de digerir el pensamiento, corrió colina abajo, trastabillando y resbalando en las piedras mojadas.

Fuera, bajo el arco gótico, el coronel Valerio bajó la ballesta y sonrió.

«Eso fue para que supieras que te voy pisando los talones. Por si te crees demasiado segura...»

Se sintió tentado de cruzar rápidamente el patio para ver adónde llevaba la puerta, pero decidió tomarse su tiempo. «No hay prisa. No va a ir a ninguna parte.»

–¡Aquí! Aterrice aquí –gritó Eduardo.

El piloto asintió con la cabeza y, con la agilidad de un malabarista, bajó hacia el terreno ondulante. El gris se convirtió en verde pálido y éste se tornó verde esmeralda. Con un estremecimiento, las ruedas tocaron tierra y la trémula sensación de fragilidad aérea se trocó en la sólida comodidad de la tierra firme.

–Apague y espéreme aquí. No sé cuánto tardaré.

–¡Eeeh, Merli... in! –El viento helado que irrumpía en el serpenteante túnel transportó la voz provocadora de Valerio. A continuación se oyó un portazo, que puso fin a la corriente de aire–. ¡Eeeh, Merli... in!

Sin el ruido del viento la voz se oía mejor, y el eco la llevaba hasta cl infinito en el interior del túnel.

Stephanie se quedó petrificada. Apretó los dientes, como

para contener los gritos, y empuñó con mayor fuerza el bastón improvisado. Tragó en seco para reprimir la oleada de náuseas, recuperó el equilibrio y se obligó a seguir andando.

No obstante, por mucho que apretara el paso, la voz no parecía distanciarse, la alteraba y lo dotaba a él de mayor poder.

–Tenías que ponerte las cosas difíciles, ¿verdad, Merlin?

El hombre parecía tranquilo, confiado, controlado.

Al doblar otra esquina, la oscuridad palideció y se volvió azul oscuro. Volvía a oír el estruendo del chaparrón, que no cesaba, y un viento frío y sibilante pasó rozándola, helándola.

Dobló otra esquina y allí estaba: la gruta.

¿Ahora, qué?

–¡Monicaaa! –Eduardo entró corriendo en la quinta, abrió de golpe las puertas y gritó su nombre.

Bajó por la escalera a la carrera y salió de nuevo, de las terrazas al césped. Dio varias vueltas sobre sí mismo, sin moverse; impaciente, con expresión desesperada buscó alguna pista, una inspiración. «Tienen que estar por aquí.»

«¡La gruta! Si ha conseguido escapar, ¡se habrá dirigido hacia allí! –pensó, pero una vocecilla se mofó–. Sí, pero ¿y si no ha escapado? ¿Y si pierdes un tiempo precioso? ¿Qué hacer? ¿Subir al helicóptero, revisar el complejo de seguridad? ¿O ir directamente a la selva, rumbo a la gruta?»

Su instinto le dijo que fuera a la gruta y emprendió el camino con cuanta rapidez le permitieron las piernas.

Ésta no era la gruta de sus sueños. Había perdido la magia y adquirido un aspecto malévolo; parecía más pequeña, más claustrofóbica; y, más que extravagantes y fantásticos, los mosaicos y los bustos cubiertos de conchas parecían monumentos sin alma creados a partir de caparazones abandonados, artesanía basada en la muerte.

–¡Eeeh Merli... in! –llegó la voz de Valerio, más cerca–. ¿Estás lista?

Desesperada, Stephanie miró alrededor, tan tensa como la cuerda de un reloj. Debía de haber un lugar en el que esconderse. Pero ¿dónde?... ¡Allí! Ese nicho se encontraba en la parte más oscura, la protegería mejor. Se acercó instintivamente y, al deslizarse en su sombra, se dio cuenta de que era el nicho sobre el que Eduardo le había advertido cuando casi tocó el cable eléctrico desgastado. Contempló el cable, se encogió y se pegó al muro, oculta por las sombras.

–Más te vale entregarte, Merlin –decía el coronel, inexorable, ya con voz mucho más alta–. De todos modos eres fiambre, porque han contratado a un asesino profesional para liquidarte, así que, ¿de qué te sirve aplazarlo?

«¿Un asesino profesional?»

La respiración de Stephanie sonaba entrecortada, rasposa. Tenía la sensación de que su pulso iba a estallar. Estaba arrinconada como una rata...

–Han contratado al mismo que puso los explosivos en el apartamento de tu abuelito, por orden mía. Ese lugar voló por los cielos. Te irá mucho mejor conmigo... al menos quedará algo que puedan enterrar.

La risa del coronel rebotó de una pared a otra.

La mente de Stephanie todavía daba vueltas, trataba de asimilar la asombrosa información... cuando Valerio apareció ante sus ojos, la ballesta a un lado con una flecha ya colocada en el arco. La luz del techo abierto tocó la punta afilada, que centelleó como una llama azul.

–¡Eh! –Había pisado la losa de mármol que activó las fuentes; éstas, a su vez, lo salpicaron–. ¡Caramba!

Empezó a recorrer la circunferencia de la gruta; alzó el arco al llegar al primer nicho y apuntó; lo bajó y se dirigió hacia el siguiente nicho, donde repitió el procedimiento.

Stephanie bajó ligeramente los párpados y trató de hacerse pequeña, insignificante, invisible.

Las botas de Valerio chapoteaban en el agua estancada. En ese momento alcanzó el tercer nicho.

–De nada te servirá esconderte.

La ballesta apuntó hacia los huecos ensombrecidos que había entre los mosaicos, de derecha a izquierda. Dio unos pasos atrás, lentamente, y bajó el arma.

Stephanie apretó los dientes para no hacer ruido. Experimentaba un miedo puro, primitivo y paralizante. Sabía que la había derrotado.

–Así es –continuó diciendo el coronel, a la vez que se volvía despacio hacia el cuarto y último nicho–. Quiero liquidarte yo mismo. Me gusta. Igual que a tu abuelito. ¿Adivina quién hizo las gestiones para eliminarlo?

Todo en Stephanie se heló, presa de la rabia. ¿Era él el que planeó que asesinaran al abuelo? ¿Había dado él la orden, maldito hijo de puta?

Casi sin pensar, alargó una mano temblorosa; sus dedos, como una araña, se deslizaron por los rugosos bordes de concha hacia el gastado y expuesto cable eléctrico. Entrecerró los ojos en un intento de encontrar una sección que no estuviese desgastada.

Imposible. No veía lo bastante bien. Tendría que arriesgarse. Agua, electricidad... electricidad, agua...

Se dispuso a coger el cable, lo cogió y, justo en el momento en que esperaba la descarga, que no llegó, el coronel giró hacia ella, todo él, la cara, el arco, la flecha, todo.

Stephanie tiró con fuerza, oyó cómo el cable se rompía y el zumbido de la electricidad.

–¡Eh, Valerio! –gritó.

Éste se inclinó y se agachó con los ojos chispeantes de anticipación.

–Aquí. ¡Cógelo! –chilló la joven, y le arrojó el cable.

Con los ojos muy abiertos por la sorpresa, el coronel echó hacia delante el brazo con el que sostenía el arco, pero era demasiado tarde. El cable lo golpeó y por un instante él y su Pearson Spoiler estuvieron envueltos en una chisporroteante red de luz azul, que vibró en torno a todo su cuerpo y se extendió por sus brazos y piernas.

El horripilante aullido hizo eco en la gruta, y el cable serpenteante cayó en el charco en el que se encontraba Valerio.

El agua silbó, chisporroteó y borboteó desprendiendo vapor.

Stephanie se dio la vuelta y se tapó las orejas con las manos. No soportaba contemplar la electrocución, no aguantaba oír el mortal silbido, el chisporroteo y los agudos gritos.

Detrás de ella, agitando los brazos y el cuerpo, el coronel Valerio cayó boca arriba, y continuó retorciéndose, mientras sus alaridos aumentaban de volumen. Su piel se volvió roja como un cangrejo, sus ojos querían salirse de las órbitas, se puso tieso y pareció levitar, antes de relajarse y quedar inmóvil.

El repentino silencio turbó a Stephanie.

Pasado un rato, se destapó las orejas y se volvió despacio para observar. El hombre estaba tirado en el suelo, con las piernas y los brazos abiertos, el rostro petrificado en una mueca de agonía y tortura; sus ojos saltones miraban la lluvia que le caía desde el domo abierto.

La joven se echó a temblar y se abrazó a sí misma; los dientes le castañeteaban y tenía la sensación de que la temperatura había descendido a bajo cero.

–¡Monica!

Se percató vagamente de que alguien la llamaba desde lejos.

28

Vitória (Brasil) - En el mar

La lluvia había amainado y ya era de noche cuando salieron del hospital en Vitória. El doctor quería que Johnny permaneciera una noche bajo observación, pero el joven se negó rotundamente.

–A mí me parece que el día no puede empeorar, ¿verdad? –manifestó, y la brillante sonrisa de macho que esbozó rompió el corazón de Stephanie.

Sabía perfectamente lo que se proponía. «Se las está dando de vaquero duro y valiente al estilo John Wayne para parecer mejor que Eduardo –se dijo–. Por otro lado, después de lo que ha tenido que aguantar, tiene derecho a unas cuantas poses.»

Salió del hospital con el brazo en cabestrillo y con paso de fanfarrón, y se quedó dormido en cuanto subió al coche. Stephanie no quería despertarlo para el viaje en helicóptero, pero sabía que su orgullo se vería irremediablemente herido si no embarcaba por su propio pie.

Durante el vuelo hacia el *Chrysalis* se sentó a su lado sin soltar su mano y le estuvo murmurando palabras de aliento, incluso cuando se volvió a dormir.

Por muy agotada que se sintiese después de su propia pesadilla, Stephanie no podía pegar ojo. Pensaba en su conversación con Eduardo en el hospital, mientras esperaban a que cosieran a Johnny. Le había explicado quién era en realidad, que había investigado por su cuenta para un reportaje sobre el imperio de los Veiga, que el coronel Valerio había descubierto que era una impostora y la había perseguido, y que Johnny era un ex novio que la había seguido, preocupado por su seguridad. Como no se sentía capaz de contarle más, decidió que tendría que averiguar por sí solo la verdad acerca de sus padres.

Eduardo se acercó y se puso en cuclillas delante de ella.

–De veras lo amas, ¿verdad? –le preguntó en voz baja.

–Es extraño, ¿no? –Stephanie apoyó una mejilla en el respaldo y lo miró–. Hizo falta una crisis para que lo descubriera.

–En realidad, no. A veces las tragedias hacen que veamos las cosas bajo una nueva luz.

–No es que quisiera tener que aguantarlo. –Se volvió hacia el otro lado y contempló a Johnny con cariño–. Johnny Stone es un machista terco, pagado de sí mismo, egocéntrico, insoportable, presumido, que se cree superior... –Se interrumpió y rió–. ¡Escúchame! Parezco una...

–¿Una esposa?

Stephanie volvió bruscamente la cabeza hacia él.

–He de reconocer –dijo Eduardo– que es un hombre con mucha suerte. Debería de sentir envidia.

–¿Eso sientes? –La joven examinó la cara de Eduardo, tan orgulloso también, tan resuelto a no demostrar lo herido que se sentía–. ¿Envidia?

–Sí. ¿Cómo no iba a sentirla? –Esbozó una sonrisa forzada–. Pero creo que podré controlarla.

Era justo la clase de sonrisa que esbozaría Johnny, y eso hizo que a Stephanie se le formara un doloroso nudo en las entrañas. En el fondo, siempre había sabido que este momento llegaría, y, sin embargo, aún no estaba preparada para ello. Lo último que deseaba era herir a Eduardo.

–Siento mucho cómo se han desarrollado las cosas, Eduardo –le dijo con voz ronca.

Su visión se volvió borrosa por las lágrimas que amenazaban con anegar sus ojos, pero pudo contenerlas parpadeando.

–Yo también lo lamento –contestó él quedamente, parpadeando también.

–¿Me crees? ¿Crees que de veras pensaba que estaba enamorada de ti? –le preguntó tocándole un brazo.

–Sí. –El joven sonrió y asintió con la cabeza–. Te creo.

Se puso en pie y la miró desde arriba. Al cabo de un momento se inclinó y le dio un casto beso en la mejilla.

Por más que Stephanie tratara de no llorar, se le saltaban las lágrimas.

El resto del viaje transcurrió en silencio. Pero cuando aterrizaron en el *Chrysalis*, les esperaban más sorpresas desagradables.

–¡Abuela! –Eduardo llamó a la puerta.

Desde dentro se oía la música que emitía el compacto: Lili Schneider en El *caballero de la rosa.* Eduardo movió el pomo dorado, y, al ver que estaba cerrado con llave, golpeó la puerta con un puño.

–¡Abuela, soy yo, Eduardo! –gritó.

La música se apagó de pronto, justo cuando Eduardo estaba a punto de llamar otra vez. Stephanie le detuvo la mano.

–Creo que la oigo venir.

Ambos escucharon. La cerradura hizo clic y la anciana entreabrió la puerta. Sentada en su silla de ruedas, inclinada hacia delante, con la cara roja y los ojos hinchados, miraba con expresión suspicaz hacia el pasillo.

–¿Quién está contigo? –preguntó en tono brusco.

–Monica Williams, que no es realmente Monica Williams, y un amigo suyo, al que el coronel Valerio hirió. –La anciana examinó el rostro de su nieto–. El coronel ha muerto –contestó él a su pregunta implícita–. Trató de matar a Monica... quiero decir a Stephanie... pero ella lo mató primero.

Esto no pareció sorprender a Zaza.

–Es una joven valiente y lista –aprobó la mujer–. Escucha, cariño mío, echaré la silla atrás y los tres podéis entrar, pero nadie más, ¿entendido?

–Sí, por supuesto –respondió Eduardo, perplejo.

Zaza retrocedió un poco y Eduardo fue el primero en entrar, seguido de Johnny y Stephanie; ésta cerró la puerta, a la que Zaza se acercó de nuevo y le echó la llave.

De repente a Eduardo se le escapó un grito estrangulado y todos se volvieron hacia él.

–*Meu Deus!* –susurró, y se precipitó hacia la mesa. Allí se quedó un momento, mirando alrededor, conmocionado, para luego caer de rodillas junto a la silla de su madre–. ¡Madre! –sollozó. Levantó una mano helada y la besó–. ¡Dios mío, madre!

Stephanie se tapó la boca con las manos.

–¡Ay, Dios mío! –exclamó.

Cerró los ojos y apoyó la cabeza en el hombro sano de Johnny. Con una ojeada se había dado cuenta de que estaban todos muertos. Respiró hondo y se separó de Johnny; se acercó a Eduardo, se arrodilló y lo rodeó con un brazo.

–¡Ay, Eduardo! –gimió–, lo siento tanto.

Él apoyó la cabeza en el regazo de su madre y soltó un quedo lamento. Su dolor tocó la fibra sensible de la chica; sin embargo, por encima del llanto del joven le pareció oír la risa de los dioses, unas carcajadas triunfantes, jubilosas ante la locura de los mortales que se habían atrevido a probar de la copa de la vida eterna.

Eduardo levantó finalmente la cabeza, la inclinó ligeramente en dirección de Stephanie, con lo que le agradecía en silencio su consuelo y le informaba de que ya se encontraba bien. Ella le apretó el hombro cariñosamente y fue al lado de Johnny, quien le rodeó la cintura con el brazo sano. Cuando Eduardo se puso en pie, un velo ocultaba las emociones.

–¿Qué ocurrió? –preguntó a su abuela con expresión pétrea.

Zaza se le acercó y lo miró desde su silla de ruedas.

–Están muertos –declaró.

–Sí, pero ¿cómo? ¿Por qué?

–¿Por qué? –Unos ojos acuosos y sabios lo estudiaron. Transcurrieron varios segundos; el tiempo se alargó y daba la impresión de que la anciana nunca más hablaría, pero finalmente se enderezó y agitó la cabeza–. Eduardo, *menino* –le dijo en tono algo reprobador y expresión de reproche–, ¿cómo puedes ser tan inocente? ¿Cómo pudiste ser tan ingenuo para no sospechar nunca?

Para alejarse del fúnebre escenario, los cuatro se habían desplazado al comedor adjunto, a sugerencia de Zaza, y ahora se hallaban sentados. Zaza, con la espalda recta, señorial y segura de su tranquila fuerza; Eduardo, en una tumbona; Johnny y Stephanie en la cama, él reclinado y ella en el borde. Si miraba por encima del hombro de la anciana, por la puerta entreabierta, la chica podía vislumbrar el perfil de Lili con el cuello arqueado sobre el respaldo de la silla.

Stephanie alzó su delicada copa y tomó un trago; el líquido dorado aromatizado con bíter se deslizó por su garganta y la calentó.

En el último par de horas Zaza les había hablado de una variedad de temas que ayudaron a Stephanie a encajar poco a poco las piezas que le faltaban del rompecabezas que suponían los Schneider. Les contó que, en 1948, durante una gira de conciertos en Sudamérica, Lili había conocido al magnate y se había enamorado perdidamente de él, y este de ella; que Zaza era realmente la hermana inseparable de Lili, Louisette, y que se había hecho pasar por su madre tras haberse negado rotundamente a participar en los tratamientos de la doctora Vassiltchikov, y que el propio Führer se la había presentado a Lili.

Eduardo se levantó de un salto y anduvo por la estancia, furioso; alzó un puño de cara a la pared y golpeó el recubrimiento de madera.

–¡Maldita sea, abuela! ¿Me crees tan tonto como para tragarme ese... ese cuento de hadas?

–Abre los ojos y observa lo que ocurre a tu alrededor –lo conminó fríamente la anciana, con los ojos chispeantes de rabia–. ¡Oh, sí, Ernesto y Lili eran astutos, lo reconozco! Pero ¿nunca te preguntaste por qué, en tres décadas, ni tu padre ni tu madre envejecieron visiblemente?

–Ellos... ellos –Eduardo buscaba una explicación verosímil–, se cuidaban, se sometían a un tratamiento físico, a limpiezas de cutis, hacían régimen... cirugía estética...

Zaza suspiró.

–Te estás agarrando a un clavo ardiendo. Lili sólo se sometió a dos operaciones, la extirpación del apéndice en 1922 y la cirugía estética en 1950 para cambiar de aspecto. Sí, Eduardo, ¡en 1950! ¡Hace cuarenta y tres años!

Ante el silencio del joven, la anciana prosiguió, implacable.

–¿Y nunca te preguntaste qué había en la medicación que recibían cada día?

–Claro que no. La necesitaban para esa enfermedad que contrajeron en el Ama...

–¡Enfermedad! –lo interrumpió Zaza–. ¡Estaban perfectamente sanos! Sólo enfermaban cuando la medicación llegaba tarde, y era entonces cuando les entraba el pánico, porque sin su dosis diaria habrían muerto.

Luego le habló de los productos que retardaban el envejecimiento y del sacrificio de niños que precisaban.

–¡Esto es increíble, demasiado asombroso! –A Eduardo le daba vueltas la cabeza.

–Créelo –le dijo Stephanie en voz baja.

Eduardo iba a protestar amargamente, pero se desmoronó, cayó sobre una silla y hundió la cabeza entre las manos.

–¡De pronto ya no sé qué creer! –Su exclamación fue casi un susurro.

–Comprendo que te sientas alterado y confuso –le dijo Zaza con gentileza.

–Pero... ¿miles de niños... de niños? –Eduardo agitó la cabeza. El mundo se había convertido en una caja de Pandora, lleno de maldad y de fealdad–. ¡Es increíble!

–Cuando el coronel Valerio nos pilló, Johnny y yo estábamos en tu despacho en Sítto da Veiga –le explicó Stephanie–. Utilizamos tu ordenador para acceder a un archivo de altísimo secreto. Se llama archivo Opus y en él figuran los nombres de todos los niños asesinados, uno por día, junto con la pretendida causa «oficial» de su muerte. –Hizo una pausa–. Fundaron la BPI para obtener de los orfanatos un suministro constante de niños. Con cualquier ordenador lo verás por ti mismo. Zaza conoce el código... me lo facilitó la semana pasada, en la isla.

Finalmente le habló de la biografía que estaba escribiendo su abuelo, de su muerte, de la de Pham, de la de Vinette Jones y las de los demás. Le contó por qué había entrado en el mundo de los Veiga.

Eduardo la escuchó desolado; parecía mortalmente herido. Stephanie se volvió hacia Zaza.

–¿Quién era la doctora Vassiltchikov?

El verdadero nombre de la doctora era Klara Henschel; estaba a cargo de la empresa preferida del Führer, el Proyecto Matusalén. Naturalmente, como soñaba con un Reich que durara mil años, quería estar vivo para disfrutarlo.

–¡Señor!

–¿Más licor? –preguntó la anciana, al ver las copas vacías.

–Gracias.

Stephanie cogió la botella, llenó las copas de Eduardo y de Johnny y miró a Zaza, interrogante. Ésta negó con la cabeza.

–Todavía no, gracias.

Eduardo apuró de un trago el contenido de su copa; se inclinó, apretando la copa con tanta fuerza que los nudillos se le pusieron blancos. Parecía que su cuerpo sostenía un peso enorme, pero también daba la impresión de estar a punto de levantarse y dedicarse con frenesí a realizar cualquier actividad.

–Todo empezó en esa primera visita fatídica al *Obersalzberg* –explicó Zaza, suspirando–. Yo estaba allí, y también la doctora Vassiltch... la doctora Henschel. Ella y Lili no se llevaron nada bien, pero durante la cena todo cambió. Lili se enteró de que la doctora se especializaba en la investigación en gerontología, y le contó que nuestra pobre difunta Liselotte había padecido geromorfismo. A partir de allí la doctora y Lili sintieron una fuerte fascinación mutua. Era natural, supongo. A causa del envejecimiento prematuro de Liselotte, Lili no soportaba la idea de envejecer y morir, y se obsesionó con la posibilidad de encontrar el modo de permanecer siempre joven. En cuanto a la doctora, la oportunidad de estudiar a la hermana de alguien que hubiese padecido geromorfismo era como maná caído del cielo. Ese fin de semana, la doctora recogió muestras de sangre de Lili. Luego se mantuvieron en contacto... Lili, desde el lugar donde estuviera de gira, y la doctora desde el Forschungs Institut für Geriatrie... el instituto de investigación en Badgastein del que era directora. Por cierto, al instituto nunca le faltaron cobayas humanas; Himmler le proporcionaba todas las que requería.

Los tres miembros de su público la escuchaban estupefactos en silencio.

–A medida que transcurrían los años, la doctora fue avanzando en sus investigaciones, pero antes de que consiguiera el descubrimiento definitivo, la guerra terminó. Sin embargo, como no era boba, hacía tiempo ya que había enviado dinero y joyas a Sudamérica. Hacia el final destruyó todos los registros del instituto y mandó matar a todas sus cobayas humanas y a todos los miembros de su equipo. No dejó absolutamente ningún rastro.

La anciana hizo una pausa para ordenar sus pensamientos y continuó.

–Naturalmente, se mantuvo en contacto con Lili. Volvieron a verse en 1948, en Sudamérica, durante la gira de conciertos de Lili, cuando se enamoró de Ernesto. Luego, en 1950, la doctora hizo su primer gran descubrimiento y mandó llamarla. Lili se confió a Ernesto, que como estaba enamorado de ella y disponía de recursos financieros ilimitados, era un compañero ideal. La ayudó a fingir su muerte y asesinó de paso a sir Kenneth y a una pobre mujer desconocida.

–¡Mis padres! –la interrumpió Eduardo, horrorizado. Le dolía la cabeza–. ¡Dios mío, gente de mi propia sangre hizo esas cosas! ¿Cómo podré vivir con eso?

A Zaza le costó no apartar la mirada de su expresión torturada, atormentada.

–Quizá te resulte más fácil si te digo que no eran realmente tus padres. ¿Cómo iban a serlo? Lili era estéril, como lo era el esperma de Ernesto.

–¿Qué? –Eduardo ladeó bruscamente la cabeza, como si lo hubiese abofeteado.

–Otra ironía –comentó Zaza–. Su esterilidad era resultado

directo de los tratamientos de prolongación de la juventud de la doctora Vassiltchikov.

A Eduardo le fue imposible mantenerse quieto. Se levantó y anduvo de un lado a otro de la estancia; su rostro reflejaba el dolor de un hombre cuyo mundo se ha derrumbado. Finalmente se detuvo frente a Zaza.

–Si lo que dices es cierto, entonces, ¿quién soy? ¿He perdido mi identidad además de mis padres?

–En mi corazón siempre serás mi nieto, al igual que a los ojos del mundo eres todavía el hijo de tu madre y de tu padre.

Eduardo soltó un taco en voz baja.

–No me importa lo que sea para los demás. ¡Necesito saber quién soy en realidad!

El rostro de Zaza adquirió una expresión que era la esencia misma de la compasión. Alzó un brazo para tocarlo, pero él se apartó bruscamente.

–Eras uno de los que llamaban sus «ángeles» –declaró, tras dejar caer la mano–. Uno de los huérfanos que habían decidido sacrificar.

–Pero ¿por qué no me hicieron pedacitos, o lo que fuera que hicieron con los otros? –preguntó el joven, anonadado–. ¿Qué me hacía tan especial?

–Querían un hijo, y tú eras el niño más bonito que habían visto en su vida.

–¿Y otro niño tomó mi lugar?

–Sí.

Eduardo ya no podía ni sentir dolor; no podía sino experimentar el aborrecimiento y el odio más poderosos de toda su vida. Parecía que no sabía a quién castigar, si a los vivos o a los muertos.

Se produjo un largo silencio.

–Entonces, ¿qué contamos al mundo? –Era la primera vez que Johnny hablaba y todos se volvieron hacia él.

–¿Por qué no la verdad? –sugirió Eduardo con una risa cínica–. El mundo tiene derecho a saber la clase de monstruos que fueron mis supuestos padres. Además, están muertos; el escándalo ya no podrá perjudicarlos.

–¡No! –La resolución hizo que la espalda de Zaza se irguiera–. El mundo no debe saber nada de esto, nunca.

–Entonces, ¿quién hará justicia a todos esos niños?

–Nadie –contestó la anciana con voz inexpresiva–. Nadie. –Eduardo iba a protestar, pero algo en el rostro de Zaza lo detuvo–. ¿Acaso eres tan egoísta, estás tan sumido en tu propio dolor, que todavía no comprendes las enormes implicaciones del trabajo de la doctora Vassiltchikov?

–Empiezo a entenderlo.

–Éste es, quizás, el conocimiento más peligroso que podría dársele al mundo –declaró Zaza, mirándolo con frialdad–. Si se supiera que la juventud eterna es posible, ¿te imaginas el fervor con que intentarían duplicar los resultados... y al diablo con la ética? El planeta entero se convertiría en un mundo de caníbales; los viejos se tragarían a los jóvenes. ¡La religión, la ética, la moral... la santidad de la vida misma se vería amenazada!

Eduardo, silencioso, no podía despegar los ojos de ella.

–Tiene razón –convino Johnny en voz baja–. Si la gente se enterara de que la clave de la longevidad se encuentra entre sus congéneres, el resultado sería catastrófico. Podrían criar niños para matarlos, como los pollos en las granjas.

–Entonces, ¿nos olvidamos de esos miles de niños? ¿Así de sencillo?

–No –respondió Zaza–, pero nos aseguramos de que los niños del futuro estén protegidos del diabólico destino que han sufrido éstos.

Eduardo permaneció inmóvil, con el rostro pálido y las mejillas hundidas. Al cabo de un rato, suspiró.

–Supongo que tienes razón –aceptó de mala gana.

–Sé que la tengo. Hemos de asegurarnos de que esto no vuelva a ocurrir. –Paseó la vista por sus tres huéspedes–. Estamos todos de acuerdo, ¿verdad?

Stephanie y Johnny asintieron con la cabeza, y Eduardo acabó por hacerlo también.

–*Gut*. Eso, al menos, está arreglado. –Volvió a mirar a los otros–. ¿Alguno de vosotros quiere preguntarme algo?

Stephanie asintió con la cabeza. Había algo que la intrigaba todavía.

–Cuando estuve en Río, recibí varias llamadas telefónicas anónimas. La persona que llamaba no hacía más que susurrar «¡muérete!». ¿Sabe algo de eso?

–Esa persona, *Liebling*, era yo.

–¡Usted! Pero ¿por qué?

–Quería salvarte la vida. Oí a Lili y al coronel Valerio planear tu muerte, y esperaba asustarte para que te marcharas.

–Lo que no entiendo –dijo Stephanie– es por qué me facilitó el número de Opus si estaba tratando de asustarme.

–Fue mi plan alternativo. Si no podía hacerte huir por tu propio bien, lo menos que podía hacer era ayudarte a alcanzar tu objetivo.

Esto dejó a Stephanie boquiabierta.

–¿Sabía quién era yo desde un principio?

–No, no sabía quién eras, pero tenía una idea de lo que te proponías.

–Pero ¿cómo sabía que no iba a hacer mal uso de lo que descubriera.

–No lo sabía. Debía confiar en mi instinto, y en todos estos años he aprendido a juzgar el carácter, ¿sabes? Desde el principio estuve convencida de que tus razones no eran egoístas. De otro modo, nunca habría alentado a Eduardo a cortejarte. –A la asombrada joven le costaba digerir lo que oía–. Al menos ahora sabéis por qué envenené a mi propia hermana, a su amante y a esa diabólica doctora. Siento remordimientos y tristeza, sí, pero más que eso me siento inmensamente culpable, no por matarlos, eso es algo que debí hacer mucho tiempo atrás; lo que nunca me perdonaré es haber dejado que el horror continuara tantos años.

–Todo ha terminado ahora –la consoló Stephanie–. Debe dejar de culparse.

–Querida, ¡soy tan culpable como ellos! –exclamó Zaza, indignada–. Mi amor por mi hermana hizo que la condonara. Entendía perfectamente el horror, pero dejé que ocurriera. De hecho, soy la más culpable de todos, con mucho. –Se produjo un largo silencio–. Y ahora –prosiguió la anciana–, creo que tomaré una copa. De tanto hablar se me ha secado la garganta.

Stephanie iba a coger la botella de licor de mandarina.

–No, gracias. –Zaza negó con la cabeza–. No me gusta mucho ese licor.

Puso en marcha la silla de ruedas y se dirigió a la bandeja de las bebidas. Cogió una garrafa, la destapó, llenó una copita, y volvió a tapar la garrafa.

–¿Qué es? –preguntó Stephanie.

–¿Esto? –Zaza alzó su copa–. Es licor de almendras.

–Nunca lo he probado. ¿Puedo tomar un poco?

–Me temo que no te gustaría. –Zaza sonrió–. En realidad, el gusto para esto se adquiere. –Volvió a alzar su copa para brindar–. Por el orden natural de las cosas, por la vida y la muerte, ¡y al diablo con la eternidad! –Y apuró el contenido de la copa.

–¡Noooooo! –el repentino grito de Eduardo, sostenido y gutural, venía de su repentina comprensión.

Se puso en pie de un salto, se abalanzó sobre Zaza y de un manotazo le quitó la copa, que salió disparada, cayó sobre el parquet y se hizo añicos. Demasiado tarde, pues la copa ya estaba vacía. Zaza se retorció.

–Perdóname, *menino* –susurró.

Se agarró la garganta y un estremecimiento le distorsionó el rostro.

–Abuela –susurró Eduardo–. ¡Ay, abuela, por favor, no me dejes solo!

Zaza bajó la mano y se aferró con fuerza a su brazo. En su rostro ya no se veía dolor, sino serenidad y paz, y cuando habló lo hizo con voz rasposa pero suave.

–No le temas a la muerte, *meu menino,* porque ¿qué es más hermoso que la paz eterna?

29

Río de Janeiro (Brasil)

Stephanie nunca se había sentido tan contenta de ver una ciudad como cuando el *Chrysalis* llegó a Río a la mañana siguiente. No podía evitar pensar en el yate como un barco de muerte, y saber que los cuatro cuerpos se hallaban en el depósito de cadáveres de la embarcación le producía escalofríos.

–Acabo de hablar con Eduardo –le dijo a Johnny al salir a cubierta en cuanto el yate se disponía a atracar–. La versión oficial que se dará es que se envenenaron con la comida.

–¿Crees que las autoridades se lo tragarán?

–Los billones de los Veiga dicen que sí. Lo más probable es que la mitad del gobierno haya estado en su nómina en algún momento.

–Cierto, se me olvidaba, casi todo el país les pertenece.

–Además, Eduardo cree que más vale que no asistamos al entierro y entiende que queramos regresar a casa tan pronto como podamos. –Se acercó a él–. Un mensajero ya viene de camino de Sítto da Veiga con nuestros pasaportes. Alguien nos los llevará al apartamento. Ahora, lo único que falta es hacer mis maletas y, entonces, *arrivederci,* Río.

–Amarrar y volar –se burló el joven–, y privarme de la chica de Ipanema.

–Como te pille mirando a una de esas chicas en su *fio dental,* tendrás ambos brazos en cabestrillo –contestó ella dándole un codazo.

–Yo también tengo cosas que hacer mientras tú te ocupas de

tus maletas. Nos veremos en el apartamento más tarde, ¿de acuerdo?

–¿Y adónde irás?

–Voy a conseguir nuestros billetes de avión, ya sabes, de los corrientitos, en clase turista. Además, he de encargarme de algunos asuntos personales.

–Vaya, vaya, pero si eres todo un torbellino de actividad –comentó Stephanie secamente–. Tu recuperación es muy rápida.

–¿Qué quieres que te diga? No puedo dejar que mi chica cargue con un tullido, ¿verdad?

El *Chrysalis* se acercó al muelle y a los pocos minutos habían amarrado el enorme yate y la rampa alfombrada de azul hacía de puente con tierra firme.

Para desembarcar, Stephanie aguardó a que la policía y los empleados de la morgue subieran a bordo. Eduardo la alcanzó antes de que hubiese llegado a medio camino de la rampa.

–¡Stephanie! –Jadeaba de tanto correr.

Ella se detuvo y se volvió con una mano sobre la barandilla.

–No quiero que nos despidamos así –explicó el joven con ojos humedecidos por lágrimas no derramadas y con una expresión de tristeza infinita–, después de lo que hemos compartido... –Ella lo miró, impotente, con un dolor insoportable en las entrañas y haciendo esfuerzos por no romper a llorar–. Si estás de acuerdo, cuando lleguen vuestros pasaportes los llevaré personalmente a tu apartamento. Nos merecemos despedirnos como es debido.

–Si quieres, aunque me parece que estarás muy ocupado aquí.

–No obstante, nunca me lo perdonaría a mí mismo si no fuese. –Su fugaz sonrisa resultaba triste, melancólica–. No quiero que me recuerdes por lo que ha ocurrido en la isla y en este barco. Lo que compartimos fue mucho más que eso.

–Sí –respondió Stephanie con voz ronca, y miró en el fondo de sus ojos–. Lo fue.

–Me alegro de que lo sientas así. –Eduardo echó una ojeada por encima del hombro de la joven, hacia el muelle, y se encogió al ver la extraordinaria actividad: coches de policía, ambulancias, limusinas y una multitud de mirones y periodistas a la que mantenían a raya–. ¡Qué rápido huelen la sangre los buitres! –murmuró–. ¿Qué harás cuando regreses a Nueva York?

–¿Qué haré? –Stephanie se dio la vuelta y miró hacia la distancia–. Trataré de seguir donde lo dejé, de ser yo misma de nuevo.

Camino del apartamento, Stephanie pidió al chófer que se detuviera en el centro, en la mansión rosa y blanca del Grupo da Veiga. Allí sacó sus efectos personales de su escritorio y los metió en dos bolsas de compra que encontró en el armario.

«Me alegro de que Lia no esté aquí –pensó–. Odio las despedidas, hay algo demasiado definitivo en ellas.»

Sintió cierto remordimiento, pues también odiaba largarse como un ladrón en la noche. Lo menos que se merecía su compañera de trabajo era una nota de agradecimiento, de modo que le escribió una a toda prisa. Decidió que cuando Eduardo fuese al apartamento, le recomendaría que la ascendiera al puesto que ella dejaba. «Lia será una buena sustituta –pensó–. Y el ascenso será el mejor regalo de despedida que pueda ofrecerle.» Dejó la nota en el escritorio de Lia debajo de un pisapapeles y llevó las bolsas a la limusina.

Abrió la puerta del ático; las de la terraza estaban abiertas y una repentina corriente de aire cerró de golpe la del apartamento.

–¡Hola! –gritó, a la vez que dejaba las bolsas–. ¿Barbie? ¿*Waldo*? ¿Hay alguien en casa?

Silencio.

Un silencio que le provocó un momentáneo hormigueo de miedo, pero entonces una voz familiar graznó:

–¡Steph! ¡Steph! ¡Te quiero, Steph!

La joven sonrió. El buenazo de *Waldo*. Atravesó la sala, apartó los visillos y abrió las puertas correderas. Vio la jaula de *Waldo* en el fondo de la frondosa terraza. Sonriendo, fue hacia ella; sus zapatos taconeaban en las baldosas de terracota.

Aminoró el paso al acercarse a la jaula; de repente frunció el ceño y se puso tensa inexplicablemente. Algo no iba del todo bien. *Waldo* debería de haber estado escalando los barrotes, excitado, debería de haber estado limpiándose las plumas y pavoneándose.

–Hooools... hoooola –sus estridentes y agudos chillidos se oían todavía cuando la chica llegó a la jaula.

Se tapó la boca con una mano para contener el gemido que pugnaba por salir. El estómago le dio un vuelco y se sintió débil, mareada.

En el suelo de la jaula estaba su loro, su *Waldo*, inmóvil, boca arriba, con las patas rígidas y alzadas.

El ramalazo de miedo que había experimentado al entrar en el apartamento se convirtió en un helado y devastador terror. Parecía que las piernas, que sentía como de goma, iban a fallarle.

–¡*Waldo* quiere una galleta! ¡*Waldo* quiere una galleta!

Stephanie giró sobre los talones y permaneció quieta, vacilante. Si *Waldo* estaba muerto, ¿de dónde venía su voz?

–¡Te quiero, Steph! ¡Je-je-je-je!

La voz venía de detrás de las palmeras.

El instinto le decía que se fuera, que corriese, que huyese.

Tembló; era como si alguien le hubiese rodeado el pecho con una banda de acero y la apretara inexorablemente, tratando de aplastarla. Aire. ¿Por qué no conseguía aspirar suficiente aire?

–¡Stephl ¡Steph! ¡Te quiero, Steph!

«¡Huye! ¡Corre! ¡Sal de esta terraza, de este apartamento!»

No. Primero tenía que averiguar de dónde venía la voz. «Tengo que verlo por mí misma.» Recuperó la movilidad de las piernas y rodeó las palmeras, trastabillando.

Soltó otro grito involuntario. ¡Un casete! Las palabras, los graznidos, los chillidos de *Waldo* venían de un casete. Sin hacer caso de las hojas afiladas, se abalanzó sobre el aparato y pulsó frenéticamente todos los botones antes de encontrar el de STOP.

En el repentino silencio que siguió sólo se oían los distantes ruidos habituales, los de la vida que transcurría a su ritmo normal; el de los neumáticos de coche en la avenida, como un siseo; el de las olas, apagado; gritos y risas de niños jugando al voleibol en la playa. Y el miedo. El martilleo de su corazón, el de su pulso. Por encima de todo, oía su propio miedo; olía su propio miedo.

Y luego, una nueva sensación: «Me están observando».

Los pelos de la nuca y de los brazos se le pusieron de punta. Se quedó rígida. Escuchó con mayor atención, filtró los ruidos de fondo de los coches, las olas y las risas. «No estoy sola... Estamos yo y el pobre *Waldo*... ¿y quién más?... ¿qué más?» Con cautela, despacio, sus ojos aterrorizados examinaron el follaje a su alrededor, los cristales revestidos de buganvillas a ambos lados de la terraza, las sombras púrpuras y negras, la terraza más angosta de arriba...

«Estoy olvidando algo... algo importante... algo que debería recordar.»

A sus espaldas, la vegetación se agitó, susurró; las sombras se estremecieron, se alargaron...

Giró sobre los talones y contuvo el aliento. No era más que la brisa del océano. Más allá del balcón, el Atlántico azul le llenaba la vista, se extendía hacia el infinito, hasta convertirse en una niebla difusa, allí donde se juntaba con el cielo.

En ese momento la burla del coronel la golpeó con una fuerza que la dejó petrificada, y el corazón le dio un vuelco. Sus axilas rezumaron sudor, que también le perló la frente y se escurrió por su espalda, provocándole una sensación de hormigueo.

«Aunque escapes... eres fiambre... han contratado a un asesino profesional para liquidarte... el mismo que puso los explosivos en el apartamento de tu abuelito, por orden mía...»

El recuerdo estalló en su mente, dio vueltas, la hizo pensar en Pham, en Vinette Jones, en Aaron Kleinfelder, en...

¡En Astrid Bezerra!

El pensamiento la dejó atontada, como lo hubiese hecho un golpe físico, y se dio cuenta de que estaba a punto de soltar un estridente sollozo. Qué estúpida había sido al descartar el asesinato de Astrid creyendo que se trataba de la obra de un ladrón anónimo.

La terraza le provocaba ahora una amenazadora sensación claustrofóbica, de estar atrapada en una jaula.

«¡Sal de aquí!»

Se obligó a pensar con claridad. No, no debía correr, debía usar el teléfono, ¡sí!, debía llamar a la policía. Se volvió; se abrió paso entre la jungla de plantas en macetas, resbaló en las baldosas de terracota, luchó contra los visillos ondeantes que le obstaculizaban el paso como fantasmas de gasa, los apartó bruscamente...

¡Allí! El supletorio en la mesita junto al sofá. Se abalanzó sobre él, casi arrancó el auricular y se lo llevó a la oreja con tanta fuerza que se dio un golpe.

¿Qué? ¿No había tono?

Desesperada, le dio unos golpecitos. ¡Aún no había tono! Un agudo gorjeo salió de su garganta.

Un carillón la atravesó como una descarga eléctrica. ¡El timbre de la puerta! «¡Ay, Dios! –Emitió una especie de maullido, dejó caer el auricular y miró alrededor, presa del pánico–. ¡Está aquí! ¡El asesino está aquí! ¡Ha venido a matarme!»

–¡Chica!

Stephanie se volvió violentamente; su corazón se alegró al oír la familiar voz. Barbie, su única amiga, bajaba por la escalera en espiral; el alivio la envolvió como un torrente.

–¡Ay, Barbie! –exclamó sollozando–. ¡Gracias a Dios! ¡Estoy tan contenta de verte!

–¿Qué ocurre? –Barbie frunció el ceño y le tocó la cara–. ¡Pero si estás pálida como un fantasma! ¡Y toda temblorosa!

–¡Alguien... alguien está tratando de matarme!

–Vamos, ¿por qué iban a querer hacer eso? –le preguntó Barbie con voz calmada–. A una mujer tan agradable como tú...

El timbre de la puerta sonó de nuevo y el cuerpo entero de Stephanie se convulsionó.

–¿Esperas a alguien? –Barbie la miró con expresión interrogante y se dirigió hacia el recibidor.

–¡No! –gritó Stephanie. Asió a Barbie del brazo y tiró de ella–. ¡No lo dejes entrar! ¡No!

El timbre no dejaba de sonar en pitidos largos y cortos.

–¿Qué voy a hacer? –gimió Stephanie–. ¡Tengo que salir de aquí! ¡Y sólo hay una puerta!

–¡Ya sé! ¡Está también la terraza de al lado! Lo único que la separa de ésta es el cristal. Puedes pasar por la cornisa. –Barbie la cogió del brazo y la sacó a la terraza–. Ahora, cálmate –le sugirió–, nadie va a hacerte daño mientras yo esté aquí.

La voz tranquilizadoramente neutra de Barbie obró su magia y la calmó un poco. Ya no oían el timbre, sólo oían gritos al otro lado de la puerta y el repentino furor de un puño que la aporreaba.

Stephanie miró a Barbie, agradecida. «Nadie va a matarme mientras esté con ella. Los asesinos no quieren testigos presenciales.»

Barbie la llevó apresuradamente hacia el cristal opaco, que estaba totalmente cubierto de buganvillas con sus cascadas de flores rosadas y magenta.

Barbie le enseñó la estrecha cornisa de hormigón.

–Sólo es un metro y medio. Vamos, súbete y agárrate al cristal, no tengas miedo y trata de no mirar hacia abajo.

Stephanie observó la cornisa con recelo; de pronto se le antojaba increíblemente estrecha. «No puede ser lo bastante ancha», pensó, y se le cayó el alma a los pies.

–N... no puedo subirme allí –dijo con voz vacilante–. No me parece seguro.

–Quítate los zapatos, y ¡hala, para arriba!

Stephanie dudó. Le habría gustado encontrar otro modo de huir del apartamento.

–Rápido –la instó Barbie, mirando por encima del hombro, por la puerta abierta, a través de los ondeantes visillos.

–De acuerdo –aceptó Stephanie con voz enronquecida.

Se quitó los zapatos, respiró hondo para reprimir el miedo y se aferró al cristal bamboleante. Con cuidado subió a la cornisa.

–Vas muy bien –le aseguró Barbie–, y no tienes por qué preocuparte, estaré a tu lado todo el camino.

Inquieta, Stephanie anduvo con cuidado por la cornisa, pegada a la fachada. Se le ocurrió que el tráfico hacía más ruido, que la brisa del océano era más fuerte. Sintió un sudor frío al saber que los once pisos eran como un acantilado que caía en picado. Aferrada al cristal y con los dientes apretados, avanzó unos centímetros más, y luego otros. «Puede que no sea tan difícil después de todo», se dijo.

En ese momento, un trozo de hormigón se soltó y ella gritó horrorizada, al quedarse colgando a once pisos del suelo.

30

Río de Janeiro (Brasil) - París - Hong Kong - Frankfurt - Sítto da Veiga (Brasil) - En vuelo

–¿Stephanie? –Eduardo habló en voz muy alta y chillona. Se apoyó en el timbre y siguió aporreando la puerta–. ¡Stephanie! ¡Stephanie, abre!

Sabía que ella se encontraba dentro; se lo había preguntado al portero al llegar y, aunque la chica no contestaba al interfono, lo dejó subir, a sabiendas de que el ático pertenecía a los Veiga. «¿Por qué no abre? –se preguntó el joven–. Sé que quiere verme y necesita su pasaporte.»

Volvió a aporrear la puerta. Una vecina, molesta por el estruendo, abrió su propia puerta, le dirigió una mirada reprobatoria y lo regañó.

–¡Ste... pha... nie! –Eduardo siguió gritando y aporreando, haciendo caso omiso de la vecina–. ¡Abre! –Guardó silencio un momento y escuchó, con la oreja pegada a la puerta.

Asesinatos, violencia, suicidio... si después de todo eso alguien hería a Stephanie, nunca se lo perdonaría a sí mismo.

Estaba a punto de bajar a pedirle la llave maestra al portero cuando creyó oír algo; no, algo no...

¡Gritos!

Sin hacer caso de la entrometida vecina, pegó la oreja a la puerta y escuchó. Sí, eran gritos, débiles y distantes, pero venían definitivamente del apartamento. Probablemente de una de las terrazas.

–¡Llame a la policía! –le gritó a la vecina inquisitiva–. ¡Dígales que se apresuren! –Al ver que no se movía, volvió a gritar–: ¡Policía! –Eso la impulsó, volvió a meter la cabeza en su apartamento y dio un portazo.

Eduardo se alejó cuanto pudo de la puerta de Stephanie, corrió a la mayor velocidad posible y la golpeó con el cuerpo. La puerta se sacudió y chirrió por el impacto, pero se mantuvo firme. Eduardo repitió la maniobra dando el golpe más abajo.

La cerradura se desintegró y la madera se rajó; la puerta se abrió de golpe y dio contra la pared. Llevado por el impulso, Eduardo fue a parar al suelo, rodó sobre sí mismo y se puso en pie a toda prisa. Frenético, miró alrededor, para decidir en qué dirección ir.

Entonces los gritos irrumpieron en sus pensamientos y le hicieron respingar. Venían de la terraza.

Tan rápido como se lo permitían las piernas, atravesó la estancia y apartó violentamente los visillos, esperando llegar a tiempo.

–¡Por Dios, ayúdame! ¡Voy a caerme!

Stephanie estaba colgada del cristal y agitaba las piernas en un desesperado intento de encontrar apoyo. Sentía que sus dedos se debilitaban, que sus manos se cansaban.

–¡Ayúdame! –gritó con voz ronca–. ¡Barbie, por favor, ayúdame!

Barbie sonrió con malicia y sus ojos negros brillaron mientras le tendía perezosamente una rosa roja de tallo largo.

–¡Cógeme! –gritó Stephanie–. ¡Por Dios, Barbie, no podré aguantar mucho tiempo más!

Barbie le acarició el rostro con los aterciopelados pétalos.

–¿Has oído hablar del Fantasma? –preguntó quedamente, como si dispusieran de todo el tiempo del mundo.

Stephanie trató de centrarse en sus palabras. «¿Quién diablos es el Fantasma? –pensó furiosa–. ¿Y por qué no me coge y me sube?»

–El Fantasma es el mejor asesino del mundo –le explicó Barbie, como si le leyera la mente–. Contrataron al Fantasma para matarte. Y, ¿sabes algo?... –su voz bajó de tono, se tornó socarrona.

–Por favor, ayúdame, Barbie... –susurró Stephanie.

Se estaba agotando, sentía que sus dedos se aflojaban, que la gravedad tiraba inexorablemente de ella.

–No me llamo Barbie –dijo–. Me llamo Shanel, ¡y tú eres la única persona en este mundo que sabe que Shanel es el Fantasma! –Le dio un golpe con la rosa–. Y ha llegado el momento de cumplir con el contrato.

–¡Noooo! –sollozó Stephanie.

La rosa espinosa voló por los aires, silbando como un látigo, y volvió a arañarle la cara. A continuación, Shanel intentó soltarle los dedos.

–No –siguió sollozando Stephanie.

Sentía a Shanel tirar de sus dedos, soltarlos, pero se aferró con toda el alma y cerró los ojos.

–Adiós –dijo Shanel–. ¡Vete con viento fresco! ¡Muere, zorra, muere!

Johnny salía de un taxi frente al edificio cuando los gritos llamaron su atención. Echó la cabeza hacia atrás, miró hacia lo alto y rechinó de dientes. Incluso desde once pisos más abajo reconoció a Stephanie colgada en el aire, ¡sabía que era Stephanie! Echó a correr hacia el interior, más rápido de lo que lo había hecho nunca, pero antes de llegar a la entrada se dio cuenta de que los espantosos gritos aumentaban de volumen. Al instante siguiente, dos cuerpos, cogidos en un grotesco abrazo mortal, se despeñaron.

Horrorizado, observó cómo caían sobre el taxi, con tanta fuerza que el techo se hundió, el cristal estalló y sus trozos salieron despedidos como perdigones.

Segundos antes, en el undécimo piso, Stephanie se esforzó en mantenerse asida al parabrisas y luchó con toda su alma contra las manos implacables de Shanel. Nunca en la vida había visto tan obstinada perseverancia; sintió el impulso de sostenerse con una mano y usar la otra para rechazar a la asesina, pero se contuvo y, en lugar de eso, se aferró aún más al marco del cristal mientras Shanel tiraba furiosamente de sus manos.

–¡Suéltate! –siseó ésta–. ¡Te romperé los jodidos dedos si es preciso!

La furia del asalto agitaba el cuerpo de Stephanie de un lado a otro; sus pies y sus rodillas se raspaban con el áspero y duro hormigón. Se encogió interiormente en tanto la tortura continuaba y siguió tratando de resistir el dolor que le producían los puños que golpeaban sus dedos.

–¡Para, para! –se oyó gruñir, sin saber cuánto más podría aguantar esa clase de castigo.

Entonces apareció Eduardo, un caballero andante, rodeado de sol. Apenas vaciló, sólo para orientarse. Al oír su aullido de rabia, Shanel soltó las manos de Stephanie y se volvió hacia su nuevo adversario. Pero Eduardo ya se había abalanzado sobre ella y la cogió por los muslos.

Shanel soltó un rugido de furia y perdió el equilibrio. Eso y el impulso de Eduardo fueron demasiado para evitar las leyes de la gravedad. Stephanie gritó al ver que Eduardo y Shanel daban un salto mortal por encima de la barandilla, pasaban a su lado, abrazados como amantes obscenos, y caían al lejano suelo, mientras el eco de sus gritos se apagaba. Luego oyó algo como un disparo.

Seguido de silencio.

Todo en ella pareció contraerse.

–¡No! –gritó con la garganta seca y dolorida–. ¡Eduardo! ¡Eduardo!

Sintió que las extremidades se separaban de sus manos, que sus músculos, sus huesos y sus cartílagos se estiraban tanto que estaban a punto de romperse.

«Pero no quiero morir –pensó–. No estoy dispuesta a morir.»

–¡Steeephanie!

Por encima de los ruidos del tráfico que le llegaban desde abajo, oyó el grito de Johnny. ¿Sería posible que fuese él?

–¡Aguanta!

El corazón le martilleó esperanzado. ¡Sí, era Johnny! «Ojalá pueda aguantar un rato más... y luego otro... y luego otro...»

Se le llenaron los ojos de lágrimas. Le costaba cada vez más no soltarse. Tenía las manos mojadas de sudor, los dedos y las muñecas entumecidos. Era un milagro que aún no se hubiese soltado.

«Sólo tengo que aguantar un ratito más», se dijo.

El ratito se unió a otro, y luego a otro, eternamente.

El recuerdo de la voz de Johnny era lo único que la mantenía agarrada, esforzándose en aferrarse a ese tenue hilo de vida, luchando por sobrevivir. «Para Johnny.»

De pronto, ya no pudo aguantar.

Sus manos se aflojaron y se dejó ir.

El resto ocurrió tan rápida e inesperadamente que casi ni se percató de ello. La mano de Johnny la cogió de la muñeca derecha y tiró de ella subiéndola. En cuanto la tuvo en la terraza, la rodeó con sus fuertes brazos, la estrechó y le besó todo el rostro.

–Te amo, Steph, ¡Dios, cómo te amo, cariño! Ya está bien, nadie va a hacerte daño, nunca más... jamás...

Ella escuchó sus suaves palabras y se dio cuenta, de pronto, de que la pesadilla había terminado y de que estaban juntos.

Habían transcurrido veinticuatro horas desde la muerte de Eduardo. Como no quedaba nadie que se encargara de la tarea diaria de conectarse con el complejo sistema informático del Grupo da Veiga, el virus, tantos años inactivo, se activó de repente.

Sin que nadie lo supiera, recorrió los tentáculos del extenso sistema que cruzaba el mundo por medio de cables telefónicos, líneas de fibra de vidrio y transmisores vía satélite. Saltó del ordenador central a los superordenadores, y de allí, a las terminales y a los programas individuales. Sin embargo, hasta no haberse extendido a todos los rincones del imperio de los Veiga, hasta no haberse introducido en cada programa y disco duro, no cumplió con su conclusivo destino.

En todo el mundo, el imperio de los Veiga empezó a deshacerse y a autoconsumirse.

El virus se propagó como un reguero de pólvora.

Al cabo de una hora, el sistema de reservas de las líneas aéreas Fleet Wing (SRAFW) –desarrollado por los Veiga y utilizado por seis líneas aéreas internacionales y diez nacionales, sin contar las veintiséis mil agencias de viajes diseminadas por todo el mundo– escupió basura y se apagó.

El resultado fue el caos en todos los aeropuertos principales.

Los pasajeros se quedaron en la estacada, los vuelos programados ya no existían, los listados de las tripulaciones desaparecieron, y nunca más se recuperaron. Siguió el sistema computadorizado de alquiler de coches y de reservas de hoteles, subdivisiones del SRAFW

Tres horas más tarde, el sistema SRAFW en su conjunto dejó de existir; parecía que se lo había tragado un agujero negro.

En cada fábrica de los Veiga, los robots computadorizados se volvieron locos, trabajaron a un ritmo creciente e imparable, cada vez más rápido, hasta que, uno tras otro, los complejos equipos de tecnología punta dejaron de funcionar.

En Francia, el Groupe Vyi S.A., la tercera aseguradora en importancia del país, empresa controlada por los Veiga, perdió la pista electrónica de inversiones por valor de tres mil millones de dólares, eso sin mencionar al millón y medio de asegurados.

Los fondos y la información se perdieron para siempre jamás.

Todas las transacciones electrónicas en las bolsas de Hong Kong y de Fráncfort, diseñadas por una filial del Grupo da Veiga, dejaron de funcionar y el sistema desapareció, sin dejar rastro.

Sin dejar nada más que piezas inútiles de hardware.

En Sítto da Veiga, el entorno artificial, controlado por ordenador, se vició. Los sistemas de aspersión automática crearon una inundación; las temperaturas y los niveles de humedad subieron tanto que los mismísimos ordenadores se quemaron y los residentes salieron corriendo. A continuación se produjo una tremenda explosión; la ciudad de cristal entera pareció estremecerse, y el complejo sistema se hizo añicos y se derrumbó, dejando sólo los cimientos.

Stephanie y Johnny vieron cómo Río de Janeiro, una vista digna de una tarjeta postal, se alejaba y se ladeaba a medida que el 747 de la Varig subía.

–¿Crees que echarás de menos Río? –le preguntó Johnny.

–Johnny –Stephanie desvió la mirada de la ventana y habló con paciente resignación–, después de los últimos cinco días llenos de investigaciones e interrogatorios policíacos y gubernamentales, ¿no crees que me daría igual no volver nunca a ver siquiera una foto del Pan de Azúcar?

–Dicen que el tiempo cicatriza todas las heridas.

–Puede. –La chica suspiró–. Pero el infierno se congelará antes de que las mías cicatricen, te lo aseguro.

–Pues hay dos cosas que podrían hacer que te sintieras un poco mejor.

–¿De veras? –preguntó ella, nada convencida.

–Primero, el asunto de tu resurrección... o tu reaparición.

–Lo sé –convino Stephanie, malhumorada–. He estado pensando mucho en eso.

–Pues ya no pienses más. En cuanto aterricemos en el aeropuerto Kennedy, todos los reporteros de los principales periódicos y cadenas de televisión estarán reunidos para una conferencia de prensa.

–¡Oh, no! –gruñó Stephanie–. Dime que no es cierto, Johnny –rogó.

–Como dice la canción, «no te preocupes, sé feliz». No hace falta que digas nada acerca de la longevidad, de la BPI ni de la genética. Contamos con ocho horas y media antes de aterrizar en Nueva York; eso dará suficiente tiempo a nuestros brillantes cerebros para idear una nota de prensa satisfactoria.

–Sí, pero, Johnny, ¿qué podemos decir?

–Es sencillo. Trabajaste en la clandestinidad para seguir la pista y descubrir la identidad del asesino más letal y famoso del mundo, el Fantasma. Eso dará para contestar a todas las preguntas. En cuanto a Eduardo, sólo tienes que decir que te encontrabas allí cuando él se enfrentó al Fantasma.

–No está mal.

–¡Que no está mal! –exclamó Johnny, ofendido–. ¡Yo creo que es condenadamente brillante! ¡Ah, antes de que lo olvide!...

Metió la mano en el bolsillo de pecho, sacó un pequeño estuche verde con el logotipo en oro de H. Stem y se lo dio.

Ella lo abrió despacio.

–¡Un anillo con una esmeralda! –A Stephanie se le cortó el aliento–. ¡Dios mío!, Johnny, ha de ser de al menos dos quilates...

–¿Por qué no te lo pruebas? Ya sabes lo que dicen: si el anillo te va, póntelo.

–¡Debió de costarte una fortuna! –protestó Stephanie.

–De hecho, no. ¿Acaso has olvidado que Río es la capital de las piedras preciosas del hemisferio occidental?

–Mi héroe, el regateador. –La voz de la joven era cálida y carente de sarcasmo.

Sacó el anillo y lo observó a la luz. Las tonalidades de los finos estratos verdes resultaban increíbles. Él lo cogió solemnemente y se lo puso.

–¡Vaya! Me queda perfecto –dijo ella, asombrada.

–No te olvides de que no es el primer anillo que te compro –le recordó Johnny con una sonrisa–, sólo que me devolviste el otro.

Stephanie se desabrochó el cinturón del asiento y le besó solemnemente.

–Éste –dijo con voz ronca–, es para siempre.

ÍNDICE

PRÓLOGO 9

LIBRO PRIMERO
Muerte 13

LIBRO SEGUNDO
Vida 151

LIBRO TERCERO
Eternidad 313

Título de la edición original: *Forever*
Traducción del inglés: Cristina Pagès,
cedida por Editorial Planeta, S. A.
Diseño: Emil Tröger
Ilustración: Nurial Armengol

Círculo de Lectores, S. A. (Sociedad Unipersonal)
Travessera de Gràcia, 47-49, 08021 Barcelona
www.circulolectores.com
1 3 5 7 9 9 9 1 2 8 6 4 2

Licencia editorial para Círculo de Lectores
por cortesía de Editorial Planeta, S. A.

Depósito legal: B. 43913-1999
Fotocomposición: gama, s. l., Barcelona
Impresión y encuadernación: Printer industria gráfica, s. a.
N. II, Cuatro caminos s/n, 08620 Sant Vicenç dels Horts
Barcelona, 1999. Impreso en España
ISBN 84-226-8025-4
N.° 29512